Irene Dische

Zum Lügen ist es nie zu spät

Sämtliche Erzählungen

Aus dem amerikanischen Englisch von
Otto Bayer, Robin Cackett, Monika Elwenspoek,
Hans Magnus Enzensberger, Tanja Handels,
Reinhard Kaiser, Thomas R. Richers, Bernd Samland,
Tilman Spengler und Michael Walter

Hoffmann und Campe

1. Auflage 2018

www.hoca.de
Einbandgestaltung: Sarah M. Hensmann

Satz: Dörlemann Satz, Lemförde
Gesetzt aus der Albertina
Druck und Bindung: CPI books GmbH, Leck
Printed in Germany
ISBN 978-3-455-00005-4

HOFFMANN UND CAMPE

Ein Unternehmen der
GANSKE VERLAGSGRUPPE

Inhalt

Zum Lügen ist es
nie zu spät

Noch eine Romanze

Hatte er sich denn noch nie verliebt? Es war ein schöner Frühlingsnachmittag in Paris. Liebeslaute drangen von nebenan herüber, sonderbar, dass die Nähe des Krieges die Gelüste nicht dämpfte, und er konnte sich kaum an eine andere Frau erinnern, so überzeugt war er: DAS IST ES! Aber Madame, die Hotelbesitzerin, bedrängte den seltsamen kleinen Juden mit dem hübschen Profil, drängte ihn, sich zu erinnern, sagte ihm, sie sei eifersüchtig auf jeden Kuss, den er je gegeben habe. Deshalb zählte Monsieur sie (mit heimlichem Vergnügen) noch einmal nach, jeden Kuss auf jeden süßen Mund. Die allererste (eifersüchtiges Keuchen von Madame: Wäre doch sie es gewesen!) war eine Bäckerstochter in Krakau, und er hatte sie sehr geliebt, ja, warum das jetzt leugnen, ihr Haar war betörend rot gewesen, genau wie das der Hotelbesitzerin, die sich bei diesen Worten an ihn schmiegte und glaubte, sie werde sich jedes Mal, wenn sie an dieses Flittchen dachte, an ihn schmiegen müssen. Lange Abende hatte das junge Paar in der Backstube neben dem Ofen gesessen, und schließlich hatte er es fertiggebracht, sie ein paarmal auf die Lippen zu küssen, immer dann, wenn sich ihr Vater abwandte, um den Eierkuchenteig umzurühren. Diese Küsse machten der Bäckerstochter Mut, und als sie sich das nächste Mal trafen, bat sie ihn, zum Katholizismus überzutreten. Danach gab es nie wieder einen Kuss. Er war damals in der österreichisch-ungarischen Armee, und sein wohlhabender Vater hatte regelmäßig einen gewissen Betrag aufgebracht, damit der befehlshabende Offizier seinen Sohn einmal im Monat nach Krakau schickte, wo er in einem Laden neben der Bäckerei Papier und Briefumschläge für die Kompanie kaufen sollte. Als der Soldat seinem Vater erklärte, weitere Ausflüge nach Krakau seien unnötig, meinte der ältere Bankier achselzuckend: »So ist die Liebe« und war froh, dass er sein Geld behalten konnte.

Es gab andere Küsse, danach. Eine polnische Tänzerin namens Giedonka (deren Bild er immer noch in seiner Brieftasche bei sich trug), die ihm Dutzende Gefälligkeiten abverlangte, wofür er sie wie rasend küssen durfte, aber nur in seiner Phantasie, denn sie pochte auf ihre Verlobung mit einem mysteriösen polnischen Grafen. Eine italienische Dame, der er die Miete bezahlt hatte, obwohl er sich immer ein wenig vor ihr fürchtete, zu Recht, wie sich herausstellte, als er später in der Zeitung las, sie sei von einem eifersüchtigen Liebhaber, ihrem eigenen Vetter, ermordet worden. Und andere mehr, bis zu seinem jetzigen Verhältnis mit seiner rothaarigen Vermieterin Blanche, die das Hotel führte, in dem er seit seiner Ankunft wohnte. Er erzählte nicht alles, ein paar Auslassungen waren angebracht, damit sein Sinn fürs Geschichtenerzählen mit seinem Selbstwertgefühl in Einklang blieb.

Das Mädchen nebenan sagte gerade, noch nie sei es mit einem Mann so schön gewesen, noch nie. Bald vernahm man Wasserplätschern und Kleiderrascheln und eine Tür, die geöffnet und wieder geschlossen wurde. Monsieur begann (mit wenig Aussicht auf Erfolg, sonst hätte er es nicht gewagt), Madame, die Hotelbesitzerin, zu drängen, sie möge ihren Mann verlassen. Der fuhr einen Lastwagen und hätte Monsieur mit zwei Fingern den Hals umdrehen können, wie ihn Madame voller Sorge (mit heimlichem Vergnügen) warnte. Madame wehrte sich verzweifelt, und Monsieur versuchte sich gerade darüber klar zu werden, ob er sie anziehend genug fand für einen zweiten Akt, als drüben die Tür geöffnet und wieder geschlossen wurde, dann hörte man Worte. Madame und Monsieur sprachen weiter über die Zukunft oder über deren betrüblichen Mangel und hielten gelegentlich inne, um zu lauschen, während die Wand in rhythmische Schwingungen geriet. Madame fiel die Szene ein, die ihr Mann ihr gemacht hatte, als er herausgefunden hatte, dass der Jude seine Miete nicht, wie es üblich war, im Voraus bezahlte. Zum Glück hatte sie sein Misstrauen mit eigenem Bargeld zerstreuen können (es kam ihr vor, als hätte sie beide Männer verraten, indem sie ihrem Gatten erklärte, er könne auf einen so dürren, unansehnlichen Menschen wie diesen Mieter doch unmöglich eifersüchtig sein). Nebenan sagte das Mädchen gerade mit staunender, dankbarer Stimme, es sei noch nie so schön gewesen, noch nie.

Das stilvolle Hotel der Madame L. im Herzen von Paris, sagte Monsieur, um sie zu kränken. Solange du keine Miete zahlst, erwiderte Madame und gab die Kränkung zurück, kannst du nicht erwarten, dass ich bei zahlungskräftiger Kundschaft besonders wählerisch bin. Schon gut, Liebling. Er lachte versöhnlich und streckte die Hand nach ihr aus. Aber in diesem Augenblick fand sie ihn gar nicht anziehend, stand auf und ging.

Ein paar Tage später marschierten die Deutschen in Paris ein, und nun behauptete die rothaarige Hotelbesitzerin, sie habe den komischen kleinen Juden aus Polen mit dem hübschen Profil kaum gekannt, habe sich nur darüber geärgert, dass sie seinen Versprechungen Glauben schenkte, er würde die Miete bald bezahlen. DAS WAR'S, riefen sie und ihr Mann ihm wie aus einem Munde nach, als sie ihn hinauswarfen.

Er war zu sehr mit sich selbst beschäftigt, als dass er auf solche persönlichen Zurückweisungen anders als mit Fatalismus reagieren konnte. Er machte sich nicht die Mühe, ihrer Geschichte zu widersprechen. Es gelang ihm, auf ein Schiff nach Amerika zu kommen, unterwegs verliebte er sich in eine andere Frau, die auf der Flucht war wie er, sie hatte sogar rote Augenbrauen, und seine Aufmerksamkeit schmeichelte ihr während der ganzen Reise nach New York, wo ihr Mann sie erwartete.

Manchmal an den langen Nachmittagen tat es Madame, der Hotelbesitzerin, leid, dass der jüdische Mieter verschwunden war. Überall herrschte Krieg, und dennoch – die eigenen Gelüste dämpfte er kaum.

Aus dem amerikanischen Englisch von Reinhard Kaiser

Ein ästhetischer Kompromiss von geringer Bedeutung

Nichts auf der Welt spricht dagegen, dass man es sich gutgehen lässt, sagen sie. Für das Geld, das ein Auto kosten würde – und Günther Neutz versagt sich schon ein Auto –, könne man sich sehr schön einrichten. Gegen solche Überlegungen hegte er eine Art linker Abneigung. Als er mit fünfunddreißig heiratete, verließ er den traditionellen Neuköllner Neubau seiner Mutter, denn seine Frau Margarete, die wusste, dass gewisse Opfer, Kompromisse genannt, dargebracht werden müssen, um zum Glauben an die stabile Ehe übertreten zu können, bestand auf einer Umgebung, die zu einem immer noch jungen linken Akademikerpaar passte. Ästhetische Urteile sind universell, heißt es. Auch wenn Günther für Margaretes Aussehen nicht immer empfänglich bleiben würde (blondes Haar, feiner Teint und hübsches Gesicht sind schließlich nichts Ungewöhnliches und unterliegen der Veränderung), so doch gewiss und trotz seiner naturwissenschaftlichen Interessen für die Picasso-Lithographie. Und wenn nicht für Margaretes wohlhabende Familie in Pöseldorf, so doch und trotz seiner politischen Anschauungen für die Biedermeiermöbel, die sie von einer Tante geerbt hatte.

Als Margarete Neutz ihre Wohnung in einem Berliner Altbau plante, hielt sie sich penibel an die Auffassung der lokalen Intelligenzija, hohe Stuckdecken sollten sich in blanken Parkettfußböden spiegeln, und die Asymmetrie des Berliner Zimmers sollte durch wohlüberlegte Platzierung des perfekten altdeutschen Möbelstücks nicht verdeckt, sondern betont werden. Das mit weißen Teppichen ausgelegte Schlafzimmer der Neutzes liegt hinter zwei Schiebetüren, eine breite weiße

Daunendecke über einem schlanken Mahagoni-Bettgestell, ein Altar für die Rituale der Monogamie. »Aber ich will keine Kinder«, verkündete Günther Neutz kategorisch.

Bestimmte Spielarten der Monogamie funktionieren nur ohne Kinder. Auch das ist eine ästhetische Frage. Kinderlosigkeit segnet das Paar mit Ruhe und beschert ihm die Vielfalt der eigenen Interessen. Bei den Neutzes hinterlassen gelegentlich Freunde eine Spur, meist in Gestalt guter Bücher, die dann auf dem Teakholztisch im Wohnzimmer ausliegen. Neulich drang der Hausbesitzer ein, um das Badezimmer mit neuen Chrom-Armaturen versehen zu lassen, die zwar ihrem Stil nach nicht passen, aber ohne Frage komfortabel sind. Auch die im Bad postierten Kosmetika deuten nicht auf einen ästhetischen Kompromiss hin, nicht einmal die bombenförmigen Glyzerinzäpfchen, die im Kühlschrank neben den Trüffeln deponiert sind. Im Übrigen bringt die Art, wie der Raum bewohnt wird, den erlesensten Geschmack zum Ausdruck: Bunzlauer Porzellan ist zauberhaft, Anemonen sollen nie mit Ziergrün arrangiert werden, Blumen gehören in Vasen und nicht als Muster auf die Möbelbezüge, Jugendstil und langhälsige Stehlampen aus Mailand haben Form, Vorhänge sollen weiß, die Wände chamois sein und unsichtbar das Wirken der Putzfrau einmal die Woche, anfangs verschämt eingestellt, dann begeistert behalten, deren Telefonnummer auf Prosciutto- und Melonen-Partys weitergegeben wird und die ihre Arbeit, so heißt es, kreativ verrichtet.

Bei Neutz aber, so heißt es weiter, ist das offenbar verlorene Liebesmüh. Seine Frau hat sich mit seiner Geistesabwesenheit, seiner schrulligen Enthaltsamkeit abgefunden, damit, dass er immer überarbeitet ist, ihre besten Filetsteaks ohne ein Wort der Anerkennung herunterschlingt, auf Partys nie tanzt, niemals Wein trinkt und sich auf das Türschild verlässt, um festzustellen, wo genau er wohnt.

In Wirklichkeit jedoch ist Günther Neutz Schöner-Wohnen durchaus nicht gleichgültig. Im Gegenteil, was Wohnungseinrichtungen angeht, ist Neutz sentimentaler als die meisten. Er weiß es nur noch nicht. Noch glaubt er, wenn ihn an einem Zimmer mehr interessiert, als dass es warm ist und Obdach bietet, so bekunde sich darin gutmütige Duldung des Spleens seiner Frau. Er hat sich immer geweigert, mit ihr über die Toscana zu sprechen. Allein mit sich, kämpft er gegen leichtfertige Gedanken, indem er so tut, als kämen sie nicht vor. Manchmal sieht er in den Spiegel und nimmt angenehm überrascht sein Spiegelbild zur Kenntnis – da steht er, seltsam, wie leicht man das blonde Haar vergisst, die runden, blauen Augen, die Adlernase, eine Andeutung von Turmschädel, das ist das Arische. Wenn ihm Müßiggang bedrohlich wird, sucht er sich irgendwo sein Spiegelbild. Wenn er es nicht finden kann, sagt er still für sich Gedichte auf, die er als Junge auswendig gelernt hat. Wenn er sie alle gehört hat, ordnet er Moleküle zu Gebilden an, die ihm gefallen. Neutz kennt sich mit Atomen aus, bringt sie in der Anthropologie zu neuartiger Anwendung. Unterrichtet mit thüringischem Akzent, der empfindliche Leute dazu gebracht hat, das Fach zu wechseln. Kein Schauspielertalent: eine Art Aufrichtigkeit. Er wirkt rührend altmodisch in den achtziger Jahren, die Menschheit macht ihn sentimental. Seine Mutter hat ihn in einem Lebensborn-Haus empfangen; von seinem Vater kennt er nur die Schädelmaße. Über sich selbst weiß er mehr: Da bin ich, Günther Zeus Neutz, zwischen den Kleiderpuppen einer Boutique, auf sonniger Straße unterwegs, in ehrenwerter Mission. Neutz hat einer Studentin versprochen, ihr ein Buch zu schicken, ist in seiner Arbeit versunken, hat vergessen, seiner Sekretärin rechtzeitig Bescheid zu sagen, und macht nun sein Versehen wieder gut, indem er das Buch durch Boten befördert. Neutz hat seine Prinzipien. Auch als Professor auf Lebenszeit ist er sich für keinen akademischen Dienst zu schade.

Seine Studentin, eine Frau Khan, wohnt in der Kölner Straße 76. Während er an Nummer 22 und Nummer 24 vorbeigeht, sieht er, wie er sich aus Schaufensterscheiben entgegenspringt, ein krummes Strichmännchen mit gutmütigem Hundegesicht. Die Geschäftsstraße geht in eine Wohnstraße über.

»Wer je die Flamme umschritt, bleibt der Flamme Trabant.« Nummer 32, Nummer 36.

»Es war, als hätt' der Himmel die Erde still geküsst.«

Endlich. Drücken. Khan bei Schmidt. Lebt in Untermiete. Kein

Fahrstuhl. Neutz betritt ein dunkles Treppenhaus und steigt hinauf. Seine Sandalen klappern auf jeder Stufe. Als er den dritten Stock erreicht, beginnt das Abenteuer ihn zu interessieren. Er weiß gar nicht mehr recht, wie Frau Khan aussieht. Asiatisch, selbstverständlich. Dritte Welt. Im fünften Stock verzweigt sich die Treppe nach zwei Türen, »Khan bei Schmidt« und »WC«. Er klingelt, tritt einen Schritt zurück, und zum ersten Mal kommt ihm der Gedanke, dass sie überrascht sein könnte. Die Tür öffnet sich sofort, trübes Licht, reflektiert von einem nackten, grauen Fußboden, fällt heraus, darin eine kleine Gestalt, die sagt: »Oh, Professor Neutz!«, und dabei auf das Buch blickt, das er ihr galant hinhält.

»Habe vergessen, Ihnen das hier zu schicken, dumm von mir. Sie hätten es das ganze Wochenende über nicht gehabt«, sagt er. Seine Füße haben schon wieder kehrtgemacht Richtung Treppe, während die schmalen Schultern noch wie bei einem Setter auf die offene Tür zeigen.

»Wollen Sie einen Augenblick hereinkommen«, sagt sie.

Er denkt: Nur einen Augenblick. Tritt ein. Interessiert sich eigentlich nicht für andere Wohnungen, die Möbel, welche Bilder an der Wand hängen. Seine Frau macht nachher immer ihre Bemerkungen. Hast du den chinesischen Läufer gesehen? Hoffe immer, dass nichts von Ikea dabei ist, wenn man die Leute schon mag. Wohnungen sagen einem alles.

Aber wo sind die Möbel? Frau Khan bringt auf einer Heizplatte unter dem Fenster Teewasser zum Kochen, steht abgewandt, sodass er sich auf den kargen viereckigen Raum konzentrieren kann. Grüne Tapete wächst aus dem blanken, grau gestrichenen Fußboden hervor, oben eine niedrige, grüne Decke. Zwei kleine schräge Dachfenster stehen offen, durch die das Zimmer nach Luft schnappen kann. Möbel gibt es natürlich. Eine Luftmatratze, die man auch mit an den Strand nehmen könnte, ein Apollinaris-Karton, Queen of Table Waters, als Couchtisch. Weitere Pappkisten, mit der Öffnung nach vorn säuberlich an der Wand aufgetürmt, gefüllt mit Büchern und Kleidern. Über dem Bett, in der Höhe von Neutzes Knie, eine nackte Glühbirne, deren

Kabel mit Klebestreifen an der Wand befestigt ist. Als Frau Khan eben Wasser über die Teebeutel in der weißen Melitta-Kanne gegossen hat, bemerkt er ein junges Mädchen, blond, pausbäckig, mit fröhlichem Gesicht, rosa und weiß. Khan? Sie könnte Gretchen heißen. »Wie heißen Sie?«, fragt er mit schiefem Lächeln. »Gerda«, sagt sie leise. Ihre Hände zittern, während sie den Tee einschenkt, in Melitta-Tassen, passend zur Kanne.

Wie ein kleiner Junge sitzt Professor Neutz auf dem Boden, die Ellbogen auf den Apollinariskarton gestützt, und trinkt unter Herzklopfen in hastigen Schlucken schwarzen Tee. Die nackten grauen Dielen! Diese grün tapezierten Wände! Die Abendröte streckt ihre Schmutzfinger durch die vorhanglosen Fenster herein! Alles ist unbefleckt, Jacken und Kleider auf drei Bügeln, die an Haken an einer Wand hängen. Das Bettkissen schaut aus dem blauweiß gestreiften Bezug hervor, an dem immer noch ein Preisschild baumelt, Bilka, 19,90 DM. Die Bücher in Pappkisten aufgestellt! Während es im Zimmer dunkler wird, spricht sie über die neueste Evolutionstheorie aus Amerika, und er hört kaum zu. Aus diesem Grund redet sie. Der berühmte Professor Neutz trinkt Tee bei mir und beginnt sich zu langweilen und will gehen, schrecklich; verzweifelt bemüht sie sich, ihn mit ihrem Verstand zu beeindrucken.

Unvermittelt erhebt er sich, will sich verabschieden. Auch sie steht traurig auf, um ihn an die Tür zu bringen. »Sprechen Sie am Montag über Genetik?«, fragt sie und bückt sich, um die Lampe über dem Bett anzuschalten. Als die Lampe aufflammt und ihn und sie in reinstes gelbes Glühlampenlicht taucht, kann Günther Neutz seine Leidenschaft nicht länger zurückhalten und offenbart sie.

Der liebe Günther war in letzter Zeit zerstreuter als sonst. Läuft mit verschiedenfarbigen Socken herum, wie man an seinen Sandalen sieht, die er nach dem Ersten Mai immer trägt. Die Shorts hat seine Frau weggeworfen. Er arbeite mehr denn je, werde sich noch krank arbeiten, prahlt Margarete. Er kommt pünktlich zum Abendessen, wenn Kollegen oder Presseleute eingeladen sind.

Tatsächlich ist Neutz voll neuer Energie. Im Flurspiegel, frühmorgens auf dem Weg nach draußen, wenn er seine Frau Khan besucht, erblickt er einen kleinen Jungen mit ungezogenen blauen Augen, rotem Mund, blonden Locken. Sei brav! hört er seine Mutter sagen. Und stürzt zur Tür hinaus. An jedem Arbeitstag klappert er morgens die Treppe des Hauses in der Kölner Straße 76 hinauf, Gerda Khan hört ihn und öffnet schon die Tür. Wenn er sieht, wie sie ihm entgegenlächelt, sticht ihn das schlechte Gewissen, und ein fast unangenehmes Staunen überkommt ihn jedes Mal so heftig, dass er die Stirn runzelt. Doch es wird ein verlegenes Grinsen daraus, sobald er dieses schamlos kahle Zimmer sieht, die grüne Tapete, die niedrige Decke, die schludrigen Möbel und die dreiste Geschmacklosigkeit des Melitta-Kaffeeservices. Während sie in dem winzigen Waschbecken noch spült, zieht er sich behutsam aus, faltet seine Kleider zu einem kleinen Stapel und legt sich an die einzige mögliche Stelle, um auf sie zu warten. Sie reden kaum etwas. Wenn jemand spricht, dann er. Erzählt ihr, was er alles zu tun hat. Sie stellt ihm nur Fragen, die seine Arbeit betreffen. Sie wagt es nicht, ein anderes Thema anzuschneiden. Sie ist gerade zwanzig. Geehrt durch die frühmorgendlichen Besuche des berühmten Professors Neutz. Besoldungsgruppe A1. Spendet sein Geld für linke Projekte und Krebsforschung. Sie fragt ihn nie nach seiner Frau, von der sie gerüchteweise gehört hat. Er erzählt von allem in der ersten Person Singular. »Ich war letztes Jahr in Rom …« – »Ich wohne …« – »Ich habe einen Freund …« usw. Seine Vorlesungen besucht sie andächtig. Aber wie früher verschwindet er anschließend immer sehr schnell, begrüßt sie nicht einmal. Wenn sein Blick bisweilen geistesabwesend an ihr als einem festen Bestandteil der ersten Reihe hängen bleibt, wird sie vor Stolz ganz rot und ist überzeugt, dass alle es bemerken.

Eines Tages jedoch riskiert sie es, ihre Bekanntschaft zu offenbaren. Nachdem er mit »Vielen Dank« geschlossen hat, springt Gerda Khan auf und tritt zu ihm. »Was haben Sie vor?«, fragt er munter, und sie gehen zusammen aus dem Hörsaal. »Oh, ich wollte einen Spaziergang machen«, erwidert sie. »Vielleicht mit Ihnen zusammen« – und ihr Gesicht wird rot vor Angst, dass sie zu weit gegangen sein könnte. Aber er lacht nur großmütig vor sich hin, und sie gehen weiter, zusammen! Bestimmt starren ihnen alle nach! Da hält eine alte Frau ihn an, beachtet das Mädchen überhaupt nicht. »Günther, ich habe versucht, dich zu erreichen …« Gerda Khan betrachtet mit Missfallen die Falten auf ihrer Stirn, den schweren Bauch. Ältere Frau, denkt sie voller Abneigung. Zum ersten Mal erkennt sie ihren eigenen Wert. Sie fasst Mut und will Neutz fortlocken, indem sie »Wiedersehen, Günther« sagt und sich umdreht. Sie ist kaum zur Tür hinaus, da holt er sie ein, und sie drückt sich in aller Öffentlichkeit an ihn, bietet ihm froh ihre Jugend zum Geschenk. Professor Neutz nimmt an. Er legt ihr den Arm um die Schulter. Aber sein Arm ist so steif und schwer, sein Schritt plötzlich so hastig, dass sie von Panik ergriffen wird und ihn nach der Vorlesung des nächsten Tages fragt – »Ja, die muss ich noch vorbereiten«, erwidert Neutz, »so viel zu tun.« Und er löst sich von ihr. »Aber vielleicht können wir bald mal anderswo einen Spaziergang machen.«

Günther Zeus Neutz heimwärts schlendernd in der U-Bahn, erstaunt über die Volkstümlichkeit seiner eigenen Geste – dass er seinen Arm an einem schönen Tag um ein schönes Mädchen gelegt hat, wie ein junger Mann. Als er jung war, hat er so etwas nie getan. Sieben Jahre lang hatte er ein Verhältnis mit einer Frau aus Neukölln, fünfzehn Jahre älter als er, mit zwei Kindern und einem teilnahmslosen und dennoch eifersüchtigen Mann. Sie hatte sich ihm an den Hals geworfen, als er achtzehn war und sich zwischen den Abiturprüfungen in der Cafeteria von Karstadt ein Mittagessen bestellte. Er hatte sie am Anfang der Schlange erblickt, ein Gesicht im Dampf, und dann funkelte die Metallschiene, auf der sein Tablett plötzlich wie von selbst vorwärtsglitt, bis er vor ihr stand, schweigend, und plötzlich ganz deutlich den Geruch von heißem, sauberem Porzellan wahrnahm, dazu die Romantik der »rustikalen« Tische und Bänke und das plötzliche Verlangen, dicht vor die schöne Farbvergrößerung eines Schweizer Alpengipfels zu treten. Dann kam ihr Lächeln, und sie streckte ihren kurzen Arm aus, um ihm seine Bockwurst zu reichen, Glanz des Eherings und fünf roter Fingernägel, goldene Uhr, glatter Oberarm, darin das Grübchen einer Impfnarbe: »Hallo, Süßer!« Die nächsten sieben Jahre verzehrte er sich nach den paar Minuten mit ihr im trockenen Keller ihres Mietshauses, zwischen Dreirädern, Skiern, dem Tisch, der gerade nicht gebraucht wurde, auf einer alten, ausrangierten Matratze, im Schein der Taschenlampe.

Als Margarete ihn Jahre später übernahm, musste sie ihm zunächst die Grundkenntnisse romantischen Verhaltens beibringen: gewisse Ausdrücke und Gesten, die Verwandlung beim Ausziehen, die Symbolik eines weichen, sauberen Bettes. Mit der Zeit gab er seine verschrobenen Gewohnheiten auf, wenngleich er nachts in sein altes Verhalten zurückfiel und ganz für sich schlief; auf dem Bauch, die langen, dünnen Beine hochgezogen, wie ein Neugeborenes.

Margarete war mit allem zufrieden. Immerhin erklärte er ihr seine Liebe, wenn auch auf altmodische Weise (»Ich bin dir gut«). Und auch wenn er nie das geringste Interesse an ihr persönlich entwickelte, akzeptierte er sie als seine Frau. An Bewunderern fehlt es der Frau eines berühmten Mannes nie, vor allem dann nicht, wenn dieser Mann an seiner Beziehung nicht »arbeitet«. Jeder konnte sehen, dass Günther viel zu beschäftigt war. Zur Monogamie gehören zwei. Man erwartete, sie würde Gesellschaft suchen. Günther würde gar nichts merken.

Eben kommt er durch die hölzerne Tür mit der Art déco-Verglasung in der Mitte, drückt die wertvolle, antike Klinke behutsam. Aber gleichzeitig fragt er sich, ob er dieses Mädchen nicht irgendwohin mitnehmen könnte, auf einen langen Spaziergang oder eine kleine Reise, diese Gerda, Dritte Welt, obwohl sie nicht danach aussieht – ach ja, sie hat mal von einem persischen Urgroßvater erzählt, einem Kaufmann. Flitterwochen, verliebter junger Mann, hübsches Mädchen, so geht das.

»Habe ich dir schon gesagt, dass ich morgen nach Hamburg muss? Ich muss Professor Becker besuchen«, erklärt er seiner Frau, die sich gerade um das Abendessen kümmert und beim lauten Gebrutzel der Filetsteaks die Unbestimmtheit in seiner Stimme nicht bemerkt. »Es ist wichtig.« Dass das Mädchen vielleicht gar nicht fahren will, darauf kommt er nicht. Er wird ihr die Fahrt selbstverständlich bezahlen. Irgendein Spendenkonto wird im nächsten Monat eben entsprechend weniger bekommen.

»Übernachtest du da, wo du immer wohnst?«, fragt sie. Natürlich. In dem Hotel, das die Uni immer bezahlt hat. Er hat noch gar nicht daran gedacht. Wie aufmerksam von Margarete; er klopft ihr auf die Schulter.

Der Morgen braucht die ganze Nacht, bis er endlich kommt. Neutz packt seinen Nadelstreifenanzug zwischen einige Bücher in seine Aktentasche und macht sich in neuen, lauten Halbschuhen auf den Weg. Er stapft die dunkle Kölner Straße hinunter, zu Khan bei Schmidt, poltert die Treppe hinauf, schnauft beim Anblick des rosa Himmels in den kleinen, schrägen Fenstern, des gelben Glühens der Birne, der vier kahlen Zimmerecken, des überraschten, verschlafenen Mädchens, das sich jederzeit freut, ihn zu sehen. »Ich fahre nach Hamburg. Kommst du mit?«

Sie kommt mit. Aber klar doch. Nimmt eine Unterhose aus einem Karton, in dem mal bulgarische Tomatenkonserven verpackt waren. Ein angeborener Ordnungssinn, den ich gar nicht bemerkt habe, staunt er. Und schon gehen sie los. Lesen Zeitschriften im Flugzeug. Sehen einander nicht an. In Hamburg ist man im Nu. Sie nehmen den Bus zum Hotel, melden sich an als Herr und Frau Neutz.

»Gnädige Dame«, sagt der Portier augenzwinkernd. Der Aufzug. Hier entlang. Der Flur beginnt hier. Und hier ist Ihr Zimmer. Wilhelminische Schlafzimmereinrichtung mit allen Raffinessen, modernisiert. Tageslicht dringt durch die Gardinen herein. In romantischer Absicht zieht Günther Neutz die schweren dunkelroten Vorhänge zu und stolpert anschließend auf der Suche nach einem Lichtschalter durchs Zimmer. Schließlich bekommt er die Nachttischlampe mit ihrem Kupferfuß zu fassen.

Frau und Herr Neutz lächeln ängstlich und ziehen sich aus, legen ihre Kleider säuberlich zusammen. Gerda hat die Gewohnheit von ihm übernommen, die er von seiner Frau übernommen hat, die sie ihrerseits bei einem französischen Soldaten gelernt hat. Mit verkrampfter

Hast, die aus plötzlicher Beklemmung herrührt, schieben sie sich ins Bett. Denn, was ist das? Günther Neutz spürt kein Verlangen. Nichts. Wer ist dieses Mädchen? Er ringt nach Orientierung und erblickt nur sein eigenes Gesicht im Fuß der einen Nachttischlampe, verzerrt, gestreckt und gilbend. »Khan, Gerda«, murmelt er. Um ihn herum ragende Wände, steil fallende Gardinen, der Damokles-Lüster. Günther löscht das Licht. Das Gefühl der Daunendecke und der frischen Laken. Es erinnert ihn an seine Mutter. Er schnuppert und riecht nur das leicht verschwitzte Mädchen. »Du, lass uns doch schöner, natürlicher liegen«, sagt er. Auf allen vieren klettert er aus dem Bett, das Mädchen ihm nach. Keuchend zerren sie die Matratze aus dem Bett und schieben sie mühsam in eine leere Ecke, die Laken verheddern sich. Sie öffnen die Vorhänge, ziehen die Laken ganz herunter, legen sich auf die nackte Matratze, das Etikett »Echtes Rosshaar« vor der Nase. Günther konzentriert sich auf die kahlen Wände und den Geruch der Ecke. Die Prise Schmutz dort. Es nützt nichts. Gerda Khan gerät langsam aus der Fassung. Da die unausgesprochenen Regeln ihr nicht erlauben, ihm persönliche Fragen zu stellen, riskiert sie einen Kompromiss.

»Was ist los?«

Aber ehe dieser Verstoß gegen den guten Geschmack beantwortet werden muss, klingelt grob das Telefon. Professor Becker: »Herr Professor Neutz, es freut mich sehr, dass Sie endlich gekommen sind.« Professor Neutz: »Ich wollte gerade zu Ihnen kommen.« Die Schluchzer des Mädchens verschluckt die Zimmerecke. Sie kann sich die Alster ansehen. »Bis heute Abend«, verspricht er.

Heute Abend wird er sehr müde sein, zu müde – überhaupt zu müde für diese Affäre. Sie wird nicht mehr in sein Seminar kommen. »Armes Fräulein Khan«, wird er an künftigen Morgen wehmütig denken, wenn er neben dem heiligen, vertrauten Berg, seiner Frau, liegen bleibt. »Was für ein Glück, dass ich ein schönes Zuhause habe.« Und durch eine geheimnisvolle Bewegung tun die weißen Vorhänge ihre Zustimmung kund, während in ebendiesem Augenblick ein Luftzug ins Zimmer fährt, einen Kontoauszug von dem kleinen Schreibtisch nimmt und durch die geöffnete Doppeltür davonträgt, über das blanke Parkett, an den Wänden entlang, den Picasso streifend und zurück, so trudelt der blauweiße Fetzen durch die Herrlichkeit der stillen, kinderlosen Zimmer, die das Ehebett umzingeln.

Aus dem amerikanischen Englisch von Reinhard Kaiser

Schulzes Welt

Am meisten wird mir die Waffensammlung fehlen«, klagte Wolfgang, als er zum letzten Mal vor die Tür seiner Villa in Ostberlin trat. Er war wacklig auf den Beinen, es lag aber nicht an seiner Ernährung, in der Sättigungsbeilagen reichlich vorkamen. Es war der Schock, der Verlust seiner Stelle, die er zwanzig Jahre lang gehabt hatte. Auf dem Grund der Spree, die an seinem Grundstück vorbeifloss, lagen hunderteinundzwanzig Gewehre, Pistolen und Revolver, die schönste illegale Waffensammlung in ganz Ostdeutschland. Unterdessen sah sich seine Frau noch einmal in der Diele um. Zum letzten Mal staubte sie das altdeutsche Buffet ab, da bemerkte sie den großen Stapel Briefumschläge. »Alle adressiert und frankiert?«, fragte sie ungläubig. Verschwendung war ihr zuwider.

»Es sind Autogramme von mir«, erwiderte Wolfgang. »Aber wozu sie noch losschicken?« Was bedeutete jetzt der Name Schulze, oder das Hochglanzfoto dieses Schulze aus der Zeit, als er noch Verkäufer gewesen war? Der billige Abzug zeigte Schulze schwefelgelb und schwarz, die Unterschrift über die runde linke Backe gekritzelt. So hatte er sich dargestellt vor zwei Jahren, als er noch in der Sportabteilung des großen Kaufhauses am Alexanderplatz arbeitete. Die Zeichnungen, die er jahrelang zum eigenen Vergnügen angefertigt hatte, waren damals gerade in einem kleinen Buch veröffentlicht worden, nichts Anspruchsvolles, »Arbeiterkunst« eben – allerdings pornographisch, aber ein aufgeschlossener »Sachbearbeiter für Kunst« hatte erkannt, dass sie etwas taugten: »Schulzes Welt« war eine Geographie der erogenen Zonen im Kaufhaus, auf der Straße, im Café. Fünfzig Jahre lang hatte Wolfgang im selben Haus gewohnt, an einer Straße, die sich nie veränderte, dreißig davon mit Inge, und zwanzig Jahre zu fünfundvierzig Stunden die Woche hatte er an der Ladenkasse verbracht; diese Jahre hatten ihm eine Landschaft offenbart, die anderen unsichtbar blieb.

Auch die Kritik im Westen hatte »Schulzes Welt« entdeckt. Artikel über einen neuen Trend im Osten erschienen im politischen Teil der Tageszeitungen. Westverleger kämpften um den Vertrag für eine Neuausgabe. Die Publicity im Westen machte Schulze im Osten noch bekannter. Aber dann zog der ostdeutsche Staat »Schulzes Welt« aus dem Verkehr und stellte ihn vor die Wahl: Entweder er würde alle Angebote, sein Buch im Westen zu veröffentlichen, ablehnen, oder er müsste das Land verlassen.

Er hatte die ganze Nacht darüber nachgedacht. Und während er nachdachte, hatte er sämtliche Autogrammwünsche seiner Landsleute, die sich in diesem Monat angesammelt hatten, erfüllt. Einhundertzehn Briefe. Am nächsten Morgen tat ihm die weiche Hand weh, aber zu einem Entschluss war er nicht gekommen.

Er begegnete seiner Frau Inge. Sie trat gerade aus dem Bad und hatte das Haar voller Lockenwickler. Im Westen würde das altmodisch sein; das wusste sie nicht. Später ging er zum Postamt und kaufte einhundertzehn Briefmarken. Den ganzen Morgen leckte er und schrieb Adressen auf die Umschläge, ohne an etwas zu denken. Doch abends sagte er zu seiner Frau: »Komm, wir fahren!« Sie klatschte in die Hände und rief Bravo! und war plötzlich sehr zärtlich. Vielleicht würde ihm drüben etwas anderes einfallen als diese peinlich zweideutigen Bilder. Sie holte eine Flasche zuckrigen ungarischen Champagner hervor. »Wäre doch Verschwendung, den hierzulassen.« Die hundertzehn Briefe hatte sie in das Handschuhfach des Wagens gestopft und dann vergessen, sie vor der Grenze einzuwerfen.

»Und was machen wir nun damit?«, rief Wolfgang, als sie ihm aus dem Handschuhfach entgegenquollen. Er sammelte sie ein, und später lagen sie auf einem Tisch in der Diele ihrer Westberliner Wohnung, alle hundertzehn.

Er war hier ordentlicher als in Ostberlin. Inge wusste diese Veränderung zu schätzen. Er ordnete die Briefe zu zehn Stapeln und verteilte die Stapel auf seinem neuen Zeichentisch. Ihm war selbst nicht klar, warum er das tat; vielleicht, weil er noch nie einen Zeichentisch besessen hatte und nicht wusste, was er mit all dem Platz anfangen sollte.

Er war über sich selbst verblüfft. Oft bedauerte er, dass er und Inge die falschen Sachen in den Mercedes gepackt hatten. Er vermisste die schweren Trinkpokale und die altrosa Badezimmergarnitur. Statt all der Bücher hätte er lieber seine rote Thermoskanne mitnehmen sollen! Seine Frau sagte jedes Mal nur: »Macht doch nix!«

Schon am ersten Nachmittag, an dem sie in ihrem sperrigen braunen Dufflecoat und ihren wulstigen Schuhen in die Innenstadt gefahren war, mit einem Haarnetz auf dem Kopf wie eine Ostrentnerin auf Tagesausflug im Westen, hatte Inge Schulze Unterschiede erkannt, doch um nichts, was sie zurückgelassen hatte, tat es ihr leid, auch wenn das eine Schande war. Später stopfte sie sogar ihren Dufflecoat in den Mülleimer.

Sie lehnte es ab, sich zu grämen. Als er klagte, dass er sich entscheiden musste, ob er einer Krankenversicherung beitreten oder eine Lebensversicherung abschließen sollte, sagte sie: »Überlass das mir«, und freundete sich mit dem besten Steuerberater der Stadt an. Angesichts ihrer gnadenlosen Begeisterung für ihre luxuriöse Neubauwohnung getraute er sich nicht, auch noch der Villa in Ostberlin nachzutrauern, ihrem Geruch, den Wäldern draußen, dem Fluss (in dem, wie Perlen und Korallen, die Schätze seiner Waffensammlung lagen). Seinen neuen westdeutschen Pass legte er in eine Schublade neben den ostdeutschen, der jetzt nutzlos war. Dieser neue mit seiner seltsam olivgrünen Farbe und seinem unmöglichen Format sprach ihn nicht an. Der alte dunkelblaue mit Hammer und Sichel in Goldprägung auf dem Umschlag hatte genau die richtige Größe, einen Zentimeter kleiner und einen halben Zentimeter schmaler als der neue.

Welcher von beiden barg eine Sommerreise zu den masurischen Seen in Polen, eine Woche Prag zurzeit der Apfelblüte, das Geschaukel nach Leningrad in einem bequemen Reisebus?

Die Presse wollte Interviews von ihm. Er lehnte ab. Die Journalisten bedrängten ihn am Telefon. »Das sind Sie Ihren Anhängern schuldig. Die Leute wollen wissen, warum Sie rübergekommen sind. Denken Sie an Ihr Publikum.«

Wolfgang dachte nur an sein Heimweh. Er versuchte ein Bild für dieses Gefühl zu finden, ein Bild, das ihm Linderung verschaffen würde. Aber in seinem Kopf fand er keine Bilder, bis auf ein paar realistische, materialistische Großaufnahmen. Immer wieder zeichnete und aquarellierte er seine rote Thermoskanne. Sein Kindergesicht blickte mürrisch und bekümmert drein. Alles, was er zum Zeichnen brauchte, hatte er aus dem Osten mitgebracht. Als die Tusche eingetrocknet und die letzte Zeichenfeder stumpf geworden war, kaufte er nichts nach.

Seine neuen Bekannten im Westen verstanden nicht, wie jemand, der sein Los derart verbessert hatte und außerdem noch berühmt geworden war, so lustlos sein konnte: »Komisch, man sollte meinen … was für ein fader Kerl.« Trotzdem luden sie ihn zu ihren Partys ein. Er kam immer, im Schlepptau seiner Frau, und jedes Mal rief sie vorher an, um genaue Anweisungen einzuholen. Frau Schulze galt als langweilig, aber bemüht. Aus lauter Höflichkeit erkundigte sie sich bei ihren Gastgeberinnen nach deren Rezepten und wollte dann aus lauter Neugier wissen, wie viel sie für das Kilo Fleisch bezahlt hatten. Immer trank sie ein bisschen über den Durst, aber nicht so viel, dass sie zu einer fröhlichen Zechkumpanin geworden wäre. Man konnte nicht sagen, woran es lag, aber ihre Kleidung wirkte unmodisch. Alle wunderten sich darüber, wie durchschnittlich die Schulzes waren. Man hätte ihn für einen Warenhausverkäufer halten können. Die Schlaueren kamen zu dem Schluss, er sei depressiv. »Ich verstehe Sie vollkommen!«, rief eine junge Frau auf einer Party. »Ihnen fehlen die echten menschlichen Beziehungen.« Sie war in der Sowjetunion gewesen und hatte zum ersten Mal in ihrem Leben intakte Ehen gesehen. »Ist Ihnen im Westen je ein Paar wie die Sacharows begegnet?«

Wolfgang erwiderte: »Nein, Nein«, und wollte damit sagen: Nein, darum geht es nicht. Aber die junge Frau fasste es als Bestätigung ihrer Theorie auf.

Wolfgang fragte sich, ob er sich vielleicht heimischer fühlen würde, wenn er seine Besitztümer anders anordnete. Er wollte die spärlich möblierte Wohnung umräumen. Er schob das Bett und das Sofa und den Couchtisch von einem Zimmer ins andere.

Inge ertrug es schweigend. Sein Zeichentisch stand zuerst vor dem einen Fenster, dann vor dem anderen, dann vor einer Wand. Nur die hundertzehn Autogramme in den grauen Briefumschlägen blieben unverändert darauf liegen, wie Grabsteine für die einzigen Anhänger, die ihm je etwas bedeutet hatten und die es nun nicht mehr gab.

Immer stimmte irgendetwas mit der Wohnung nicht. Eines Tages, als Inge ausgegangen war, wischte er den Boden auf, weil sich dort Schmutz angesammelt haben konnte, der womöglich die Ursache für sein Unbehagen war. Am nächsten Tag wusch er seine Kleider in der Badewanne, um festzustellen, ob sie nachher womöglich weicher an der Haut lagen.

An diesem Nachmittag erhielt er einen Anruf von Frank Schumann, einem ehemals ostdeutschen Studenten, den man eingesperrt hatte, weil im Westen eine Erzählung von ihm erschienen war, in der er das Leben im Osten als Unterdrückung darstellte. Nachdem Frank seine Strafe abgesessen hatte, war er an der Grenze abgesetzt worden. Er hegte eine Vorliebe für Leute, die das gleiche Schicksal wie er erlitten hatten, und lud Wolfgang ein, um sich dessen Martyrium in allen Einzelheiten erzählen zu lassen.

»Was mir am meisten fehlt, ist meine Waffensammlung«, gestand ihm Wolfgang.

Frank Schumann brachte vor Missbilligung kein Wort heraus. Er hatte Ostdeutschland mit neunundzwanzig Jahren verlassen, seine ganze Jugend war für ihn mit der ostdeutschen Friedensbewegung verbunden, und beides fehlte ihm sehr. Seit neun Jahren war er im Westen, aber alles, war er schrieb, spielte im Osten. Die ostdeutschen Leser fanden das langweilig, aber die westdeutschen waren fasziniert. Frank Schumann wusste nicht, dass er im Osten kein Publikum hatte, er setzte nie einen Fuß vor die Tür seiner von Kindern wimmelnden Wohnung und rauchte eine Ostzigarette nach der anderen, die

Freunde ihm mitbrachten. »Was für eine Waffensammlung?«, fragte er schließlich mit sichtlicher Mühe.

»Mein Hinterlader, das Chassepot, das halbautomatische Jagdgewehr, meine Minies, Paixhans und Martinis-Henry. Meine Mannlicher!«, rief Wolfgang. »Zwanzig Jahre habe ich gebraucht, um sie zusammenzukriegen. Am Ersten Mai habe ich sie immer abgefeuert. Die Polizei glaubte, es seien einfache Kracher.«

»Du kannst doch jederzeit eine neue Sammlung anfangen«, schlug Frank vor. »Du wirst doch reich hier, oder?«

Wolfgang antwortete auf diese rhetorische Frage nicht. Frank hatte recht. Auf Wolfgangs Konto vermehrte sich das Geld. Wie eine Bakterienkultur, dachte er. Eine saubere Sache war das nicht. Plötzlich fragte er sich, ob Frank auch genug Staub wischte. Trotzdem ließ er sich zu einem dritten Wodka überreden. Frank würde herumerzählen, dass Wolfgang zu viel trinke. Franks Kinder tobten herein, ohne Rücksicht auf das Gespräch der Erwachsenen, aber Frank machte ein zufriedenes, beseligtes Gesicht. Seit seiner Entlassung aus dem Gefängnis hatte er ein paar Pfund zugenommen. »Haftverfettung«, murmelte Wolfgang vor sich hin. Frank hörte es, verstand aber nicht, was es bedeuten sollte. Führt Selbstgespräche, merkte er sich; Pornographie war ja keine Kunst.

Wolfgang kehrte heim und klammerte sich an seine Frau. Es war ja sonst niemand da. Vielleicht war es ein Fehler gewesen, keine Kinder zu haben. Ein Tag glich dem anderen. Jeden Morgen wusch er seine Sachen mit der Hand und entwickelte im Laufe der Zeit ein regelrechtes System – vom Rumpfteil nach außen zu den Ärmel- oder Hosenaufschlägen, als würde er seine Hemden und Hosen massieren. Da lud ihn eines Tages ein anderer Maler zu sich ein, den er auf einer Party kennengelernt hatte.

Maik war vor fünf Jahren nach Westberlin gekommen, nachdem er im Westen ein paar andeutungsweise antisozialistische Karikaturen ausgestellt hatte. Wie alle Berliner in Ost und West war er scharf auf New York und träumte von einer amerikanischen Karriere. Aber auf der Schule hatte er Russisch gelernt und sprach kein Englisch, sodass er sich in Amerika mit niemandem unterhalten konnte. Hinzu kam, dass New York von ihm nichts wissen wollte. Maiks Einwanderungsversuch war deshalb von kurzer Dauer. Er kehrte nach Westberlin zurück, wo er fortan mit allem unzufrieden war. Sein eigener Erfolg verdross ihn, und er verurteilte den Beifall, den er herbeisehnte. Hin- und hergerissen zwischen Reichtum und Armut, lebte er zuweilen wie ein Fürst und dann wieder wie ein Spartaner, mal in einem kahlen Zimmer mit einer Matratze im Bad und mal in einer Luxuswohnung mit Teppichboden. Mit einem Moped war er gekommen, hatte daraus einen Mercedes gemacht, fuhr dann eine Zeit lang mit öffentlichen Verkehrsmitteln, bevor er den alten Ford angeschafft hatte, den er schon wieder verkaufen wollte. Jetzt, da ihm alle Möglichkeiten offenstanden, finanziell und politisch, gelang es ihm einfach nicht, einen neuen Lebensstil für sich zu finden.

Maik verstand Schulzes Sehnsucht nach dem Osten vollkommen. »Meine Frau Inge ist hier wirklich glücklich«, sagte Schulze, der schlichte Pornograph vor dem grübelnden Künstler. Etwas anderes fiel ihm nicht ein. »Die Frauen kommen immer besser zurecht«, meinte Maik gehässig. Sie gingen in eine heruntergekommene Arbeiterkneipe, wo sie niemand erkennen würde, und betranken sich.

»Es liegt am Publikum hier. Die Leute erwarten von uns eine Vorstellung, als ob wir Tanzbären wären.« Georg Klein ahnte, wie die Medien Schulze jetzt unter Druck setzten. Er war froh, dass es einen anderen traf, und rief ihn an, um ihn zu trösten. Georg Klein war Gefühlskommunist und Theatermann, der den Osten auf sehr elegante Weise verlassen hatte, indem er eine begeisterte Westberliner Lehrerin heiratete, deren Begeisterung auch dann nicht erlahmte, als seine Muse ihn verließ und er anfing, Werbetexte zu schreiben. Als Ehemann und mit einem Westberliner Personalausweis versehen, lebte er auf ebenso großem Fuße wie vorher in Ostdeutschland. Zwar hatte er vor dem Snobismus seiner Umgebung kapituliert und trank Espresso, dennoch würde Nescafé für ihn immer der Inbegriff des Luxus bleiben.

Aber er musste sein Geld genießen, um zu beweisen, dass er seine neue Tätigkeit freiwillig ausübte. »Verdrück dir die schlechte Laune, Mann«, sagte Klein. »Mach keine Faxen.«

Schulze lehnte seine Einladung ins teure Lokal ab. Er blieb zu Hause und räumte seine Sachen um. Jeden Morgen wusch er entweder die graue Hose und das weiße Hemd, die er getragen hatte, als er über die Grenze gegangen war, oder die graue Hose und die weißen Hemden, die er damals mitgenommen hatte. Das jeweils trockene Paar zog er an. Danach schnitt er sich die Fingernägel und tat die Nagelreste in einen Umschlag. Wenn der Umschlag voll war, klebte er ihn zu, schrieb ein Datum darauf und legte ihn in seinen Schrank. »Auch das ist Kunst, es stammt von mir«, erklärte er Inge. Das, was er sich von seinem rasch ergrauenden Haar abschnitt, bewahrte er ebenfalls auf. Am späteren Vormittag las er drei Seiten in einem Roman, hörte eine Seite von einer Schallplatte, wischte den Boden auf und bezog das Bett neu. Dann machte er einen Spaziergang, wobei er einer ganz bestimmten Route durch sein Viertel folgte. Er aß spät zu Mittag, spülte das Geschirr, hielt ein Nickerchen und las noch einmal drei Seiten in einem Roman. Auf diese Weise brachte er den Tag herum. Er sprach nur noch selten, und die Wörter kamen langsam aus seinem Mund, eins nach dem anderen, wie ein Trauermarsch.

Seit ihm die Tusche ausgegangen war, hatte er keinen Strich mehr gezeichnet, und trotzdem war er noch immer trendbildend. Er erhielt viele Briefe mit Autogrammwünschen, die er alle in den Papierkorb warf. Seine Frau fischte sie wieder heraus und löste die Briefmarken auf den Umschlägen für die Rückantwort ab; Verschwendung war ihr noch immer zuwider.

Sechs Monate vergingen. Die Kritiker schrieben lange Artikel über sein bisheriges Schaffen und »warteten mit Spannung« auf seine ersten Arbeiten im Westen.

Inge fing an, sich Sorgen zu machen. Was würden die Biographen sagen, wenn sie erführen, wie Wolfgang Schulze in Wirklichkeit lebte? Sie versuchte, sein Interesse für die Kunst neu zu wecken. Sie tat, was sie konnte, um ihn über Ausstellungen und Vernissagen auf dem Laufenden zu halten. Sie schleppte ihn sogar in die Nationalgalerie, aber es war ihr peinlich, wie er auf die Aktbilder starrte.

Inge errettete ihren Mann in der Weihnachtszeit. Sie stieß zufällig auf eine Anzeige und dachte sofort an ihn. »Wolfgang, komm mit!« Sie nahm ihn an die Hand und führte ihn zu einem großen Warenhaus in der Nähe. Dort sorgte sie dafür, dass er sich um eine frei gewordene Stelle bewarb. Mit seinem tadellosen Lebenslauf – zwanzig Jahre am selben Arbeitsplatz – wurde er sofort als Verkäufer in der Sportabteilung eingestellt.

Niemand hat es je herausbekommen. Die Leute, die ihn kannten, die ostdeutschen Künstler und die Westberliner Schickeria, kamen nie in das Warenhaus, in dem nur Leute aus der Unterschicht kauften; dies hatte zu Inges Kalkül gehört. Sie lehnte es ab, sich in Interviews über Wolfgang zu äußern, und man hielt ihn für einen exzentrischen Einsiedler. Er verkehrte mit seinen Arbeitskollegen, die nie die Feuilletons lasen, in denen er erwähnt wurde, und nach Feierabend spielte er regelmäßig Karten mit ihnen.

Er entwickelte eine Zuneigung zu seiner neuen Thermoskanne, die mit einer naiven Dorfszene dekoriert war. »Schulzes Welt« wurde zu einem Klassiker. Nachahmer beschäftigten die Kunstwelt. Es ging völlig an Schulze vorbei. Seine Tage waren glücklich und erfüllt. Morgens um halb acht ging er zur Arbeit, und abends um halb acht kehrte er zurück, nach einem Bier mit seinen Freunden (Ausschweifungen brauchte er nicht). Er sammelte Zuckerwürfel und Bierdeckel aus verschiedenen Lokalen. Wenn er frei hatte, wischte er den Fußboden, wusch seine Sachen, las in einem Roman und machte einen Spaziergang. An den anderen Tagen überließ er es Inge, sich um die Wohnung zu kümmern. Nach mehr als dreißig Ehejahren traute er ihr das zu.

Zu Hause erinnerte nichts an Schulzes frühere Welt, ausgenommen die hundertzehn Briefe, die noch immer in zehn Stapeln auf seinem Tisch lagen. Aber eines Tages kam Schulze von der Arbeit und sagte: »Ein Kollege von mir fährt rüber nach Ostberlin.« Er sagte es langsam, ausdruckslos, wie es seine Art war. »Macht doch nix«, erwiderte Inge sofort. »Ich habe ihn gefragt, ob er ein paar Briefe für mich einstecken würde«, fuhr er fort. »Er hat nichts dagegen. Besser, ich schicke sie jetzt ab, bevor noch das Porto erhöht wird.« Inge dachte an die Verschwendung; sie klatschte in die Hände vor Freude. Manchmal bewunderte sie ihn immer noch.

Die Bilder mit den Autogrammen waren inzwischen einiges wert. Im Osten wurden sie von einem zum anderen weiterverkauft, aber im Laufe der Jahre wanderten sie alle hinüber in den Westen, in die Sammlungen der Spezialisten und in die Auktionshäuser, wo man Preise für sie zahlte, wie antike Gewehre sie nie erzielt hätten.

Aus dem amerikanischen Englisch von Reinhard Kaiser

Das Geschenk

Die Putzfrau der besseren linken Haushalte, meine einzige Freundin Linda Fitzner, war wütend über das rosa Deodorant. Sie sagte, das sei die billige Marke, die die Polen kauften, und der Geruch sei widerwärtig. Ich erklärte ihr, ich hätte gar nicht die Absicht, dieses Deodorant zu benutzen. Ich hielt dem von Lagerfeld die Treue, das Linda, die aus Ostberlin kam, sich gar nicht leisten konnte. Aber sie schimpfte weiter. »Treibgas! – Sie tragen zur Zerstörung unserer Umwelt bei. Sie sind genauso schlimm wie unsere frühere Regierung.« Ich nahm das Deodorant aus dem Regal in der Ladentoilette und stellte es als eine Art Ikone auf meinen Schreibtisch. Lindas drahtiger Körper schüttelte sich jedes Mal, wenn sie es abstauben musste. »Schlechter Geschmack und Luxus sind keine Laster, die aus Deutschland stammen«, beschwerte sie sich. »Die Polen riechen alle so. Endlich ist es so weit, dass man laut und deutlich sagen kann: Wir Deutschen mögen so was nicht.« Sie zeigte auf das rosa Etikett: »dezent-frisch: tropengetestet«. Ich erklärte ihr nicht, was es für mich bedeutete.

Meine Putzfrau verdankt ihren Namen einem Vater, der bis Mitte der vierziger Jahre ein berühmter Maler war. Aber Linda hat deshalb keine Sympathien für die Nazis. Im Gegenteil, sie wirft ihnen vor, sie hätten alles kaputt gemacht und durcheinandergebracht und Deutschland in eine kulturelle Tiefebene verwandelt, in die jede Flutwelle hineinspülen und ihren Müll abladen kann, zum Beispiel diese Treibgasdose. Mein Laden ist für sie der Inbegriff allen Übels: italienische Designermöbel. »Widerlich, diese Multikultur. Kartoffeln mit Speck sind mir lieber!« Ich finde ihre Haltung erfrischend. Die meisten Leute kommen in meinen Laden, wie man eine Kirche betritt, sie wissen, das, was ihnen dort dargebracht wird, geht über ihren Verstand, aber sie glauben trotzdem daran, vor allem weil es etwas kostet. Ich muss hinzufügen, dass seit dem 9. November nicht mehr sehr viele Leute in meinen Laden kommen, weil die Geschäfte in der Nachbarschaft alle zugemacht und sich an ihrer Stelle allerlei zwielichtige Klitschen etabliert haben, die billige Elektronikartikel an Polen verkaufen. Seither meiden meine Kunden aus Grunewald und Zehlendorf diese Gegend. So habe ich den ganzen Tag wenig zu tun, sitze im Hinterzimmer über meinen Schreibtisch gebeugt, esse Plätzchen und blättere in Prospekten oder Zeitschriften. Jetzt ist Linda für mich erst recht unentbehrlich – wegen der Krümel und der Zeitungsstapel, die weggeschafft werden müssen, und natürlich wegen der Gesellschaft.

Den Laden habe ich geschenkt bekommen, er war von meinem Mann als Lebenshilfe gedacht, als er die Scheidung wollte, und das Bankkonto läuft noch immer auf seinen Namen. Er vertraut mir, denn er meint, zur Unredlichkeit fehle mir die Phantasie. »Sinn für Ästhetik hast du auch nicht«, beklagte er sich. »Nicht mal, was dich selbst angeht! Deine gute Figur hast du dir völlig weggegessen! Ich finde, du musst erst mal lernen, was schön ist, und dazu musst du dir die schönen Formen schlanker italienischer Möbel ansehen.« Nicht, dass mir selbst zu den Möbeln nichts eingefallen wäre, aber ich stellte sie doch so auf, wie ich es in den Zeitschriften sah: die Lampen mit gebrochenen Hälsen und Nadelköpfen, mesomorphe Sofas, chromäugige Kommoden. Ich zog mich passend dazu an, Jacken mit rasiermesserscharfen Schulterkanten und hängenden Brusttaschen. Ich lernte, fast nichts zu sagen, leise zu sprechen und dabei ein völlig regloses Gesicht zu machen, sodass meine Kunden glaubten, ich hegte sehr entschiedene Ansichten in der Frage, was ästhetisch richtig und was falsch sei. In Wirklichkeit hegte ich sie nicht. Das Gehege war leer, denn der Eingang war blockiert. Dann kam das Deodorant.

In Wahrheit war es ein Geschenk, das ich Linda selbst zu verdanken habe. Die arme Linda hat keine Zeit für Besorgungen, nicht einmal um sich eine neue Umweltkarte für die U-Bahn zu kaufen, und so bat ich sie eines Tages, sie möge mich das erledigen lassen. Ich habe sonst kaum Vorwände, mal irgendwohin zu gehen, meine Möbelboutique liegt im Erdgeschoss des Hauses, in dem ich wohne, meine Vorräte und meine Kleider bestelle ich mir aus einem Katalog. An diesem Tag waren keine Kunden da, und Linda erklärte sich bereit, nach dem Laden zu sehen, während ich zur U-Bahn-Station ging. Zuerst faszinierte mich die Szenerie, dann hörte ich in der Schlange hinter mir eine aufgeregte Männerstimme. Sie gehörte einem Russen, der sich verirrt hatte und wissen wollte, wie man zum Flughafen kam. In den Ohren der anderen Leute klang sein Akzent offenbar abstoßend, denn sie ignorierten ihn. Und alle hatten es ungeheuer eilig, auch in dieser langen Schlange, in der sie sich wie Gefangene vorkamen. Der Russe hatte sehr unregelmäßige Züge: chaotisches Gebiss, Hängebacken, runder Bauch, krumme Schultern, ein Hemd mit Blumenmuster. Er gestikulierte: Flugzeug, Moskau, fünf Uhr. Er trug eine schwere Plastiktüte mit schepperndem Inhalt und einen Plastikkoffer. »Ich werde Ihnen helfen«, versprach ich, erstaunt, wie laut meine Stimme sein konnte. Ich kaufte ihm eine Fahrkarte und zog Erkundigungen für ihn ein. Dann wanderten wir im Bahnhof umher, bis wir seinen Zug gefunden hatten. Der Russe war so dankbar, dass er etwas auf Russisch murmelte, in seine Plastiktüte griff und das Deodorant herauszog. Ich lehnte natürlich ab. Zuletzt stopfte er es mir in eine von meinen Brusttaschen und rannte davon.

Nachdem sich Linda immer wieder über das Treibgas auf meinem Schreibtisch beklagt hatte, stellte ich es ins Schaufenster, auf den Tisch von Lampugnani. Schon nach wenigen Minuten kam der erste Pole herein, um zu sehen, was ich sonst noch hätte, und wir plauderten. Etwas später kam eine russische Familie und dann eine ganze Busladung Polen. Jetzt ist es richtig nett in meinem überfüllten Laden. Ich habe mir bei einem Drogeriegroßhändler allerlei besorgt, damit ich den Leuten auch wirklich etwas verkaufen kann. Linda hat gekündigt, aber das Deodorant werde ich für immer behalten.

Aus dem amerikanischen Englisch von Reinhard Kaiser

Belfaster Vermutung

Heather wusste, dass der Job mit Arbeit verbunden war. Das irische Au-pair-Mädchen wappnete sich dagegen mit einem grellbunten, engen Outfit, das bei jeder Bewegung in den Nähten krachte. Sie begleitete ihre deutschen Arbeitgeber in die Ferien – »bei St. Moritz«. Für ihr Make-up hatte sie einen extra Koffer gepackt, und in letzter Minute quetschte sie noch ihre glänzenden schwarzen Pumps in die Reisetasche; sie malte sich aus, wie sie mit ihnen auf den Tanzböden herumballern würde. Das Telefon klingelte. Eric, ein Freund, dem sie vor kurzem den Laufpass gegeben hatte, als sie die Stelle in Berlin annahm, rief aus Belfast an und ermahnte sie: »Wenn die Schweizer Jungs planschen wollen, dann sorge dafür, dass sie ihre Gummistiefel anziehen.« Er fügte noch hinzu: »Übrigens, mein Chef auf dem Parkplatz hat mir eine Woche freigegeben. Ich fliege morgen nach Miami. Gib mir deine Telefonnummer da unten, dann rufe ich dich vom Hotel aus an.«

Heather merkte, dass er sich rächen wollte. Sogar in Belfast hatte sich herumgesprochen, dass St. Moritz ein Städtchen war, wo es hoch herging. Eric tat so, als wäre ihm gleichgültig, was seine schmale, blasse Freundin dort trieb; er hatte nie gelernt, seine Gefühle zu verbergen, und jetzt würde er all seine Ersparnisse darauf verschwenden, sie in Miami zu übertrumpfen. »St. Moritz ist viel teurer als Miami«, sagte Heather. »Du könntest es dir nicht mal leisten, es dir vorzustellen.« Sie knallte den Hörer auf und hätte ihm am liebsten noch einmal den Laufpass gegeben, und dann gleich noch mal. Schon am ersten Ferientag fiel Heather die Ermahnung ihres Freundes wieder ein, und nun überkam sie jene majestätische Erbitterung, die sie angesichts von Langeweile immer empfand. Ihre Arbeitgeber hatten vollkommen altmodische Vorstellungen von Erholung. Für sie besaß die Bergwelt um St. Moritz geradezu magische Heilkräfte, und sie schnappten nach Alpenluft wie nach einem Medikament. Ausgiebig tummelten sie sich in der eiskalten, durchweg steil bergauf führenden Landschaft. Diesen Wanderungen folgten Phasen der Reglosigkeit. Wie Invalide saßen sie dann träge in ihren Sesseln und lasen. Wenn sie doch etwas sagten, lobten sie die Sonne, den Himmel und den Wind. Dieser Wind pfiff durch alle Ritzen, und Heather fand kein geschütztes Eckchen, wo sie ihre Zigarette anzünden konnte.

In Miami war die heiße Brise, die an Erics kurz geschnittenem Haar und seinen abstehenden Ohren zauste, bestimmt vom Duft der Orchideen und Tuttifrutti-Kaugummis erfüllt. Heather sah ihn vor sich, wie er ausgestreckt am Strand lag, während sie selbst abwechselnd vor Kälte zitterte oder vor Anstrengung schwitzte. Wie sich herausgestellt hatte, war St. Moritz, genau wie das alte Rom, mehr ein Gerücht als eine Stadt. Von dem modernen Ferienhaus aus, das Heathers Arbeitgeber in einem »benachbarten« Tal gemietet hatten, war St. Moritz jedenfalls nicht zu sehen. Der nächste Ort war eine verkitschte Sehenswürdigkeit namens Sils-Maria, ungefähr zwei Kilometer vom Haus entfernt. Und noch eines kam erschwerend hinzu: Die Straße, die von Sils-Maria zunächst steil bergauf führte, war für Touristenautos gesperrt, weil die Bergmassive so empfindlich waren, dass sie gegen Zivilisationsschmutz geschützt werden mussten. Die Familie musste ihren VW-Bus unten im Ort abstellen und die schmale Asphaltstraße ein ganzes Stück hochlaufen, um das Haus zu erreichen. Die Schweizer waren anscheinend der Meinung, ihre Postkartenlandschaft werde durch keuchende, schwitzend dahintrottende Touristen weniger verunstaltet als durch einen rasch vorübergleitenden Wagen. Wenn sich Heather in der einzigen Disco von Sils-Maria also mal gründlich die Absätze ihrer glänzenden schwarzen Pumps hätte vertreten wollen, hätte sie in ihnen zuerst durch die finstere Wildnis stapfen müssen.

Am ersten Abend hatte Eric aus Miami angerufen. »Wie geht's?«, hatte er gefragt und ihr dann, ohne eine Antwort abzuwarten, erzählt, bei ihm sei es »spitzenmäßig«, der Ozean so warm und süß und kribbelnd, dass es ihm vorkam, als würde er in Cola schwimmen. »Ich muss es kurz machen«, sagte sie, »wollte gerade los in einen Nachtclub. Ich muss nur noch den Kaviar und die Austern in den Kühlschrank stellen. Kann ich dich zurückrufen?«

»Hat keinen Zweck, hier anzurufen«, entgegnete er. »Ich bin kaum zu erreichen. Bin selten in meinem Hotelzimmer. Immer draußen – oder drinnen, aber woanders.«

Nachdem Heather aufgelegt hatte, war ihr klar, dass sie etwas unternehmen musste. Immerhin war sie hier im Haus nicht völlig allein: Freunde ihrer Arbeitgeber waren zu ihnen gestoßen, eine zweite Familie, auch sie hatten ein Au-pair-Mädchen dabei. Jane kam aus Australien und hatte noch nie Schnee gesehen. Sie watete in dem Zeug herum, knöcheltief, und auf ihrem liebenswürdigen Gesicht zeigten sich Skepsis und Heimweh. Sie war klein und verschlossen, mit langem blondem Haar und braunen Augen. Heather dagegen hatte kurzes schwarzes Haar und blaue Augen, und als Erstes sagte sie zu Jane: »Abends geben wir bestimmt ein tolles Paar ab, beide zwanzig – und überhaupt.« Aber Jane antwortete nicht. Stattdessen griff sie nach ein paar Haarnadeln und steckte ihre Mähne zu einem festen Knoten zusammen.

Der Knoten löste sich wieder, sobald sie vor die Tür gingen. Der schwere, nasse Schnee wusch ihr die Spangen aus dem Haar. Heather lief die Wimperntusche an den Wangen herunter. »Das Klima hier ist offenbar nichts für Make-up«, sagte Jane. »Wirklich hinreißend, der ganze Schnee. Dieser Friede und die Stille.« Vor lauter Betrübnis verzog sie den Mund.

»Das ist kein Schnee, Jane, das ist Matsch«, erklärte ihr Heather. Belfast war eine der wenigen Gegenden in Großbritannien, wo das Reden übers Wetter nichts Alltägliches war: Wenn sich dort jemand über »Hagel« beklagte, dann meinte er die Bewegung von Geschossen im Raum. Es war ziemlich laut in Belfast.

»Hier kann man sein eigenes Herz schlagen hören«, sagte Jane und lauschte. Die Australierin war von den Strapazen des Ausruhens anscheinend so erschöpft, dass sie keinen Ton herausbrachte, als Heather den Vorschlag machte, mal die interessantere Nachtlandschaft der Hotelbars auszukundschaften. Ihre Unpässlichkeit begann schon am ersten Abend, als sich die beiden Familien zum Abendessen setzten. Jane hatte keinen Appetit. Sie entschuldigte sich. Allein dasitzend, mit vier Erwachsenen und ihrem grässlichen Gerede darüber, warum Jane wohl keinen Appetit habe, aß Heather unentwegt. Ihre Unruhe und ihr Ärger verbrannten jede Kalorie. Seit diesem Abend erschien Jane nie mehr zu den Mahlzeiten. Sie erklärte, sie habe für die Kinder noch etwas zu stopfen oder sie brauche die Zeit, um die Wäsche zu besorgen. Die Erwachsenen hörten auf, darüber zu reden. Es gab keinen Grund, sich über Jane zu beklagen: Nie saß sie müßig da. Wenn sie sich nicht um die Kinder zu kümmern brauchte, strickte sie oder nähte oder wusch deren Sachen. Heather hatte den Verdacht, dass Jane abends vor dem Zubettgehen betete, wie alte irische Damen es taten, und dass sie sich deshalb so früh zurückzog – deshalb oder weil sie auf ihrem Zimmer Schokolade aß, die sie sich beiseitegelegt hatte.

An den Abenden saß Heather allein im Wohnzimmer herum. Ihre Arbeitgeber waren auch da, ebenfalls allein – ungesprächig und genügsam, wie Puppen in einem Puppenhaus. Heather kamen die Erwachsenen alle gleich vor, es fiel ihr immer schwerer, sie auseinanderzuhalten, und deshalb hatte sie sich ein Schema zurechtgelegt: Auf der einen Seite der Rechtsanwalt und seine schreibende Frau, das Ehepaar aus Berlin, das sie angestellt hatte, auf der anderen Seite der Schriftsteller und seine Frau, ihre Freunde, die Jane angestellt hatten. Der Schriftsteller war ein oft in Gedanken versunkener Mann, der trotz seiner weißen Haare zuweilen ganz plötzlich von ungeheuren Energieausbrüchen heimgesucht wurde und dann jedes Mal in den Matsch hinausstürmte. Ins Haus zurückgekehrt, las er mit solcher Konzentration, dass Heathers Augen anfingen zu tränen. Wenn

Heather etwas sagte, blickte er in seiner freundlichen, distanzierten Art auf, aber statt zu antworten, sagte er selbst etwas, worauf ihm einer der anderen Erwachsenen antwortete. Gespräche verliefen etwa so:

Heather: »Heute war es sehr kalt.«

Der Schriftsteller: »Die Kelten waren gesprächiger als die Jüten. Sie verabscheuten die Stille. Deshalb haben sie weder gelesen noch geschrieben.«

Seine Frau: »Schon mal von James Joyce gehört?«

Heather: »Das ist hier, wie wenn die Glotze kaputt ist. Kein Ton. Keine Farbe. Nur weißes Geflimmer. Und dann dieses taube Gefühl in den Ohren.«

Der Anwalt und seine Frau gemeinsam: »Genieß die Stille ... genieß die Gegenwart, wie sie langsam verstreicht ... so viel Zeit wirst du nie wieder haben.«

Der Schriftsteller: »Die Gegenwart ist nicht der Sitz der Hoffnung.«

Heather war froh, dass die Kinder da waren – die konnte sie leicht auseinanderhalten. Ihre Interessen am Leben waren noch von der normalen Art – Essen, Raffen und Raufen. Der Au-pair-Job bestand darin, sie zu verscheuchen. Wenn die Kinder auf den Möbeln im Wohnzimmer herumturnten, wurden sie ins Kinderzimmer gescheucht; wenn sie dort anfingen, sich laut schreiend zu prügeln, wurden sie in die Küche gescheucht; wenn sie die Küchenwände mit Marmelade beschmierten, wurden sie nach draußen gescheucht. Die Au-pair-Mädchen sahen ihnen von drinnen zu. Heather versuchte, ihre freie Zeit konstruktiv zu nutzen, indem sie rauchte und von Eric erzählte. Jane versuchte, die Zeit zu nutzen, indem sie ein Buch über Entwicklungpsychologie las, strickte oder von ihren strengen, wohlhabenden Eltern erzählte, die sie überredet hatten, nach Übersee zu gehen. Sie starrte Löcher in die Luft, wenn Heather von Eric erzählte, und Heather starrte Löcher in die Luft, wenn Jane von ihren Eltern erzählte. Heather merkte bald, dass Jane von Männern keine Ahnung hatte und dass es deshalb sowieso sinnlos war, mit ihr zu plaudern.

Nach einer Woche verwandelte sich die Geringschätzung, die

Heather für Jane empfand, in Mitgefühl. Sie wusste, der Job war mit Arbeit verbunden, aber das hier war tragisch: Janes Weigerung, sich nach ein bisschen Abwechslung umzusehen, war der Verzicht auf das Vorrecht einer jungen Frau.

Während der zweiten Woche rief Eric täglich an, um Heather über seine Ferien auf dem Laufenden zu halten: Zweimal sei er Wasserski gefahren und fünfmal zum Surfen draußen gewesen, und gerade überlegte er sich, ob er die Stelle in Belfast nicht aufgeben und in Miami bleiben solle. Es gab auch in den USA jede Menge Carparks. Er machte eine Pause und gab ihr Gelegenheit, zu protestieren; sie war auch wirklich entsetzt, aber zu stolz, es laut zu sagen. Seine Anrufe kamen immer in Augenblicken, wenn es im Haus besonders still war, so konnte er mit eigenen Ohren hören, dass Heathers Urlaub ein Reinfall war. Allerdings raschelten die Erwachsenen ständig mit den Zeitungen. Wenn er morgens anrief, musste er auch ein scheußliches Kratzen im Wohnzimmer vernehmen, wo der Schriftsteller saß und ein Blatt nach dem anderen vollkritzelte. (Im Schönschreiben wäre er glatt durchgefallen, er hatte eine unglaublich schlechte Handschrift.) Oft machte es die Frau des Anwalts wie er und kritzelte ebenfalls. Wie zwei Schnarcher störten die beiden alle anderen mit dem Scharren ihrer Stifte, während sie selbst den Lärm anscheinend gar nicht hörten. Wenn es Heather zu laut wurde, platzte sie unter irgendeinem Vorwand ins Wohnzimmer. Dann wurden die beiden eine Zeit lang still. Aber unweigerlich schwoll das lästige Geräusch schon bald wieder an. Einmal kam sie herein und fragte: »Ist der rote Schal hier von Ihnen?« Dabei wedelte sie mit einem Schal nach dem Schriftsteller. »Er lag in der Waschküche. Soll ich ihn für Sie in die Garderobe hängen?« Der Eigentümer nickte. »Irgendwie landet hier alles am falschen Platz. Und mir geht es genauso.« Während sie das Zimmer verließ, hörte sie ihn sagen: »Das war jetzt ihre Arie. Sie kommt herein und singt ihren Part, wir singen unseren, es wird ein Duett daraus, und dann geht sie ab. Wir führen hier eine Oper auf.«

In einer Oper passiert etwas, dachte Heather und knallte die Tür zu.

Am selben Tag passierte etwas. Jane war am Telefon, als Eric anrief. Heather sah ihr zu und fand es wieder jammerschade, dass Janes auch ohne Puder blühender Teint und ihr goldblondes, in den Knoten gesperrtes Haar hier ungenutzt brachlagen. Jane reichte Heather den Hörer mit einem nachdenklichen Blick.

Eric: »Ich bin gerade vom Hummerfischen mit den Einheimischen zurück. Sie haben mich mitgenommen, mich und ein paar Mädchen.«

Als Heather auflegte, sah Jane von ihrem Strickzeug hoch. »Irgendwie klang der Anruf, als käme er aus Belfast.«

»Eric ist erst nächste Woche wieder in Belfast«, erwiderte Heather. »Dann kann ich ihn zu Hause anrufen. Wie kommst du darauf?«

»Nur so ein Gefühl. Ruf doch einfach mal in Belfast an, dann weißt du es«, meinte Jane. »Ich wette, er ist überhaupt nicht in Miami gewesen.« Ihre Stricknadeln rasten.

»Ich kann ihn unmöglich von hier aus anrufen, hier ist es zu still«, fauchte Heather sie an. Ihr stockte der Atem, so schnell folgte auf den Schreck die Wut. »Und allein gehe ich nicht in eine Bar. Ich habe meine Grundsätze. Da musst du schon mitkommen, verdammt noch mal.«

Aber wenig später legte sich Jane hin und weigerte sich, wieder aufzustehen. »Sie sagt, sie werde vielleicht sterben«, verkündete Heather. Alle blieben im Haus. Aufgüsse wurden dem reglos daliegenden Mädchen verabreicht, und die Erwachsenen, die Heather mit dem Respekt behandelten, der einem gesunden Exemplar ihrer Spezies gebührte, erörterten den Fall des bettlägerigen Au-pair-Mädchens auf ihre seltsame Art und Weise: Ob Jane Heimweh nach der australischen Prärie gehabt habe? Hatte sie irgendetwas bedrückt? Worauf Heather entgegnete: »Wahrscheinlich haben sie die zweitausend Meter angeödet. Und kein Laden weit und breit. Ich habe hier schon zwei Wochenlöhne gespart.« Wie ihr Verhältnis zu den Eltern sei, fragten sie. In München habe sie immer mitgegessen. Worauf Heather entgegnete: Bevor man eingeht, geht man lieber einkaufen. Ob sie wirklich etwas habe, eine Infektion oder sogar etwas Ansteckendes, fragten die Erwachsenen. Und wer zum Teufel würde sich um die ganze Kinderwäsche kümmern? Sie sahen Heather an.

Heather winkte ab. Sie würde sich von der Schweiz nicht den letzten Nerv rauben lassen. Heute Abend wollte sie Eric in Belfast anrufen und diesem Kerl eins auswischen. Sie wusste, der Job war mit Arbeit verbunden. Mit siebzehn hatte sie in Belfast als Kellnerin gearbeitet, und eines Tages war auf der Herrentoilette des Restaurants eine Bombe hochgegangen. Der IRA-Terrorist hatte sie neben das Becken gelegt und versehentlich gezündet. Er rannte hinaus und streifte dabei Heather, die in ihrer weißen Montur ein Tablett balancierte. Eine große Scherbe der Toilettenschüssel hatte sich in seine Brust gegraben. Er starb auf dem Bürgersteig. Die Explosion hatte Heather zwei unsichtbare Korken in die Ohren gestopft. Sechs Monate lang hatte sie nichts hören können. Jetzt verabscheute sie die Stille. Und für sogenannte Depressionen hatte sie weder Interesse noch Verständnis.

Als Heather in Janes Zimmer kam, blieb das Mädchen liegen, das Gesicht der Wand, den Rücken ihrer Besucherin zugekehrt. Heather richtete ihre Worte an Janes Rücken und an den blonden Knoten, der so fest war, dass er wehtun musste, und sagte ihnen gründlich die Meinung. Mitten in dieser Schimpfkanonade drehte sich Jane mit offenen Augen plötzlich um, und mitten ins Gesicht flog ihr das Bruchstück eines Satzes, der mit »Toilettenschüssel hatte sich in seine Brust gegraben« begann. Jane richtete sich auf. Eine Zeit lang sah sie mit leeren Augen um sich, und dann gab sie zu, dass sie sich besser fühlte. »Ich glaube, ich werde etwas essen«, sagte sie. »Es wird mir guttun.«

Nach einem großen Abendessen mit der Familie fühlte sich Jane so wohl, dass sie bereit war, Heather mit ihren glänzenden schwarzen Pumps durch den Matsch bergab in den nächsten Ort und seine einzige Diskothek zu begleiten. Heather nahm Kleingeld mit, um ihren Freund von dort aus anzurufen. Trotz des Lärms der Band im Hintergrund erkannte sie Erics Stimme sofort, aber statt darauf herumzureiten, dass sie ihn überführt hatte und dass er nie in Miami gewesen war, sagte sie: »Hörst du? Das hier ist einsame Spitze.«

Aus dem amerikanischen Englisch von Reinhard Kaiser

Brahms Intermezzo op. 118

Mrs. Herfort war erstaunt, aber nicht erschrocken, als sie sah und hörte, was sich auf ihrem Kaminsims abspielte. Sie ergriff einen der Stühle am Wohnzimmertisch (die Stuhlbeine verhakten sich, wollten sich nicht voneinander trennen), setzte sich vor den Kamin und schaute zu. Ihr Mann hatte den Gegenstand ihrer Aufmerksamkeit stets verächtlich als Spielzeug bezeichnet, in Wahrheit handelte es sich um eine Kalenderuhr unter einem Glassturz. Das Licht brach sich an der gewölbten Oberfläche, sodass das Innere grau und schattenlos wirkte. Innen drehte eine Ballerina zu einer zirpenden Melodie ihre Pirouetten auf einem Piedestal. Die Porzellanfigur trug ein rosafarbenes Leibchen und einen weißen Rock. Ihr Haar war kurz und schwarz, ihre Wangen und ihr Mund rot, der Rest ihres harten, hohlen Körpers, sogar die Iris, war weiß. Mrs. Herforts Überraschung wich einer inneren Zufriedenheit.

Unter dem Piedestal der Ballerina hing an zwei verschiedenen Scharnieren je ein Stapel glänzender quadratischer Kärtchen. Die Kärtchen waren schwarz beschriftet, auf den einen standen die ersten drei Buchstaben eines Monats zu lesen, auf den anderen jeweils eine Zahl; auf den beiden Kärtchen stand »NOV 8«, obschon es in Wirklichkeit Anfang Mai war. Die Ballerina drehte sich allmählich langsamer. Als sie schließlich zum Stehen kam, hörte die Begleitung mitten in der Melodie mit einem »Ping« auf. Unsichtbare Zahnräder begannen zu schnurren, das Zahlenkärtchen klappte um und zeigte die nächste Zahl: »NOV 9«. Das Ticken, das während der Tanzmelodie kaum zu hören gewesen war, dauerte an. Vor siebenundvierzig Jahren – der Tag war von der Uhr registriert worden, das Jahr Mrs. Herfort im

Gedächtnis geblieben – hatte der Eigentümer die kostbare Rarität vor Wut zu Boden geschleudert: Sein älterer Bruder hatte ihn eine Pimpel-Liese genannt, weil er in die kleine Tänzerin vernarrt gewesen war. Damals war er zwölf Jahre alt und zum Zeitpunkt des Anschlags grimmig entschlossen, sich über das laute Klirren zu freuen, mit dem die Uhr zerbrechen würde. Die Glasglocke wurde geklebt, die Ballerina ohne sichtbare Narben wiederhergestellt, aber an jenem Abend weinte sich der Junge in den Schlaf, weil die Uhr nicht mehr tickte und das Mädchen nicht mehr zur Musik tanzte.

Fast fünf Jahrzehnte später, genau eine Stunde nach seinem Tod, erwachte die Ballerina zu neuem Leben, just in dem Augenblick, als die frisch verwitwete Mrs. Herfort in ihrem Reihenhaus am Kamin vorbeiging. Das Phänomen, das andere für eine übernatürliche Erscheinung gehalten hätten, ließ sie nicht an ihren Sinnen zweifeln. Angesichts der Unfassbarkeit ihrer Witwenschaft hätte Mrs. Herfort alles geglaubt.

Fast alles. Denn obschon Mrs. Herfort mit dem neuen Ticken und der blechernen Musik in ihrem Wohnzimmer keinerlei Probleme hatte – an den Tod ihres Mannes glaubte sie nicht. Gewiss, er war weg, und sie war ganz allein zu Haus. Aber sie ließ seine karierten Pantoffeln neben dem Bett stehen wie eh und je, und die Torsi seiner Garderobe hingen an den Kleiderbügeln. Dr. Herfort war häufig ohne seine Frau geschäftlich unterwegs gewesen – einmal hatte er sogar seine Pantoffeln vergessen –, und stets war er von seinen Reisen zurückgekehrt. Es wollte seiner Witwe einfach nicht gelingen, unglücklich zu sein.

Ihre Freunde konnten sich nicht vorstellen, wie Mrs. Herfort ihren Verlust empfand. Die meisten von ihnen waren, obschon mittleren Alters, in den emotionalen Feinheiten der Trauer gänzlich ungeschult. Unbewusst versuchten sie, sich ihre Unschuld zu bewahren, und während sie wie Touristen in den Ruinen von Mrs. Herforts einstigem Glück herumstiegen, versteckten sie sich selbst hinter Klischees. Pflichtschuldig rückten sie an, um sie auf dem Begräbnis ihres Mannes weinen zu sehen. Sie weinte tatsächlich, aber nicht aus dem

Grund, den die anderen vermuteten, ja sie wären vielleicht entsetzt gewesen, hätten sie den wahren Grund für ihre Tränen erahnt.

Beim Leichenschmaus in ihrem Wohnzimmer verblüffte Mrs. Herfort die Gäste. Sie verspeiste von den Erdbeertörtchen, die ihre Nachbarin mitgebracht hatte, gleich mehrere, bedankte sich sehr nett bei den Gästen für ihr Kommen und zog ihre neuen, kneifenden schwarzen Pumps aus, noch ehe die letzten Gäste gegangen waren. Sie schien sich ohne jede Schwierigkeit in ihren Verlust zu finden. Die Ringe um ihre schwarzen Augen waren nicht dunkler als sonst, ihr Haar war über Nacht nicht weiß geworden, und ihre schlanke Figur hatte kein Pfund eingebüßt. Am Morgen nach dem schlichten Begräbnis sprach sie in der städtischen Musikschule vor und bat um eine Anstellung in der Bibliothek. Sie habe viel Erfahrung, versicherte sie der Oberbibliothekarin, die von Mrs. Herforts schwarzem Frühlingskleid unangenehm berührt war. Aber unter den gegebenen Umständen mochte sie nicht Nein sagen: Es sei in der Tat höchste Zeit, dass jemand Ordnung in die selten benutzte Sammlung im Keller bringe. Die anderen Mitarbeiterinnen begannen zu tuscheln, es sei eine Schande, die arme Witwe in das düstere Gewölbe zu verbannen. Aber Mrs. Herfort schien sich nichts daraus zu machen.

Seit ihrem neunzehnten Lebensjahr – als sie auf Anraten ihres Mannes mit dem Studium der Bibliothekswissenschaften begonnen hatte – hielt Mrs. Herfort sich gern in der Umgebung geschlossener Bücher auf. Als sie ihm, zwei Jahre vor ihrer Heirat, zum ersten Mal in einer nahe gelegenen Kirche begegnet war, erweckte sie den Eindruck einer ganz gewöhnlichen jungen Frau. Was für ein Glücksfall, hatte jeder gesagt, ein außergewöhnlicher Glücksfall, dass sie jemanden gefunden hatte, der sie verstand. Denn aus Menschen schien sie sich nicht eben viel zu machen. Jedermann wusste, dass sie Musik liebte, aber kaum jemand ahnte, wie sehr.

Ihr Vater, ein Musiklehrer, hatte das Talent seiner Tochter entdeckt, als sie fünf Jahre alt war. Er besorgte ihr eine Viertelgeige und teuren Unterricht. Anfangs lernte sie schnell und war ihren Altersgenossen weit voraus, doch mit zehn Jahren drohten ihre weiteren Fortschritte an der ihr eigentümlichen Begabung zu ersticken. Sie war als Kind sonst äußerst ausgeglichen, aber sobald die Musik von ihren Gefühlen Besitz ergriff, reagierte sie wie ein lebender Resonanzkörper. Schauer jagten ihr den Rücken hinauf und hinab, sie begann am ganzen Leib zu zittern, kicherte und weinte. Später gelang es ihr, diese Exzesse zu unterdrücken, aber ihre übersteigerte Empfänglichkeit für Musik suchte sich andere Wege. Einmal versuchte sie, ihrem Vater von dem zu erzählen, was sie ihre »Orte« nannte. Jedes Musikstück besaß für sie seine eigene visuelle Ausdrucksform: eine stürmische See oder ein überfüllter Ballsaal, ein Dschungeldickicht oder ein Marktplatz. Während sie der Musik lauschte, verdichtete sich ihre Vorstellung, und sie fühlte sich physisch hineingezogen, während der Raum um sie her in Dämmerlicht versank.

Als sie das zu erklären versuchte, antwortete ihr Vater barsch, sie solle sich auf die musikalischen Strukturen konzentrieren, dann würden ihr die Bildchen schon vergehen. Seine Irritation machte ihr Angst, und es dauerte nicht lange, bis sie die Geige für immer aus der Hand legte. Aber nachdem sie selbst nicht mehr spielte, nahm ihr Verhältnis zur Musik nur noch seltsamere, extremere Formen an; im Übrigen blieb sie ein durchaus durchschnittliches Mädchen, zurückhaltend und wenig begeisterungsfähig.

Zu der Zeit, als sie ihren zukünftigen Mann kennenlernte, arbeitete sie als Verkäuferin in einer Musikalienhandlung. Sie wohnte bei ihren Eltern und lebte für die Freitagabendkonzerte, die in einer nahe gelegenen Kirche gegeben wurden. Sie setzte sich immer in den hinteren Teil der Empore, wo sie von niemandem beobachtet oder abgelenkt werden konnte; der Organist blieb diskret zur Seite gewandt. Eines Abends bemerkte sie in ihrer Nähe einen jungen Mann, den andere gewiss als gut aussehend bezeichnet hätten. Er saß in der vordersten Reihe und las während des Orgelspiels in einem Buch über Infektionskrankheiten. Das Rascheln der umgeblätterten Seiten, das mit dem Tempo nicht harmonieren wollte, und vielleicht auch die Tatsache, dass da ein Mann saß, irritierten sie. Als er in der folgenden Woche wieder erschien, machte es ihr weniger aus. Am dritten Freitag schlüpfte er in die Reihe direkt hinter ihr. Auch diesmal blätterte er in einem dicken Folianten und sah nur einmal auf, um sie schüchtern anzulächeln. »Ich sehe Sie jedes Mal hier«, sagte er zu ihr, als das Konzert vorüber war. Sie nickte. Dreimal teilten sie dieselbe Bank, ehe sie zusammen Eis essen gingen. Im Lokal um die Ecke erklärte er ihr, dass er bei Musik besser lernen könne. Er war Internist. Nach diesem Abend fingen sie an, sich anderswo zu treffen.

Ihre Beziehung machte langsame, aber verlässliche Fortschritte. Dr. Herfort war der Sohn eines Pfarrers, und hinter seinem strahlenden Aussehen verbarg sich ein beharrliches Wesen. Seine Liebe zu dem Mädchen entbrannte mit derselben Geschwindigkeit, mit der sein Vater in der Öffentlichkeit den Schoppen leerte: in winzigen Schlückchen, deren Genuss er sich niemals anmerken ließ. Natürlich bemerkte Dr. Herfort schon bald, welche Wirkung die Musik auf ihr sonst so vernünftiges Wesen ausübte. Behutsam überzeugte er sie, ihre Stelle in der Musikalienhandlung aufzugeben, wo sie benommen und träumend hinter der Kasse stand, sobald das Grammophon erklang. Stattdessen begann sie Bibliothekswissenschaften zu studieren und arbeitete dann in der Krankenhausbibliothek, bis der Einbau einer Musikberieselungsanlage im Aufzug auch dieser Tätigkeit ein Ende setzte. Danach blieb sie zu Hause. Nie wieder besuchte das Paar ein Orgelkonzert, und ihr Radio war nach der Heirat der Herforts aus dem Haus entfernt worden.

Erst einige Jahrzehnte später, zu Dr. Herforts Begräbnis, kam es zu einem neuerlichen Ausbruch dessen, was ihr verstorbener Mann als Anfälle von Irrationalität diagnostiziert hatte. Während der Predigt weinte sie nicht. Auch als ein ehemaliger Kollege die vielfältigen Tugenden des Verblichenen von einer Liste ablas, blieben ihre Augen trocken. Erst als der Organist das herrlichste aller Bach-Präludien anstimmte, brach Mrs. Herfort zusammen. Sie fand sich inmitten eines weiten Ozeans wieder, und bei jeder Variation des Themas kräuselten sich sanft die Wellen. Anblick und Klang waren von so unermesslicher Schönheit, dass die Tränen aus Mrs. Herforts Augen stürzten und über ihre Wangen in den schwarzen Kragen rannen. Ihre Schwester half ihr aus dem Chorgestühl, auch ihr liefen, vom Schmerz der Schwester ergriffen, die Tränen.

Es war ein regnerischer Maimorgen, als Mrs. Herfort ihre Anstellung als Unterassistenzbibliothekarin in der Musikschule antrat. Sie begann mit der Reger-Abteilung im Kellermagazin. Die Bücher waren stockig, und die Notenbündel rochen feucht und muffig. Mrs. Herfort staubte sorgsam die Einbände ab und strich liebevoll über einzelne Seiten, als könne sie die Noten in den Fingerspitzen spüren. Gerade als sie das letzte Buch zurück ins Regal stellte, erklang von ferne Brahms' Zweites Intermezzo opus 118. Irgendjemand musste in den darüberliegenden Räumen mit dem Üben begonnen haben. Obschon durch den Boden gedämpft, erklang das Stück dank ihrer Vorstellungskraft in vollen, fließenden Linien.

Zum zweiten Mal nach dem Tode ihres Mannes schossen Mrs. Herfort die Tränen in die trockenen Augen. Sie lehnte sich händeringend gegen den Bücherschrank und achtete nicht auf den Staub, mit dem sie ihr Kleid beschmutzte. Mit der Musik war ein Bild zu ihr gekommen: Ein Baum mit hohen, weit ausholenden Zweigen, die Blätter ins satte Grün des Spätsommers getaucht, und Sonnenstrahlen blitzten hindurch.

Mrs. Herfort stieg aus dem Keller nach oben. »Wer ist das, der da Brahms spielt?«, fragte sie beiläufig einen Studenten an der Eingangstheke.

»Ah, das – das muss Hugo Atteliades sein. Der kleine Grieche. Er kommt aus Athen.«

Tags darauf traf Mrs. Herfort mit Hugo zusammen, als er gerade den Übungsraum verlassen wollte. Sie hatte mit verkrampften Händen lauschend an der Tür gelehnt, als er plötzlich den Deckel des Flügels zuklappte und die Tür aufriss, sodass sie beinahe ins Zimmer gefallen wäre.

Es entsprach nicht Mrs. Herforts Art, sich mit einem wildfremden Menschen anzufreunden. Trotz der besonderen Umstände hätte es dafür auch gar keinen Grund gegeben, denn einsam fühlte sie sich nicht. Noch immer klang Dr. Herforts Gegenwart nach. Er hatte auch zu Lebzeiten gerne geschwiegen. Das kinderlose Paar telefonierte niemals, selbst wenn Mr. Herfort länger auf Reisen war. Dr. Herfort war ein vernünftiger Mann, seine Frau eine treuliebende Gattin. »Der Einzige, dem es schadet, wenn wir ein paar Tage nicht miteinander reden, ist die Telefongesellschaft«, pflegte er zu sagen. Sie teilte diese Ansicht und versuchte sich einzureden, dass Trennungen romantisch seien. Als Dr. Herfort sich dann für immer verabschiedete, nahm sie seine Abwesenheit kritiklos hin. Überdies leisteten ihr nun die Kalenderuhr und die auferstandene Tänzerin mit ihrem Gezirpe Gesellschaft. Als Zeitmesser war die Uhr indes noch immer nicht zu gebrauchen. Die Uhrzeit ließ sich den aktuellen Gegebenheiten nicht anpassen, und der Knopf, mit dem man den Kalender von Hand auf das richtige Datum hätte zurückdrehen können, war abgebrochen. So zeigte er »NOV 12«, während man außerhalb der gläsernen Kuppel davon ausging, es sei der 15. Mai. Die Tänzerin folgte allein dem Rhythmus ihres metallenen Herzens und absolvierte ihre Mitternachtspirouette am frühen Nachmittag um 14.17 Uhr. Mrs. Herfort hatte ihre Mittagspause so spät gelegt, dass sie nach Hause gehen, ihrer Ballerina beim Tanz zusehen und den Wechsel der Kalenderkärtchen mitverfolgen konnte. Nein, Mrs. Herfort war keineswegs einsam. Außerdem gab es ja Hugo.

Ihre Freundschaft begann an dem Tag, an dem sie sich zum ersten Mal sahen. Es machte Hugo nichts aus, dass eine fremde Person zurückschreckte, als er die Tür seines Übungsraumes öffnete. »Entschuldigung«, murmelte er mit starkem Akzent und wich zurück, um abzuwarten, was die Fremde nun tun würde. Hugo war Austauschstudent, ein gewitzter Junge, gewohnt, im Mittelpunkt zu stehen, aber von Amerika zutiefst eingeschüchtert.

Sie war auf der Stelle von ihm hingerissen. Schon als sie auf der Schwelle stolperte, fiel ihr seine angenehm hagere, fast dürre Figur auf, seine olivfarbene Haut, die schlechten Zähne und die fleischige Nase, die derart in ein schwarzes Brillengestell geklemmt war, dass sie sich fragte, wie er überhaupt atmen könne. Später dann bemerkte sie seine wohlgeformten Hände mit den kleinen Handtellern und den langen Fingern, in deren Nägeln ein Halbmond schimmerte. Diese Hände erinnerten sie an zwei kleine Vögel, bald sanftmütig in sich gekehrt, bald aufgeplustert, zum Angriff bereit, wenn sie sein Spiel lobte und ihn einlud, ihr vorzuspielen. Sie setzte sich hinter ihn auf einen Stuhl und sah, während er Chopin spielte, seine Hände an den beiden Enden der Klaviatur in ihr Blickfeld flattern. Die kleine Lampe am Flügel warf Hugos riesenhaften Schatten an die kahlen Wände des fensterlosen Raumes. Er saß gebeugt und unbewegt, doch jedes Mal, wenn ihn die Anspannung des Spiels übermannte, sog er in einem tiefen Zug die Luft durch die zusammengebissenen Zähne. Eine angenehme Zerstreuung, dachte Mrs. Herfort dankbar.

Als er jedoch erneut das Intermezzo von Brahms spielte, verlor sie die Herrschaft über sich. Die beengenden Wände des Übungsraumes traten zurück, der bedrohliche Schatten des Pianisten verblasste, der kleine Lichtkegel über seinen Händen wirkte gespenstisch; und plötzlich erschien ihr ein spätsommerlicher Baum, über dessen völlig reglose Blätter gleißendes Sonnenlicht flutete.

Mrs. Herfort fühlte sich schwach. Sie dachte an ihren Mann.

»Hugo«, unterbrach sie sein Spiel. Neugierig wandte er sich um. »Ich vergaß!«, schüttelte sie den Kopf. »Ich vergaß, in der Bibliothek ...« – und sie ging aus dem Zimmer.

Am nächsten Tag aber kam sie wieder und am übernächsten. Sie fühlte sich von dem griechischen Jungen mit den schönen Händen und dem eigentümlichen Gesicht, von seiner Musik und womöglich auch noch von anderem angezogen. Während der ersten Woche blieben sie sich fremd, kaum ein Wort wurde gewechselt. Doch jeden Nachmittag schlich sich Mrs. Herfort aus dem Kellermagazin, und er spielte für sie. Stets legte er eine kurze Pause ein, bevor er mit dem Intermezzo begann; er spürte ihre Erregung. Dann gab sie sich ganz der Musik hin, der schummrige, kahle Raum wurde zusehends trüber, und sie tauchte ein in ihre Vision vom dichtbelaubten Baum, hinter dem in der Ferne ein sommergelbes Feld mit dem gelben Sonnenball verschmolz.

Ein wenig außer Atem erhob sie sich dann rasch, stützte sich leicht auf den Flügel und bedankte sich beim Pianisten. Der verbeugte sich ebenfalls, wie er es nach einer Vorstellung zu tun gewohnt war. Stets lud er sie ein wiederzukommen. Junge Leute können so einsam sein wie alte, und vielleicht freute er sich einfach über ihre Gesellschaft.

Die lange Woche nach Dr. Herforts Tod war zu Ende gegangen, ohne dass Mrs. Herfort ihren Verlust ein einziges Mal beweint hatte; dann brach sie ihr Schweigen und lud Hugo ins Kino ein. Mit feierlicher Förmlichkeit nahm er die Einladung an. Sie trafen sich am selben Abend auf der Hauptstraße vor einem hell erleuchteten Filmtheater, in dem, wie sich herausstellte, ein Western lief. Sie bezahlte seine Eintrittskarte und spendierte ihm Süßigkeiten. Seinem peinlich lauten Gelächter nach zu urteilen, amüsierte er sich nicht weniger gut als sie. Doch mitten im Film konnte sie sich plötzlich nicht mehr auf die Leinwand konzentrieren, weil sie den Augenblick unsäglich zu fürchten begann, an dem sie nicht mehr im Kugelhagel neben ihm im dunklen Kinosaal sitzen würde.

Es war weniger schlimm als erwartet. Er begleitete sie nach Hause, gab ihr zum Abschied die Hand, und wenn sie sie unwillkürlich länger festhielt als üblich, so traf er keinerlei Anstalten, sie abzuschütteln, ja hatte es vielleicht nicht einmal bemerkt. Als er gegangen war, machte sie es sich in ihrer Einsamkeit gemütlich, setzte sich ins Wohnzimmer und lauschte dem tröstlich ruhigen Herzschlag der Kalenderuhr.

Auch am nächsten Tag, dem zehnten ihrer Witwenschaft, schaute Mrs. Herfort wie gewöhnlich der Ballerina beim Tanz zu, bis der Kalender auf »NOV 18« schnippte. Das freundliche Frühlingswetter bemerkte sie kaum, als sie zur Bibliothek eilte. Ihre Augen waren immer noch kalt und trocken wie Marmor, und sie war froh, im Keller verschwinden zu können.

Um vier Uhr vermeldete ein leichtes Beben der Decke Hugos Ankunft. Kurz danach klopfte Mrs. Herfort an seine Tür. Als Hugo öffnete, fiel ihr gleich auf, dass er verändert war. Er sah sie mit einem Ausdruck an, den sie nicht zu deuten wusste. War sie vielleicht zu früh gekommen? Doch mit einem Nicken wies er sie zu ihrem Stuhl. Anstatt ihr vorzuspielen, übte er weiter an einer Ballade von Chopin. Immer wieder brach er mitten in einer Phrase ab und spielte zu ihrem Kummer an einer anderen Stelle weiter. Als sie gerade zu ihrer Arbeit zurückkehren wollte, warf er ihr über die Schulter ein kurzes Lächeln zu und begann mit Brahms' Intermezzo opus 118, einem der letzten Werke des Komponisten. Nun spielte der Pianist zu Mrs. Herforts reiner Freude. Hugo spielte das Intermezzo schön wie nie, und so fuhr zum ersten Mal eine sanfte Bewegung in die Zweige des Baums, und sie fingen ganz leise an zu zittern. Mrs. Herfort sah die Unterseiten der raschelnden Blätter silbern schillern. Sie erhob sich und trat zum Flügel, zum Ursprung der Klänge, und legte ihre Hand auf Hugos Schulter. Er unterbrach abrupt sein Spiel, sprang auf und fegte ihre Hand beiseite. Aus seiner Haltung und aus seinen Augen sprachen Angst und Tücke.

Mrs. Herfort drehte sich um und lief. Sie hetzte aus der dunklen Bücherei in den klaren Frühlingssonnenschein, hastete über den Gehsteig, aber das Intermezzo ließ nicht von ihr ab, dröhnte ihr in den Ohren, das Gewicht des mächtigen Spätsommerbaums schien sie zu erdrücken. Als sie nach Hause kam und über die Schwelle trat, hörte sie die Harmonien des Intermezzos in etwas Fremdes abgleiten, was sie nicht wiedererkannte, und sie sah die Zweige von eisigem Wind gepeitscht.

Ein schwarzer Wind mit schwarzen Schwingen war in den Baum gefahren, sodass die Zweige gegeneinanderschlugen, und beim Aufschrei eines Dreiklangs wurde das Laub schwarz wie Trauerflor, und die Blätter fielen, erst einzelne, dann immer mehr, zuletzt alle, in einem schwarzen Sturm, es blieben die kahlen Äste, weiß wie Gebein. Mrs. Herfort trat benommen ins Wohnzimmer.

Das Uhrwerk der Tänzerin hatte aufgehört zu ticken.

Mrs. Herfort lag am Boden und weinte in den Teppich. Jetzt weinte sie, beweinte ihren Verlust, beweinte ihren verstorbenen Mann und ihre Gefühle für ihn, die so heimatlos geworden waren wie Mr. Herforts Seele.

Aus dem amerikanischen Englisch von Robin Cackett

Unschuld auf Urlaub

Den letzten Sonnenuntergang des Königreichs Libyen verbrachte ich auf einer Parkbank gegenüber König Idris' Palast in Tripolis. Die Tore, leicht bewacht, standen offen, und ich war mir sicher, auf dem Rasen neben den Rosenbüschen würde es sich traumhaft schlafen lassen, wenn ich erst einmal meinen Schlafsack dort ausgerollt hätte. Die Bank stand an einem Kai, der den Hafen entlanglief und auf dem zahllose Grüppchen von Männern ziellos umherschlenderten. Es gefiel mir, dass die Öffentlichkeit in der arabischen Gesellschaft ausschließlich von Männern bestimmt war, weil es mir das Gefühl gab, selbst ein Mann zu sein. Ich war siebzehn Jahre alt, weiblichen Geschlechts, braun gebrannt und weit gereist. Den ganzen Sommer über war ich unterwegs gewesen, und inzwischen war es Herbst geworden. Meine Reise schien dadurch in Gang gehalten zu werden, dass sie so glatt verlief.

Es war die Idee meiner Eltern gewesen, mich aus New York wegzuschicken. Sie glaubten, die langen amerikanischen Schulferien seien der Grund für die hohe Jugendkriminalität. Im Sommer 1968 hatte mich eine Freundin, die in der Stadt die Kunstgewerbeschule besuchte, mit einer gefährlichen Renitenz infiziert, von der sie befürchteten, sie könnte während der langen Hitzemonate 1969 neu entflammen. Kaum war die Schule zu Ende, wurde ich zu einer verwandten Bauernfamilie nach Österreich verschickt, wo – die Temperaturen gemäßigter – meine Gefühle sich friedfertigen Vierbeinern zuwenden und mein inneres Feuer sich an umfangreichen Haushaltspflichten verzehren sollte. In Frankfurt angekommen, schien mir die letzte Etappe nach Salzburg jedoch überflüssig; ich gab das Ticket zurück und steuerte die nächste Jugendherberge an. Dort traf ich auf einen Amerikaner, der 68 in Chicago dabei gewesen war und mir eröffnete: »Dies Jahr ist Osten angesagt.« Womit meine Reiseroute feststand. Ich trampte gen Osten – und wenn ich dabei unerfreuliche Erfahrungen gemacht haben sollte, sind sie mir nicht weiter aufgefallen –, bis ich einen Ort erreichte, an dem man sich nur noch über die Haschisch-Preise unterhielt (Teheran). Da mir das Halluzinieren nicht sonderlich lag, kehrte ich um, bis mir in Venedig das Geld ausging. Nachdem ich den Rucksack aus ausrangierten Armeebeständen mitsamt Inhalt auf dem Flohmarkt verhökert hatte, blieben mir Macys erstklassiger Daunenschlafsack, kältesicher bis minus 40 Grad, und das indische Überhemd mit Häschenmotiv aus der 4th Street, das ich zu diesem Zeitpunkt auf dem Leibe trug. Das Kleid war eckig geschnitten und derart mit Hasen übersät, dass Charles mich als Erstes fragte: »Ich vermute, du reist mit der Firma Hase & Co.?«

Charles war ein Engländer, den ich in Venedig kennenlernte. Er betrachtete mich als den »Reisegefährten«, nach dem er auf dem schwarzen Brett einer Jugendherberge gefahndet hatte – nicht mehr und nicht weniger. Charles war verschwiegen und schwatzhaft zugleich, von Oxford nach Alexandria unterwegs, nichts bei sich außer einer kleinen Ledertasche, in der sich neben Durreils *Alexandria-Quartett* ein dickes, zerfleddertes Manuskript befand, das er als seinen »Erstlingsroman« bezeichnete. Seine Ferien waren sogar noch länger als meine. Er nannte sie »Semesterferien« und wollte sich die Überfahrt übers Mittelmeer als Deckshelfer auf einem Schiff verdienen, um dann nach Ägypten weiterzutrampen. Er suchte einen Weggefährten. Mir klang das entschieden verlockender, als in die elfte Klasse einer Privatschule in Manhattan zurückzukehren, und so kam es, dass ich am 3. August 1969 in Tripolis auf den Einbruch der Dunkelheit wartete, um mich unbemerkt in den Gärten Ihrer Majestät zur Ruhe zu legen.

In der Schule hatte ich mir nicht träumen lassen, was für ein idyllischer Ort die Welt war. Sie war zwar weitgehend von Erwachsenen bevölkert, aber wenn man nicht auf irgendeine Weise kulturell mit ihnen verbunden war, zeigten sie sich im Großen und Ganzen als ein liebenswerter und großzügiger Haufen. Solcherlei Großmut musste auch das Motiv jenes Wachpostens an der tunesisch-libyschen Grenze gewesen sein, als er uns für die Nacht in die Grenzkaserne einlud. Anderen Reisenden gegenüber erwiesen sich die Grenzer als ziemlich kaltschnäuzig. Aus unerfindlichem Grund wollten sie niemanden nach Libyen hineinlassen, sogar ein Bus voller italienischer Touristen mit gültigen Visa wurde abgewiesen. Uns dagegen behandelte man besonders zuvorkommend. »Ihr braucht was zum Übernachten?«, fragte ein Wachmann fürsorglich, der sich als der Hauptmann der Einheit entpuppte. Er geleitete uns höchstpersönlich in die Kantine, wo er uns auf Blechtellern mehrere Portionen Couscous und gebratenen Fisch aufdrängte, und wies uns, nachdem wir alles vertilgt hatten, in einen Schlafsaal, in dem ein Dutzend Feldbetten standen. Dort roch es im Verlaufe einiger Stunden grässlich nach verdauten Zwiebeln.

Um Mitternacht ereignete sich folgender Zwischenfall: Eine Gestalt, die ich unschwer als unseren Wohltäter erkannte, stolperte und stürzte auf mich. Ich bemühte mich redlich, ihm wieder auf die Beine zu helfen, aber er schien unfähig, das Gleichgewicht zu halten, stürzte erneut auf mich nieder und verhedderte sich zu allem Überfluss in meiner Decke. Um seinen Zustand besorgt, rief ich schließlich nach Hilfe. Völlig unerklärlich ergriff er daraufhin die Flucht, ein dunkles Strichmännchen, das an den Bettreihen schnarchender Wachleute vorbei ins Freie hechtete.

Am nächsten Morgen nahm niemand mehr Notiz von uns. Die Grenze blieb weiterhin geschlossen, aber ein Mercedesfahrer aus Istanbul wurde eingelassen, als er mit einer Handvoll Dollarnoten wedelte. Er würde zwangsläufig über Tripolis fahren müssen und erklärte sich bereit, uns mitzunehmen. Seine Frau war Engländerin. Sie saß bei uns hinten, und während wir den flachen Hinterkopf ihres Gatten bestaunten, klagte sie uns flüsternd, wie sie von ihm misshandelt werde, wie er ihr den Mund verbiete, sie dazu zwinge, langweilige arabische Kleider zu tragen, und – das Schlimmste von allem – wie er einmal im Jahr, statt zu fliegen oder von Istanbul die Fähre zu nehmen, mit seinem Wagen das ganze Mittelmeer umrunde, bloß um der Familie in Kairo das Prachtstück vorzuführen. »Als ich in London als seine Sekretärin arbeitete, da habe ich ihn geliebt«, versicherte sie uns. Ihr Mann setzte uns am Anfang eines Kais im Hafen von Tripolis ab. Kaum aus dem Wagen, erhielten wir von einem Melonenverkäufer, der den Mercedes bewundert hatte, eine Melone geschenkt. Wir schlugen sie am Bordstein auf, hockten uns an den Straßenrand und aßen. Ich wischte den Saft von den Fingern aufs Kleid, der Stoff wurde steif. Allmählich wurde mir klar, wie heiß es war.

Die Uferstraße war endlos. Auf der einen Seite lag der Hafen, auf der anderen befanden sich kleine Läden, Palmen und flache Neubauhäuser. Auch nachdem wir ziemlich lange gegangen waren, hatte sich die Szenerie kaum verändert. Charles setzte eine finstere Miene auf. »Irgendwas gefällt mir nicht an diesem Land, ich weiß nur noch nicht genau, was.«

Charles blinzelte aufs Meer und rieb sich seine blassblauen Augen. Er war ausgesprochen groß gewachsen, aber nicht athletisch gebaut, er besaß feine Gesichtszüge und lockiges blondes Haar, wirkte aber auf mich nicht besonders attraktiv, er war gebildet, aber nicht penetrant, herzlich, aber nicht aufdringlich. In Tripolis bekam ich zum ersten Mal zu spüren, dass er auch schlechte Laune haben konnte. »Ich fühl mich heiß und klebrig, verdammte Melonen, verdammte Araber mit ihrer unersättlichen Großzügigkeit, du kannst auch nie Nein sagen, was?«

»Aber ja doch, klar kann ich«, versprach ich ihm.

»Du bist unheimlich amerikanisch.«

»Lass uns im Hafen schwimmen gehen«, schlug ich besänftigend vor.

»Du bist unheimlich naiv.«

Ich wurde rot. In Venedig, als wir unsere gemeinsame Reise besprachen, hatte ich ihm erzählt, ich sei schwer in einen Jungen zu Hause verliebt, dessen Namen, Peter Baxter, ich erfunden hatte. Während wir zur Fähre nach Neapel trampten, achtete ich sorgsam darauf, das Phantom immer wieder zu erwähnen: »Ich muss Peter schreiben.«, »Wie's Peter wohl am College geht?« Kurz bevor wir uns einschifften, schickte ich ihm sogar eine Postkarte. Danach hatte ich Peter vergessen und seit mindestens einem Monat nicht mehr von ihm gesprochen. Auch Charles sprach nie von einem Mädchen, er sprach überhaupt nie von seinen Freunden oder seiner Familie. Deshalb ging ich davon aus, dass es niemand anders gab, der in seinem Leben dieselbe Bedeutung hatte wie sein Reisegefährte.

Er folgte mir die Stufen von der Uferpromenade zum Wasser hinunter, wo einige kleine Boote und Segeljachten vertäut lagen. Wir gingen mit Kleidern ins Wasser, schwammen um die luxuriösesten Boote herum, jagten uns planschend durchs Wasser. Als Charles mich erwischt hatte, strich er mir über Schulter und Arm und sagte: »Schau, wie schön hier die Haut ist«, und ich stimmte ihm zu. Meine Haut war braun und glatt.

Dann kletterten wir auf die Uferstraße zurück und setzten unseren Spaziergang in den nassen Kleidern fort, die bald getrocknet waren. Wir waren an einen Ort gelangt, wo die schmutzigen Neubauhäuschen einer Gartenanlage Platz machten, aus der mit deftiger Sinnlichkeit ein Duft von Rosen und Rhododendron herüberwehte. Im Hintergrund stand ein einfaches, aber riesenhaftes Gebäude.

»Der Palast des Königs, Zutritt verboten«, sagte ein Wächter auf Italienisch. »Oder sprechen Sie Englisch?«, fuhr er großtuerisch fort. »Hier lebt der König. Aber unser guter König ist jetzt nicht da. Guter König Idris. Er ist ausgegangen, nach Zypern, weil er krank ist.« Er wandte sich zur Seite und meinte: »Alt und krank, aber gut. Zehn Jahre arbeite ich für ihn.« In der Tat hatte er seine besten Jahre bereits hinter sich, vermutlich im Dienste des Königs. Er besaß keine Schneidezähne mehr, aber dafür trug er eine schicke grüne Uniform und ein glänzendes Uzi-Gewehr.

»Dann können wir ja hier schlafen, wenn er nicht da ist«, sagte ich.

Der Wachmann lachte ungläubig, »Hier drin schlafen!«, und mochte sich nicht weiter mit uns unterhalten. Habtachtstellung. Wir äugten an ihm vorbei in Idris' Paradies und sahen die Rosen welken: Der Boden neben dem Rosenbusch war mit roten und schwarzen Blütenblättern übersät. Charles streckte seinen Zeigefinger aus: »Dort werden wir schlafen.« Der Wachmann spielte weiterhin den in sich Gekehrten. Dann zuckte er wie zum Signal mit dem Kopf und murmelte: »Ich gehe um zehn. Zwei Minuten ist niemand da. Dann könnt ihr hinein.«

Wir warteten auf einer Parkbank in der Nähe des Tores, und Charles bemerkte: »Die Bürger haben etwas Pekuniäres an sich.« Es war eine jener Sentenzen, wie er sie von sich gab, sobald wir einen neuen Ort erreichten.

»Wenn man Tripolis nach seinem Geruch beurteilt, dann besteht es aus Rosen, Benzin, Meer und Zwiebeln.«

»Der Hafen ist nett, wirklich, aber völlig formlos. Häfen sollten vom Land her ein Halbrund bilden, aber dieser hier fing einfach irgendwo mit ein paar Ruderbooten an und hört vermutlich auf der anderen Seite der Stadt genauso wieder auf. Immerhin, das Wasser ist königsblau, die Jachten sind exquisit, sogar die Sonne ist voller und öliger als in Tunesien. Wie ein gebratenes Eigelb. Langsam kriege ich Hunger. Wir kümmern uns besser mal ums Essen.«

Charles suchte Augenkontakt mit den Passanten, um ihnen unser freundliches Interesse zu signalisieren. Als Rückversicherung zauberte ich ein breites amerikanisches Lächeln auf mein Gesicht.

Aber die Libyer zeigten sich weniger zugänglich als die Tunesier. Der eine oder andere nickte und sagte die wenigen englischen Worte, die er kannte, »Hello, Goodbye« oder »New York, Texas, Apollo«. Einer sagte »Howdy«. Schließlich kam eine Gruppe von drei Männern im Anzug an uns vorbei; sie verlangsamten ihren Schritt, erwiderten unser Lächeln, und einer von ihnen meinte: »Ist Tripolis nicht wunderschön?«

»Eine der schönsten Städte, die ich auf meinen vielen Reisen gesehen habe«, gab Charles zurück. Die drei postierten sich um uns herum, betont darauf bedacht, uns nicht die Aussicht zu versperren. Der Mann, der uns angesprochen hatte, schickte seine Begleiter zu einem Straßenhändler, um uns Limonade zu besorgen. Die Sonne hatte sich über dem Meer dem Horizont genähert und vergoss überall ihr dottriges Licht. Wir schauten zu, wie die beiden Gestalten mit den

Limonadegläsern durch den Sonnenuntergang hindurch zu uns herüberglitten.

»Amerikaner sind gut, Russen sind böse«, lautete der Trinkspruch unseres Gastgebers, seines Zeichens Hausboy eines amerikanischen Ölmagnaten. Er sah selbst wie einer aus, in seinem frischgebügelten Anzug. Im Gesicht wirkte er ein wenig verhärmt für sein Alter und roch stark nach Rasierwasser. Er fragte uns aus – wo wir herkämen, wie wir reisten – und übersetzte alles ausgiebigst ins Arabische, weil seine Freunde kein Wort Englisch verstanden. Sie kamen ganz dicht heran, um uns beim Sprechen zuzusehen. Wie alt wir seien? Wie wir hießen? Ob wir verheiratet seien?

»Wir möchten euch zum Abendessen einladen«, erklärte der Elegante, der Jeff hieß. »Wir gehen ins feinste Restaurant in ganz Tripolis.« Der Fiat, in dem er uns hinführen wollte, gehörte ihm persönlich.

Der Fiat war ebenso klein wie makellos und Jeff unbeschreiblich stolz darauf. Wir folgten seinem Beispiel, putzten unsere Füße und wischten uns Ärmel und Schultern ab, bevor wir auf den Rücksitz krochen, während seine Freunde sich auf den Beifahrersitz quetschten. Breite Amerikanerwagen und kleine italienische Hüpfer lieferten sich auf der Hauptstraße unentwegt Scharmützel, bis sich die Straße plötzlich in eine Sanddüne verwandelte. Wir parkten zwischen einem Dutzend anderer Wagen, die ein grell beleuchtetes Gebäude säumten, auf dem mit Neonschrift »American Desert Bar and Restaurant« zu lesen stand.

»Mein Chef kommt hierher, wenn er ein echt amerikanisches Steak essen will«, sagte Jeff, und seine Stimme überschlug sich vor Aufregung. Er bestellte Steaks und *Miller High Life*. Seine Freunde schienen sich unwohl zu fühlen; sie aßen hastig und sahen kaum auf. Umso genauer lauschten sie Charles, der ihnen Dinge über sich erzählte, von denen ich keine Ahnung hatte: dass sein Vater ein Geschäftsmann sei, sein Elternhaus zwei Stockwerke hoch und mit Garten, dass er in seiner Freizeit Rugby spiele, dass man in England, eine Art Nationalverrücktheit, Fisch und aus dem Öl gezogene Kartoffeln verspeise. Charles wurde zusehends betrunkener, und unsere Gastgeber ermunterten ihn stets zu einem weiteren Bier. Sein Gesicht wurde rot, und sein straffer Körper sank allmählich mehr und mehr in sich zusammen. Die arabische Nachspeise kam in mehreren Gängen. Als plötzlich eine der süßen Soßen aus Charles' Mund auf den Teller sabberte, war er bereits in seinem roten Plastikstuhl zusammengesackt und drohte auf die Seite zu kippen. Jeff richtete ihn wieder auf. Alle lachten mitfühlend.

»Wie wär's mit einer Fahrt in die Wüste«, schlug Jeff seinen Freunden vor. Er hatte mich bislang nicht ein einziges Mal angesprochen und warf mir jetzt einen kurzen Blick zu. »Das muss man gesehen haben … die Sahara bei Nacht.«

Ich war dagegen. Auf keinen Fall wollte ich den Moment der Wachablösung an König Idris' Palastgarten verpassen. Ich machte zum ersten Mal an diesem Abend den Mund auf und sagte: »Oh, danke, aber nein danke. Wir müssen unbedingt zurück. Wir wohnen nämlich bei Freunden in der Nähe des Palastes.« Ich versuchte krampfhaft, Charles wieder zum Leben zu erwecken.

Aber sie bestanden auf unserem Ausflug, und ihr Enthusiasmus war so groß, dass ich unmöglich ablehnen konnte. Ich war viel zu gut erzogen, als dass ich so unhöflich hätte sein können, und außerdem waren es ja Erwachsene. Die drei Libyer schleppten Charles hinaus, verstauten ihn auf dem Rücksitz des Fiats, und mir blieb keine andere Wahl, als ihm zu folgen. Sein Kopf lag schwer und feucht zwischen den blauen und weißen Häschen in meinem Schoß. Draußen war es dunkel. Schweigend fuhren wir ein Stück in die Nacht. Schon an den südlichen Rändern von Tripolis schwappt die Sahara in die Stadt hinein und ergießt sich in trockenen Strömen in die Straßen, aber Jeff wollte unbedingt noch weiter hinaus in den tiefen Sand. Auf einmal sollte sein empfindsames Auto nicht geschont werden. Der Fiat stöhnte laut auf, dann erstarb der Motor. Jeff schien das nichts auszumachen. »Wir sind weit genug draußen«, sagte er und sprang aus dem Wagen. Die anderen folgten ihm und begannen, auch mich am Arm nach draußen zu zerren. Charles schien ihnen plötzlich egal geworden, aber ich nahm mir die Zeit, seinen Kopf so sanft wie möglich auf das Polster zu legen. Dann wandte ich mich um und starrte in die monochrome Landschaft: Der Himmel war schwarz, der Sand dunkel. In der Ferne hörte ich ein Heulen.

»Was war das?«, fragte ich Jeff.

»Streunende Hunde«, gab er ohne Interesse zurück. Die drei schienen sich über irgendetwas zu unterhalten, das ihre Aufmerksamkeit fesselte. Ihren Blicken nach zu urteilen, redeten sie manchmal auch über mich. Sie stritten sich ein wenig, bis Jeff auf eine Sanddüne zeigte und alle zustimmend nickten. Dann sahen sie zu mir herüber.

»Ich muss jetzt zum Palast zurück«, erklärte ich.

Die Vorstellung, dass hinter ihrem fürsorglichen Verhalten noch etwas anderes stecken könnte, verblüffte mich völlig. Obwohl ich keine klare Vorstellung von einer Vergewaltigung hatte, bekam ich Angst. Charles schlief lautstark im Auto. Statt uns zum Palast zurückzufahren, begannen die drei Libyer, ohne jede Rücksicht auf das schöne Häschenmuster an meinem Kleid zu zerren. Der Stoff war vom Salzwasser und der Sonne angegriffen und riss über meiner linken Brust.

In mir stieg blanke Entrüstung auf: Wie konnten sie es wagen!

Dann hörte ich einen Donnerschlag, Flammen stoben gen Himmel.

Wie widerwärtig und gemein!

Am ganzen Himmel flackerte die Artillerie, und in der Nähe des Königspalastes färbte die Nacht sich weiß. Als ich in Tränen ausbrach, explodierten die Gärten des Idris.

Meine Begleiter wurden plötzlich reuig. Sie entschuldigten sich bei mir auf Englisch und Arabisch, was das Feuerwerk aber nicht zum Stillstand brachte. Wie die Besessenen versuchten sie, Jeffs Fiat aus dem Sand zu hieven. Wir sprangen auf, kurvten durchs Chaos, bis wir einen sandigen Vorort voller dichtgedrängter Bungalows erreichten, vor denen große Amerikanerschlitten parkten. Es war das amerikanische Viertel. Hier war Jeff zu Hause.

Jeff und ich bugsierten Charles aus dem Auto, das wir dann seinen Freunden überließen. Wir legten ihn auf das amerikanische Pioniersofa im Wohnzimmer, wo er ungerührt weiterdöste. An einem Couchtisch sitzend, bemerkte ich einen wachshäutigen, angekahlten, fetten Mann, der sich im Radio die Direktübertragung eines amerikanischen Baseballspiels anhörte. Er sagte zu Jeff: »Bring mir einen Julep, ja?« Dann wandte er sich mir zu. »Es stürmt ein wenig draußen«, sagte er. »Jeffs Freunde sind auch meine Freunde. Fühlt euch wie zu Hause. Ist ihm schlecht?«

Charles hatte sich in der Tat übergeben, was ihn jedoch zu erleichtern schien. Jeff wischte ihm das Gesicht ab. Das kalte Wasser machte ihn munter, er rappelte sich hoch und schaute aufgeweckt in die Runde. »Hört sich an, als würde draußen Fußball gespielt«, meinte er.

»Baseball im Radio«, sagte der Amerikaner. »Fred Bart«, stellte er sich vor und schaltete das Radio ab. »Du klingst wie ein Engländer. Meine Mutter war Engländerin, von ihr habe ich die dunklen Haare und die blauen Augen. Was verschlägt einen Engländer nach Tripolis? Gott, ist das laut.«

Jeff kam mit einem Tablett voller Minz-Whiskys, die Gläser schepperten, weil seine Hände zitterten. »Es sind die Russen! Jeden Russen, den ich sehe, bringe ich um«, ereiferte er sich. »Amerika ist ein großes Land. Amerika ist gut, und Idris, unser König. Er ist in Zypern. Ich hoffe, es geschieht ihm nichts.« Sein verschlagenes Gesicht sah aus, als wolle er demnächst allen Ernstes anfangen zu heulen.

Ich war müde. Auf einer Ecke des rosafarbenen Wohnzimmerteppichs rollte ich meinen Polarschlafsack aus, legte mich schlafen und ließ die Männer reden.

Am nächsten Morgen stellte Jeff ein Tablett mit Milch, Kaffee und Cornflakes neben mich auf den Boden. Er war äußerst unfreundlich.

»Nenn mich nie wieder Jeff«, raunzte er, »eine Idee vom Chef. Ab jetzt heiße ich wieder Mohammed.« In der Küche lief anscheinend ein Radio. Eine arabische Stimme rezitierte Textpassagen. Dann folgte Marschmusik. »Wir sind vom elenden Idris errettet worden«, erklärte Jeff. »Diese altersschwache amerikanische Marionette. Die Amerikaner sind böse. Die Russen sind gut. Ich sollte dich töten, weil du Amerikanerin bist. Das wäre eigentlich meine Pflicht.« Dann verschwand er in der Küche.

Ich futterte meine Cornflakes. Den Kaffee ließ ich stehen, weil das ein Getränk für Erwachsene war. Obwohl der Morgen schon fortgeschritten war, war Charles nirgends zu sehen. Als ich nach ihm suchte, fand ich ihn im Herrenschlafzimmer. Er saß aufrecht in einem französischen Bett, aß Cornflakes und klagte über einen Brummschädel. Fred Bart kam herein, in Frotteemantel und Pantoffeln gehüllt, und meinte: »Du musst dich bei der Botschaft melden. Die schicken dich dann zurück; du bist doch bestimmt noch nicht volljährig. Es hat eine Revolution gegeben.« Er schien nicht sonderlich beeindruckt.

Den ersten Tag der Republik Libyen verbrachte ich damit, den Riss in meinem Kleid zu flicken. Da ich nicht wagte, das Kleid auszuziehen, musste ich den Stoff in unmöglicher Verrenkung über meiner linken Brust zusammennähen. Ich wünschte sehr, die Lage würde wieder so einfach und vertraut wie zuvor. Aber niemand schien diesen Wunsch zu teilen – nicht Jeff, der irgendwann aus dem Hause stürmte und uns den kriegerischen Tiraden einer Stimme aus dem Küchenradio überließ – nicht Charles, der mich plötzlich anzischte: »Du und deine Unschuld! Was hab ich nicht alles mitgemacht« – und nicht die unbekannten Soldaten, die mein Rosenbett in die Luft gesprengt hatten.

Aus dem amerikanischen Englisch von Robin Cackett

Der Doktor braucht ein Heim

Überall, wo ich bin, ist auch sie. Ein Geist ist kein Gegenstand, er ist ein Zustand.

Zescha war in all den Frauen gegenwärtig, die in meinem Leben kamen und gingen. Auf der Haut dieser Frauen spürte ich Zeschas Wärme, in ihrer Erregung Zeschas verzückte Zustimmung, und wenn sie in ihrem Gebaren erkalteten, verließ Zescha sie, kam zu mir, hasste sie für mich, doppelt so heftig wie ich. Unlängst sind zwei Frauen unfreundlich zu mir gewesen, und Zescha ist wütend: »Sieh mal, wie gut du aussiehst! Das dichte Haar, der energische Ausdruck, die klugen Augen. Aber du hältst dich ein bisschen krumm, sitz gerade – das Kinn hoch. Na also. Was für ein Mann! Diese Gänse wissen gar nicht, was sie sich entgehen lassen.«

Eine der Frauen heißt Barbara, sie war meine Haushälterin. Sie war bildschön, blond und sinnlich, ihr Auftreten und ihre Art zu sprechen hatten etwas aufregend Gewöhnliches – eine polnische Madonna.

Aber gerade deshalb konnte Zescha sie nicht leiden. Zescha hatte immer so etwas Vergeistigtes, auch wenn sie auf Erden wandelte. Gegen vulgäre Menschen verschloss sie sich. Ihre tiefliegenden Augen wirkten dann leer, und ich wusste, dass diese Leere Abscheu bedeutet. Sie empfand Abscheu vor Barbara. Und wenn ich dieses dicke polnische Mädchen liebkoste, das nach Kleingeld und billigen Süßigkeiten roch, dann wand sich Zescha unwillig in meinen Armen.

Sie ist überglücklich, weil Barbara mich verlassen hat, obwohl die äußeren Umstände unerfreulich waren: Barbara brachte einen anderen Mann mit nach Hause. Ich fand die beiden in ihrem Bett, ineinander, aneinandergeklebt. Barbara war wütend über die Störung. Sie löste sich von ihrem Liebhaber (ein Einfaltspinsel, ein junger Puerto-Ricaner, ihr Fahrlehrer), richtete sich zu ihrer ganzen prachtvollen Größe auf, sodass ihr Gehänge vor meiner Nase wippte, packte mich, wie Kongresspolen in seinen schönsten Träumen nach Galizien griff, und schleuderte mich ins nächste Zimmer, dass mein Blut Zeichen an der Wand hinterließ.

Dann tauchte ihr Fahrlehrer auf. Er hatte sich in aller Stille angekleidet, weißer Anzug. Ich muss zugeben, er machte einen ordentlichen Eindruck. Als er sah, was sie tat, versuchte er sie zu bremsen. Er schrie sie an: »Lass den Doktor in Ruhe!« Ich sagte mir: Der ist dein Freund.

Die Polizei versuchte mir das auszureden: Sind Sie denn ein Teddybär? Keine Frau könnte Sie durch zwei Zimmer schleudern. Sie nahmen den Fahrlehrer fest, Barbara packte ihre Taschen, während ich meine Aussage machte, und als ich das hinter mir hatte, war sie schon unterwegs zu ihrer Mutter.

Ich brauchte Zeschas Trost, und sie spendete ihn mir reichlich in den Umarmungen und freundlichen Worten einer Nachbarin. Die Nachbarin säuberte die Wand und die Teppiche mit einer Speziallösung zur Beseitigung von Blut auf Möbeln, die man heutzutage kaufen kann. Meine Auseinandersetzung mit Barbara ist demnach nichts Ungewöhnliches. Im Nachhinein bin ich übrigens ziemlich stolz darauf. Es ist der erste handfeste Streit mit einer Geliebten, den ich je hatte. In dieser Hinsicht ist das Leben an mir vorübergegangen, teils wegen der Zuneigung zu Zescha, meiner Schwester. Teils weil ich nicht zu diesen kräftigen, potenten Muskelmännern gehöre, die im Kino gezeigt werden und von denen es auf der Straße nur so wimmelt. Zescha sagte immer, ich sei der einzige Mann in ihrem Leben, geschmeichelt aber fühlte ich mich deshalb nicht, denn es ändert nichts daran, dass ich Jude bin und ziemlich gebrechlich, und diese Merkmale sprachen gegen mich. Trotzdem haben mich die Frauen immer gemocht, weil ich Grips habe, und für meinen Körper war das ein Glück.

Wie sich herausgestellt hat, ist die Nachbarin, die bei mir die Wand sauber gemacht hat, meine Tochter. Sie ist bildschön.

Zescha kann nicht leiden, wenn ich etwas über das Äußere einer Frau sage. In letzter Zeit ist sie recht giftig. Nicht wegen der Nachbarin, die mir aus reiner Herzensgüte behilflich ist. Zescha hat nichts gegen sie, weil sie mir nichts bedeutet. Zescha hat etwas gegen Gretel, die mich jeden Sonntag besucht und zum Essen abholt. Die ganze Woche über warte ich darauf.

»Warum eigentlich? Was tut sie denn für dich?«

Sie *tut* nichts für mich, obwohl sie es, glaube ich, früher getan hat. Vage erinnere ich mich, dass Gretel mal versucht hat, eine Nacht mit mir im selben Bett zu verbringen, dass sie mir ihren Kopf mit dem dichten, vollen Haar auf die Brust bettete, den Arm über mich legte und nach meiner Schulter griff. Mir war, als müsste ich ersticken. Ich bat sie, auf dem Sofa im Wohnzimmer zu schlafen. Ich war müde, sie gekränkt.

Ich weiß nicht mehr, in welcher Beziehung sie zu mir gestanden hat. Vielleicht waren wir verheiratet. Aber ich weiß, dass ich mich mehrmals verliebt habe.

Beim ersten Mal war ich fünf Jahre alt. Das Mädchen hieß Annula, sie war sieben Jahre alt und stammte aus einer kolossal wichtigen Familie – sie war die Tochter des Bäckers. Sie lebte auf der anderen Seite eines breiten Gewässers, das Hudson River genannt wird. Der Hudson River trennte mein Haus von ihrem Haus in Drohobyc. Nein – zwischen unseren Häusern lag viel mehr als bloß ein Fluss. Ihr Vater war eine gebieterische Gestalt, ganz anders als mein Vater, dieser kleine, hektische Bankier; ihre Mutter war sehr ordentlich, meine war versessen auf Bücher und Musik. Bei uns kämpften Hausmädchen um den Erhalt der Ordnung. Bei Annula roch es nach Kohl, Weihwasser und sauberem Bettzeug. Eine Zeit lang verkroch ich mich jeden Nachmittag in Annulas Küche, während Zescha daheim den Kopf hängen ließ. Meiner Mutter fiel meine Abwesenheit gar nicht auf, sie war viel zu sehr mit Lesen beschäftigt oder debattierte mit Freunden über eine neue Idee, die ihr eingefallen war.

Dann bereitete sich Annula auf ihre Heilige Kommunion vor, eine

Zeit, in der auch die klügsten Kinder zu Fanatikern werden. Sie bestand darauf, mich zu taufen, bevor meine Seele in die Hölle käme. Es handelte sich um eine Notlage, eine Laientaufe war also gerechtfertigt. An einem Sabbatnachmittag folgte ich ihr in das warme, schleimige Wasser des Hudson. Wir standen bis zu den Knien drin. »Tiefer!«, befahl sie. Ihr Kleid bauschte sich auf dem Wasser: »Tiefer!« Als uns das Wasser schließlich bis an die Schultern reichte, sagte sie, ich solle den Kopf untertauchen. Sie wollte nachhelfen; sie drückte meinen Kopf nach unten. Nachher sagte sie, dies sei wichtig. Mein Kopf sei groß und jüdisch und benötige eine ordentliche Portion Wasser. Ich spürte das Summen in ihrer Brust, als sie lateinische Gesänge anstimmte, und dann kämpfte ich mit allem, was ich hatte, gegen meine Liebste. Zuletzt biss ich ihr in die Hand, da ließ sie mich los.

Ich schoss hoch hinauf in den kalten blauen Himmel, und einen Augenblick lang blieb alles so still wie unter Wasser. Dann rann mir das Wasser aus den Ohren, ich konnte Annula lachen hören und konnte nicht aufhören, mit ihr zu ringen, zu kratzen, zu beißen, zu schreien.

Tagelang ließ mich die Panik nicht los. Ich dachte, da ich schon fast gestorben war, könnte mich der Tod immer noch einholen; die Tage, die vergingen, könnten sich als Illusion erweisen. Der Tod war so einfach: eine Mädchenhand wie ein Stahlpoller im Wasser. Mir fiel auf, wie flach mein Atem ging. Würde es einen nächsten Atemzug geben?

Ich wartete, ich zählte. Eines Tages schlief ich nicht und verbrachte den ganzen Tag mit Zählen. An diesem Tag holte ich vierundzwanzigtausendvierhundertachtzigmal Luft. Die Zahl schien mir von tückischer Regelmäßigkeit zu sein: durchschnittlich eintausendzwanzig Atemzüge in der Stunde. Wäre ich nicht so aufgeregt gewesen, hätten es auch genau tausend sein können. Am nächsten Tag zählte ich das Blinzeln meiner Augen. Aber meine hinterhältigen Augen wollten nicht blinzeln, wenn sie sich beobachtet fühlten.

In einem Alter, in dem die meisten Menschen ihren Körper als Verbündeten ansehen, als einen Quell der Freude, hatte ich den meinen bereits als Feind identifiziert, als Verräter, auch wenn er scheinbar gut zu mir war. Und die böse Kraft dahinter war die Natur.

Deshalb begann ich mich für die Wissenschaft zu interessieren. Ich verliebte mich in die Natur, wie man sich in eine kalte Frau verliebt, die die Zuneigung, die man ihr entgegenbringt, selten erwidert. Ich beschloss, mein ganzes Leben dem Versuch zu widmen, sie zu verstehen.

Meine liebe Gretel deutet immer wieder an, ich sei desorientiert. Eine lächerliche Vorstellung. Ich weiß genau, dass wir nicht mehr in Drohobyc wohnen, dass wir wegen Zescha und ihrem Talent nach Wien gezogen sind.

Etwa zur selben Zeit, als ich mich auf die Berufung zum Chemiker einließ, begann Zescha, auf dem Klavier herumzuklimpern. Sie war ein zartes, rothaariges Kind mit blassbraunen, winzig kleinen Augen. Als sie noch gar nicht sprechen konnte, summte sie schon jeden Fetzen Musik nach, der an ihr Ohr drang. Sobald sie laufen gelernt hatte, drückte sie sich immerzu im Salon herum, wo das Klavier stand, und hoffte, jemand werde spielen. Meine Mutter konnte den d-Moll-Walzer von Chopin. Sie spielte ihn immer wieder, ohne je das Tempo oder die Intonation zu ändern. Für die Familie war er ein Hintergrundgeräusch. Nur Zescha nahm ihn ernst. Mit drei Jahren schlug sie meiner Mutter vor, ihn schneller zu spielen. Die arme Frau konnte nicht. Sie versuchte es und geriet durcheinander, da schlug sich Zescha die Hände an die Ohren und jaulte vor Schmerz.

Ich möchte über meine Mutter nicht mal schlecht denken. Sie war ein Mensch ohne Fehl und Tadel, eine Rabbinki, sie hatte fünf Brüder und war die Jüngste und Klügste von allen. Die Brüder freuten sich über ihre Intelligenz, und wenn niemand hinsah, brachten sie ihr Hebräisch bei. Eines Tages trat sie in der Synagoge dicht hinter ihren Vater und las über seine Schulter hinweg aus der Torah; der Vater gab ihr vor allen Leuten eine Ohrfeige.

Ihre Brüder lachten noch jahrelang darüber. Sie gingen in die Wirtschaft und die Politik; meine Mutter war bildschön und heiratete meinen Vater, ein wohlhabendes, gutmütiges, geistesabwesendes Nervenbündel. Wenn er ihr auf der Straße begegnete, tippte er an seinen Hut, weil er sie nicht erkannte. Meine Mutter folgte ihren eigenen

Interessen, und der d-Moll-Walzer von Chopin gehörte dazu. Dass sie nicht Klavier spielen konnte, war nicht ihre Schuld. Sie weihte sich ganz dem Talent Zeschas, machte es zu ihrer Leidenschaft, und um die Begrenztheit ihres eigenen Repertoires wettzumachen, sorgte sie dafür, dass das von Zescha unerschöpflich wurde.

Zescha debütierte mit sieben Jahren in Lemberg. Mit acht spielte sie in Wien, und danach war sie ständig von gieräugigen, verschwitzten, händereibenden Erwachsenen umgeben, unter ihnen mehrere berühmte Pianisten, die Zeschas aufkeimendes Talent und ihre hübsche Person unter die Fittiche nehmen wollten. Zescha ertrug sie in Ruhe. Sie hasste das Sprechen. Sie sagte: Luft holen, den Mund bewegen und die Luft an den Stimmbändern vorbeischieben – wie anstrengend! Meine Mutter entschloss sich, mit uns allen nach Wien zu ziehen; Drohobyc war zu provinziell für eine Wunderkindkarriere.

Ich bin nicht desorientiert: Ich weiß, dass ich jetzt in New York lebe und nicht in Wien. Und leider Gottes ist das Leben in New York viel schwieriger als das Leben in Wien. Die New Yorker sind Proletarier, die Wiener Kleinbürger. Darin besteht der ganze Unterschied: Der Kleinbürger ist irgendwie menschlicher als der Proletarier. In Wien wäre Barbara ins Gefängnis gesteckt worden.

In Wien zog Zescha von einer Festlichkeit zur anderen, gab Konzerte oder sagte einfach nur Guten Tag. Ihre Auftritte fanden große Beachtung, weil sie so hübsch war und doch so bescheiden. Ich blieb immer ihr liebster Freund, der einzige Mensch, für den sie überhaupt Interesse entwickelte. Nie versäumte sie, danach zu fragen, was ich gerade tue, meinen Fortschritten Beifall zu spenden, und stets registrierte sie, mit wem ich befreundet war. Einmal sagte sie: »Ich höre dich so gern reden, es ist wie Musik für mich.«

Aber eines Tages, als sie sechzehn Jahre alt war, klagte Zescha: »Musik sagt mir nichts mehr.«

Sie wollte nicht üben. Sie machte einen Bogen um das Klavier wie ein Hund, den man zwingt, an einem Feind vorüberzugehen. »So wirst du nie Karriere machen!« schimpfte meine Mutter. Zescha sagte nichts. Sie zog sich in einen Sessel im Salon zurück und hat ihn aus freien Stücken nicht mehr verlassen.

Sie hörte auf zu essen. Sie wurde matt und leicht wie ein toter Schmetterling. Sie folgte mir mit schrägen Augen, die sagten: »Küss mich, lieber Bruder. Umarme mich und küss mich, wie du es immer getan hast, als ich noch jünger war.« Und dann sah sie mich nicht mehr an.

Wir liefen von Arzt zu Arzt, es gab ja genug Ärzte in Wien, zwecklos, zwecklos. Weder Freud noch Adler konnten helfen, weder Freund noch Mutter. In einer Anstalt mit zwanzig, taub und gelähmt mit zweiundzwanzig.

Auch als Zescha mit niemandem mehr sprach, war sie immer bei mir. Sie ermutigte mich im Labor, sie hielt mich, wenn ich Katinka umarmte, die Tochter des Konditors neben der Oper. Katinkas Küsse waren O-förmig und schmeckten nach Schlagobers. Ich besuchte sie abends neben den warmen, süß duftenden Backöfen. Eine Empfindung ging über in die nächste, wir aßen frischen Apfelstrudel und küssten uns aufs Neue, und zwischendurch lenkte sie das Gespräch auf die Religion. Wie Annula wollte auch sie mich taufen. Ich dachte an Zescha: Ablehnung.

Ich wechselte das Kaffeehaus und lernte Giedonka kennen. Sie hatte rote Haare, sang in einem Varieté und war bildschön. Sie wohnte in Budapest, aber immer wenn sie ein Engagement in Wien hatte, schrieb sie mir eine Karte, und ich holte sie vom Bahnhof ab, gleichgültig wie spät es war, trug ihr die Koffer und bezahlte das Taxi zu ihrem Hotel. Dafür durfte ich nach der Vorstellung Brandy mit ihr trinken. So blieb es, bis ich eines Abends Mut fasste und sie für den nächsten Nachmittag einlud. Sie willigte ein. Zeschas Miene: Aufregung.

Bei Tageslicht sah ich, dass an Giedonkas Mund irgendetwas war, das sie mit ein wenig zusätzlichem Lippenstift abdeckte. Es fiel mir auf, während wir gemeinsam eine Glace verspeisten, mit demselben Löffel. Ich konnte nicht weiteressen. Der Mund, den ich seit so vielen Wochen zu küssen plante, dessen Wärme ich schon gespürt hatte, stieß mich nun ab. Mir blieb nur der höfliche Rückzug.

Zescha brauchte mich nicht erst auf die Gefahr des Küssens aufmerksam zu machen. Ich musste Medizin studieren, weil die Chemie als Domäne des Arztes galt. Beim Anblick von Blut wurde mir schlecht; angesichts nackter Körper bekam ich Schwindelgefühle; wenn ich eine Leiche sah, fiel ich in Ohnmacht. Zescha war bei mir, als mir der Titel verliehen wurde, Doktor der Medizin – der einzige Promovierte, der nicht einmal über rudimentäre Anatomiekenntnisse verfügte.

Meine fehlenden Anatomiekenntnisse habe ich später nie vermisst. Es gab ja auch keine für meine Eltern akzeptable Frau, die mich gewollt hätte. Wissenschaft ist eine Kunst und kein Beruf. Andere Eltern warnen ihre Töchter davor, sich mit einem Naturwissenschaftler einzulassen – sie seien unzuverlässig, exzentrisch und zügellos. Und mein Vater ließ seiner Güte freien Lauf – er bezahlte mir mein Laboratorium und eine Laborantin, sodass ich mir um mein Auskommen nie Sorgen zu machen brauchte.

Das war, bevor die Banditen in das Land einfielen und ihn umbrachten. Meine Schwester und meine Mutter gingen nach Osten, zurück nach Galizien, und ich ging nach Westen: Eine einfache Gleichung, die einer Trennung gleichkommt. Aber ich bin auch ohne sie und ohne das Geld meines Vaters zurechtgekommen. Die Amerikaner zahlten mir sofort ein Gehalt für meine Arbeit und machten mich zum Professor, auch wenn diese Auszeichnung bei den Proletariern nicht sonderlich angesehen ist. Die anderen Professoren aber respektieren mich, weil ich viele Preise erhalten habe. Vor allem einen, einen kolossal noblen, den jeder haben wollte. Zescha war bei mir, als er mir unter sehr heißen, sehr hellen Scheinwerfern in die Hand fiel. Ich weiß nicht, was ich mit ihm gemacht habe. Ich hatte ihn immer in meinem Schreibtisch. Aber was ist nur aus meinem Schreibtisch geworden? Bestimmt hat ihn irgendjemand gestohlen, hat das Holz zu Haus im Kamin verheizt, und dabei ist die Medaille geschmolzen.

Ich gebe zu, ich habe Probleme, seit meine Haushälterin weg ist, aber verstehen Sie mich recht – meine Probleme haben nichts mit dem Alter zu tun. Das Alter hat sich bei mir noch nicht bemerkbar gemacht. Wenn ich mir eben ein langes Kapitel in der Vergangenheitsform gegönnt habe, so geschah dies aus reiflicher Überlegung und nicht weil ich vergessen hätte, wie die Gegenwartsform verwendet wird, was ja bei alten Menschen vorkommt. Die Anwendung des Futurs allerdings ist mir praktisch verboten! Trotzdem werde ich es demnächst verwenden.

Ich werde es verwenden, wenn ich Gretel das nächste Mal sehe. Mein Liebling erinnert mich an Annula, sie ist größer und schwerer als ich und hat jene tief christliche Ausstrahlung, die ich stets so bewundert habe. Irgendwie waren wir früher mal alliiert, offenbar aus Leichtsinn.

Es geschah nach einer Party. Severo war da und Erwin und Hans. Sie hatten ihre Preise noch nicht, sie waren Bürgerliche. Ich war schon Nobelmann. Gretel war eines der wenigen Mädchen dort, sie hatte einen leichten österreichischen Akzent, der mir gefiel, und sie war bildschön. Ihre Eltern hatten Salzburg nach dem Krieg verlassen, sie studierte und wollte Pathologin werden, es war der Traum ihres Lebens. Alle fanden das lustig, eine junge, ranke Pathologin. Salvadore spielte in anzüglicher Weise an seiner Krawatte herum. Gretel kicherte ununterbrochen, ihre Zähne waren groß, ihre Augen aber waren noch größer, riesig und blau, ganz anders als Zeschas kleine Augen, und sie war ziemlich stämmig, während Zescha immer schmal gewesen war. Gretel sah aus wie die Heilige Jungfrau, kräftig, mit himmelblauen Augen. Und dann spielte ich Heiliger Geist.

Ich kann mich noch an die Szene erinnern, als sie mir sagte, dass sie ein Kind erwarte. Ich sagte empört: »Um Himmels willen.« Das nahm sie mir übel. Ein paar Jahre später erklärte sie, es habe einen nicht wiedergutzumachenden Schaden bei ihr angerichtet, habe ihrer Liebe einen Dolchstoß versetzt – dabei hatte ich ihr doch beim nächsten Atemzug angeboten, meine Frau zu werden.

Es war ein harter Schlag für mich, dass sie mich nicht abwies. Sie sagte, sie wolle darüber nachdenken, und bat mich, ich solle um zwei Uhr nachmittags zum Times Square kommen. Dann könne sie mir ihre Antwort geben. Anschließend ging sie ohne meine Erlaubnis in mein Labor, nahm eine Flasche Brassica Arvensis mit und leerte sie in die Badewanne ihres schmuddeligen Apartments. Sie wohnte in einem Haus ohne Aufzug und besaß damals keinen Penny, sie absolvierte eben ihr praktisches Jahr in diesem abscheulichen Beruf. Meine Madonna machte sich ein Bad zurecht, stark und heiß genug, um ihr Blut in Aufruhr zu versetzen. Sie blieb eine halbe Stunde darin sitzen, trocknete sich ab und marschierte hundertfünfzig Blocks weit, um sich mit mir zu treffen. Wir gingen in ein Horn & Hardart-Automatenrestaurant, sie entschuldigte sich und ging auf die Damentoilette, sah nach, ob sich etwas getan hatte, und da sich nichts getan hatte, kam sie wieder heraus und sagte zu mir: »Okay, ich heirate dich.«

Ihrem Vater erzählte sie nichts davon, denn der hätte sie umgebracht. Er war ein typischer österreichischer Mediziner: Er wollte keinen Intellektuellen in der Familie.

Ich plaudere mit Gretel.

Ich: »Ich glaube an den absoluten Wert des menschlichen Lebens, daran, dass es ein Leben ohne Körper gibt, ein rein geistiges Leben. Und dass dieses Leben unglaublich komplex ist. Die Natur hat damit überhaupt nichts zu tun.«

Gretel: »Hör mal, ich muss weg, was willst du?«

Ich: »Ich muss zugeben, dass die Kommunikation mit Zescha nie eine sprachliche Angelegenheit war. Deshalb ist es irrelevant, dass ihr Körper nicht hier bei mir ist. Auf dieser hohen Ebene begegne ich ihr. Du und ich, wir begegnen uns auf dem Meeresgrund des Alltags.«

Gretel: »Kann ich dich zurückrufen?«

Ich bin es nicht gewohnt, darauf zu warten, dass irgendjemand mich zurückruft, und deshalb werde ich rasch ungeduldig. Wer sich hingegen sein Leben lang geübt hat, darauf zu achten, was andere von ihm halten, dem wird es nichts ausmachen, wenn ihn eine Frau nicht zurückruft.

Diese Schwäche ist das erste Anzeichen des Alters bei mir. Obgleich ich nicht leugnen kann, dass mich die Natur in einer Hinsicht besiegt hat: Sie ließ mich – es ist nicht zu verheimlichen – neunzig Jahre alt werden (auch wenn sie mir intellektuell noch kein Haar gekrümmt hat).

Ich: »Ich weiß, für dich ist diese Zahl – die Neunzig – wichtig. Du bist so oberflächlich, meine Liebe.«

Gretel: »Ich lege jetzt auf.«

Ich: »Natürlich bin ich ziemlich kritisch, was das Aussehen von Frauen angeht. Und Frauen über achtzig haben selten Anziehungskraft – das ist die große Tragödie im Leben eines ganz alten Mannes.«

Gretel: »Bis dann.«

So muss ich mich denn der Frage stellen: Warum ruft Gretel nicht zurück?

Gretel wohnt in einer Villa am anderen Ufer der Donau, gemeinsam mit ihrem Vater, einem uralten, grimmigen Invaliden. Die Villa wird noch von einer anderen Gestalt bewohnt, einer Haushälterin, die sie samt all ihren Möbeln, den Kruzifixen und dem ersten Vertreter einer ganzen Dynastie von Dackeln mitgebracht haben. Diese Bedienstete ist ihr wertvollster Besitz, den ganzen Tag hastet sie herum, bedient sie und kocht ihnen die wagnerianischen Gerichte, an die sie gewöhnt sind. Sie hat das grimmigste Gesicht der ganzen Familie, meist aber sagen sie Engel zu ihr, weil sie ihr ganzes Leben ihnen gewidmet hat statt einem Ehemann.

Eine ihrer Hauptaufgaben besteht darin, mich vom Haus fernzuhalten. Tagsüber hält sie Wache neben dem Telefon. Sooft ich auch anrufe, es gelingt mir nicht, sie zu zermürben. Glauben Sie mir, ich habe es versucht. Es macht einen solchen Spaß, die Nummer zu wählen: 201 – 479 – 4301. Eine lyrische Nummer, der Anschluss einer schönen Frau.

Aber dann ist die Heilige am Apparat und sagt: »Domizil Dr. Umpfenbach.« Dr. Umpfenbach bezieht sich sowohl auf den Vater, einen Pathologen, wie auf seine pathologische Tochter. Der ursprüngliche Dr. Umpfenbach ist in seinem Beruf nicht mehr aktiv, er arbeitet heute als Wachhund und passt auf, dass ich nicht an seine Tochter herankomme. Seine Aufgabe besteht darin, zu behaupten, sie sei nicht da, also kommt er mit polternden Schritten ans Telefon, reißt der Heiligen den Hörer aus der Hand, macht ihr lautstarke Vorwürfe wegen ihrer Unfähigkeit und nimmt die Sache persönlich in die Hand. »Sie können am Sonntagnachmittag kommen. Bitte, rufen Sie uns nicht mehr an, und lassen Sie Gretel in Frieden – Sie sind nicht mehr mit ihr verheiratet, Gott sei Dank!«

Was er über seine Tochter sagt, ist nicht unbedingt gelogen. Ich bin schon mit dem Taxi zu ihrer Villa gefahren, habe unter den Betten nach Gretel gesucht und festgestellt, dass sie wirklich nicht da war. »Sie arbeitet, sie arbeitet«, kreischte der alte Mann hinter mir. »In der Morgue!« Ich habe hinter einem Busch gewartet, bis sie abends nach Hause kam, bin ihr die Stufen zum Haus hinaufgefolgt und musste ansehen, wie sie ihm all ihre überschüssige Hingabe mitbrachte.

Ich bin zu dem Schluss gekommen: Hier fühle ich mich am wohlsten, unter Österreichern, guten Österreichern. Die Teutonen haben die Juden schon immer besser verstanden als diese sich selbst. Hiermit lade ich alle Österreicher ein, mich in meinem Labor zu besuchen. Ich werde mir die Zeit nehmen und sie herumführen. Mein Labor befindet sich in der Universitätsklinik. Aber auch Nicht-Österreicher sind herzlich eingeladen.

Ach – Sie wissen nicht, wo das ist? Nun gut. Ich werde es Ihnen erklären: Sie nehmen die breite Straße, die von dem Platz in Drohobyc abgeht, neben der koscheren Metzgerei an der Ecke. Die Straße führt am Fluss entlang zu einer großen Brücke. Die überqueren Sie und gehen dann immer weiter, bis Sie zum Kentucky Fried Chicken kommen. Dann die Nächste links und noch einmal rechts. Sehen Sie die Rosen? Sehen Sie die Dackelstatue? Dieses Haus ist dackelfreundlich.

Der Hausherr heißt Happy, er ist zwanzig Zentimeter hoch, und sein Schwanz drischt wie ein Säbel hinter sich.

Ach, jetzt habe ich Sie zu Gretels Haus geführt. Diese Duplizität der Vergreisnisse! Aber da wir nun schon einmal hier sind – gehen wir doch hinein. Ich werde Ihnen zeigen, wo ich die schönsten Stunden der Woche verbringe, meine Sonntagnachmittage, unter diesem gefährlichen Kronleuchter, als Ehrengast an der schimmernden Tafel im Esszimmer. Ich bin das Opfer, das sie bringen. Sonntags, wenn sie frisch gebeichtet und kommuniziert haben, müssen sie lieb zu mir sein. Die Heilige serviert mir Schnitzel, Ochsenfleisch, Mehlspeisen. Niemand redet. Wohlerzogene Österreicher sprechen nicht bei Tisch. Es ist aber leicht, eine Unterhaltung zu entfachen. Ich brauche die Stille nur mit einem Verb im Futur zu verunzieren. Schon lassen alle drei ihre Gabeln sinken und fragen mich, ob ich mir überlegt hätte, wie es nun weitergehen soll, nachdem die Haushälterin nicht mehr da ist. Wasfängstdujetztmitdiran?

»Du solltest irgendwo leben, wo man sich um dich kümmert, ein trautes Heim brauchst du, wir können dir eins suchen, du hast Geld genug«, drängt Gretel.

»Ein Professorengehalt«, spottet Dr. Umpfenbach.

»Von wo aus Sie uns nicht die ganze Zeit über anrufen müssen«, trällert die Heilige.

Ich lächele höflich und warte auf den Nachtisch. Palatschinken? Quarkstrudel? Ich bin völlig ihrer Meinung, und ich habe auch schon ein Heim im Auge: dieses hier. Wenn ich für immer bleiben darf, bin ich auch gern bereit, Dr. Umpfenbach mit Papa anzureden. Plötzlich wird Gretel nervös und erzählt mir von unserer Tochter, aber ich möchte lieber noch etwas von dem Nachtisch nehmen und mich dann ins Gästezimmer zurückziehen. Es ist wie für mich gemacht und liegt direkt neben Gretels Schlafzimmer.

Ich habe es geschafft und bin hingekommen, habe den Geruch von sauberer Bettwäsche und Weihwasser eingesogen. Abends im Dunkeln schimmern die Bettenden aus Mahagoni und beleuchten die Porträts verschiedener namhafter Ahnen, lauter Pathologen. Eine Familie von Sezierern wird über mich wachen. Zescha wird anfangs den Kopf hängen lassen, aber sie wird sich daran gewöhnen. Wird wird wird.

»Sei vernünftig«, kreischen sie, umflattern mich, hacken nach mir und kratzen. »Du kannst hier nicht schlafen! Wir können uns nicht um dich kümmern. Nimm dir eine neue Haushälterin!« Gretel winkt nach einem Taxi, während die Heilige und Dr. Umpfenbach mich in den schweren Mantel zwängen, sich dann auf beiden Seiten neben mir aufbauen und mir die Stufen vor dem Haus hinunterhelfen. Es gelingt mir, wieder hinaufzukrabbeln, meine Stöcke klappern auf den Bürgersteig hinunter, aber die beiden Alten tappen mir nach und packen mich.

Ja, ich finde es herrlich dort. Meine Junggesellentage sind gezählt. Dort würde ich gern für immer wohnen.

Seit ich den Wunsch geäußert habe, an das andere Donauufer überzusiedeln und an einem geordneten kleinbürgerlichen Dasein teilzunehmen, liegt mir Gretel mit dem Plan in den Ohren, ich solle mich aus der Universität zurückziehen und mich zur Ruhe setzen, in einem »Heim«, wie sie es nennt, einer Anstalt für Altersschwache und Verrückte. Ich möchte allerdings darauf aufmerksam machen, dass dies unmöglich ist, denn ich habe noch einige wichtige Arbeiten vor mir.

Die Universität ist nur einen Katzensprung von meiner Wohnung entfernt. Ich bringe den Weg im Nu hinter mich, dank der eleganten Wanderschuhe, die mir Gretel zu Weihnachten geschenkt hat. Sie wollte mir beweisen, dass ich ihr noch immer etwas bedeute, deshalb hat sie mir die beste Marke gekauft, sie heißen Sneakers. Meine täglichen Besuche im Labor sind wichtig, sonst würden die Assistentinnen dort nur faulenzen. Alle grüßen mich mit größtem Respekt, sie sagen »Hallo, Doktor« und manche »Hi, Doktorchen«.

Ich lasse mich an meinem Schreibtisch nieder. Später gehe ich dann in mein Kaffeehaus. Das ist ein angenehmes, sauberes Lokal mit ausgezeichnetem Apfelstrudel, und niemand hat etwas dagegen, wenn ich Zeitung lese. Es gibt noch viele andere Stammgäste, die meisten sind Neger. Die Neger ersetzen in diesem Café die Juden. Sie benehmen sich tadellos, es ist nur so, dass man keine einzige hübsche Frau zu sehen bekommt.

Dieses Kaffeehaus macht sich für mich wahrhaft bezahlt. Ich hebe das Plastikbesteck und die Pappteller auf und benutze sie zu Hause. Ich habe schon Papierservietten genug, um allen Mitgliedern der Akademie Cocktailhappen zu servieren. Auf den Servietten steht »MacDonald's« – komischerweise. Der Dr. MacDonald, der 1942 den Preis für Chemie gewann, wird denken, es seien seine und ich hätte sie ihm gestohlen, aber das stimmt nicht. Ich habe sie bloß mit einem schlauen Trick gehortet, ich habe nämlich an der Kasse immer zwei Servietten statt nur eine genommen, und die zusätzliche habe ich eingesteckt. Eine Zeit lang habe ich sie als Toilettenpapier benutzt und eine Menge Geld dabei gespart. Jetzt benutze ich das Toilettenpapier aus der Universität und hebe die Servietten für die Akademie auf.

Heute ist etwas Schreckliches passiert, ich bin außer mir. Ich saß ganz ruhig im Labor, als eine Assistentin vorbeikam und sagte: »Na, Doktor, wie fühlt man sich so an seinem ehemaligen Arbeitsplatz?«

Ich weiß nicht, was sie mit »ehemalig« meinte. Ein Zittern durchlief mich. »Ehemalig, sagen Sie! Was soll das heißen?«

Ich glaube, danach bin ich in ein Handgemenge geraten. Vielleicht habe ich sie geschlagen. Ich hoffe es zumindest, sie hat es verdient. Dann tauchte ein Mann auf. Er war kolossal stark, wie es bei Amerikanern oft der Fall ist. Er hielt mich fest, bis ich in seinen Armen nachgab.

Dann wandte er sich an die anderen, die uns gackernd umringten, und sprach zu ihnen mit dunkler Stimme. Er sagte ihnen etwas Beunruhigendes: Ich wisse nicht, dass es mir nicht gutgehe. Soviel ich höre, leide ich an der Altersheimer-Krankheit. Ich bin sicher, dass er es so genannt hat.

»Schreiben Sie es auf, ich glaube es nicht«, sagte ich zu ihm. »Ich werde einen Spezialisten fragen.«

»Sie sind eben sehr alt«, sagte er. »Da kann so etwas vorkommen.« Er sagte das in einem so freundlichen Ton, dass ich beschloss, nicht mit ihm zu diskutieren.

Er brachte mich nach Hause, schaltete den Fernseher für mich ein und sagte mit großer Ehrerbietung: »Machen Sie es sich bequem, bleiben Sie ein Weilchen daheim. Es kommt bestimmt jemand, der nach Ihnen sieht.«

Ich habe ein bisschen ferngesehen und fing an, Gretel zu vermissen. Zescha war sofort dagegen: »Diese Gans will nichts mit dir haben, spar dir deine Kraft für Wichtigeres.« Aber ich schob Zescha beiseite und wählte diese kostbarste aller Telefonnummern: 201–479–4301.

Sie wollten mich nicht mit Gretel sprechen lassen. Die Heilige sagte: »Gretel ist zu müde, sie kann nicht mit Ihnen reden, außerdem ist es zu spät für Anrufe.«

»Das ist unerhört. Ich will mit ihr sprechen!«

Sie legte auf. Ich rief sofort wieder an und sagte, ich würde kommen und sie besuchen, ich könnte mit dem Dackel unter einer Decke schlafen, wenn ihnen das lieber wäre, ich hätte nichts dagegen und auch nichts gegen den alten Pathologen.

Die Heilige kreischte: »Nein! Unterstehen Sie sich!« Und dann kam Gretel an den Apparat, ihre Stimme klang müde und alt und sagte: »Bitte, sei vernünftig, lass uns ein bisschen schlafen, es ist zwei Uhr in der Früh.«

»Sei vernünftig! Was heißt hier vernünftig – mich hier ganz allein zu lassen?«

Sie legte auf. Ich wählte von neuem. Es läutete ewig, und obwohl ich rief »Gretel, Gretel!«, antwortete sie nicht.

Da zog ich meine Sneaker-Schuhe an und ging durch eine kalte, helle Nacht zurück zur Universität. Es war sehr voll dort. Alle meine Kollegen waren da, in der gleichen Verfassung wie ich, und wollten sich mit jemandem unterhalten. Die ganze Nacht saßen wir herum und diskutierten über den Sinn des Lebens. Gegen Morgen setzte sich eine hübsche Frau neben mich und fragte, wer ich sei und ob ich emotional gebunden oder gar verheiratet sei. Sie wollte es wissen, bevor sie sich mit mir anfreundete und anfing, sich Hoffnungen zu machen. Ich versicherte ihr, meine Ehe mit Gretel sei vorbei, aber sie war misstrauisch. Sie wollte selbst mit Gretel telefonieren.

Wie sich herausstellt, wollte sie sich nur über mich beschweren. Sie behauptet, ich würde den Leuten in der Notaufnahme auf die Nerven gehen. Gretel war empört, weil alle meinten, sie sei für mich verantwortlich, bloß wegen einer kurzen Ehe und eines Kindes, das diese Ehe überlebt hat.

Heute bin ich ganz allein, allein mit meinem hinterhältigen Körper.

Allein mit Zeschas flüsternder Stimme im Ohr und gleich daneben, mit ihrem Herzschlag, der neben meinem pocht, Zescha, mein Liebes, plötzlich hat sich bei mir das Alter eingeschlichen, ich bin krank und allein. Mein Gesicht ist kalt. Eine Stunde lang stoßen meine Augen Tränen aus, grundlos. Dann hören sie auf. Mein Gesicht fühlt sich jetzt gedehnt und trocken an. Ein Jucken wandert an einem Arm hinab, springt hinüber auf die Brust, auf den großen Zeh. Dort setzt es sich fest. Den ganzen Tag kauere ich über dem Jucken in meinem Zeh. Der Zeh wird blau.

Am Abend kommt eine Frau herein und biegt mich auseinander. Sie hat sanfte Hände, aber hübsch ist sie nicht, sie hat zu viele Runzeln. Ihr Gesicht ist nass. »Trockne dir das Gesicht ab, wer immer du bist«, sage ich zu ihr. »Sonst tropfst du noch auf mich herunter.« Sie entgegnet: »Sieh dir deinen Zeh an!«

Sie kniet vor mir nieder und ergreift behutsam meinen Fuß, als ob er kostbar wäre. Ich mag sie, und sie kommt mir sehr vertraut vor. Ob sie meine Schwester ist?

Darüber lacht sie. »Ich bin deine Tochter.«

»Aber wer ist dann deine Mutter?«

»Gretel ist meine Mutter«, sagt sie, »aber mach dir ihretwegen keine Gedanken.«

»Es ist nicht wichtig«, sage ich.

»Kratz dich nicht mehr, du Dummkopf«, schreit sie.

Sie hilft mir ins Bett und befestigt das Telefon an ihrem Ohr. Sie weiß, wie sie den Finger in die kleinen Löcher stecken und an ihnen drehen muss, bis jemand mit ihr spricht. Ich habe vergessen, wie man das macht.

Während ich über all dies nachdachte, verschwand sie plötzlich. Ich sah nach meinem Besteck. Es war ebenfalls weg. Und mein Geld! Bis auf den letzten Penny.

Sie war also eine Diebin. Sie hat alles mitgenommen, nicht ein Penny ist mir geblieben, und mein Preis ist mir schon vor Jahren gestohlen worden. Ich muss die Polizei anrufen. Mein Finger passte in das letzte Loch, er ist kräftig und wankte nicht, und mit einem kräftigen Schwung warf er die Scheibe ganz herum.

Mein Finger war eingeklemmt, war zu weit unter das silberne Brückchen geraten. Aber dann kämpfte ich mich frei. Die Fänge des Telefons hatten tiefe Spuren hinterlassen, und ich hatte Angst vor den Folgen, Wundbrand, Amputation, da sprach aus dem Hörer eine freundliche Stimme zu mir: »Ermittlung.«

Der Polizist war groß und sah gut aus, ein amerikanischer Mann, er erinnerte mich an Severo in der Zeit, als er seinen Preis kassierte, sich zu den Nobelleuten gesellte. Vor lauter Bewunderung wäre ich damals fast in Ohnmacht gefallen. Groß sein, gut aussehen, Christ sein und ein hervorragender Wissenschaftler. Es gibt unter uns nämlich auch ein paar kolossal kleine, hässliche Nicht-Christen, wissen Sie. Und dann so ein blendender Ritter wie Severo.

Severo kämpfte im spanischen Bürgerkrieg. Wenn ihm jemand in die Quere kam, schoss er ihm den Kopf ab. Ich habe nie ein Insekt zerquetscht. Ich fuhr nach Frankreich, und als mir mein Feind nach Frankreich folgte, bestieg ich ein Schiff nach Amerika. Ich ließ meine Mutter bei Zescha. Meine Schwester fing wieder an zu sprechen, als meine Mutter damit aufhörte. Von einer Minute auf die andere hörte unsere Mutter auf zu sprechen, als unser Vater starb. Ein Leben, das ganz dem Öffnen und Schließen ihres Mundes gewidmet gewesen war, verstummte schlagartig, während sie zusah, wie der Leib ihres Mannes in die Erde sank. Gottes Ratschluss. Er ruhe in Frieden! Zescha hatte das Hospital verlassen dürfen, um an der Beerdigung teilzunehmen. Kaum war unsere Mutter still, da erwachte Zescha aus ihrer Trance. Ihren Rollstuhl schob sie eigenhändig aus dem Friedhof.

Ich wollte Österreich so bald wie möglich verlassen. Ich kaufte Zescha zwei Eisenbahnfahrkarten nach Drohobyc. Ich sagte: Bring Mama zurück und warte, bis ich dich von New York aus nachkommen lasse. Ich brachte sie zum Bahnhof. Sie winkten mir aus dem Fenster zu. Das heißt, Zescha ergriff Mamas Hand und wedelte damit. Der Wind schob Zescha das rote Haar in ihr süßes, bleiches Gesicht. Die Miene meiner Mutter war ausdruckslos, als sei niemand zu Hause.

Ich habe seit langem nichts von ihnen gehört. Langsam schwindet mir die Hoffnung, dass sie noch leben könnten.

Darin besteht das Problem. Niemand besucht mich. Nicht einmal Severo oder Hans oder der sarkastische Erwin. Ich rufe Gretel an und erkläre ihr jammernd, sie hätten mich seit Jahren nicht besucht!

Sie korrigiert mich. Ich hätte letztes Jahr eine Cocktailparty veranstaltet. Alle seien gekommen. Aber ich hätte mich schlecht benommen. »Du lädst sie zum Cocktail ein und vergisst, Getränke zu kaufen, und als dann alle herumstehen und höflich versuchen, eine Unterhaltung in Gang zu bringen, schaltest du den Fernseher ein, auf volle Lautstärke, und siehst dir ›All in the Family‹ an.«

Eine Lüge! Das ist nie geschehen. Ich werde Severo und Hans und Erwin anrufen und sie bitten, mir die Episode ganz genau zu erzählen. Aber mein Telefon ist besetzt. Ach ja, der Polizist benutzt es gerade, er redet mit jemandem. Ich will wissen, mit wem, schließlich ist es mein Telefon, und er sagt: »Mit Ihrer Tochter.« Dann dreht er mir den Rücken zu und flüstert weithin hörbar ins Telefon: »Verfluchter Mist, Lady, Sie haben hier ein Problem.«

Tag, Nacht.

Dunkel, hell.

Warm, kalt.

Hungrig, satt.

Worin besteht der Unterschied? Es gibt ihn, das gebe ich zu. Aber bedeutsam ist er nicht.

»Iss etwas!« ruft meine Nachbarin.

Ich wusste gar nicht, dass ich eine so hübsche Nachbarin habe. »Nach deinem Aussehen zu urteilen, hast du seit Wochen nichts mehr gegessen, dagegen müssen wir etwas unternehmen.«

Dann überlegt sie es sich anders und schreit: »Du hast gerade gefrühstückt! Bist du denn immer noch nicht satt? Erzähl mir nicht, du wolltest schon wieder essen.«

Später: »Ich habe dir fünfmal nacheinander Frühstück gemacht. Jetzt wartest du ein paar Stunden, und dann gibt es Mittagessen.«

Dann sagt sie etwas Trauriges: »Und nach dem Mittagessen muss ich gehen.«

»Wo ist Gretel?« frage ich.

»Gretel und du, ihr seid nicht mehr verheiratet. Du hast sie verlassen. Hörst du, sie lebt jetzt ihr eigenes Leben. Lass sie in Ruhe. Einmal die Woche kommt sie dich besuchen. Aus reiner Herzensgüte!«

»Ihr seid alle Miststücke!« rufe ich.

»Adieu«, sagt sie. Sie küsst mich auf die Wange. Sie hat Tränen in den Augen. Wenn mir bloß wieder einfallen würde, wer sie ist, obwohl das auch nichts ändern würde.

Da dämmert es mir plötzlich: Meine Schwester!

Kuss, sage ich.

Sprich Englisch! sagt sie.

Kuss, Kuss, Schwesterchen.

Ich folge ihr, sie geht davon. Ich packe sie und küsse sie auf die Stirn. So habe ich es gern. Keine Ansteckung. So küssen, und man lebt ewig.

Stark heute Morgen. Mir ist wieder eingefallen, wie man mit dem Telefon umgeht. Ich rufe die Nummer an, die so tief in meiner Erinnerung verankert ist, 201 – 479 – 4301, und sage der Frau, die mit müder Stimme antwortet: Zescha hasst dich, dich und deine christlichen Innereien und dein dickes Christenfell.

Diese Frau – wer ist sie, woher weiß sie Bescheid? – sagt zu mir: »Hör mal, deine Schwester gibt es nicht mehr, merk dir das, du hast dich ihr gegenüber wie ein Schwein verhalten, du hast sie zurück nach Drohobyc geschickt, erinnerst du dich – als die Nazis kamen. Du hast nur an dich gedacht. Ein egozentrischer Künstler. Die Nazis haben deine Schwester erschossen, und deine Mutter auch, und sie haben beide in einen Graben geworfen.«

Tumult wegen dem heißen, blauen Licht, wie sagt man noch: Gas. Ich habe wieder den Gasherd angelassen.

Sie haben es gerochen. Sie brachen in meine Wohnung ein, umtanzten mich wie die Paviane und riefen andauernd:

Gasherde sind gefälscht, die sind ehrlich, die muss man anzünden. Mit diesen Dingern. Sie winken mit kleinen Stäbchen nach mir und zünden sie an, und dann ist überall Feuer. Sie stellen eine lange Liste von all den Sachen auf, die ich falsch mache.

Ein Mann ist freundlicher zu mir als alle anderen. Kommen Sie, Doktor, laufen Sie hier nicht barfuß auf den Gängen herum, gehen Sie zurück in Ihr Apartment.

Er bringt mich hin.

Sehen Sie doch mal nach, was heute im Fernsehen läuft, und überlassen Sie die Kocherei der Dame, die zu Ihnen kommt.

Heute im Fernsehen ein gutes Unterhaltungspogrom.

Ich will bei Gretel sein, aber sie sagt: »Nein, du kannst nicht kommen.«

»Warum nicht, es geht mir gut. Ich kann die Geräusche und Gerüche des Alterns im Heim verkraften, ich schäme mich nicht, mit anzusehen, wie deine Eltern verwesen.«

»Meine Familie hat etwas gegen dich. Weil du ein Radaubruder bist«, erwidert sie.

»Dein Radaubruder, Liebling, und deshalb bist du meine Schwester.«

Nach all den Jahren versuchen mich die Banditen immer noch einzuholen. Oder bin ich da einer Täuschung erlegen? Das Schiff nach Amerika, Gretel, der Preis, lauter Täuschungen?

Damit alle wissen, woran sie sind, drehe ich noch einmal den Gasherd auf, ohne anzuzünden. Plötzlich kommt eine Frau zur Tür herein. Ich nehme sie in die Arme, sie wehrt sich nicht. Sie ist eine kräftige, hübsche Person, ich weine ein bisschen, es ist so lange her, seit ich eine Frau umarmt habe: »Ich weiß nicht, in was für einem Verhältnis wir stehen, aber ich weiß, wir stehen uns nah, bitte sagen Sie, dass wir ein Verhältnis haben.«

»Komm, wir packen eine Tasche für dich«, sagt sie. »Wir bringen dich in ein Heim. Es ist alles abgemacht. Mein Taxi wartet unten.«

Ängste und Ehrgeiz kann ich in den Wind schlagen. Ich habe ein Alter erreicht, in dem mir das Wort »Heim« alles bedeutet. Wie jeder normale Mensch, der beim Militär oder im Gefängnis die gute Nachricht erfährt, kann auch ich sagen: Endlich, endlich kehre ich heim, in diesem Falle in die Villa an der Donau, wo ich hingehöre. Und wie ein normaler Mensch – in dieser Hinsicht ist das Leben an mir vorübergegangen – bin ich außer mir vor Freude.

Aus dem amerikanischen Englisch von Reinhard Kaiser

Das schönste Erlebnis

Mit sechzig wurde Herr Allerhand Vater. Er nahm nicht viel davon wahr, denn seine Aufmerksamkeit gehörte nur den wesentlichen Dingen. Mit siebenundachtzig wurde er Großvater, und die Nachricht stimmte ihn nicht glücklich. »Ich komme mir dadurch alt vor«, klagte er. Doch er ließ sich überreden, den Säugling in der Klinik zu besuchen. Er betrachtete ihn vom Fußende des Bettes, in dem die Mutter lag, und sagte: »Mit so einem kleinen Kind kann man sich geistig nicht auseinandersetzen.«

Als Herr Allerhand sich von seinem Hutgeschäft zurückzog, war er achtundachtzig. Nur widerwillig nahm er seinen Abschied vom Geschäftsleben. An dem Tag, als er nicht mehr in den Laden ging, fühlte er sich zum ersten Mal sterblich. Angst überkam ihn.

Jetzt, da er Witwer war, keine Arbeit mehr hatte und ihm kaum etwas zu tun übrig blieb, als seine Memoiren zu schreiben, entdeckte Herr Allerhand seine Enkelin. Hier endlich traf er auf eine Form von Unsterblichkeit. »Also deshalb kriegen Leute Kinder!«, sinnierte Herr Allerhand. »Mag sein, dass ich nicht der Erste bin, dem das auffällt.«

Seinem eigenen Sohn konnte er noch immer kein Interesse abgewinnen, doch seine Enkelin Emily holte er jeden Tag zu einem Nachmittagsspaziergang ab. Sein Leben lang hatte Allerhand sich um intellektuelle Fragen gekümmert, nun wurde er zu einem jener Großväter, die man auf Parkbänken antrifft. Die Verwandtschaft konnte es kaum fassen. Wahrscheinlich trifft er da eine Menge Frauen, witzelten sie. Doch das war ganz sicher nicht der Fall. Frauen hatten Samuel Allerhand noch nie interessiert. Ihm ging es bei seinem täglichen

Spaziergang in den nah gelegenen Park um etwas anderes. Nachdem er so spät die Freuden einer Nachkommenschaft entdeckt hatte, war er entschlossen, all die guten Gründe aufzuspüren, die für sie sprachen. Aus diesem und keinem anderen Interesse führte er Emily, egal ob Sonne oder Regen, zu einer bestimmten Parkbank – erst im Kinderwagen, dann im Buggy, später an der Hand. Dort lauschte er ihrem Gebrabbel, dem Quaken der Enten und dem Geplapper der Menschen um ihn herum – und er versuchte, sich einen Reim darauf zu machen.

Die Parkbank, die sich Herr Allerhand ausgesucht hatte, war dem Wind ausgesetzt, der vom See herüberwehte. Die regelmäßigen Parkbesucher saßen anderswo, es war niemandes Stammbank. Großvater und Enkelin trafen hier nur auf sporadische Besucher, junge Leute, die meisten von ihnen Mütter. Herr Allerhand wollte die Informationen, über die sie verfügten, zusammenstellen. Er tat das mit dem würdevollen Ernst, mit dem andere Männer seines Alters Briefmarken sammeln oder seltene Vögel ausspähen. Wenn ich all die Gründe katalogisieren kann, dachte er, derentwegen Menschen Kinder bekommen, hinterlasse ich der Menschheit einen endgültigen Beitrag.

In der ersten Unterhaltung, die Herr Allerhand dort verfolgte, gaben zwei Frauen einer schwangeren Freundin Ratschläge. Er konnte jedes Wort verstehen.

»Lass dir von keinem Arzt die Erfahrung nehmen«, sagte die eine, »also auf keinen Fall einen Einlauf!«

»Und keine Schmerzmittel!«, fügte die andere hinzu. »Alles ablehnen. Die sind ja blitzschnell mit ihren Mitteln.«

»Es ist das schönste Erlebnis deines Lebens. Du musst voll da sein«, fasste die erste Frau zusammen.

Herr Allerhand war verblüfft. Er hatte den Geburtsvorgang für eine Art transzendentale Erfahrung gehalten, die in jedem Fall so weit zurücklag, dass keine Frau sie beschreiben konnte. Natürlich gehörten Schmerzen dazu: Unter Schmerzen wirst du dein Kind gebären, diesen Satz hatte er gehört. Doch da diese Schmerzen eindeutig nicht heftig genug waren, um Frauen vom Kinderkriegen abzuhalten, hatte Allerhand sie eigentlich in seinen Forschungen nicht berücksichtigen wollen. Doch hier saßen diese Frauen, leckten an ihren Eishörnchen und redeten, als ob es das Gebären selbst sei, um das es eigentlich ging. Gut, mag sein! Aber nicht für die Väter.

»War dein Mann dabei?«

»Ja, er war toll. Hat alles mitgemacht.«

»Auch gehechelt?«

»Gehechelt, massiert, gezählt!«

Wie merkwürdig sie reden, dachte Herr Allerhand. Wenn ich es nicht besser wüsste, würde ich denken, die reden von etwas ganz anderem.

So aber war es ihm auch nicht peinlich, als sich ein paar Tage später zwei Männer neben ihm niederließen und der eine seufzend sagte: »Gudrun war großartig!«

Allerhand wusste, dass es hierbei nicht um Lüsternes ging, sondern um die Bewunderung, die ein junger Vater zollte. Doch dann kamen ihm wieder Zweifel an seinen eigenen Beobachtungen, denn die drei Frauen kehrten zurück, und die eine erzählte ihrer schwangeren Freundin: »Die Presswehen zähle ich zu den schönsten erotischen Erlebnissen meines Lebens.«

Nach diesen Unterhaltungen fühlte sich Herr Allerhand alt und verwirrt. Ich weiß nicht, ob ich es glauben kann, sorgte er sich, kriegt man Kinder nur wegen der Erfahrung?

Jeden Nachmittag schob Herr Allerhand seine Enkelin in den Park. Wenn sie unterwegs einschlief, wartete er, bis sie wieder aufwachte. Dann pflegten sie die Enten zu füttern, immer in der Hoffnung, es handele sich um dieselben Enten, die sie schon seit Tagen und Wochen gefüttert hatten. Denn darin sind sich Kinder und alte Menschen gleich – sie sind bieder und konservativ.

»Fortbestand«, sagte Allerhand zu sich selbst, »deshalb hat man Kinder. Die ewige Wiederkehr!« Und wenn er den Gesprächen junger Mütter zuhörte:

»... er schläft schon durch ...«

»Ich hatte einfach keine Milch, sonst hätte ich natürlich auch ...«

»Laufstall ist wie Knast ...«,

dann tröstete ihn die Belanglosigkeit dieser Gespräche, denn sie überzeugte ihn, dass Wiederholung ein universales Geschick sei.

Allerdings konnte sich Herr Allerhand auch verwirrenden Unterhaltungen nicht entziehen. Einmal nahmen zwei junge Frauen mit ihren Säuglingen neben ihm Platz. Die eine kam aus der Türkei, die andere war Deutsche. Allerhand hoffte für einen Augenblick, etwas zu erfahren, das den Rahmen der eigenen Kultur sprengt. Die beiden Frauen waren bald miteinander ins Gespräch gekommen. Es stellte sich heraus, dass sie in derselben Klinik entbunden hatten. »Sehr gut«, sagte die türkische Mutter, »ich sechs Tage da ...«

»Also, ich bin sofort gegangen«, antwortete die deutsche Mutter missbilligend, »lief alles blendend, Gerdas Atemtechnik hat es voll gebracht. Nächstes Mal entbinde ich zu Hause.«

»Mein Erstes zu Hause«, sagte die türkische Mutter. »Mit sechs Kollegen. Atemtechnik, weiß ich nicht, vielleicht: Kollege Hände über mein Mund, dann kein Schreien.«

Nachdem die türkische Mutter gegangen war, wandte sich die Deutsche an Herrn Allerhand und sagte: »Die sind ganz schön primitiv, oder?«

»Annegret will jetzt auch mal«, erzählte eine andere Frau, »aber sie hat Schiss, sie sei zu alt, und sowieso hat sie keinen Mann.«

»Schrecklich«, erwiderte ihre Freundin, »und sie ist ja auch schon seit zehn Jahren auf der Pille.«

Bald wollte Herr Allerhand kein Wort mehr zu diesem Thema hören. Die Zeit verging. Emily wurde immer geschickter, während er immer ungeschickter wurde. Doch das Angebot, für ihn eine Pflegerin anzustellen, wischte er ärgerlich beiseite. Die wichtigsten Dinge beherrschte er schließlich noch: Er konnte morgens allein aufstehen und sich anziehen. Spielte es eine Rolle, dass er sich manchmal merkwürdig ankleidete, dass das eine Stück bisweilen schlecht mit dem anderen zusammenpasste, dass er manches völlig vergaß?

Was machte es schon, dass er den Namen des Parks, in den die beiden zu gehen pflegten, nicht mehr erinnerte, solange er immer noch den Weg dorthin und auch zurück fand? Im Park gehörte er mittlerweile fest zum Inventar. Die Mütter kannten ihn, und wenn sie ihm begegneten, blieben sie stehen, um mit ihm zu plaudern. Trotz seines schlechten Gedächtnisses konnte er sich immer noch an die Namen ihrer Kinder erinnern. Man musste sich ja auch nur Anna für die Mädchen merken, und Max oder Jonas reichte in der Regel für die Jungen.

Doch auch die Mütter verwirrten Herrn Allerhand. Sie verfolgten genau die Entwicklung seiner Enkelin, darin lag eigentlich nichts Ungewöhnliches, aber sie verglichen nicht mehr das Gewohnte, wenn das Kind lief oder sprach. Sie wetteiferten mit Fragen wie: Kriegt sie noch die Brust? Kann sie schon Vollkornbrot essen? Einmal wurde Allerhand durch die Frage, ob Emily schon schwimmen könne, so durcheinandergebracht, dass er antwortete:

»Merkwürdig, dass Sie sich um ihre Beine sorgen. Wenn Sie einmal mein Alter erreicht haben, dann lässt das Gedächtnis nach, und eine der ersten Sachen, die man vergisst, ist, den ersten Schritt zu setzen!«

Herr Allerhand konnte sich überhaupt nicht mehr daran erinnern, wann er zum ersten Mal gelaufen war. Aber dann fiel ihm ein, dass sich niemand so weit zurückerinnern konnte, und er lachte in liebenswürdiger Erleichterung.

»Manche Leute haben Kinder, weil es ihnen Freude macht, sie groß werden zu sehen«, sagte er. »Mir macht das übrigens keine Freude«, fügte er traurig hinzu. Die junge Mutter, der er sich so erklärt hatte, stand auf und ging davon. Als sie sich aus seiner Sichtweite wusste, klopfte sie empört mit dem Zeigefinger an ihre Stirn.

»Emily, warum, glaubst du, hat unsere Mutter uns bekommen?«, fragte Herr Allerhand. Sie spielte im Gras und gab ihm keine Antwort. Da fiel es ihm wieder ein: »Wir haben ja auch gar nicht dieselbe Mutter.

Meine Mutter bekam mich, weil sich das 1895 für eine Frau so gehörte. Und deine Mutter hat dich bekommen – ach, deine Mutter ist meine Schwiegertochter. Ich vergesse immer wieder, dass ich schon einen erwachsenen Sohn habe, so alt bin ich geworden!«

»Ich möchte nicht so alt sein«, dachte Herr Allerhand, »und deshalb möchte ich Kinder. Aber was deine Eltern angeht«, fuhr er fort. »ich glaube, die haben dich gekriegt, weil sie Verwandte brauchen. Ich hingegen finde Verwandte eine Qual. Immerfort wollen sie, dass ich Tabletten für mein Gedächtnis schlucke. Wie kann man sich überhaupt nur Verwandte wünschen?«

»Vielleicht geben sie einem das Gefühl, irgendwohin zu gehören«, legte er der nächsten Mutter nahe, die bei ihm stehen geblieben war, um ein paar Worte mit ihm zu wechseln, »wo sich die Weltkarte doch dauernd ändert; liegt es vielleicht daran?« Die Mutter blickte verwundert auf ihr Kind.

Herr Allerhand vergaß mehr und mehr. Seine Verwandtschaft nervte ihn deswegen. Stundenlang saß er auf der Parkbank und rechtete im Stillen mit ihnen. »Spielt es eine Rolle, dass ich nicht mehr genau weiß, wo wir sind, was macht es denn aus, ob wir hier in Sambor oder in Drohobyč sind«? schimpfte er. »Ist das wesentlich? Oder ob es Herbst oder Frühling ist. Wir sind beide warm genug angezogen. Darauf kommt es an!«

Den Unterhaltungen um ihn herum hörte er nicht länger zu. Er benutzte dasselbe Spielzeug wie seine Enkelin und behandelte die Dinge mit derselben Verehrung wie sie. Eines Tages fragte er sie: »Macht es etwas aus, ob du mein Kind oder meine Schwester bist? Wir sind eine Familie, das allein ist wichtig.«

Das Kind konnte jetzt sprechen. Sie betrachtete den alten Mann voller Erstaunen. Auch ihr war die Beziehung unklar. Seinen Namen wusste sie, Opa, und dass seine Haut voller rätselhafter Linien war.

Die beiden saßen im Gras am See und spielten mit einer Blechbüchse. Er erzählte ihr, dass Mutter sie bald nach Hause abholen würde. Zum Abendessen würde es Piroggen geben. Dann sagte er:

»Warte einmal, unsere Mutter ist tot.« Einen Moment lang war er traurig.

»Deinen Namen weiß ich nicht mehr«, gestand er ihr später, »aber ich weiß, wir sind verwandt, und du wirst länger leben als ich. Doch das halte ich dir nicht vor.«

Aus dem amerikanischen Englisch von Tilman Spengler

Die intimen Geständnisse des Oliver Weinstock

1. Klatsch, Philosophie und andere Wege um den heißen Brei herum

Wenn Oliver Weinstock in der Unterhaltung jenen Punkt erreichte, an dem der Widerstand des anderen gegen Einmischung in innere Angelegenheiten abbröckelte, zündete er ein Streichholz an, hielt es vorsichtig in die Höhe wie eine einsame Kerze, die die Dunkelheit erhellt, und sagte: »Die Ärzte leuchten mit ihren schwachen Fackeln in das Abflussrohr deiner Vergangenheit hinein, ich dagegen halte die Richtung, die dein Leben genommen hat, für ein Ergebnis des Zufalls. Das gilt besonders für die Liebe. Doch wohlgemerkt, es kommt nicht darauf an, wen du geliebt hast oder wer dich geliebt hat, sondern darauf, wer dich nicht geliebt hat. Und darauf«, so schloss er, »wie man dich nicht geliebt hat.« Er ließ das brennende Streichholz zu Boden fallen. Es war Zufall, dass er auf diese Weise noch nie einen Brand verursacht hatte.

... kalte Nacht, überheizte Stadt ... ist Oliver ...? sie teilt das Zimmer mit ihrem erwachsenen Sohn, während ihr Mann nebenan schläft ... hat Oliver ...? er übersetzte ihre zornigen Briefe aus dem Russischen, sie hatte die Tabletten bereitliegen, vielleicht kannst du nicht gut küssen, sagte er zu seiner Studentin. Oliver sagt: Ein Spiel, bei dem man nie gewinnt ...

Man könnte meinen, Oliver Weinstock sei ein mürrischer, defätistischer Mensch gewesen, doch weit gefehlt. Er gehörte zu den fröhlichen Stammgästen der schickeren Berliner Cafés, in denen man, um einen Platz zu bekommen, die Besitzerin oder einen prominenten Gast kennen oder zur Not selbst der Besitzer sein muss. Er war Amerikaner, New Yorker, aber er hatte die Stadt verlassen, weil die Liebe sein Steckenpferd war, aber die Liebe zählte nicht mehr in New York, die gesellschaftliche Hackordnung zählte mehr, die Leute heirateten, um es ein für alle Mal hinter sich zu bringen, und danach kam ihnen Liebe nicht mehr in den Sinn.

Oliver Weinstocks amüsanter, in diesen weichen, etwas albernen amerikanischen Akzent eingebetteter Pessimismus war allen wohlvertraut, die länger als ein paar Stunden mit ihm zusammengesessen hatten. In Berlin interessierte die Liebe das Cafépublikum tatsächlich ungeheuer, in allen Beziehungen vermutete man das Schwelen der Leidenschaften, während man mit feinem Gespür das Absterben der Leidenschaft witterte, sobald eine Liebe sich öffentlich kundtat – kurzum, kein Gespräch war befriedigend, wenn die Furien der Liebe nicht wenigstens flüchtige Erwähnung fanden. Oliver Weinstocks Beitrag war immer originell, immer hörenswert, ein plötzliches Geklingel von Wahrheit, das sich aus dem Summen des Klatschs erhob, anschwoll, einige Phrasen lang hervortrat und wieder versank.

… bildet sich was auf ihre Schönheit ein, der Galerist ist ein Tyrann, tyrannisiert die Galeristin, keine hübsche, Sadomaso, aber vielleicht denkt Oliver, Tyrannei hält die Galeristin in der Seele jung, kindlich, reizend, ach, Quatsch, Oliver …

Weinstocks Verständnis der Liebe beruhte auf der Annahme, dass Zurückweisung wichtiger sei als Zuneigung. Fast jeder wurde irgendwann in seinem Liebesleben zurückgewiesen, und die nachfolgende Liebeswahl war eine Reaktion auf diese Zurückweisung, ein Versuch, sie zu bewältigen; vielleicht trat man die nächste Person nur, um von der übernächsten wiederum getreten zu werden – treten, getreten; oder man wurde zum Wiederholungstäter und hoffte, irgendwann werde es sich auszahlen, das Herz jedenfalls blieb gebunden, während sich Geist und Körper auf die lange Suche nach dem Immergleichen machten, bis man früher oder später die Vitalität verlor und der Sicherheit den Vorzug gab – oh, auch Sicherheit war ein Gefühl! – und mit irgendjemand, der aus irgendeinem traurigen Grunde zufällig an einem hängen geblieben war, in Langeweile und Apathie versank.

Oliver Weinstock, an dem keine Frau hing,

… macht irgendwie nicht den Eindruck, als würde er eine suchen …

behauptete, seine Auffassung mache viel psychologischen Tiefsinn überflüssig. Um das Wesen eines Menschen zu begreifen, müsse man nur herausfinden, wie seine erste ernsthafte Liebesbeziehung endete. Der Frage nach seiner eigenen wich er aus, indem er die Schultern hob und sagte: »Zuerst erzählen Sie mir Ihre.« Sein Publikum tat ihm den Gefallen gern.

Es gehörte, wie Weinstock wusste, zu den Geheimnissen der Liebe, dass die meisten Menschen sich lieber ihre eigenen Liebesgeschichten anhören, obwohl sie diese doch ziemlich gut kennen, als sich die Geschichten der anderen erzählen zu lassen. Deshalb ging es in Weinstocks Gesprächen über die Liebe zu wie in Tausendundeiner Nacht: Nie ergriff er das Wort, sondern entlockte es den anderen. Wenn man ihn drängte, machte er vielleicht eine Andeutung über eine Beziehung, die er gerade hatte oder vor kurzem gehabt hatte. Er gab aber nie mehr als ein winziges Detail preis, irgendetwas, das den Zuhörer schockieren und seiner Phantasie Einhalt gebieten sollte, etwa: »Ich wollte immer einen Frauenpumps in meinem Hintern.«

… manchmal frage ich mich, ob er ein a-, asex-, ob er nicht … bloß weil er nicht verheiratet ist? wie unbeteiligt er sich gibt, bei seinem leidenschaftlichen Interesse an …

Wenn man ihn noch eindringlicher nach eigenen Erlebnissen befragte, erzählte er eine Anekdote aus seiner Kindheit. »Ich hatte sechs Schwestern«, sagte er dann, »und die Verwandtschaft der Wörter

›sechs‹ und ›Sex‹ ist unter solchen Umständen unabweisbar. Wenn ich in der Badewanne saß, besuchten mich meine Schwestern abwechselnd. Der Penisneid von sechs Schwestern – man kommt sich vor wie ein Neger in einer weißen Familie.« Und dann fügte er mit einer für sein soziales Milieu überaus ungewöhnlichen Bescheidenheit hinzu: »Das Organ meines Vaters war natürlich von gewaltigem Kaliber, ich bewunderte es. So entwickelte sich meine Liebe zum Monumentalen.«

... einer seiner netten Witze! Lieben heißt doch nicht, Steine lebendig machen, bei uns war es Chemie, bei uns war es Glück! Liebe ist kein Beweis für das physikalische Gesetz, dass alles schrumpft, nie, er ist nett, Oliver ist nett, es gibt wenig nette Leute in dieser Stadt ...

Kurz, Oliver Weinstock war einer der nettesten Menschen, die je gelebt hatten, was immer noch reichlich Raum für kleine Ungezogenheiten bot, etwa die Angewohnheit, wenn das Gespräch zu spannend wurde, mit Streichhölzern zu spielen. Er war mittelgroß, mit großen blauen Augen. Schon als Kind hatte er bläuliche Schatten unter den Augen gehabt, was ihre verhaltene Intensität noch steigerte. Sein schuhbraunes Haar hatte sich, so klagte er, schon in jungen Jahren in einen zerrissenen Kranz verwandelt, kurz nach seiner allerersten Liebesbeziehung, eine Episode, die ihn stärker als seine Beziehung zu den Eltern oder zu seinen vielen Geschwistern geprägt hatte, für immer geprägt – mehr sagte er nicht. Damals hatte er wie ein trauriger Cherub ausgesehen, später wie ein fröhlicher Pfaffe. Seine Züge waren weich, angefangen bei der runden, glänzenden Glatze. Sein Gesicht wies keine scharfen Kanten und keine unschönen Ausbuchtungen auf. Seine Schultern waren rund, seine Hände weich und weiß und zart.

... gutaussehend ist er nicht, nicht im gewöhnlichen Sinne, aber attraktiv, ja, sehr ...

Obwohl Oliver Weinstock, was Literatur, Theater und Kunst anging, ungeheuer gebildet war, sogar den »Faust« ganz gelesen hatte und ihn sein Lieblingsbuch nannte, sammelte, hortete, inventarisierte er sein Wissen nicht und demütigte niemanden damit, wie es viele gebildete Leute tun. Er hatte den Wunsch, andere glücklich zu machen, darin bestand sein ganzer Ehrgeiz: Er kam, wenn man ihn rief, lehnte nie ab, wenn ihn jemand um Hilfe bat, und war großzügig, nicht nur mit seiner Zeit, auch mit seiner Bewunderung. Er klatschte nicht, aus Angst, andere zu kränken, lieber nahm er sich selbst auf die Schippe. Wenn man die Köpfe zusammensteckte und das Gespräch sich der Liebe zuwandte, gestand er, dass er ein Unhold sei,

… selbstverständlich ist er kein Unhold …

seufzte lächelnd und sagte nichts mehr, jetzt war ein anderer an der Reihe. Er hatte meistens glänzende Laune, liebte Witze, lachte mit Begeisterung, und vielen war er ein bester Freund.

… vergiss nicht, Oliver Weinstock einzuladen … sah ihn mit, gestern, haben die was? vergnügt, unbesorgt, sagte er nicht etwas davon, dass er Schuhe in seinem Hintern mag, von Freud ist nicht die Rede …

Oliver Weinstock kam als junger Mann nach Berlin, keineswegs auf der Suche nach der üblichen Behaglichkeit. Statt enger Bindungen genoss er seine Freundschaften und betätigte sich intellektuell, schrieb kleine Artikel für kleine Zeitschriften, half in Museen aus – was ihm genug Geld brachte, um die Miete zu zahlen und ein bisschen zu reisen. Irgendwann, Mitte dreißig, rechnete er sich aus, dass sein Leben, statistisch gesehen, schon halb vorüber war, und Untergangsstimmung überkam ihn. Auf einer Party sagte er immer wieder: »Die Gegenwart bewahrt uns vor den Schrecken der Zukunft, aber nicht vor dem Grauen der Vergangenheit.« Gleichgültig, was er anhatte, immer steckten in seiner Brusttasche ein Blatt Papier und eine Schachtel Streichhölzer. Manchmal nahm er die Schachtel heraus, um ein Streichholz anzuzünden, aber das Papier nahm er nie heraus, er zupfte nur ab und zu daran. Irgendetwas, das er geschrieben hatte.

Eine Geschichte vielleicht. Warum nicht? Fast jeder schrieb Geschichten. Einmal hatte sogar jemand gesehen, wie er das zerknitterte Blatt hervorzog und las. Oliver Weinstock hatte allein in einem Café gesessen. Einige Sekunden verstrichen, dann faltete er es wieder zusammen und schob es zurück in seine Brusttasche.

... ich habe ihn gefragt, was das sei, er sagte: Meine intimen Geständnisse, verdammt kurz, lachte ich, er ist deprimiert, glaube ich, gar nicht mehr er selbst, aber er verbalisiert es ...

»Frühe Enttäuschung verursacht Deformation«, klagte Oliver Weinstock, »beeinflusst den Wachstumsprozess, während Enttäuschung spät im Leben nur Schmerz verursacht, und zwar umso heftiger, je weniger das Opfer fähig ist, sich anzupassen.« In diesem Ton redete er immerfort. »Nicht die Zukunft ist begrenzt, wenn einem klar wird, dass man sterben muss, sondern die Vergangenheit.« Vielleicht hätte er seine Depression schon bald in tausend Stücke zerredet, da mischte sich sein besorgter Vater ein. Er kam zu einem kurzen Besuch aus New York, um dem Sohn seine neue junge Frau vorzustellen, und kaufte ihm bei dieser Gelegenheit ein eigenes Café in zentraler Lage mit einer kleinen Wohnung dahinter.

Oliver Weinstock nahm dankbar an. Er verwandelte das düstere, schmuddelige Lokal in ein sauberes, weiß gestrichenes, teures Restaurant mit erlesenen Gerichten und gutem Wein. Einen Namen gab er ihm nicht. Ihm fiel keiner ein. Auf den Streichholzschachteln, die er drucken ließ, stand einfach »Esst, trinkt und seid fröhlich«. Die Gäste nannten es »Das Weinstock«. Das Blatt mit seinen Geständnissen trug er immer bei sich, man sah es aus der Tasche seines weißen Hemdes hervorlugen und darunter die Wölbung der Streichholzschachtel.

... ich kam von hinten und konnte einen kurzen Blick darauf werfen, es stehen nur ein paar Wörter darauf, aber er studiert sie wie ein Gedicht ...

Oliver Weinstocks Freunde waren entzückt über die neue Situation. Jetzt wussten sie, wo sie ihn abends finden konnten, durften auch mit einer kostenlosen Flasche Wein oder einer Gratisvorspeise rechnen, und ihr Vergnügen an seiner Gesellschaft nahm noch zu. Weinstock erwies sich als guter Geschäftsmann, ohne dass sich bei ihm die üblichen Nebenwirkungen des Erfolgs einstellten. Er fing nicht an, mit seiner Zeit zu geizen, er blieb der geborene Gastgeber, er stellte viele Leute ein, trotzdem half er in der Küche, bei der Aufstellung der Speisekarte, beim Einkaufen, er servierte sogar selbst. Er machte keinen Unterschied zwischen Freunden, Belegschaft und Kunden – es fehlte ihm jegliches Klassenbewusstsein.

... er ist einfach moderner als wir, aber gegenüber seinen Angestellten macht es ihn hilflos. Stell dir vor, er hätte Frau Bussjäger nicht ...

Der Zufall hatte ihm die Bussjägers zugespielt, ein älteres Ehepaar, das immer erst spätabends erschien, sie mit teuren Kleidern und einer asphaltfarbenen Perücke gegen das Alter verschalt, er ungekämmt, unrasiert, mit Flecken auf dem Anzug. Er trank gern Limonade zu seinen teuren Gerichten und ließ die Hälfte stehen, weil er, den Blick auf seinen Teller gesenkt, lieber rauchte, während sie nur Apfelsaft und eine Kartoffel wollte und zum Nachtisch ein Aspirin. Sie sprachen kaum miteinander. Die beiden schwiegen so gewohnheitsmäßig, dass es Oliver Weinstock war, der eines Abends entdeckte, was sie noch gar nicht bemerkt hatte: Ihr Gatte saß nicht bloß selbstversunken da, sondern er war tot. Oliver Weinstock wies die Belegschaft an, weiterzumachen, als sei nichts geschehen. »Die Art, wie sie mit ihrem Mann nicht spricht, ist eine Form von chronischem hysterischem Anfall, verursacht durch tiefe Enttäuschung über ihn«, warnte er und wartete, bis alle anderen Gäste gegangen waren. Dann rief er einen Krankenwagen und überließ es dem Arzt, ihr die traurige Botschaft zu übermitteln. Sie nahm es gefasst auf und bat um ein weiteres Aspirin.

Nach diesem unglücklichen Vorkommnis wurde sie ein abendlicher Stammgast und warf stets einen scheuen Blick in die Speisekarte, bevor sie ihre Kartoffel bestellte. Sie wurde gesprächig, und es stellte sich heraus, dass sie zahllose Ansichten über Kunst, Politik und Moral hegte. Wenn man sie nach ihrem Mann fragte, antwortete sie: »Achtunddreißig Jahre, zwei Monate und drei Tage verheiratet, jede Minute kostbar, ein Wunder. Wir waren ein Geist und ein Nervensystem.«

… ha! ha! damit beschämt sie uns alle, wie? …

Sie ging in die Küche und erklärte dem Koch, die Kartoffeln, die Gott geschaffen habe, seien feinkörnig und glatt, die von Menschen gemachten hingegen seien mehlig und verklebten einem die Prothese. Oft sagte sie: »Anderer Leute Post darf man nicht lesen.« Eines Abends fragte Oliver Weinstock sie, ob sie im Restaurant aushelfen wolle. Er machte anderen nicht gern Vorschriften, und sie schien wie geschaffen, der Belegschaft seine Wünsche zu übermitteln. Frau Bussjäger erwies sich als ausgezeichnete Geschäftsführerin und gewissenhafte Befehlshaberin, die ihre Kommandos mit den Augen gab. Und wenn andere über ihre Humorlosigkeit seufzten, darüber, wie sich in ihrem Kopf die moralischen und ästhetischen Urteile drängten und sie die Lippen zusammenpresste, um sie zurückzuhalten, dann verteidigte Oliver Weinstock sie: »Sie ist meine Freundin«, und versprach: »Eines Tages frage ich sie, wie ihre erste Liebesaffäre zu Ende ging! Dann wissen wir mehr.«

… ich möchte wissen, ob sie sich liften lassen wird, es gibt die wahre Liebe, man hat es gesehen …

Obwohl sie viel zu schüchtern war, ihre Gefühle offen zu zeigen, mochte sie Oliver Weinstock offenbar gern. Sie brachte ihm ihre Zuneigung aus großer Ferne entgegen, und aus großer Ferne nahm er sie an – seine Art, sie zu erwidern, wie ihr schien. Er benahm sich wie ein Kavalier und guter Sohn. Abends, wenn das Lokal schloss, begleitete er sie eine Straße weit nach Hause. Wenn sie morgens verzagt anrief und gestand, sie fühle sich einsam, lud er sie in seine Wohnung hinter dem Restaurant ein, brachte ihr Apfelsaft und eine Kartoffel und ermunterte sie zu einem Nickerchen auf seinem schmalen Bett. Sie sprachen über Kochen, über Kunst. Es stellte sich heraus, dass auch sie den ganzen »Faust« gelesen, inzwischen aber wieder vergessen hatte. Sie tauschten Wissen. Nie fragte er sie nach ihrer ersten Liebesaffäre. Er verschonte sie mit seinem Interesse. Und sie stellte nie neugierige Fragen, denn das war gegen ihr Prinzip. Immer wenn er in ihre Nähe kam, legte sie den Kopf schräg, wobei ihre Perücke in Gefahr geriet, und lächelte ihn an. Es machte ihr nichts aus, wenn er mit anderen Freunden und Gästen zusammensaß, obwohl sie dummerweise manchmal Kopfschmerzen davon bekam.

... hat zugegeben, Annas Griechischlehrer war ihre erste Zurückweisung, Oliver ließ das Streichholz in die Plastikblumen fallen, scheußlicher Geruch, und seither hatten Sie nur Altphilologen? Aber da gibt es nicht viele, oh, es gibt genug ...

Im Weinstock war immer Betrieb, es war immer ausgebucht, die Gäste kamen, obwohl Oliver nie Reklame machte und Kritiker nicht hereinließ.

Es war typisch Weinstock, dass er, statt über die Kritiker zu jammern, Mitleid mit ihnen hatte. Richtige Hotelportiers, sagte er, die nichts ihr Eigen nennen könnten, sich mit Vollmachten begnügten, über die Schlüssel und die Zimmer wachten, die Tür hüteten und sich das Recht vorbehielten, manche Leute mit offener Verachtung zu strafen oder nicht hinzuhören, wenn jemand etwas sagte.

Einmal kam ein junger Mann herein. Indem er wählerisch und unfreundlich bestellte, ließ er erkennen, dass er Restaurantkritiker war. Nach einer Weile setzte sich Oliver Weinstock zu ihm und sagte: »Sie sind ein smarter, schlanker Mensch, dem es schmeckt. Ich will Ihnen nicht zu nahe treten, aber offensichtlich haben Sie keine besondere Machtposition in Ihrem Beruf.«

Der Kritiker schwieg betreten. Oliver Weinstock fuhr fort: »Wir hatten eine Zeit lang einen höheren Hotelangestellten zu Gast, der das Essen in vollen Zügen genoss. Aber er war ehrgeizig, wollte wichtig sein und arbeitete sich zum Direktor hoch – man sah es ihm an, er wurde immer dicker und aß immer lustloser. Ganz oben angelangt, hin und her geworfen von den Winden der Schmeichelei und der Denunziation, die um die Gipfel heulen, versuchte er, seinen Halt wiederzufinden, indem er sich vollfraß – bei uns. Besser, man isst, um zu genießen, wie Sie es tun.«

Der Kritiker hatte keinen Appetit mehr. Er verließ das Lokal, nachdem Oliver Weinstock ihm ein Streichholz unter der Nase angezündet und sich nach seinem ersten Schiffbruch in der Liebe erkundigt hatte.

… irgendwas fehlt bei Oliver, nein, das stimmt nicht, er ist ein wunderbarer Freund, du musst zugeben: Ein Teil seiner Freundlichkeit rührt daher, dass er einem so zugetan ist, andererseits ist er fast jedem zugetan … nein, das stimmt nicht, doch, das stimmt, ich finde auch … sodass es eine Art Zufall ist, wenn man sich mit ihm anfreundet, man kommt sich vor wie ein lebender Zufall, mehr nicht, komisch, ich kann mir einfach nicht vorstellen, dass er wirklich ausflippen könnte wegen jemandem, wegen einer ersten Liebe, möchte wissen, ob er …

Es gab nur einen Menschen, der wusste, wie Oliver Weinstocks erste Beziehung zu Ende gegangen war, und das war Rudi Tonne, aber Rudi Tonne verkehrte nicht in Oliver Weinstocks Kreisen. Dennoch war Rudi Tonne nie weit fort von Oliver Weinstock. Noch dreißig Jahre nach einem unglücklichen Vorfall hatte Rudi Tonne freien Zutritt zu Oliver Weinstocks Gedanken und Stimmungen. Er kam, wann es ihm passte, und blieb, solange er wollte. Rudi Tonne war eine Erinnerung.

Da wollte eines Tages der Zufall, dass Rudi Tonne als Gast in Oliver Weinstocks Restaurant erschien und diesem Gelegenheit gab, sich die Herrschaft über seine Vergangenheit zurückzuerobern.

2. Eine wahre Geschichte: mit Auskünften über die Revolution, den Trübsinn und einen Text zur rechten Zeit

Rudi Tonne war zum ersten Mal während der Winterferien aufgetaucht, als Oliver Weinstock fünfzehn wurde und seine Eltern sich gerade getrennt hatten. Seine Mutter hatte die Mädchen auf die Westside mitgenommen und Oliver in den sechziger Straßen an der Eastside bei seinem Vater gelassen: »Frauen für sich und Männer für sich«, sagte sie, obwohl jeder wusste, dass sie einen Freund hatte.

Sein Vater floh aus der fast leeren Wohnung und nahm Oliver mit nach St. Moritz. Weil er ein großzügiger, aufgeschlossener Mann war und aus Furcht, sein Sohn könnte sich in der Gesellschaft seines Vaters langweilen, hatte er ihm erlaubt, seine vierzehn Jahre alte Freundin Jane einzuladen. Jane kam mit, ohne dass sie beeindruckt gewesen wäre; sie kannte sich mit Ersterklassesitzen im Flugzeug und mit Luxushotels und Ehescheidungen aus, und sie bekämpfte das schlechte Gewissen wegen der Privilegien, die sie genoss, durch stures Einverständnis mit dem Status quo. Kurzum, sie war ein vernünftiges Mädchen. Weder sie noch Oliver hatten je einen Grund gesehen, erwachsen zu werden. Manchmal taten sie, als wären sie ineinander verliebt, und küssten sich so, wie junge Katzen ein neues Zimmer erkunden. Sonst fuhren sie Ski, spielten Bowling, schwammen, tollten im Schnee, aßen, schliefen.

Die Tage vergingen angenehm. Im Speisesaal war ihr Tisch für drei gedeckt, aber wenn Oliver und Jane morgens nach unten kamen, war der dritte Teller meistens mit Krümeln bedeckt, und Olivers Vater tummelte sich schon auf den Skipisten. Mr. Weinstock kehrte erst am späten Nachmittag bei Einbruch der Dunkelheit zurück, und manchmal sah Oliver ihn von fern mit einer Zeitung und einem Kännchen Tee in der Hotelhalle sitzen, ein eleganter Trauergast bei einer Beerdigung, die in seinem eigenen Inneren stattfand. Sie hatten drei Zimmer nebeneinander, aber selten kamen sie vor dem Abendessen zusammen, einer Schweigestunde, die sie alle fürchteten.

Oliver hatte von der Liebe gehört, aber er wusste noch nicht, wie sie sich anfühlte. Er kannte nur die Mischung aus Liebhaben und Hassen, die er für seine Eltern und seine Schwestern empfand, und die wohlige Zuneigung zu Jane und ein paar anderen Freunden und Freundinnen. Bestimmt hatte er nicht die geringste Vorstellung von der Raserei der Gefühle. Seine Sexualität war onanistisch. Seine allererste erotische Begegnung hatte er in einem Tierbuch für Kinder gehabt, auf der allerletzten Seite. Ein hübsches Bild, eine Art Abschiedsgeschenk an den jungen Leser, stellte eine Familie verschiedener wilder Tiere dar. Das Zebra hatte dem Leser sein Hinterteil zugekehrt. Die Streifen darauf bildeten einen Strudel, der Olivers Blick – gegen seinen Willen – in den Spalt zwischen den Schenkeln zog. Noch mit fünfzehn, wenn er allein war, war dieser Zebrahintern in der Nähe, warm und gewölbt und unwiderstehlich. Aber während der vergangenen Wochen blieb Oliver selten allein. Und heute war Silvester, ein Ereignis, das sich meist als die erste und die letzte Enttäuschung des Jahres erweist.

Natürlich war nicht jedem klar, dass es mit diesem Silvester eine besondere Bewandtnis hatte, weil die Familie Weinstock nicht mehr zusammen feierte. Die Festgesellschaft wusste nichts davon. Die Hotelgäste versammelten sich zu einem Diner bei Kerzenlicht im Speisesaal. Dort war ein langes Buffet mit kalten Horsd'œuvres aufgebaut. Die Gäste konnten sich von allem selbst nehmen, außer vom Hummer, den ein junger Koch mit weißer Mütze und schwarzweiß kariertem Anzug umsichtig verteilte. Der Koch war das einzige Warme bei diesem Buffet. Er hatte weiße Zähne und rote Lippen und sehr blondes Haar, nicht nur auf dem Kopf, sondern auch auf den Armen, die sichtbar wurden, wenn er die Hände ausstreckte und einem Gast von dem Hummer reichte. Sein Oberkörper, eingerahmt von den Flügeltüren seines Jacketts, war gerade und kräftig. Er hatte eine weiße Schürze umgebunden. Die Holzpantinen an seinen Füßen ließen ihn noch größer erscheinen, als er war. Er ragte hoch über den Buffettisch. Mehr noch: Er sah unverwundbar aus – das Bild eines Helden, eines Siegers. Kurz, er verkörperte all das, was am männlichen Geschlecht gut war.

Als Oliver sich den goldenen Gefilden dieser Unterarme näherte (auf denen Tautropfen aus Schweiß glitzerten), geschah etwas Seltsames.

Bisher hatten seine Gefühle, wie das Futter eines Mantels, sein Wesen von innen ausgekleidet. Nun aber wurde dieser Mantel plötzlich gewendet, sodass sein Wesen zum Innenfutter seiner Gefühle wurde. Von einem Augenblick auf den anderen wusste Oliver Weinstock, was romantische Liebe war.

Oliver sah dem Buffetier nicht in die Augen, wenngleich er einen vagen Eindruck von tiefem Blau unter einer erstaunlich glatten, geheimnisvollen Fläche gewann, die bei anderen Leuten nur Stirn war. Olivers eigene Augen zog es zu den Händen herab, die fachmännisch mit einem Hummerschwanz hantierten. Als eine dieser Hände nach dem Teller des jungen Gastes griff, streifte ihr Daumen seinen Daumen.

Oliver hatte das Gefühl – so erklärte er es sich später –, dass »alles ins Rutschen kam«.

Sein Daumen zitterte so heftig, dass er den Teller kaum halten konnte, als sich Oliver zu seinem Vater und Jane zurückzog. Statt seinen Platz neben Jane einzunehmen und dem Buffet den Rücken zuzukehren, setzte er sich neben seinen Vater. Durch das Flammenmeer der Kerzenleuchter und die kaleidoskopischen Weingläser hielt er Ausschau nach dem Buffetier, und jeder Blick, den er von ihm erhaschte, wurde auf der Fotoplatte seines Gedächtnisses automatenhaft festgehalten. Er schlang seinen Hummerschwanz hinunter, vergaß, die Serviette zu benutzen, und stürmte noch einmal ans Buffet, um sich eine zweite Portion zu holen. Der Buffetier nickte anerkennend, während sich seine Augen in Olivers Augen krallten. Als er einen Hummerschwanz über den Tisch reichte, streiften sich ihre Daumen noch einmal.

»Es ist Demokratie, alle Menschen sind gleich geboren, und wir müssen mit den Dienern trinken!«, rief Oliver, als er an seinen Platz zurückkehrte.

»Das sind keine Diener«, bemerkte Jane im Interesse der Genauigkeit. »Diener tun alles für einen. Die hier decken nur den Tisch und teilen Hummer aus.«

»Angestellte«, stimmte ihr Mr. Weinstock zu, dem zwei Gläser Wein die Zunge gelockert hatten.

»Wir wollen die Angestellten auf ein Glas einladen!«, drängte Oliver. Im Hintergrund begann das Küchenpersonal, den Buffettisch abzuräumen. Ehe sein Vater Einspruch erheben konnte, hatte sich Oliver ein Glas Weißwein eingeschenkt und es mit einem Zug geleert. Der Buffettisch war soeben aus dem Speisesaal getragen worden. Kann das alles gewesen sein?, fragte sich der Junge verzweifelt.

Nun nahm der Hauptgang seinen trübsinnigen Lauf. Auf der Karte stand Taubenroulade – die Knochen des Vogels hatte man entfernt, das Fleisch weich geklopft und dann um Gurken und kleine Zwiebeln gewickelt. Dazu gab es Trüffelsoße und Alpenkartoffeln, denen man die Köpfe abgehauen und deren Inneres man ausgeweidet, mit Lauch und Schinken gestampft und wieder in die Schalenhülle gefüllt hatte. Schweigen am Familientisch der Weinstocks. Der Buffetier war in der Küche verschwunden, wo Oliver seinen Kopf von Zeit zu Zeit hinter einem der runden Fenster der Schwingtüren erblickte. War das alles? Alles? Er spürte, wie der Ellbogen seines Vaters neben ihm auf und nieder ging, auf und nieder. »Kommt, wir laden die Angestellten auf ein Glas ein, auf einen Nachtisch oder irgendwas«, wiederholte Oliver. »Es ist Platz genug an unserem Tisch.«

»Stimmt doch gar nicht«, bemerkte die vernünftige Jane. Der Nebentisch war zufällig frei. »Wir werden die Tische zusammenrücken«, beharrte Oliver.

Bevor sein Vater etwas einwenden konnte, war Oliver aufgestanden und hatte begonnen, das Mobiliar zu verrücken. Der Geschäftsführer erschien, beunruhigt. Oliver Weinstock sah ihn geringschätzig an. »Wir erwarten Gäste«, sagte er, machte kehrt und ging zur Küche hinüber. Er war noch nie in einer Restaurantküche gewesen, aber auch zu Hause betrat er die Küche nur selten.

»Kommen Sie, trinken wir auf das neue Jahr«, rief er auf Englisch, als er durch die Schwingtüren vorgedrungen war und sich plötzlich in einem heißen Nebel inmitten riesiger blitzender, klirrender Küchenmaschinen wiederfand, während im Hintergrund menschliche Gestalten umherschwebten. Die Belegschaft hatte den ganzen Abend Flaschenreste geleert und befand sich in einem Zustand fortgeschrittener Heiterkeit. Der Geschäftsführer, der hinter Oliver hereinschoss, mäßigte seine Gefühle und zuckte mit den Achseln. Schließlich war ja Silvester.

Ein Trupp von Männern ohne Familie, die es nicht eilig hatten, nach Hause zu kommen, umringte Oliver, und er führte sie zu dem Tisch. Woraufhin sich auch die anderen Gäste in trunkener Begeisterung aufrafften und anfingen, die Tische zusammenzuschieben, bis die ganze Gesellschaft vereint war. Oliver sorgte dafür, dass es wie ein Zufall aussah, als er sich, viele Plätze von seinem Vater und von Jane entfernt, auf den freien Stuhl neben dem Buffetier mogelte. Auch aus der Nähe war es, wie sich bald zeigte, für Oliver nicht leicht, ihn zu betrachten, denn die glatten Wände seines Gesichts, die glänzenden, von dunklen Wimpern vergitterten Augen, seine Hände, die Präzisionswerkzeugen glichen – alles an ihm schien dem Jungen von einer geradezu unheimlichen Vollkommenheit, an der sein Blick zerschellte, und Oliver konnte nur dasitzen, in einem Schweigen, das ihm selbst dumm vorkam, benebelt von der eigenen Bewunderung.

Der Buffetier hatte nichts dagegen. Er verhielt sich zurückhaltend, rührend freundlich, naiv, wie ein schönes Kind, das nicht merkt, was für einen Eindruck es macht. Als Oliver schließlich seine ganze Kraft zusammennahm und ihn fragte: »Wer sind Sie?«, da erwiderte er: »Der Soßenkoch«, und erst als nach einer weiteren Runde alle Gäste anfingen, sich miteinander bekannt zu machen, kam sein Name zum Vorschein: Rudi Tonne.

Rudi Tonne war, was Mr. Weinstock einen »geborenen Helfer« nannte. Er stand auf und schenkte nach, wenn jemand sein Glas geleert hatte. Er reichte das Brot herum und half betrunkeneren Tischgenossen bei der Auswahl des Käses. Erst als Mitternacht nahte, nahm er wieder Platz. Und als die ganze Gesellschaft auf das neue Jahr anstieß, da lächelte er entschuldigend, so schien es seinem jungen Bewunderer, über nichts Bestimmtes.

Oliver Weinstocks bis zu diesem Punkt gestochen scharfe Erinnerungen an diesen Abend begannen nun zu verschwimmen. Das Vergehen der Zeit entfesselte einen Sturm in seinem Kopf. Fetzen von Gesprächen über das Essen und die Schneeverhältnisse kreisten in diesem betäubenden Wirbel. Dann legte sich der Sturm. Die Erinnerung kehrte zurück. Er wusste jetzt, dass Rudi Tonne dreiundzwanzig Jahre alt war, dass er Dessertsoßen zubereitete und ein guter Skiläufer war. Was so ein Mann nicht alles, alles kann.

Unter dem Tisch rückte Oliver seinen Fuß, der in einem schwarzen Halbschuh steckte, neben den Fuß von Rudi Tonne in seiner weißen Pantine. Dann glitt sein Fuß aus dem Schuh und auf die Pantine von Rudi Tonne, und Rudi Tonne zog seinen Fuß aus der Pantine und stellte ihn auf Olivers Fuß.

Irgendwann nahm Oliver seinen Fuß weg, zog sich den Schuh wieder an und stand unter lautem Gekreisch seines Stuhls auf. Sogleich antwortete Rudi Tonnes Stuhl mit einem ähnlichen Gekreisch, denn auch Rudi Tonne stand auf, und beide Männer begaben sich in einer Eile, die dort, wo viel getrunken wird, durchaus normal ist, auf die Herrentoilette.

Andächtig nahmen sie ihre Plätze vor den Pissoirs ein, sie öffneten die Reißverschlüsse und entblößten sich, wie es üblich ist und war und immer sein wird. »Tatsache!«, murmelte Oliver Weinstock. »Der Mann verbringt im Schnitt drei Monate und zwei Wochen seines Lebens mit Urinieren. Das habe ich gelesen.« Und dann wurde er rot. Aus einem bestimmten gut sichtbaren Grund konnte er nicht urinieren, beeinträchtigt durch ein überwältigendes Gefühl. Es gibt nichts zu lachen in der Stille einer Herrentoilette. Als er sich die Hände wusch, wie man es gelernt hat, kam Rudi von hinten und umarmte ihn.

Wortlos glitten sie durch eine Hintertür nach draußen und ließen sich in den nächsten Schneehaufen sinken. Sie wälzten sich im Schnee und küssten einander, und diese Küsse waren keine tollpatschigen Erkundungen, sondern Feststellungen und Bekundungen. Nach einer

Weile stand Rudi Tonne auf und zog den jüngeren, kleineren Mann hinter sich her. »Komm zu mir, wenn alle schlafen«, sagte er in dem gleichen Ton, in dem er eine Käsespezialität empfohlen hätte.

Als Oliver zum Tisch zurückkehrte, setzte er sich nicht wieder, sondern blieb gähnend hinter seinem Stuhl stehen und sah auf die Uhr. »Ich muss jetzt ins Bett«, sagte er. Jane, die in Olivers Abwesenheit mit dem verdrießlichen Mr. Weinstock hatte plaudern müssen, sprang auf und trottete beleidigt zum Aufzug. Obwohl gewöhnlich Mr. Weinstock als Erster Gute Nacht sagte und die Jüngeren zu einem Gutenachtkuss auf dem Flur allein ließ, verschwand an diesem Abend Jane als Erste und ließ Vater und Sohn einfach stehen. Sie spähten durch die Düsternis ihrer verschiedenen Obsessionen, und Mr. Weinstock sagte: »Frohes neues Jahr, Junge!«, und Oliver sagte: »Dir auch, Dad«, dann schlossen sich ihre Türen hinter ihnen.

Es würde einige Zeit dauern, bis das Personal mit dem Saubermachen in der Küche fertig war und sich zur Ruhe begab. Oliver musste warten. Er setzte sich auf die Bettkante und tat, was er tun musste, er wartete, eine leichte Beute der Angst und der Ungeduld. Schließlich nahm er einen Bogen Hotelbriefpapier. Es gab eine Möglichkeit, mit Rudi Tonne schon jetzt zu sprechen, auch wenn die Unterhaltung einseitig sein würde: Er konnte ihm schreiben. Aber was hatte er Rudi Tonne zu sagen? Er wendete die Möglichkeiten hin und her. Zuletzt schrieb er die Wahrheit:

»Ich liebe dich.«

Er faltete das Blatt und steckte es in seine Brusttasche. Dann machte er sich auf den Weg zu seinem Rendezvous.

Die Nacht war jetzt dunkel und kalt, die Schneehaufen erhellten den Weg zur Unterkunft des Personals, einer Baracke im hinteren Teil des Hotelgeländes, wo die Landschaftsgärtnerei aufhörte und die Wildnis begann. Der Eingang lag auf der unbeleuchteten Seite der Baracke, die an einen steilen, bewaldeten Abhang grenzte. Auf der Suche nach der Tür musste der junge, beschwipste Besucher am Rand dieses Abhangs entlangbalancieren. Drinnen war es noch dunkler. Von einem schmalen, mit einem billigen Läufer ausgelegten Flur gingen nach einer Seite ein Dutzend Türen ab, auf der anderen Seite waren die Fenster und darunter Heizkörper. Eine Tür stand einen Spaltbreit offen.

Das Zimmer war winzig. Skier lehnten an der Wand, Stiefel, Schuhe und Kleidungsstücke lagen auf dem Boden. Im Bett lag jemand, hellwach, mit funkelnden Augen, und wartete mit offenen Armen auf seinen Gast. An diesem Punkt schweifte Oliver Weinstocks Erinnerung meistens ab.

Er kehrte zurück und kostete seine ersten Eindrücke von Rudi Tonne aus und sein argloses Verlangen nach ihm, das ihm in seiner Einzigartigkeit und seiner Einfachheit schicksalhaft erschien: Wir sind füreinander bestimmt. In den wenigen Stunden, die vergangen waren, seit er sich zum ersten Mal verliebt hatte, hatte Oliver schon über die Bedeutung von alledem nachdenken können. Er hatte eine Theorie: Das Schicksal war ein Strom, der ihn wie ein schaukelndes, steuerloses Schiff zu Rudi getragen hatte. Er hatte noch eine zweite Theorie: Sein ganzes Leben hatte sich so gefügt, dass seine Zuneigung zu Rudi darin wohnen konnte. Diese Gedanken waren Teil von Oliver Weinstocks Erinnerung. Dann führten sie ihn zurück in Rudis Arme.

Oliver lag auf dem Rücken in Rudis Bett, auf einmal ganz schüchtern, und wartete auf die Anweisungen des älteren Mannes. Da wälzte sich Rudi plötzlich herum und setzte sich rittlings auf Olivers Brust. Er sagte: »Diene mir«, mit strenger, fordernder Stimme. Noch ehe Oliver sich über diese Aufforderung wundern konnte, nahm Rudi Olivers Kopf zwischen seine schönen Hände, riss und stieß ihn hin und her und rammte ihm dann ein riesiges, knüppelartiges Etwas in den Mund. Er zog es kurz heraus, nur um es erneut hineinzustoßen. Als sich Oliver würgend und röchelnd zu wehren begann, erhöhte Rudi das Tempo und den Druck seiner Attacke. Gerade als der arme Junge glaubte, er würde ersticken, zog Rudi seine furchtbare Waffe zurück, und etwas Nasses ergoss sich über Olivers Gesicht.

Im Dunkeln wischte Rudi Tonne mit seinem verschwitzten Unterhemd Oliver behutsam das Gesicht ab und sagte in väterlichem Ton: »Ich glaube, du gehst jetzt besser.« Oliver protestierte, suchte nach irgendeinem rettenden Vorwand, der es ihm erlaubt hätte, die Nacht über zu bleiben, aber Rudi Tonne sagte: »Nein, nein. Sie dürfen dich hier nicht finden. Und außerdem«, erklärte er stolz, »heirate ich nächste Woche. Meine Freundin kommt her, und wir fliegen zusammen nach Mallorca. Charterflug.«

3. Asche zu Asche: Oliver Weinstocks Geständnisse verwandeln sich in Klatsch

Dreißig Jahre später, an einem nasskalten Nachmittag mitten im Winter, bekam die ganze Belegschaft mit, wie ein Mann anrief, um einen Tisch zu reservieren, und seinen Namen mit Tonne angab. Alle sahen, wie Oliver Weinstock aus der Fassung geriet, wie er aufsprang, »Oje, oje« rief und anfing, in seinem Restaurant Kreise zu ziehen.

»Es gibt viele Menschen auf der Welt, die Tonne heißen«, sagte er, als er an der Tür zur Küche vorbeikam.

»Ich kenne keinen«, sagte der Koch.

»Haben wir Hummer auf der Speisekarte?«, fragte Oliver Weinstock und zirkelte wieder davon.

»Hummer?«, rief ihm Frau Bussjäger nach und hielt sich die Perücke fest. »Natürlich nicht!«

»Dann besorgen Sie welchen«, sagte Oliver Weinstock. »Heute Abend gibt es Hummerschwanz. Und Taubenroulade!« Und dann begann er zu zittern und zu zagen, zerrte einen Stuhl unter einem gedeckten Tisch hervor, sank darauf nieder, und das knittrige Blatt, das er in der Brusttasche seines Anzugs stets bei sich trug, raschelte zwischen seinen Fingern. Er starrte auf das, was von den drei Wörtern, die dort standen, übrig geblieben war, und widmete den Details jedes einzelnen Buchstaben eine nervöse Aufmerksamkeit. Als er sie geschrieben hatte, als die Spitze des Stifts in seiner Hand dieses Blatt berührte, war der Zufall eben im Begriff gewesen, ihm übel mitzuspielen, und er, Oliver, hatte nichts geahnt.

»Man kann die Erinnerung nicht umbauen, wie man ein Haus umbaut. Man kann sie nicht renovieren oder neu streichen oder sie, wenn sie ein Palast ist, als Gartenhütte benutzen. Und abreißen kann man sie auch nicht.«

Die Angestellten standen in der Tür zur Küche und beobachteten ihn. Sie schüttelten die Köpfe und gingen wieder an die Arbeit. Frau Bussjäger brach zu einer Einkaufsexpedition auf. Für Herrn Weinstock tat sie alles. Als sie zurückkehrte, kam er zu ihr in die Küche und bereitete die Taubenroulade eigenhändig zu.

… seltsam … sehr seltsam … manche Leute sind seltsamer als andere … manche werden von seltsamen Gelüsten getrieben, so seltsam, dass sie das Vorstellungsvermögen übersteigen und deshalb irritieren, man schüttelt ihre Seltsamkeit ab …

Pünktlich um acht erschien ein großer, schwerer Mann und fragte nach dem Tisch, den er reserviert hatte. »Erschien« ist nicht das richtige Wort für seinen Auftritt. Rudi Tonne kam auf Metallkrücken herein, die an seine Unterarme geschnallt zu sein schienen. Sein Gesicht war von einer freundlichen Unordnung geprägt, wie das mittlere Alter sie oft auf schmal geschnittenen Gesichtern zurücklässt. Seine blauen Augen, die Nase und der Mund lagen in den warmen, ungemachten Hautbetten, und sein graues Haar hatte einen gelben Stich, als wäre beim Waschen ein Fleck nicht herausgegangen. Oliver Weinstock, der an der Bar stand und zur Tür hinübersah, erkannte ihn sofort: »Herr Tonne?«, fragte er und streckte die Hände aus, um ihm beim Ablegen des Mantels behilflich zu sein. Herr Tonne folgte ihm mit klappernden Krücken und schleppenden Schritten an seinen Tisch. »Ich empfehle Hummerschwanz«, sagte der Wirt.

»Solches Zeug rühre ich nicht an«, erwiderte Herr Tonne. »Aber Taubenroulade – ich glaube, das habe ich noch nie gegessen!«

»Ich empfehle sie«, wiederholte Oliver Weinstock. »Sie haben einen Tisch bestellt. Erwarten Sie noch jemanden?« Er half seinem Gast, Platz zu nehmen, und lehnte seine Krücken gegen den nächsten Stuhl.

»Nein. Auf Geschäftsreisen nehme ich nie jemanden mit«, erwiderte Rudi Tonne.

»Was für Geschäfte, wenn ich fragen darf?« Der Wirt rieb sich die eiskalten Hände.

»Ach, dies und jenes«, sagte der Gast. »Export, Import. Ich lebe in Bern, aber ich bin viel unterwegs. Auch mit Krücken. Werde sie bald los sein. Hab mir die Beine gebrochen, sechsfach. Skiunfall. Die Piste ein Schweinestall, Dreck und Eis. Bis zu den Hüften habe ich in Gips gesteckt. Jetzt geht es wieder. Ich bin's gewohnt, allein in Restaurants zu essen.« Er warf einen neugierigen Blick auf Oliver Weinstock. »Sie sind Amerikaner. Amerikaner verstehen nichts vom Essen.«

»Dieser Gast!«, maulte Frau Bussjäger, die immer wieder in die Küche gelaufen kam, wo Oliver Weinstock, weil er den Speisesaal meiden wollte, dem Koch half. »Er bestellt von allem ein bisschen.« Später kam sie und berichtete: »Er hat kaum etwas angerührt.« Für ihre Begriffe trank er allerdings reichlich. Hoffentlich würde er nachher auch zahlen. Anscheinend hatte er nicht vor, seine Mahlzeit zu beenden und zu gehen. Um die Zeit, zu der das Restaurant gewöhnlich schloss, saß Rudi Tonne immer noch da und fuhr mit einem Löffel in einem Fruchteisbecher herum. Der Koch und sein Gehilfe waren schon gegangen. »Ich bleibe bei ihm«, sagte Oliver Weinstock zu den anderen. »Ihr könnt nach Hause gehen.« Frau Bussjäger war tief gekränkt. Sie gehorchte und nahm kühl zur Kenntnis, wie verletzend er sein konnte.

»Ein Grappa auf Kosten des Hauses!«, sagte Oliver Weinstock, als er hörte, wie die Tür ins Schloss fiel. Er zog einen Stuhl heran und setzte sich zu seinem Gast. »Sie sind nicht verheiratet, nicht wahr?«, sagte er.

Rudi Tonne stutzte. »Selbstverständlich bin ich verheiratet«, sagte er verdrießlich und nahm den Grappa, ohne das leise Knirschen fremder Einmischung in innere Angelegenheiten zu bemerken.

»Ich bin nicht verheiratet«, sagte Oliver Weinstock.

Rudi Tonne zuckte mit den Achseln. »Sie werden Ihre Gründe haben.«

»Allerdings«, sagte Oliver Weinstock. »Der Grund ist eine alte Verabredung.«

Rudi Tonne lächelte. »Ein guter Grund.« Er kippte sein Glas und leckte sich die Lippen. Sie waren noch feucht und glänzten, als er anfing zu sprechen.

»Meine Frau heißt Martha. Sie hat eine Teilzeitstelle in einem Reisebüro. Besorgt uns kostenlose Tickets. Wollen Sie Fotos sehen? Von meinen Kindern?« Er beugte sich vor und zog sein Portemonnaie heraus. Da lagen sie, zwei Mädchen und ein Junge, in anonymer Säuglingsausgabe. Er nannte ihre Namen und sagte, wie alt sie inzwischen waren. Dann ein Bild von einem Hochzeitspaar, einander zuprostend.

»Ich sage Ihnen, ich bin sehr glücklich verheiratet. So was gibt's.« Er sprach frei und offen, an seinen Worten klebten keinerlei Hintergedanken. »Wir haben ein schönes Haus. Nette Nachbarn. Der Garten ist ein bisschen klein, aber«, sagte er und hob die Schultern, »man kann schließlich nicht alles haben.« Er beugte sich vor und schob sein Portemonnaie in die Hosentasche zurück.

»Haben Sie Ihre Frau jemals betrogen?«, fragte Oliver Weinstock, goss seinem Gast einen zweiten Grappa ein und warf einen Blick auf sein eigenes Glas, das noch voll war.

»Nie«, sagte Rudi Tonne. »Warum sollte ich?« Er legte eine Hand um sein Glas und hielt sich daran fest.

»Manche Männer fürchten sich vor Ansteckung«, sagte Oliver Weinstock fröhlich. »Sie geben besonders treue Ehemänner ab. Prosit!« Darauf wollte er anstoßen.

Rudi Tonnes Hand rührte sich nicht, blieb als Faust um sein Glas geschlossen. Er schüttelte den Kopf, als hätte er nicht verstanden, und dann sagte er: »Es gab eine Zeit, da war ich unruhig. Ich hatte meine Gefühle nicht unter Kontrolle. Es war kein Spaß. Neugier ist eine Art von Unordnung im eigenen Kopf.«

»Haben Sie sich selbst kuriert?«, fragte Oliver Weinstock. »Kuriert vom Kribskrabs der Imagination?«

Sein Gast presste die Lippen zusammen, wusste nicht, was er sagen sollte, er war es nicht gewohnt, im Gespräch in unbekannte Gewässer zu geraten. Aber er wollte nicht unhöflich sein. »Ich bin ein ausgezeichneter Ehemann«, sagte er mit Nachdruck. »Habe von meiner Frau nie Klagen gehört. Meine Kinder lieben mich. Was ich will, ist glücklich sein. Dieser Skiunfall – eine Lappalie. So was macht mir keine Angst. Ich finde die Ehe befriedigend. Warum denn auch nicht? Wenn man sich einmal entschieden hat, soll man dabei bleiben! Ich habe nie eine andere Frau angesehen, nie. Ich habe nie an Scheidung gedacht.«

»Scheidung«, sagte Oliver Weinstock, »ist eine Möglichkeit, der eigenen Ehe eine Bedeutung zu verleihen, die sie sonst nicht hätte. Noch einmal große Gefühle. Aber Sie haben natürlich recht. Eine Scheidung ändert nichts.« Er trank, um dies zu unterstreichen. Sein Gast hielt mit. Oliver Weinstock füllte die Gläser noch einmal.

»Meine Eltern waren in New York glücklich verheiratet. Sie hatten Freunde, ein Paar namens Peters. Mrs. Peters war die Zerbrechliche, Melancholische, Mr. Peters der Starke, Lustige. Er kümmerte sich um alles. Als Lehrer hatte er viel Zeit. Seine Frau tyrannisierte ihn mit intoleranten Ansichten und notfalls mit irgendeinem Leiden, dem kein Arzt auf die Spur kam. Eine wirkliche Dame. Immerzu las sie *Faust*. Sie schenkte ihn mir zu meinem vierzehnten Geburtstag. Irgendwann warf Mr. Peters ein Auge auf meine Mutter. Meine Mutter war das Gegenteil von Mrs. Peters. Sie war stark, tolerant, robust, ein Brooklyner Klatschmaul, sie nahm drei Stufen auf einmal und war gern gut gelaunt. Verheiratet war sie natürlich mit meinem Vater, einem feinsinnigen Geschäftsmann, der nie Zeit für sie hatte. Erleichtert verliebte sich Mr. Peters in Mrs. Weinstock, und Mrs. Weinstock verliebte sich in Mr. Peters. Er verließ seine Frau, sie verließ ihren Mann.

Es dauerte nicht lange, da war Mr. Peters ständig krank, unleidlich und wurde immer intoleranter und herrschsüchtiger. Um von ihm wegzukommen, eröffnete meine Mutter eine Firma und hatte nun keine Zeit mehr. Mr. Peters sprach auf die gleiche verzückte Art und Weise über *Faust*, wie die erste Mrs. Peters es immer getan hatte, während die frühere Mrs. Weinstock nun über Gewinnspannen und Steuern so sprach, wie mein Vater, Mr. Weinstock, es immer getan hatte. In ihrer zweiten Ehe inszenierten sie ihre ersten Ehen noch einmal. Warum? Bitte, erklären Sie mir das! Sie sind verheiratet. Mit dem reinen Sex verhält es sich natürlich anders. Der hinterlässt kaum Spuren, nicht wahr?«

»Die Rechnung, bitte«, sagte Rudi Tonne und tastete nach seinen Krücken. Die Griffe hatten sich über der Lehne des Stuhls am Nebentisch verhakt. Oliver Weinstock half Rudi Tonne nicht, sie zu entwirren. Er schob ihm ein neues Glas Grappa hinüber.

»Manche Leute ziehen passiven Sex vor«, sagte er. »Die Bedienung. Manche dienen lieber. In New York war ich in einer Aufführung der *Salome*. Während der Pause wollte ich einen kleinen Spaziergang im Freien machen. Vor mir ging ein Mann nach draußen, groß, kräftig gebaut. Ein Sommerabend. Auf der Treppe drehte er sich zu mir um. Sein Blick – eine Feuersalve. Ich hielt mich ein paar Meter hinter ihm, und als er in ein Gebüsch abbog, folgte ich ihm. Er wartete schon auf mich. Ein gewaltiger Adamsapfel. Und ein langer Oberkörper, zu lang für seine Beine. Das rote Haar stand ihm wie ein Hahnenkamm auf dem Kopf. Er packte meinen Kopf und schob ihn nach unten, dorthin, wo er ihn haben wollte. Ich erinnere mich noch an den Vollmond, der durch die Zweige sah. Es war alles ganz einfach, und dass ich ihm den Gefallen tat, machte mich sehr glücklich und zugleich sehr traurig. Es erinnerte mich an etwas, ja, es erinnerte mich an etwas. Als er befriedigt war, packte er sich wieder ein, verdrückte sich, ohne auch nur Adieu zu sagen, und ließ mich, von Mondlicht übergossen, zurück.«

»Ich muss jetzt gehen«, sagte Rudi Tonne, schob sein Grappaglas beiseite und zog, das Gesicht starr vor Missfallen, noch einmal sein Portemonnaie hervor. Er ließ etliche große Scheine auf den Tisch fallen und sagte: »Das dürfte wohl reichen.« Es gelang ihm, eine Krücke frei zu bekommen, mit deren Hilfe er sich nun erhob – und schnitt eine Grimasse, als er sein Gewicht auf die Beine verlagerte. Mit der anderen Krücke kämpfte er noch. »Ich hole Ihren Mantel«, erbot sich Oliver Weinstock.

Er hatte seinen eigenen Mantel schon angezogen, als er mit dem luxuriösen Kaschmirgewand seines Gastes zurückkehrte. Er stand hinter Herrn Tonne, half seinen Armen in die Ärmel und sagte: »Ich versuchte wieder zur Besinnung zu kommen. Aber jemand hatte uns gesehen, und während ich noch in dem Gebüsch saß und mich erholte, kam ein Polizist. Es stellte sich heraus, dass der Mann jung gewesen war, nicht volljährig. Er behauptete, die Initiative sei von mir ausgegangen. Ich hätte ihn gezwungen.«

Rudi Tonne und Oliver Weinstock standen im Eingang des Restaurants und blickten auf die Straße hinaus. Ein sonderbarer Anblick: Mondschein lag auf dem Gehweg. Am frühen Abend hatte es genieselt, und später war die Temperatur gefallen. Die Straße sah aus wie ein zugefrorener Fluss. Rudi Tonne setzte seine Krücken vorsichtig auf, sie rutschten weg. Ängstlich sah er zu Boden. Der Boden ist ein Feind für jemand mit kaputten Beinen. »Mein Hotel ist gleich da vorn, nur die Straße hinunter«, murmelte er unwillig.

»Ich werde Sie hinbringen«, sagte Oliver Weinstock. Er schloss die Tür ab, hakte den behinderten Mann unter, stützte ihn und hielt ihn fest wie ein Schraubstock. Die Krücken klapperten.

»Dabei war ich nur auf der Suche nach einem Souvenir. Nach der Erinnerung an ihn. Manchmal wird eine alte Seelenwunde durch eine neue Erfahrung gelindert. Aber manchmal wird der Druck nur verstärkt und sie fängt von neuem an zu schmerzen. Man weiß nie im voraus, wie sich etwas auf eine alte Erinnerung auswirkt. Bei mir stellt sich heraus, dass neue Erinnerungen völlig vergeblich sind. Aus irgendeinem Grund spüre ich sie nicht. Es gibt Verletzungen, die sind so schmerzhaft, dass sie alle Nerven zerstören.«

Dem behinderten Mann blieb nichts anderes übrig, als Oliver Weinstocks Hilfe anzunehmen. Anfangs versuchte er noch, ihm so wenig nah wie möglich zu kommen. Aber als er den Halt verlor und auf dem Eis ins Rutschen kam, gewannen Panik und Vernunft die Oberhand, und er ließ sich in die Arme seines Gefährten fallen. Unter beruhigendem Zureden richtete Oliver Weinstock den größeren, schweren Mann wieder auf.

Da fiel ein Windstoß über sie her. Oliver Weinstock stützte seinen Gefährten mit einer Hand im Kreuz, während er mit der anderen seinen Körper in Nähe der Hüften umfasst hielt. Auf diese Weise kamen sie langsam voran. »Einmal, nachdem ich New York verlassen hatte, in Venedig«, plauderte Oliver Weinstock, »hatte ich einen Familienvater in einem Kamelhaarmantel, fünfzig Jahre alt, ein gemütlicher alter Herr, oh, er war sehr glücklich bei mir. Er kniete sich vor mich hin, zwischen den Souvenirständen bei San Marco, nachts im winterlichen Venedig, und die Straßenlaternen spiegelten sich auf seiner kleinen, runden Glatze. Großartige Bedienung. Ungeheure Begeisterung. Es war wahrhaft ansteckend. Ich wollte großzügig sein. Ich wollte den Platz mit ihm tauschen. Das hatte er nicht erwartet. In seinen langen Unterhosen hatte er sich mit Bindfäden verschnürt. Ich zündete ein Streichholz an, um zu sehen, was ich tat, und zog an den Schnüren, was ihm großes Vergnügen bereitete. Nachher wollte er sich dankbar erweisen und hielt plötzlich sein Portemonnaie in der Hand, ein Portemonnaie aus Ochsenleder. Aber bevor er noch Geld herausnehmen konnte, hatte ich schon einen Schein hineingesteckt. Stellen Sie sich seine Freude über diesen kleinen Nebenverdienst vor. Er sagte: Kommen Sie in meine Drogerie an der Ecke von San Marco, Sie können haben, was Sie wollen. Aber ich wollte nichts und verließ Venedig.«

Der Wind peitschte ihnen entgegen, trieb Schnee vor sich her, ließ Rudi Tonnes Mantel flattern. Oliver Weinstock blieb stehen und fing an, während sich Rudi Tonne auf seine Schulter stützte, ihm den Mantel zuzuknöpfen. Dabei plauderte er in liebenswürdigem Ton weiter:

»Meine Familie wollte nicht, dass ich Amerika verließ. Aber ich war ihnen furchtbar peinlich. Man ist nie zu jung, die eigene Familie in Verlegenheit zu stürzen. Beim ersten Mal war ich fünfzehn. Da holte ich mir eine Geschlechtskrankheit am Mund. Ich wollte nicht sagen, von wem. Ich bin nicht Oliver Weinstock, wissen Sie. Ich bin Gretchen.« Er schloss den letzten Knopf und sagte: »Das ist eine Tatsache.«

Rudi Tonne bewegte sich mit steifen Beinen, als würde er durch Wasser waten. »Ein Mann spielte mit mir«, fuhr Oliver Weinstock mit sanfter Stimme fort. »Ja, das hat er getan.« Er sah, dass sein Begleiter nicht zuhörte, und fügte hinzu: »Sie haben einen wunderschönen Mantel.«

»Danke«, sagte Rudi Tonne und sah zu Boden, bemüht, sein Gleichgewicht zu wahren.

»Der Mann, den Gretchen liebte, hatte keinen Pakt mit dem Teufel geschlossen, er hatte ein Abkommen mit dem Zufall. Er konnte tun, was er wollte. Mit seinem Gretchen. Sie lief ihm nach. Und nachdem sie seine Krankheit an ihrem Mund hatte, sagte die Familie: Pfui! Abscheulich! – Wo haben Sie diesen Mantel gekauft, Herr Tonne?«

»In Zürich. Wenn Sie einen Wintermantel brauchen: Zürich – nicht Bern.«

»Zürich, danke. Meine Geschichte geht noch weiter. Gretchen wurde verhaftet. Es war bloß für eine Nacht – aber was für eine Nacht! Es gab eine Klage. Sie ging nach Deutschland, um dem Prozess zu entkommen.«

Rudi Tonne keuchte vor Erschöpfung, sein Atem umflatterte ihn und Oliver. Sein Gesicht war feucht; er schwitzte.

»Für manche ist die Vergangenheit ein Abflussrohr, für andere ein Gefängnis. Ich stelle mir vor, dass Gretchen mehr als zwanzig Jahre in Haft saß. Ihr Faust war kein Intellektueller. Er war einfach ein ordinärer Zauberer.«

Rudi Tonne starrte die Straße hinunter nach dem Licht über dem Eingang des Hotels, als könnte sein Blick ihn dorthin ziehen.

»Wissen Sie, dass wir uns schon mal begegnet sind?«, fragte Oliver Weinstock.

Es kam Rudi Tonne plötzlich wie eine Schicksalsfrage vor, ob er diesen Eingang je erreichen würde. Er versuchte, schneller zu gehen, rutschte aus, hielt sich an Oliver Weinstocks Schultern und seiner Taille fest und presste den Kopf gegen seine Brust, während die Krücken baumelten. Oliver Weinstock stöberte mit den Lippen an dem ihm zugewandten Ohr, eine flüchtige, zufällige Geste.

Rudi Tonne fuhr zurück, es gelang ihm, sich wieder aufzurichten.

»Entschuldigen Sie, ich rede Unsinn«, sagte Oliver Weinstock. »Sie sind der Gefesselte, und ich helfe Ihnen. Für die Schlussszene dreht der Zufall den Spieß um. All die Jahre, in denen ich mich als Gretchen gesehen habe!« Er lachte. »Verzeihen Sie mir! Außerdem geht es am Schluss gut aus. Gretchen wird erlöst, und sie bekommt ihren Faust, nachdem er gestorben ist. Ach, verzeihen Sie – was habe ich meinem Gast bloß für einen Unsinn erzählt.«

»Schon gut, schon gut«, sagte Rudi Tonne und nahm die Entschuldigung als Rückkehr in die Normalität. »Ich weiß sowieso nicht, wovon Sie reden«, fügte er beiläufig hinzu, wollte sich von der Gefahr ablenken, wünschte sich, er wäre schon in seinem Hotelzimmer. »Wer ist dieser Faust? Kenne ihn nicht. Gretchen ist ein Mädchenname.«

Das Gespräch brach ab. Als sie den Eingang des Hotels erreicht hatten, sagte Rudi Tonne in einem Anfall von Dankbarkeit: »Wollen Sie nicht noch auf ein Glas mit hereinkommen? Da Sie mich nun schon hierhergebracht haben.«

»Die Hotelbar ist bestimmt geschlossen, aber Ihre Minibar hat geöffnet«, willigte Oliver Weinstock ein. »Ich habe da einen kleinen Text, den ich mal für Sie aufgeschrieben habe, ich trage ihn schon mehr als dreißig Jahre mit mir herum, aber ich denke, ich werde ihn Ihnen nicht zeigen, nein, er ist sehr kurz, vielleicht werfe ich ihn weg. Aber ich werde Ihnen etwas von meinen Theorien über die Liebe und den Zufall erzählen.« Er hielt die Streichhölzer schon in der Hand.

Frau Bussjäger hatte reichlich Grund, sich über diesen Gast, Rudi Tonne, Gedanken zu machen. Es war ein seltsamer Abend gewesen. So kalt und doch so heiß. In dem Hotel weiter unten an der Straße hatte es gebrannt, und mehrere Gäste, alte oder behinderte, die nicht hatten fliehen können, waren ums Leben gekommen. Der statistische Tod beunruhigte Frau Bussjäger immer besonders heftig, weil er ihre Phantasie anregte. Sie hatte Oliver Weinstock fragen wollen, ob er das Feuer gesehen habe, aber am nächsten Tag rief Oliver Weinstock sie zu Hause an und erklärte ihr, das Restaurant sei geschlossen. Ganz plötzlich reiste er nach New York ab und kam nur noch einmal zurück, um den Verkauf seines Restaurants perfekt zu machen. Er habe in Manhattan ein Restaurant eröffnet, sagte er, und plane jetzt, reich zu werden. Er fragte, ob Frau Bussjäger nicht mitkommen wolle, aber sie war wütend und zu stolz und hatte schon eine leitende Stelle in einem anderen Restaurant gefunden. Sie hatte einen Schock erlitten, als sie am Tag nach dem Hotelbrand im Restaurant sauber machte. Im Abfalleimer hatte sie ein Blatt gefunden, das unbedingt gelesen werden wollte, denn es war in ein Dutzend winzige Schnipsel zerrissen. Sie hatte sie mit allerlei Speiseresten daran aus dem Müll gefischt. Sie kannte sich aus.

Ihre erste große Enttäuschung in der Liebe stammte aus einem Mülleimer. Ihr Verlobter hatte ein ähnliches Häufchen Papierschnitzel in dem Papierkorb unter seinem Schreibtisch zurückgelassen. Sie hatte ihn besuchen wollen, aber er war nicht zu Hause gewesen. Wo war er bloß? Sie hatte die Schnipsel genommen, hatte sie – es war eine höllische Arbeit gewesen – wie ein Puzzle zusammengesetzt und dann gelesen. Es war ein leidenschaftlicher Brief an seine kleine Schwester. Geheiratet hatte sie ihn trotzdem, aber verziehen hatte sie ihm nie.

Während Frau Bussjäger an dem Morgen nach dem Brand die durchnässten Papierschnitzel betrachtete, sagte sie sich: Die Wahrheit will ans Licht. Sie weinte und machte sich an die Arbeit. Viel Mühe, wie sich herausstellte, für wenig Wörter.

Das Ergebnis behielt sie nicht für sich. Von ihrer neuen Stellung in einem anderen Restaurant aus speiste sie es in die Klatschkanäle ein, wo es, in Abwesenheit der Hauptfigur, gedieh, wuchs, sich entfaltete und den herrlichsten Tratsch über die Liebe hervortrieb, den man seit langem in der Stadt gehört hatte.

… er hinterließ Frau Bussjäger einen Liebesbrief, ja, der alten Geschäftsführerin, ja, das sieht ihm ähnlich, verrückt, sie gab ihm einen Korb, da machte er seinen Laden dicht und schickte ihr den Brief, komisch, was so einem Mann alles das Herz brechen kann, mich hätte das kaltgelassen, eine Schande, dass es heutzutage kaum noch nette Leute in der Stadt gibt …

Aus dem amerikanischen Englisch von Reinhard Kaiser

Mein denkwürdigster Kopf des Jahrhunderts

Zuerst sprudelten die Wörter nur so durch Freddys Gedanken, wie Kohlensäure in Selters aufsteigt. Und sie waren auch bloß Gedanken:

Nun aber los Freddy ran an die Buletten: Bett machen okay? Okay mein Junge? Ja ja ich mach ja schon du meine Güte mein lieber Junge du siehst heute aber gut aus was Dorothy wohl sagt? Freddy, du siehst so nett aus! Mit ihrem doofen Lächeln. Die Milch ist sauer. Schon wieder sauer. Du brauchst einen Ventilator, ja brauch ich wirklich ach du grüne Neune ein schöner Purpurhimmel heute, sieh mal sieht aus wie ein Priestergewand wie der Hintern Gottes heute hockt Gott auf der Welt wie auf seinem Topf und das sind wir doch auch, o bitte Freddy nicht diese lästerlichen Flüche, diese Hitze! Ein neuer Ventilator muss her, sonst wird die Milch sauer, ein Vermögen für Milch.

Das war, als seine Schwester Dorothy ihn noch jeden Tag besuchte. Sie kam in ihrer Mittagspause aus dem Krankenhaus, ging schnell über die Haven Avenue und brachte ihm in einer ordentlichen Papiertüte sein Sandwich. Eigentlich aß er gar nicht gern, deshalb nahm er es sehr genau mit dem, was er überhaupt aß. Weißbrot mit Mortadella und Salat musste es immer sein. Das hatte seine Schwester begriffen. Er aß das Sandwich, während sie da war, und so brauchten sie nicht viel zu reden. Er ließ sie plappern. Er ließ sie in seinem ledernen Fernsehsessel sitzen, mit den sieben kleinen Rissen in der rechten Armlehne, während er den Plastikküchenstuhl nahm, der weder grau noch grün war. Er war immer froh, sie zu sehen, aber er zog das Gespräch in seinem Kopf dem Gespräch mit ihr vor. Er aß möglichst langsam, denn niemand konnte von ihm erwarten, dass er mit vollem Mund spreche. Er war froh, wenn sie wieder ging, und dann fehlte sie ihm gleich, sodass er sich fragte: Was macht sie wohl jetzt, in diesem Augenblick? Und er stellte sich vor, wie sie im Krankenhausbüro in die Schreibmaschine hämmerte oder grade ihre Wohnungstür aufstieß und den Fernseher genau zur gleichen Zeit wie er anstellte und dann über Witze lachte, die er nicht als komisch empfand, sie aber wohl. Er lachte nicht einmal mehr laut, sondern nur noch in seinem Kopf: hahaha. Und er weinte auch nicht, als Dorothy starb. Er begriff, dass sie sehr unglücklich gewesen war. In ihrer Familie waren alle unglücklich gewesen, denn Unglücklichsein ist ansteckend. Er fand das Unglück aller anderen Leute so uninteressant wie sein eigenes. Von nun an machte er sich sein Mortadella-Sandwich selber; die Zutaten kaufte er in Bunger's Grocery an der Ecke. Bunger war schon alt und tattrig, er wackelte mit dem Kopf, er sprach weder richtig Deutsch noch richtig Englisch, und deshalb redete er so wenig wie möglich. Freddy wusste, dass Dorothy dort eingekauft hatte, also tat er es auch. Er imitierte ihre Sandwiches ganz genau und bemühte sich sogar um das lächerliche Salatblatt obendrauf. Er stellte fest, dass der Salat für seine Zähne viel zu knackig war, wenn er das Sandwich gleich, nachdem er es zubereitet hatte, verspeiste. Daraus schloss er, dass er das Sandwich schon beim Frühstück zubereiten müsse, wie seine Schwester es wohl getan hatte.

Pass auf dass du auch immer die richtige Menge Aufstrich nimmst ach Freddy! Du hast schon wieder was falsch gemacht: schieb die Schale ein bisschen zur Seite jetzt hast du deine Cola verschüttet, ich bin aber auch manchmal ungeschickt.

Er zog die Rollos herunter, sperrte die Sonne aus und den schwarzen Asphalt der Haven Avenue mit ihren Fassaden aus rostigen Feuerleitern, vollen Wäscheleinen, den zerbeulten Autos, und dann, äußerst behutsam, strich er die Butter aufs Brot. Das durfte man nicht schnell erledigen. Er wusste, Dorothy hatte sich immer Zeit genommen, um jeden Tag sorgfältig seinen Lunch zu bereiten. Er aß das Sandwich, als die Uhr 12.30 zeigte, nachdem er das Rollo wieder hochgelassen hatte, denn die Sonne war inzwischen auf die Westseite der Haven Avenue gewandert.

Mancher Morgen in einer amerikanischen Stadt hat etwas von einem Morgen in Kairo oder Bombay: Man hat das Gefühl, auf der Straße zu leben. Schläft man bei offenem Fenster, wecken einen die Gerüche der Stadt, während die Rinnsteine sich erwärmen. Später dröhnen einem die Lastwagen um den Kopf, Babys brüllen einen durchs Fenster an, vertrauliche Stimmen sprechen zu einem. Und wenn man dann immer noch nicht aufgestanden ist, langt die Hitze wie eine Hand herein.

An solchen Morgen kreisten die Gedanken, die durch Freddys Kopf sprudelten, oft um das Problem des Ventilatorkaufs. Freddy wusste, dass er dann mit einem Verkäufer sprechen musste. Welches Modell er wollte, würde ihm schon die Fernsehreklame verraten; er wusste genau, wie viel er von dem Geld, das er monatlich erhielt, ausgeben musste. Aber womöglich. Womöglich ging etwas schief, womöglich würden sie ihm das, was er wollte, ausreden wollen, womöglich wollten sie es ihm ausreden, oder sie würden ihn auslachen wegen seiner Wahl oder wegen seines Akzents. Das hätte Dorothy ihm wirklich abnehmen müssen, sie redete so gerne und ging so gerne einkaufen. Jetzt war es Juni, es war Juli, und die Milch wurde schon nach wenigen Stunden sauer. Es wäre ein zu großer Aufwand gewesen, sie darum zu bitten, und sowieso. Zweimal am Tag ging Freddy einkaufen beim stummen Bunger, Milch und Cola, Mortadella und Salat. Wenn er zurückkam, ruhte er sich erst einmal eine Weile in seinem Fernsehsessel aus, dann saß er da in Unterhosen und Hausschuhen. Er zog immer seine Hausschuhe an, aus Angst vor den Bazillen auf dem Fußboden. Wenn er sich dann erholt hatte, hatte die Milch inzwischen Zimmertemperatur erreicht, und wenn er dann die Cola ins Glas goss, sprudelte die dunkle Flüssigkeit vulkanisch.

Nach einigen Monaten Sommer war Freddy aufgefallen, dass er schon seit Wochen mit keiner Menschenseele mehr gesprochen hatte. Darüber freute er sich den ganzen Juli. Dann fragte er sich, wie lange er es wohl aushalten würde, ohne den Mund aufzumachen, ohne überhaupt zu reden, und darüber dachte er mehrere Tage nach ... Richtig eklig, wie die Leute bloß immer reden wollen ...

Er passte genau auf und schaffte es noch einen Monat. Während dieser Zeit ließ er andauernd den Fernseher laufen, und er schaltete den Apparat nicht einmal ab, wenn das Programm zu Ende war. Er fand das Knistern seines Fernsehers spannend, und es war immer solch eine große Überraschung, wenn die Stimmen plötzlich wieder anfingen zu reden … wie Mutter, wenn sie nach Hause kam …, dass er oft nachts wach lag und zuhörte. Er ließ den Fernseher jetzt die ganze Zeit über laufen, die Stimme in seinem Kopf führte tiefschürfende Gespräche mit Captain Kangaroo am Morgen, mit den Quizmastern am Nachmittag und mit den Figuren der Comedy-Serien am Abend. Und dann sagte die Stimme eines Tages: … *zwei Monate lang hast du kein einziges Wort gesprochen, kannst du das überhaupt noch?* … Und plötzlich war Freddy beunruhigt.

An jenem Tage sagte er etwas zu sich selber, nur um zu sehen. Er sagte: »Iiihhh.« Es kam in einer sehr hohen Tonlage heraus und klang in Wahrheit wie ein Quieken. Aber er war damit zufrieden. Seine Stimme funktionierte. Er quiekte noch einmal. Immer wenn er nun seine Stimme einige Minuten nicht gehört hatte, quiekte er und fühlte sich wieder sicher: Es gab ihn noch. Inzwischen fand er es auch nicht mehr nötig, sich an den Küchentisch zu setzen. So blieben um 12.30 Uhr die Rollos unten, und sein Sandwich aß er in dem ledernen Fernsehsessel. Kein einziger Krümel war hinterher zu sehen; er brachte den Teller mit den weißen Giraffen zum Tisch zurück und benutzte ihn bei der nächsten Mahlzeit wieder. Nur wenn er das Haus verließ, brachte ihn das Leben in Bedrängnis. Denn seit seine Stimme durch Nichtgebrauch außer Übung geraten war, fürchtete er mehr denn je, seinen Nachbarn zu begegnen. Er ging ihnen mit Berechnung aus dem Weg.

… *Womöglich hockt sie da neben der großen Waschmaschine. Bestimmt ist sie jetzt zu den Mülleimern gegangen, wär schlecht, wenn ich jetzt auch …*

Die Nachbarn sagten, es riecht da so komisch drin, manchmal quiekt er! Sie waren nicht neugierig und gingen ihm aus dem Weg, wenn er seinen Müll ausleerte.

Es war kurz vor dem jüdischen Neujahrsfest, und die Wörter sprudelten immer noch durch Freddys Gedanken. Eines Morgens saß Freddy, den nackten Oberkörper der Hitze ausgesetzt, vor dem Fernseher und sah sich die »Captain-Kangaroo-Show« an. Der Sergeant erzählte seinen Puppen gerade einen großartigen Witz. Er arbeitete sich zur Pointe vor, auf die dann die dreiminütige Reklame folgen würde, und er sagte: »Now boys and girls«, und kämpfte geradezu, um nicht schon vor Lachen rauszuplatzen. Da blieb ihm plötzlich die Stimme weg. Während seine Lippen weiterhin Laute, Silben formten, blieb der Captain stumm. In der Wohnung war es still. Freddy sprang auf. Er schnellte so heftig aus seinem Sessel, dass man nebenan das Poltern umstürzender Möbel hörte und sich so seine Gedanken machte. Freddy drehte den Fernseher auf volle Lautstärke. Aber der Captain, der sich jetzt den Bauch vor Lachen hielt, schwieg noch immer. Schweigen lastete auf dem Raum. Nun spürte Freddy den Druck seiner Stimme. Die Wörter sprudelten wie Kohlensäure in Selters. »Iiihh«, sagte er. Immer noch kein Ton. Und die Wörter strömten.

... wie kann denn nur erst der Ventilator der Verkäufer auf der 181. mit dem Schild der Laden ist groß der Verkäufer hat einen Bart und »Nein danke, das Modell will ich nicht ich will das da« ich sollte gar nicht rausgehn ich darf niemals niemals raus die verdammte Dorothy ich fluch doch wann ich will ...

Das Gespräch in Freddys Kopf sprudelte ihm plötzlich aus dem Mund. Und Freddy hörte es und riss davor aus; er rannte wie verrückt auf die Straße, ohne die Tür zu schließen. Aber als er in der Hitze stand, vergaß er seine Angst, denn er hörte die Stimme, und die war ihm ja schließlich von früher vertraut; er staunte, als die Stimme sich flehend an die Mauern wandte, an die Pflastersteine und all die vertrauten fremden Passanten, wie ungerecht, dass Dorothy gestorben war, der Ventilator kaputt, und jetzt hatte auch noch der Captain mitten in seinem Witz vor der Pointe aufgehört.

Dass Freddys Gedanken ungehindert aus seinem Mund strömten, führte zu zwölf Telefonanrufen: sieben beim Hausmeister, vier bei der Polizei und einer bei der Feuerwehr. Freddy wurde irgendwohin gebracht. Der Hausmeister räumte danach die kleine Wohnung aus. Er schickte der Wohlfahrtsbehörde eine Rechnung über drei

Tage Arbeit. Er behielt den Fernseher und den Ventilator, reparierte sie und verkaufte sie zwei Wochen später. Der Küchentisch ging an Mrs. Meyerhof aus Nr. 122, der Stuhl an Mr. Gonzales aus Nr. 11, der ihn als Trittleiter benutzte. Niemand wollte Freddys Ledersessel. Unter dem Sitzkissen lagen zentimeterhoch die Krümel, und niemand konnte seinen Ekel überwinden und den Sessel säubern.

Aus dem amerikanischen Englisch von Bernd Samland

Eine Jüdin für Charles Allen

Charles wird erkannt

Als der unauffällige dunkelhaarige Buchhalter aus Oregon auf dem Frankfurter Flughafen zum ersten Mal deutschen Beton betrat, tat er Folgendes: Er tippte sich mit Zeige- und Mittelfinger der rechten Hand an die Stirn, ließ sie zum Brustbein hinuntergleiten und streifte dann kurz zuerst die linke, dann die rechte Schulter.

Sofort begann der Ärger. Als er sein Gepäck holte und sich nach einem Anschlussflug nach Berlin erkundigte, gafften die Leute. Ein Fehler, Deutsch zu sprechen! Er war sofort erkannt. Der Angestellte am Flugschalter hatte seinen Pass gesehen. Seine Vorurteile spielten verrückt. »Oh, Sie sind gar kein Deutscher. Aber Sie sprechen so gut Deutsch. Woher sprechen Sie so gut Deutsch?«

»Gar nicht gut, viele Fehler, meine Eltern waren deutsch.« Der Mann mit dem Namen Charles Allen im Pass hatte Mühe, zu lügen.

»Aha«, hakte der Angestellte nach, »und wann haben Ihre Eltern Deutschland verlassen?«

»Neunzehnhundertfünfundfünfzig.«

»Die Maschine nach Berlin geht von Flugsteig 4«, sagte der Mann, der sich zum Narren gehalten fühlte. »Ihr Deutsch ist einwandfrei. Wann ist Ihre Familie denn aus Deutschland weggegangen?« fragte Allens Sitznachbar auf dem Flug nach Berlin. Der Amerikaner sah an ihm vorbei zum Fenster hinaus, auf die Wolken, und antwortete: »Neunzehnhundertfünfzig.«

»Sie sagen, Sie sind Amerikaner – und ich sage, unmöglich. *Die* lernen eine fremde Sprache nie«, rief der Taxifahrer mit einem irritierten Ruck am Lenkrad.

Und so ging es weiter. »Meine Eltern waren Deutsche«, erklärte Mr. Allen mit seiner tiefen, unsicheren Stimme. Dann wurden die Frager misstrauisch. Charles Allen hatte den Eindruck, dass nur Höflichkeit sie davon abhielt, über ihn herzufallen und ihn in blutige Fetzen zu reißen: »Wann sind Sie aus Deutschland weggegangen?«, knurrten sie.

»Neunzehnhundertfünfundvierzig«, sagte Charles Allen zum Taxifahrer. Das hieß, dass seine Eltern gute Volksgenossen waren, die wussten, wann man sich zu verabschieden hat. Die Antwort »Neunzehnhundertfünfundfünfzig« bedeutete, dass sie lediglich unpatriotische Opportunisten waren, die der Heimat aus wirtschaftlichen Gründen den Rücken gekehrt hatten, arme Tröpfe, wenn man an die derzeitige Dollarschwäche und die niedrigen 2 % Inflationsrate hier dachte. Aber nicht alle ließen sich etwas vormachen. Während der Taxifahrer geistesabwesend den Kurfürstendamm entlang zur Pension Irene fuhr, meinte er: »Ihr Deutsch ist viel zu gut für einen Amerikaner. Da müssen Sie aber sehr gescheit sein!«

Und durch Intelligenz hat man sich ja schon immer verraten.

Charles gibt sich gute Ratschläge

Stell dich nicht gescheit an. Lies die Zeitung allein im altbackenen Frühstücksraum deiner Pension. Rede nur wenn nötig mit der Wirtin, die deinen Pass gesehen hat. Sprich Englisch, auch mit dem anderen Dauergast, Herrn Nadler, der nur Deutsch versteht. Bemühe dich, ein akzentfreies Englisch zu sprechen. Das »R« gehört unter den Gaumen, nicht rasselnd in den Rachen. Lächle oft. Wasch dich hinter den Ohren, putz deine Schuhe. Bekenne dich zu nichts.

Vielleicht weil er nicht daheim in Athens, in Oregon war, hatten die Dodgers drei Spiele hintereinander verloren, und die Yankees sahen täglich besser aus. Mitteleuropa stöhnte unter der Hitze. Es vergingen zwei Wochen, in denen er sich nicht um die Geschäfte kümmerte, die ihn nach Berlin geführt hatten.

Stattdessen lebte er das Leben in seiner Pension. Er nahm alle Mahlzeiten mit Herrn Nadler ein, seinem Zimmernachbarn. Essen war ihm eine lästige Pflicht, wenn es nichts Süßes war. Und wenn er brav seinen Teller leer gegessen hatte, gönnte er sich zur Belohnung eine Sinnenfreude: Er legte sich aufs Bett und las die Sportseiten einer amerikanischen Zeitung.

Jeden Nachmittag traute er sich ein paar Stunden nach draußen, in zwei Drittel seiner Nationalfarben gehüllt: weiße Schuhe, blaue Hose, blaue Krawatte, cremefarbener Regenmantel. Er suchte nur Orte und Restaurants auf, die in seinem Reiseführer standen. In der Hosentasche trug er einen amtlichen Bescheid mit sich herum, als könnte er sich eventuell doch einmal um sein Anliegen kümmern. Die spitzen Ecken des Umschlags pikten ihn in die Leisten. Wenn er hinfasste, funkelten die alten Berliner Frauen ihn an.

Spätabends kam er nach Hause und sah sich im Aufenthaltsraum die uninteressante deutsche Sportschau an, bis er müde genug zum Schlafen war. So verbrachte er die letzten Tage des Sommers.

Dann änderte sich in der ehemaligen Hauptstadt das Klima. Ein ewiger Dunst nässte den Sommer, bis die satten Farben verliefen wie auf billigem Tuch und den Tagen nur metallisches Grau und Rostrot blieb, wie getrocknetes Blut. Der Regen prasselte auf die Dachziegel. Eines Morgens kam die Pensionswirtin schlecht gelaunt in den Frühstücksraum, weil die Butterportiönchen teurer geworden waren. Sie schrie in das Hörgerät, das sich von Herrn Nadlers Ohr herunterzwirbelte: »Wenn Sie nur noch mal jung wären, Herr Nadler. Sie sind ein Mann von Ehre. Sie haben schon einmal versucht, Ihr Vaterland vor dem Großkapital zu retten. Sie würden bestimmt etwas tun!«

Herr Nadler machte ein verstörtes Gesicht und sagte leise: »Selbstverständlich, Frau … Frau …«

Die Worte der Wirtin schreckten Charles Allen aus seiner Lethargie. Er wischte sich die Krümel vom Mund und fühlte nach dem Brief in seiner Tasche. Die Wirtin vergaß Herrn Nadler und sah dem Amerikaner zu, wie er an seine Hose fasste.

Die Pflicht

Wenn es nach dem Brief ging, war Charles Allen ein Erbe. Das Erbe bestand aus mehreren Bankkonten, auf denen nur Pfennige lagen, und einem An- und Verkauf mit Namen »Schöne Heimat«. Der Wert des Warenbestands war nicht ermittelt worden, und der Laden war geschlossen. Der Bescheid belehrte Charles Allen über seine Pflichten. Er musste binnen sechs Monaten, bis Anfang November, über die Annahme der Erbschaft entscheiden. Der Name des Erblassers war irgendwo mitten im Text begraben. Er lautete »Johannes Allerhand«.

Als Charles ihn zum ersten Mal gelesen hatte, war es ihm, als bimmelten Glöckchen an einer Tür, die der Wind aufgestoßen hatte. Aber niemand trat ein. Später besann er sich, dass mit »Johannes Allerhand« sein Vater gemeint war.

Charles Allen erinnerte sich an einen dicken Mann mit grobem Gesicht und beginnender Glatze, der stolz vor einem Studebaker stand. Zu der Erinnerung gehörten auch ein paar gesprochene Sätze, die alle von einem Antiquitätengeschäft handelten, das die Nazis im Herbst 1938 in einer sogenannten Kristallnacht niedergebrannt hatten. In Charles' Erinnerung hatte sein Vater nie von etwas anderem gesprochen.

Jedenfalls kam es seiner Mutter, Irma Allen, so vor. Charles wusste noch, wie sie immer geklagt hatte, sie habe schon lange vor seiner Geburt ihr Möglichstes versucht, ihn von dem Thema abzubringen. 1939 hatte sie zwei Koffer gepackt und ihn in Bremerhaven aufs Schiff geschleppt. Sie nannte ihn »Johannes«, als sie an Bord gingen, und »John«, als sie wieder von Bord gingen. Von New York aus scheuchte sie ihn per Greyhound quer übers Land und entschied sich endlich für ein Städtchen namens Athens in Oregon, weil die Gegend so schön war.

Doch auch ein Holzhaus mit fünf Zimmern, ein amerikanischer Pass, ein in Amerika geborener Sohn und ein Kellnerjob in Joey's Barbecue konnten den zum John gewandelten Johannes nicht umkrempeln. Seine Frau gab nicht auf. Sie lockte ihn ins Bürgermeisteramt, um den Namen Allerhand in Allen abzuändern. Sie ließ sie alle taufen, und nachdem sie ein paar Sonntage in der Kirche gewesen war, glaubte sie allmählich an das, was sie praktizierte.

Sosehr nun der erwachsene Sohn auch sein Gedächtnis bemühte, er fand den Vater nur am äußersten Rand seiner Kindheitserinnerungen. An Charles' viertem Geburtstag hatte John Allen gesagt, es gebe in ganz Amerika keine Spielzeugeisenbahn, die mit der guten deutschen Ware vergleichbar wäre. Zu Weihnachten wünschte er sich sein Geschäft zurück. Als Charles mit fünf eine Treppe hinunterfiel, hob John Allen ihn auf und tröstete ihn, indem er ihm wieder einmal von dem »Unglück« erzählte, das ihn um sein Geschäft gebracht hatte.

Eines Sonntagmorgens hörte John Allen auf der Heimfahrt von der Messe im Autoradio die Nachricht: Die deutsche Regierung wolle ehemalige Staatsbürger, die im Dritten Reich Besitz verloren hätten, entschädigen. John Allen parkte den Studebaker und sagte: »Ich gehe zu Fuß. Ich kann nicht fahren, wenn ich aufgeregt bin.«

Er ließ seine Familie im Auto sitzen, lief nach Hause und packte seinen alten Koffer. Am nächsten Morgen reiste er nach Deutschland ab. Er sollte zu Charles' erstem Schultag wieder in Athens sein. Er schrieb ihnen nicht ein Mal.

Seine Frau sprang bei Joey's für ihn ein, bis der Wirt die Geduld mit ihr verlor, weil sie nie lächelte. Dann fing sie als Haushälterin bei einem Schwesternorden namens »Unbefleckte Empfängnis« an, wo man nicht sprechen durfte. Wenn Charles in der Schule sprechen hörte, waren es für ihn fremde Geräusche. Sein Englisch verlor nie den deutschen Akzent.

Irma Allen starb am selben Tag, an dem ihr Sohn die Fahrprüfung bestand. Sie wurde auf dem Klosterfriedhof begraben, während er das erste Spiel der Baseballmeisterschaft verpasste. Charles lernte zwei Jahre lang Buchführung und übernahm die Verwaltung der Klosterfinanzen. Keiner stellte ihm je Fragen, niemand zog seine Familiengeschichte je in Zweifel. Als aus Deutschland die Nachricht vom Tod seines Vaters kam, fragte der Briefträger, ob er die Marken haben dürfe.

Charles riss sie zusammen mit einem Teil des Absenders ab. Er dachte: »Was soll's – die Erbschaft kann ein anderer haben.«

Aber sein Jahresurlaub war wieder einmal fällig. In den letzten zwei Jahren hatte er darauf verzichtet, auch nur einen freien Tag zu nehmen. Diesmal sagte die Mutter Oberin: »Sie müssen einmal ausspannen.« Charles gehorchte. Er ging in ein Reisebüro, und da ihm kein anderes Reiseziel einfiel, buchte er dreißig Tage Berlin.

Charles erinnert sich seiner Erbschaft

Am achtundzwanzigsten Tag seines ersten Urlaubs fühlte Charles Allen sich mit Berlin schon ganz vertraut. Er hatte alle Sehenswürdigkeiten der Stadt abgeklappert und fast alle süßen Sachen probiert, die in den besseren Cafés angeboten wurden. Sein achtundzwanzigster Morgen in der Pension unterschied sich nicht von den vorherigen siebenundzwanzig, bis die Pensionswirtin es plötzlich so mit Herrn Nadlers Ehre hatte.

Der alte Herr Nadler war der Wirtin ganzer Trost. Ihn umgab so etwas Beständiges in einer sich wandelnden Welt. Er hatte das Muskelspiel des alten Kriegers, der morgens vor dem Frühstück Liegestütz machte, und er hielt sich jederzeit und überall so aufrecht wie ein Ladestock. Sein Äußeres war stets so blütenweiß und frisch gestärkt, wie die Wirtin es sich von ihrer Tischwäsche gewünscht hätte.

Charles hatte eine schlechte Körperhaltung und ein unterentwickeltes Ehrgefühl. Das englische Wort für Ehre hasste er regelrecht, *honour,* ohne »h« gesprochen, das kam ihm vor wie von den Franzosen verstümmeltes Englisch. Das Deutsche, dachte er gern, hatte wenigstens verlässliche, eindeutige Silben. Die Pensionswirtin verschluckte die ihren vor Empörung, als sie sich wegen der Butterpreise an ihre Gäste wandte und Herrn Nadler pries, weil er für sein Land gekämpft hatte, statt die Leute betrügen zu wollen. Sie fand Geld zwar notwendig, aber so eklig wie Fäkalien.

Als Charles Allen ihre Worte hörte, fühlte er sich plötzlich zur Eile gedrängt. Er rannte aus dem Frühstückszimmer und ließ ein einwandfreies halbes Stück Butter im Stich.

Ein pflichtschuldiger Besuch

Charles Allen ging nicht gern einkaufen. Antiquitäten langweilten ihn, und Schäbigkeit war ihm in jeder Form verhasst. Er hätte den Laden links liegenlassen, wenn er ihn nicht geerbt hätte. Die Fassade stieß ihn ab, Ruß bedeckte das Schaufenster, Rost überwucherte und verbog das metallene Schild mit den Worten: »Schöne Heimat«. Schwaches Licht schien im Hintergrund, und die Tür stand einen Spalt offen.

Charles trat ein wie ein Angestellter, der nichts anderes im Sinn hat, als sein Geschäft ganz schnell und unpersönlich zu erledigen. Ein großer, bulliger Mann kam durch ein Sammelsurium von Antiquitäten langsam auf ihn zu. Im Näherkommen rief er: »Esther, Kundschaft!« Charles hatte keine Zeit, das abzustreiten. Eine kleine Frau stürzte herbei, ein wirres Bild von Rot und Schwarz. Er hielt den Kopf abgewendet, auch als sie ihn ansprach. »Wollen Sie kaufen oder verkaufen? Wir haben eigentlich zu.«

Charles sah den Mann an, der darauf die Achseln zuckte. »Da ist die Chefin.« Er trug einen Maßanzug, und sein rundes Gesicht glänzte frisch rasiert. »Ich bin nur der Baruch, der Verkäufer, ich habe hier nichts zu sagen. Hören wir ihn uns doch mal an, Esther. Vielleicht hat er etwas Lohnendes zu verkaufen, man kann nie wissen.«

Charles Allen kramte seinen amtlichen Brief hervor, der laut knisterte, als er ihn auseinanderfaltete. »Ich komme deswegen«, sagte er zum Fußboden.

Die Frau würdigte den Brief keines Blickes. Sie sagte: »Aha. Allerhands Sohn. Braver Sohn. Kommt sich holen, was sein ist. Fieser Sohn!« Sie schnippte mit den Fingern und wies zur Tür. Ihr Kompagnon warf den Kopf herum und schaute in die Richtung, in die sie zeigte.

Charles Allen schlängelte sich zur Tür und streifte dabei einen Stapel Bücher, der langsam zu kippen anfing. Dann schrie sie mit heiserer Stimme: »Du verwöhntes jüdisches Ami-Aas!«

Charles ergreift die Flucht

Als Charles nach draußen hastete, verfing sein Jackett sich in der Tür, und eine Naht riss geräuschvoll. Seine Reise ging allmählich aus dem Leim. Er lief. Er war nicht sehr schnell. An der nächsten Ecke zog ihn eine Hand am Arm. »Warten Sie doch mal einen Moment!« Sie war es, die Frau namens Esther. Jetzt musste er sie ansehen. Ihr schwarzes Haar reichte bis zur Taille, und ein schiefer roter Mund beherrschte das blasse Gesicht. Er hatte das Gefühl, ohne es eigentlich zu denken, dass sie zu alt war, um hübsch zu sein, weit über dreißig. Ein silberner Davidstern glänzte in ihrem Dekolleté.

»Nun nehmen Sie sich so ein bisschen Unfreundlichkeit doch nicht gleich zu Herzen. Wer ist denn heutzutage nicht verwöhnt? Der Krieg ist vorbei. Der hat die Leute bescheiden gemacht. Ich bin auch verwöhnt. Eine verwöhnte deutsche Jüdin. Jetzt sind wir also quitt. Und obendrein bin ich ein Biest. Weil man mich wie ein Biest behandelt hat. Nehmen Sie's mir also nicht übel. Wissen Sie, ich habe alles für Allerhand getan. Über fünfzehn Jahre lang. Ich habe aus seinem Laden was *gemacht,* und jetzt, wo er tot ist, kommen zum Dank seine Verwandten und halten die Hand auf. Es geht ja hier nicht um ein normales Geschäft, das ist alles sehr kompliziert – und es ist der einzige Job, in dem jemand wie ich es in Deutschland zu etwas bringen kann.«

»Sie haben ja recht«, jaulte Charles an der Straßenecke. »Behalten Sie den Laden, das ist nur fair. Ein amerikanisches Ideal, Fair Play, daran glaube ich.« Er legte die Hand aufs Herz. »Eigentlich wollte ich gar nicht kommen. Morgen fliege ich wieder nach Oregon. Entschuldigen Sie, dass ich Sie belästigt habe. Ich wusste das wirklich nicht. Ich werde –«

Seine Entschuldigung entwaffnete sie. »Nein, Sie sind nicht wie Ihr Vater.«

Sie war auch nicht wie seine Mutter.

Er hatte noch nie mit einer Frau gesprochen, die sich Farbe ins Gesicht tat. Er hätte nicht sagen können, wozu das gut war, außer dass man ihr Gesicht darunter nicht mehr sah. Er stellte fest, dass ihre roten Lippen die weißen Zähne hervorhoben, aber in einem Winkel sah die Schminke durch eine große Narbe verschmiert aus. Sie war stämmig gebaut. Nein, sie war nicht Charles Allens Typ, obwohl er mit Frauen noch keine Erfahrungen gemacht hatte und mit seinen sechsunddreißig Jahren längst nicht mehr damit rechnete. Aber er hatte seine Grundsätze: Er bevorzugte Blondinen.

»Ich bin Geschäftsfrau«, fuhr sie fort, »reden wir also Tacheles. Sie wollen etwas – jeder will etwas! Und ich will auch etwas. Ehrlich währt am längsten.«

Sie trat dicht vor ihn hin. »Und Sie sollen die Erbschaft nicht ausschlagen, auch wenn es Ihnen so am einfachsten vorkommt. Sie sollten sie annehmen und mich weiter das Geschäft führen lassen, wie ich es immer getan habe. Sonst fällt die Schöne Heimat an den Staat. Sie können unmöglich Ihr Erbe dem deutschen Staat schenken wollen, das wäre wirklich grotesk.«

»Ich schenke es Ihnen«, sagte er und wollte sich zurückziehen.

»Na, das klingt schon besser.« Plötzlich lächelte sie ihn an. »Wollen Sie nicht mal Ihren Vater besuchen?«

Charles geht seinen Vater besuchen

»Sie können mich Frau Becker nennen.«

»Ich bin Mr. Allen.«

»Unsinn. Sie heißen Allerhand.«

»Allen. Charles Allen. Vielleicht ein geänderter Name, aber ich hatte nie einen anderen. Sie sind Esther, ja? Esther Becker.«

»Sie können Esther zu mir sagen, wenn Ihnen mein Name zu schwierig ist. Ihr in eurem freien Land, ihr habt ja keinen Sinn fürs Private. Sie haben bestimmt noch nie so etwas wie mein Auto gesehen, Charles, nicht einmal in Amerika.«

Charles Allen hatte noch nie auf Autos geachtet, jetzt gab er sich Mühe. Der schwarze Mercedes hatte Telefon, eine Bar und lederne Schalensitze. »80 000«, sagte sie. Ihr Fahrstil war ungeschickt, sie beschleunigte ruckartig und hielt das Lenkrad mit beiden Händen fest. Charles sah den Davidstern um ihren Busen baumeln. »Was gucken Sie so?« protestierte sie und griff sich hastig an den Hals, um die Jacke zusammenzuziehen. »Es ist feige, einen so zu mustern. Wie ein Grenzer. Mustern Sie sich erst mal selber.«

Und an der nächsten Ampel sah sie ihn mit herablassender Kürze einmal von oben bis unten an, als genüge das vollauf, um sein kurzes schwarzes Haar, sein ganz nettes Gesicht, den korrekt-langweiligen Anzug, den er immer trug, die dezente Krawatte, den schmalen Ledergürtel und die glänzenden Schuhe an seinen Plattfüßen zu erfassen. »Es gibt zwei Sorten Juden auf der Welt«, fuhr sie fort. »Die aggressiven wie mich und die passiven, intelligenten, die nur auf die Prügel warten. Wie Sie.

Ihr Vater war der einzige Mensch, den ich kannte, der eine Mischung aus beiden war. Er sah nicht aus wie ein Tyrann, war aber einer, ein sentimentaler Tyrann. Er hat immer geflennt. Die Menschheit, Deutschland – der Schwarzwald! der Rhein! – Dabei waren seine eigenen Gefühle das Einzige, was ihn wirklich rührte. – Hören Sie mir überhaupt zu?«

»Ja.«

»Als er hier ankam, war er nur einer von vielen mit großer Nase und geändertem Namen, die aufkreuzten, um Wiedergutmachungsgelder zu kassieren. Er hat aber mit seinem Geld nichts Vernünftiges angefangen. Er hat es restlos ausgegeben, um den Laden zurückzukaufen, den er vor dem Krieg besessen hatte. Er wollte Souvenirs verkaufen – Flaschen mit Berliner Luft, Spielzeugbären und Trödel. Hören Sie noch zu?«

»Ja.«

»Die Bevölkerung war gedemütigt und halb verhungert, nur die Besatzungssoldaten hatten Geld. Aber dann hatte er Glück. Er stieß auf andere Sachen zum Kaufen und Verkaufen. Als Ausländer durfte er ja zwischen den Zonen hin- und herfahren. Er wurde Spezialist für Nazibeute. Ist das nicht die pure Ironie? Niemand stellte ihm Fragen, er durfte Wertsachen besitzen, als das sonst noch keiner durfte.

Nie haben die Deutschen die Juden mehr gehasst als nach dem Krieg. Damals sah es so aus, als ob das auserwählte Volk die Erde geerbt hätte: moralische Überlegenheit – und Geld.

Allerhand verdiente also viel Geld, war aber trotzdem nicht glücklich. Er bekam allmählich ein schlechtes Gewissen, weil er reich war, und meinte, er müsse etwas tun für sein Geld. Nach dem Bau der Mauer machte er die zu seiner Angelegenheit. So schrumpfte sein Reichtum zusammen, und als wir uns kennenlernten, pfiff er wieder auf dem letzten Loch.«

Sie fuhren vom Stadtzentrum weg nach Westen, bis sie den Wagen am Rande eines Wäldchens aus uralten, hohen Bäumen anhielt. Ein Eisengitter umgab eine Waldlichtung. Nachdem sie durch eine bescheidene Eingangspforte gegangen waren, sah Charles die Grabsteine, graue Platten auf dem Waldboden. Schwarze Wolken von Staren stoben durch die Baumwipfel.

Johannes Allerhands Grab hatte nur ein Holzschild. Sein Sohn stand davor und fühlte die Kälte in seine Schuhe sickern. Er rückte näher an Esther heran, und ihn überfiel eine andere Empfindung: Er bemerkte, wie klein sie war, wie rund und warm, er nahm ihre weibliche Stimme wahr, ihr weiches Haar. Zuerst bemerkte das alles nur sein Körper, sein Verstand bekam einfach nichts davon mit. Als dieser endlich auch in die Empfindung eingeweiht wurde, kam ihm der letzte Rest seiner sowieso schon bescheidenen Konversationsgabe auch noch abhanden.

»Man kann sagen, hier liegt ein schlechter Vater begraben. Das war er nicht nur für Sie, das war er auch für andere«, sagte sie, wobei sie mit solcher Fröhlichkeit sprach, dass Charles sich fragte, ob ihr der Tod nicht ziemlich gleichgültig war. Er war froh, dass er etwas an ihr auszusetzen fand. »Als ich jung war, hat er sich um mich gekümmert. Und als er älter wurde, habe ich mich um ihn gekümmert. Es war nicht leicht. Er war sehr launisch. Wenn er ärgerlich war, redete er einfach nicht, und sein Schweigen konnte Wochen dauern, dann Monate, das war eine furchtbare Strafe. Mit den Jahren wurde er immer mehr wie der alte jüdische Gott: humorlos, allwissend und grausam. Ich konnte ihn mir gar nicht krank vorstellen. Er war es nie. Ich habe nie eine Verletzung an ihm gesehen. Ich habe immer gewitzelt, dass er gar kein Blut hat.

Von Ihnen hat er überhaupt nie gesprochen. Dass er einen Sohn hat, habe ich erst nach seinem Tod erfahren. Im Handelsregister waren Sie als Mitbesitzer aufgeführt. Er muss vor dreißig Jahren an Sie gedacht haben, als er zum ersten Mal wieder nach Deutschland kam. Aber danach – schlagen Sie sich alle Illusionen aus dem Kopf, falls Sie welche haben – hat er Sie vergessen.«

Esther von innen – eine rätselhafte Landschaft

Kaum war Allerhand unter der Erde, da schien sie schon vergessen zu haben, dass er tot war. Sie konnte sich bei der Beerdigung kaum amüsieren – der Rabbi war teuer, er stellte ihnen seinen Feindschaftstarif in Rechnung, und er machte seine Sache lustlos. Die fünf anwesenden Freunde des Verstorbenen waren über seinen Tod eher entsetzt als traurig, obwohl sie reichlich Tränen vergossen und laut mit dem Rabbi beteten. Das Wetter war gerade richtig: Der Boden war aufgetaut, sodass Esther nicht befürchten musste, die Totengräber hätten es schwer, das Grab auszuheben. Und es war nicht so schön, dass man einen Tod besonders schmerzlich empfunden hätte. Aber der Winter war endgültig vorbei, die Luft war klar und windig, und die Krokusse brachen allmählich aus der Erde. Esther hatte für die Natur nie viel übriggehabt, aber ein schöner Tag entging ihr nicht; Allerhand freute sich gewiss daran, wo immer er war.

Der Leichenschmaus war ganz vergnüglich. Etliche Leute, die Allerhand zu Lebzeiten auf die Nerven gegangen waren, kamen in Esthers Wohnung, um da herumzusitzen und Bier zu trinken, Salzbrezeln und Kuchen zu essen und liebevolle Witze über den Verstorbenen zu machen, bis sie lachten oder weinten. Esthers Tränen rannen schwarz von Maskara, als hätte sich Friedhofserde in ihren Augen festgesetzt. Ihr Weinen war nicht von den üblichen Nebenerscheinungen begleitet. Gerade wenn sie über irgendetwas, das Babyface Baruch ihr zugeflüstert hatte, losgackern wollte oder eine Anekdote zu erzählen anfing oder sich ein Stück Kuchen in den Mund steckte, stürzten ihr plötzlich diese schwarzen Tränen übers Gesicht. Das Weiß ihrer Augen wurde nach und nach rosa, dann rot, und sie wischte sich immerzu die Nässe vom Gesicht und schimpfte: »Verdammt, warum *weine* ich bloß!«

Als es klingelte, erstarrten die Gäste. Jemand stellte die Tanzmusik im Radio ab. Esther hatte den Verdacht, dass es Allerhand war, der wiederkam, nur ein dummer Scherz das Ganze, aber sie fand den Mut, die Tür zu öffnen. Bei dem Anblick musste sie kichern: Frau Bilka, die Vermieterin, so dick, dass sie den Türrahmen ausfüllte, hielt einen Strauß roter Rosen an das schwarze Kleid gedrückt, das sie zu der Gelegenheit angezogen hatte. »Ich wollte Ihnen meine Aufwartung machen«, sagte die blonde Vogelscheuche, als ob die altmodische Formulierung an sich schon eine wichtige Zutat zur Tröstung wäre.

»Wir brauchen Ihre Aufwartung nicht, Frau Bilka«, sagte Esther. »Wahrhaftig nicht. Lieber wär's uns, Sie würden Ihren Hund nicht solchen Krach machen lassen, wenn er morgens seinen Darm putzt. Und nächsten Winter den Schnee etwas pünktlicher vom Gehweg räumen, bevor er hart gefroren ist. Das wär mal eine richtige Aufwartung. Aber danke fürs Kommen, und machen Sie sich einen schönen Tag, wie ich auch.« Sie schloss die Tür. Drinnen wiederholte sie vor allen, was sie gesagt hatte. »Die Frau hat Johannes gehasst. Warum soll ich jetzt so tun, als wär ich die Güte selbst?« Sie lachte schallend, und damit konnte die Party weitergehen.

Danach wurden die Feierlichkeiten nicht mehr gestört, schon gar nicht dadurch, dass man von Allerhands Tod gesprochen hätte. Keiner sagte auch nur: »Warum hat er das getan! Es lief doch alles gut für ihn auf seine alten Tage. Und auf so grausige Weise, dass sich seinen besten Freunden der Magen umdreht, wenn sie nur daran denken!«

Die Jüdin erklärt die Juden

Sie verließen den Friedhof bei Dunkelheit. Auf dem hell erleuchteten Kurfürstendamm sagte Charles, er wolle jetzt wieder in sein Hotel, aber sie hielt ihn zurück. »Noch nicht. Wir müssen miteinander reden. Ich lade Sie ein.« Und sie klammerte ihre kleine Hand um seinen Arm und dirigierte ihn zu einem der großen Cafés, wo die Alten ihren Bedarf an Rokoko stillten. Unter der Decke hingen Kronleuchter und langsam dahinziehende Rauchwolken, und unten saßen die alten Frauen über ihre Kaffees und Kuchen gebeugt, die grauen Köpfe adrett wie Grabsteine.

Charles bestellte Apfelstrudel mit Vanillesoße und widmete sich dem Gebäck wie ein Mönch dem Gebet. Er hörte Esther gar nicht zu, die, nachdem sie ihren Mantel über die Stuhllehne gehängt und sich für den billigsten Kuchen auf der Karte entschieden hatte, zu einem Monolog über die Tugenden des Sparens anhob. Sie war schon weit gekommen, als ihr die Geistesabwesenheit ihres Begleiters auffiel. »Baruch sagt, ich bin ein Finanzgenie«, rief sie laut.

»Ja.«

»Aber das ist nur eine Sache der Energie. Und des Instinkts. Man muss einfach wissen, was man wann kauft. Und ob ein Risiko sich lohnt. Vorigen Monat, nachdem Johannes gestorben war, habe ich 30 000 Paar Schuhe aus Bangkok gekauft; das hat mich getröstet. Sie kosteten nur 1,85 Mark das Paar. Unsere Frauen haben zwei Wochen gebraucht, die thailändischen Etiketts abzukratzen. Dann haben wir sie an einen Großhändler weiterverkauft, für 4,85 Mark das Paar. Das war für uns ein Reingewinn von 90 000 Mark. Jetzt stehen sie für 29,95 Mark in den Geschäften, dem Preis kann kein Kunde widerstehen. Natürlich muss ich Unsummen an Steuern bezahlen. Klar?«

»Ja.«

»Sie essen Kuchen wie diese alten Hennen hier.« Sie lachte ärgerlich. Da schob er seinen Teller weg und schämte sich.

Sie konsultierte die Speisekarte. »Acht Mark fünfzig für unsern schäbigen Kaffee und Kuchen. Und diese Bedienung hat auch keinen Pfennig Trinkgeld verdient. Aber ich werd's aufrunden. Ich gebe ihr zwanzig Pfennig. Nein, fünfundzwanzig, das ist eine runde Summe, ja, 8,75 Mark.« Sie wühlte in ihrem Portemonnaie. Charles reichte ihr Kleingeld.

»Das genügt, obwohl sie es ja gar nicht verdient«, sagte Esther. »Diese Cafés machen mich schrecklich nervös, mit all den alten Nazis, die hier herumsitzen und es sich gutgehen lassen.«

Die Bedienung kam an den Tisch, und Esther winkte ab. »Lassen Sie mich zu Ende reden, ohne dass uns jemand unterbricht.« Die Bedienung ging. »Hören Sie mir jetzt zu«, forderte sie ihn auf, »tun Sie mal so, als ob Sie ein Mann wären.«

Er versuchte es; er gab sich betont interessiert, setzte eine Miene auf, wie er sie von den geheimnisvollen schönen Helden im Kino kannte, wenn sie einem blonden Engel zuhörten, der von seinem letzten Tennismatch in Southampton erzählt. Dann aber dachte er irritiert, Esther ist ja gar nicht blond und viel zu alt, um das Interesse eines Filmhelden zu wecken, und sie hat eine hässliche Narbe. Trotzdem machte sie Eindruck auf ihn.

Die Bedienung war nicht beeindruckt. Sie belagerte ihren Tisch. Andere Gäste warteten auf Platz. Sie hatte straffe gelbe Locken und einen sarkastischen Ausdruck im Gesicht. Esther sagte sehr laut: »Diese Arier sind einfach nicht imstande, sich vorzustellen, was man als Jüdin in Deutschland zu leiden hat.«

Die Bedienung wandte sich ab und machte sich am Nachbartisch zu schaffen. »Es ist immer noch eine Erbsünde, in Deutschland Jude zu sein, und das kann auch keine Taufe abwaschen«, blieb Esthers Stimme ihr im Nacken.

»Meine Eltern hatten Freunde in Berlin, die sie bis 1943 versteckt haben. Mein Vater hatte auf dem Dachboden eines Bürohauses nichts Besseres zu tun, als seine Frau zu schwängern. Dann bekam er Angst vor den Konsequenzen und schickte sie weg, in einen Teppich gewickelt, im Kofferraum eines Diplomatenwagens. Sie landete im Elsass, wo sie Leute kannte. Die versteckten sie in einer Scheune. Sie besuchten sie nachts. Der Bauer wusste nichts davon.

Als ihre Bekannten nicht mehr kamen, schlich sie aus ihrem Versteck und suchte sich Nahrung, wo sie etwas fand. Sie verfluchte das Kind, das in ihrem Bauch wuchs. Ihr graute vor meiner Geburt, weil sie fürchtete, mein erster Schrei würde dem Bauern verraten, dass sie sich in seiner Scheune versteckt hielt. Seitdem hat sie mich immer gehasst.«

Die Bedienung starrte von weitem zu ihnen her. »Wunderbar«, sagte Charles.

»Was ist wunderbar?« fragte sie.

Er schüttelte den Kopf. »Entschuldigung, ich meine, Sie sind so ehrlich. Bei so etwas. Das wundert mich.«

»Dann bringen Sie mich jetzt nach Hause.«

Zu früh zum Zubettgehen

Er sagte sich, es könne nicht schaden, sie nach Hause zu bringen. Sie redeten nicht beim Gehen, und seine Gedanken flatterten wie Vögel auf der Stange, die sich um einen Platz balgen: Die Dodgers haben heute gegen die Orioles gewonnen; ein kleiner Spaziergang kann nicht schaden; es muss schon furchtbar spät sein, Zeit fürs Bett; die Straßenbeleuchtung macht ihr schwarzes Haar silbern und ihr bleiches Gesicht schwarz; mit dem verschmierten Mund.

Sie waren bei ihrer Wohnung angekommen. »Kommen Sie mit rauf«, sagte sie.

»Besser nicht. Das Hotel schließt um Mitternacht ab.«

»Dann ist noch viel Zeit.« Sie hantierte mit den Schlüsseln. »Eine Pension also, kein Hotel. Sie reisen wohl zum Spartarif.«

»Überhaupt nicht. 749 Dollar, alles inklusive. Das ist teuer. Da ist es sogar nach Las Vegas billiger, in den besten Hotels.«

Sie kamen an eine Tür mit Bronzeschild, auf dem »Becker« stand.

»Sie sind genau wie ich, dass Sie Zahlen wie 749 Dollar im Kopf behalten. So was mag ich.« Sie stieß die Tür auf. »Willkommen bei Esther.«

»Was für eine Wohnung!«, musste er zugeben. Pflanzen füllten sie aus, sie wucherten von der hohen Decke herunter, an eigenen Borden entlang bis zum Fußboden. Und es waren keine gewöhnlichen Schnittblumen wie Rosen, Tulpen oder Margeriten. Nein, sie war anspruchsvoll: Geißblatt und Weinreben voller Trauben rankten sich um ein Gitter. Fuchsien standen in Reihe, Amaryllis in großen Töpfen. In einer Ecke breitete sich Flieder aus. Unter dem Weinlaub standen ein Tisch und vier Stühle. Den Teppich darunter bildete ein Rasen. »Plastik«, sagte Esther, »ist meine Leidenschaft. Scheußlich, nicht? Wir Juden haben keinen Geschmack. Ich habe mal in einem Artikel gelesen, warum. Es kommt daher, dass wir über Generationen ständig herumziehen mussten. Da bekommt man keine Beziehung zu Möbeln. Sie brennen zu leicht. Ich habe nur das Nötigste. Schmuck und Münzen, so was mögen wir. Und Plastikblumen muss man nicht gießen.« Sie führte ihn über einen langen Flur in eine makellose Küche. »Hier ist Ihr Vater gestorben. Er hat nie etwas gegessen, ohne dass ich ihm sagte: ›Iss!‹ Eines Tages habe ich gesagt: ›Hans, komm mit zu mir nach Hause, du brauchst ein Spiegelei mit Bratkartoffeln.‹ Er setzt sich an den Küchentisch, ich decke auf, Messer und Gabel, Teller, sein Glas. Ich stelle Salz und Pfeffer hin. Dann brate ich ihm ein Ei, mit dem Rücken zu ihm. Ich denke gerade, vielleicht müssen es ja keine Bratkartoffeln sein, Toast tut's auch, der ist billiger, und wie ich mich umdrehe, liegt er mit dem Gesicht auf dem Teller.«

Sie lächelte höflich. Die Narbe an ihrer Oberlippe dehnte sich. »Was ist das für eine Narbe?«, fragte er. »An Ihrem Mund?«

»Ich war zwanzig, als ich ihn kennenlernte. Er war wie ein Vater zu mir, aber ein eifersüchtiger Vater – kein Mann war gut genug für mich. So hatte er gewissermaßen die besten fünfzehn Jahre meines Lebens für sich. Und dann war er weg.

Ich ärgere mich, weiter nichts. Traurig bin ich nicht, nein, warum sollte ich traurig sein. Ich komme immer wieder auf die Beine. Wen habe ich hier denn schon? Ein paar Freunde wie Baruch. Eine Mutter, die mich schon vor meiner Geburt gehasst hat.

Meine Mutter ist inzwischen auch halbtot. Ich habe eine halbtote Mutter in einem Heim für Halbtote. Am Sabbat habe ich sie immer besucht, obwohl diese Besuche das Anstrengendste waren, was ich die ganze Woche zu tun hatte. Gute Judenkinder besuchen am Sabbat immer ihre Eltern und hoffen, dass sie bald sterben. Das ist alte Tradition. Meine Mutter ist geistesgestört. Ihr Gedächtnis ist ein schwarzes Loch, das alles aufsaugt. Nur was ich ihr als Tochter angeblich schulde, spuckt es wieder aus. Dafür, dass sie mich in ihrem Bauch versteckt hat. Dass sie mich überhaupt ausgetragen hat. Ich soll ihr für ihre Körperfunktionen dankbar sein.«

Sie setzte die Führung fort. »Hier ist mein Schlafzimmer. Sie können es ruhig sehen, warum nicht?«

Ihr Schlafzimmer

In ihrem Schlafzimmer stand ein Bett.

Für eine männliche Jungfrau ist das Bett einer Frau ein Monument von überwältigender Erhabenheit. Sein Herz rast. Er traut sich nicht, seine Nase zu gebrauchen und fremdartige, unvorstellbar betörende Düfte einzuatmen, also hechelt er durch den Mund. Im Augenwinkel ein Kleiderschrank. Dann verfängt sich sein Blick in den Kissen und Decken wie ein Hase im Brombeergestrüpp.

»Jetzt zeige ich Ihnen noch das Gästezimmer«, sagte Esther ruhig.

Das Gästezimmer

»Wollen Sie nicht einfach hier schlafen heute Nacht?«

Er antwortete nicht.

»Das ist doch bequemer, als in diese billige Pension zurückzugehen. Es ist eigentlich ein Dienstmädchenzimmer. Meist habe ich ja Untermieter. Ich suche gerade wieder einen. Viel verdient man nicht damit, für das Risiko und den Ärger, er kann die Küche benutzen und die Toilette im Flur, nur nicht das Bad. Und es ist möbliert. Nicht mit meinen Sachen. Mit denen Ihres Vaters.«

Möbliert hieß, vollgestopft mit schimmerndem Ebenholz. Hier konnte man kaum drei Schritte gehen; allenfalls gelang es einem, einen Schrank zu öffnen, sich vor den Frisiertisch mit den drei Spiegeln zu setzen, der die Möbel verdreifachte, oder sich auf das altertümliche Bett zu legen. Eine ganze Wand wurde von einem Schattenriss eingenommen. Auf dem weißen Papier kniete eine schwarze Frau, den Kopf zurückgeworfen, und der Teufel riss an ihren langen Haaren. In der anderen Hand schwang der Teufel eine Peitsche.

»Dein Vater hat behauptet, ich hätte dafür Modell gestanden«, sagte Esther. Dann warf sie ihm eine Kusshand zu.

Er hörte sie nebenan im Bad das Wasser aufdrehen. Charles entspannte sich, zog die Schuhe aus und setzte sich aufrecht aufs Bett. Im Bad gurgelte das Wasser, ein Glas klapperte, der Schrank wurde auf- und zugemacht. Er lehnte sich vorsichtig ans Kopfteil und schlief ein.

Charles braucht viel Glück

In Berlin grüßen die Portiersfrauen den Morgen, indem sie auf ihre Hinterhöfe treten und krähen: »Fertig wird man nie! Fertig wird man nie!« Wer dabei nicht weiterschlafen kann, muss den Radau der Tüchtigkeit ertragen, schreckliche Töne in jedem Beruf, aber die Portiersfrau hat dafür die machtvollsten Instrumente zur Verfügung: Mülltonne und Schlauch, Besen und trockenen Husten.

Charles Allen erwachte mit Erinnerungen an Esther in Nase, Ohren und Armen. Er stand auf und betrachtete seine drei Spiegelbilder. Das linke zeigte seine markante Nase mit den gebogenen Nüstern; das mittlere spiegelte einen Mann, den sein Mund und die schwarzbewimperten Augen verlegen machten, als verlangten sie mit ihrer Größe nach einer Aufmerksamkeit, an der ihm nichts lag; im rechten sah man etwas Ungekämmtes im zerknautschten Anzug.

Er fuhr sich mit den Fingern durchs Haar und strich den Anzug glatt. Dann nickte er dem ausgepeitschten Mädchen und dem Christus am Kreuz freundlich zu und ging in die Küche.

»Fertig zum Frühstück?«, rief eine mütterliche Stimme. »Ich mache dir ein Spiegelei.«

Sie war freundlich, sie war fürsorglich, sie war fraulich. Die drei F, die das Weib machen, überlegte Charles, als er die Gabel ins Eigelb stieß.

»Du kannst ein paar Tage hier bei mir wohnen, bis wir das Geschäftliche geregelt haben«, sagte sie, als er fertig war. »Da kommst du billiger weg. Holen wir deinen Koffer.«

Charles Allen war einverstanden. »Achtzig Mark am Tag kann ich sparen«, versuchte er ihr Interesse an Geld zu teilen. Er fand es schön, sich nach hinten zu lehnen, damit sie den Tisch abwischen konnte.

»Vierzig Mark kannst du sparen. Vierzig Mark kostet es hier bei mir, mit Frühstück.«

Es war Sabbat. Die Schöne Heimat hatte geschlossen. Ab Mittag war dann alles zu bis Montag. »Früher hat es mich immer bedrückt, dass ich achtundvierzig Stunden nicht einkaufen gehen oder Geschäfte machen konnte«, sagte Esther. »Das war meine Sonntagstrübsal. Dann merkte ich, dass es viele Geschäfte gibt, die sich rund um die Uhr abwickeln lassen.«

Trotzdem verging der Tag recht angenehm. Esther verwöhnte ihn. Sie ließ ihn seine Zeitung lesen, gab ihm regelmäßig zu essen; räumte hinter ihm auf; und was das Beste war: Sie wollte nicht immerzu mit ihm reden.

Abends fuhr sie ihn zur Pension Irene, wo die Wirtin sich aufregte, sie habe die ganze letzte Nacht gewartet, um Herrn Allen einzulassen, und dann sei er gar nicht gekommen. Sie wundere sich, dass er zwei Tage vor der Zeit ausziehe, denn bezahlen müsse er sowieso dafür.

Charles Allen bezahlte. Während die Wirtin die Scheine zum zweiten Mal nachzählte, begann sie von den Amerikanern zu schwärmen und erinnerte sich an John Kennedy mit seiner Jugendlichkeit und Ehrlichkeit. Sie holte Herrn Nadler, und sie standen an der Tür wie eine Ehrenwache, als Charles Allen mit seinem Koffer davonstapfte. Am Fuß der Treppe drehte Charles sich noch einmal um, und Herr Nadler knurrte: »Viel Glück.«

Wozu sollte ich Glück brauchen, fragte sich Charles. Er rechnete sich aus, dass er bei Esther nur halb so viel bezahlen musste wie in einem Hotel und dass er es sich dann leisten konnte, doppelt so lange zu bleiben. Er sagte sich, das sei ein Grund zum Bleiben.

Er saß auf dem schmalen Bett und las die Zeitung, als Esther hereinkam, um ihm Gute Nacht zu sagen. Sie setzte sich neben ihn und sagte: »Am Montag können wir einen Vertrag machen, dann kannst du mit angenehmen Erinnerungen nach Hause fahren.« Sie legte ihm die Hand, den Handteller nach oben, aufs Knie. Er erstarrte. Sie lachte und stand auf.

Viel später ging sie geräuschvoll vor seiner Tür auf dem Flur hin und her; ihre Schritte waren wie der Trommelwirbel vor dem Salto.

Charles leidet

Am Montag, nach einem langen, idyllischen Wochenende, saß Charles in seinem Zimmer vor dem Spiegel und dachte über die Zukunft nach. Er hörte sich schon, wie er der Mutter Oberin seinen merkwürdigen Gemütszustand erklärte. »Die Entscheidung über mein Erbe war doch etwas kompliziert.« Ein verwegener Satz. Er hörte die Mutter Oberin fröhlich lachen und »Climb Every Mountain« anstimmen.

Er sah sein Gesicht schamrot werden. Er wusste, dass er viel zu feige war, um sich ihr zu offenbaren. Aber was zu offenbaren, um Himmels willen? Das Wort wand sich in seinem Mund: Fleischeslust.

Mit jeder Minute, die Charles in Esthers Nähe war, zerbröckelten Tabus in seiner Seele. Er hatte schon das größte von allen Tabus gebrochen – er hatte Neugier empfunden. Jetzt wollte er gern seine Neugier befriedigen, indem er Esther ergründete. Auf diese Weise hoffte er etwas von ihr zu haben. Es kam ihm gar nicht in den Sinn, dass er dazu vielleicht die hohe Warte katholischer Jungfräulichkeit räumen müsste.

An diesem Morgen erhaschte er aber nur einen kurzen Blick auf sie, als sie auf dem Weg ins Bad an ihm vorbeieilte. Er postierte sich vor der Tür und lauschte. Als sie nach einer halben Ewigkeit wieder herauskam, trug sie ein schwarzes Kostüm und hatte ihr mädchenhaftes Gesicht unter der schwarzen Haarfülle sorgfältig zurechtgemacht. Sie rannte ihn fast um, und dann blaffte sie ihn an: »Was treibst du dich hier herum? Ich kann es nicht leiden, wenn jemand mich im Schlaf oder kurz nach dem Aufstehen sieht. Ich hasse aufgedunsene, verschlafene Gesichter. Hör bitte auf, mich so anzustarren.«

Später kam sie und sagte ihm, er solle ein Bad nehmen. »Du kannst dich ruhig schön machen für deinen letzten Tag in Berlin.« Diese Augenblicke in ihrem Allerheiligsten, umgeben vom stattlichen Aufgebot ihrer Kosmetika, sollten für ihn die glücklichsten an diesem Tag sein.

Bis sie dann klopfte, damit er sich beeilte, hatte sie ein Frühstück mit allem Drum und Dran hingezaubert. Er nahm das Bild in sich auf, wie sie im gelben Licht der Küche vor dem alten Herd stand. Er merkte sich genau, wie sie mit dem Topflappen die Herdklappe öffnete, wie sie zurückspringen und dann blinzeln und sich eine Serviette greifen musste, damit ihr die Wimperntusche nicht zerlief, bevor sie die Brötchen herausnahm und mit Butter bestrich. »Iss Honig, das ist gut für deine Potenz«, sagte sie.

Es gefiel ihr anscheinend, wie er alles mit sich machen ließ, wie er gierig ihre gebutterten Brötchen aß. Sie zog den Augenblick sichtlich in die Länge, als sie den Löffel in den Honig tauchte und ihn drehte, damit es nicht tropfte. Als sie ihm dann den Löffel in den Mund schob, sagte sie: »Dieses Frühstück ist die Quintessenz einer netten Bekanntschaft. Ich finde es eigentlich schade, dass du abreist.«

Er schluckte einmal und sagte: »Ich glaube, ich bleibe noch ein paar Tage hier und denke über den Laden nach. Es eilt ja nicht. Ich habe bis zum 9. November Zeit, mich zu entscheiden.« Er leckte sich den Honig von den Lippen und erschrak, als sie den klebrigen Löffel auf den Tisch fallen ließ.

»Ja, gut«, sagte sie. »Jetzt willst du wohl doch nicht mehr so großzügig sein mit deinem Laden. ›Behalten Sie ihn‹, hast du gesagt. Weil du Angst vor mir hattest. Und kaum bin ich nett zu dir, willst du ihn selbst behalten. Ja, gut, du kannst bei mir wohnen bleiben, wenn du willst. Bis zum 9. November. Aber dann bist du hier nur Mieter, verstanden? Nichts Besseres. Kein Freund, kein Sunnyboy, den ich bemuttern muss. Zahl Miete, und du kannst bleiben. Aber über den Laden kannst du auch ohne mich nachdenken. Ich gehe jetzt. Du kannst hier auf mich warten.«

Er folgte ihr aus der Küche und sah sie in der Wohnung herumwirbeln. Sie schloss die Tür zu ihrem Zimmer ab, zur Küche, sogar zum Bad, und zeigte ihm die Gästetoilette, die er benutzen könne. Sie wolle ihn nicht an ihre persönlichen Sachen lassen, sagte sie und betonte das »persönlich« so, dass es seine Träume zerschnitt wie ein Messer. Er begleitete sie zur Tür und wartete verzagt darauf, ihren hochhackigen Stiefel auf die erste Stufe klacken zu hören und sie langsam durchs Treppenhaus entschwinden zu sehen, zuerst ihren Körper, der sich mehr und mehr verkürzte, dann nur noch ihren Mittelscheitel.

Er wartete auf ihre Rückkehr. Er wartete zu Hause, dann wartete er in einem Café. Er streute Zucker auf den Tisch: »fff«, die drei F, die das Weib machen. Als die Bedienung kam, wischte er ihn hastig auf den Fußboden. Dann saß er wieder in Esthers Wohnung auf seinem Bett und las die Baseball-Ergebnisse in der *Herald Tribune*. Du kannst hier auf mich warten. »Warten«, formten seine Lippen, und dann verbittert: »Viel Glück.« Im Geiste hörte er sich schreien: »Ich kann nicht warten!« Er verstand nicht, warum sein Warten sie nicht zur Rückkehr zwang.

Er merkte, dass er sich nicht mehr daran erinnern konnte, wie sie aussah. Er formulierte einen Eintrag in die Fahndungsliste:

»Esther Becker:

Haarfarbe: Schwarz, wie Milliarden anderer Leute auf der Welt.

Gesichtsform: Oval, alles andere als ›vollkommen‹ an den Wangen und unterm Kinn.

Augenfarbe: Dick schwarz getuscht. Augenbrauen nicht vorhanden, ersetzt durch zwei Farbstriche.

Mund: Ein abnormer Mund: Mundwinkel links oben durch eine Narbe verschandelt. Sie hat die Angewohnheit, vor dem Lächeln immer die Lippen zu spitzen, und sie hat perfekte weiße Zähne, reif für Hollywood.

Hände: Spatzengröße, lässt sie beim Reden flattern. Jeder Finger mit eigenem Ring, außer Ringfinger. Kann offenbar ihre Fingernägel nicht lang wachsen lassen.«

Er schrieb *»Rumpf:«*, schrieb nichts dahinter und fuhr fort:

»*Füße:* Größe 36, genau mein Alter!«

Er las sein Werk noch einmal durch, stellte fest, dass er ihre Augenfarbe nicht wusste, tadelte sich für seine schlampigen Recherchen und stellte den Fernseher an.

Spätabends legte Charles 40 Mark auf den Plastiktisch im Wohnzimmer, unter die Weinranken, und versuchte zu schlafen. Viel später hörte er sie zurückkommen. Er horchte, wie sie über den Flur ging, hörte mit Interesse und genau, wie sie die Toilette benutzte, wie sie auf dem Weg ins Schlafzimmer die Lichter ausknipste und ihre Tür zuklappte.

Er schlief ein und erwachte mit der Erleichterung, die auf eine Krankheit folgt. Er lachte, als die Portiersfrau in ihrer Frühaufsteherwut die Mülleimerdeckel knallte, und sagte bei sich: »Fertig wird man wirklich nie!« Er zog die Vorhänge auf, sah den blauen Himmel und ging frohlockend auf die Suche nach Esther. Aber sie war schon fort.

Die Wohnung war unerbittlich.

Charles Allen war mit Gefühlen langsam vollgesogen wie ein Schwamm. Plötzlich war sein Leiden zu Ende. Er wurde aggressiv. Sie konnte ihm nicht verbieten, sie zu suchen.

Charles findet, was er sucht

Esther zu finden war nicht schwer. Die Schöne Heimat lag nur ein paar Straßenecken weiter. Dort fand er den Gegenstand seiner Bemühungen in eigener Person. Sie stand gebückt, sodass er durch die Glastür nur ihr Hinterteil und die Rückseite ihrer Stiefel sah.

Er sprach sie schon an, bevor er über die Schwelle war. »Ich möchte die Bücher sehen, deswegen bin ich hier. Ich bin Buchhalter. Ich sehe sie mir nur an und werde niemanden stören.« Und die ganze Zeit grinste er vor Freude.

Charles wird ins Geschäftsleben eingeweiht

»Was führt Sie denn nun in Ihren eigenen Laden?«, fragte Baruch, der gerade eine schwere silberne Menora polierte. »Die letzte Erwerbung Ihres Vaters. Es fragen nicht viele nach einer siebenarmigen Menora aus dem Elsass, obwohl sie ein seltenes Stück ist, 19. Jahrhundert. Ich werde sie Pfarrer Renard anbieten, speziell als Leuchter für Votivkerzen; das beste Geschäft sind die christlichen Artikel, brillantbesetzte Rosenkränze, antike Kruzifixe, Weihrauchfässer, Pyxiden und Reliquien. Renard nimmt alles. Wir bekommen viel aus Italien, wo die Kirchen nicht abgeschlossen werden.« Er hielt die Menora hoch. »Der Laden lebt von …«

»Der Laden lebt von Kerzen und Möbeln«, unterbrach ihn Esther. »Wir kaufen und verkaufen.« Sie holte verstaubte Ordner aus einem verschlossenen Hängeschrank. »Wir haben ostdeutsche Kerzen in Westberlin eingeführt. Wir bekommen sie von einer Firma in Dresden und nennen sie ›Bethlehem-Kerzen‹. – Die meisten Kerzen kommen ja aus alten Familienbetrieben in Hagen. Die sind unter Hitler groß geworden, mit Kerzen für die Feldgottesdienste der Wehrmachtspfarrer.«

»Das ist zu trocken, Esther«, wies Baruch sie zurecht, »du musst ihm das farbiger erzählen, damit er seinen Spaß hat. An den Kerzen aus Fulda ist nichts auszusetzen, nur dass sie entweder zu prunkvoll oder zu albern sind, sehen überhaupt nicht mehr wie Kerzen aus. Da hatte Ihr Vater die Idee, schlichte weiße Kerzen aus kommunistischen Ländern zu importieren. Wenn Sie die Wahrheit wissen wollen, Johannes Allerhand hatte keinen Sinn für Humor, und er hatte immer ästhetische Bedenken.«

»Da ging es gar nicht um Humor oder Ästhetik«, verbesserte Esther ihn. Sie stapelte die Ordner auf einen Tisch. »Er wollte einen Beitrag zur Entspannung leisten. Hier, Charles, Sie wollten etwas zu tun haben. Viel Spaß.«

Baruch stellte die Menora hin und klopfte mit dem Zeigefinger auf den Tisch. »Das hier ist ein typisches Beispiel für Esthers ›Kaufen und Verkaufen‹. Ein Galle-Tisch, gestern legal von den Dummen erworben. Ich habe ein Zeitungsinserat gesehen: ›Alter Tisch mit geschnitzter Landschaft.‹ Die Frau wollte hundert Mark dafür haben; ich habe sie auf fünfundsiebzig runtergehandelt. Verkaufen werden wir den für fünftausend.«

»Er interessiert sich für die Bücher, Baruch, nicht für deine Fabeln.«

Sie ließen Charles mit dem Stapel Ordner allein. Er hörte sie im Büro über Baruchs Geschwätzigkeit streiten.

Die ersten Einträge waren aus dem Jahr 1956 und zeigten, dass Johannes Allerhand den Laden bar bezahlt hatte.

1956 war offenbar ein schlechtes Jahr gewesen; der Laden hatte sich gerade so getragen.

1957 war genauso schlecht.

1958 war ebenfalls schlecht. Der Wirtschaftsaufschwung der Sechziger war an der Schönen Heimat vorbeigegangen. Das Scheitern des

Geschäfts war genau aufgezeichnet. »Dieser Laden hat ja gar kein Geld gebracht!«, staunte Charles.

»Wir machen das zum Vergnügen.« Esther nahm ihm die Bücher ab und legte sie in den Schrank zurück. »Es gibt noch andere Verdienstquellen«, fügte sie hinzu.

Sie schloss den Schrank ab. »Sind Sie ganz sicher, dass Sie Allerhands Sohn sind?«

Esther von innen – eine rätselhafte Landschaft

Johannes Allerhand folgte Esther die vier Treppen hoch und blieb immer weiter zurück. Sie fand es schlimm, dass sie so viel schneller war als er. »Beeil dich mal, ja?«, rief sie von jedem Treppenabsatz. Sie konnte ein Stück seiner sich langsam bewegenden Schulter und seinen Filzhut sehen. Er keuchte. Er war zu dick, und er war zu alt. Als er oben ankam, hatte sie die Wohnungstür schon zugeknallt, und er musste klingeln. Sie ließ sich viel Zeit, ehe sie die Tür wieder öffnete. »Ich habe schon angefangen, Essen zu machen«, sagte sie, »obwohl du eigentlich nichts essen solltest.« Sie ließ ihn ein und lächelte ungnädig.

»Das lass mich mal selber entscheiden«, erwiderte er. Er hatte immer noch ein Gemüt wie ein Ochse: Sie war ihm nicht so wichtig, dass ihre Verachtung ihn gekümmert hätte. »Ich hätte nichts gegen ein paar Bratkartoffeln.« Er sah sie boshaft an. »Sei du mal ein liebes Mädchen, und mach mir Bratkartoffeln. Mit Speck.« Sie hatte keinen Speck. »Du bist alt und grässlich«, antwortete sie. »Du solltest nie wieder was essen dürfen. Verhungern lassen sollte man dich, schon aus humanitären Gründen.«

Er fing an zu lachen, hörte wieder zu lachen auf und sagte: »Nein. Du machst mich krank. Langsam tut mir so einiges leid.«

»Soll ich dir aufzählen, was mir alles leidtut?« Sie setzte das Geplänkel jetzt nur noch widerwillig fort. Sie knöpfte ihm den Mantel auf. Sie hatte den Küchentisch schon für zwei gedeckt, und als sie sich von ihm abwandte, saß er an seinem Platz, Messer und Gabel erwartungsvoll in den Händen; sein Appetit rührte sie. Aber sie wollte ihm nicht seine Kartoffeln machen. Sie machte Spiegeleier; die Eier brutzelten, die Pfanne schepperte.

Sie drehte sich mit der Pfanne in der Hand um und wollte ihm die Eier auf den Teller tun, da sah sie, was er gemacht hatte: Er hatte sich das Messer ganz tief in den Mund gesteckt, das Heft auf den Tisch gestützt und den Kopf nach vorn fallen lassen. Das Messer hielt ihn aufrecht, aber vor ihren Augen kippte sein Kopf zur Seite und fiel auf den Teller.

»Du widerliches Dreckschwein, wie ich dich hasse«, sagte sie zu ihm.

Esther beginnt mit Charles' Erziehung

»Was Charles fehlt, ist gesunder Menschenverstand«, sagte Baruch. »Er hat nichts als Blabla im Hirn. Vielleicht solltest du ihm mal die Situation hier klarmachen.«

»Klarmachen?«, fragte Esther.

»Mit ihm reden. Geh mit ihm spazieren.«

»Er ist zu schlecht angezogen. Ich möchte nicht mit ihm gesehen werden.«

Esther und Baruch machten sich an Charles zu schaffen, zogen ihn vom Stuhl hoch und maßen seine Taille. »Sie sind viel zu dünn«, sagte Esther. »Sie brauchen einen wärmeren Mantel. Sie können einen von diesen hier haben. Davon habe ich zweihundert gekauft.«

Charles stand kerzengerade. Der Mantel war ein schwarzer Nerz. »Und jetzt brauchen Sie noch einen Hut«, sagte sie. »Ich habe hier irgendwo einen schönen grauen Filzhut liegen.«

Später tat es ihm leid, dass er den Hut abgelehnt hatte. Esther ritt darauf herum, wie gut ein Mann mit Hut aussehe, besonders mit Filzhut, sie habe eine Schwäche dafür, sie könne einen Mann ohne Hut gar nicht ertragen, und dann noch Nein zu sagen zu so einem schicken Modell, das könne sie ihm nicht verzeihen. Sie ging trotzdem mit ihm spazieren, denn er müsse einiges über seinen Vater erfahren, sagte sie. Er glaubte, sie wolle ihm immer noch wegen dieses Huts eins auswischen, als sie ihn auf ein großes freies Gelände führte, wo der Wind ihm ungehindert in die Ohren blasen konnte. Zwei Kräne häuften Sand und Schotter auf. Auf der einen Seite war das Gelände von diesem ordinären grauen Ding voll frecher Graffiti begrenzt, das den Touristen so ans Herz geht – der Mauer. Die Touristen tragen alle Hüte, betonte sie. Sie wickelte sich ihren roten Schal um die Ohren. Sie trage diesen Wollschal immer, gestand sie, auch im Sommer, wenn es heiß sei. Er sei ein Talisman.

»Er war das Einzige, was meine Mutter aus dem Elsass gerettet hat. Sie hat ihn getragen, als sie sich in dieser Scheune versteckte. Sie hatte ihn bei meiner Geburt um. Vor ein paar Jahren habe ich ihn in ihrem Schrank gefunden. Sie wollte ihn mir nicht geben. Aber für wen ist meine Geburt wichtiger, für sie oder für mich? Außerdem muss man mir meinen Willen lassen.«

Der Wind rüttelte an den beiden Kränen, aber ihr Surren ging unbeirrt weiter und wirkte beruhigend. Endlich wechselte sie das Thema. »Da ist das Gestapo-Hauptquartier«, sagte sie, »wo Eichmann mit seinem Federhalter gespielt hat.«

Er war verlegen. Sie wollte sehen, wie er auf etwas reagierte, was ihm unter die Haut ging. Er versuchte es zu überspielen. »Na und?«, rief er. Dann wurde er rot und meinte: »Die Mauer ist viel interessanter. So lustige Inschriften gibt's auf der ganzen Welt nicht mehr! Sehen Sie mal die da: ›Berlin ist der Arsch der Welt‹.« Während er so daherredete, wurde ihm klar, wie albern er wirken musste. »Und die dort: ›Hochsprung verboten‹.«

Sie beobachtete ihn. Er kicherte, und sein Körper wankte, geschüttelt von den brausenden Stürmen seiner Scham. Er las weiter: »Humpty Dumpty was here.« »Ich glaube, mir geht es genau wie Humpty. Mich kriegt auch keiner mehr zusammen.«

Plötzlich wurden die Motoren der Kräne abgestellt. Der Tag wurde so still, wie er grau war, und die Scheinwerfer an den Wachtürmen jenseits der Mauer flammten auf. Charles überlief es kalt, als er sah, wie Esther ihn beobachtete. In seiner Panik drehte er sich zu ihr um und schlang ihr täppisch einen Arm um die Schulur, und als sie sich nicht entzog, legte er auch noch den anderen Arm um sie und zog sie fester an sich.

Die Umarmung

Aus Esthers Mantelkragen stieg Wärme auf und umschmeichelte Charles' Gesicht. Er zitterte und stützte sich auf ihre Schulter. Sein Gesicht versank in dem langen Haar, das ihren Hals umgab, und dem rauen roten Schal, wo er einen Duft wahrnahm, den er als Damenparfüm erkannte. Er zerfiel nicht. Er merkte, wie seine Handflächen an einem weichen Material entlangstrichen und sein Körper sich an eine warme, nachgiebige Fläche presste. Er verbrannte nicht und schmolz nicht zusammen, er war lediglich unentschlossen und zu seiner Verwunderung und Erleichterung ein wenig gelangweilt. Und sie? Sie nahm die Geste hin, ging nicht darauf ein und wies sie auch nicht zurück. Sie stand ganz still. Einen Moment später rief er seine Arme zurück, einen nach dem andern, Soldaten, die ohne Befehl zu einem Einsatz ausgerückt waren, lächelte sie an und sagte: »Entschuldigung.«

Esthers Lektion

Sie antwortete nicht, nachdem sie wieder frei war, sondern wühlte in ihrer Handtasche, bis sie ein Schmucketui fand. Darin lag ein zerfledderter Zeitungsausschnitt. Sie sagte: »Für mich ist das hier ein besonderer Ort. Hier bin ich zum zweiten Mal geboren worden.« Sie reichte Charles den Ausschnitt.

Darauf war ein junges Mädchen zu sehen, das gerade aus einem Loch unter der Mauer hervorkroch. Die Szene war nachts aufgenommen: Außerhalb des Blitzscheins der Fotografen war alles verschwommen. Im Vordergrund streckte eine massige Männergestalt mit Filzhut, die mit dem Rücken zum Fotografen stand, die Hand aus, um dem Mädchen auf den letzten Millimetern aus seinem Gefängnis zu helfen. Das Mädchen sah zu seinem Retter auf. Es war Esther. »Wer ist das?«, fragte Charles und zeigte auf den Mann. »Dein Vater.«

Charles ist aus dem Gleichgewicht

Charles mochte nicht weiter spazieren gehen. Er wollte nicht das neue Museum sehen, auch nicht das verrückte Café in der Stresemannstraße, und er wollte nicht hinterher zu einer Party bei reichen Leuten gehen. Er wollte nicht reden, er wollte nicht zuhören, er wollte nichts über Esther, Berlin oder seinen Vater hören. Charles wollte nach Hause.

»Und wo ist zu Hause?«

»Setzen Sie mich bitte beim Geschäft ab. Ich möchte mir die Bücher noch mal ansehen, bevor ich nach Amerika zurückfliege.«

»Die Bücher werden dir nichts sagen. Ein Buchhalter ist nicht Gott, verstehst du? Und wir verpassen eine Party.«

Im Laden holte er sich die Ordner von 1963–67 heraus, aus der Zeit, als die Mauer aus Hohlblocksteinen gebaut wurde. Charles wusste von seinen Besichtigungen, dass Tunnelfluchten nicht mehr möglich waren, nachdem die DDR die Steine durch grauen Beton ersetzt hatte. Dadurch waren etliche Leute arbeitslos geworden, vielleicht auch sein Vater. Den Büchern entnahm er, dass Johannes Allerhand 1965 eine Geschäftsführerin in seine Dienste genommen hatte, mit Namen Esther Becker. Er hatte ihr DM 6000 pro Jahr bezahlt, »plus Provisionen«. Die Provisionen waren nicht aufgeführt.

Die Ware entsprach dem, was Baruch ihm geschildert hatte – Kirchenkerzen, gekauft bei einer Firma in Israel, die Exporte aus dem Ostblock organisierte, und mit Gewinn weiterverkauft an Kirchen im Westen. Ungewöhnliche Ausgaben fanden sich nicht bis 1967, als Allerhand einen Bürobedarfsladen aufgekauft und zwei Wochen später mit Verlust wieder verkauft hatte. – »Können Sie mir bitte den Kauf eines ganzen Bürobedarfsladens erklären?«

»Wir brauchten Bürosachen«, erklärte sie, »ohne Quittungen dafür vorlegen zu müssen. Also haben wir einen vollen Laden gekauft und einen leeren verkauft.«

»Ist es verboten, Büroartikel zu kaufen?«

»Ist Ihnen klar, dass wir mit Ihrem Blödsinn eine schöne Party verpassen?«, sagte sie.

Er beachtete sie nicht. Sie sah, wie er ruhig und geduldig die Unterlagen durchblätterte. Seine Haltung weckte in Esther eine unangenehme Erinnerung.

Esther von innen – eine rätselhafte Landschaft

Früher oder später kommt in den meisten Beziehungen zwischen zwei Menschen der Augenblick, da die Macht den einen verlässt und auf den andern übergeht. So ging es mit Allerhand und der Frau, die er als Geschäftsführerin und Gehilfin eingestellt hatte. Eben noch hatte sie im Hinterzimmer ein antikes Teeservice ausgepackt, und er hatte mit ihr geschimpft, weil sie mit einer Tasse klirrte. Sie solle besser aufpassen. Es war ein dumpfer, heißer Sonntagabend im August. Ihr war kühl in einem Baumwollkleid, ihr Haar hing ihr in einem langen Zopf auf dem Rücken, während unter seinem teuren, gestärkten Hemd die Hitze brodelte. Sie wurden durch ein Klopfen an der Hintertür gestört.

Allerhand wollte nicht belästigt werden. »Pack die Schachtel da weg«, befahl er Esther. Dann schloss er die Tür auf.

Davor standen der unterwürfige Herr Feigl, der missgestaltete Herr Rosen und der redselige, aber radebrechende Herr Rother. Seine Kollegen. Sie kamen in weichen Schuhen und teuren, hellen Leinenanzügen zögernd herein, sie spähten umher, sie räusperten sich, sie lächelten nicht ein einziges Mal und richteten einer nach dem andern ihre Botschaft aus, zuerst Herr Feigl mit rasselnder Stimme, dann Herr Rosen mit jiddischem Akzent und schließlich Herr Rother mit seiner abgehackten, falschen polnischen Silbenbetonung: Dem Herrn Direktor gefielen Allerhands Geschäftspraktiken nicht. Der Herr Direktor finde, Herr Allerhand bringe die Juden in Verruf. Die Schöne Heimat möge die Branche wechseln und etwas Lukratives, aber Legales anfangen, wie Pelze oder Diamanten. Kerzen und Antiquitäten seien eine dürftige Fassade für einen sündhaften, politisch brisanten Handel.

Natürlich hätte Allerhand sie hinauswerfen sollen. Stattdessen versuchte er, sich zu verteidigen. Er sagte, er leiste den Juden einen Dienst, vielleicht nicht den Juden mit den Juwelierläden und Pelzimporten, aber den anderen Juden, denen, die im Osten gestrandet seien und immer noch Hilfe brauchten.

Dann wurde Allerhand traurig. Welch eine Ironie, wie abstoßend und trivial das alles! Tränen stiegen in seine tiefliegenden schwarzen Augen, er ging geradewegs auf sie zu und sagte: »Bitte lasst mich jetzt allein mit meiner Enttäuschung.« Aber er versagte. Statt zu gehen, feixten sie nur und sagten: »Von einem konvertierten Juden sollen wir uns solche Fisimatenten gefallen lassen? Nein!«

Da ließ Herrn Allerhand seine Selbstgerechtigkeit im Stich. Er wandte sich ruckartig zu Esther um. Und dieses Umdrehen war eine Bitte um Hilfe, eine Preisgabe seiner Führungsrolle in ihrer Beziehung. Sie übernahm sie sofort.

»Das reicht wohl jetzt«, höhnte sie. »Ich habe zu viel gelitten für mein Judentum, um mich von ein paar frustrierten Ladenschwengeln piesacken zu lassen, die zufällig meinem Glauben angehören.« Und sie scheuchte sie vor sich her wie Schulkinder, bis sie die Tür hinter ihnen zumachen konnte.

Johannes Allerhand saß in seinem Laden und weinte, weinte um den Verlust seiner Würde. Esther stand mit dem Rücken zu ihm an der Tür und lauschte seinem Schluchzen, als ob es Kammermusik wäre.

Esther erklärt

»Büroartikel sind nützlich, wenn man Papiere fälschen will. Nicht nur Besitzurkunden, Quittungen, Verkaufsbelege und Beglaubigungen, sondern auch Visa und Reisedokumente für Leute, die so etwas brauchen. Können wir jetzt zu der Party gehen? Ich möchte gern zu meinen Freunden.«

Charles hasste Freunde. Aber Esther liebte sie offensichtlich. Der Gastgeber war eindeutig ein Freund. »Mach mir keine Schande, Schätzchen«, flüsterte er Esther zu, als sie seine protzige Villa betraten.

Henry Rosen feierte die Bar Mizwa seines Sohnes mit den anderen Rosens aus Tel Aviv, Caracas, Cincinnati und Johannesburg. Zu Ehren seines Sohnes hatte er auch all seine Geschäftskollegen eingeladen, darunter fast alle Christen, die er kannte. Als der alte Vater den Jungen fragte, welche Schulkameraden er zur Bar Mizwa einladen wolle, hatte dieser geantwortet: »Keinen, bitte.«

Rosen hatte vor, den ganzen Abend neben seinem Jungen in der Diele zu stehen und ihn mit den Worten vorzustellen: »Mein Sohn Lenny. Seine Lehrer halten nicht viel von ihm, aber das kommt daher, dass er sich keine Mühe gibt.« Lenny hielt den Kopf gesenkt. Er hörte seit Jahren nicht mehr zu, wenn sein Vater etwas sagte, aber die Diamanten, mit denen sein blaues Samtkäppi besetzt war, konnte man unmöglich ignorieren.

»Schande machen? Wenn du nicht willst, dass ich dir Schande mache, darfst du mich nicht einladen«, sagte Esther zu ihrem Gastgeber. »Aber du willst ja, dass ich dir Schande mache.«

Sie gingen zur Garderobe und warfen ihre Mäntel auf die Pelzberge. Charles hatte nicht gesehen, wie Esther sich umgezogen hatte. Er hielt ihren Aufzug zuerst für ein Kaninchenkostüm; weißes Kleid mit schwarzen Flecken, an den Aufschlägen so etwas wie Pfotenabdrücke und hinten ein Puschel, wie ein Kaninchenschwanz. Rosen erwartete offensichtlich etwas Ungewöhnliches. Er folgte Esther in die Garderobe, wartete, bis sie den Mantel abgelegt hatte, und seufzte erleichtert: »Schön, Esther, richtige Abendgarderobe.«

Sie fuhr ihn an: »Kritisier mich nicht.«

»Habe ich kritisiert?«

»Die Leute müssen mich so nehmen, wie ich bin. Oder sie sind es sowieso nicht wert, dass man sich mit ihnen abgibt.«

»Gehen wir Baruch suchen«, sagte sie zu Charles. »Das hier sind nicht meine Freunde.« Rosen lächelte und kehrte auf seinen Posten zurück. Die Menge teilte sich für Esther, und Charles hatte den Eindruck, dass die anderen Gäste sie kritisch musterten. Das muss ihr merkwürdiger Aufzug sein, dachte er, oder ihre wilde schwarze Mähne – oder dass sie *mich* an der Hand hinter sich herschleift.

»Da sind meine Freunde«, sagte sie, als sie die hinterste Ecke des Zimmers erreichten. Charles erkannte Baruchs dickes Gesicht hinter einem Couchtisch. Esther schob ihn ins Rampenlicht. »Darf ich vorstellen? Charles. Johannes' kleiner Sohn!«

»Hans' Sohn?« wurde gefragt. »Er hatte einen Sohn?«

»Einen Konvertiten!« Esther drückte ihn in einen Sessel. Sie rückte den Kaninchenpuschel zurecht und quetschte sich neben ihn. Ihre Oberschenkel vibrierten, wenn sie sprach. »Charles muss euch von seiner Taufe erzählen ... nein, ist das komisch! ... Ich darf nicht zu lachen anfangen ... Ganz von vorn, Charles, wie es dem Priester so langweilig wurde, immer kleine Kinder zu taufen, und wie aufgekratzt er war, als er eine ganze Herde von jüdischen Lämmlein vor sich hatte ...«

Ein paar Gesichter musterten Charles Allen, und er antwortete tonlos: »Das war nichts weiter. Der Messdiener sagte ›Auweia!‹, als er uns sah, und der Priester ging mit ihm hinaus, und ich hörte ihn schimpfen: ›Man sagt bei einer Taufe nicht Auweia!‹«

»Seitdem geniert er sich, dass er Jude ist«, sagte Esther. »Ich bin einmal deswegen beim Lügen erwischt worden. Das war bei so einem Klatschspiel im Hof – kennt ihr das Spiel? Man bildet einen Kreis, und ein Kind steht in der Mitte. Dann klatschen alle im Kreis in die Hände und bestürmen das Kind in der Mitte mit Fragen, und es muss darauf im Takt des Händeklatschens mit ›Ja‹ oder ›Nein‹ antworten. ›Liebst du die Farbe Rot?‹ – ›Nimmt deine Mutter Parfüm?‹ – klapp, klapp. Der Witz dabei ist, dass man ganz banale Fragen stellt, und dann plötzlich so eine: ›Bist du verliebt in den und den?‹ – und das Kind in der Mitte wird rot. Leugnen ist zwecklos.«

»Spielen wir das doch jetzt mal!«, rief einer. »Ja, Henrys Partys sind immer so langweilig«, meinte ein anderer. »Ich finde Spiele mit Lügen herrlich!« Man einigte sich: Baruch sollte in die Mitte.

Baruch sträubte sich. »Inge mag das nicht, oder?« Eine rundliche, aufreizende Fünfzigerin neben ihm erwiderte: »Inge mag das sogar sehr!«

»Baruch in die Mitte! Ich erzähle meine Geschichte nachher zu Ende«, sagte Esther. Charles fühlte, wie sie sich an ihn drückte, während sie ihm zuflüsterte: »Inge ist Protestantin!«

Baruch ließ sich auf dem gläsernen Couchtisch nieder. »Dass du mir aber ehrlich antwortest!«, ermahnte ihn Inge; sie legte einen rasanten Rhythmus vor.

Die anderen beugten sich sensationslüstern in ihren Sesseln vor. Zwei eineiige Zwillinge aus der Sowjetunion klatschten wie wild am Takt vorbei. Sie verstehen noch kaum Deutsch, sagte Esther zu Charles. Sie seien die Ableger einer Litauerin, die von einem deutschen Soldaten vergewaltigt worden sei. In Erinnerung an ihren Vater habe sie ihnen nordische Namen gegeben: Volker und Frieder. Die beiden Bankerte waren in der Provinz aufgewachsen, unzertrennlich in Gedanken, Worten und Werken. Bei ihrer fünften Festnahme wegen Ladendiebstahls in einem Devisenladen diagnostizierte ein Psychiater Kleptomanie, und die sowjetischen Beamten fragten sie, ob sie nicht Lust hätten, nach Israel auszuwandern. In Westberlin verpassten sie ihren Anschlussflug nach Tel Aviv und blieben. Nach ihrer fünften Festnahme wegen Ladendiebstahls bei Karstadt wurden die Zwillinge dem Wohlfahrtsamt der Jüdischen Gemeinde gemeldet. Dort fanden sie einen Halt in Gestalt von Herrn Rosen, der ihnen in seinem Immobilienbüro Arbeit gab. Seitdem waren sie nicht mehr in die Klemme geraten.

Klapp, klapp!

»Warst du schon in Wilna?«, fragte der erste Zwilling.

»Nein«, sagte Baruch.

»Warst du schon in Riga?«, fragte der zweite.

»Blöde Frage«, antwortete Baruch.

»Heißt du wirklich Baruch?«, rief Esther.

»Wenn man meiner Mutter glauben darf, ja«, antwortete das Opfer.

»Wirst du von der Polizei gesucht?«, fragte ihr Nachbar, ein junger Mann namens Leon.

»Die hat mich noch nie gesucht!«, versicherte Baruch.

»Liebst du Inge?«, fragte Inge.

»Wenn nötig, ja«, sagte Baruch und wuchtete sich vom Couchtisch. »Das ist ein Spiel für die schlechten Lügner unter uns. Und für Leute, die keinen Appetit haben. Wie ich höre, ist das Buffet eröffnet. Entschuldigt mich.«

Die Zwillinge folgten ihm. »Sie folgen ihm überallhin. Er kann nicht mal allein zur Toilette gehen«, klagte Inge. »Was ist mit dir, Leon? Hast du keinen Hunger?«

Leon betrachtete seinen Bizeps, während er mit seinem Arm Pumpbewegungen machte. »Ohne Händeklatschen wüsste ich gern, was unser Konvertit hier bei uns zu suchen hat. Was er von Beruf ist. Und so weiter. Er sieht aus wie Jesus.«

»Ich bin Buchhalter«, sagte Charles Allen. Inge jubelte: »Ein Buchhalter! Wie ungewöhnlich! Und du, Leon, was bist du?«

»Ich bin Verbrecher«, antwortete der höfliche junge Mann.

So ging das Gespräch weiter, bis Baruch rot und zerzaust wiederkam. »Das ist mir eine schöne Feier«, sagte er. »Esther, du und dein Erbe, beeilt euch lieber, bevor das Buffet kahl gefressen ist.«

Charles wurde von Esthers drückendem Schenkel erlöst, nur um jetzt in aller Öffentlichkeit essen zu müssen, ein Tun, das ihn erröten machte, weniger von der Anstrengung als aus Peinlichkeit: Öffentlich den Mund aufzumachen, öffentlich zu schmatzen und zu kauen und zu schlucken, mit nassen Lippen, hüpfendem Adamsapfel, und vor Esther und Leon, die ihm zuschauten.

»Und wie ging dein Klatschspiel zu Ende?«, fragte Leon und versuchte in den Gesichtern der umstehenden Frauen zu lesen, wie er auf sie wirkte.

»Eine Rede, eine Rede!«, rief Henry Rosen. »Ich will euch erzählen, wie ich von Israel nach Deutschland gekommen bin. Um euch zu erklären, warum ich auf diese Bar Mizwa so stolz bin. Ich bin nicht als Jude nach Deutschland zurückgekommen, sondern als Israeli. In

Israel war ich bei der Luftwaffe als Kampfpilot. Ich war stark. Ich bin hergekommen, um mich umzusehen, und was ich sah, hat mir gefallen. Deutschland ist das Land der Möglichkeiten, das freieste Land Europas! Also beschloss ich zu bleiben. Als Gast aus Israel. Ich war immer bemüht, mich hier korrekt zu verhalten. Ich bin hundertfünfzig Prozent korrekt! Und dennoch war ich hier sehr erfolgreich und habe genug Geld verdient, um diese große Bar Mizwa auszurichten. Und ich *wollte* eine teure Party geben, weil man bei Geld nie weiß: Wie gewonnen, so zerronnen! Und zumindest wird Lenny sich immer daran erinnern können. Ich bin diesem Land dankbar, weil es mir die Möglichkeit gibt, Lenny eine so kostbare Erinnerung mitzugeben! So möchte ich heute Abend diese Gelegenheit ergreifen, Deutschland zu danken!«

Er wirbelte herum und machte ein Zeichen in die Ecke, wo eine Band darauf wartete, das Deutschlandlied anzustimmen.

Henry Rosen drängte durch die Menge, schüttelte Hände, plusterte sich unter den Glückwünschen immer mehr auf und ließ seinen Sohn weiter in der Diele stehen, den Kopf gebeugt unter der tonnenschweren Last seines ganz besonderen blauen Samtkäppis.

»Esther! Mein Schatz! Ist das nicht wunderbar?« Rosen hatte sich zu ihnen durchgekämpft. »Und du bist so schön. Ich hätte dich vielleicht doch heiraten sollen. Welch eine Schönheit! Und jetzt hast du einen neuen Freund, wer ist das, er sieht nett aus, ein bisschen jung für dich, stell mich ihm doch mal vor.«

»Charles, das ist Henry, mein altes Herzleiden.«

»Da hast du recht. Herzleiden. Das ist es. Ich leide immer noch.«

»Wenn du nur schöne Zähne hättest, Henry. Ich könnte nie einen Mann mit so schlechten Zähnen nehmen. Schlechte Zähne, schlechte Knochen. Ich würde mich nie von dir küssen lassen.«

Henry Rosen sah aus wie vor den Kopf geschlagen. »Das hat mir noch niemand gesagt«, meinte er, indem er mit dem Zeigefinger an seine braunen Schneidezähne tippte. »Noch keine Frau. Nicht einmal Wanda.« Er ging mit Tränen in den Augen fort. Die Band spielte einen gemäßigten Foxtrott.

»Den Schluss deiner blöden Geschichte, Esther«, verlangte Leon.

»Lass sie in Ruhe, Leon«, sagte Baruch, der mit Inge vorbeitanzte.

»Wir feiern heute unsern eigenen Jahrestag«, sagte Inge. »Mein fünftes Jahr als Wohlfahrtsempfängerin.«

Baruch ließ sie los, und sie tanzte ohne ihn weiter, und während sie ihre Beine bewegte, bewegte sie den Mund – sie erzählte ihnen allen ihre Geschichte, wie sie kurze Zeit als Sekretärin gearbeitet hatte, sich dann beim Skifahren am Rücken verletzte und, da sie nicht mehr als Sekretärin arbeiten konnte, darauf wartete, dass ihr das Arbeitsamt eine annehmbare Alternative bot. Baruch hörte aus der Kulisse zu, mit flammendem Blick. Als sie fertig war, fasste er sie um die Taille, stemmte sie über seinen Kopf und sagte: »Nach dem nuklearen Holocaust wird meine Inge mit den Ratten überleben.«

Türkische Kellner brachten zuckrigen Negev-Wein in Champagnergläsern, die Band machte eine Pause. Esthers Freunde versammelten sich wieder um den Couchtisch, und diesmal setzte Esther sich direkt auf Charles' Schoß, legte ihm die Arme um den Hals und lehnte ihren Kopf an seine Schulter. Sie schloss die Augen. Charles spürte ihren Atem an seinem Hals. Er sah an ihr vorbei, versuchte zu ignorieren, was mit ihm geschah, und verfolgte den Streit zwischen Inge und Baruch, ob sie sich liebten. Esther regte sich auf seinem Schoß. »Ich bin eben an dich gewöhnt«, widersprach Baruch, »das ist alles. Ich habe mich an die Fernsehsendungen gewöhnt, die du gern siehst, und an deine Bratkartoffeln.«

»Und ich bin an deine Selbstgefälligkeit gewöhnt, und an deinen schlechten Charakter«, sagte Inge.

»Esther, wach auf und erzähl deine Geschichte zu Ende!«, rief Leon von der anderen Seite des Couchtischs. »Wie sie dich beim Lügen erwischt haben. Ich bin ganz wild auf Geschichten von ertappten Lügnern.«

»Nein, erzähl die Geschichte bitte nicht zu Ende, ich kann sie nicht noch einmal hören«, flehte Baruch. Esther setzte sich auf Charles Schoß zurecht.

Sie erzählte ihre Geschichte zu Ende.

»Also, wir haben dieses Klatschspiel dauernd gespielt, als ich Kind war. Ich fand es herrlich. Aber eines Tages hatte ich Angst davor, weil ich gerade bis über beide Ohren in einen kleinen Jungen namens Fabian verliebt war. Als ich in die Mitte kam, graute mir deshalb vor der Frage: ›Bist du verliebt in Fabian?‹ Aber sie fragten stattdessen, klapp, klapp, ›Waren deine Eltern Nazis?‹«

»Und du hast zu heulen angefangen«, höhnte Baruch.

Esther ignorierte ihn. »Und ich fing zu heulen an. Meine Mutter hörte mich von oben und kam runter, und die Kinder fragten sie, was denn los sei, warum ich heulte, und sie sagte: ›Ach, sie ist immer so empfindlich, das arme Kind.‹ Sie nahm mich mit nach oben, alle dachten, sie würde mich trösten, aber als wir oben waren, hat sie mich windelweich gehauen.«

»O Esther«, jammerte Baruch, »du mit deinen langweiligen Geschichten. Beim zehntletzten Mal habe ich schon zu Gott gebetet, er möge mir die Folter ersparen, sie noch einmal anhören zu müssen. Aber Gott lässt mich leiden. Ich war in Auschwitz, ist das noch nicht genug? Ich sollte mir solche Geschichten nicht anhören müssen! Die Deutschen benehmen sich anständig gegenüber den Juden. Was willst du mehr?« Er legte sich seine beiden großen Hände auf den Bauch. »Sieh dir das an! Sauerbraten, Knödel, Torte, Bier. Und was deine Mutter angeht: Die habe ich nie gesehen. Gibt es sie überhaupt? Ist sie ein Monster?«

Esther verlässt eine Party

»Nichte diese Vase!«

»Pass auf, der Garderobenständer!«

»Wie peinlich!«

»Hilf mir mal mit den Mänteln, das sind ja Hunderte …«

»Nein, welche Schande für mich!«

»Blind, taub und dumm. Jetzt weiß ich, warum er sich an Inge herangemacht hat. Typen wie er sind an allem Ärger schuld. Manchmal hasse ich Baruch so, dass ich denke, er hat sein KZ verdient. Er würde für einen Groschen sein eigenes Volk verkaufen, er ist nur an Geld interessiert und völlig gefühllos – wenn der kein Untermensch ist, wer dann?«

Sie saß auf dem Randstein, die Füße auf der Straße. Charles lief um sie herum und machte sich Sorgen darüber, was irgendwelche Passanten denken oder, schlimmer noch, sagen könnten. Er sprach kein Wort mit ihr, und nach einer Weile stand sie ganz plötzlich auf und ging weg. Er sah sie weggehen, dann rannte er in Panik hinter ihr her.

Sie redete nicht mit ihm, erlaubte ihm aber, neben ihr herzugehen. Kurz darauf spürte er, wie sich ihre Hand in seine Armbeuge schlich. Das war nicht gefährlich, es war ja nur eine Hand, nicht so schlimm wie vorhin der Schenkel, trotzdem wurde er ein kribbliges Gefühl in seinem Arm nicht los. Er war hocherfreut, dass sie ihm nicht davonlief, zugleich konnte er aber kaum den Wunsch unterdrücken, sie abzuschütteln. Sie bogen in ihre Straße ein, und sie drückte sich an ihn. Dann kamen sie an ihre Tür, und er nutzte im Treppenhaus die Gelegenheit, sich ihrem Griff zu entwinden. Ihr Arm zuckte an seiner Seite.

Er war vor ihr im Gästezimmer. Sie folgte ihm, hatte unterwegs schon ihren Mantel abgeworfen, näherte sich ihm in ihrem Karnickelkostüm und stellte ihn beim Frisiertisch. Der Spiegel sah seinen Nerzmantel von hinten, ihr schrittweises Näherkommen. Sie hatte etwas in der Hand. Dann half sie ihm aus dem Mantel, den sie achtlos aufs Bett warf – in seiner Verzweiflung dachte er: Zumindest ist das Bett voll mit Mänteln belegt, niemand kann von mir erwarten, dass ich mich daraufsetze oder -lege – und dann schob sie ihm etwas auf den Kopf.

»Dreh dich um, setz dich und sieh dich an«, sagte sie.

Er tat wie geheißen und sah einen dunkelhäutigen jungen Mann im blauen Anzug mit einem weißen Käppi auf dem Kopf. Im Hintergrund eine Frau in Weiß, an ihrem Busen ein glitzernder Davidstern. Fasziniert sah er, wie ihre Arme sich um seinen Oberkörper schlangen und ihre Wange sich zu der seinen herabneigte. Er sah im Spiegel, wie sie sich zu ihm herunterbeugte und er, von dem Bild getrieben, darauf einging: ein jüdischer Liebhaber.

Das Bild erwies sich als flüchtig. Kaum hatte er den Kopf gedreht, war es verschwunden. Charles entwand sich kurz dem Kuss, um sein Spiegelbild wieder zu suchen, aber das Käppi fiel ihm vom Kopf, und er fand im Spiegel nur sein vertrautes Bild.

Esther glitt an ihm hinunter, umfasste seine Knie und drückte ihren Kopf in seinen Schoß. Er war entsetzlich verlegen. Er schüttelte sie ab, indem er aufstand, und entschuldigte sich: »Bedaure, ich bevorzuge Blondinen. Ich kann nichts dafür.«

Sie stand ebenfalls auf und sagte: »Ich bin auch mehr für Blond. Macht nichts. Es war nur so eine Idee. Das Käppi kannst du behalten.«

Charles fand, dass sie ganz fröhlich aussah. Er beschloss, den Zwischenfall zu vergessen. Sie ging rasch hinaus. Als er am Wohnzimmertisch vorbeikam, legte er einen Fünfzigmarkschein darauf; er dachte, die zehn Mark extra würden sie glücklich machen. Er wollte sie glücklich machen.

Ester putzt

Am nächsten Morgen vollführten ihre Schritte auf dem Flur ein wütendes Schlagzeugsolo, dann erschien sie an seiner Tür, brabbelte etwas von »dreckig« und »faul«; sie habe es endgültig satt. Sie verschwand.

»Guck dir bloß mal an, wie das Bad aussieht, wenn ich es nicht abschließe!«, rief sie. Er trottete hinter ihr her, angelockt von ihrer betörenden Kosmetiksammlung. Sie scheuerte das Waschbecken aus. »Ich habe noch nie so eine Schweinerei gesehen!« Dann den Fußboden. Sie wirbelte mit ihrem Schwamm herum, bis sie an ein Bord stieß und all die wunderschönen Frauen auf den Fläschchen und Döschen umkippten und durch die Gegend flogen. Er wollte ihr helfen und hob eine Schachtel auf. Aber sie entriss sie ihm, bevor er noch einen Blick darauf werfen konnte, und schrie: »Raus hier!«

Er ging in sein Zimmer zurück, setzte sich aufs Bett und nahm sich noch einmal die Alte *Herald Tribune* vor. Als sie ihm nachgestürzt kam, tat er, als bemerke er sie nicht.

»Der schlimmste Dreck kommt von den Münzen«, sagte sie und legte ein nasses Zehnpfennigstück auf den Tisch. »Ist dir schon mal aufgefallen, was man von nassen Münzen für schwarze Finger kriegt?«

Esther von innen – eine rätselhafte Landschaft

An Wochentagen war die Uferpromenade am See nicht von Familien überlaufen, und da nahm Allerhand, der sich dazu bekannte, Kinder nicht ausstehen zu können, seine Gehilfin mit dorthin zu einem Spaziergang.

»Ist das nicht herrlich? Man sollte dankbar sein für so einen schönen Tag«, sagte Johannes Allerhand und meinte damit die Natur ebenso wie seine Begleiterin. Sie war dreißig Jahre jünger als er, aber er hatte es sich nicht nehmen lassen, sich mit einer Decke und dem Picknickkorb abzuschleppen, und sie bot ihm ihre Hilfe nicht an, um ihn nicht zu verärgern.

»Die Bäume, der Himmel, das Wasser – Deutschland!«

Auf dem Wasser trieb ein Ölfilm. Das hielt Badelustige nicht davon ab, sich überall an dem sumpfigen Ufer ihrer Kleider zu entledigen und nackt ins Wasser zu springen, als wären sie von denselben Gefühlen übermannt wie Allerhand. Die beiden wandten sich vom See weg auf einen Waldweg. Bald verließen sie den Weg und stapften durchs Unterholz, Johannes Allerhand voran, bis sie auf eine sonnenbeschienene kleine Lichtung kamen. Allerhand breitete die Decke aus. »Nur zu, leg dich hin.«

Er legte Hut und Hemd ab und stand mit dem breiten Rücken und dem kahlen Hinterkopf zu ihr, das Kinn hochgereckt, die Augen geschlossen. »Und ich dachte, ich sei zu alt für solche Gefühle.« Er ging von Baum zu Baum und befühlte die Rinde in Kniehöhe.

Als er die Kerbe im Holz gefunden hatte, kam er zu Esther zurück, öffnete den Picknickkorb und nahm eine Kinderschaufel heraus. Er fing unter dem markierten Baum an zu graben. Er strengte sich nicht besonders an, arbeitete aber auch nicht spielerisch wie ein Kind; er grub mit gerunzelter Stirn, bis das Plastikschäufelchen auf Metall stieß. Dann holte er eine gewöhnliche Blechdose aus der Erde.

Esther sah ihm nicht mehr zu, sie war eingeschlafen. Er rieb den Schmutz von der Dose, öffnete sie, holte einen Packen bundesrepublikanische Pässe heraus und blätterte vergnügt darin. Er machte das Loch wieder zu, kratzte ein bisschen auf der Erde herum, kehrte dann zu seinem Korb zurück und nahm eine Flasche Wein heraus. Er setzte sich zu Esthers Füßen auf die Decke und trank gierig. Esther beobachtete ihn durch halbgeschlossene Lider. Sie lächelte.

»Die Natur macht mir Appetit«, sagte er. Er kniete sich hin, legte die Hände auf ihre Waden, ließ sie nach unten gleiten und streifte ihr die Schuhe von den Füßen.

Die Mutter gibt es wirklich

Charles' Augen hatten einen unersättlichen Appetit. Er sah die kleinen Schweißtröpfchen auf ihrer Stirn und Oberlippe. Er beobachtete alle Wirkungen, die Sprechen, Schlucken und Atmen auf ihrem entstellten Mund und ihren hübschen Zähnen hervorbrachten.

»Was hieltest du davon, wieder nach Amerika zu fliegen?«, rief sie. »Damit mir dieses Chaos erspart bleibt, und dein ewiges Glotzen.«

»Ja, ich könnte jederzeit nach Oregon zurück«, antwortete er, während er sich einprägte, wie ihr das Haar über die Schulter fiel. »Meine Stelle kriege ich sofort wieder.«

»Und der Laden?«

»Den kannst du behalten.«

»So geht das nicht. Du musst ihn mir schon überschreiben. Aber das können wir machen, wir brauchen nur ein Blatt Papier, und du schreibst darauf: Ich, Charles Allen, verkaufe mein Erbe an Esther Becker für die Summe von DM 1,–. Wir unterschreiben beide, und fertig.«

»Ich mag nicht einmal etwas unterschreiben.«

»Was willst du denn überhaupt? Den Sportteil lesen, klar. Essen, schlafen, regelmäßiger Stuhlgang. Reif für den Schlachthof«, sagte sie. »Die Nazis hätten dich am Spieß geröstet! Pass auf, ich setze den Vertrag auf, du musst nur noch unterschreiben. Komm heute Vormittag mal mit mir. Das hast du dir ja immer gewünscht. Glotz dich satt. Glotz mich an und unterschreib.«

Sie kaufte eine *Herald Tribune* und schlug sie für ihn bei den Baseball-Ergebnissen auf. Er saß neben ihr im Auto und las. Er konnte aus dem Auto steigen, ohne die Zeitung wegzulegen, die Höhe des Bordsteins abschätzen, ohne seine Zeile zu verlieren, und Esther die Tür aufhalten, ohne den Blick vom Text zu reißen.

»Hier wohnt meine Mutter«, sagte Esther. Jetzt sah er auf. Sie waren in einem Altersheim.

Esthers Mutter gab es also wirklich: Sie war klein, hielt sich aufrecht und trug ein piekfeines Kleid mit viel Spitzen und Bändern. »Wieder mal aufgeputzt wie ein Weihnachtsgeschenk«, sagte Esther, als sie sich von hinten näherte. »Eitel bis zum bitteren Ende.«

Ihre Mutter vernahm die Attacke, reagierte aber nicht darauf. Sie hatte einen Button am Revers stecken, auf dem »Frau Becker« stand. Sie blätterte in einer Zeitschrift und hörte damit auch nicht auf, als Esther von hinten an sie herantrat. Herr Brumm, Fräulein Gierlich und Frau Harzbach, die mit ihr am selben Tisch saßen, blätterten ebenfalls, obwohl sie mitten in einer heißen Diskussion über Lebensmittelpreise waren.

»Was regen Sie sich denn noch über Preise auf?«, hänselte Esther sie. »Wo Sie doch gar nichts mehr kaufen müssen?« Es raschelten die Seiten von *Quick*, *Stern* und *Brigitte*.

»Früher war alles billiger«, sagte Fräulein Gierlich, »aber es war nicht so leicht zu haben. Kartoffeln kriegte man, aber Fleisch? Pro Person hundert Gramm die Woche. Das isst ein Kind zu einer Mahlzeit. Krieg! Kein Fleisch im Krieg. Eine schreckliche Zeit, ich bin froh, dass die vorbei ist.«

»Ja, eine schreckliche Zeit, wie uns dieser Hitler an der Nase herumgeführt hat. Und hinterher noch schlimmer«, sagte Frau Harzbach.

»Aber vor dem Krieg hatten wir unsern eigenen Gemüsestand am Fehrbelliner Platz«, sagte Herr Brumm, »da sind die hohen Tiere nach Feierabend zu uns gekommen. Und mussten Schlange stehen.«

»Aber Sie haben ja Besuch, Frau Becker. Drehen Sie mal den Kopf herum!« Frau Becker drehte langsam den Kopf, wie ein Schiff, das einen weiten Bogen beschreibt, und betrachtete die Gestalt, die neben ihr stand. »Ach, du bist es«, sagte sie, »wie nett. Meine Tochter«, wandte sie sich an die andern, »kommt mich besuchen.«

»Wir kennen Ihre Tochter. Fräulein Becker, stimmt's?«, meinte Herr Brumm, der immer Stielaugen bekam, wenn er eine Frau unter siebzig sah.

»Mit einem Freund, wie's aussieht.« Frau Harzbach zeigte auf Charles Allen. »Ein netter junger Mann. Sehen Sie, Frau Becker. Drehen Sie jetzt mal den Kopf zur anderen Seite.«

Frau Becker drehte den Kopf und stierte. Dann nickte sie in Charles' Richtung. »Ja, schon besser«, schnaufte sie.

Ja, schon besser

Ja, schon besser. Charles Allen fragte sich später, wie sie das meinte. Frau Becker zu fragen war ihm nicht in den Sinn gekommen. Schon nach einer Minute hatte Esther es zwischen den Alten nicht mehr ausgehalten und sich wieder verabschiedet. Sie hatte ihre Mutter auf ein Wort unter vier Augen an einen anderen Tisch in der Halle gebeten.

Von weitem sah Charles sie einen Stift und etliche Papiere aus ihrer Tasche holen und sie ihrer Mutter zur Unterschrift zurechtlegen. Dann küsste Esther sie auf die Wange und ließ sie abrupt sitzen. Charles sah

Esther zu ihm zurückkommen, während ihre Mutter sich im Hintergrund mit einiger Mühe wieder erhob und ihrer Tochter unschlüssig nachblickte. Charles winkte ihr zum Abschied. Er sah Frau Beckers überraschtes Gesicht, als sie ihren Stock von der rechten in die linke Hand nahm, um zurückzuwinken.

»Einer alten Frau zu winken ist keine große Leistung für das Familienunternehmen. Wenn du mit mir was anfangen willst, dann hilf uns«, schalt Esther ihn. »Sogar meine Mutter hilft uns. Sie unterschreibt alles. Die Alten lässt man schön in Frieden. Sie sind zu ehrwürdig. Die ganze Generation. Man mag nicht in ihren Gedanken herumstochern.«

Esther plant den Nachmittag

In der Schönen Heimat sah Charles sich von Esther und Baruch mit einer Flasche Wein bedrängt. Beide erwähnten den Streit von letzter Nacht nicht mehr. Sie waren ganz damit beschäftigt, ihr Opfer weichzuklopfen. Sie füllten ihm das Glas. »Charles, du kannst uns bei der Statuette für Pfarrer Renard helfen«, sagte Esther.

»Wir haben schon überlegt, wer das für uns erledigen könnte«, sagte Baruch. »Prost, Charles, du bist ideal dafür. Pfarrer Renard ist nicht sehr neugierig, und die Statuette ist doch so schön. Stammt aus einer kleinen Kirche bei Versailles. Frieder und Volker haben eine Viertagetour nach Paris gemacht und sie dort entdeckt. Pfarrer Renard kauft am liebsten von Verstorbenen, darum haben wir ihm gesagt, sie stammt aus einem Nachlass. Gib mal die Flasche rüber.«

»Er kann sie direkt zu St. Joseph bringen. Als Dr. Allerhand«, sagte Esther. »Trink, Baruch, das hält die fünf Sinne zusammen …«

»Ich bin kein Doktor«, sagte Charles. »Ich werde auch niemandem etwas vorspielen. Ich wüsste gar nicht, wie.« Baruchs Stimme wurde ganz leise, gekränkt. »Die ganze Zeit hatten wir niemanden, der uns deinen Vater hätte ersetzen können, einen, der weiß, wie man sich in der Kirche benimmt. Mich haben sie in der Schule auch vermöbelt,

Esther, weil ich mich über die Katholiken lustig gemacht habe.« Er schlug ein Kreuzzeichen und sang: »Domino ist arg dummmm … Spiritus ist auch im Rummm … Waldemar spielt Dominooo …«

»Ihm etwas vorspielen – nein! Aber ich kann dem Pfarrer die Hand schütteln und eine Kniebeuge machen, wenn ihr das meint.« Charles wurde weich.

Es war ein simples Spiel: Baruch sollte mit Esthers Mercedes den Chauffeur spielen, Esther auf die Schachtel schreiben: »Aus dem Nachlass Stella Sandelholz«. Charles musste sich die Hände waschen und vor dem Spiegel üben: »Charles Allen mit der bestellten Statuette. Mein Vater kann sie leider nicht persönlich bringen, da er verstorben ist.«

Er würde nichts über die Statuette sagen, da er auf keinen Fall lügen wollte. Während Charles seine knochigen zwei linken Hände bürstete, sah er in den Spiegel und dachte an die Yankees, die ihren zweitbesten Schlagmann verkauft hatten; das würden sie noch bitter bereuen. Wenig später hupte ein Auto vor dem Laden. Der Mercedes war da, mit Baruch in Chauffeurslivree. Der Hals quoll ihm aus dem Kragen. Er rannte ums Auto, um Charles die Fondtür aufzuhalten.

Pfarrer Renards Kirche war ein Notbau aus rotem Backstein, den Rom in den späten Vierzigern hingestellt hatte, in den »Hungerjahren«, als auch die Nahrung für die Seele knapp war. Früher war der Kirchturm einmal ein Wachstumssymbol für die Umgebung gewesen, meilenweit zu sehen. Jetzt beeinträchtigte er nur noch einen Häuserblock weit die Skyline.

Aber ein Mercedes machte Eindruck. Türkenkinder scharten sich um ihn herum und bestaunten den Stern. Baruch parkte auf dem Gehsteig, und der Auflauf vergrößerte sich. Er stieg aus und sagte zu den Kindern: »Lasst die Finger davon, sonst erschieße ich eure Mütter beim Abendbrot.«

Die Kinder wichen zurück.

Die Kirche war leer, blaues Licht drang durch die modernen Buntglasscheiben, und Kerzen flackerten an den Kreuzwegstationen rund ums Kirchenschiff. Der Amerikaner bekreuzigte sich. Baruch tippte sich an die Schläfen.

Das Pfarrbüro hätte Teil einer beliebigen kleinen Verwaltung sein können. Eine ältere Frau zählte und sortierte Geldmünzen. »Wenn ich mich verzähle, bin ich meinen Job los«, sagte sie.

Pfarrer Renard sah die Rechnungen durch. Er war ein Bilderbuchpfarrer: sanfter Blick, fein geschnittenes Gesicht und so uneitel, dass man sein Äußeres kaum hätte beschreiben können. »Sie sind also Dr. Allerhand. Johannes Allerhands Sohn.« Er sprach die Worte so gewichtig aus, als ob sie ihn trösten sollten.

»Die Schöne Heimat beliefert uns nun schon seit zehn Jahren, und wir sind sehr zufrieden. Hohe Qualität zu vernünftigen Preisen. Ein wenig unbürokratisch mit den Unterlagen, fast wie im Discountladen. Aber immer wieder mal ein bemerkenswertes Stück, eine Ikone, Tefillin – wir sind sehr ökumenisch in unseren Interessen –, ein Kruzifix, dies und jenes eben. Wir haben die schönste Kirche in ganz Berlin. Und nun diese Madonna. Lassen Sie mal sehen.«

Er wartete in einer Art Habachtstellung, in der er auch die Beichte hörte, die Glieder ganz steif, um keinen Freudentanz aufzuführen. Charles Allen packte die Statuette aus. Die Madonna war gedrungen, ein Schleier umrahmte ihr schwarzes Haar, ihr Teint bläulich weiß. Charles fand, dass sie fast aussah wie seine Jüdin. »Wunderschön«, flüsterte der Pfarrer und zückte seine Brieftasche. »Die ist für mich privat.«

Verbrüderung

Beim Blackjack an Baruchs Gallé-Tisch verkündete Esther, sie habe einen Entschluss gefasst. »Bald haben wir wieder Weihnachten«, sagte sie, »und ich möchte raus aus dem Kerzengeschäft.« Sie teilte aus.

Charles Allen ordnete seine Karten. Er hatte ein aufregendes Blatt. »Fang an, Esther«, bat er.

»Ich habe für Weihnachten immer so gute Ideen«, jammerte Henry Rosen. »Voriges Jahr Eigentumswohnungen: Schenken Sie Ihrer Liebsten, was sie schon immer gern haben wollte, ein Zimmer für sich! Und heute hatte ich plötzlich eine Idee für den allerchristlichsten Anlass überhaupt: den Jahrestag eines Pogroms.

Die Jüdische Gemeinde hat einen neuen Vorsteher. Der würde für seine Mitglieder zu gern einen spektakulären Auftritt organisieren, etwas Erhebendes, das Aufsehen macht. Warum nicht Kerzen? Ein Kerzenumzug zum Gedenken an die Kristallnacht. Toll.«

Die anderen hatten ihre Karten noch nicht aufgenommen. Charles wurde ungeduldig. »Ich habe so ein gutes Blatt. Will einer spielen?« fragte er.

»Aber Henry«, meinte Esther, »wenn die Jüdische Gemeinde Kerzen braucht, kann ich sie ihr gern liefern. Wir ordern nach und machen ihr einen Freundschaftspreis. Nachdem sie die ganzen Jahre mit Johannes auf so schlechtem Fuß gestanden hat.«

»Esther, spielst du?«, drängte Charles.

»Was soll ich?«, blaffte Esther. »Du bist doch ein Idiot. Dein Vater hat in der Kristallnacht alles verloren, was er hatte – und du verlierst jetzt dein gutes Blatt. Wir müssen nämlich gehen.« Sie warf ihre Karten auf den Tisch. Charles Allen schob das Spiel zusammen und musste sich beeilen, um die anderen wieder einzuholen.

Es war warm für Ende Oktober, ein rechter Abend, um mit offenen Fenstern und aufgedrehtem Radio durch die Stadt zu fahren. Es war aber auch ein rechter Abend, um Radio und Scheinwerfer abzustellen und leise in den Hof einer Lagerhalle einzubiegen. Es kamen noch mehr Autos mit abgestellten Radios und ohne Licht.

Sie warteten. Charles verstand Baruchs strenges, ernstes Gebaren nicht. Als eine Klapperkiste mit sechs kichernden Türkinnen in Kopftüchern vorfuhr, stieg Baruch aus dem Mercedes und fuhr sich mit dem Finger über den Hals. Ihr Schweigen hatte danach etwas Gezwungenes, als spielten sie nur Schweigen, während man fast hörte, wie sie im Kopf weiterglucksten.

Die Stille endete, als ein Laster auf den Hof rumpelte. Baruch stolperte rückwärts im Hof umher und wies den Fahrer ein. Endlich stiegen alle aus, auch Charles. Er stand in der Mitte der Kette, die von dem Wagen dicke Bündel ablud, sie von Hand zu Hand weiterreichte und zu Esthers Füßen deponierte. Sie und Inge rissen die dicken Plastikhüllen auf und zogen weiche, dunkle Pelzmäntel heraus. Sie hielten sie sich kurz unter die Nasen und an die Wangen und gaben sie an die sechs Türkinnen weiter, die auf Klappstühlen im Kreis saßen und mit flinken Fingern die Etiketts heraustrennten.

Charles' lange Nacht

Nach diesem ersten Verbrechen seines Lebens wollte Charles Allen gern einen Orangensaft trinken und dann schlafen gehen. Esther erfüllte ihm den ersten Wunsch. »Wenn du willst, darfst du dich in mich verlieben. Ich bin nämlich einsam.«

»Ich verliebe mich so wenig, wie ich mich verrechne.«

»Und wenn ich mir die Haare blond färbe?«

Als er zur Zeitung griff, verließ sie das Gästezimmer. Er ließ die Zeitung sinken und starrte auf die Tür. Wenn er den Kopf drehte, konnte er die hohe weiße Tür mit der Messingklinke als weißes Licht im Fenster gespiegelt sehen und zugleich als Triptychon im Spiegel über dem Frisiertisch. Fern wie ein Ton von ganz hinten im Orchester hörte er Esther in ihrem Zimmer ankommen.

Jetzt zieht sie den Reißverschluss an ihrem Kleid auf, dachte er, mit der einen Hand über die Schulter greifend, während die andere das Kleid am Rücken gerade zog, den Bauch herausgedrückt – das hatte er bei seiner Mutter gesehen –, dann glitt ihr das Kleid von den Schultern, über die Knie hinunter, und sie stieg heraus, im weißen Slip. Als Nächstes schlug sie ihre Bettdecke zurück. Charles las seine Zeitung.

Jetzt stellte er sie sich schlafend vor. Charles hatte schon Frauen im Schlaf gesehen. In aller Öffentlichkeit, auf Parkbänken, an Busbahnhöfen, im Schwimmbad schlossen sie die Augen, sie hatten kein Schamgefühl. Er hatte seine Mutter schlafend in ihrem Bett gesehen, und es hatte ihn schockiert.

Die Orioles hatten einen mittelmäßigen Spieler eingekauft; aber was tat's!

Charles ließ die Zeitung auf den Boden fallen. Er ging über den Flur und durch Esthers Plastikgewächshaus, dann näherte er sich ihrer Schlafzimmertür. Er drückte sie auf und guckte. Das Licht der Straßenlaterne drang durch die langen weißen Vorhänge und schien auf ihren Kopf. Sie lag auf der Seite und schlief, das schwarze Haar wie ein Nest auf dem Kissen, eine Hand zur Faust geballt neben ihrer Wange. Sie sah sehr jung aus. Dann zog er sich zurück. Er hatte noch etwas anderes gesehen. Auf ihrem Nachttisch stand ein Glas Wasser, und darin lag schimmernd ein Satz weißer Zähne.

So kam es, dass Charles seine Nachmittage bei Esthers seniler Mutter zubrachte

Von nun an belagerte der Winter die Stadt. Die toten Linden- und Eichenblätter wurden auf Faulhaufen geharkt, die feuchte Luft hatte einen sengenden chemischen Geruch, die Tage flackerten in trübem Licht, das schon vom frühen Nachmittag an gedimmt wurde.

Die Presse meldete den Raub einer Wagenladung Pelzmäntel; der Fahrer war von zwei türkischen Arbeitern, die ihn an seiner gewohnten Tankstelle bedient hatten, betäubt worden. Er hatte sie vorher noch nie gesehen und würde sie wahrscheinlich auch nie wiedersehen. Dem Vorfall wurde lediglich ein Absatz gewidmet. Esther schnitt den Artikel aus und legte ihn Charles auf den Frisiertisch. Sie behandelte ihn als Untermieter und Freund. Ihre anzügliche Art – wie sie ihm auf die Schulter klopfte oder seine Hand berührte, wenn sie ihm etwas erklärte – bereitete ihm kein Kopfzerbrechen mehr, seit Esther ihm gestanden hatte, dass ihr letzter Untermieter sein Vater gewesen war. Offenbar war es für sie nichts Besonderes, wenn ein Mann in ihrer Wohnung schlief.

Ende Oktober schrieb Charles an die Mutter Oberin des Ordens von der Unbefleckten Empfängnis in Athenes, Oregon, und bat sie um Vergebung für seine verzögerte Rückkehr. Seine Entscheidung, ob er das Erbe annehmen wolle, musste bis zur Kristallnacht getroffen sein. Das Zusammentreffen regte Esther auf, und immerzu giftete sie über die Beamten am Nachlassgericht, die historisch unsensibel genug waren, einem Juden den 9. November als Termin für eine Entscheidung über seinen Besitz zuzumuten. Charles suchte die Gesellschaft eines Menschen, der ihm nicht dauernd in den Ohren lag. Esthers ewiges Gerede über die Juden begann ihn zu langweilen.

So kam es, dass Charles seine Nachmittage bei Esthers Mutter im Altersheim verbrachte. Er dachte nie daran, ihr Blumen oder Pralinen mitzubringen, er kreuzte einfach auf und las seine Zeitung, während sie in ihren Zeitschriften blätterte. Gelegentlich redeten sie über Esther, die vollauf mit den Vorbereitungen zu einem Sonderverkauf von Bethlehem-Kerzen für die Weihnachtszeit beschäftigt war. Sie bot die Kerzen so billig an, dass die Kirchengemeinden ganz Berlins ihre Bestellungen verdoppelten und verdreifachten. Esther unterschrieb nie Verträge, sie gab alles, was einer Unterschrift bedurfte, an ihre Mutter weiter, die mitmachte und Charles später anvertraute: »Ich bin zu alt, um mich mit ihr herumzustreiten; wir waren schon immer in allem verschiedener Meinung.« Bei Gelegenheit setzte auch Charles einmal seinen Namen auf ein Blatt, ohne nach dem Warum zu fragen; es schien ihm ein geringer Preis für seine Unfähigkeit, über das Schicksal des Ladens zu entscheiden. Und der Umfang dieses Kerzenhandels beeindruckte ihn. Nur die Jüdische Gemeinde hatte mit dem Kauf der Bethlehem-Kerzen gezögert.

Es interessierte Charles nicht, als Herr Rosen bei der Bar Mizwa eines anderen Jungen aus der Gemeinde dem neuen Rabbi die Sache mit den »Sonderkerzen« für das Gedenken an die Kristallnacht unterbreitete. Eine Band aus Tel Aviv war soeben auf die Bühne gekommen, und der Rabbi drehte den Kopf hin und her, um den Rock 'n' Roll aus den Ohren zu bekommen. Er verstand Rosens Unterton trotz der Dezibel: Der neue Rabbi könne mit einer großen Gedenkfeier stadtweit Eindruck machen. Kerzen aus dem Heiligen Land statt Kerzen aus einer alten Nazifabrik in Hagen, Kerzen in den Händen Tausender auf einem Marsch durch die Berliner Innenstadt, endend vor dem Jüdischen Gemeindezentrum.

Der Gedanke gefiel Rabbi Schwarz, aber seine Schläue ließ ihn zögern. Herr Rosen war so frustriert, weil er das Geschäft einfach nicht zum Abschluss brachte, dass er eine Menora aus dem 19. Jahrhundert, elsässischer Herkunft, zum Sonderpreis als Zugabe anbot. Da konnte das Gemeindeoberhaupt nicht mehr widerstehen. Die Gemeinde brauchte eine eindrucksvolle Menora. Er war in New York aufgewachsen und sagte: »Machen Sie mir ein vernünftiges Angebot für die Menora, und das Geschäft mit den Kerzen ist gemacht.«

Aber Esther wollte die Menora nicht verkaufen. »Sie kommt aus meinem Geburtsort. Die verkaufe ich nicht.«

»Sie gehört dir doch gar nicht, oder?«, wandte Baruch ein. »Sie gehört Hans' Sohn.«

»Erst wenn er das Erbe angenommen hat. Bis dahin entscheidet der Geschäftsführer, was mit der Ware geschieht.«

Rosen war von der Bar Mizwa direkt in den Laden gekommen. Er warf Esther alle möglichen Schimpfnamen an den Kopf, aber das Adjektiv, bei dem schließlich alle zustimmend nickten, hieß »undankbar«. Henry appellierte an Baruchs höhere Einsicht: »Rede du ihr das aus. Du bist ihr Freund.« Aber Baruch mochte Esthers Geschäftspolitik nicht infrage stellen und meinte, Charles solle entscheiden, was mit der Menora zu geschehen habe.

Charles hätte am liebsten achselzuckend gesagt: »Lasst Esther nur machen«, und nach seiner Zeitung gegriffen. Aber ihre Hartnäckigkeit machte ihn misstrauisch. Die Menora war Johannes Allerhands letzter Ankauf für die Schöne Heimat gewesen. Hing sie etwa an seinem Vater? Charles ekelte sich bei dem Gedanken. »Schwarz kann sie haben«, sagte er. »Warum soll das Ding hier herumliegen? Für tausend Mark.«

»Der einzige zuverlässige Käufer für so etwas ist Pfarrer Renard«, kämpfte Esther. »Und diese Menora stammt frisch aus einem Museum. Interpol sucht danach.«

»An dieser Stelle werden sie im Traum nicht suchen«, sagte Baruch. »Außerdem müssen wir uns gut mit der Gemeinde stellen.«

»Aber tausend Mark sind zu wenig«, rief Esther. »Wir können zweieinhalb- bis dreitausend dafür bekommen. Sie wurde auf einer Auktion für fünfundneunzigtausend verkauft. Geld ist heutzutage alles, was mir geblieben ist«, fügte sie bitter hinzu.

»Tausend sind genug«, entschied Charles.

So gab Rosen die Menora an den Rabbi weiter, mitsamt der Ermahnung, es dürfe kein Aufsehen darum geben und Fragen müssten mit »Kein Kommentar« beantwortet werden, bis die alte Tante, die sie ihm gegeben habe und fürchterlich gekränkt sein würde, nicht mehr unter den Lebenden sei. Rabbi Schwarz rechnete aus, dass er eine Kerze für jedes Gemeindemitglied und noch einmal so viele für Gäste brauchen werde, das Ganze multipliziert mit dem Faktor Optimismus, und so bestellte er 100 000 Kerzen, insgesamt eine halbe Tonne.

Alles in allem orderte Esther zwei Tonnen Bethlehem-Kerzen, die mit Sondergenehmigung von einem korrupten Ostberliner Beamten aus Dresden antransportiert und in einem Lastwagen mit Hagener Kennzeichen über die Grenze geschafft wurden. Charles persönlich setzte sich neben den Fahrer in die Kabine, dirigierte ihn zu den verschiedenen Anlieferstellen in Berlin und kassierte die hohen Kaufsummen in bar. Nach Beendigung ihrer Runde händigte er dem Ostdeutschen einen Scheck der Schönen Heimat aus. Der Scheck, sagte Esther ihm später bei einer Flasche Champagner, sei nicht gedeckt. Das hätte Charles als Buchhalter wissen müssen. Der Scheck werde mit einem Riesenknall platzen, und die Kerzenfirma könne nichts machen, denn es sei in der DDR verboten, westliche Schecks anzunehmen. »Du steckst bis zum Hals drin«, lachte Esther, »im Geld.«

Es war der 8. November. Wenn Charles Allen sein Erbe bis zum nächsten Tag – Esther nannte ihn »Jahrestag unserer Demütigung« – nicht ausschlug, gehörte die Schöne Heimat ihm.

Charles ließ Esther und Baruch das Geld auf drei Stapel verteilen. Sie bestanden darauf, dass er seinen Anteil nehme, sie seien doch keine Gauner. Er ließ seinen Anteil sichtbar auf dem antiken Tisch liegen, auf dem er einmal aus den Geschäften seines Vaters schlau zu werden versucht hatte, und entschuldigte sich wohlerzogen wie ein Messdiener. Charles musste noch einiges in Erfahrung bringen.

Im Altersheim klappte Frau Becker ihre Illustrierte zu, zögerte und antwortete dann: »Den sie vorher hatte, der war viel zu alt für sie. Ich habe nie erfahren, wie er mit Vornamen hieß. Er hat mir immer Pralinen mitgebracht. Ich glaube, er wollte mich becircen. Im Osten brachte er mir Kaffee mit. Bei Kaffee konnte ich nicht Nein sagen, wir hatten ja keinen. Aber die Pralinen solle er selbst behalten, habe ich ihm gesagt. Er war sehr dick. Und gestorben ist er. Das hat Esther mir erzählt.

Meine Tochter und ich reden eigentlich nicht miteinander, aber das hat sie so gewollt. Sie war nie ein gutes Kind. Es waren ja auch schwere Zeiten, als sie klein war. Mein Mann war so hilflos und ist nie darüber weggekommen. Man hat uns ja so gedemütigt. Hinterher war er gar kein Mann mehr. Ich musste alles machen. Darüber spreche ich hier nie. Und mein Mann ist daran gestorben, am gebrochenen Herzen.«

»Ich weiß, Frau Becker«, sagte Charles, denn Esthers Worte fielen ihm wieder ein. »Ich weiß, wie schrecklich es damals in Deutschland für Sie als Juden war. Esther hat mir erzählt, dass Sie sich im Elsass in einem Heuschober verstecken mussten. Schwanger und allein. Und so weiter. In Todesängsten, dass die Nazis Sie finden könnten, wenn das Baby schrie. Ich bin –« Er hielt inne. Sie war in ihrem Sessel hochgefahren, die Zeitschrift rutschte ihr vom Schoß, und sie sah ihn groß an. »Ich bin selber Jude«, sagte Charles Allen und machte dabei heimlich ein Kreuzzeichen, indem er die Hand verstohlen an die Stirn führte, als wollte er sich kratzen, und sie dann auf die Brust sinken ließ.

»Gehen Sie bitte«, sagte die alte Frau. »Diese Geschichte erzählt Esther also überall herum?« Sie bebte, und der Mund stand ihr offen. Charles flüchtete.

Letzter Einkaufstag vor der Kristallnacht

Als Charles Allen das Altersheim verließ, gingen gerade die Straßenlaternen an, und die Schaufenster begannen zu glitzern. Bald spiegelten sich darin die Blaulichter der Polizei. Er folgte ihnen bis zum Jüdischen Gemeindezentrum, wo soeben der Kristallnachtsumzug ankam. Es war eine beeindruckende Menge emotionsgeladener Menschen, nur nicht viele Juden darunter, denn die waren vor Angst zu Hause geblieben. Dafür waren ganze Schulklassen mit ihren Lehrern gekommen, Studentengruppen, diverse SPD-Ortsvereine und die gesamte christdemokratische Führungsriege, ein jeder mit einer dicken weißen, hell brennenden Kerze in der Hand. Der Verkehr brach zusammen, und die hilflosen Fahrer verfluchten die Marschierer.

Der Zug kam vor dem Gemeindezentrum zum Stehen und löste sich in einen von der Polizei drangsalierten Haufen und eine Abordnung adrett gekleideter, ernster junger Männer auf, die Flugblätter über die Auschwitz-Lüge verteilten. Die Menge verstummte, als Rabbi Schwarz auf der Treppe des Jüdischen Gemeindezentrums erschien. Jeder wusste, dass er seine Eltern und alle Geschwister in Groß-Rosen verloren hatte. Er hob die große siebenarmige Menora mit ihren strahlenden Kerzen hoch über den Kopf. Hinter ihm auf dem Dach sah man die schwarzen Silhouetten der Polizeischarfschützen.

Esthers Geburt in eine Gegend voller Geheimnisse

Die Reporter waren schon an der Mauer, alarmiert von dem alten Mann, dessen Lebenswerk es war, vor einer Flucht die Reporter zu alarmieren. Die Reporter entlohnten den Alarmierer anständig; es war seine einzige Einnahmequelle, denn die Gerichte hatten dem peinlich hohen früheren Beamten die Pension versagt. Er hatte auch nicht immer Schmidt geheißen, aber jetzt kannte man ihn allenthalben als Mauer-Schmidt, und selbst wenn die Zeiten sich einmal wieder ändern sollten, wie er es sich oft erträumte, hätte er wahrscheinlich den neuen Namen beibehalten.

Die Reporter bezahlten ihn und fanden ihn ansonsten lästig. Er trieb sich dauernd an der Fluchtstätte herum, stolperte über ihre Gerätschaften und drängte sich bei den Honneurs vor. Diesmal war es nicht anders. Schmidt und drei Fotografen und ein Häuflein Einheimischer schauten zu, wie der schwergewichtige ältere Mann im grauen Filzhut, der weder in die Kameras blicken noch seinen Namen nennen wollte, an einer bestimmten Stelle der Mauer mit seiner Schaufel wie wild zu graben begann. Der Mann, in der Presse nur »der Unbekannte« genannt, wandte den Kameras beharrlich den Rücken zu, sodass sie nur einen Hut, einen kurzen Hals und einen großen, dunklen Mantel aufs Bild bekamen.

Inzwischen wurde Schmidt, der unbedingt beim Graben helfen wollte, so zur Plage, dass die Fotografen sich nicht mehr konzentrieren konnten und kostbare Sekunden verloren, in denen sie sich so hätten umpostieren sollen, dass der unbekannte Mann auf ihren Bildern im Vordergrund blieb, und dann war Schmidt beleidigt und fing an, die Fäuste zu gebrauchen, wodurch sie nun den Augenblick ganz verpassten, der den Höhepunkt dieser Fluchtaktion bilden sollte, nämlich wenn »der Unbekannte« den Arm tief in den Tunnel streckte, einen Fuß gegen die Mauer stemmte und zog. Er zog und zog in dieser Haltung, als wollte er ganz Ostberlin durch den Tunnel ziehen.

Zum Glück gelang es den Fotografen, Schmidt rechtzeitig abzuschütteln und ein Bild zu schießen, als er ein Mädchen mit rabenschwarzem Haar und Davidstern um den Hals herauszog. Sie trat hervor in die Freiheit und sah nur in die Augen ihres Retters, und in ihrem Gesicht standen eine derartige Verzagtheit und so viel Überraschung, dass die Öffentlichkeit sich keinen Reim darauf machen konnte und das Ganze auf die Pressefotografen schob.

Esther und Charles feiern Kristallnacht

Fröstelnd und verschreckt von der Kristallnachtsfeier eilte der arme Charles nach Hause. Von der Straße aus sah er das gelbe Licht in Esthers warmem Wohnzimmer und Esther, wie sie auf einer Leiter stand und Papiergirlanden ins Fenster hängte. Drinnen stimmte der Duft nach Lammbraten ihn so milde, dass er sich nicht wehrte, als Esther ihm die Arme um den Hals schlang und rief: »Darling, das müssen wir feiern! Verstehst du nicht? ... Wir haben uns ein Stückchen finanzielle Sicherheit gekauft. Mach dir keine Sorgen, die Ostdeutschen werden sich nicht unterstehen, zu klagen. Du und ich, wir beide haben Gäste. Wie ein normales Ehepaar. Du musst mitspielen.«

Sie band ihm eine geblümte Schürze um, drückte ihm ein Geschirrtuch in die Hand und weihte ihn so fröhlich in die hohe Kunst des Abtrocknens ein, dass er nicht umhinkonnte, sich zu fragen, ob er nicht endlich doch sein Glück gefunden hatte.

Um halb acht klingelte es. Esther fluchte: Es war zu früh, noch nichts war fertig. Aber es war keiner von den geladenen Gästen; es war Esthers Mutter in plumpen Schuhen und hässlichem Regenmantel und erbärmlich keuchend. Sie hatte eine Plastiktüte bei sich, auf der ein weißes Seehundbaby abgebildet war. Darunter stand: »Rettet die Seehunde«. Esther schlug sich an die Stirn und rief: »Auweia, welche Ehre!«

Frau Becker trat ein und wühlte schon auf dem Flur in ihrer Tüte. Sie holte ein steifes amtliches Papier hervor, eine Urkunde. Sie stellte sich mitten ins Wohnzimmer und hielt das Blatt zwischen ihrem gelben Daumen und Zeigefinger. Dann sah sie blinzelnd auf das Dokument und las laut vor: »Geburtsurkunde für Margret Becker, geboren am 12. März 1944 im Nordmark-Krankenhaus, Berlin. Keine Anomalien. Beruf des Vaters: Rechtsanwalt. Mitglied der NSDAP und der SS. Mutter: Hausfrau. Lesen Sie selbst.« Sie reichte die Urkunde listig und entschlossen Charles und fuhr fort: »Nach dem Krieg durfte er nicht mehr praktizieren, und ich habe uns als Putzfrau durchgebracht. Ich hatte ein schweres Leben und war nicht immer guter Dinge. Und dann bekommt Margret mit fünfzehn auf einmal diesen Tick. Behauptet, sie heißt Esther. Färbt sich ihr schönes Haar schwarz. Blonde Haare hatte sie, wie ein Engel. Man muss die Farbe wohl literweise drauftun, um sie so schwarz zu kriegen.« Sie warf ein Foto auf den Tisch unter der Laube. Es zeigte ein schlankes kleines Mädchen mit blonden Zöpfen, das bei einem bleichen, müde aussehenden Mann auf dem Schoß saß.

Esther musterte ihre Mutter kühl. Dann sprach sie zu Charles: »Das ist gar nicht meine richtige Mutter. Ich wollte dir das nicht sagen, weil du so ein Angsthase bist: Die Nazis haben meine richtige Mutter gefunden, kaum dass ich geboren war. Sie haben sie ermordet.

Das hier ist meine Stiefmutter, die mich immer gehasst hat. Sie hat mich geschlagen. Sie hat mir die Zähne eingeschlagen, als ich zehn war.«

Die beiden Frauen bauten sich voreinander auf, als hätte Charles die Choreographie für sie geschrieben: Ihre Profile waren identisch. Die Augen blau.

Zum ersten Mal seit seiner Ankunft in Berlin ließ Charles Allen sich eine Gefühlsregung anmerken. Er hatte seine Stimme nicht mehr in der Gewalt, weil Wut ihm in die Kehle schoss, und er schrie: »Raus hier, und lassen Sie Esther in Ruhe!« Und er zeigte mit bleicher, zitternder Hand auf die Tür, ohne zu ahnen, wie lächerlich er in seiner Blümchenschürze aussah. Da verlor die alte Frau die Fassung. Als sie ging, schlug er majestätisch die Tür hinter ihr zu. Dann kam er entschlossen zurück und nahm das Kinderfoto vom Tisch. Das kleine Mädchen war hübsch, aber hinter den lächelnden Lippen waren keine Zähne zu sehen. An der Oberlippe sah man eine entstellende Narbe.

Er legte das Bild achtlos hin und ging auf die Frau zu, die in den letzten Wochen seine Gastgeberin gewesen war, und im Gehen band er sich die Schürze ab. Die Wut war ihm inzwischen in die Lenden geschossen. Sie versuchte ihn abzuwehren. Sie stemmte ihre kleinen Hände gegen seine Brust und stieß. Trotz seiner Größe war er leicht gebaut, aber er war nicht aufzuhalten, die Energie in ihm verzehrte den Brennstoff von sechsunddreißig Jahren: Er riss sie auseinander, ihre Kleider, ihre zusammengepressten Arme und Beine, seine Bewegungen liefen auf dem Plastikrasen ab wie bei einem simplen Motor: Er vergewaltigte sie.

Charles wird erkannt

Als Pfarrer Renard am Morgen des 9. November seine Kirche aufschloss und hineinging, um seinen Weihrauchfässern, Hostienbehältern, Reliquien und Kruzifixen Guten Morgen zu sagen, sah er den Teufel.

Der Priester hütete sich, den Namen des Herrn zu missbrauchen, und ging wieder vor die Kirche, wo er sich schwer atmend an die Tür lehnte. Die Sauerstoffzufuhr weckte Zweifel in ihm, ob der Teufel sich denn wirklich die Mühe machen würde, in seine Kirche zu kommen. Aber eine andere Erklärung fand er nicht für dieses Wesen mit rotem Schwanz hinter seiner verschlossenen Tür. Außer dass es sich gestern Abend, nach dem Kristallnachtsgottesdienst, in diebischer Absicht darin versteckt hatte und eingesperrt worden war, ein gewöhnlicher Dieb vielleicht, und für den roten Schwanz musste es noch eine andere Erklärung geben. Pfarrer Renard hielt es somit für vertretbar, die Kronleuchter anzuknipsen und nachzusehen. Der Schwanz entpuppte sich als ein alter roter Wollschal, dessen eines Ende herunterbaumelte, während das andere unter dem Sitzfleisch eines Mannes klemmte, der an einen Koffer gelehnt in einer Kirchenbank saß und schlief. Als Pfarrer Renards Schritte sich nahten und es plötzlich hell wurde, schlug der Mann die Augen auf. Pfarrer Renard sah ihn sich genau an. »Ach!«, rief er. »Sie sind es! Herr Allerhand! Wie unartig, hier zu übernachten. Genau wie Ihr Vater immer. Morgens habe ich ihm dann die Beichte abgenommen. Das war immer sehr interessant. Aber wozu der Koffer?«

Zu Pfarrer Renards Enttäuschung wusste Charles Allen aber nur Worte des Dankes, und dann ging der »Teufel« fort, den roten Schal um den Hals geschlungen, die Enden in den dünnen Regenmantel gestopft. Das Wetter war winterlich geworden. Der Priester blickte ihm nach und sah ihn nach ein paar Schritten stehen bleiben und sich ein seltsames weißes Käppi aufsetzen. Nach ein paar weiteren Schritten riss er sich das Käppi wieder vom Kopf und winkte damit ein Taxi herbei. Als er seinen Koffer in den Wagen wuchtete, fiel die Kappe auf die Straße. Pfarrer Renard rief: »Halt!« Das Taxi fuhr davon. Eine Straße weit rannte der Pfarrer, das nasse weiße Käppi in der Hand, hinter ihm her, aber vergebens. Er würde es ins Pfarrbüro bringen und sicher aufbewahren.

Als Pfarrer Renard die Bank des Schläfers abwischte, fand er dort eine Postkarte. Sie war ordentlich frankiert und an das Nachlassgericht adressiert. Pfarrer Renard war nicht gern neugierig, aber er konnte nicht umhin, den kurzen Text zu lesen. Er war jedoch uninteressant, voller Verneinungen, etwas von einer Erbschaft, die er nicht annehme und von der er auch nichts mehr hören wolle. Der Priester fand, dass die Leichtfertigkeit, mit der dieser junge Mann mit seinem Eigentum umging, Strafe verdiente. Trotzdem warf er die Postkarte für ihn in den Briefkasten.

Aus dem amerikanischen Englisch von
Otto Bayer und Monika Elwenspoek

Mr. Lustgarten verliebt sich

Als das Dienstmädchen bei Mr. Lustgarten einzog, dachte er: »Hat nicht auch Goethe sich in eine junge Frau verliebt?« Es wurde ihm immer klarer, dass er sehr verliebt war. Seine Familie hatte Anna Kaminska unbesehen engagiert. Statt den weiten Weg von Boston und New Haven nach New York zu fahren (im Schnee), hatten seine Söhne bei der katholischen Pfarrgemeinde angerufen und den Pfarrer gefragt, ob er jemanden zur Pflege ihres alten Vaters wisse. Sie schilderten und entschuldigten ihn stolz – als einen alten Intellektuellen, der vor dem Krieg in Österreich mehrere dicke Bücher veröffentlicht und in New York an einer guten Adresse einen Partyservice aufgebaut habe. Nein, nein, er sei nicht katholisch, habe aber eine katholische Frau gehabt und ihr erlaubt, die Kinder in einem anderen Glauben zu erziehen als dem seinen. Nun sei er Witwer und ein bisschen tatterig, ohne mit seinem Gram (dem Trauma der unersetzlichen Mutter) zu hadern. Er brauche eine tüchtige und verlässliche Person, die bei ihm wohne und für das Nötigste sorge. Nein, keine Lebensgefährtin. Eine Haushälterin. Lustgartens Söhne riefen abwechselnd an. Die Kosten spielten keine Rolle. Er habe Geld, werde aber nicht zahlen; zahlen würden sie. (An eventuelle Nebenkosten oder Komplikationen dachten sie nicht.)

»Ich wüsste da schon jemand. Eine Seele von einer Frau«, erklärte der Pfarrer. »Ehrlich, pünktlich und so weiter. Einziges Problem: Sie ist Polin. Manche mögen das nicht. Es gibt plötzlich so viele Polen hier.«

»Hervorragend!«, sagten Mr. Lustgartens Kinder, ohne sich zu besinnen. »Er spricht nämlich manchmal Polnisch.«

Mr. Lustgarten war kurz vor der Jahrhundertwende irgendwo in Österreich-Ungarn geboren, wo die besseren Kleinstadtbürger gern so taten, als lebten sie in Preußen. Die Eltern des Jungen sprachen ein gepflegtes Deutsch, seine Kindermädchen ein ordinäres Polnisch, und er behandelte beide als ebenbürtig. Lustgarten ging von zu Hause weg, um zu studieren, und während seiner Abwesenheit löste sich Österreich-Ungarn in Luft auf.

In den folgenden zwanzig Jahren wechselte Lustgarten seine Wohnorte und Staatsbürgerschaften mit derselben Nonchalance, mit der er älter wurde. 1941 kam er mit einem halbleeren Koffer – eine Familie hatte er nicht mehr – im New Yorker Hafen an, aber er war in mehreren Berufen zu Hause, und das war sein Kapital; nie hatte er, wie andere Flüchtlinge aus Europa, Angst vor Amerika.

Das Alter traf ihn so unverhofft, als hätten die Dienstboten sich plötzlich aus dem Staub gemacht und seine Lebensgeister mitgehen lassen. Er verlor den Überblick über Zeit und Ereignisse. Dann entglitten die Sprachen seinem Gedächtnis in umgekehrter Reihenfolge, wie er sie erworben hatte: Englisch verflüchtigte sich zuerst, dann Portugiesisch, dann Französisch, dann Ukrainisch; klassisches Griechisch und Latein verließen ihn gleichzeitig; Deutsch hielt lange die Stellung, und als es fiel, blieb nur noch das von seinen Eltern so verachtete Polnisch.

»Das ist ja das Problem, wenigstens zum Teil«, räumten seine Söhne ein. »Denken Sie mal. Er redet wahllos mit jedem polnisch, im Laden, auf der Straße, sogar mit uns!« Sie waren alle in den USA geboren, ihre Mutter war in Brooklyn aufgewachsen. Sie teilten die amerikanische Aufgeschlossenheit für fremde Arbeitskräfte und die Angst vor fremden Sprachen.

Und so klingelte eines Wintermorgens Anna Kaminska an der Tür zu seiner zunehmend verwahrlosten Wohnung am oberen Broadway und stellte sich ohne Umschweife vor. Sie hatte dreimal klingeln müssen, bevor die Tür zur Nachbarwohnung aufging und die Stimme einer alten Dame durch den Spalt piepste: »Wenn er aufmachen soll, müssen Sie vorher anrufen. Ans Telefon geht er – die Zelle ist unten an der Ecke.«

Mr. Lustgarten meldete sich am Telefon sehr energisch: »Hällouuu!«

Aber an die Tür ging er nur zögernd. Was ihn so zaghaft machte, war nicht seine Gebrechlichkeit – er war schon immer sehr zart gewesen –, sondern sein schlechtes Gedächtnis. Der Anblick einer echten Dame entzückte ihn, und er legte den Kopf schief, um besser zu ihr aufsehen zu können. Zugleich erinnerte er sich, dass Tränensäcke, Falten und Krähenfüße seine eigenen hervorstechenden Gesichtszüge waren. Er erinnerte sich aber auch an den wachen Blick, den man ihm immer nachgesagt hatte, die weise Melancholie seines Lächelns. Sein flauschiges weißes Haar war stets wohlgepflegt, und er trug immer ein sauberes Hemd mit Schlips zur ausgeblichenen Hose und zu den altersschwachen Pantoffeln. Er sah sich noch immer als Gentleman. »Verzeihung, kenne ich Sie?«, fragte er Anna Kaminska. Demnach ist er noch nicht ganz gaga, dachte seine Nachbarin, die durch den Türspalt spionierte; wie schön für ihn, dass er mal Besuch bekommt.

Er hatte sie zu Recht nicht erkannt. Mr. Lustgarten hieß sie willkommen, indem er sich umdrehte und über den Flur davonschlurfte. An dessen hinterem Ende flatterten Zeitungsblätter auf und ab wie Tauben im Schlag. Schneeflocken wirbelten in der Zugluft. »Darf ich das Fenster zumachen?«, fragte Anna Kaminska, die ihm nachgekommen war.

»Ich wollte gerade den Müll rauswerfen«, erklärte Mr. Lustgarten.

Anna Kaminska blieb und zog in das kleine Dienstmädchenzimmer mit eigenem Bad am hinteren Ende von Mr. Lustgartens großer, chaotischer Wohnung. Der alte Herr nahm es wohl zur Kenntnis, erhob aber keine Einwände, als sie all die alten Zeitungen in die Mülleimer warf. Später merkte er, dass sie die Plastikbestecke, die er seit Jahren gewissenhaft bei McDonald's mitgehen ließ, ebenso beseitigt hatte wie die Papiertüten, die er für bittere Notzeiten im Kleiderschrank hortete; doch er akzeptierte ihre Entscheidung als Äußerungsform weiblicher Metaphysik, obwohl er ökonomisch keinen Sinn darin sah. Es erfüllte ihn mit Respekt, dass sie ihn nie in ihrem Zimmer oder in der Küche duldete. Er liebte es geradezu, wie sie ihn wegscheuchte, wenn sie beim Kochen war – wie sie sich vor dem Herd oder am Spülbecken umdrehte, dass ihre bunten Nylonröcke flogen, und die roten Wangen aufblies und den roten Mund spitzte, um die lieblichen Worte zu sprechen: »Pan Lustgarten!« Dann machte er ein Gesicht wie ein unartiger kleiner Junge und zog sich verschmitzt zurück. Dass er sie aus der Ruhe gebracht hatte, hielt er für einen Vitalitätsbeweis. Außerdem zwang Anna Kaminska ihm keine einschneidenden Neuerungen auf. Anders als seine Kinder verlangte sie nicht, er solle sein Bett wieder aus dem Esszimmer räumen. Stattdessen räumte sie den Esstisch ins Schlafzimmer. Wie ehedem Mrs. Lustgarten, so hielt das polnische Mädchen die Wohnung in Ordnung, kochte ihm schlichte Mahlzeiten und brachte seine Wäsche in den Waschsalon. Als sie seine abgetragenen Pantoffeln fortwarf und ihm ein Paar neue von der gleichen Art kaufte, fand Mr. Lustgarten, Goethe würde seine Gefühle sehr gut verstehen.

Kurz, Mr. Lustgarten erkannte in Anna Kaminska – ihren Gesten und Taten – die Quintessenz der Weiblichkeit, nach der er sich stets gesehnt hatte. Es störte ihn nicht, dass sie viel größer und stärker war als er; wenn sie sich zum Essen an den Tisch setzten, waren sie gleich groß. Dann musste er dem Drang widerstehen, ihr über das rote Haar zu streichen, das sie zu einem altmodischen Bouffant hochfrisiert hatte, für ihn die schönste Haarmode, die Frauen je getragen hatten. Er hätte ihr gern den sommersprossigen weißen Hals oder die sanften weißen Hände gestreichelt, aber schließlich war er ein Gentleman. In meinem Alter?, lachte er stolz bei sich.

Zwar wusste Mr. Lustgarten über Anna Kaminska nur, was er sah und fühlte, aber er war weder neugierig noch misstrauisch. Sie lebten zusammen, und was er wahrnahm, war ihr Dasein und sein Nicht-mehr-Alleinsein. Mr. Lustgarten rief nun nicht mehr seine Söhne an, um sich darüber zu beklagen, dass sie ihn so schamlos im Stich ließen. Und wenn Mr. Lustgartens Kinder jetzt anriefen, schien er immer ganz angenehm überrascht, ihre Stimmen zu hören. Früher hatte er alle ihre Fragen mit bitteren Bemerkungen beantwortet. Jetzt antwortete er: »Mir? Gut geht's mir, gut.« Aber wie geht's *euch*?« Das beunruhigte seine Kinder. »Und was macht Mrs. Kaminska?«, fragten sie scheinheilig.

»Ich weiß nicht, ob sie eine ›Mrs.‹ ist. Du meinst doch meine Freundin Anna?«, erwiderte er, als wäre es eine abwegige Frage. »Nun, ich denke, ihr geht's auch gut. Sie scheint recht glücklich mit mir zu sein.«

Der Söhne Neugier verwandelte sich bald in tiefe Sorge. »Wie alt ist sie?«, fragten sie beiläufig. »Wie sieht sie aus?«

»Sehr jung«, prahlte er, »sehr hübsch. Ein Rotschopf, wie man hier sagt. Leider zu jung für mich, neunzehn oder zwanzig, hat sie mir mal gesagt, ich weiß es nicht mehr. Ich bin ja doch ein sehr alter Mann. Ansonsten ...!« Und er kicherte voller Zufriedenheit. »Aber macht euch nur keine Sorgen. Denkt bloß nicht, ich hätte eine Liaison mit ihr.«

Der Klang dieses Wortes gefiel ihm: Liaison.

Als sie eines Tages wieder anriefen, meinte er: »Ihr braucht keine Angst zu haben, dass ich sie heirate. Das Erbe ist euch sicher.«

Kaum war ihm das eher unbedacht herausgerutscht, da fragte er sich auch schon: Warum eigentlich nicht? Du bist ein alter Mann, gib's zu!, schalt er sich heftig. Goethe auch, versetzte er.

»Anna, Darling«, fühlte er später vor, als er ihr in die Küche nachwatschelte. »Sind Sie eigentlich verheiratet? Ich frage nur aus Neugier.«

»Raus aus der Küche!«, erwiderte sie. »Ja«, antwortete sie später, als er wieder fragte. Er hörte aus ihrem Ton keine Gefühle heraus. »Mein Mann ist in Polen.« Obwohl Mr. Lustgarten soeben erst ans Heiraten gedacht hatte, schockierte ihn dieses Hindernis zum Glück doch zutiefst. Er wurde jetzt zum ersten Mal richtig neugierig auf sie, auf ihre Vergangenheit, ihre Gegenwart, ihre Pläne. Doch er war zu diskret, um ihr die eigentlich wichtigen Fragen direkt zu stellen. »Ihr Mann liebt Sie wahrscheinlich sehr«, sagte er. »Und Sie ihn auch!« Er wandte sich ab, bevor sie antworten konnte, denn er hatte Angst, sie »Ja« sagen zu hören.

Er begann ihr andere Fragen zu stellen, auf die er eher eine Antwort erhoffen konnte. »Wo waren Sie neulich nachmittags?«, fragte er. »Eine Bluse kaufen«, antwortete sie.

»Wo gehen Sie hin, wenn Sie abends weggehen?«, erkundigte er sich.

»In die Kirche«, sagte sie, »zur Messe. Letzte Woche hatten wir einen Basar.« Sie beantwortete seine Fragen prompt und mit einer Kürze, die er zuerst als Bescheidenheit auslegte – sie hielt sich eben nicht für interessant. Bald argwöhnte er andere Motive. Sie ließ ihn wissen, dass sie vor zwei Jahren und aus Gründen, die sie ihn nicht wissen ließ, aus Polen gekommen sei und dann im Flüchtlingsheim der Kirchengemeinde gewohnt und für den Pfarrer genäht und gewaschen habe. Sprach sie mit einem Hauch zu viel Ehrerbietung von diesem Pfarrer?, grübelte Mr. Lustgarten. Der Pfarrer war in eine andere Gemeinde im Norden des Landes versetzt worden, sodass Anna Kaminska frei war und sich eine neue Arbeit suchen musste. Mr. Lustgarten wagte nicht zu fragen, ob sie sonst noch Freunde in der Gemeinde habe.

»Wer ist Ihr Mann, Anna?«

»Tadeusz Kaminsky, Pan Lustgarten. Ein Chemiker.«

»Haben Sie Kinder?«

»Nein.«

»Nun, Sie sind noch jung, Sie könnten noch … Gehen Sie heute Abend wieder aus?«

»Nein. Aber wenn ich gehe, bin ich immer um zehn zurück.«

Nach und nach merkte Mr. Lustgarten, wann ihr Ton gereizt klang,

Mr. Lustgartens Kinder hatten sich gedacht, sie könnten dem polnischen Mädchen bei dem Preis, den sie zahlten, nötigenfalls auch befehlen, emotional auf Abstand von ihrem Vater zu bleiben, weshalb sie sich über seine Begeisterung für sie nicht allzu sehr den Kopf zerbrachen. Allerdings erwähnten sie ihm gegenüber einmal die finanzielle Seite. Sehr viel Geld. Ein Dienstmädchen in ihrem Sold. Mr. Lustgarten überhörte das. »Sie ist nett zu mir, weil sie mit mir glücklich ist. Sie ist meine Freundin. Eine einsame junge Frau. Sie hatte wohl ein bisschen Ärger mit ihrem Mann.« Er sah es nicht so, dass sie bei ihm arbeitete. Was gab es da schon zu tun? Er war doch kein inkontinenter Alter!

Aber er begann ihr mehr und mehr zu misstrauen. Ihre Abwesenheiten beschäftigten ihn. Es musste da draußen jemanden geben, der sich für sie interessierte. Oder interessierte womöglich *sie* sich für jemanden, einen anderen Mann? Nicht auszudenken! Bald stellte Mr. Lustgarten sich mutig der Frage: Wenn seine Anna sich nun in einen anderen verliebte? Ihre weiße Haut, ihr rotes Haar, ihr weibliches Wesen mussten unweigerlich auch anderen Männern auffallen. Und sicher wusste sie das, denn unabänderlich zupfte sie, bevor sie allein fortging, ihre Frisur in vollendete Form, tupfte sich einen Tropfen Parfum hinter die entzückenden Ohren und strich ihre bunten Röcke glatt. Immer wenn er sie vor dem Spiegel stehen sah, tat ihm das Herz weh. Ihre Eitelkeit machte ihm Angst. Würde sie ihm denn freundlicherweise ihre Telefonnummer dalassen? Sie kam seinem Wunsch nach. Wenn er die Nummer nicht verlegte, rief er, kaum dass sie fort war, dort an. Es meldete sich die Pfarrgemeinde. »Das ist nur für Notfälle!«, schalt Anna Kaminska ihn später. Er fand sie dann kalt und gefühllos. »Und rufen Sie bitte nicht sonntags an, die holen mich nämlich nicht aus einer vollen Messe heraus!«

An Sonntagen waren seine Leiden fast nicht zu ertragen.

Seine Kinder riefen ihn meist am Sonntagmorgen an (Billigtarif), und mit der Zeit meldete er sich am Telefon immer missgelaunter. »Hällouuu!« – »Was willst du?«

»Was ist denn los?«, fragten sie ängstlich.

»Nichts!«, schnauzte er. »Gar nichts ist los. Ich habe ein bisschen Ärger mit Leuten, die ihr nicht kennt.« Aber eines Sonntags ließ er vor lauter Qualen alle Vorsicht fahren, und er gestand: »Sie ist grausam.«

Nachdem ihre schlimmsten Befürchtungen sich so bestätigt hatten, riefen Mr. Lustgartens Kinder ihn der Reihe nach an und drangen in ihn: »Was macht sie mit dir?« Er wollte sich auf Einzelheiten jedoch nicht einlassen. So blieben ihnen nur bange Spekulationen. Nie hatten sie sich um ihren »armen alten Vater« so viel gesorgt. Man hatte natürlich schon gehört, zu welchen Scheußlichkeiten Dienstboten fähig waren, wenn ihre hochbetagten Herrschaften hilflos wurden. »Ich kann euch nicht sagen, was sie macht. Es tut mir zu weh, darüber zu reden«, sagte Mr. Lustgarten mit brechender Stimme. »Ja, ja, sie quält mich fürchterlich.«

Nach diesem Eingeständnis waren Mr. Lustgartens Kinder sich einig, dass es an der Zeit sei, einzugreifen. Sie versuchten den Pfarrer zu erreichen, der diese Kaminska empfohlen hatte, aber vergebens, denn er hatte eine neue Telefonnummer irgendwo im Norden.

Im Pfarramt wusste niemand Näheres über sie zu sagen, außer dass sie wohl eine dieser Polinnen sein müsse; davon gebe es recht viele. Mr. Lustgartens Kinder hielten Rat und kamen überein, den alten Herrn jeweils für eine Woche nach Boston und New Haven einzuladen, statt dass einer von ihnen den weiten Weg nach New York auf sich nahm (bei der Hitze).

Er brachte einen Koffer angeschleppt, der so überlegt gepackt war, dass es nur das Werk einer Frau sein konnte. »Sie war froh, dass ich wegfuhr!«, weinte er. Nachdem er zwei Tage in Boston und drei Tage in New Haven ums Telefon geschlichen war und bei sich zu Hause angerufen hatte, um zu sehen, ob sie da war (meist war sie es; das Gespräch wurde auf Polnisch geführt), eilte er nach New York zurück, von wo er seinen Söhnen im ersten Telefongespräch mit leiderstickter Stimme klagte, wie sie ihn »behandelte« – es war Sonntagmorgen.

Mr. Lustgartens Kinder sahen, dass sie sich nun auf dem gefährlichen Boden der Fahrlässigkeit bewegten und dass ihr Vater, während er ihnen jetzt nur lästig war, sie später im Traum verfolgen könnte. Sie hatten ihn ahnungslos einer skrupellosen jungen Opportunistin in die Hände gegeben, die schön und ohne Mitgefühl für das Alter war. Und obwohl es wirklich große Umstände machte, organisierten sie eine gemeinsame Reise nach New York (im freundlichen Altweibersommer). Sie kamen mit einem Aufgebot von drei vollklimatisierten viertürigen Limousinen, denen die Sorge, was sie vorfinden mochten, immer mehr Tempo vorgab, hielten mit quietschenden Reifen in dem ärmlichen Viertel und brachten nicht die Geduld auf, legale Parkplätze zu suchen. Sie trafen sich in der Halle des Hauses, in dem ihr Vater wohnte, rafften all ihren Familiensinn zusammen und stürmten (Fahrstuhl außer Betrieb) die Treppe, ein Fähnlein der Gerechten: Drei Söhne mit prallen Brieftaschen an den Hüften, die Klingel schrillte, die Nachbarin erschien mit ihrem »Sie müssen erst anrufen, auch wenn er nicht allein ist«, doch dann ging die Tür auf, und kein Zweifel, das war *sie*:

Anna Kaminska, eine Frau von vielleicht fünfzig Jahren, zart gebaut trotz ihrer Korpulenz, mit sehr viel Weiß im Rot ihrer altmodischen

Hochfrisur, einfältigem dickem Gesicht, stumpfen kleinen blauen Augen und einem Rosenkranz, der sich ihr wie ein Wurm durch die Finger wand. »Oh!«, sagte sie erschrocken. Mr. Lustgarten kam mit geistesabwesender, durch und durch zufriedener Miene hinter ihr angeschlurft. »Oh, hällouuu!«, sagte er und hieß sie willkommen wie ein Fürst in seinem Palast. Anna Kaminska verschwand in die Küche, um Kaffee zu kochen und selbstgebackene kleine Kuchen zurechtzulegen, deckte den Esstisch im Schlafzimmer und zog sich dann taktvoll in ihr eigenes kleines Zimmer zurück, wo sie ihr nacheinander ihre Aufwartung machten: Unter Kruzifixen und Weihwasser, frommen Büchern, getrockneten Blumen und Fotos von Neffen und Nichten und jungen Hunden erschien sie ihnen scheu, fromm und weltabgewandt; aufopfernd und darum über die Maßen verdienstvoll.

Mr. Lustgartens Kinder waren zutiefst beschämt.

»Vater, du weißt ja nicht, was für ein Glück du hast!«, schalten sie ihn ärgerlich. Von nun an duldeten sie kein ungutes Wort mehr über sie. Stattdessen erhöhten sie ihr Gehalt und segneten sie hinter ihrem Rücken.

Und als Mr. Lustgarten im Jahr darauf neunzig wurde, gaben sie in New Haven ein Diner für ihn, zu dem auch sie eingeladen wurde. Sie hießen sie zu seiner Rechten Platz nehmen wie eine Braut, und da sie wussten, dass sie sich als gute Katholikin nie von ihrem fern in Polen lebenden Gatten scheiden lassen würde, fragten sie: »Dürfen wir Mama zu dir sagen?«

Aus dem amerikanischen Englisch von
Otto Bayer und Monika Elwenspoek

Ein kleiner Selbstmordversuch

Olga B. (Thema ihres Nachtclubsongs vom Sommer 1978 in Warschau: »Verlass mich nie, proszę Pani Olga B.«) beobachtete Olga B., wie sie in der Dank'schen Diele mit ihrer Gnädigen sprach.

Sie sah Frau Danks Hinterkopf, ein kleines hartes Objekt unter mahagonibraunem Haar, darin ein klaffender Scheitel, der in einen blankgeputzten Nacken überging, darunter ein roter Wollüberwurf, den Olga B., wie es ihre Pflicht war, gestern gewaschen hatte.

Olga B. sah, wie schön und gefasst Olga B. aussah, trotz dieser Standpauke aus dem Hinterhalt. Sie war in Polen einmal etwas Besseres gewesen. Ihre Augen waren von undefinierbarer Farbe, blütenschillernd, Unheil ahnend. Ihr Haar: über dem linken Ohr aus der Fasson. Sie legte Hand an. Sogleich drehte Frau Dank sich um und sprach zum Spiegel: »Wo guckst du wieder hin, als wenn ich's nicht wüsste! Ich habe dich erwischt, auch wenn ich weg war!«

Olga B. hielt sich ihre Situation vor Augen: Frau Dank war naseweis und wahnverfolgt und alleswisserisch. Frau Dank gehörte zu den Gnädigen, die ihren Hausangestellten nachspionierten. »Dabei kann sie sich überhaupt nur eine einzige leisten«, dachte Olga B. indigniert. »Spielt sich auf und spioniert einem hinterher.«

Frau Dank wusste zu Hause wahrhaftig nichts Besseres zu tun, als kleinen Missetaten nachzuschnüffeln. Von Beruf war sie eine berühmte Künstlerin. Sie hatte Ausstellungen. Sie gab Interviews, wenn sie Preise bekommen hatte. Sie malte Bilder von berühmten Leuten; dann sah man sie auf anderer Leute Gemälden und Fotos. Zu Beginn ihrer Karriere im Hause Dank hatte Olga B. schon Olga B. als gefeierte Gehilfin der großen gefeierten Künstlerin, ihres Töchterchens Babette und ihres eckigen, teuer gekleideten Herrn Frederick Dank gesehen, der Hauptkassierer in der familieneigenen Bank war. So einfach war es dann doch nicht gewesen. Es wurde ruchbar, zumal Herr Dank in seiner Geistesabwesenheit mit jedem, einschließlich der »Hilfe«, darüber sprach, dass Herr Dank ein homosexueller Pechvogel war und sich betrogen fühlte, denn Frau Dank hatte mehr Glück in der Liebe, wohl weil sie so auf Reformkost schwor; mit diesem Fetisch vermochte sie die Kunstakademiestudenten in aufreibende Affären zu verwickeln.

Wem Babette eigentlich ihre Existenz verdankte, wusste niemand, dennoch war sie ein fröhliches Kind. Babette war ein süßes Baby von gerade anderthalb Jahren, als des Kindermädchens jüngste Missetat durchschaut, angeprangert und zu bösem Zweck missbraucht wurde.

»Liebe kleine Babette. Entschuldigen Sie, Frau Dank, Sie sind ja sicher eine große Künstlerin. Aber Babette braucht eine Mutter, wenn ich das sagen darf. Und die bin ich ihr. Es ist wahrlich meine Tragödie. Weil sie nicht mein Baby ist. Aber ich liebe sie als mein eigenes«, sagte Olga B. in der dunklen Diele des Dank'schen Hauses zu Olga B. und Frau Dank, obwohl die Luft zum Schneiden war von ihrer Missetat.

O ja, Neugier war ein ekelhafter Zug an einer Gnädigen! Was mischte Frau Dank sich in Olga B.s Privatleben mit Babette ein! Hatte sie das nötig?

Olga B. sah ihren Ausdruck beleidigter Unschuld mit Wohlgefallen. Ganz recht so. Olga B., die vollkommene Mutter: entsagende Wangenknochen, die Nase schön noch im Leiden, Lippen und Kinn und die ganze Gestalt darunter so geheimnisvoll und freigebig wie die polnische Erde, auch mit so ähnlichen Umrissen. Halskette leicht verrutscht. Sie legte Hand an.

Nicht so wie diese dünne, dickhäutige Frau Dank, die an ihrem Verfolgungswahn hängt wie alle Deutschen. Für die das Leben aus lauter Kränkungen besteht. Und da will sie eine Künstlerin sein und weiß doch gar nichts von der Welt!

Olga B. zeigte Babette die Welt.

Täglich setzte sie ihre Schutzbefohlene in den Sportwagen und unternahm einen langen Ausflug in die Einkaufsstraße. Dort jagten sie Sonderangebote. Einmal wöchentlich stiegen sie in die rumpelnde S-Bahn, die am Bahnhof Friedrichstraße hielt, und sprangen dort ganz kurz heraus, um im Intershop auf dem Bahnsteig Zigaretten und Spirituosen zu kaufen. Streng genommen durften hier ja nur heimkehrende Besucher aus der andern deutschen Republik einkaufen. Aber von den Westberliner Zöllnern, die in der S-Bahn mitfuhren und nach Schmugglern schnüffelten, kontrollierte keiner je Babette oder den Beutel mit schmutzigen Windeln in ihrem Sportwagen. Es störte Babette nicht, dass ihr Kindermädchen diese Waren dann im Westen, Bahnhof Zoo, an Dritte weiterverkaufte. Die Kleine kam frisch und fröhlich zu Hause an und freute sich, ihre Mutter wiederzusehen. Nie widersprach sie, wenn Olga B. von den vielen schönen Blumen schwärmte, die sie im Park gesehen, den Enten, die sie gefüttert, den anderen Kindern, mit denen sie geschaukelt hätten. Und wenn Babette an langen Babysitterabenden unruhig war, nahm Olga B. sie oft ein bisschen mit an die frische Luft des Spielcasinos. Babette war ganz entzückt von dem Gedränge, dem surrenden Rouletterad, der kreiselnden Kugel, den vielen blinkenden Lämpchen. Nach solch einer Strapaze schlief sie nachts besonders fest. »Ich kann mit Kindern umgehen, sie fühlen sich wohl bei mir, und dann schlafen sie gut«, erklärte Olga B. ihrer Gnädigen.

Lange Zeit ahnte Frau Dank nicht, dass Olga B. sie über Babette belog. Sie traute der jungen Polin höchstens zu, dass sie vielleicht heimlich rauchte, sich an herumliegendem Kleingeld vergriff, hinterrücks telefonierte und sich verbrecherisch um ihre Haushaltspflichten drückte. Die Danks wohnten in einer großen Villa, und da konnte man die Ecken, die Unterseiten bestimmter Möbel und das Innere von Schränken durchaus einmal vergessen. Man konnte über jeden der drei Telefonapparate unbemerkt nach Warschau anrufen (für 23 Pfennig pro fünf Sekunden, wie Frau Dank ermittelt hatte). Eine sehr lukrative Einnahmequelle war das Einkaufsgeld, wenn eine Gnädige nicht genau nachrechnete, wie viel die einzelnen Posten auf der detaillierten Liste ausmachten.

Olga B. machte das natürlich alles. Aber sie machte es so, dass Frau Dank ihr nichts nachweisen konnte, ohne das Gesicht zu verlieren. Olga B. entwickelte das Prinzip der völligen Unberechenbarkeit. Wenn sie Lust auf ein Schwätzchen mit ihrer besten Freundin Mariola in Warschau hatte, rief sie auf der Stelle an. Frau Dank konnte unmöglich den ganzen Tag von einem Apparat zum andern rennen und kontrollieren, ob ihre Hausangestellte vielleicht wieder telefonierte. Längere Gespräche mussten natürlich warten, bis Frau Dank aus dem Haus war. Frau Dank ahnte das und versuchte sich ihrerseits mit Unberechenbarkeit zu wehren. Doch Olga B. war schlau. Immer wenn Frau Dank sagte: »Ich bin bald zurück« – was heißen sollte, ich bin so schnell wieder zurück, dass du gar keine Zeit zum Telefonieren hast –, zündete Olga B. sich in ihrem Dank'schen Lieblingssessel eine Zigarette an und richtete sich auf ein langes Gespräch ein, weil sie wusste, dass Frau Dank lange nicht wiederkommen würde. Wenn Frau Dank aber sagte: »Ich bin den ganzen Nachmittag weg«, wusste Olga B., dass sie sich ungeheuer geschäftig geben musste, denn meist stand Frau Dank dann plötzlich wieder in der Tür, um sie zu überraschen.

Beim Einkaufen verstand Olga B. es übrigens, Frau Danks Geld zu sparen. Wenn die Einkaufsliste recht lang war, kaufte sie preisgünstiges Filet oder alten Käse, puhlte die Preise ab und investierte die Differenz in Nagellack, Zigaretten oder Parfum für ihre eigenen Vorräte. Man wusste ja nie, wie lange es das alles noch gab.

Sie hatte ihre erstaunliche Ausbildung in Kapitalismus bereits zu Hause erhalten, wo ihr Vater, von Beruf Altenpfleger, einen schwunghaften Handel mit allem betrieb, was er seinen Kunden um deren Bequemlichkeit willen abnahm. Auf dem Gipfel des Erfolges hatte er einmal 136 Paar Herrenschuhe der Größen 44–48 im Schrank gehabt. Von ihrem Vater hatte sie auch gelernt, in welchem Ton man mit Höhergestellten sprach.

»Diese Arbeit ist meine Tragödie, Frau Dank«, setzte Olga B. von neuem an. »Ich liebe das Kind so sehr.«

So zurechtgewiesen, trat Frau Dank dann meist den Rückzug an. Anhänglichkeit rührte sie. Ihr Wahn galt nicht nur anderen, auch ihr selbst. Sie verdächtigte sich der Gleichgültigkeit und Nachlässigkeit gegenüber der armen Babette. Und sie verdächtigte sich des ungerechten Misstrauens gegen Olga B. »Olga B. hat ein Herz, die diebische, treulose Olga B. hat vielleicht mehr Herz als ich, wenn sie so redet.«

»Aber ich erwische sie noch!« Und diesmal hatte Frau Dank sie erwischt.

An Olgas freiem Samstag hatte Frau Dank nämlich Babette, wenn auch schlechten Gewissens, mit zu Karstadt genommen, um ein paar dringend benötigte Sachen zu kaufen, schlechten Gewissens, weil sie die Kaufhausatmosphäre so verderblich fand, nicht nur die Luft, auch das Überangebot an Waren, die Übersättigung mit bunten Farben und fremden Leuten, den Lärm. Das musste schädlich sein, ebenso schädlich wie Fernsehen. Kinder gehörten an die frische Luft. Aber es führte kein Weg an dieser Expedition vorbei. Sie hob Babette aus dem Sportwagen, nahm sie mutig an die Hand und machte sich auf den Weg zur Haushaltsabteilung. Zweiter Stock, stöhnte sie. Zweimal Rolltreppe, das arme Kind. Sie ging mit ihr zu den rotierenden Stufen, blieb stehen und erklärte ihr ausführlich, worum es sich hier handelte (»Die Treppe fährt, mein Schatz. Ganz gefährlich! Viel Aua!«) und wie man sich darauf verhielt (»Schön an Mamas Hand bleiben. Und schnell abspringen, wenn Mama es sagt«). Aber bevor sie die Lektion noch zum besseren Verständnis wiederholen konnte, hatte Babette sich von ihrer Hand gerissen und fuhr unter vergnügtem Quietschen ganz allein die Treppe hinauf, Frau Dank nichts wie hinterher, doch zwei alte Damen hatten sich irgendwie zwischen sie gedrängt. Sie gelangten nach oben. »Spring runter, Babette!«, schrie Frau Dank aus Leibeskräften, aber da stieg Babette schon elegant und genau rechtzeitig ab, drehte sich um und wartete auf ihre schwergeprüfte Mutter.

»Olga, du bist die ganze Zeit mit Babette in die Kaufhäuser gegangen!«, trieb Frau Dank ihre Perle Olga B. nun gallenbitter in die Enge, und polnische Arbeitskräfte waren ja dieses Jahr so billig.

»Sie glauben ja sowieso das, was Sie glauben wollen«, antwortete Olga B. dieses Mal. »Ich habe immer getan, was für Babette das Beste ist. Aber wenn Sie mich unbedingt für eine Lügnerin halten wollen, kann ich es Ihnen nicht ausreden.« In der Diele war es inzwischen zu dunkel, um Olga B. noch im Spiegel zu erkennen.

Und Olga B. sah plötzlich ganz klar ihre missliche Lage. Die schöne Olga B. ohne festen Verdienst. Arbeitsstellen sind schwer zu kriegen in Berlin, man kann nicht allein von Schmuggelware leben. Die honigblonde Olga B. ohne ein Dank'sches Dach über dem Kopf. Keine kostenlosen Anrufe nach Osten mehr. Immer selbst bezahlen für den Glitzerlack auf ihren Nägeln, in einem halben Jahr würden ihre Vorräte verbraucht sein. Ein Gegenangriff war angezeigt.

»Ich war nur ein Mal mit Babette im Kaufhaus. Als Sie vergessen hatten, für Ihren Mann ein Geschenk zum Hochzeitstag zu kaufen«, sagte sie steif. Frechheit siegt. »Ich packe meine Sachen. Babette war nur die Viertelstunde in der Herrenabteilung, bis ich diese Sockenhalter gefunden hatte, Frau Dank. Ich packe heute, noch vor dem Abendessen.«

Erstaunlicherweise ließ Frau Dank sich nicht erweichen. »Gut, Olga«, sagte sie, als wäre es ihr wirklich egal.

Olga B. überlegte. Nachdem Frau Dank nun ihren Verfolgungswahn befriedigt hatte, würde sie empfänglich sein für einen Gefühlsausbruch bei Olga B., entweder einen Anfall selbstgerechten Zorns oder einen herzzerreißenden Akt der Zerknirschung. Ein Selbstmordversuch würde zeigen, dass der Hausangestellten himmelschreiendes Unrecht geschehen war. Olga B. musste erst noch einen Augenblick darüber nachdenken, wie schlecht sie eigentlich behandelt worden war. Sie eilte ins Bad und suchte Olga B. im Spiegel. Sie sah sie dort im vertrauten Rampenlicht und fragte: Soll ich dir die Kehle durchschneiden? Olga B. mit durchschnittener Kehle, schön noch an der Schwelle des Todes. Olga B. zündete sich mit ruhiger Hand eine Zigarette an. Wenn aber niemand sie beizeiten fand? Die Villa hatte drei Badezimmer.

Trotz dieser Vorbehalte drückte Olga B. eine frische Rasierklinge aus dem Spender. Und ohne an sich selbst auch nur das kleinste Zögern zu bemerken, zog sie die Klinge über Olga B.'s nackten Hals.

An einer Stelle erschien ein winziger, ungleichmäßiger roter Strich, gleich einer amtlichen Unterschrift. Entschuldige dich, auch wenn du nicht weißt, wofür, und alles wird vergessen sein, schlug Olga B. Olga B. vor – sie ist seelenlos, aber nicht herzlos; so ist das eben im privaten Sektor. Babette kann sowieso bald sprechen. Verlass mich nie, sagte sie zu der bleichen, zitternden Schönheit. Für ein kleines Dienstmädchen ist die Welt sehr kalt da draußen im Westen. Und nun adieu, für eine Sekunde bloß. Und sie ging hinaus und sah Frau Dank, die ihr gerade entgegenkam, in der ausgestreckten Hand ein teures Parfum zur Entschuldigung.

Aus dem amerikanischen Englisch von
Otto Bayer und Monika Elwenspoek

Der geschmuggelte Ehering

Eine Geschichte in zwei Teilen, mit zwei Tafeln Schokolade, zwei Sorten Watte, zwei Familien – die eine russisch-jüdisch, die andere deutsch –, zwei goldenen Ringen – der eine unecht, der andere echt – und sehr viel Ehrgeiz und Ernüchterung.

1

Eine russisch-jüdische Familie ist frisch in eine Sechzig-Quadratmeter-Wohnung in West-Berlin gezogen. Das Haus ist nagelneu, das heißt, die Wohnung ist klein, einfach und riecht nach Beton, der klassische »Neubau«. Der Ausdruck provoziert im wohlgenährten Gesicht eines jeden trendbewussten Berliners ein angewidertes Naserümpfen. Ureinwohner dieser Art würden nie in ein Haus ziehen, das nach dem Ersten Weltkrieg gebaut wurde, einer Zeit, da wirtschaftliche Zwänge die Vorliebe für Parkett und individuellen Stuck an hohen Decken aus dem Felde schlugen. Aber für Sascha Zinochky und seine Frau und Tochter ist »neu« ein Wort mit Heiligenschein.

Die Zinochkys zählen andächtig ihre Zimmer: zwei; sie verehren das glatte, graue Linoleum, lauschen dem Röhren des Ventilators im fensterlosen Bad und beobachten verzückt die Wandlung der elektrischen Heizspiralen von Grau nach Rot. Sie glauben an die Vollkommenheit des Fahrstuhls, obwohl sie ihn nie benutzen; die Zinochkys wohnen im Erdgeschoss.

Die Familie besitzt wenig, das aber jeweils dreifach: drei Teller, drei Tassen, drei Töpfe und so weiter. Die Sowjetunion hat jedem Familienmitglied gestattet, einen Koffer mit Kleidung, zwei Bücher und insgesamt fünf Gramm Edelmetall außer Landes zu bringen. Voriges Jahr hat die Familie in der Ukraine eine umfangreiche Bibliothek, die Spielsachen ihrer Tochter, ihre Freunde und Verwandten und fast alle Wertsachen zurückgelassen. Das war der Preis, er war ihnen bekannt, und sie hatten ihn akzeptiert. Ihre Verwandten konnten ja nachkommen, und was die materiellen Güter betraf, bauten sie darauf, ihr Geld im Westen wiederzubekommen. Das Einzige, was sie wirklich vermissten, waren ihre Eheringe.

Sascha Zinochky hatte relativ spät entdeckt, dass er einen Ehering brauchte, nämlich kurz vor seinem fünfundzwanzigsten Geburtstag bei einer Routine-Inspektion seines Lieblingsanblicks im Spiegel: Sascha nach dem Bad. Der untersetzte Doktor der Medizin mit dem hellen Teint und den kleinen Augen sah, dass seine roten Locken sich verändert hatten. Sie wurden allmählich dünner. Schon als Kind hatte er die Locken als seine Spezialität betrachtet. Wenn er etwas angestellt hatte, brachten die Locken seine Mutter immer wieder zur Besinnung. Oft schien ihm, dass die Verwandtschaft einzig zu dem Zweck zusammenkam, ihn in ihre Mitte zu stellen und die dichtgelockte rote Seide auf seinem Kopf zu bestaunen. Am Abend bevor er die Sterblichkeit seiner Locken entdeckte, war er mit einer Krankenschwester ausgegangen, die wie er im Hospital von Sambor arbeitete.

Sie hieß Marya und war ein kleines, zartes Geschöpf mit großen braunen Augen und kastanienbraunem Haar, das sie zu einem Bienenkorb hochtoupiert hatte, wie es Anfang der Siebziger in Sambor Mode war. Sascha nahm ihre Reize kaum zur Kenntnis, er hatte sie nur eingeladen, um es einer anderen Krankenschwester zu zeigen, bei der er neulich abgeblitzt war. Er hatte einen netten Abend verlebt, nur auf den Eindruck bedacht, den er machte, sich aber nicht träumen lassen, welch ein Schock ihn auf der Rückseite dieser Nacht erwartete. Marya hatte seine Geistesabwesenheit zwar bemerkt, aber nicht gedeutet; sie war erst achtzehn.

Am folgenden Nachmittag ging er nach einem deftigen Mittagessen in der Kantine kurz auf Maryas Station und machte ihr, während sie gerade eine Bettpfanne leerte, einen Heiratsantrag. Sie kicherte und sagte: »Ja, aber nicht jetzt gleich«, und genauso meinte sie es auch, denn sie war ein naives Mädchen und nahm immer klaglos hin, was andere für sie entschieden. Ihr »Ja« konnte indessen sein Unbehagen nicht lindern. Er wollte seinen neuen Status – »verheiratet« – im großen Stil dartun. So kaufte er die dicksten Eheringe, die es in ganz Kiew gab. Jeder wog zehn Gramm, war an den Seiten gekehlt und hatte eine breite, glattpolierte Fläche, in der er sein Spiegelbild sehen konnte.

Eine Zeit lang schwand Saschas Unbehagen. Er gewann seine Selbstsicherheit zurück. Die Haare wurden dünner, doch er hatte sein Leben diesem neuen Umstand angepasst und war ein Ehemann geworden. Eines Tages entdeckte er dann, wie tief doch diese eine Falte an seiner Stirn geworden war; er beobachtete sie schon, seit sie sich in seinem neunzehnten Lebensjahr zum ersten Mal gezeigt hatte, ein feiner Strich, eine niemals wahrgemachte Drohung bis vor kurzem, als sie scheinbar urplötzlich zu einer tiefen Furche wurde. Sein Unbehagen kehrte wieder. Er musste sein Leben ändern.

Also bekamen sie ein Kind, ein Mädchen mit roten Locken, und Saschas Unrast schien für eine Zeit geheilt. Er nahm zu, was nur seine Rolle – »liebender Vater« – bestätigte. Doch dann war die Unrast wieder da. Marya hatte eine Figur bekommen wie eine Lastenträgerin: Sie war breit und stämmig, ihre Hände waren rau. Ihr Haar war zu trocken zum Toupieren, und die Haut unter ihrem Kinn wurde schlaff. »Das kommt vom Schlangestehen und den vielen Sorgen«, entschuldigte sie sich bei ihrem Mann. Er nahm an ihrem Aussehen weniger Anstoß als an seinem. Gerade war er dreißig, da fand er die ersten weißen Härchen an seinen Schläfen. Jeden Morgen stand er, die Hände feucht vor Kummer und Ekel, ein paar Minuten länger vor dem Spiegel und riss sie aus.

Er war Facharzt, was in der Sowjetunion, wo 75 bis 80 Prozent aller Mediziner Frauen sind, zu den schlechter bezahlten Berufen gehört. Sein Spezialgebiet waren Geschlechtskrankheiten des Mannes, sein Gehalt betrug hundertzwanzig Rubel im Monat, so viel wie ein Paar teure Damenstiefel kostete. Dr. Zinochky hatte sein Einkommen aufzubessern gelernt. Er wusste, dass einige meldepflichtige Krankheiten seinen Patienten peinlich und ihren Gattinnen ein Ärgernis waren. Für eine kleine Zuwendung formulierte er die Diagnose um, für eine größere behandelte er den Patienten bei sich zu Hause. Sein ausgezeichneter Ruf reichte bis nach Kiew.

Manche Patienten bezahlten in anderer Währung. So arbeitete einer der Leidenden im Wohnungsamt; er besorgte dem Doktor eine sehr begehrte Wohnung, genau gegenüber einer Ladenzeile in Sambor. Aus dem Küchenfenster konnte Marya sehen, was die Lieferwagen brachten. Gleich nach denen, die den Lageristen bestochen hatten, wussten die Zinochkys so als Erste in der Stadt, wann es Fleisch oder frisches Obst gab. Einmal sichteten sie eine Sendung Rosinen lange vor allen anderen. Sie fühlten sich aus Prinzip – Rosinen waren knapp – verpflichtet, die ganze Sendung aufzukaufen. Wochenlang aßen sie Rosinen. Danach kam es ihnen schon bei dem Wort »Rosinen« hoch.

Zu Silvester 1986 konnte Sascha keinen Sekt auftreiben. An diesem Abend brachte ihn seine Nüchternheit fast um. Wieder ein vertanes Jahr. Er fand die Zeit reif für einen Schritt, der so groß war, dass er den Schmerz seines vierzigsten Geburtstages nicht fühlen würde. Ein paar Wochen nach Neujahr stellte Sascha einen Ausreiseantrag nach Israel.

Sein Entschluss wurde in Sambor zum Tagesgespräch: Manche fanden ihn skandalös, andere sahen ihn politisch. »Ich dachte, Sie wären Ukrainer«, bemerkte eine Köchin in der Kantine, als sie ihm den Teller voll Kartoffeln lud. »Jude zu sein ist keine Nationalität – nur ein Ausreisevisum.« Er aß nicht mehr in der Kantine und brachte sich Brote von zu Hause mit. In der Schule warnten die Mitschüler seine Tochter, sie würde in die israelische Armee eingezogen werden und wahrscheinlich im Libanon fallen. Nur Marya war es sonderbar gleichgültig, was die Leute von ihnen dachten. Nachts hörte sie sich Saschas Klagelieder an, als hätte sie mit alledem nichts zu tun. Sie schlief wie ein Murmeltier. Einmal erzählte sie ihm einen Witz, den sie anscheinend schon jahrelang kannte und nie erzählenswert gefunden hatte:

»Mosche stellt einen Ausreiseantrag und wird vom KGB vernommen.

›Mosche‹, sagen sie, ›du hast eine gute Arbeit, du hast eine hübsche Wohnung, Mosche, du hast genug zu essen, warum willst du hier weg?‹

Mosche sagt: ›Ich weiß es nicht mehr.‹ Aber er will seinen Antrag nicht zurückziehen. Also lädt der KGB ihn noch einmal vor.

›Mosche, so eine hübsche Wohnung hast du und dein eigenes Auto, Mosche, warum willst du hier weg?‹

Und Mosche weiß es nicht mehr. Aber er will seinen Antrag nicht zurückziehen. Ein drittes Mal bittet ihn der KGB zu einem Schwätzchen.

›Mosche, warum, warum willst du weg, wo du es hier doch so gut hast?‹

›Ja‹, antwortet Mosche, ›ich habe es gut hier. Ich kann mich beim besten Willen nicht erinnern, warum ich hier wegwollte.‹

›Scheißjuden‹, sagt der KGB-Mann, ›verfault bis in die Knochen.‹

›Ach ja‹, sagt Mosche, ›gerade ist mir wieder eingefallen, warum ich wegwollte.‹«

Sascha lachte bei der Pointe, dann wurde er wütend. »Du erzählst Witze so fade, dass du's gar nicht verdienst, welche zu kennen«, sagte er. Viele Ehejahre waren vergangen, bevor ihm auffiel, dass seine Frau Jüdin war. Ihre Eltern waren gestorben, als sie noch ein Kind war, und sie hatte nur ihres Vaters Schwester und einen Bruder, die über so etwas nie gesprochen hatten. Laut ihrem Pass war sie ebenfalls Ukrainerin. Aber sie hatte von ihrer Tante allerhand jiddische Brocken aufgeschnappt. Am Silvesterabend hatte sie einen Vorschlag gemacht; wenn man sie ausreisen ließe, sollten sie nicht nach Israel fahren, sondern in Deutschland bleiben. Jemand habe ihr erzählt, die Jüdische Gemeinde in Berlin sei besonders hilfsbereit. Sie hatte den Kopf voller Informationen dieser Art, und Sascha wusste nicht, wie die da hineingekommen waren.

Sie stießen mit Fruchtsaft auf das neue Jahr an, und Sascha sagte: »Schwöre mir, dass du kein Wort davon zu meinen Eltern sagst! Weißt du, wie mein Vater mich nennen wird? Einen Verräter.«

Seine Eltern wohnten in einem Dorf bei Sambor, wo er aufgewachsen war. Für Sascha schien die Richtigkeit seiner Entscheidung dadurch erwiesen, dass die Kunde seinen Eltern nie zu Ohren kam. Von erträglichen Sticheleien abgesehen, bekamen die Zinochkys keine Rückwirkungen zu spüren, und sie bekamen auch keine Antwort.

Etwa ein halbes Jahr nach seinem Ausreiseantrag wurde Dr. Zinochky aus dem Krankenhaus weggerufen, um die Opfer eines »Fabrikunfalls« zu versorgen. Polizei kam ihn holen. Die Fahrt wurde ziemlich lang; man brachte ihn nach Tschernobyl. Das war etwa drei Monate nach der Havarie, und unter den Aufräumungsmannschaften, die an den langen Abenden in der verlassenen Stadt nichts zu tun hatten, grassierten Geschlechtskrankheiten. Dr. Zinochky blieb einen Monat lang dort. Er trug keine Schutzkleidung und war über mögliche Strahlungsgefahren auch nicht informiert worden. Kurz nachdem man ihn in seine Heimatstadt zurückgebracht hatte, erhielten die Zinochkys die Nachricht, ihre Ausreisevisa lägen bereit und sie hätten zwei Wochen Zeit zum Packen.

Es war ein schwüler Sommerabend, als Sascha Zinochky sein bestes Jackett anzog und seine Eltern in der Zwei-Zimmer-Datscha besuchen ging, in der er aufgewachsen war. Sein Vater arbeitete gerade im Garten, seine Mutter machte Kirschmarmelade ein. Als sein Vater Saschas Gesicht sah, wusste er gleich, dass etwas nicht stimmte. Er borgte sich den Ärmel seines Sohnes, um sich den Schweiß vom Gesicht zu wischen, und führte Sascha ins Haus. Während Sascha Zinochky die Gründe für seine Ausreise in den Westen einzeln aufzählte, lächelte sein Vater nur bitter. Saschas Jackett hing über einem Stuhl; sein Vater nahm es hoch, befühlte das schlechte Tuch und knüllte es sich vor die Augen. Er sagte kein Wort.

»Er hält dich für einen Verräter«, sagte seine Mutter. Sie selbst hatte ihm seinen Entschluss auf der Stelle verziehen. Sie kündigte an, dass sie Sascha nach Deutschland folgen würden, sobald sie könnten.

Zwei Wochen später verließen Sascha und Marya mit ihrer achtjährigen Tochter die Sowjetunion. Die Eheringe, an denen Sascha so viel Trost gefunden hatte, überstiegen das Gewichtslimit um viele Gramm, und Sascha hatte Maryas Ring einschmelzen und zwei Fünfgrammringe daraus machen lassen, sodass nun beide je eine Hälfte trugen. In letzter Minute beschloss Marya jedoch, statt ihrer Hälfte die goldenen Ohrringe mitzunehmen, die Sascha ihr zur Verlobung geschenkt hatte.

Als sie an die ungarische Grenze kamen, wogen sowjetische Beamte die Ohrringe und fanden sie ein paar Milligramm schwerer als die erlaubten fünf Gramm. Sie kniffen unten ein Stück von den Ohrringen ab und ließen Marya den Rest behalten.

Sascha Zinochky ist das einzige Kind Iwan Zinochkys, von dem es in der Familie oft heißt: »Er ist verrückt.« Vor allem Iwans Frau Helena, Saschas Mutter, beklagt sich gern, dass ihr Mann verrückt sei. Die Klagen begannen, nachdem Sascha die Sowjetunion verlassen hatte und Helena ihm in den Westen folgen wollte. Ein Sohn, ein Leben, sagte sie. Wir müssen zusammenbleiben. Aber für Iwan kam es nicht infrage, seine Datscha mit Obstgarten bei Sambor zu verlassen. Und schon gar nicht, nach Deutschland zu gehen. Er hatte im Zweiten Weltkrieg gegen die Deutschen gekämpft. Ein deutscher Soldat hatte ihn bei Stalingrad in den Rücken geschossen. Man hatte ihn vom Schlachtfeld getragen, und seitdem genießt er die Früchte seiner Verwundung – er bekommt eine Sonderrente, darf alle öffentlichen Verkehrsmittel (einschließlich Flugzeug) umsonst benutzen und erhält wöchentlich eine Extraration Fleisch. Wenn er sein Verwundetenabzeichen am Rock trägt, darf er sich an den Anfang jeder Schlange stellen. Warum sollte er hier weg?

»Dein Vater ist jetzt völlig verrückt geworden«, schrieb Helena ihrem Sohn.

»Lieber Vater, Du musst Dich zusammennehmen, Du musst es wagen und nach Berlin kommen«, schrieb Sascha Zinochky seinem Vater, der an seinem fünfundsiebzigsten Geburtstag von seinen Verwandten förmlich belagert wurde.

Der Konflikt wurde vorsichtig per Post ausgetragen, die man als ein öffentliches Medium ansah. »Du wirst im Westen nie Arbeit finden«, schrieb Iwan, »und wir sind alte Leute und werden verhungern.«

»Ich habe schon Arbeit«, schoss Sascha Zinochky zurück. »Und Marya auch, sie arbeitet als Krankenschwester. Wir legen bereits Geld beiseite, um euch zu unterstützen.«

Das war eine Halbwahrheit. Nur Marya arbeitet, aber nicht als Krankenschwester. Wahr ist, dass sie ihren Lebensstandard verbessert haben. Die Familie bekommt Sozialhilfe, die sich auf mehr als das Doppelte von dem beläuft, was sie in der Sowjetunion mit Ganztagsarbeit verdienten. Zusätzlich gibt die Jüdische Gemeinde ihnen Geld zu Passah und Chanukka und hat Marya bei der Arbeitssuche geholfen; sie arbeitet bei mehreren Familien als Dienstmädchen. Da sie so eifrig und gründlich ist, kann sie sogar Spitzenlöhne verlangen.

Wahr ist, dass sie Geld beiseitelegen. Marya liefert jeden Pfennig bei ihrem Mann ab, der alles sicher in einem Schuhkarton verwahrt. Er spart, um sich ein Auto zu kaufen, und dann, um seinen Deutschunterricht zu bezahlen. Sascha wird den teuersten Deutschunterricht in der Stadt nehmen, denn er darf erst als Arzt arbeiten, wenn er fließend Deutsch spricht. Auf Maryas Deutsch kommt es nicht so an.

Während Marya für ihn arbeitet und seine Tochter in der Schule rasche Fortschritte macht, sieht er fern. Wenn Marya nicht pünktlich nach Hause kommt, ruft er nacheinander bei ihren Arbeitgebern an und fragt nach ihr. Oft macht sie noch auf Berlins Haupteinkaufsstraße, dem Kudamm, einen Schaufensterbummel.

Sie hat aber noch nie etwas für sich gekauft, nicht einmal Kleinigkeiten. Im Westen kann sie es sich nicht leisten, etwas spontan zu kaufen. Im Osten hat sie dauernd eingekauft; im Westen reden Mann und Frau wochenlang über alles, bevor sie es kaufen. Sie haben Monate gebraucht, um das Bett zu finden, das sie haben wollten.

Der Kauf eines Mahagoni-Schlafzimmers war ihr Einstieg in die Konsumwelt. Das Doppelbett hatte ein eingebautes Radio, Beleuchtung und einen Spiegel im Kopfteil. Der dazugehörige Schrank hatte sechs schimmernde Türen an geräuschlosen Scharnieren. Das Zimmer kostete sie die gesamte Einrichtungsbeihilfe vom Sozialamt.

Im Preis war die Lieferung inbegriffen. Nachdem der Lieferwagen vor- und wieder weggefahren war, sahen die Zinochkys ihren Fehler: Das Zimmer war zu klein für Bett und Schrank zugleich. Die Möbel passten nur hinein, wenn der Kleiderschrank gegenüber dem Bett stand. Dann reichte aber der Platz nicht mehr aus, um die mittleren vier Türen zu öffnen. Sie hatten allerdings sowieso nur Kleider für zwei Schrankteile.

Die Zinochkys ließen ihre Tochter in dem Bett schlafen und machten sich ein Lager aus Decken im Wohnzimmer. Sie überlegten, sich ein zweites Bett anzuschaffen.

»Der alte Narr!«, nannte Sascha seinen Vater, als er von Iwan Zinochkys Entscheidung las, die Sowjetunion nicht zu verlassen. »Er hat ja keine Ahnung, wie es hier ist. Keine Ahnung vom Toilettenpapier, von der neuen Wohnanlage, von gar nichts!«

»Eigentlich hat er ja nur Angst vor der Ausreise, Sascha. Du hättest ihm das mit den Eheringen nicht erzählen dürfen«, erwiderte Marya.

Natürlich hatte er vor seinen Eltern darüber gestöhnt und gewütet, dass er gezwungen war, etwas so Kostbares zurückzulassen. »Gib ihn mir«, sagte seine Mutter. Sie packte den Ring, als wollte sie ihn nie mehr loslassen, und sagte: »Ich hebe ihn für dich auf, bis du drüben einen Freund gefunden hast, der herkommen und ihn holen kann. Das ist mein Rat.«

Und so geschah es eines Tages, ein halbes Jahr nach Sascha Zinochkys Ausreise aus der Sowjetunion, dass seine Mutter einen Brief von ihm bekam, in dem er sie bat, ein »kleines Andenken« ins Foyer des Hotels Metropol in Moskau zu bringen, wo eine »gute Freundin« aus Berlin es abholen werde.

2

Die Person, die Sascha Zinochky seine »gute Freundin« nennt, ist in Wirklichkeit eine von Maryas Arbeitgeberinnen, eine junge Hausfrau, die an ihrer Doktorarbeit in Literaturwissenschaft schreibt. Sie pflegt einen gehobenen Lebensstil und makellose linke Ansichten. Sie engagiert ihre Putzfrauen nur schweren Herzens, weil sie sich selbst nicht verwöhnen will, und freundet sich stets mit ihnen an. Dies führt bald zu beiderseitiger Ernüchterung und unweigerlichem Personalwechsel.

Marya hatte bei »Frau Elisabeth«, wie sie zu ihr sagt, erst vor kurzem angefangen und wurde bereits mit Mann und Tochter zum Abendessen gebeten. Marya lehnte ab, weil sie eine Arbeitgeberin nicht für eine passende Gastgeberin hielt.

Als die fünfte Einladung in strengem Ton ausgesprochen wurde, aus dem herauszuhören war, Marya wolle ihre Angehörigen vielleicht deshalb nicht mitbringen, weil mit ihnen etwas nicht stimme, nahm Marya eine Einladung zum Tee an.

Dieses Ereignis tat sich durch Länge hervor – die Zinochkys kamen um drei und blieben bis Mitternacht – sowie durch Missverständnisse beim Essen. Frau Elisabeth lud Berge von Speisen auf den Tisch, aber nicht ein Mal nötigte sie ihre Gäste, zuzugreifen.

Nach den russischen Regeln der Gastfreundschaft muss der Gastgeber den Gast so lange zum Essen nötigen, bis dessen Wille gebrochen ist. Frau Elisabeth tat nichts dergleichen. Sie ahnte wohl, dass ihre Gäste sich nicht zu essen trauten, und war hin- und hergerissen zwischen Knauserigkeit und dem Wunsch, ihre Freigebigkeit gewürdigt zu sehen. Beides zusammen führte dazu, dass sie ihnen Halbsätze wie »Nehmen Sie doch …« vorstotterte und dann in Schweigen versank.

Die Zinochkys aßen nicht mehr als die kleinen Kuchenportionen, die sie auf ihren Tellern bereits vorfanden. Ihre Tochter fand das bald langweilig und entschuldigte sich. Sie wanderte durch die Wohnung und nahm ohne Neid die Spielsachen für Erwachsene in Augenschein – Video, Bücher, Kunstgegenstände. Dann setzte sie sich mit einem Buch in die Ecke, während ihre Eltern über das Einkaufen in der Sowjetunion plauderten, ein Thema, das ihre Gastgeberin faszinierte, weil sie selbst eine eifrige Konsumentin war.

Die Zinochkys warteten offenbar darauf, dass sich irgendwann auch Frau Elisabeths Gatte zeigte. Nach fünf Stunden erwies es sich, dass er die ganze Zeit zu Hause gewesen war, ein verdrießlicher Banker, der in seinem Arbeitszimmer ein Fußballspiel hatte sehen wollen. Er trat ein, nickte und schmierte sich vor ihren verhungerten Blicken im Stehen ein Butterbrot, denn wenn er sich hinsetzte, fürchtete er mit ihnen reden zu müssen.

Nach seinem Abgang versuchte sie die Party aufzulösen, indem sie ausgiebig gähnte und »Also dann« sagte. Die Zinochkys taten es ihr gleich, gähnten und sagten »Also dann«, lächelten und blieben. Dann erzählten sie Frau Elisabeth von dem Ring.

Frau Elisabeth war über diesen Verlust zutiefst entsetzt. Sofort erbot sie sich, den zurückgelassenen Ring mitzubringen, wenn sie nächstes Mal in die Sowjetunion reise. Das heißt, sie war noch nie dorthin gereist, aber warum sollte sie nicht? »Ich nehme an, es ist ungesetzlich, aber was sind schon Gesetze? Mir können sie nichts anhaben, ich bin Bürgerin eines demokratischen Staates!«, sagte sie. Seit sie auf dem Dachboden ihres Elternhauses den BDM-Mitgliedsausweis ihrer Mutter entdeckt hatte, bevorzugte Frau Elisabeth jüdische Dienstmädchen. Ihr fiel nichts ein, womit sie sonst den Teil der deutschen Schuld hätte abtragen können, den sie als den ihren betrachtete. Jetzt bot sich eine Gelegenheit.

In den nächsten Stunden schmiedeten sie Pläne, wie Frau Elisabeth den Ehering in Sicherheit bringen könne. Um Mitternacht stand sie auf und sagte: »Es war wunderschön.«

Der Ring wurde lange Zeit nicht wieder erwähnt, aber seit diesem Abend betrachtete Marya ihre Arbeitgeberin als eine Freundin. Ihre Arbeit wurde oberflächlicher. Sie ging regelmäßig zehn Minuten zu früh nach Hause, nahm aber Näharbeiten mit und erledigte sie in ihrer Freizeit; das war Freundschaft.

Als Frau Elisabeths Mutter sagte, sie wolle im Urlaub nach Leningrad fahren und die Eremitage besuchen, fragte die Tochter sie, ob sie nicht einen Abstecher nach Moskau machen und den Ehering der Zinochkys holen könnte. Sie sagte Frau Schmidt nicht, dass die Zinochkys Juden waren, aus Angst, sie würde dann ablehnen. Frau

Elisabeth kannte ihre Mutter nicht sehr gut und legte angesichts des Geheimnisses vom Dachboden auch keinen Wert darauf.

Frau Schmidt willigte ein. Die Zinochkys wurden verständigt, und ihre Freude war wirklich rührend. Dann überlegte Frau Schmidt es sich anders: Sie habe keine Zeit, nach Moskau zu fahren, und außerdem gedenke sie nicht, für ein Dienstmädchen zu schmuggeln. Frau Elisabeth schimpfte mit ihr: »Dann geh doch und amüsier dich in deinen Museen.« Ihr blieb nichts anderes übrig, als allein zu fahren.

Sie plante das Verbrechen sehr gewissenhaft. Als sie hörte, die Züge seien in Russland für den Preis unerhört luxuriös, beschloss sie, mit dem Zug zu fahren. Ihrer Erste-Klasse-Fahrkarte lag eine Zollerklärung zum Ausfüllen bei. Der Tourist sollte darin allen Schmuck angeben, den er in die Sowjetunion mitnehme. Ausdrücklich hieß es, dass alles Aufgeführte, aber kein Gramm darüber, wieder ausgeführt werden müsse. Zuwiderhandlungen würden von den Sowjetbehörden »streng bestraft«. Frau Elisabeth schrieb: »Ein schwerer Goldring.«

Anschließend fuhr Frau Elisabeth zu einem Billigkaufhaus und erstand einen großen Männerring aus goldfarbenem Plastik. Sie erwartete, dass die Verkäuferin ihre Absichten durchschaute: Diese Dame, würde sie sich sagen, ist zu vornehm, um falschen Schmuck zu tragen, erst recht mit diesem murmelgroßen Diamanten an der anderen Hand. Der Plastikring nahm Frau Elisabeths zarten Finger zur Hälfte ein. Gleich daneben trug sie den zierlichen Ehering, den sie sich selbst ausgesucht hatte. »Neben Gold sieht er unecht aus«, meinte die Verkäuferin. »Sie sollten ihn allein tragen.«

Frau Elisabeth legte ihren Ehering ab und trug den Plastikring allein. Es dauert eine Weile, bis man sich an einen neuen Ring gewöhnt, und sie wollte nicht durch unwillkürliches Zurechtschieben auffallen. Ihr Mann merkte nicht, dass sie einen fremden Herrenring statt ihres Eherings trug. Der neue Ring begann sogleich abzublättern und sein Gold zu verlieren. Sie drehte die abblätternde Seite nach innen. Sie wollte die 7,95 Mark nicht ein zweites Mal ausgeben.

Ihre Reisevorbereitungen traf sie vor aller Augen. Sie machte ein

Testament, damit ihr Anwalt Bescheid wusste. Sie ließ ihre Impfungen erneuern, damit ihr Hausarzt Bescheid wusste. Sie wurde rührselig und kochte ihrem Mann seine Lieblingsgerichte und nahm ihm das Versprechen ab, sie in ihrer Abwesenheit nicht zu betrügen, weil so etwas das Vertrauen zwischen ihnen zerstören würde. Sie zweifelte nicht an der Treue ihres Mannes, denn in der Woche, für die sie die Reise geplant hatte, wurde die Fußballeuropameisterschaft ausgetragen; da entfernte er sich nie weit vom Fernseher.

Frau Elisabeth hielt letzten Rat mit den Zinochkys, diesmal in deren Wohnung. Marya backte drei verschiedene Kuchen und schaufelte ihrem Gast den Teller so voll, dass Frau Elisabeth zur Unhöflichkeit genötigt war und mehrere Gänge schroff zurückweisen musste. Sascha tanzte buchstäblich vor Aufregung. Er hielt ein großes Paket im Arm, als er die Tür öffnete, und stellte es die ganze Zeit nicht ab, während er sie durch die Wohnung führte. Als sie sich zum Tee hinsetzten, schob er das Paket zwischen seine Beine.

Sie besprachen Frau Elisabeths Treff mit Saschas Eltern. Sie würde mit einem Foto von Sascha im Foyer des Moskauer Hotels Metropol stehen. Seine Eltern würden das Foto sehen, nicken, sich ohne ein weiteres Zeichen des Erkennens umdrehen und das Hotel verlassen. Sie würden im Eingang zu einer nahen U-Bahn-Station auf Frau Elisabeth warten. Zusammen würden sie in ein Restaurant gehen. Frau Elisabeth solle ihr Paradies in Berlin schildern, dabei das neue Bett nicht vergessen und das viele Geld, das sie verdienten.

Sascha gab ihr das Foto: Familie Zinochky beim Auspacken der Geschenke vor dem Weihnachtsbaum. Als Frau Elisabeth sagte, sie müsse nun gehen, zog er das Paket zwischen den Füßen hervor, wuchtete es auf den Tisch und sagte: »Das ist für meine Eltern.«

Das Paket war so schwer, dass Frau Elisabeth es nicht fortbewegen konnte. Sie würde einen Gepäckträger bezahlen müssen, der es ihr nachtrug. Sie würde es nicht in den Zug und im Abteil nicht aus dem Gepäcknetz heben können. Eine solche Zumutung kam nicht infrage. Sascha Zinochky war fassungslos. »Oh, bitte, bitte, nehmen Sie es mit!«, rief er. »Dann sehen meine Eltern, wie es im Westen wirklich ist.«

Frau Elisabeth schlug einen Kompromiss vor. Sie wolle erst ihren eigenen Koffer packen. Dann würde sie von Saschas Geschenken noch so viel dazutun, wie hineinging. Die Zinochkys bestellten ihr ein Taxi und trugen das Paket für sie nach unten.

Zu Hause packte Frau Elisabeth ihre italienischen Jeans, die guten Pumps und das Schwarze ein. Dann machte sie das Zinochky'sche Paket auf und fand ein Radio, einen Walkman, Nescafé, eine sehr billige Tafel Schokolade, »00«-Toilettenreiniger, Toilettenpapier und einen Beutel pastellfarbener Wattebällchen. Sie nahm die Schokolade und die Watte und ließ den Rest da.

Die Reise nach Moskau zeichnete sich nicht durch Luxus aus. So etwas wie eine erste Klasse gab es nicht, und Frau Elisabeth musste ein Abteil mit zwei Polinnen teilen, die keiner der zivilisierten Sprachen mächtig waren. Das hielt sie nicht davon ab, unentwegt auf die Deutsche einzureden und all die Köstlichkeiten mit ihr zu teilen, die sie bei sich hatten.

Frau Elisabeth begann sich zu fragen, ob dies ein Vorgeschmack auf ein russisches Gefängnis sei – es gab keinen Kaffee, die Mahlzeiten wurden auf Blechtellern serviert, die Toiletten waren verdreckt, schlafen musste man unter Fremden in einer Koje, man konnte nicht aussteigen und hatte nichts zu tun.

Als die Grenze näher kam, verstummten die Fahrgäste. Der Schaffner schritt auf dem Gang auf und ab. Die Reisenden reihten ihr Gepäck auf. Allmählich verfluchte Frau Elisabeth den falschen Schmuck an ihrer Hand und das amtliche Papier in ihrem Pass, das ihn als »schweren Goldring« bezeichnete. Das konnte sie jetzt nicht mehr ändern.

Als der Zug die ersten Büsche des Grenzbahnhofs passierte, regten sich auf den Bahnsteigen graue Mützen und Uniformen. Die Beamten gingen rasch am Zug entlang, als dieser hielt, und man hörte sie an den Enden eines jeden Waggons einsteigen und von Abteil zu Abteil gehen.

Frau Elisabeth hörte leise amtliche Stimmen und die Antworten der Fahrgäste. Die Polinnen kneteten ihre Finger. Endlich erschienen die Grenzbeamten an der Tür; sie hatten junge, bleiche, unschuldige

Gesichter und bleiche Finger, die nicht unverschämt, eher zuvorkommend nach ihrem Pass griffen.

Sie versuchte auf dem unteren Bett, wo es eng war, gerade zu sitzen. Unmöglich. Trotzdem schlug sie die Beine übereinander und wagte ein Lächeln. Weiße Zähne sind im Osten so rar wie Bluejeans. Aber sie nickten einander vielsagend zu und riefen etwas den Wagengang hinunter. Ihre Rufe wurden von anderen den Bahnsteig entlang bis zu einem Büro im Bahnhofsgebäude weitergegeben. Sie flippten ihren Pass aufs Waschbecken und winkten die Polinnen ins Nachbarabteil.

Jetzt war Frau Elisabeth ganz allein. Ihr Pass war ein bisschen seifig. Sie wischte ihn mit einem feuchten Tuch ab und betrachtete ihr Foto. Sie drückte es spontan an die Lippen, denn dies konnte ein Abschied sein. Dann legte sie den Pass wieder aufs Waschbecken, denn das war offenbar der geweihte Ort.

Nach einer Weile erschienen zwei höhere Beamte in Zivil an der Abteiltür. Sie boten ihr vier europäische Sprachen zur Auswahl an. Das überlasse ich Ihnen, antwortete sie, wobei ihre Hand erregt das Falschgold durch die Luft schwenkte. Französisch, Englisch, Deutsch, was Sie wollen! Sie nahmen ihren Pass vom Waschbecken, runzelten die Stirn, weil er wieder voll Seife war, und sagten, Deutsch sei ja wohl ihre Muttersprache.

Sie fragten sie nach ihrer Reise aus, mochten sich von ihrer Fröhlichkeit nicht anstecken lassen und befahlen ihr, sich wieder hinzusetzen, als sie aufstand und ihnen ihre Koffer im Gepäcknetz zeigen wollte. Sie durchwühlten die Koffer, holten alle Reiseführer heraus und studierten sie. Der ist nicht sehr gut, dumme Vorstellungen von unserem Land, sagten sie traurig bei jedem, bevor sie ihn wieder in den Koffer warfen. Sie prüften ihre Zollerklärung.

Schwerer Goldring?

Frau Elisabeth zitterte und streckte ihnen die Hand entgegen, als böte sie ihren Hals dem Schlächter dar. Sie warfen hastig einen Blick darauf, als ob sie sich endlich ihres Tuns genierten, stempelten das Papier ab und wünschten ihr eine angenehme Reise.

Als Frau Elisabeth im Moskauer Hotel National ankam, rief sie als

Erstes zu Hause an, um ihrem Mann unter Tränen mitzuteilen, wie froh er sein könne, dass sie wohlauf sei und ihn bald, bald wiedersehen werde. Sie hörte im Hintergrund das Gebrüll der Fußballfans im Fernsehen, als er »Welch ein Glück« sagte.

Dann zog sie sich etwas Schwarzes an. Schwarz ist die Farbe der Trauer. Ich habe meine Unschuld im Schmuggel verloren. Schmuggeln macht nichts als Angst. Und Schwarz steht mir gut. Die Hotelhalle war voll von bedeutend aussehenden Männern; nach allem, was man hier sah und hörte, besuchten nur bedeutende Männer den Ostblock. Man hörte über Kabinettsposten und Millionen-Dollar-Verträge reden. Frau Elisabeth begann an Russland Gefallen zu finden. Sie kam am Friseursalon vorbei, wo Maniküre für nur dreißig Kopeken angepriesen wurde, eine Mark; ein ungewöhnliches Land.

Die Maniküre starrte beim Arbeiten den Ring an. Sie hatte noch nie einen so billigen Ring an einer so zarten reichen Hand gesehen. Während Frau Elisabeth dann weiter ins Foyer ging, beschrieb die Maniküre ihrer Kollegin diese Kundin. Sie amüsierten sich köstlich: Diese Deutschen! Wahrscheinlich weiß sie nicht einmal, dass er falsch ist. Ich hatte Goldstaub am Handtuch, als ich fertig war, er flog hier überall herum, und die Dame weiß nicht, dass er falsch ist, eigentlich eine Tragödie.

Eine Komödie, sagte Frau Elisabeth im Foyer zu einem Mr. Adams, während sie auf Saschas Eltern wartete. Der Amerikaner wartete auf einen Geschäftspartner, und sie erzählte ihm ihre Geschichte. Das Foto von den Zinochkys steckte in ihrer Hemdtasche, die Mitbringsel in einer Tragetasche, der Plastikring an ihrer Hand.

»Dafür bekommen Sie höchstens fünf Jahre Sibirien«, sagte Mr. Adams. »Die Russen nehmen es mit ihren Gesetzen nämlich genau. Wenn Sie sich irgendwie daraus zurückziehen können, sollten Sie's tun.« Er verabschiedete sich voll Abscheu.

Das Foyer wimmelte von Leuten. »Verhalten Sie sich unauffällig«, hatte Sascha befohlen. Der Mann des Dienstmädchens gab Befehle! »Keiner im Foyer darf merken, dass Sie sich treffen.« Diese Unverfrorenheit! Sie drängte sich durch, und dann erkannte sie das dicke alte

Ehepaar, das sich unsicher an der Tür herumdrückte. Der Vater ächzte unter einem großen Paket. Sie nahm das Foto von den Zinochkys heraus und betrachtete es uninteressiert, als sie an ihnen vorbeiging. Sie reagierten ganz wie geplant mit einem leichten Nicken, und als sie das Foto wieder in die Hemdtasche steckte, drehte der Vater sich um und ging zur Tür hinaus.

Aber seine Frau folgte ihm nicht. Sie stand wie angewurzelt an der Stelle, wo das Foto gewesen war, und ihr Gesicht war plötzlich eine Maske des Kummers und Schreckens. Dann brach sie in lautes Schluchzen aus, lauter, als Frau Elisabeth es je gehört hatte, ein Schluchzen, das alle Leute im Foyer und vielleicht darüber hinaus wie gebannt zu ihr hinschauen ließ. Es wurde mucksmäuschenstill im Foyer, keiner rührte sich, nichts geschah, als dass eine alte Frau heulte und aus dem Geheul allmählich ein Wort herauszuhören war: »Sohn«.

Dann sank sie Frau Elisabeth in die Arme und zerknitterte das Foto.

Saschas Vater, der mit seinem Paket in der U-Bahn-Station wartete, hörte das Schluchzen seiner Frau, als sie die Station betrat, wo die menschliche Stimme zur Trompete wurde. Er sah weg, als sie näher kam; das tut er immer. Er ist ein starker Mann; sein Hinken unterstreicht die Geradheit seines Rückens. Sein Kopf ist eckig, wie sein Gesicht, die Wangen straff für sein Alter, sein weißes Haar dicht. Er schimpfte nicht mit seiner dicken Frau in ihrem geblümten Kleid, die ihre Fettleibigkeit mit »Wasser« entschuldigt. Manchmal scheint sie ganz aus Wasser zu bestehen, denn ihre Tränen speist ein nie versiegender Brunnen.

Die alten Zinochkys entführten Frau Elisabeth auf eine lange Reise. Sie taten nicht, was sich gehört, sagten ihr nicht, wohin die Reise ging, zeigten ihr keine Sehenswürdigkeiten, schienen blind für die Schönheit des U-Bahn-Systems oder die Möglichkeit, dass Touristen davon beeindruckt sein könnten. Die Stationen huschten vorbei, sie stiegen wortlos aus und gingen zu Fuß weiter, Saschas Vater immer ein paar Schritte voraus, dann seine Frau, die von hinten auf ihn zeigte und sich an die Stirn tippte, wobei sie auf Deutsch »Verrückt!« sagte. Das wiederholte sie, bis sie das Ende einer langen Schlange erreichten. Die Schlange begann vor einem Restaurant.

Iwan Zinochky zeigte auf die kleine Medaille an seinem Rockaufschlag, während er an der Reihe entlang nach vorn ging. Die Wartenden warfen prüfende Blicke auf die Medaille und nickten. So kamen sie unverzüglich ins Restaurant. Ein Kellner begrüßte sie respektvoll und führte sie an einen Tisch. Der Saal war voll von älteren Männern, die alle die gleiche Medaille trugen wie Zinochky, manche waren dutzendweise damit behängt, und ihre Brustkästen glichen Blumenbeeten. Die Zinochkys erklärten, es sei der Jahrestag der Beendigung des Großen Vaterländischen Krieges, den die Kapitalisten heute noch den Zweiten Weltkrieg nennen. Zu diesem Anlass wird den Veteranen in bestimmten Restaurants auf Kosten des Staates ein Essen gegeben.

Ein Ober deponierte mehrere Platten auf ihrem Tisch. Frau Elisabeth hatte seit dem Morgen nichts mehr gegessen und blickte auf die dampfenden Bratenscheiben und Kartoffeln, den Kaviar mit Eiern und Salat, die dicken, frischen Brotschnitten. Aber kaum hatte sie sich an diesem Anblick gefreut, als über einen versteckten Lautsprecher kriegerisch-tragische Musik ertönte. Im ganzen Restaurant sanken sogleich die Bestecke, und alles erhob sich. Bald sprach in die Musik hinein eine bewegte Stimme zu ihnen. Der Sprecher blieb unsichtbar, während die Speisen vor ihnen standen und zum Essen einluden.

Niemand schien etwas dagegen zu haben, dass die Stimme immer weiter tönte. Man konzentrierte sich. Dann zogen die Männer, einer nach dem anderen, riesengroße Taschentücher aus den Rocktaschen und schnäuzten sich. Manche tupften sich die Augen. Andere ließen die Tränen ungehemmt über die großen, faltigen Gesichter rinnen. Die Frauen reagierten langsamer, aber nachdem ihre Trauer erst einmal in Gang gekommen war, holten sie rasch auf, bis sie die Männer weit hinter sich ließen. Nur Frau Elisabeth blieb ungerührt und versuchte verzweifelt, den Hunger zu ignorieren, der in ihr erwacht war. Der Redner redete erbarmungslos weiter. »Er erinnert uns an Kameraden und Familien, die von Deutschen getötet wurden«, erklärte Iwan Zinochky mit knallroten Augen.

»Gib mir das Foto, bitte«, bat Helena Zinochky. Dann hielt sie es in beiden Händen und wimmerte: »Junge! Junge!« Das änderte sich nach einer Weile, es wurden andere Sätze daraus, die mit »Ring! Ring!« endeten. Die Predigt aus dem Lautsprecher wollte nicht enden.

Der falsche Goldring glitt leicht von Frau Elisabeths Hand. Sie reichte ihn dem strammstehenden Iwan Zinochky, der ihn betrachtete, und sein Schluchzen wurde zum Gackern. Helena heulte mit der Menge und öffnete ihre Handtasche. Sie entnahm ihr den Ehering. Iwan Zinochky hielt den falschen Ring gegens Licht und lachte, bis er sich den Bauch halten musste. Dann zerdrückte er das Plastikding in der Hand und ließ es in den Kaviar fallen. Helena gab tränennass den Ehering an Frau Elisabeth weiter, die ihn sich über den Mittelfinger streifen wollte. Er passte nicht. Sascha war ein kleiner Mann, Frau Elisabeth eine große Frau. Sie bekam ihn nur auf den Ringfinger. Als sei sie mit Sascha verheiratet.

»Du hast uns Radios mitgebracht, ja?«, fragte Helena, und plötzlich waren ihre Augen wieder trocken. »Die verkaufen wir. Da kriegen wir viel. Sascha will das.« Frau Elisabeth kramte in ihrer Handtasche und zog die Plastiktüte mit der Schokolade und der Watte heraus. Helena machte sie nicht auf. Sie ließ sie auf ihren Stuhl fallen und sagte: »Ich habe hier auch etwas, das sollst du ihm mitnehmen. Iwan. Den Karton da.« Ihr Mann schob den schweren Karton mit den Füßen über den Boden, bis er an Frau Elisabeths Pumps stieß.

Frau Elisabeth stand stumm da. »Und das auch.« Helena Zinochky griff in ihre Handtasche und holte einen schweren Silberbecher hervor, den sie auf Frau Elisabeths leeren Teller stellte. »Ich weiß, dass er Geld braucht. Ich glaube ihm nicht, wenn er sagt, dass er arbeitet. Arbeitet er?« Sie wartete keine Antwort ab, sondern legte noch einen Stapel Fotos auf Frau Elisabeths Teller. Die Versammelten heulten in hundert verschiedenen Tonlagen. Frau Elisabeth blätterte die Fotos durch. Sie zeigten Sascha Zinochky mit dem Mädchen, das er hatte heiraten wollen. Auf einem hatten sie sich umarmt und hielten ein klobiges Radio umschlungen. Dann stand das Radio zwischen ihnen, und sie hüpften drum herum. Die Frau sah ukrainisch aus mit ihren sehr hohen Wangenknochen. Sie trug Lederstiefel und einen Minirock, der ihre dicken Beine in voller Länge zeigte.

»Er hat sie angebetet«, sagte Helena Zinochky. »Aber sie wollte ihn nicht.«

Sie begann wieder zu schluchzen, gerade als der Redner endete. Aus dem Lautsprecher kam jetzt Tanzmusik. Die Männer stopften ihre durchweichten Tücher wieder in die Taschen, und etliche strebten nach vorn im Saal zur Tanzfläche, wo sie ihre Frauen herumwirbelten. Die Zinochkys setzten sich, räumten Becher und Fotos von Frau Elisabeths Teller, legten sie ihr auf den Schoß und drängten sie, zu essen. Das tat sie auch, während ihre Gastgeber die Speisen nicht anrührten, bis sie fertig war.

»Ich komme in Teufels Küche«, sagte Frau Elisabeth, nachdem sie wieder bei Kräften war. »Das kann ich doch nicht alles rüberschmuggeln.« Nun regte sich Iwan. Er schnappte den Silberbecher von Frau Elisabeths Schoß und höhnte: »In Teufels Küche! Nur wegen Geld! Geld: bäh!«

»Siehst du, er ist verrückt, ich hab's ja gesagt«, rief Helena. »Erst will er nicht auswandern. Und jetzt das! Dahinter steckt nur, er will nicht in Berlin leben, er will nicht zur Jüdischen Gemeinde gehören. Ich sage, guck doch, Iwan, guck dir das Bild an«, fuhr sie fort, auf Deutsch, während ihr Mann in allen Sprachen brummte: »Geld. Money. Argent. Bäh!« Sie stieß ihm das Bild vor die Nase: »Guck doch, guck!«, sagte sie immer wieder. »Sascha und Marya vor dem Weihnachtsbaum. Da ist es so gut wie hier. Keiner verlangt, dass sie sich benehmen wie Juden.«

Im Hotel öffnete Frau Elisabeth den Karton. Er enthielt die teuerste russische Schokolade, Aspirin, zwei in einfaches Papier gewickelte Watterollen, einige Bücher und russische Seife. Sie packte die Watte und eine Tafel Schokolade ein.

Sie war entschlossen, trotz der Gefahren, die ihr bevorstanden, ihren Aufenthalt in Moskau zu genießen. Aber am nächsten Morgen wurde sie Opfer eines schrecklichen Zufalls. Auf dem Roten Platz lief sie jemandem in die Arme, den sie kannte: ihrer Mutter.

Eigentlich war Frau Elisabeth ja sehr froh, sie zu sehen.

Mutter und Tochter verbrachten den Tag mit einem Einkaufs- und Stadtbummel. Frau Schmidt fragte ihre Tochter kein einziges Mal, was sie denn in Moskau tue, und Frau Elisabeth fragte ihre Mutter kein einziges Mal, was sie denn in Moskau tue. Und während einer endlosen Kreml-Besichtigung fiel ihrer Mutter dann ein Erlebnis ein, das sie 1938 gehabt hatte.

Ihre Freundin, eine gewisse Annie, hatte sich entschlossen, nach Amerika auszuwandern. Ingrid, Frau Elisabeths Mutter, begleitete Annie nach Bremerhaven zum Schiff, und kurz bevor sie durch den Zoll musste, verabschiedeten sich die beiden Mädchen. Dabei griff Annie in ihren Ausschnitt und drückte ihrer Freundin einen Brillantring in die Hand. Sie habe ihn eigentlich hinausschmuggeln wollen, sagte sie, aber nun traue sie sich nicht. Da könne Ingrid ihn doch nehmen.

Dann ging Annie durch den Zoll, wo sie gründlich durchsucht wurde, bevor sie auf das wartende Schiff durfte. Auf der Gangway drehte Annie sich ein letztes Mal um und winkte. Da durchbrach Ingrid die Polizeisperre und rannte die Gangway hinauf, um ihre Freundin zu umarmen. Niemand hatte das Herz, sie daran zu hindern.

Frau Schmidt machte eine Kunstpause.

»Und was ist der Witz an dieser Geschichte?«, fragte ihre Tochter ungeduldig.

Frau Schmidt lachte. Dann sagte sie: »Ich weiß nicht, was in mich gefahren war. Während ich Annie umarmte, habe ich ihr den Ring in die Tasche gesteckt.«

Frau Elisabeth beschloss, mit ihrer Mutter nach Berlin zurückzufliegen. Frau Schmidt gab der Tochter ihren eigenen Witwenring, der auf Frau Elisabeths Mittelfinger passte. Frau Schmidt steckte sich den Zinochky'schen Ehering an ihren dicken kleinen Finger. Als der Zöllner eine Bemerkung über die Größe des Rings machte, sagte

Frau Schmidt: »Darüber zermartern Sie sich mal nicht Ihr kleines Hirn, mein Guter.« Und er bohrte nicht weiter.

Zu Hause angekommen, rief Frau Elisabeth die Zinochkys nicht an. Als Marya zum Saubermachen kam, drückte sie ihr, als ob es nichts weiter wäre, das Päckchen und den Ehering und die Fotos von Sascha mit seiner ersten Freundin in die Hand. Marya brachte ihre Dankbarkeit zum Ausdruck, indem sie eine halbe Stunde länger putzte. Als sie am nächsten Tag wiederkam, berichtete sie, Sascha habe sich so an den eingeschmolzenen halben Ehering gewöhnt, den er auf dem Weg in den Westen getragen habe, dass er ihn behalten wolle. Den geschmuggelten Ring habe er verkauft. 80 Mark habe er dafür bekommen. Die spare er für sein Auto.

Als Marya fort war, rief Frau Elisabeth den Rabbi der Jüdischen Gemeinde an und sagte ihm, es sei wohl nicht mehr nötig, den Zinochkys Geld für Chanukka zu geben, da sie Weihnachten feierten. Der Rabbi sagte: »Fünfundachtzig Prozent meiner Gemeinde sind keine richtigen Juden. Wir können das nicht so genau nehmen, sonst haben wir gar keine Juden mehr.«

Frau Elisabeth bleibt nur ein einziger Trost: Wenn sie den Teil mit ihrer Mutter weglässt, hat sie eine gute Geschichte zu erzählen.

Aus dem amerikanischen Englisch von
Otto Bayer und Monika Elwenspoek

Hintergedanken eines Überläufers

Es war einmal ein ostdeutscher Mathematiker, der hieß Herr Stein und fühlte sich nicht ostdeutsch. Er war groß und zartgliedrig und sehr weiß, und da er in Shanghai aufgewachsen war, sprach er Deutsch mit leuchtendem R. Einen Großteil seiner Arbeitszeit verbrachte er als Austauschprofessor im Westen. Seine Frankfurter Wohnung und die Bankkonten in drei Ländern, wo er seine Einnahmen deponierte und heimlich an der Börse spekulierte, hielt er streng geheim. Auch seine Verhältnisse mit mehreren Freundinnen in mehreren westlichen Städten ließ er in der Schwebe. Er brauchte sie für Sex, Chauffeurdienste und eine warme Mahlzeit, aber er meldete sich immer erst, wenn er in der Stadt angekommen war, nie vorher, und er stellte seine Pläne unter die allerhöchste Geheimhaltungsstufe. Sein Recht auf Geheimhaltung war diejenige Freiheit, die er am ernstesten nahm.

Außer den Professoren, die ihn zu Konferenzen und Vorträgen einluden, wussten nur die einschlägigen staatlichen Stellen über seine Schritte Bescheid. Die Beziehungen zwischen ihnen waren distanziert, da sie nur schriftlich oder in dringenden Fällen auch einmal telefonisch mit ihm verkehrten. Die Behörden hatten Gesichter und Hände an ihre Schergen an der Grenze delegiert. Diese gaben sich finster und sogar missbilligend, doch sie belästigten Herrn Stein nie, und er hatte keine Angst vor ihnen. Er hatte viel mehr Angst vor seiner Mutter.

Herrn Steins Mutter wohnte in Ostberlin und lebte ganz den Augenblicken, da ihr Sohn endlich nach Hause kam und sie ihn mit Wehklagen der Dankbarkeit und Sorge willkommen heißen konnte. Schon Minuten nach seiner Heimkehr stellte sie ihm das Essen auf den

Tisch. In Ostberlin war Herrn Stein kein Grund eingefallen, aus der Wohnung seiner Mutter auszuziehen. Wohnungen waren schwer zu bekommen, noch schwerer eine gute Haushälterin. Und Herr Stein fand seine Mutter nicht mehr und nicht weniger furchterregend als andere Frauen, die er kannte, nur dass sie es als Einzige geschafft hatte, ihn unter ein gemeinsames Dach zu nötigen. Sie war für ihn so bequem und praktisch, dass er nicht widerstehen konnte, und dafür hasste er sie. Er wusste aber auch, dass Bequemlichkeit ihren Preis hatte, auf beiden Seiten der Mauer.

Die Universitäten im Westen fanden Herrn Stein ebenfalls sehr praktisch. Er befriedigte ihren emotionalen und politischen Bedarf an wissenschaftlichem Austausch mit dem Osten. Und anders als manche seiner ostdeutschen Kollegen, die in den Westen reisen durften, äußerte Herr Stein niemals eine Ansicht zu den inneren Angelegenheiten der Bundesrepublik. Die Kommunalwahlen in Frankfurt interessierten ihn wenig, und zu den jüngsten Äußerungen des Bundeskanzlers über Südafrika hatte er nichts zu sagen. Im Osten wie im Westen Deutschlands galt Herrn Steins Bestreben, sich ein gutes Leben zu machen, als Beweis für seine politische Unbestechlichkeit.

Und die DDR-Regierung fand Herrn Stein am allerpraktischsten. Die Universitäten, an denen Herr Stein Vorträge hielt, bezahlten ihn in westlicher Währung, die man im Osten als Steuern kassierte. Wenn Herr Stein nur die Hälfte seiner Einnahmen deklarierte und den Rest verheimlichte, war man auch mit der halben Steuer noch hochzufrieden. Oder wenn er behauptete, sein ganzes in bar erhaltenes Honorar sei ihm gestohlen worden (was er prinzipiell jedes Mal angab, wenn er in Italien gewesen war), fragte der Staat in seinem Hunger nach Westwährung nicht so genau nach. Man war froh, dass Herr Stein von dem Diebstahlsmärchen nur minimalen Gebrauch machte. Die DDR-Behörden sahen Herrn Stein als eine solide Investition an. Er warf jederzeit eine Rendite ab. Er galt als finanziell und politisch berechenbar. In seinen Akten waren Herrn Steins Schwierigkeiten beim Anknüpfen persönlicher Beziehungen vermerkt. Seine wichtigste emotionale

Bindung war die an seine Mutter; sie waren für alle Ewigkeit Frau und Herr Stein.

Und trotzdem lief er über.

Er hatte immer gewusst, dass er es tun würde. Jahrelang hatte er sich von anderen raten lassen, im-Westen-zu-bleiben. Er hatte so getan, als käme das aufgrund irgendwelcher Schwierigkeiten für ihn überhaupt nicht infrage. Seine westeuropäischen Bekannten besuchten ihn, wie es ihm manchmal vorkam, nur deshalb so gern in Ostberlin, um ihn zur Flucht zu drängen. In Wirklichkeit besuchten sie ihn, weil sie Herrn Stein exotisch fanden: eine Adresse hinter dem Eisernen Vorhang. Exotisch war auch die öde, frisch asphaltierte Straße mit den öden neuen Häusern, in denen die wohlhabenderen Ostberliner in einem Stil wohnten, der an westliche Sozialwohnungen erinnerte. Exotisch waren der Fahrstuhl, der nie funktionierte, der Uringestank in den Treppenhäusern, die winzigen Fenster in der Wohnung, die schweren Möbel und die billigen Teppichböden. Am exotischsten aber war Herrn Steins Mutter, eine Frau von orientalischer Zierlichkeit mit ungewöhnlich tiefliegenden Augen (genau wie die ihres Sohnes), Sattelnase und gekräuseltem weißem Haar. Sie öffnete einem die Tür stets mit einem abbittenden Lächeln.

Gleich nachdem sie einen Gast durch zwei Türen ins Wohnzimmer geführt hatte, in dem zu viele klobige Möbel standen, zog sie sich zurück. »Wenn Sie reden wollen …«, sagte sie warnend und deutete mit dem Kopf zu einem monströsen Radio russischen Fabrikats, »dann vergessen Sie nicht, das anzustellen. Lauscher überall.« Sie lauschte dann eine Weile an der Tür und kam urplötzlich mit einem Kaffeetablett wieder herein. Der Kaffee war echter Kaffee, kein Muckefuck, und das hieß, dass sie ihn wahrscheinlich aus dem Westen hatte. Darüber waren die Besucher gleichzeitig erleichtert und enttäuscht, und sie erklärte: »Wenn man über sechzig ist (wie ich!), kann man nach Drüben, sooft man will. Man muss nur bis Mitternacht wieder hier sein. Sonst … (sie fuhr sich mit dem Zeigefinger über die Kehle) oder

Gefängnis oder was weiß ich. Ich gehe nur zum Kaffeekaufen nach Drüben. Jedes Mal dürfen wir ein Kilo mitbringen. Ich hebe ihn für Besuch auf. Der Kaffee hier! Schrecklich! Wenn ich jung wäre – wenn ich so alt wäre wie mein Sohn –, würde ich das nicht mitmachen …« Sie deutete vielsagend mit dem Kopf zu ihrem Sohn, der immer wegsah und unmelodisch vor sich hin summte, wenn sie redete. Sie verließ das Zimmer und kam unvermittelt mit der Frage zurück: »Haben die Grenzer Sie nicht gefragt, zu wem Sie wollen? Spione überall!«

»Natürlich nicht«, beruhigten die Gäste sie. Selbstverständlich hatten die Grenzer gefragt, und sie hatten ihnen gesagt, wohin sie gingen. Lügen war viel zu umständlich, und es konnte ja nichts Schlimmes daran sein, wenn Herr Stein Besuch von einem wissenschaftlichen Kollegen bekam. Besucher nahmen Spionagegeschichten entweder so ernst, dass sie sich überhaupt von Ostberlin fernhielten, oder sie hatten ihren Spaß daran. Die meisten fanden Frau Steins Verfolgungswahn hinreißend.

Wenn man nicht über Mathematik redete, schaltete Frau Stein selbst das Radio ein und erfreute sie mit Klageliedern: Wie lästig es sei, Herrn Steins Reisen anmelden zu müssen, das endlose Schlangestehen nach minderwertiger Ware, der nie funktionierende Fahrstuhl, die Spione überall. Sobald ihr Sohn aus dem Zimmer ging, blickte sie auf seinen leeren Stuhl und flüsterte: »Er sollte sich absetzen! Er hat die Möglichkeit!« Sie wartete, bis er wiederkam, ehe sie ihren Monolog fortsetzte, denn er sollte kein Wort davon verpassen. Sie wusste Horrorgeschichten zu erzählen: über den Krieg und über die Geburt ihres Sohnes. Ihr Erzählstil erinnerte an die Schlagzeilen einer westdeutschen Zeitung, die sie kaum las:

Halbverhungerte Frau kommt in Gebirgszelt nieder.
Geburt bei minus 40 Grad: Deutsche Mutter wickelt Kind in Tigerfell.
Innere Mongolei: Deutsches Kind in 5000 Meter Höhe geboren.
Drei Pfund schwer.
Überlebt!

Noch vierzig Jahre später füllten sich Frau Steins Augen bei der Erinnerung an ihren ruhmreichsten Augenblick mit Tränen. Gewiss, sie war leicht zu Tränen zu rühren durch die vielen Kümmernisse, die sie beschäftigten, einschließlich des bittersüßen Gefühls, einen Sohn zu haben, und der Erinnerung an den Tod ihres Gatten in den Armen einer chinesischen Maitresse unmittelbar vor ihrer Rückkehr nach Deutschland. Oft stieg die Flut ihrer Tränen so hoch, dass sie in aller Öffentlichkeit überfloss. Die Spione überall nahmen das mit Befriedigung zur Kenntnis. Sie wussten, dass diese Tränen nichts mit dem Sozialismus zu tun hatten. Sie kannten ihren Gemütszustand genau, weil sie jedem darüber berichtete, nicht nur ihren Gästen zu Hause, hinter verschlossenen Türen, bei brüllendem Radio, sondern auch allen, die sie auf der Straße oder auf dem Markt traf. Sie erzählte jedem, soweit sie es selber wusste, was ihr Sohn gerade wieder vorhatte, sodass die Spione es überall leicht hatten, ihn durch ihr Geschwätz im Auge zu behalten.

Und schließlich besaß der Staat eine absolut zuverlässige Garantie dafür, dass sie – und damit auch er – nie überlaufen würde. Der Mathematiker hatte seiner Mutter im Westen einen Silberfuchsmantel gekauft, um sein Gewissen zu beruhigen, weil er sie so vernachlässigte. Er hatte ihn unter seinem Regenmantel nach Hause geschmuggelt. Er wusste nicht, dass dieses Geheimnis die volle Billigung des Staates fand, dessen Schergen sein unförmiges Aussehen an die Befehlszentrale meldeten, ehe sie ihn durch die Kontrolle winkten. Der Staat wusste, dass Frau Stein die DDR nie ohne den Mantel verlassen, dass sie es aber auch nicht wagen würde, ihn ein zweites Mal über die Grenze zu schmuggeln.

Nachdem Frau Stein den Gästen ihr Leid geklagt hatte, führte sie ihnen gern den Pelz vor. Sie kam damit ins Wohnzimmer, bis oben zugeknöpft, ging ein paar Schritte, vollführte eine Drehung, ging wieder ein paar Schritte, machte mit einer stolzen Kopfbewegung eine letzte Wendung und erklärte laut, dass sie einen wunderbaren Sohn habe, der sie wahrhaft liebe. Der Sohn konnte ihr Geschnatter nicht hören. Er drehte das Radio auf höchste Lautstärke, wenn sie damit anfing, und bis sie den Pelzmantel endlich wieder aufknöpfte, war er so ärgerlich, dass er sagte: »Bitte, Mama, verschon uns doch mit diesem dummen Geschwätz!«

Und sie zog sich in ihrem halbgeöffneten Mantel unter Tränen zurück und nahm die Kaffeetassen mit. »Meine arme Mutter ist ja so ein Kind«, sagte er zu seinen Gästen. »Sie sehen, dass ich sie nie hier allein lassen könnte, und sie würde um keinen Preis mit mir in den Westen gehen. Sie hat sonst niemanden«, erklärte er und erwartete dennoch, dass sie ihn zum Weggehen überreden würden. Seine Gäste hatten die komischsten Ideen für seine Flucht: Sie gehen zu einer Botschaft, ohne auch nur einen Koffer, und rufen: »Ich bin ein Überläufer!« Sie wussten ja nicht, wie wichtig es war, seine vertrauten Sachen zum Anziehen zu haben, und von guter Dramaturgie hatten sie sowieso keine Ahnung. Er tat, als höre er ihren Ratschlägen aufmerksam und skeptisch zu, bis das Thema seiner Flucht erschöpft war. Dann begann er, Pennälerwitze zu erzählen, weil er im Grunde sehr verschlossen war und eigentlich nicht wusste, was er mit diesen Besuchern anfangen sollte.

Ganz gewiss konnte er sich bei ihnen nicht über seinen wahren Fluchtgrund beklagen, nämlich seine Mutter.

Und während Herr Stein die Ratschläge seiner Besucher, den repressiven Osten zu verlassen, reihenweise in den Wind schlug, deponierte er schon die ganze Zeit seine irdische Habe im Westen. Er tat das mit einer Geduld und Weitsicht, die sie als unangemessen empfunden hätten. Er suchte die Freundschaft einiger Leute, die er politisch für ganz besonders naiv hielt. Das waren nicht die alten Damen aus dem Bekanntenkreis seiner Mutter, die Radio hörten und über alles, was in der Welt vorging, unausstehlich gut informiert waren, sondern Akademiker – ein Politologe, ein Psychologe und ein Rechtsanwalt. Er pflegte sie zwanglos zu besuchen und »versehentlich« einen Koffer bei ihnen zu lassen, oder seinen besten Mantel, Wollschals, Krawatten oder modische Schuhe. Die alten Damen hätten in Sekundenschnelle begriffen, was er vorhatte. Aber die akademischen Freunde, die glaubten, Herr Stein sei knapp an Geld und Kleidung, sorgten sich nur, er könnte frieren. »Heben Sie es für mich auf, ich hol's mir bei Gelegenheit«, tröstete er sie, wenn sie anriefen und ihm berichteten, was sie in ihren Dielen oder Gästezimmern gefunden hatten. Die Freunde schoben dieses merkwürdige Verhalten auf die unmaterialistische Einstellung im Osten, womit sie nicht den Fernen Osten meinten, und bewunderten ihn.

Seine Republikflucht war der letzte Schritt in einer langen Reihe verdeckter Aktionen, und dieser letzte Schritt geschah im hellen Licht der Boulevardpresse. In der Woche davor war Herr Stein wie üblich seiner Arbeit nachgegangen: Er hatte in Ostberlin zu Hause geschlafen und seine Mahlzeiten eingenommen, tagsüber in der Universität gearbeitet und niemanden gesehen. Ein paar Wochen zuvor hatte er ein Tagesvisum nach Westberlin beantragt, weil er dort in einer Bibliothek bestimmte Bücher einsehen wolle. Die Behörden hatten ihm seinen Pass mit Ausreisevisum pünktlich und ohne Rückfragen zugeschickt. Er hatte seiner Mutter vorgeschlagen, sie könne ihn über die Grenze begleiten und eine ihrer Freundinnen besuchen; er könne sie in seinem Volvo mitnehmen, den er sich voriges Jahr für 60 000 Ostmark gekauft hatte. Dieser Kauf hatte seine ostdeutschen Ersparnisse aufgezehrt, die er im Westen nicht mehr brauchen würde. Er hatte keine Lust, die DDR in einem Wartburg zu verlassen. Dabei wäre er sich lächerlich vorgekommen.

Die Behörden hatten sich bei dem Volvo nichts Schlimmes gedacht. Sie wussten, dass man sich im Westen mit einem Wartburg Ärger einhandeln konnte. Gewisse Westberliner gingen davon aus, dass jeder Ostdeutsche, der nach Drüben durfte, ein Staatsfunktionär sein müsse. Einmal war Herrn Steins Wagen an einer Kreuzung tätlich angegriffen worden. Der gesetzestreue Herr Stein war nicht durchgestartet (die Ampel stand auf Rot), und die Vandalen hatten die langen dreißig Sekunden bis zum Ampelwechsel voll genutzt und ihm mit dem Ruf »Das kannst du Honecker bestellen« drei Scheiben eingeschlagen. Die Reparaturen hatten Wochen gedauert. Herrn Steins Volvo hatte also seinen Grund und war am Grenzübergang ein vertrauter Anblick, sodass Herr Stein die Republik standesgemäß verlassen konnte. Es war ein historischer Tag, als Herr Stein schließlich den tollkühnen Sprung in die Freiheit wagte. Er trank starken Westkaffee zum Frühstück und packte ein letztes wertvolles Manuskript in seine Aktenmappe. Dass er für immer wegging, machte ihn nicht im Geringsten nervös oder rührselig. Er zog seinen fotogensten schwarzen Anzug an, der für einen Bibliotheksbesuch ein bisschen zu fein war. Deshalb zog er einen zerknautschten Regenmantel darüber. Seine Mutter versuchte vergebens, ihm diesen Mantel auszureden. Auf der zwanzigminütigen Fahrt von Ost nach West ignorierte er sie überhaupt. Die Grenzer nahmen kaum Notiz von ihm.

Kaum war Herr Stein auf der Westseite der Mauer, da hatte er plötzlich solche Eile, dass er seine Mutter nicht einmal mehr bis an ihr Ziel bringen konnte. Er setzte sie zwei Straßen vor dem Haus ihrer Freundin ab, genau vor Woolworth. Ebenso gut hätte er sie für die nächsten zwei Stunden hinter Gitter sperren können. Er hatte also Zeit genug, um seinen Auftritt vorzubereiten. Er fuhr weiter zu einem Bekannten, der zu Hause arbeitete und ein Wohnzimmer hatte, das groß genug für eine Pressekonferenz war. Der Mann war Psychologe. Herr Stein störte ihn bei einer Therapie. »Ich bin ganz schrecklich in Eile, Dr. Rumina«, sagte er. »Darf ich mal Ihr Telefon benutzen?«

Dr. Rumina ließ seine Patienten warten. Herr Stein rief die Freundin seiner Mutter an und stellte mit Befriedigung fest, dass Frau Stein dort noch nicht eingetroffen war. »Wenn sie kommt, möchte sie mich bitte hier bei Dr. Rumina aufsuchen«, sagte er und buchstabierte die Adresse. Die Telefonnummer wollte er nicht durchgeben. »Sie ruft besser nicht hier an, denn ich muss die Leitung frei halten. Sie soll einfach herkommen und sich auf eine Überraschung gefasst machen.« Er sah auf die Uhr. »Sie hat reichlich Zeit, mit dem Bus herzukommen.«

Sein nächster Anruf galt der Boulevardpresse. Weitere Patienten kamen und mussten warten. Die Presse traf ein. Als seine Mutter dann auf die Klingel drückte, nur einmal kurz und so bescheiden, dass Herr Stein sie daran sofort erkannte, war alles vorbereitet. Er gab den Fotografen ein Zeichen, dass dies Frau Stein war. Sie trat ein, er küsste sie. Die Lichter blitzten. Jemand drückte ihr einen Blumenstrauß in die

Arme. Erneutes Blitzlichtgewitter. »Mama, ich bin frei!«, rief Herr Stein mit nasser Stirn und trockenen Augen, was ihm andersherum lieber gewesen wäre. »Es ist, als ob ein Märchen wahr geworden wäre!«, fuhr er fort. Die Journalisten notierten sich das für ihre Schlagzeilen.

»Aber«, flüsterte Frau Stein, »ich weiß gar nicht, wovon mein Junge redet.«

Im Hintergrund sah man Dr. Ruminas Patienten auf Sofalehnen sitzen oder am Flügel lehnen, Champagnergläser in den Händen und strotzend vor seelischer Gesundheit im Angesicht der großen Aufregung.

Aber er schickte sie alle fort, weil er telefonieren musste. Die Anrufe Nummer drei, vier und fünf galten den Freunden, die seine Habe in Verwahrung hatten. Plötzlich wusste er wieder ganz genau, wo er was »vergessen« hatte, bis zum letzten Manschettenknopf. Seine Mutter ließ sich aus der Küche vernehmen: »Warum hat er mir nichts davon gesagt? Ich hätte ihm doch wenigstens seine warmen Sachen mitbringen können.«

»Ich habe meine warmen Sachen hier!«, rief er.

»Sie müssen offen mit Ihrem Sohn über Ihre Gefühle reden«, riet ihr Dr. Rumina.

»Reiß dich zusammen«, sagte Herr Stein, indem er den Hörer auflegte und in die Küche ging. »Ich musste das so machen. Du hättest es nie über die Grenze geschafft, wenn du Bescheid gewusst hättest. Du hättest dem ersten Grenzer die ganze Geschichte vorgeheult. Kannst du mir eine Tasse Kaffee kochen? Als Seniorin darfst du mich hier besuchen kommen, sooft du willst.« Er zog sich eilig zurück, als er sah, dass die Dauertränen sich schon auf ihren Wangen stauten. Er hatte erwartet, dass sie froh wäre, die Neuigkeit von ihm persönlich und nicht am nächsten Morgen aus dem Radio zu erfahren. Sie war ein richtiger Spielverderber. Er eilte ans Telefon.

Anruf Nummer sieben ging an seinen Steuerberater. Herr Stein wollte eben für heute Abend einen Flug nach Frankfurt buchen, als seine Mutter aus der Küche marschiert kam, wieder die Ruhe in Person, und sagte: »Weißt du was, Junge, buch das doch für morgen. Du

Armer musst dich ausruhen. Denk an dein Herz. Ich bleibe bis morgen bei dir und sorge dafür, dass du heute Nacht ein bisschen Ruhe und Frieden hast. Mich wird morgen an der Grenze schon keiner behelligen, ich sage einfach, ich hätte mich plötzlich erkältet.« Es würde ihr nicht schwerfallen, sie zu überzeugen. Ihr Gesicht war ganz verquollen.

Herr Stein verschob seinen Flug auf den nächsten Tag und schickte Dr. Rumina mit seiner Mutter zum Einkaufen. Sie brauchte ein paar Sachen zum Wechseln und ein Nachthemd, da sie unbedingt bei ihm bleiben wollte. Er sah, dass die hübsche alte Dame den Leuten sympathisch war. Anruf Nummer acht ging an die Westberliner Behörden, um sie von seiner Flucht in Kenntnis zu setzen. Der Beamte hatte es schon im Radio gehört und sagte: »Willkommen, Herr Stein, mit offenen Armen. Glückwunsch zu dem wahrgewordenen Märchen.«

Wie alle Ostdeutschen gelte Herr Stein im Westen als Bürger der Bundesrepublik und habe Anspruch auf einen Pass. Zuvor noch ein kleines Gespräch mit den Behörden, nichts Besonderes, er könne das auch in Frankfurt erledigen. Herr Stein war sicher, auf alles die richtigen Antworten parat zu haben. Nachdem jetzt sein Gastgeber aus dem Haus war, konnte er sich entspannen.

Kurz darauf kam die junge Haushälterin und putzte die Fenster. Während sie auf der Leiter stand, machte Herr Stein einen waghalsigen Annäherungsversuch von einer mittleren Stufe, aber er war nicht recht bei der Sache. Die Frau schloss sich im Bad ein, sie hatte Angst vor diesem langen, dünnen Mann mit der komischen Aussprache. Egal. Herr Stein schwelgte in seiner Freiheit.

Der Tag verging rasch. Am späten Abend begaben Mutter und Sohn sich auf zwei Klappliegen zur Ruhe, die ihr Gastgeber im Wohnzimmer für sie aufgestellt hatte. Dr. Rumina hatte eigentlich nicht gern Gäste über Nacht, weil es solche Umstände bei der Badbenutzung machte, und sein Ärger begann allmählich schwerer zu wiegen als seine Freude über den Logenplatz bei einer echten Republikflucht. Herr Stein hätte seinerseits für die erste Nacht in der Freiheit ein etwas luxuriöseres Bett vorgezogen. Sein langer Körper hatte kaum Platz auf der Matratze, und sie quietschte jedes Mal, wenn er sich bewegte. Sogleich antwortete das Bett seiner Mutter, ein unerwünschtes Zwiegespräch. »Du musst jetzt schlafen, mein armer Junge, du hast morgen einen großen Tag vor dir«, sagte sie wiederholt. Er machte sich keine Gedanken mehr über ihre Rückkehr nach Ostberlin. Es war ihm egal, dass man sie dort womöglich mit Lampen und Fragen in Angst und Tränen versetzen würde; sie hatte solche Schikanen verdient.

Er erwachte am Morgen in seine Laken verwickelt, und die Daumen seiner Mutter massierten ihm die Schläfen. »Ich flüchte auch«, sagte sie. »Ich lasse dich nicht allein hier, mutterseelenallein in diesem fremden Land.«

»Du kannst unmöglich abhauen!«, sagte er, augenblicklich hellwach. »Als Seniorin *darfst* du jederzeit über die Grenze, herüber und hinüber, wie es dir gefällt. Du darfst sogar mit all deinen irdischen Gütern in den Westen – bis auf den Silberfuchs. Die werden dir noch mit Vergnügen beim Umzug helfen, weil sie dir dann keine Rente mehr zahlen müssen und deine Wohnung für irgendeinen Funktionär frei wird, der schon darauf wartet. Schon deshalb solltest du nicht weg. Hier kriegst du Probleme. Außerdem musst du für deine Versicherung aufkommen. Und wenn sie dir hier überhaupt eine Rente zahlen, wird sie dir nicht reichen. Hier wärst du viel ärmer als drüben.«

Doch sie hatte bereits die Presse verständigt.

Mutter folgt Sohn in den Westen
Mutter des Mathematikers flüchtet ohne Koffer

»Wir können auch hier gemeinsam wohnen«, sagte sie, die Stoikerin, die sich daran erinnerte, dass die Geburt des Kindes noch viel schlimmer gewesen war. »Den Silberfuchs brauche ich nicht. Ich liebe dich und will dafür sorgen, dass du immer, wenn du nach Hause kommst, ein warmes Essen auf dem Tisch hast.«

Mutter verzichtet auf Pelzmantel!

Herr Stein fühlte sich zu schwach, um zu protestieren. Es war ihm auch kein Trost, dass das Mädchen wiederkam und in seiner Nähe herumwischte, als hoffte sie, dass er ihr noch einmal Avancen machte. Sie hatte sein Gesicht heute Morgen in den Boulevardzeitungen gesehen und fühlte sich von seinen gestrigen Nachstellungen geschmeichelt. Aber er nahm keine Notiz mehr von ihr. Sein Übermut war dahin.

Der Staat hatte sich mit seiner Mutter gegen ihn verschworen. Senioren bezogen sogleich nach ihrer Ankunft im Westen eine entsprechende Rente. Dazu musste eine Menge Papierkram erledigt werden, aber das brachte eine alte Frau nicht um. Herr Stein hatte bereits diverse Interviews hinter sich und konnte beweisen, dass er für seine Flucht nur politische und finanzielle Gründe hatte. Niemand ahnte Herrn Steins wahres Motiv. Alle zeigten sich sehr hilfsbereit. Ein Senator bot Herrn Stein eine Wohnung in einem seiner Mietshäuser an. Drei Zimmer, frisch renoviert und zu einem günstigen Preis angesichts der zentralen Lage in einem guten Viertel. Der Berliner Wohnungsmarkt war angespannt, der Senator ein wichtiger Mann mit Verbindungen zu akademischen Kreisen, sodass Herrn Stein nichts anderes übrigblieb, als sein Angebot anzunehmen. Seine Mutter brauchte mehrere Monate, um die Wohnung mit schweren Möbeln und Teppichen vollzupacken.

Natürlich ließ ihn seine Vorsicht auch im Westen nicht im Stich. Er hielt seine Frankfurter Wohnung nach wie vor geheim, und seine Liebschaften ließ er weiter in der Schwebe. Nur die Redaktionen, die er gelegentlich anrief, wussten über seine Schritte Bescheid. Er gab keine Interviews mehr, weil er feststellen musste, dass die Reporter nicht mehr so freundlich über ihn schrieben, nachdem sie ihn kennengelernt hatten.

Seine Mutter wurde melancholisch. Sie hatte kaum Freude an all ihren neuen Sachen, weil sie die alten vermisste. Der Fahrstuhl funktionierte immer, aber sie wohnten im Parterre und benutzten ihn nie. Manchmal standen ihr die Tränen so dick in den Augen, dass sie nicht nach draußen fand, wenn sie einkaufen ging. Niemand nahm davon Notiz. Sie bekamen im Westen selten Besuch, und das Sony-Radio musste nicht aufgedreht werden, wenn man sich privat unterhalten wollte. Ihre Paranoia zehrte jetzt von den Preissteigerungen und von verpassten Sonderangeboten. Es war ihr ein gewisser Trost, wenn sie aus der Zeitung erfuhr, wo ihr Sohn sich gerade aufhielt und was er machte.

Nach zwei Jahren verlor die Presse jedoch das Interesse an Herrn Stein. Herr Stein war in Panik wegen seiner Steuern; es erwies sich als zu schwierig, seine Einkünfte vor dem Finanzamt geheim zu halten. Die Finanzbehörden schnüffelten dauernd hinter ihm her und kamen ihm beim kleinsten Verstoß sofort auf die Schliche. Aber nie wären die beiden Flüchtlinge undankbar genug gewesen, um sich zu beklagen. Und so blieb Herrn und Frau Stein nichts anderes übrig, als glücklich zu sein bis an ihr seliges Ende.

Aus dem amerikanischen Englisch von
Otto Bayer und Monika Elwenspoek

Nanny Jackies Passion

1

Nanny Jackie war die Letzte in einer langen Reihe gelernter Pflegerinnen, die den Dichter versorgten, als sich sonst keiner mehr fand. Des Dichters Exfrau hatte sie wegen ihres strahlenden runden Gesichts auf einem Foto engagiert. »Ein fröhliches Mädchen«, wurde Nanny Jackie von der britischen Agentur genannt, die das Foto schickte, »25 Jahre alt, aus britischer Dienstbotentradition, ehrlich, katholisch, zuverlässig, schlank.« Die Agentur vergaß zu erwähnen, dass Nanny Jackie aus einer Belfaster Familie kam, bei der die Bezeichnung »zu Bruch gegangen« sich auch auf die Arme und Nasen der von einem handfesten Vater regierten Familienmitglieder beziehen konnte.

Die Agentur hatte Nanny Jackie nicht gefragt, ob es ihr Freude machen werde, für einen Mann zu arbeiten. Es machte ihr keine, obwohl sie durchaus davon träumte, eines Tages vor den Traualter zu treten. Die Agentur hatte sich nicht erkundigt, ob Nanny Jackie die Menschheit liebte. Sie liebte sie nicht. Sie sah die meisten Menschen auf der Minusseite dessen, was das Leben ihr zu bieten hatte. Ebenfalls auf der Minusseite standen ihr spärliches braunes Haar, ihre im Sommer ungleichmäßige Bräune, ihre »Schlankheit«, weil sie nur das obere Körperdrittel betraf, und der Freund, den sie nie gehabt hatte. Auf der Plusseite: Sie wollte gar keinen Freund, und ihre Gaben – Fröhlichkeit und Fleiß – gehörten zu den Eigenschaften, die mit einem festen Einkommen belohnt wurden; ein Plus war außerdem, dass die Abhängigkeit von Nanny, in die eine Herrschaft leicht geriet, immer unerwidert blieb.

Bevor Nanny Jackie zu dem Dichter nach New York kam, hatte sie ihre Unabhängigkeit schon in Nordengland bei mehreren berufstätigen Müttern zu ihrer eigenen Zufriedenheit demonstriert. Sie hatte mit Genuss ein Maximum an gegenseitiger Abneigung geschürt, um dann genau im ungelegensten Moment zu gehen. In Wahrheit hatte Nanny Jackie ihre professionelle Fröhlichkeit nicht ganz in der Gewalt: Diese ließ sie einmal monatlich im Stich. Dann wurde Nanny Jackie knurrig. Da starke Gefühlsschwankungen ihr sonst erspart blieben, erlebte sie ihre schlechte Laune sehr bewusst und ließ ihr freien Lauf. Eine ehemalige Arbeitgeberin hatte dazu knapp und klar angemerkt: »Ihre prämenstruelle Gereiztheit könnte die Russen aus Afghanistan verjagen.«

Die Agentur hatte diese Referenz diskret aus ihrer Akte entfernt. Zum Ausgleich hatte sie auch Nanny Jackie nicht viel über ihre neue Stelle gesagt, nur dass es ein wenig außerhalb des Üblichen sei, einen hochbetagten berühmten Dichter in New York City zu betreuen. Man hatte sie nicht darauf aufmerksam gemacht, dass den Dichter außer ihrer physischen Anwesenheit rein gar nichts an ihr interessieren würde, nicht einmal so viel, dass es zum Entstehen einer gegenseitigen Abneigung gereicht hätte. Der Dichter war viel zu sehr mit sich selbst beschäftigt. Er war schon zweiundneunzig, als Nanny Jackie in sein Leben trat, und seine Behinderungen (Gebrechen konnte man sie noch nicht nennen) machten ihn abwechselnd rasend und schläfrig. Wenn er rasend war, schleppte er sich auf seinem Stock durch die Fünfzimmerwohnung, die ihm nach der Scheidung geblieben war, und wütete gegen die Herrschaft des Todes. Nanny Jackie unterschrieb einen Einjahresvertrag, den sie nicht als bindend betrachtete, zog bei ihm ein und begann sofort im Kopf das Für und Wider ihrer neuen Stelle aufzurechnen, denn nur so konnte sie feststellen, ob der Arbeitgeber und die Situation schlechthin ihr behagten.

Die Nörgeleien eines alten Mannes setzte sie auf die Plusseite, denn sie fand sie recht erheiternd. Sie brachte ihn immer ganz leicht wieder zur Raison, wenn er sich zu sehr erregte, indem sie seinen humpelnden Schritt mit einer offenen Pralinenschachtel stoppte – ein alter Trick, den sie bei Vorschulkindern gelernt hatte. Pralinen wurden zu ihrer Waffe, denn sie besänftigten den Dichter, je klebriger, desto besser. Er nahm seine Zähne heraus, um sie richtig genießen zu können. Dass er sich wieder völlig beruhigt hatte, merkte sie daran, dass er die Schachtel aus den Augen ließ. Dann bediente sie sich selbst. Auch sie liebte nämlich Pralinen, und es war ein weiterer Posten auf der Plusseite, dass sie vom Haushaltsgeld die besten Schweizer Marken kaufen konnte, ohne dass jemand Einspruch erhob; wenn man Kindern Süßigkeiten kaufte, zog man sich oft den Zorn der Herrschaft zu.

Dennoch wurde die Minusspalte schnell länger als die Plusspalte. Der Dichter bekam keinen Besuch, höchstens von seiner jungen, kühl beobachtenden Exfrau, und das hieß, dass es für Nanny Jackie mit der Geselligkeit nicht weit her war. An ihren freien Tagen konnte sie mit der U-Bahn zu Macy's fahren und sich zur Aufmunterung Postkarten kaufen. Ihre Arbeit ließ ihr Zeit genug, diese Karten zu schreiben, aber sonst war sie öde und eintönig – einem verschrobenen alten Mann beim Waschen zu helfen, ihm zuzusehen, wie er sich beim Rasieren die Haut zerfetzte, ihm Pflaster ins Gesicht zu kleben, auf allen vieren nach seinem Gebiss zu suchen, ihm seinen besten schwarzen Anzug zugunsten eines pflegeleichteren Tweeds auszureden, den Fernseher ein- und auszuschalten, wenn er rief, und »die üblichen Haushaltspflichten« zu erledigen, zu denen es auch gehörte, unter seinem kritischen Blick seine Gedichtbände abzustauben, einen Stockgänger einmal am Tag auszuführen, ihm seine Rechnungen zu zeigen, ihn über die Rechnungen schimpfen zu hören; einem schnaubenden alten Mann beim Bezahlen seiner Rechnungen zu helfen und ihn endlich zu beruhigen, wenn es Nacht wurde und die Angst vor dem Sterben aus dem Kopfkissen kroch. Die Nacht brachte die schlimmsten Augenblicke ihrer Arbeit. Seit dem allerersten Abend hatte er immer nur dieses eine im Sinn: dass sie sich zu ihm aufs Bett setzen sollte, oder besser noch, ins Bett. Er sprach es aus wie einen Befehl, grimmig wie ein General: Es sei ihre Aufgabe, neben ihm zu sitzen und ihm die Hand zu halten. Sonst könne er nicht schlafen, und er brauche seinen Schlaf, sonst könne er anderntags nicht denken. Sie tat, als verstände sie seinen neuenglischen Akzent nicht, schüttelte ihm das Kissen auf und murmelte beruhigende Nichtigkeiten. Sie konnte beruhigt schlafen, weil sie wusste, dass er ohne seinen Stock nicht aufstehen konnte, und den hatte sie vorsichtshalber für die Nacht versteckt.

Auf der Plusseite standen ihr Gehalt, das für britische Verhältnisse üppig war, das eigene Zimmer in einer schönen Wohnung und der Hin- und Rückflug, den die Familie des Dichters bezahlte. New York war ein Aufstieg, wie früher Manchester, weil es nicht Belfast war, und es war der unerfüllte Traum ihrer Schwester Isabelle, einmal Macy's zu sehen.

Auf der Minusseite stand, dass man als Nanny nicht so viel mit Leuten zusammenkam wie als Polizistin, und das war seit jenem Silvesterabend, an dem britische Soldaten ihren Vater bewusstlos geschlagen hatten, weil er ihnen mit einem Besen schweinische Gesten gemacht hatte, stets ihr Traumberuf gewesen. Nanny Jackie hatte diese Bilanz ihrer Eindrücke wie immer schon nach dem ersten Arbeitsmonat fertig. Und fett als erster Posten auf der Minusseite stand, dass sie den Dichter hasste und das Gefühl hatte, mit ihm verheiratet zu sein.

2

Es dauerte nur ein paar Monate, da war der Dichter so hinfällig, dass seine Exfrau es überhaupt nicht mehr nötig fand, ihn zu besuchen. Gehen konnte er jetzt nur noch mit zwei Stöcken, einem in jeder Hand; es dauerte Stunden, ihm beim Anziehen zu helfen, und sein hilflos glasiger Blick folgte jeder von Nanny Jackies Bewegungen. Seine Ohren folgten ihr, so gut es ging, überallhin. Wenn sie eine Besorgung machte, ohne ihn mitzunehmen, stellte sie einen Stuhl an die Tür, damit er dort sitzen und auf ihre Rückkehr warten konnte. Insofern sie das freundlich meinte, führte sie es auf ihre gute Stimmung des Augenblicks oder Monats zurück und fand, dass er diese Annehmlichkeit überbewertete. Wenn er höflich war, nannte er sie »Dear« oder »Darling«, weil er sich an ihren Namen nicht erinnerte. Wenn er unhöflich war, nannte er sie »Else«, wie seine Exfrau, oder »Myra«, denn so hieß seine verstorbene Schwester. Ihre Aufrechnung über das Plus und Minus dieser Arbeitsstelle war auf der Minusseite noch länger geworden: Geht an zwei Stöcken. Fast blind. Fast taub. Statt gegen den Tod zu wüten, rief er sie beim falschen Namen. Die unaufhörlichen schlaflosen Nächte, in denen er sie anbettelte, sich zu ihm aufs Bett zu setzen, dann zu ihm unter die Decke zu kommen. Und keine Aussicht auf Besuch.

In regelmäßigen Abständen verging ihr die gute Laune. New York war so langweilig wie Belfast, der Dichter nicht mehr wert als ihr Vater. Aufgeplustert wie eine kranke Taube saß sie vor dem Fernseher, zu apathisch, um auch nur den Sender zu wechseln. Ihr Gesicht wurde immer aufgedunsener, die Haare hingen ihr in Zotteln um die Schultern. Dann bekam sie die Wut, und sie sagte dem Dichter, dass sie unpässlich sei, worauf er überhaupt nicht reagierte. Daraufhin hasste sie ihn, weil er sie nicht ernst nahm, die Waage neigte sich stark nach Minus, und sie beschloss zu kündigen. Aber nicht sofort. »Unsere Jackie wird mal was aus sich machen«, hatte ihr Vater immer vor ihrer Mutter und ihrer älteren Schwester geprahlt. »Hab ein Auge auf sie, Isabelle, die wird dich noch mal übertrumpfen. Ich weiß nicht, wieso, aber sie hat eine Zukunft, das weiß ich.« Und als sie die Stelle in Amerika bekam, betrank er sich zur Feier des Tages, torkelte durch die Straßen und brüllte: »Unsere Jackie hat's geschafft!« Deshalb konnte Nanny Jackie nicht gleich aufgeben.

Sie suchte Mittel und Wege, den Dichter an ihrem Elend teilhaben zu lassen: Sie sagte ihm, sie werde ihn verlassen und bei der Polizei arbeiten. Er wurde hysterisch. Sie holte die Pralinen. Dann weigerte sie sich, ihn zu seinem täglichen Spaziergang auszuführen, weil es auf der Straße so stinke, dass ihr davon schlecht werde, sagte sie. Er entschuldigte sich nicht für den Gestank auf den Straßen, aber er wehrte sich auch nicht dagegen, im Haus bleiben zu müssen. Drei Tage lang war sie unausstehlich, am vierten war sie dann erschöpft, aber sanftmütig und richtig froh, es hinter sich zu haben. Anschließend war sie wieder wie immer: fröhlich, robust und abweisend, und sie ertrug ihr hartes, aber finanziell lohnendes Dasein.

So lebten sie ungefähr sechs Monate lang.

Ohne ihn ein einziges Mal öfter zu berühren, als die Pflicht es verlangte, wurde sie mit ihm vertraut: Sie kannte sein Gewicht, seinen Geruch und die Geräusche, die er von sich gab. Sie kannte die Beschaffenheit seiner Haare, seines Gesichts, seiner langen Nase, seiner dünnen Unterarme. Sie wusste, wie seine Beine in der zu weiten Hose schlenkerten, wenn der Stuhl zu hoch war. Sie kannte seinen schlaffen, zahnlosen Mund. Sie kannte den Blick in seinen Augen, wenn er fernsah und die Langeweile ihn sanft in den Schlaf hievte.

Hin und wieder raffte sie ihre Gedanken zusammen und fragte sich, warum sie ihre Situation bei diesen vielen Minus nicht über alle Maßen schrecklich fand. Dann erinnerte sie sich, wie sie in Belfast einmal ins Wohnzimmer gekommen war und ihren Vater mit ihrer Schwester in einer merkwürdig starren Umarmung gesehen hatte. Ihr Vater stand, mit dem Rücken zu Jackie, über seine älteste Tochter gebeugt und küsste ihre kindliche Brust. Nanny Jackie erinnerte sich an Isabelles Gesicht, wie sie es über seinem geschäftigen Kahlkopf gesehen hatte. Zärtlichkeit war peinlich. Jetzt war Isabelle verheiratet und hatte vier Söhne. Von Männern umstellt, würde sie Macy's nie zu sehen bekommen.

3

Gerade als Nanny Jackie sich bei Macy's zu langweilen anfing, was ein schwerer Schlag für die Plusseite war, bekam der Dichter doch wahrhaftig Besuch. Es war ein normaler Tag gewesen, in einer normalen Woche, in einem normalen Monat. Nanny Jackie nahm gerade ab. Da ihre Verköstigung im Gehalt inbegriffen war, hatte Nanny Jackie sich in ihren ersten New Yorker Monaten reichlich Zulagen genehmigt. Aber das Bedürfnis, ihren Arbeitgeber auszuplündern, hatte in letzter Zeit nachgelassen, und sie hatte sich Diät verordnet, wie ihre Mutter es immer tat: etwas Wiederkehrendes, wie die trockene Jahreszeit auf dem Torfmoor, die man erst bemerkt, wenn sie schon endet, und bald wieder vergessen hat.

Am Tag des Besuchs standen Kartoffelbrei und Apfelmus auf ihrem Programm, was auch den Bedürfnissen des Dichters entgegenkam. Sie sah ihm beim Essen zu und tupfte ihm bei Bedarf das Kinn ab. Er aß immer lustlos, ohne Interesse, und nahm keinen Bissen zu sich, wenn sie nicht neben ihm saß und ihn drängte. Hinterher half sie ihm ins Bett. Er ließ sein Hinterteil wie ein schweres Gewicht hinuntersinken, und sie wuchtete seine Beine hoch. Dann lag er mit geschlossenen Augen da und ächzte. Grässlich. Jeden Tag ging das so; er nannte es ausruhen. Das behauptete er zu brauchen, um bei klarem Verstand zu bleiben. Als ob er – dachte sie, und so weiter.

Er lag also im Bett, und sie blätterte in einer Illustrierten, als es klingelte. Jenseits des Gucklochs stand etwas mit langem schwarzem Haar und rotem Mantel, das sich als Miss Paul vorstellte, eine Freundin der Exfrau des Dichters. Sie entpuppte sich als eine lebhafte, hübsche Frau, nicht viel älter als Nanny Jackie, und vom ersten Augenblick an war es offensichtlich, dass sie vor dem Dichter Respekt hatte. Sie entschuldigte sich für die Störung und behauptete, zufällig in der Gegend zu sein, ein ganz spontaner Besuch. Dabei schwenkte sie einen mitgebrachten Kuchen. Nanny Jackie meinte, dass niemand bei einem Invaliden einfach so mal reinschaute.

Die Besucherin hatte offenbar schon von Nanny Jackie gehört und erkundigte sich gar nicht erst nach ihrem Namen. Sie trat ein. Wie geht es ihm? Ich habe ihn so lange nicht mehr gesehen. Sie rauschte an Nanny Jackie vorbei und zielsicher ins Zimmer des Dichters. Konfuse Freudenäußerungen von Seiten des Dichters. Nanny Jackie auf Miss Pauls Fährte. Man vernahm weitere Gesprächsfetzen. Nanny Jackie war das nicht gewohnt. Fragen drangen an ihr Ohr: Wie wär's mit Kaffee und Kuchen? Es folgte eins aufs andere: Komm, setz dich mal auf, recht so, du kannst dich ruhig auf mich stützen.

Miss Paul führte den Dichter ins Esszimmer und half ihm in den Harvardstuhl, den Nanny Jackie viel zu niedrig für ihn fand; dann rannte der Besuch auch noch in die Küche und setzte Wasser auf. Nanny Jackie legte hastig drei Gedecke auf. Miss Paul strahlte sie an, und sie setzten sich.

Das Gespräch war angeregt. Miss Paul kannte alle Bücher des Dichters und plagte sich tapfer durch die ganze Skala seiner verworrenen Interessen, fragte ihn nach seiner Vergangenheit und Gegenwart aus und wagte sich sogar zu erkundigen, woran er zurzeit arbeite; gut, wenn er nicht arbeite, woran er denke?

Und immerzu fütterte der Dichter ihre groteske Neugier mit Antworten. Anscheinend machte er sich dauernd Gedanken über die unwahrscheinlichsten Dinge: Natur, Zeit, Zivilisation. Nicht über so etwas Simples wie die Nachbarschaft, auf die Miss Paul zuletzt zu sprechen kam: Die Gegend habe sich verändert, ja? Seinen schlechten Ohren zuliebe schrie sie ihre Fragen, wobei ihre Augen und ihr roter Lippenstift funkelten. Aber dann hörte er auf zu reden, schaute mit leerem Blick um sich und sagte: »In letzter Zeit habe ich mir Gedanken über das Jenseits gemacht. Und über meine Eltern und meinen Bruder, die dort auf mich warten.«

Miss Paul schossen die Tränen in die Augen. Sie kippte rasch ihren Kaffee hinunter. Dann stellte sie ihm keine Fragen mehr.

Aber das musste sie auch nicht. Der Dichter brabbelte unentwegt weiter: über seine Gedichte, den Einfluss seiner Mutter, Wordsworths, der Symbolisten. Er schlürfte seinen Kaffee und schlang seinen Kuchen. Du solltest wieder einmal ein Gedicht schreiben, sagte sie, über das Altsein. Noch eines, pflichtete er ihr bei, bevor ich nicht mehr kann.

Plötzlich stand er auf. Nanny Jackie eilte, seine zwei Stöcke zu holen, aber es war zu spät für Stöcke, der Dichter stakste auf eigenen Beinen im Zimmer umher. Auf einmal blieb er stehen, drehte den großen weißen Kopf nach der glitzernden Miss Paul um und sagte: »Das Alter ist nicht lustig!«

Miss Paul rührte sich nicht, und Nanny Jackie ergriff ihre Chance, sprang an des Dichters Seite und half ihm ins Bett. Er würde jetzt lange ruhen müssen, nach dieser Strapaze. Ein merkwürdiges Gefühl überkam sie, als ihre Hand seinen Arm berührte. Irgendwie, irgendwo in sich fühlte sie, gleich einem stummen Drängen, Zärtlichkeit für seine dünnen weißen Arme, seinen gebrechlichen Körper, sein Profil, das ihr so vertraut war in seiner Agonie. Sein Ruhm war ihr schnuppe. Sie sandte einen tödlichen Blick zu Miss Paul.

4

In seinem letzten Monat hatte der Dichter es gut. Nanny Jackie vergötterte ihn und wusste nicht, warum. Seine Glieder waren jetzt so weich und schlaff, dass er sie nicht mehr aus eigener Kraft bewegen konnte. Haare wuchsen ihm unbotmäßig aus Nase und Ohren, und das hatte so etwas Ehrfurchtgebietendes, dass sie nichts dagegen unternahm. Sie versorgte ihn, wusch ihn und zog ihm sein bestes schwarzes Jackett an. Wozu es noch schonen? Die Zeit verging jetzt langsam. Sie vergaß, ihre freien Tage zu nehmen; sie verdrängte oder vergaß ihre monatlichen Launen. Sie redeten kaum noch miteinander. Nanny Jackie behielt ihn stets im Auge und wusste immer genau, wann er etwas brauchte, bevor er darum bitten musste. Aber nein, sie legte sich nicht zu ihm, worum er immer noch bat, wenn die Angst vor dem Tod in ihm wühlte und er nach ihrer Hand griff. Sie ließ ihm ihre Hand. Manchmal griff sie auch nach der seinen.

Eines Abends saß Nanny Jackie in einem Sessel am Bett des Dichters und las in einer Illustrierten. Auf einmal hob und senkte sich seine Brust mehrere Male, dann war er tot.

Nun endlich tat sie, worum er so oft gefleht hatte. Sie setzte sich zu ihm aufs Bett, und nach einer Weile legte sie sich zu ihm unter die Decke. Er war warm, angenehm warm, genau die richtige Temperatur, und seine Haut war so weich, und sein Haar roch angenehm, ganz nach ihm persönlich. Da schlang sie ihre Arme um ihn, legte den Kopf auf seine Schulter und lag bei ihm so die ganze Nacht.

Aus dem amerikanischen Englisch von
Otto Bayer und Monika Elwenspoek

Fromme Lügen

The North Wind shall blow
And we shall have snow
And what will poor Robin do then, poor thing?
He'll sit in the barn
And keep himself warm
And hide his head under his wing, poor thing!

Es war Gottes Wille, dass wir die Krankheit unter seinem gratis erhältlichen Tageslicht studieren, sprach der Oberste Leichenbeschauer von New York City und ließ den Seziersaal der städtischen Morgue mit riesigen Fenstern und einem Oberlicht ausstatten, unter dem die Seziertische sich ausnahmen wie kleine Beete. Nach wenigen Wochen waren die Scheiben so verdreckt, dass das Tageslicht draußen blieb. Der Sommer kam, ein Sommer der frühen Fünfziger ohne Klimaanlage und ohne riesige Fliegengitter. Sooft einer der armen Pathologen kurz vor dem Ersticken vorsichtig ein Fenster öffnete, nutzten die Fliegen ihre Chance. Sie überfielen die Morgue. Eines Nachts krachte die Scheibe des Oberlichts in den Seziersaal. Das war, kurz bevor Conny Bauer dort zu arbeiten anfing, aber als das Oberlicht schon längst mit einem Stahlblech zugenagelt war, hallte die Lektion immer noch von den Wänden wider: Gott mag keine Theorien über Seinen Willen und über Autopsie.

Dr. med. Conny Bauer war blond und hatte einen so mütterlichen Busen, dass sie im Stehen ihre Füße nicht sah. Sie entwickelte deshalb einen besonderen Sezierstil: Mit gekrümmtem Rücken und eingezogenem Bauch, so ähnlich wie ein Kätzchen, das auf den Hinterbeinen sitzt und mit einem Wollknäuel spielt. Alle liebten sie. Die Sekretärinnen nahmen ihr Diktat besonders gern auf, weil sie so einen süßen deutschen Akzent hatte. Die Kollegen freuten sich, auch einmal ein lebendes weibliches Wesen in der Morgue zu sehen. Sie versuchten, ihre »Miezenhaltung« am Seziertisch zu imitieren und mussten zugeben, dass es gar nicht so einfach war.

Die Pathologen kannten die Seziertechniken ihrer Kollegen ganz genau. Dr. Miele rauchte bei der Arbeit gern eine gute Zigarre und war so groß, dass er im Sitzen an alles herankam. Die Art, wie er seine Instrumente schwang, wie er die Zigarre zwischen die Zähne klemmte und »Gewolltoinwürkung« sagte, trug ihm den Spitznamen »Broadway-Schlächter« ein. Dr. Guttenberg war klein und energisch. Er hatte die Angewohnheit, blinzelnd und rechnend neben dem Leichnam zu sitzen, und galt als die Ausgeglichenheit in Person. Doch als die andern eines Abends schon nach Hause gegangen waren und ihn mit einer angefangenen Autopsie allein ließen, schmierte er unflätige Worte mit Blut an die Tafel.

Dr. Hake war der Intellektuelle vom Dienst in der Morgue: ein gutaussehender, hochmütiger Mittdreißiger, ein Pfeifenraucher mit Haaren, dicht und dunkel wie Burgundersoße. Er hatte freiwillig das kleinste und schäbigste Büro genommen, weil er den Ausblick so romantisch fand: Draußen an der Mauer hing, von seinem Fenster aus stets sichtbar, das Schild *Morgue*. Er investierte den größten Teil seines Gehalts und alles Gefühl in die Veröffentlichung seiner Bücher über das Leben und dessen Sinn, verfasst in seiner geliebten Medizinerprosa. Neuerdings hatte er sich auch an einem Gedicht versucht, das großes Aufsehen erregte: über die inneren Organe. Als Einziger in der Pathologie bekannte er sich zu der Überzeugung, dass im Innern eines Menschen nicht nur Eingeweide wohnten, sondern auch eine Seele, und im Innern jeder Seele verberge sich ein schmutziges Geheimnis. Er zog darob sehr oft die Stirn in Falten, was neben seinen vielen Publikationen die Ehrfurcht der Sekretärinnen vor ihm noch steigerte.

Dr. Bauer, mit achtundzwanzig Jahren die Jüngste im Team, arbeitete gern in der Pathologie. Hier hatte sie zu allem das letzte Wort, was andere Ärzte, voran die frischfromm-fröhlichen Chirurgen, getan hatten. Dass sie die einzige Frau im Seziersaal war, störte sie nicht, es fiel ihr gar nicht weiter auf. Sie kam salopp in Männerhemden und weiten Röcken daher. Am liebsten war ihr die Gesellschaft ihrer achtjährigen Tochter Sally, die sie gern überallhin mitnahm. So kam es, dass Sally in der Morgue schon fast zur Belegschaft gehörte. Oft holte ihre Mutter sie nachmittags von der Schule ab und ließ sie bei den Sekretärinnen Alice und Blessed warten, wenn sie noch einen Fall abschließen musste. Blessed, eine ältere Jamaikanerin, war ganz vernarrt in die unmanierliche Kleine und unentwegt bemüht, sie herauszuputzen. »Du siehst wieder aus wie in der Gosse aufgelesen«, sagte sie, und das klang in dieser Umgebung ein bisschen makaber.

Manchmal brachte Sally ihre Geige mit, und die Sekretärinnen ließen sie in der Präparatekammer üben. Man hörte ihr Gefiedel bis unten im Seziersaal. Damals kannte man noch keine Muzak, und die Ohren der Pathologen waren noch nicht verstümmelt und gegen jeden musikalischen Schmerz unempfindlich geworden. Wenn Sally spielte, arbeiteten sie schneller, ihre Skalpelle wurden zu Hackmessern, ihre Nadeln zu Spießen. Nur auf Dr. Bauer hatte Sallys Spiel genau die umgekehrte Wirkung. Sie versank in eine Trance der Zufriedenheit, arbeitete langsamer und lächelte ihren Kollegen zu.

So geschah an einem Montagnachmittag etwas Ungewöhnliches. Dr. Bauer arbeitete gemeinsam mit Dr. Hake an einer verwesten Leiche, als Beethovens Ode an die Freude, von Sally dargeboten, durch den Seziersaal tönte. Dr. Bauer lächelte. Dr. Hake nahm das Lächeln persönlich. Mit einem Zungenschnalzen, das den Bann seines Stirnrunzelns brach, erwiderte er es, und siehe, das Lächeln haftete dem Gestank zum Trotz noch lange, lange an seinem Gesicht.

Am Morgen vor dem wechselseitigen Lächeln hatte Sallys Vater bei Conny angerufen und gesagt: »Sally hat mir am Samstag erzählt, du nimmst sie mit in die Morgue. Das ist doch nichts für Kinder!«

Conny hatte geantwortet: »In dein Tollhaus gehören Kinder erst recht nicht. Ich habe von der eingewickelten Weinflasche gehört, als du mit ihr in *Schneewittchen* gegangen bist. Und von den Heftchen hinter deinen Büchern im Regal.« So unumwunden redete Conny nur mit Untergebenen, einem Fähnlein von dreien: Zwei Kindern und dem einen Erwachsenen, den sie ihren »Exgatten« nannte, dem Chemiker Stanislav.

Stanislav Reich hatte Conny vor einem Jahr verlassen. Das war gar nicht mit Absicht passiert. Die Familie reiste im Pullmanwagen durch den Westen. Die Besichtigung der USA war ein wichtiger Punkt in Connys Amerikanisierungsprogramm. Für Stanislav war es reine Geldverschwendung. Er sagte, Conny sei blöd, auf dieses Discover-America-Sonderangebot hereinzufallen, das den ganzen Winter aus dem Radio plärrte. Er wiederholte seine Einwände noch wochenlang, nachdem sie sich in der Morgue zum Sonntagsdienst gemeldet hatte, um die Reise selbst finanzieren zu können. »Dumme Gans!«, schrie er mit seinem polnischen Akzent. »Dómę gąz biszt dó!«

Er konnte aber nicht verhindern, dass sie ein Familienabteil nach Salt Lake City und zurück buchte. »In die Mittä!«, schrie er. »Nix wie Kitsch und Comics!«

Vielleicht war an der Scheidung ja auch nur der Schaffner schuld, der den Fahrgästen gesagt hatte, sie würden die Mitte Amerikas in der Mitte der Nacht erreichen. Stanislav war über die Koinzidenz so erzürnt, dass er nicht schlafen konnte. Drüben im verständigen Stockholm wurden Namen für den Nobelpreis genannt. Er verließ das Familienabteil und wandelte auf den schaukelnden Gängen. Als der Zug bei einem kleinen Dörfchen unerwartet hielt, stieg er aus, um sich die Wut auf festem Boden aus dem Leib zu rennen. Er war meilenweit in den Maisfeldern, da fuhr der Zug wieder an.

Nach Manhattan zurückgekehrt, trug Conny die Koffer in ihre Wohnung hinauf, eine schäbige Uptown-Wohnung mit teurem Blick über den Hudson nach New Jersey. Sie packte nicht aus, sie packte noch mehr Sachen in die Koffer. Stanislav sah ihr zu, eine schmächtige, ungepflegte Gestalt mit einem Ausdruck tiefen Entsetzens. Auf der anderen Seite der schönen Aussicht packte sie die Koffer in ihrem Elternhaus wieder aus, wo Vater Carl Bauer, feist und adrett, ihr mit dem gleichen Ausdruck des Entsetzens zusah.

Conny nannte Stanislav schon ihren »Ex«, als sie noch lange nicht an die Endgültigkeit der Trennung glaubte. Den Ex bekümmerte das alles nicht sehr. Seine Nominierung für den Nobelpreis war durch. Als der Preis dann doch an einen anderen ging, vermisste er Conny nur kurz. Er sah sich nach einem Ersatz für sie um, und da er nicht wählerisch war, fand er ihn bald. Als ihm auch diese Frau abhanden kam, begann er, sich Heftchen zu kaufen. Ein Jahr verging, und wieder hieß es, Ex' Name stehe weit oben auf der Kandidatenliste zum Nobelpreis für Chemie.

Er fand es lästig, sich an Samstagen um die Kinder zu kümmern, aber er musste darauf bestehen. Als Sally ihn mit Erzählungen aus der Morgue beglückte, geriet er in helle Panik. Sie könne sich dort gefährliche Krankheitserreger einfangen, mit denen sie dann herumlaufen und ihn (sie selbst war viel zu abgehärtet, um an etwas zu erkranken) womöglich anstecken werde, noch vor seiner Heiligsprechung.

Rückstände von Zuneigung sind schwer abzuwaschen. Connys Mutter hatte sich der Ehe mit Stanislav heftig widersetzt. Darum hatte Conny ihn geheiratet. Nach dem Tod ihrer Mutter konnte sie sich eingestehen, dass die Verbindung ein Reinfall gewesen war, aber selbst als Reinfall erfüllte sie noch ihre eingeschrumpften emotionalen Bedürfnisse.

Durch seinen Angriff auf die Morgue schlug Stanislav sich auf die Seite des Aggressors, ihrer Mutter, die immer »dein Stinkladen« sagte, wenn sie von der Morgue sprach. Conny begann ihn zu hassen. Ihre Emotionen stoben auf, stiegen in die Höhe und regneten als geladene Teilchen herab, die sich überall festsetzten.

Als Dr. Hake die Kollegin Dr. Bauer anlächelte, kam gerade die spätherbstliche Nachmittagssonne heraus und wärmte die roten Backsteinmauern der Morgue. Den Fahrstuhlführer erfasste plötzlich gute Laune. Er trank den Kaffee, den seine Frau ihm in die Thermosflasche gefüllt hatte, und fand das Leben lebenswert. Die Sekretärinnen zauberten selbstgebackene Kekse hervor und boten auch den Pathologen davon an.

Sally, die in der Präparatekammer Geige übte, wurde auf einmal unruhig. Was tat ihre Mutter wohl die ganze Zeit? Vermutlich dasselbe wie immer: Sie schloss eine Obduktion ab. Doch Sallys Unruhe steigerte sich, bis es wehtat und sie sich nicht mehr konzentrieren konnte.

Sie legte ihre Geige auf die Gläser mit den präparierten Föten und ging hinaus. Die Sekretärinnen tippten wie die Batteriehennen, die Ohren mit Kopfhörern zugestopft. Sie sahen das Kind nicht vorbeihuschen.

Der Fahrstuhlführer schob die Gittertür zu seinem Luftschiff auf, sah sie erstaunt an und fragte: »Na, was macht die Schule?«

»Zweiter Stock, bitte«, antwortete sie.

»Die Frau Mama besuchen«, meinte er.

Im zweiten Stock zeigte er auf die geschlossene Tür. »Schöne Frau.« Und weg war er wieder.

Sally trat in den Seziersaal, bevor das Lächeln auf Dr. Hakes Gesicht wieder untergegangen war. Sie sah von der Tür aus ihre Mutter von hinten, den Leichnam von der Seite und Dr. Hake von vorn. Auf seiner Nase waren noch die Spuren der Verwüstung zu sehen, die ein Hormonsturm in der Jugend angerichtet hatte. Seine Wangen leuchteten wie der Sonnenuntergang, in seinem Mund blitzten die Zähne. Dann wurde sein Mund zur Mondsichel, und um die Winkel färbte die Haut sich grau.

An der Rückseite des Seziertischs stand eine Bahre mit einem Leintuch darüber. Darunter schaute eine große Zehe hervor. Daran hing ein Etikett.

»Mutter!«, rief Sally.

Conny drehte sich um. Als sie ihr Kind sah, strahlte sie. »Komm mal her, mein Schatz«, rief sie fröhlich. »Jetzt zeige ich dir ein Herz, damit du ein für allemal weißt, dass es ganz anders aussieht als die aus Lebkuchen.«

Abends beim Essen nahm Conny keine Kartoffeln.

Die Kartoffeln lagen in einer Schüssel aus Meißner Porzellan. Conny nahm die Schüssel und reichte sie ihrem Vater weiter, ohne davon zu nehmen.

Gerda, die Haushälterin, sah von ihrem Tischende auf, und ihre Augen funkelten. Vom anderen Ende her funkelte Carl. Ihre Blicke nahmen Conny, die auf ihren Teller schaute, in die Zange.

»Keine Kartoffeln, Conny?«, fragte Gerda.

»Iss Kartoffeln, dann bleibst du mit den Füßen auf dem Boden«, sagte ihr Vater. Er sprach mit deutschem Akzent, der klang, als wolle er die Rs zermalmen, um das Mark herauszupressen.

»Meine Füße stehen schon knöcheltief im Morast, was brauche ich noch Kartoffeln?«, lachte Conny.

Carls Augen spuckten Feuer. Er reckte sich über den Tisch, um an die Schüssel zu kommen, und schaufelte seinen Teller voll Kartoffeln. Sein Zorn spießte zuerst Conny auf, dann Connys beide Kinder und stieg endlich als Gebet gen Himmel, ein Gebet zu seinem allerbarmherzigsten, allernachsichtigsten God-Almighty: Pließ, forgiff mei Tochter her Arroganz gegen New Potätohs.

Die Kinder blickten leidend zu ihrer traurigen, sanften Mutter mit der üppigen, sanften Figur. Sie trauten sich nicht, Carl Bauer anzusehen, den sie »Opa« nannten, das einzige deutsche Wort, das sie kannten. »Opa« war stets ein Quell der Angst, doch auch die fleischgewordene Güte, ein Opa, der sie aufgenommen hatte, als Daddy nichts dagegen unternahm, dass Mummy auszog. Von Opa kam das Schwergewicht in die Gene der Familie, denn er war ein schwerer Mann mit schweren Wangen, dichtem weißem Haar und gestutztem weißem Schnurrbart. Seine Hände waren immer frisch gewaschen, sein Gesicht nur selten nicht traurig. Die Kartoffeln waren fest und glänzend nach stundenlangem Schälen. Sie verlangten nach Dankbarkeit. Der neunjährige Dicky griff nach der Meißner Schüssel und tat sich den Rest auf.

Conny war in Ungnade. Sie ergriff nicht die Flucht. »Immer mit der Ruhe«, lautete ihr Lieblingsspruch. Sie blieb am Tisch, bis nach dem

Dessert, einem arbeitsintensiven Zitronenpudding. Davon aß sie mit Genuss zwei Portionen. Sie war Ungnade gewohnt.

»Was hast du heute gemacht, dass du solchen Appetit auf Süßes hast?«, fragte Carl.

»Zwei Autopsien, Papa. Nichts Besonderes.«

»Ich glaube, du verheimlichst wieder etwas.«

Gerda Schmidt und Carl Bauer wechselten einen Seufzer. Ihre Seufzer sagten, welche Bürde sie mit Connys Fehlern auf sich nahmen, in diesem Fall Kinder. Die Emigration war hart genug gewesen. Sie sprachen nicht gern davon. Wenn Leute ihren deutschen Akzent zum Anlass nahmen, sie nach ihrer Herkunft zu fragen, antworteten sie: »Aus Cincinnati.«

Sie waren 1952 nach Fort Lee gekommen, neue Besitzer eines roten Reihenhauses an der River Avenue, einer Gegend, wo linde Sauerkrautdüfte durch die Abende wehten. Sie waren mit wenig Trara in einem gemieteten Kleinlaster gekommen, von dem sie – die Nachbarn wussten Bescheid – gewöhnliche Versandhausmöbel und ein paar altmodische Seekisten abluden. Der rot-goldene Plastiklehnstuhl war noch nicht mit von der Partie. Sie brachten einen Dackel mit, den Ersten einer ganzen Dynastie von reinrassigen rotbraunen Langhaardackeln, mit denen man Carl Bauer bald regelmäßig seinen geduldigen Rundgang durch die Gegend machen sah. Er und seine hübsche Frau redeten offen mit den Nachbarn und den Besuchern der hiesigen katholischen Kirche, erzählten ihnen aber nichts von Interesse. Sie hatten angeblich im Mittelwesten ihre Zelte abgebrochen, weil ihre einzige Tochter Conny im ersten Jahr auf dem College, drüben in Manhattan, schwanger geworden war und sie doch als Familie zusammenhalten wollten. Sie würden sich wohl um den Enkel kümmern müssen, wenn Conny ihr Studium fortsetzen wollte. Alle dachten, das Kind sei unehelich, und obwohl es sich bald herumsprach, dass die Bauers in der Messe wenig in den Klingelbeutel taten, waren sie in der Kirchengemeinde besonders beliebt, weil man sie bedauern konnte.

Die Bauers waren schon umgezogen, als sie merkten, dass Conny ihre Schwangerschaft zum Staatsgeheimnis erhoben hatte. Sie hatte nicht nur die Schwangerschaft verheimlicht, bis sie zu sehen war. Allmählich kam heraus, dass sie auch über den Vater die Unwahrheit gesagt hatte (kein Stanley, sondern ein Stanislav), die Unwahrheit über sein Verhältnis zur katholischen Kirche (gar keines, er war Jude), die Unwahrheit auch über ihren Auszug aus dem Studentenwohnheim und ihren Einzug bei Stanislav schon vor zehn Monaten – nachdem sie ihn geheiratet hatte.

»Ich rede eben über gewisse Dinge nicht gern, weil sie mich … so traurig machen«, sagte Carl Bauer. »Das ist keine Heimlichtuerei. Ich will nur auf meine alten Tage ein bisschen Ruhe und Frieden haben und mich nicht plötzlich um eine Familie mit unartigen Kindern kümmern müssen.«

Gerda starrte auf die Kartoffelschüssel und nickte. Sie hatte jede Hilfe ausgeschlagen, als ihre Arbeit sich vervierfachte. Sie bewegte einfach ihre krampfadrigen Glieder dreimal schneller, unentwegt angetrieben vom lauten Motor ihrer schlechten Laune. Nach den Mahlzeiten kratzte sie die Reste für den Hund zusammen, der in der Küche schon mit trommelndem Schwanz darauf wartete. Eine normale amerikanische Familie. Die Dackel hießen einer nach dem andern Happy.

Gerda räumte den Tisch nach dem Essen immer allein ab. Die Kinder flohen die Fronarbeit, indem sie etwas von »Hausaufgaben« murmelten, und eilten auf ihr notdürftig eingerichtetes Zimmer. Conny half nie bei der Hausarbeit. Sie ging zu ihrem Vater und gab ihm einen Kuss auf die fahle Wange. Die Tränen in seinen Augen sah sie lieber nicht. »Papa«, sagte sie, »ich habe morgen soviel zu tun und bin ganz erledigt. Ich muss jetzt etwas ruhen.« Er nickte, denn längst hatte Bitterkeit sein Herzeleid abgelöst.

Conny verließ das kleine Esszimmer durch das einfache kleine Wohnzimmer mit den billigen Perserteppichen, niedriger Decke und schweren dunkelroten Vorhängen. Die Vorhänge waren eigentlich unnötig, denn man hatte die Rhododendronbüsche ums Haus so hoch wachsen lassen, dass sie die untere Hälfte der Fenster verdeckten. Die Zimmer waren daher schrecklich düster, und das Bauersche Haus war wie ein geschlossener Leib, der niemanden an sein Innenleben heranließ. Die rau verputzten Wände waren vollgehängt mit Uhren, Kruzifixen, Souvenirs von amerikanischen Wahrzeichen und Landschaftsaquarellen von Carl Bauers eigener Hand. Der Pulsschlag der Uhren war überall zu hören.

Conny blieb vor der eingerahmten Erklärung der Menschenrechte stehen, um sich noch einen Pullover überzuziehen, bevor sie sich in die ungeheizte Glasveranda zurückzog. Das war ihr Zimmer. Eine andere Möglichkeit gab es in dem kleinen Haus gar nicht. Trotzdem war ihr die Veranda mit den Gartenmöbeln aus plastikbezogenem Aluminium zur Strafe zugewiesen worden, und sie akzeptierte sie als solche. Das ganze Jahr hindurch hatte sie nie versucht, sich dort wohnlicher einzurichten, und nicht ein einziges Mal schaltete sie den Elektro-Ofen ein, den Gerda hineingeschmuggelt hatte.

Sie zog sich also nach dem Essen in die Veranda zurück, bürstete ihre kurzen blonden Locken, legte sich auf den Plastikliegestuhl, den sie klaglos als Bett akzeptierte, und zog sich eine Decke über den Kopf. Als die Liege nach einer Minute angewärmt war, tauchte sie mit zerzaustem Haar wieder auf und las ein Buch über Caligula.

Der Fernseher lief in diesen Tagen nie. Auf dem Apparat stand ein gerahmtes Foto von Eva, Connys Mutter, daneben eine Kerze, die stets brannte und immer kurz vor dem Abbrennen durch eine neue ersetzt wurde. Carl hatte verfügt, dass der Fernseher fünfundzwanzig Monate lang dunkel zu bleiben habe. Nach dem Abendessen gingen er und Gerda vor dem 56-Zentimeter-Bildschirm auf die Knie und beteten für Evas Seele. Sie beteten so lange, wie eine normale Fernsehsendung dauerte, ohne Werbespots.

Gerdas Knie waren arthritisch, aber heute erhob sie sich als Erste und zerrte an Carl Bauers Armen, bis auch er aufstand. Er bedankte sich, eine an ihm ungewohnte Höflichkeit. Sie hatte Tränen in den Augen. »Ja, ja!«, sagte sie unwirsch. Sie hatte Eva verehrt. Hinterher ging sie in ihr Zimmer und betete ein bisschen weiter. Ihr Zimmer hing voller Kruzifixe, noch mit den Palmzweigen vom Vorjahr geschmückt. Als sie genug gebetet hatte, setzte sie sich an ihre Nähmaschine und las in einem frommen Traktat, den ihr die *Wachtturm*-Leute im Supermarkt verkauft hatten.

Carl saß in seinem goldgeränderten roten Plastiklehnstuhl, der am selben Tag ins Haus gekommen war wie die Kinder. Am ersten Abend hatte Sally sich auf die Lehne gesetzt, um ihrem Großvater einen Gutenachtkuss zu geben, und Gerda hatte sie mit den Worten hinuntergeschubst: »Dein Großvater hat so wenig, mach ihm das nicht auch noch kaputt. Du darfst dich hier nie draufstützen.« Er lag weit darin zurückgelehnt und las in der neuesten *National Geographic.*

In seinem »Herrenzimmer« wohnten die Kinder. Rechts und links von dem Mahagonischreibtisch, an dem er, wie er gern betonte, einmal seine Doktorarbeit in Architektur geschrieben hatte, waren Klappliegen aufgestellt. Dicky hielt unter der Matratze seine heimliche Comicsammlung versteckt. Wenn er sich hinlegte, knisterte es. Dann wälzte er sich auf seinen dicken Bauch und las darin. Sally hatte ihr Taschengeld wieder einmal in den *National Inquirer* investiert. Sie liebte Gräuelmeldungen über alles, aber was sie heute Abend las, brachte sie aus der Fassung. Sie schnippte mit den Fingern, schloss die Augen und stöhnte: »Bitte, lass das nicht wahr sein! Das ist ja entsetzlich.«

Es war nicht Dickys Art, sich für seine Schwester oder sonst etwas zu interessieren. Er blätterte in seinen Comics, wie eine Maus ihr Tretrad dreht. Etwas anderes las er nie, seit die Amerika-Entdeckungsreise überraschend in einem New Yorker Vorort geendet hatte. Es war Carl Bauers erste Amtshandlung nach seiner Machtübernahme in der Familie gewesen, die Kinder von ihrer teuren Privatschule in Manhattan zu nehmen. Er hatte sie stattdessen zu den Heiligen Nothelfern in Weehawken geschickt. Solange Dicky so ein unsportlicher dicker Bücherwurm war und diesen deutschen Akzent behielt, nachdem er sein Kinderdeutsch längst verlernt hatte, gehörte er in eine Umgebung, in der man die amerikanischen Tugenden pflegte. Auf der Privatschule in Manhattan hatte man Vorstellungen. Vorstellungen von Talent. Schlimm genug für den armen Dicky, so einen mickrigen Intellektuellen zum Vater zu haben. Sprach Carl Bauer.

Dicky beklagte sich nie und tröstete sich in seinen Comics mit *Jughead,* der ein noch größerer Tölpel war als er, auch ohne deutschen Akzent. Aber plötzlich schob sich Sallys *National Inquirer* zwischen ihn und *Jughead.* Er las die Überschrift: »Adolf Hitler in den USA untergetaucht!«

»Sag mal«, meinte Sally, »könnte das Opa sein?«

»Mach dich nicht lächerlich, du Dussel. Opa? Wenn Opa Hitler wäre, würde er nicht mit so einem Schnurrbart rumlaufen. Der würde ihn doch verraten«, entgegnete ihr Bruder. »Außerdem ist er aus Cincinnati. Die haben dort alle einen deutschen Akzent.«

»Denkst du! Klar ist er Hitler. Passt alles zu dieser Familie. Er ist von Deutschland nach Cincinnati gezogen. Und Hitler würde sich nie sein Markenzeichen abrasieren. Außerdem hasst er die Juden, besonders Daddy.«

»Die hasst er, weil sie Jesus hingerichtet haben«, sagte Dicky.

»Dafür ist das viel zu lange her«, erwiderte Sally. »Opa hasst sie, weil sie immer von Geld reden.«

Einen Tag nachdem Conny ihrer Tochter bewiesen hatte, dass Herzen ganz anders aussehen als die aus Lebkuchen, fühlte Conny am Morgen das ihre pochen. Sie interpretierte das Gefühl in der Brust als Anweisung, was sie anziehen solle. Sie zog also statt der gewohnten Sachen ein hübsches rotes Kleid an. Ihre Kinder beobachteten mit Sorge und Abscheu, wie sie vor dem Spiegel den Kopf schief legte und ganz unnatürlich freundlich lächelte.

Connys Heimlichtuerei war so chronisch, dass sie sich auf sie selbst erstreckte. Ihr Herz versuchte, auf sich aufmerksam zu machen. Conny fragte sich, warum, und gab sich selbst zur Antwort: »Weil heute heute ist.« Aber das Lächeln war keine Tarnung. Sie versuchte, sich nur zu erinnern, wie sie aussah, wenn sie glücklich war.

Dann fiel ihr ein, dass heute Mittwoch war und dass Dicky heute Nachmittag zum ersten Mal Sprechunterricht bekam. Danach sollte er wegen seines Übergewichts einen Schlankheitskurs besuchen. Conny sah Dickys Zukunft optimistisch. Beim Frühstück tat sie so, als wüsste sie nichts von seinem Terminkalender, denn sie hatte beschlossen, seine Fehler nie mehr auch nur mit einem Wort zu erwähnen. Sie sagte ihm, Mittwoch sei ein besonderer Tag, ein schöner Tag, um etwas Neues anzufangen.

Alles, was sie tat, erschien ihr ungewöhnlich. Die Fahrt zur Schule kam ihr lang vor, Sally redseliger denn je, ihre Bemerkungen über die Lehrer alltäglich und langweilig. Conny war aufrichtig froh, die beiden abzusetzen. Sehr merkwürdig. Dann packte sie plötzlich der Wunsch, zum Friseur zu gehen, um den sie sonst einen Bogen machte, und so landete sie zu guter Letzt in einem Salon und ließ sich eine Dauerwelle legen. Als sie ihren grauen Ford endlich auf dem Krankenhausparkplatz abstellte, hatte sie sich verspätet. Sie war noch nie zu spät gekommen.

Unregelmäßigkeiten säumten ihren Weg zur Arbeit. Die Morgue befand sich ganz hinten auf dem Krankenhausgelände, gegenüber der Psychiatrie. Sie war nur zu Fuß durch eine enge Gasse zu erreichen und an dem *Morgue*-Schild zu erkennen, das vor Dr. Hakes Fenster baumelte. Es war zehn Uhr vormittags, und die männlichen Psychiatriepatienten, deren Station zur Gasse hin lag, nahmen gerade ihre Milch und ihre Ritz Crackers zu sich. Die Musik weiblicher Schritte auf dem Pflaster ließ sie aufhorchen.

Sie ließen mit lautem Geklapper ihre Blechteller fallen und stürzten an die Fenster. *Sie* war es, heute verspätet. Sie hatten längst nach ihr Ausschau gehalten. Dank der Tageszeit – Milchpause – konnten sie ihr nun jedoch einen gebührenden Empfang bereiten. Mit donnernden Schritten rannten sie zurück und holten ihre Becher, um sie gegen die Gitterstäbe zu schmettern. Ihre Mitpatienten auf den höheren Stockwerken hörten das Getöse und taten es ihnen gleich. Das machte die Insassen der Zellen auf der anderen Gebäudeseite munter. Das Haus wackelte. Was passiert wäre, wenn die Patienten sich auf einen gemeinsamen Takt geeinigt hätten, weiß niemand zu sagen: Levitationen, Spontanheilungen, Elysium. Aber sie fanden zu keinem Rhythmus.

In der Pathologie hörte man den Krach und vermutete, die Stadt errichte wohl irgendwo ein neues Gebäude. Alle waren froh, dass Dr. Bauer endlich kam. »Hallo, Dr. Bauer!«, rief Dr. Miele. »Guten Morgen, Dr. Bauer«, sagte Dr. Guttenberg, »ich warte schon auf Sie.« Aus verschiedenen Zimmern kamen die Assistenten gesprungen, freuten sich und zerrten sie in ein Zimmer, damit sie sich ein Präparat ansah. Als sie wieder auf den Korridor kam, lauerten ihr dort schon wieder andere auf. »Dr. Bauer!«, sagten sie höflich, »wir haben hier einen komischen Fall, den sollten Sie sich mal ansehen.«

Nach einer Weile setzte sie ihren Weg fort, ging am Fahrstuhl vorbei, ohne auf den Knopf zu drücken, und weiter den nächsten Korridor entlang, wo der Formaldehydgeruch zuerst stärker, dann schwächer und zuletzt von Kaffeeduft verdrängt wurde.

Dr. Hake erkannte ihr Nahen daran, dass ihre Schritte nicht beim Fahrstuhl innehielten. Er begann zu schwitzen, und vom Schwitzen begann es ihn an Stellen zu jucken, wo er sich unmöglich kratzen konnte. So blieb er denn an seinem Schreibtisch sitzen, wo in Gläsern ringsherum die Präparate schwammen. Er tat einen Zug an seiner imposanten Bruyère-Pfeife und las noch einmal den Titel seines neuesten Opus, einer Studie über den Zusammenhang zwischen Frömmigkeit und Lüge. Das Material dazu wollte er sich aus der gerichtsmedizinischen Praxis holen. Was für welches, wusste er selbst noch nicht so genau. Im Augenblick war er noch nicht über so ein gewisses Gefühl hinausgekommen, das er beim Lesen des Titels hatte. Manchmal fiel es ihm schwer, sich zu konzentrieren. Der Juckreiz zappelte ihm zwischen den Schenkeln und auf der Kopfhaut herum. Conny kam in Sicht. Blond. Dieser Busen, so fest unter weißem Laborkittel und weißer Bluse, und dann ihre ganz, ganz weiße Haut! Die sanfte Stimme. Sein Kopf hob sich langsam wie eine Blase in zäher Flüssigkeit. Sie lächelte ihn unbefangen an, als wäre ihr Besuch nichts weiter als ein Besuch.

»Treten Sie ein, Dr. Bauer«, sagte er, indem er seinen Stift hinlegte und die Pfeife aus dem Mund nahm. Sie trat, immer noch lächelnd, ohne Antwort ein. Das alles hatte nichts zu bedeuten.

Er seufzte.

Sie sprach. »Juh hev so matsch tu duh?«

Perlen vor die Säue, deine Worte, Wein zu Wasser, dein zu mein.

Wie ein Blatt wurde Dr. Hake umhergewirbelt im Strudel seiner Gefühle, hingespült zum Quell seiner Erregung, knallte dagegen, klammerte sich fest und drohte zu ertrinken.

»Doktor Bauer … darf ich Conny zu Ihnen sagen?«

»Ja. Und Sie sind Ronald.«

»Conny.«

»Ronald.«

Conny Ronald,

Connyronald,

Carnoldonny,

während Dicky lernte, sich gerade hinzustellen und den Bauch einzuziehen, während Dicky aus einer Broschüre etwas über Kohlehydrate erfuhr,

während Sally bei den Heiligen Nothelfern alle Todsünden und lässlichen Sünden nebst sämtlichen Untergruppen in der richtigen Reihenfolge auswendig lernte,

während Carl Bauer daheim in seinem Plastiklehnstuhl saß und mit krauser Stirn die nackten Pygmäen in seiner *National Geographic* betrachtete. Ein anderer Artikel befasste sich mit den Eingeborenen von Neuguinea, die ihre Penisse in Köchern trugen,

während »tuh paunds potähtows« unters Schälmesser kamen und Gerda sie danach zu Brei stampfte, mit Wasser und Hefe vermischte, klopfte und knetete, die Überreste zu Kugeln rollte und sie, als in ihrem größten Topf das Wasser kochte, plopp!, hineinfallen ließ,

während Stanislav drüben in Manhattan Hafermehl mit Apfelmus verrührte, seiner Lieblingsnahrung.

Viel Familie war es nicht, fünf Personen, Minderjährige und Dienstboten mitgerechnet.

Im Moment waren sie alle unruhig. Alle dachten an Conny.

»Und welche Sünde hast du begangen, als du deines Bruders Murmeln begehrtest?«, fragte Schwester Mary Angela.

Sally hatte ein dickes Buch aus der Bibliothek auf dem Schoß, ein Buch über große Männer der Geschichte von Jesus bis Eisenhower. Ein Kapitel galt den Diktatoren. Es zeigte Bilder von Zaren und Königen, und von Hitler.

Es war Opa, das stand fest. Sie dachte an ihre Mutter. Sicher wusste sie das. Es musste ihr sehr peinlich sein.

Dr. Hake und Dr. Bauer waren voneinander angetan, mit Haut und Haaren, während Carls schwerer Körper die Sprungfedern des Plastiklehnstuhls duckte. An Tagen wie diesem ließ er die Lehne aufrecht. An anderen Tagen, wenn ihm mehr faul als bitter zumute war, schob er den silbernen Hebel an der Seite auf *Ab* und klappte die Lehne bis zum Anschlag nach hinten.

Heute konnte er gar nicht aufrecht genug sitzen. Die Federn reckten sich hoch wie ein Rudel Hundenasen. Die Uhren schlurrten verzagt. Etwas stimmte nicht. Die Vorhänge machten sich auf Sturm gefasst. Die Kerze neben Evas Foto flackerte nicht mehr und flammte hoch auf. Carl Bauer rieb sich die Stirn. Die *National Geographic* war nicht schuld. Er las nie die Tageszeitung, weil er sich nicht über Menschen, Verbrechen und Politik aufregen mochte. »Davon habe ich meiner Lebtage genug gehabt«, sagte er zu Evas Bild, auf dem Eva im buntgeblümten Kleid auf einem Rasen ruhte.

Gerda hörte nicht, dass er wieder zu Eva sprach. Sie lauschte ihrem verstümmelten Radio. Carl hatte den Senderknopf auf der Frequenz der Wetterstation abgebrochen, damit keine Nachrichten ins Haus kamen. Teilbewölkt und jahreszeitlich kühl. Sie sagte es dem Hund weiter, der neben dem Herd schlief, schaltete das Radio aus und konzentrierte sich auf das Wasser, das um ihre Knödel brodelte. Ihre Knödel – was in der Küche war, gehörte alles ihr. Sie bekam kein Gehalt mehr. Auf die zweihundert Dollar im Monat hatte sie freiwillig verzichtet, als die Familie nach New York zog und sich über die höheren Lebenshaltungskosten zu beklagen begann. Ohne Gehalt gewann sie, wie eine verarmte Edelfrau, die eher Schuldgefühl als Groll weckt, Macht über ihre Umwelt.

Eva hatte unter Gerda gelitten. Die Haushälterin hatte sie immer Frau Dr. Bauer genannt, auch wenn sie ihr auf der Toilette den kranken Hintern abwischte. Eva, die in einer Serie geblümter Kleider vor sich hinstarb, hatte Gerda beim Kochen zugeschaut und sich gesagt, dass Carl ihre Küche noch viele Jahre genießen würde. Sie hatte Carls Lieblingsgericht betrachtet, Rahmspinatsuppe, und ihre vorletzten Worte an die Haushälterin gerichtet: »Ich will keinen Löffel mehr von diesem ekelhaften Zeug!« Gerda wiederholte diese Worte, während sie sich mit den Knödeln plagte. Sie konnte keine Rahmspinatsuppe mehr kochen, obwohl die Kinder danach verlangten.

Nie hatte es eine Frau gegeben, die so freundlich war wie Eva, so leidend. Das Schicksal hatte sie gestraft, weil sie Carl geheiratet hatte – aber Schwamm drüber. Gerda schüttete die Vergangenheit aus ihren Gedanken und ersetzte sie mit Sorgen um Conny. Sie machte sich klar, dass Conny wieder heiraten könnte. Und bei ihrem Männergeschmack würde es gewiss kein schöner Prinz sein.

Stanislav schlürfte Apfelmus mit Hafermehl aus der Pappschale, die er sich aus der Cafeteria der Universität mitgebracht hatte. Das Telefon klingelte. Stockholm. Er war gesalbt.

Im Augenblick des Triumphs verlor er das Interesse daran. Viele Wissenschaftler vor und nach ihm bekamen den Preis. Die Nachricht war wie eine kalte Dusche. Jetzt musste er nach Stockholm. Und er hasste das Fliegen.

Stanislav legte den Hörer zurück und aß sein Hafermus auf.

Derweil riss Schwester Mary Angela die beiden Bücher von Sallys Schoß und rief: »Und was ist das, wenn ich fragen darf? Darum passt du also nicht auf! Ungehorsam! Und jetzt wohl auch noch Zorn! Da wirst du Pater Joseph ja einiges zu beichten haben. Am besten gehst du gleich mal hin. Sonst stirbst du am Ende noch mit einer Seele, so schwarz wie Teer.«

Dicky genehmigte sich heimlich noch einen Kartoffelchip aus der Tüte, die er in seiner Schultasche versteckt hatte. Als die Krankenschwester kam, um sich ihre Broschüre über Kohlehydrate wiederzuholen, fand sie lauter Fettfinger darauf.

In der Morgue begannen die Sekretärinnen sich zu fragen, wo Conny nur steckte. Dr. Guttenberg lief im Haus herum und suchte Dr. Hake, dessen Zimmer verschlossen war. »Wir haben ein Baby zu obduzieren«, brummte er. »Sieht nach Misshandlung aus.« Die Sekretärinnen gähnten und sahen auf die Uhr.

Dr. Guttenberg ging noch einmal zu Dr. Hakes Zimmer und hörte drinnen die Möbel tanzen. Er rüttelte an der Tür und rief: »Dr. Hake!« Die Möbel hielten still.

»Dr. Hake, ich weiß doch, dass Sie da sind!«

Aber das konnte er nicht beweisen, ohne die Tür zu öffnen. Er eilte davon, um sich vom Chef den Hauptschlüssel zu holen. Hake musste verrückt geworden sein.

Hake war verrückt geworden. Er hatte es mit Conny auf seinem Schreibtisch getrieben. Dass er seinen Schreibtisch je zu solchem Sport missbrauchen würde, hätte er nie gedacht. Es war nicht recht. Noch ärger waren ihm derlei Vorbehalte im Nachhinein.

Er ging um Conny herum, die auf seinem Bürostuhl saß, ihre Nylonstrümpfe hochrollte und sie festmachte. Strapse waren eine geniale Erfindung. Sein Interesse an Conny lebte von Neuem auf.

»Kommst du am Sonntag zu uns zum Essen?«, fragte sie, während sie sich in ihr Kleid wand.

Als Dr. Guttenberg zurückkam, war Dr. Hakes Zimmer wieder offen, und Hake präparierte hingebungsvoll einen tätowierten Penis für das gerichtsmedizinische Museum. Dr. Guttenberg konnte sich darüber kaum beschweren, und das verdarb ihm für heute die ganze Laune.

Die Kunde von Stanislavs Nobelpreis bestätigte Carl Bauers betrüblichen Eindruck von seinem Schwiegersohn. »Einen Preis. So etwas kriegt er natürlich fertig«, sagte Carl Bauer, der in seinem rot-goldenen Lehnstuhl der Familie vorsaß. Er reckte den Hals und versuchte, seine Krawatte zu lösen. Der an seinen Pantoffeln dösende Dackel witterte atmosphärische Störungen und sah rasch einmal auf. Die übrige Familie verfolgte vom Sofa, wie Carl Bauers große, elegante Hände mit dem Knoten an seinem Hals rangen. Er funkelte sie an, als wäre es ihre Schuld, dass er ihn nicht aufbekam. Endlich ließ er Knoten Knoten sein und sagte: »Bäh. Was ist schon so ein Preis? Ein gutes Familienleben verlangt mehr Hingabe als die Jagd nach Preisen. Faul ist er. Das ist es. Er ist ein –«

»O Conny, Conny«, flüsterte Gerda. »Was hast du unserem Herrgott nur angetan.«

»... und deinen Kindern«, schloss Carl Bauer. »Alles hast du kaputtgemacht, was ich für euch getan habe. Heiratest einen –«

»... nach allem, was er für euch getan hat«, sagte Gerda. Sie verstand es, in Carl Bauers Reden rasch eine Wiederholung einzuwerfen, bevor er ein unfreundliches Wort aussprach.

Carl Bauer schloss die Augen und konzentrierte sich auf seinen Kummer. Mit Schlaf durfte man das auf keinen Fall verwechseln – seine Augen waren wie Falltüren auf der Bühne seines Antlitzes. Wenn sie aufklappten, war er jedermanns Aufmerksamkeit sicher. Er sprach seinen Enkel an. Lass dir das schlechte Beispiel deines Vaters eine Lehre sein, Dicky. Verstand ist nicht alles.

Und im Übrigen sind gute Tischmanieren viel wert im Leben. *Benutze* bitte deine Serviette heute Abend. Und iss deinen Mund erst leer, bevor du bei Tisch redest. Denk an die Tiere. Reden sie etwa mit vollem Mund? Dicky? Sally? Könnt ihr mir das sagen?«

Sie zogen die Köpfe ein.

»Nein, sie tun es nicht. Weil es nicht natürlich ist. Nur Stanislav redet mit vollem Mund. Er redet überhaupt *nur* mit vollem Mund. Und man gibt ihm Preise für seine Intelligenz. Die sollten zuvor mal seine Tischmanieren sehen. Bei diesem Gala-Smörgåsbord in Stockholm möchte ich nicht dabei sein! Denen wird es noch leid tun, dass sie ihn gewählt haben.«

»Apropos«, sagte Conny, »ich habe für nächsten Sonntag einen Kollegen zu uns eingeladen.«

Conny Bauer hatte katholische Reflexe: Sie verband Gott mit Glück, Pech und Essen. Es schien ihr daher ganz natürlich, zur Zeremonie des Abendessens einen Mann einzuladen, den sie eigentlich zu gern hatte, um ihn ihrem Vater vorzustellen. Sinn dieses Mahls war es, die unbesiegelte Affäre mit Ritualen zu verkleistern.

Schon am zweiten Sonntag, nachdem sich das Lächeln auf den Gesichtern unserer Pathologen niedergelassen hatte, schemenhaft und verheißungsvoll wie Tauben, sah sich Familie Bauer den unerfreulichsten Spekulationen anheim gegeben. »Ich habe schon immer gedacht, sie hätte Stanislav nicht verlassen, wenn da nicht ein anderer Mann in den Kulissen gelauert hätte«, sagte Carl zu Gerda. »Versteckt in ihrem Gefühlskabinett. Dieser Gerümpelkammer, in der sie auch Stanislav versteckt gehalten hatte, und wir haben nichts davon geahnt!«

Am Samstagabend vor dem großen Ereignis trat Carl Bauer dräuend in Connys unbeheizte Glasveranda (er ging da nur widerwillig hin, denn Eva würde in Ohnmacht fallen, wenn sie sähe, wie Conny ihre Unterwäsche herumliegen ließ, sagte er). Die Kinder hörten seine Schritte bis in ihr Zimmer hinauf und erkannten, welchen Weg sie nahmen. Sie ließen sich nach Möglichkeit nie eine Konfrontation zwischen Conny und ihrem Vater entgehen und beeilten sich, einen guten Platz an der Tür zu ergattern. Conny saß an einem eisernen Gartentisch und polierte ihre Fingernägel. Carl war unmittelbar vor sie hingetreten, die Hände in den Hüften, und stierte sie an. Sie sah uninteressiert zu ihm auf, wohlwissend, dass er sie bei der Sünde der Eitelkeit ertappt hatte. Er zog einen Mundwinkel unter dem Schnurrbart hoch und fragte: »Wie lange kennst du diesen Dr. Hake denn schon?«

Sie spuckte auf den Nagel ihres Mittelfingers, polierte nach und hielt ihn hoch, die anderen Finger zur Faust gekrümmt. Sie betrachtete ihren Mittelfinger, bewegte ihn kurz in seine Richtung und antwortete: »Ein neuer Bekannter, das sagte ich doch schon.«

»Du hast aber auch früher schon von Dr. Hake gesprochen«, meinte

Dicky, der sich jetzt vorsichtig ins Zimmer schob. »Den albernen Namen hab ich mir doch gemerkt. Das war letztes Jahr.« Er bibberte vor Kälte. Conny nahm sein Bibbern mit betont verächtlicher Miene zur Kenntnis.

»Das war ein anderer Dr. Hake«, entgegnete Sally. Sie stand neben Conny und legte ihrer Mutter den Arm um die Schulter. »Dieser Dr. Hake ist jetzt erst gekommen.«

»Und wie war's im Sprechunterricht, Dicky?« Conny widmete sich wieder ihren Fingernägeln. »Das hast du mir noch gar nicht erzählt. Oder wie es dir vorige Woche im Schlankheitskurs für dicke kleine Jungen ergangen ist.«

Am folgenden Nachmittag landete Ronald Hake schließlich in einer Atmosphäre, die geladen war von Erwartung, Hass und Furcht. Als Sohn selbstbezogener, wohlhabend netter Leute hatte er keinerlei emotionale Erfahrung und wusste nichts von Katharsis. Die Hakes hatten ihr dünnes elterliches Gift schon beim ältesten Kind verausgabt. Ronald hatte früh einsehen müssen, dass er bei seinen Nächsten kaum Leidenschaften weckte, und so war er zum emotionalen Selbstversorger geworden. Infolgedessen waren seine Beziehungen zu Frauen an simple Regeln gebunden – sobald er ihrer Anbetung mit dem inhärenten Verlangen nach Erwiderung gewahr wurde, verstieß er sie aus seinem Leben. Sie bedrohten, einer Revolution gleich, die etablierte Ordnung seiner Gefühle, in der er allein regierte.

Nun fühlte er sich in seiner Affäre mit Conny noch nicht bedroht. Ihre Zweisamkeit war allzu vielen äußeren Umständen unterworfen. Im Krankenhaus wurde sie von einer ganzen Junta von Standesregeln beherrscht, die schon jahrtausendelang an der Macht war. Mochte ein Arzt daheim auch liederlich und gemein sein, bei der Arbeit erwartete man von ihm Pünktlichkeit, Diskretion und die Bereitschaft, bis zum Umfallen zu arbeiten. Die Patienten der forensischen Pathologie wurden nie gefragt, ob sie gegen diese finale stationäre Behandlung vielleicht einen unüberwindlichen Widerwillen (»horror magnus«) hatten, aber dass sie nicht laut und deutlich Einspruch erheben konnten, machte ihre Versorgung nicht weniger dringlich. Die New Yorker starben immerzu unter verdächtigen Umständen, und die genaue Aufklärung interessierte nicht nur Hinterbliebene, sondern auch Polizei und Versicherungen. Dr. Hake hatte seine Lektion über professionelles Verhalten gelernt, als er noch neu in der Morgue war und einen bekannten Lokalpolitiker, der sich grün und tot gesoffen hatte, über Nacht im Seziersaal liegen ließ. Als er andern Morgens wiederkam und die Autopsie abschließen wollte, musste er feststellen, dass sich Ratten über die Nase hergemacht hatten. Auf die Panik folgte die Eingebung. Dr. Hake besorgte sich aus dem Friendly Shop in der Eingangshalle grünen Knetgummi, passend zur Hautfarbe des Patienten, und das öffentliche Leichenbegängnis ging reibungslos vonstatten. Wenn einem Pathologen ein Fehler unterlief, war das weniger der Gesundheit als dem Ruf und dem Portemonnaie von Dritten abträglich, was diesen Beruf sehr aufreibend machte.

Dr. Hake wusste zudem, dass Dr. Bauer nach Dienstschluss sogleich unter die Jurisdiktion ihrer Familie fiel. Er hatte wohl vom »Scheitern« ihrer Ehe gehört, aber Klatsch verbreitete sich in der Morgue so langsam, dass es volle vier Wochen dauerte, bis die simple Nachricht, dass Conny im Sekretariat eine neue Telefonnummer hinterlassen hatte, von Blessed bis zum Fahrstuhlführer drang. Dr. Hake vermutete dennoch, dass es nicht leicht wäre, sich eine Anwartschaft auf Dr. Bauer zu sichern. Erstens war sie hübsch. Zweitens erzählte sie nichts von sich. Man musste wohl annehmen, dass der entfremdete Gatte ihr noch viel bedeutete; immerhin war er ja berühmt. Ronald war sich wohl bewusst, dass er einem Nobelpreis nie näher kommen würde.

Während Conny also von Verpflichtungen umstellt war, verließ Ronald Hake selten seine Wohnung, sowohl emotional wie physisch. Natürlich bekam er förmliche Einladungen, zu denen er sich mit Smoking, hochglanzpolierten Oxfords und frisch gestopfter Pfeife fein machte. Aber Ronald hatte kaum Bedarf an menschlichen Kontakten. Er sah am Tag so viele tote Leute, dass sein Geselligkeitsbedürfnis immer voll befriedigt war. Als seine einzige Verwandte, eine unverheiratete ältere Schwester, ihn einmal damit aufzog, schmetterte er sie mit den Worten ab: »Einige der interessantesten Leute auf der Welt sind tot.«

In der Morgue konnte Dr. Hake sich unter den Lebenden kaum wohl fühlen. Er ging den Sekretärinnen Alice und Blessed aus dem Weg, weil er sie verachtete und deswegen ein schlechtes Gewissen hatte. Wie oft wünschte er sich, die andern wären nur nicht so furchtbar nett! Doch Connys Einladung zu einem ganz normalen Sonntagsdinner im Kreise all derer, die um ihre Liebe wetteiferten, nahm er wie eine Herausforderung an, ja er freute sich sogar auf dieses Ereignis.

Der Tag begann unter günstigen Auspizien. Er war von der Tradition abgewichen, in einer Cafeteria zu frühstücken. Dieses Ritual war seit dem College sein Ersatz für die Sonntagsmesse gewesen. Er kam immer hin, wenn um acht die Pforten öffneten, drängte sich mit den anderen hinein, erkämpfte sich einen Sitzplatz und verharrte in Schweigen, bis die Küche aufmachte. Wenn das Glöckchen ertönte, begab er sich mit den anderen nach vorn zur Ausgabe, wo alle Wünsche in Erfüllung gingen. Umringt von Leuten, die nichts von ihm wollten, die alle den gleichen Ritus befolgten, konnte Ronalds Hirn sich ganz der Religion, der Politik, den schönen Künsten widmen, neuerdings auch den Problemen der Skelettrekonstruktion.

Vor drei Sonntagen hatte er inmitten einer French Toast Special essenden Gemeinde den Titel eines Essays über die Frömmigkeit auf die Rückseite des Tischkärtchens geschrieben, dessen Stirnseite den Gästen ein *Schönes Wochenende* wünschte. Er glaubte an Titel. Titel waren nicht nur Bonbonpapier; sie glichen der Fahne einer Fronleichnams-Prozession. Vielleicht fehlte noch der Baldachin mit der Monstranz, und es kam vor, dass sich die Teilnehmer unter den Zuschauern verliefen. Der Titel »Frömmigkeit und Lüge« drückte alles aus, was er von seiner flüchtig vorbeijagenden Idee noch erhaschen konnte: Er erinnerte ihn an einen Zimmergenossen im katholischen Internat, der mit einer handgeschnitzten Madonna die gemeinsten Unkeuschheiten getrieben hatte, und an seinen Argwohn, dass dieser Mensch es womöglich weiter gebracht haben könnte als er – vom Sünder zum Gentleman.

Er hatte seinen Glauben an die organisierte Religion auf dieser Schule verloren, nachdem er erfuhr, wie hoch das Schulgeld war. Er war weiter zur Messe gegangen, hatte das Ritual vollzogen, seine Hände kirchturmförmig zusammengelegt und sie in dieser Haltung bewundert: Kräftige, sehnige Finger in einer Haltung von erlesener Symmetrie zwischen den abstehenden Ohren und rasierten Hinterköpfen seiner Kameraden.

Als Ronald merkte, dass er nicht mehr glaubte, man könne mit dem Höchsten Wesen in der Sprache des Alltags kommunizieren, redete er darüber mit einem Priester. Der Priester wurde ganz aufgeregt. Er versicherte Ronald, dass er dazu auserwählt sei, auf eine höhere Stufe des Glaubens zu gelangen, wenn er mit Gott kommunizieren könne, ohne in das übliche Geschwätz zu verfallen. Sein Skeptizismus brauchte lange, um sich von diesem Rückschlag zu erholen.

Bis er nach Princeton kam, glaubte er an einen Gott der Energie. Die beiden Sakramente, die den Menschen Ihm nahe brachten, waren der Gebrauch der Vernunft und das Streben nach Wissen. Er verabscheute alle, die noch an die traditionellen Metaphern des Katholizismus glaubten, und hielt sie für abergläubisch. »Der Aberglaube ist eine Art Hypochondrie, eine paranoide Missdeutung physischer Zeichen. Wundmale überall.« Physische Zeichen wurden Ronalds Passion. Er studierte Biologie, dann Medizin, wo Latein noch etwas galt. Er fand, Operationen seien Wundern vorzuziehen, und beschloss, Chirurg zu werden. Dann entschied er sich für die Pathologie, um noch genauer zu erfahren, was in unsichtbaren Sphären vor sich ging. Von der Universität aus schickte er seinem ehemaligen Zimmergenossen Autopsieberichte aus dem neunzehnten Jahrhundert über cerebrospinale Erkrankungen, in denen Onanie, »wie durch den krankhaften Zustand der winzigen Gefäße angezeigt«, als Todesursache genannt wurde.

Nichts konnte Dr. Hake mehr irritieren als das Nichtvorhandensein physischer Zeichen. Es bekümmerte ihn, dass er nicht ebenso in den Köpfen der Menschen lesen konnte wie in ihren Körpern, und er misstraute den Psychiatern, die behaupteten, sie könnten es. Er war sicher, dass die meisten Menschen nicht, wie er, von edlen Gedanken beseelt waren. Selbst seine eigenen Gefühle kamen ihm grundsätzlich unmoralisch vor, weil sie das Heft in die Hand nahmen. Die fleischlichen Gelüste schlossen die Befehlswege in seinem Gehirn kurz. Das war eine Art Hochverrat. Für seine Leidenschaften gab er nur sich selbst die Schuld, nie den Frauen, die sie erregten. »Zum Pingpong gehören zwei«, sagte er. Und so glich sein Herz tatsächlich einem Platz, den die Diktatur seines Kopfes besetzt hielt, patrouilliert von Milizen und von Denkmälern umstanden, während die Rebellen sich abseits in den Häusern versteckt hielten. Und ab und zu wagten sie sich hervor. Er gab sich mit einer Niederschlagung des jeweiligen Aufruhrs gar nicht erst ab, weil er genau wusste, dass er es war, der den Rebellen erlaubt hatte, den Platz zu stürmen. Sie benahmen sich kindisch. Wenn man sie gewähren ließ, spielten sie auf dem Platz ja doch nur Pingpong. Drei Gewinnsätze duldete sein Gehirn im äußersten Fall. Dann brach er das Match ab und stellte die Ordnung wieder her.

Aber solange das Spiel lief, war er hoffnungslos unkonzentriert. So blieb er am Morgen des Tages, an dem er Conny besuchen sollte, daheim im Bett und überlegte sich Matchpunkte. Im Lauf des Vormittags zog er sich einen weißen Anzug an und betrachtete sich eine Weile im Badezimmerspiegel. Hallo, Sie da, mit Ihrem Doktor von der Yale University. Seine Jungfräulichkeit zu verlieren, hatte ihn einigen Aufwand gekostet. Ronald der Jungfräuliche war ihm ein Dorn im Auge gewesen, denn er offenbarte eine Wissenslücke und entsprach nicht seinem Ideal von adretter, unnahbarer Selbstbeherrschung. Aber die einzige Frau, die er sehr gut kannte, war seine Schwester, und die hatte ihn glatt abgewiesen. Dann hatte er es bei einer älteren Sekretärin im Immatrikulationsbüro versucht. Nix da. Er sei zu unromantisch, sagte sie, er mache seinem Namen alle Ehre. Er beklage sich über seine Unerfahrenheit wie über einen Pickel, den sie ihm doch bitte ausdrücken möchte. Geh doch zu einer Profi-Nutte, mein Junge. Da hatte er sich in New Haven in den Zug gesetzt und war bis nach Washington gefahren, hatte die Kleinanzeigen studiert und eine auf sein Hotelzimmer bestellt. Als Jüngling hingefahren, als Mann zurückgekehrt et cetera. Ja, wie er da auf dem Rückweg zum Campus mit den Füßen auftrat, sodass die ganze Beinmuskulatur hinauf bis in die Hüften vibrierte. Sex. Doch was dran. Wirklich nicht schlecht. Von nun an wusste er, was er sich entgehen ließ, und machte sich nicht mehr so viel daraus. Der Mann im Rasierspiegel war zu seinem besten Freund geworden, einer, mit dem er sich vor dem Zubettgehen gemeinsam die Zähne putzte. Sein Interesse an Conny zeigte sich daran, dass er den Spiegel Spiegel sein ließ. Und als die Stunde nahte, da er mit ihrer Familie in den Wettstreit treten sollte, vergaß er sogar, sich Auf Wiedersehen zu sagen, und machte sich mit derart selbstbewusst federndem Schritt auf den Weg, dass seine Hüftgelenke heißliefen. Er musste mit dem Bus zu ihr hinausfahren. Als Großstadtmensch besaß er nicht einmal ein Auto. Von seiner Einzimmerwohnung war es nur drei Häuserblocks weit zum Krankenhaus. Wenn er aber ein Auto gehabt hätte, wäre es gewiss kein schlichter Studebaker gewesen.

Das Wetter dämpfte seinen Schritt. Kumuluswolken wälzten sich über die Stadt. Der Bus nach Norden bekam in Harlem eine Dusche und erreichte nassglänzend das Shtetel von Washington Heights. Dort musste er auf einen anderen Bus warten, mitten im Gewimmel orthodoxer Juden, die er mit einem gewissen Schauder betrachtete, denn einen leibhaftigen Orthodoxen hatte er noch nie gesehen. In der Morgue waren diese Leute die reinste Plage, denn sie mussten unverzüglich obduziert werden, damit ihre Verwandten sie noch vor Sonnenuntergang unter die Erde bringen konnten. Dr. Hake hatte sogar schon gehört, dass sie in die Morgue einbrachen, um ihre Toten mit den traditionellen zwölf Litern Wasser zu waschen und nach der strengen Kleidervorschrift, die für Dr. Hake keinerlei ästhetischen Sinn hatte, anzuziehen, ehe ihnen jemand zuvorkam. Zum Beispiel durfte das Sterbekleid keinerlei Knoten aufweisen. Nur die Moslems fand Dr. Hake noch schlimmer. Sie verlangten, dass die Gesichter der Toten sogar während der Autopsie noch nach Osten zeigten, was letzten Endes bedeutete, dass sie auf den Verkehrsstau auf dem East River

Drive blickten, als ob das nicht ein Synonym für die Hölle wäre. Da waren ihm die orthodoxen Juden immer noch lieber.

Die Menge rempelte Dr. Hake unbekümmert an. So weit war er noch nie von zu Hause fort gewesen (abgesehen von den Osterferien in Florida). Genießen konnte er dieses Gefühl der Fremdheit erst wieder im Schutz des nächsten Busses, der die Stadt schon bald verließ und ihn in der vertrauten Umgebung der New Yorker Vorstädte absetzte. Auch die Wolken drehten sich jetzt dankenswerterweise in ihrem Bett herum und wälzten sich fort zum Meer.

Über Fort Lee wurde der Himmel tiefblau; die Nachmittagssonne goss ihren Schein über die roten Backsteinhäuser und die kahlen schwarzen Äste aus und butterte die leeren weißen Gehsteige. Die schlichten patriotischen Farben von Suburbia rochen nach Rasen und weißem Beton.

Das Bauersche Eigenheim war die Nr. 1129 an einer der vielen meilenlangen Straßen, die parallel zum Fluss verliefen. Jedes Haus hatte sein eigenes Rasenfleckchen vorn und hinten, jedes hielt eine Treppe an die linke Schulter geklemmt. Ronald Hake, Doctor medicinae der Yale University, war schockiert. Der Vorort, in dem er zu Hause war, bot ein weitläufiges, individuelles Bild, und die Häuser wetteiferten darum, ihre persönliche Note herauszustellen. Immerhin hatte Nr. 1129 eine echte Neuerung gewagt: Neben der obligatorischen Weide im Vorgarten stand ein Pfahl mit einem blechernen Dackel als Wetterfahne darauf.

Er drückte auf die Klingel, worauf die ersten drei Takte von »O welch ein schöner Morgen« erklangen, und als die Familie ihn umflutete, bot er ihr die mitgebrachten Geschenke dar. Conny packte sie aus und fragte sich, ob sie nicht etwas sonderbar waren – fünf (zuviel?) Pralinenschächtelchen (waren Blumen nicht eher üblich?), auf deren Deckelinnenseiten stand: »Baldige Genesung wünscht Ihr Friendly Shop« (Gratisprobe). Sie wies sich selbst zurecht: Ein Mann wie Ronald musste ja wohl wissen, was sich gehörte.

Er hatte sein Selbstvertrauen wiedergewonnen. Er streichelte den altersschwachen Dackel und erkundigte sich nach seinem Namen und Stammbaum, dann wandte er sich den Kindern zu. Dicky und Sally führten den Gast ins Haus, und als Dicky vor dem Kruzifix in der Diele kurz den Kopf neigte, tat Ronald Hake es ihm automatisch nach, worauf Dicky unentwegt mit dem Kopf nickte und seine Lippen die obligatorischen Worte »O heiliges Herz Jesu« blubberten wie Kaugummiblasen, denn es hingen Kruzifixe überall. Ronald folgte seinem Beispiel in abgekürzter Form, jeweils mit einem angedeuteten Nicken. Die Familie nahm es zur Kenntnis und war höchst erstaunt. Conny hatte nicht erwähnt, dass der Besuch katholisch war. Und dass er sich zu seinem Glauben bekannte. Immerhin verneigte er sich vor dem Kreuz! Heutzutage waren ja die wenigsten bereit, für ihren Glauben zu sterben, und noch weniger Menschen waren geneigt, eine Peinlichkeit in Kauf zu nehmen.

Mit Respekt nahmen sie auch Ronalds Körpergröße zur Kenntnis, seine amerikanische Figur: breite Schultern, wiegender Gang, die Pfeife fest zwischen den Lippen, die kräftige rotbraune Haarfarbe. Der Unmut über Connys unwillkommenen Gast verwandelte sich sekundenschnell in Sympathie. Gerda flüchtete vor ihren Gefühlen in die Küche. Auch Carl Bauer handelte rasch. Er trat zwischen Conny und Ronald und sagte: »Dann will ich Sie mal durchs Haus führen.«

Ronald erspähte Conny in der Ferne, reglos und wachsam. Sie freute sich, dass der Kontakt zwischen Ronald und ihrem Vater hergestellt war, und fühlte sich, während die beiden Männer fortschlenderten, ganz als Frau. Nur der Hund wagte ihnen mit hocherhobenem Schwanz zu folgen, doch sein Herr wies ihn öffentlich zurecht – »Genug, Happy, verschwinde jetzt!«, – und gab ihm eins auf die Nase. Happy klappte den Schwanz unter den Bauch und schleppte sich auf staksigen Beinen unter den Kaffeetisch. Carl Bauer fixierte ihn, bis er zu winseln begann und die Schnauze zwischen die Vorderpfoten legte. »Er geht uns allmählich auf die Nerven«, erklärte Carl. »Ich habe zu meiner Enkelin gesagt, dass er wohl noch ein Jahr zu leben hat. Da hat meine Enkelin gemeint: ›Ein ganzes Jahr? Das ist ja eine Ewigkeit!‹ Sie war ganz enttäuscht. Sie hat für das Alter nicht viel übrig.«

Als Sally hörte, dass von ihr die Rede war, versuchte auch sie, sich im Schatten Ronalds der Gruppe der Auserwählten anzuschließen. Ronald schenkte ihr keine Beachtung, aber er verpetzte sie auch nicht.

»Ich sammle *National Geographic,* Uhren und Schachfiguren«, sagte Carl Bauer. »Als wir von Cincinnati weggezogen sind, habe ich meinen Beruf als Architekt aufgegeben. Aber ich hatte immer Hobbys, schon als junger Mann. Damals waren es andere als heute. Aber ich male nach wie vor gern. Haben Sie Hobbys?«

Ronald stellte sich die Tochter seines Gastgebers vor, wie sie auf dem Schreibtisch lag. Es fiel ihm schwer, an andere Hobbys zu denken.

»O ja, die habe ich!«, sagte Ronald verwirrt. »Mein liebstes Hobby ist – Bücherschreiben.« (… Übermäßiger Samenausstoß verursacht Müdigkeit, Schwäche, ein Nachlassen der Tatkraft …)

»Sie schreiben Bücher!«

»Ja«, sagte Ronald. »Aber ich spiele auch gerne Schach.« (… Auszehrung, Dehydrierung …) Um sich zu beruhigen, sah er auf seine Hände.

Carl Bauers Schachfigurensammlung bevölkerte die sonst leeren Bücherregale auf der einen Seite des Wohnzimmers. (… Hitzeempfindung und Schmerzen in den Gehirnmembranen …) Schachfiguren aus verschiedenen Teilen der Welt standen in Reih und Glied, als wären sie drauf und dran, das ganze Haus zu besetzen. Auf einem Tischchen war ein Spiel im Gang, ukrainisches Holz gegen amerikanisches Plastik. »Das sind meine Truppen«, sagte Carl Bauer. »Sie sind immer so stark oder so schwach wie ihr General. Ich spiele zweimal täglich. Meine Loyalität gehört beiden Seiten. Am Ende schlachten sie sich oft gegenseitig ab.«

Sally zupfte Ronald am Ärmel und flüsterte: »Hör dir das an!« (… verminderte Sinnesschärfe …)

»Ein erhabenes Spiel«, sagte Ronald, ohne das Kind zu beachten. »Ein männliches Spiel.« (… Tabes dorsalis, Kretinismus und verschiedene andere Krankheitsbilder.)

»Ich spiele nur noch mit mir selbst, seitdem Dicky mich einmal in zwanzig Minuten matt gesetzt hat«, antwortete Carl Bauer.

Dann besann er sich auf seine Manieren.

»Sagen Sie doch Carl zu mir«, sprach Carl Bauer. »Bitte. Ronald. Und jetzt müssen Sie einen Cocktail mit uns trinken!«, rief er. »Ich habe ja auch einmal ein Buch geschrieben, vor sehr langer Zeit. Das war meine Doktorarbeit.«

Er besaß die ganze erforderliche Ausrüstung, Gläser und Fläschchen, das Eis in einem runden Plastikbehälter, die Oliven, die Maraschinokirschen, die Stäbchen: Alles, was ein amerikanischer Schwiegersohn erwarten konnte. Stanislav hasste Cocktails und trank nur Rotwein.

»Für mich bitte eine Bloody Mary«, sagte Ronald, der seine Fassung wiedergewonnen hatte.

Sally blieb zurück, als Ronald zum Sofa strebte. Er sah das Präriemuster auf dem Bezug. Die Möbel waren amerikanischer »Pionierstil«. An der Wand ein goldgerahmtes Faksimile der Erklärung der Menschenrechte. Patriotische Leute, dachte Ronald. Meine Eltern waren zu reich, um sich an Kitsch zu erfreuen. Alle sahen Ronalds Hosenboden langsam in der Prärie versinken. Er streckte die langen Beine von sich und drapierte die Arme auf der Sofalehne. Conny kam und setzte sich in schicklichem Abstand neben ihn.

Carl Bauers Lehnstuhl stand auf Connys Seite. Er wollte sich schon darauf setzen, dann quetschte er sich, mit einem stirnrunzelnden Blick zu Conny, in einen unbequemen kleinen Sessel an Ronalds Seite.

»Kennen Sie Fort Lee?«, fragte er. »Ein schöner, historischer Ort. Schade, dass er zu einem bloßen Vorort von New York herabgesunken ist. Jetzt wollen einige Firmen aus Manhattan am Flussufer Hochhäuser bauen. Ich fürchte, das werden ganz ordinäre Bauten sein. Fort Lee bräuchte etwas Besonderes, etwas Bedeutendes. Nicht bloß ein größeres Kino an der Main Street. Und haben Sie den Vergnügungspark gesehen? Eine schwärende Wunde! Dahin zieht es nur die –«

»Zeit zum Abendessen, Mr. Bauer!«, unterbrach ihn Gerda. Sie schätzte mit einem Blick die Lage ein – Mr. Bauer in einen winzigen Sessel gequetscht! – und sah Conny böse an.

Sie präsentierte ihre beste deutsche Küche. Jeder Gang enthielt eine Dosis tierischer Muskelsubstanz. Es gab Sauerbraten, Knödel wie kleine Gehirne, ganz wie im Leben in Muskelsaft getränkt, selbst der Kohl in Speck gedünstet. Ronald saß zur Rechten Carl Bauers und hörte sichtlich andächtig zu, als Dicky in durchdringendem Singsang das Tischgebet sprach. Ronalds Gesicht (das alle außer Dicky beobachteten) schien von Frömmigkeit durchströmt, die Augen halb geschlossen, die Nasenflügel gebläht, was vielleicht auch am Speck lag. »Danke, Dicky«, sagte er hinterher. Es war das letzte Wort, das er während dieses Essens mit seiner tiefen, aber sanften Stimme an die anderen richtete. Von da an nahm ihn Carl Bauer gänzlich in Beschlag. Er sprach ihn auf die amerikanischen Werte an, vom Buick bis zum segensreichen Einfluss der Pilgerväter auf die amerikanische Psyche. Carl Bauers einziger Einwand galt der Justiz: »Nutzlose Einrichtung als Wächter über Recht und Unrecht. Weil sie nur droht, anstatt zu überzeugen. Habe ich nicht recht? Nur die Kirche erreicht den chronischen Sünder mit ihrer sanften Ermahnung zum Gehorsam. Wir haben es weit gebracht seit der Ausrottung der Ungläubigen«, worauf Ronald einwerfen konnte: »Catholici vero qui, crucis assumpto charactere, ad haereticorum exterminium se accinegerint, illa gaudeant indulgentia, illoque sancto privilegio sint muniti, quod accedentibus in Terrae Sanctae subsidium conceditur.«

Carl Bauer lehnte sich zurück und neigte den Kopf zur Seite.

»Der heilige Thomas von Aquin«, sagte Ronald.

Und Carl Bauer antwortete: »Mit dem Fleisch ist es etwas anderes in Amerika. Es gehört hier zur Tradition, Fleisch in großen Mengen zu essen. Der durchschnittliche amerikanische Mann, John Doe, ist größer und stärker als der Durchschnittsmann jedes anderen Volkes. Das kommt vom Fleisch.« Der Hauptgang wurde abgetragen. »Ich sollte nichts Süßes essen«, rief Carl Bauer, als Gerda den Apfelstrudel brachte. »Es darf nicht so weit kommen, dass die Kinder einen übergewichtigen Großvater haben! Aber meinetwegen.« Und er nahm sich eine große Portion.

Das Essen nahm, von Gerda zelebriert, langsam und gemessen seinen Gang. Endlich blieb nichts anderes übrig, als die Tafel aufzuheben. Ronald erbot sich, das Dankgebet zu sprechen, doch Carl Bauer wollte die Chance zu einer kleinen Rede nutzen, verbunden mit ein paar Willkommensworten für den Ehrengast. Er erhob sich, ein kleiner Mann von gewöhnlicher Statur, groß wirkend nur durch seine stechenden knallblauen Augen.

Er blickte über die Häupter seiner Lieben und sagte: »Dank sei unserm Herrn!« Er sah weiter über sie hinweg, ohne ein Wort zu sagen. Die Hände an seinen Seiten krümmten sich langsam zu Fäusten. Man sah die Knöchel weiß werden vor Anstrengung, und ein Zittern durchlief seinen Bauch und die Hängebacken, als er sagte: »Ganz besonders danke ich unserm Gast, dass er heute zu uns gekommen ist.« Er hätte gern mehr gesagt, aber es fiel ihm nichts mehr ein, und in ohnmächtiger Wut über sein Unvermögen sagte er nur noch einmal leise: »Dank sei dem Herrn.« Und wie zum »Amen« erbebte plötzlich das ganze Haus von lautem Gebimmel, als die Uhren die sechste Stunde schlugen.

Man begab sich wieder ins Wohnzimmer, und Gerda drängte sich vor, um die Cocktailgläser abzuräumen. Das kurze Durcheinander, das dabei entstand, machte sich Sally zunutze. Sie schlich sich an die Seite des Fremden und nahm ihn in Beschlag. »Komm mal einen Moment mit auf mein Zimmer, ja?«

Sie sah ihn lange prüfend an, ob er ihr nach wie vor gefiel. Immerhin missfiel ihr nicht, was sie sah: In seine Stirn war ein tiefer, aber frisch aussehender Strich graviert, wie die Runzeln bei einem Neugeborenen. Er durchschaute seinerseits ihren Plan – sie adoptierte ihn an Vaters statt. Er verweigerte sich dieser neuen Aufgabe nicht, ja er nahm sich nicht einmal die Zeit, seine Pfeife wieder anzuzünden, die kalt zwischen seinen Lippen klemmte, sondern akzeptierte augenblicklich die Vaterschaft von Connys schönem blonden Kind. Er bat Carl Bauer, ihn einen Augenblick zu entschuldigen, nahm Sally bei der klebrigen Hand und ließ sich von ihr die Treppe hinaufzerren, über einen Flur, wo er – o Höflichkeit! – automatisch den Kopf vor dem großen Kruzifix neigte, das dort hing, und weiter ins Herrenzimmer.

»Ich muss dir was Schreckliches erzählen«, sagte Sally.

Er roch Kinderunterwäsche und Plastikpuppen, fand die Düfte

fremd und widerlich und setzte hastig seine Pfeife in Brand. Er tat einen kräftigen Zug und sah dem aufsteigenden Rauch nach. Was er durch den blauen Dunst hindurch sah, ein Herrenzimmer voller Klappliegen, Spielzeug und Kinderkleidung, machte ihn schaudern. Er nahm in einem Ledersessel Platz. Sehr bequem. Sally packte ihre Schultasche aus. Sie holte eine schwarze Mappe mit weißem Kreuz auf dem Deckel heraus und leerte den Inhalt auf Carl Bauers Schreibtisch.

Er blätterte darin, ohne genau hinzusehen. Die Zeitungsausschnitte waren aus labbrigem Papier und mit den knalligen Farben der Boulevardpresse bedruckt. Aber dann stutzte er. »Hitler in Amerika untergetaucht«, lautete eine Schlagzeile des *National Inquirer.*

»Beweise mehren sich: Hitler nicht tot!«, versicherte die *Daily News.* Und das war noch nicht alles: »Experte behauptet: Hitler wahrscheinlich im Osten der USA.« »Achtung! Nazigefahr in unserer Mitte.«

Sally sah ihn an und flüsterte: »Hast du verstanden? Es ist Opa. Unser Großvater. Gar kein Zweifel. Er ist hier untergetaucht. In diesem Haus! Du hast eben mit ihm zu Abend gegessen.«

Ronald erhob sich mit stierem Blick und ratloser Miene. Die Pfeife hing ihm schlapp zwischen den Zähnen.

»Sieh mal, er kommt aus Österreich, genau wie meine Großmutter. Gerda ist Deutsche. Warum sie abgehauen sind, will er nicht sagen. Er hasst die Juden. Er hat diesen albernen Schnurrbart. Mummy sagt, dass alte Leute immer die Frisur behalten, die sie als junge Leute hatten, weil sie damals glücklich waren. Passt alles ganz genau. Du musst mir helfen! Wir brauchen Beweise!«, sagte Sally.

Sie warf sich auf ihre Klappliege und zog eine beleidigte Schnute, weil er so lange brauchte, um zu kapieren. »Aber dein Großvater ist doch ein frommer Katholik«, erwiderte Ronald, während seine Worte und Gedanken wie Schnellzüge auf auseinanderstrebenden Gleisen dahinjagten, denn ihm war plötzlich sein eigener Buchtitel wieder eingefallen: *Frömmigkeit und Lüge.* »Heiliger Strohsack!«, rief er. »Herr im Himmel! Verflixt und zugenäht!«

»Er ist böse!«, beteuerte Sally.

»Natürlich ist er böse. Denk an den Apostel Petrus, Sally. Er hat Jesus dreimal verleugnet, und dann wurde er der erste Papst. Der ideale Papst ist einer, dem du keine sechs Stunden trauen kannst.«

Sie staunte.

Sinnlos, einer Achtjährigen theologische Probleme erklären zu wollen. »Überlass das mir«, sagte Ronald. »Du bist aber wirklich ein sehr gescheites, mutiges Mädchen. Dein Großvater ist ganz bestimmt ein sehr guter Mensch, egal, was er früher gemacht hat. Er könnte es zum Kardinal bringen. Er hat euch ein schönes Zuhause gegeben. Ausgezeichnete Küche. Vier Sterne.«

Sally setzte sich auf ihrer Klappliege auf. »Ich finde, er soll es wenigstens zugeben. Von uns verlangt er immer, dass wir jede Kleinigkeit zugeben, die wir falsch machen. Und dann redet er noch wochenlang davon. Er tut so, als ob er in seinem ganzen Leben noch nie was falsch gemacht hätte. Aber wenn ich ihn nach seinem Leben frage, vor Cincinnati, wird er zornig. Mummy auch. Richtig zornig. Das ist eine lässliche Sünde. Wenn ich wollte, würden sie die hundertmal am Tag begehen.«

Sie zog eine Schublade an Carl Bauers Schreibtisch auf. »Er mag es nicht, wenn wir hier drangehen, aber das hier wird er sicher nicht vermissen.« Sie gab ihm ein Foto.

»Er ist ein guter Katholik, das schon, aber ich weiß nicht, ob er für alle seine Sünden Buße getan hat.« Das Foto zeigte Carl Bauer im Wald auf einem Stein sitzend, seine Enkelin auf dem Schoß. Sally saß ganz vertrauensvoll da und lachte aus vollem Hals, wie Kinder es tun, wenn sie verliebt sind. Das Laub auf dem Foto zeigte das erste helle Frühjahrsgrün. »Das hatte er früher immer in der Brieftasche bei sich. Sein Lieblingsfoto, hat er gesagt. Aber seit er es in den Schreibtisch getan hat, guckt er es gar nicht mehr an. Du kannst es haben.«

»Auf dem Foto sieht es so aus, als hättest du ihm damals noch getraut«, bemerkte Ronald.

»Da waren wir noch nicht zu ihm gezogen. Meine Mutter sagt, er ist verbittert, weil unsere Großmutter gestorben ist. Voriges Jahr an Ostern. Dann ist sie drüben auf dem Kirchhof beerdigt worden, und er hat mit den Männern geschimpft, die den Sarg ins Grab gelassen haben. Er ist gar nicht laut geworden. Hat ganz ruhig geredet. Aber er hat es ihnen gegeben. ›Lumpen seid ihr, wie ihr mit dem Sarg umgeht. Macht das meinetwegen mit eurer Mischpoke, aber nicht mit meiner Frau.‹ Hat er gesagt. Und seitdem schimpft er immer auf die Juden.«

Ronald besah sich die Gesichter auf dem Foto. »Und deine Großmutter, war sie nett?«

»O ja, sie war sehr nett«, antwortete das Kind in ruhigem Ton. »Sie hat mir ihr Kindertaschentuch geschenkt, darauf war ihr Monogramm. E. B. Wie Eva Braun!« Sie zeigte ihm ein geblümtes Tuch, das er sich genau ansah. »Ich weiß nicht, warum er nicht wollte, dass sie ins Krankenhaus kam, als es ihr schlecht ging. Er hat sie nicht einmal zum Zahnarzt gehen lassen. Sie hatte schon gar keine Zähne mehr. Als wir noch in New York wohnten, sind wir manchmal hergekommen, um im Garten zu spielen, und da hat die Nachbarin sich immer an uns herangemacht und gefragt, was mit unserer Großmutter los ist. ›Sie sollte zum Arzt gehen, es geht ihr doch nun gar nicht gut.‹ So redete sie immer. ›Diese Ohnmachtsanfälle eurer lieben Frau Großmama!‹, hat sie immer zu uns gesagt. Dabei hab ich sie nie in Ohnmacht fallen sehen. Und unser Großvater hat sie nie ins Haus gelassen. ›Die will uns nur beschwatzen, dass wir unsere Zeit bei den Ärzten verplempern‹, hat er gemeint. ›Das sind doch alles Quacksalber!‹ Das sagt er heute noch. Weil er zu allem, was den Gehirnen von Wissenschaftlern und Ärzten entsprungen ist, kein Vertrauen hat, sagt er, vor allem nachdem er gesehen hat, was für ein Trottel sein eigener Schwiegersohn ist, und der ist berühmt. Er traut den Ärzten eben nicht über den Weg, da ist er richtig fanatisch.«

Sie sah ihn vertrauensvoll an. »Kannst du in der Morgue nicht mal sein Gesicht ausmessen? Ich meine, zum Vergleich.«

»Eine Gesichtsanalyse? Hm, nur ganz grob. Ich bin ja kein Detektiv, Sally. Aber lass mich mal darüber nachdenken.« Er hatte sich immer noch nicht von seiner Überraschung erholt. Hitler, Connys Vater!

»Nun, war mein Enkelkind eine gute Gastgeberin?«, fragte Carl Bauer ohne jeden Argwohn.

»Ja. Sie hat mir alles gezeigt. Leider muss ich jetzt zusehen, dass ich meinen Bus nicht versäume.« Tatsache war, dass sein Verstand nach Luft schnappte.

Die Nachbarin, Patrician June, von ihren Freunden PJ genannt, sah Ronald und Conny an ihrem Verandafenster vorbeispazieren. Sie hätte wetten können, dass Conny jetzt überlegte, wie sie sich verhalten solle, wenn ihr Freund sie in aller Öffentlichkeit zu küssen versuchte. Es könnte schwierig werden, ihn abzuwehren, ohne ihn zu kränken. Aber wahrscheinlicher fürchtete Conny, ihr Galan würde es womöglich gar nicht erst versuchen. PJ wusste sehr gut, wie es war, ins Kreuzfeuer der eigenen Gefühle zu geraten. Sie hätte dem jungen Mann den folgenden Rat gegeben: Wenn der Bus in Sicht kommt, sag aus gebührendem Abstand: »Ich würde dich gern küssen«, und dann gib ihr die Hand. Wahrscheinlich hat sie jetzt eine Schwäche für gute Manieren, nachdem sie mit ihrem Stanislav auf die Schnauze gefallen ist.

PJ überlegte, wie Carl es wohl aufnahm. Das konnte sie sich einigermaßen vorstellen; schließlich kannte sie Carl gut genug. Früher hatte sie jeden Mittwochabend mit ihm und Eva Canasta gespielt. Dann war Ducky, ihr Mann, gestorben, und von diesem Moment an hatte Eva sie nie mehr eingeladen. Der Grund lag auf der Hand. »Du bist eine hübsche Frau, das ist der Grund«, sagte sich PJ. »Aber hör mal«, hielt sie sich selbst entgegen, »du bist immerhin fünf Jahre älter als Eva, sie hat gar keinen Anlass, eifersüchtig zu sein auf deine *eingebildete* Schönheit. Ich und hübsch! Nie! Ungewöhnliche Farben, ja: grüne Augen und schwarzes Haar. Und eine Oberweite ganz wie Conny. Sie hält mich für eine lustige Witwe. Wahrscheinlich, weil ich evangelisch bin, und noch dazu aus der Kirche ausgetreten. Ich wette, dass sie mir das verübelt.«

In Wahrheit war PJ schon lange vor Duckys Tod aufgefallen, dass ihr Nachbar gut aussah. Zuerst hatte sie sich nur vorgeworfen, ihn allzu gern zu haben, ein Verdacht, der sich in der Sprache süß trällernder Gedanken an Carl äußerte. Beim Canasta zu viert hatte sie sich jegliches romantische Gefühl als Verstoß gegen die Gebote der Freundschaft verboten. Aber außer ihr wusste ja niemand von diesen Gedanken, und so gestattete sie sich dieses harmlose Vergnügen. Bald verbrachte sie täglich ganze Stunden mit Carl, und niemand ahnte etwas davon, nicht einmal Carl selbst. Dann starb Ducky, und die Vorstellung, dass sie an ihre Zukunft denken musste, machte sie gewissenlos. Bei der Beerdigung verriet ihr Gebaren sie vor Eva wie ein lauter Schrei.

Sie wandte ihren Körper stets Carl zu.

Sie redete mit ihm in sanfteren Tönen als mit anderen.

Und da Carl seit Jahren von niemandem mit solchen Aufmerksamkeiten bedacht worden war, hielt auch er sich gern an sie und erwiderte ihre zärtlichen Töne.

Eva zog die Konsequenzen. PJ kannte sich mit Konsequenzen aus und konnte sich Evas Reaktionen vorstellen. Ordnung ging Eva über alles. Die würde in ihrem Haus keine unordentlichen Gefühle dulden. So etwas konnte nur zu einem großen Durcheinander führen, und es konnte Jahre dauern, bis alles wieder unter Dach und Fach war. Das Canastaspiel war abgemeldet.

Nach Duckys Hinscheiden weinte PJ monatelang jeden Mittwochabend von sieben Uhr (um diese Zeit hatte Carl ihr stets einen Cocktail gemixt) bis halb zehn (um zehn pflegte er sie nach einem erregenden Canasta zu dritt nach Hause zu begleiten; das ließ er sich nicht nehmen, denn er war ein Gentleman). Und an einem Mittwochnachmittag ergriff sie schließlich auch die Initiative.

Sie zählte ihr Geld. Es war eine hübsche Summe; Ducky war Zahnarzt gewesen. Ihr Sohn York hatte vor, sich ein größeres Haus zu kaufen. Seine Mutter sollte dann zu ihm und seiner Frau und den Gören nach Tucson ziehen. PJ hatte damals, vor sechs Jahren, nichts davon wissen wollen. Sie zählte also ihr Geld und ging noch am selben Abend, Einladung hin oder her, zu den Bauers hinüber und läutete. O welch ein schöner Abend! Gerdas Auge am Spion. Dann ging die Tür auf, schnell und weit. »Ach meine arme PJ!«, sagte Gerda. »Sie haben sich ja eine Ewigkeit lang nicht mehr sehen lassen!«

»Man hat mich nicht eingeladen.«

»Ich weiß. Nun gehen Sie einfach hinein zu den Herrschaften. Nehmen Sie Platz. Wenn Sie mich fragen.«

PJ konnte sich nicht enthalten, Gerda einen rührseligen Kuss auf die eingefallene graue Wange zu drücken. Gerda brummte selig und schob PJ durch die Diele ins Wohnzimmer. PJ weigerte sich, über die Schwelle zu treten. Die Bauers sahen von ihrem Rommé auf. Eva sagte: »Ach, du meine Güte, PJ, komm doch rein.« PJ blieb, wo sie war. Man hat ja seinen Stolz. Von der Schwelle aus rief sie ihre Einladung ins Wohnzimmer wie ein Telegrammbote: Kostenlose Reise nach Straßburg, woher ihre Familie stammte. »Das ist in Frankreich, im Elsass.« Unter einer Bedingung. Dass sie alle zusammen fuhren.

Sie hatte den Reiseplan schon fertig ausgearbeitet – Schiffspassage erster Klasse nach Cherbourg, »dann per Eisenbahn ins Elsass. Wo all meine Ahnen geboren sind. Von dort per Mietauto nach Süden, Monte Carlo, da spielen wir Canasta um Chips.«

Seit Evas Tod war die Erinnerung an diese Reise PJs Lieblingsprogramm, auf das sie mehrmals täglich umschaltete, öfter als auf irgendeine Seifenoper oder auf die Erinnerung an ihre Flitterwochen. Es war eine herrliche Reise gewesen, voller Verheißung. Und nun, da Eva nicht mehr war, bot sich ihr die Chance, die Verheißung einzulösen. PJ sah Carls Probleme (dass Conny ins Haus zog; Conny mit einem neuen Freund ankam) mit der Anteilnahme einer Betroffenen.

Sie wollte ihm Zeit zum Trauern lassen. Wenn sie ihm, um der Diskretion willen, eine längere Frist einräumte, so hieß das allenfalls, bis Mitte Dezember. Das war der Monat der Freude. Dann wollte sie einmal ganz ungezwungen zu ihm hineinschauen. An einem Mittwoch. Dem Tag, an dem die Kinder lange Schule hatten, irgendein Extrakurs, sodass sie – welch ein Zufall! – nicht da waren und stören konnten. Das Schicksal hatte seine Pläne offenbar mit Sorgfalt geschmiedet. Diesmal zu ihrem Nutzen.

PJ sah Conny von ihrem Spaziergang zurückkommen und die Tür hinter ihr ins Schloss fallen. »Im Dezember sehen wir uns wieder!«, frohlockte sie.

Dr. Miele, der Riese, hatte einen Kunstfehler auf dem Seziertisch. Er zündete sich eine frische Zigarre an, setzte sich, zupfte die Gummischürze zurecht und wandte sich über die Schulter an Dr. Hake: »Sagen Sie mal, Donalronald, was war das noch für ein Gedicht, das Sie für Ihre Publikation verfasst haben? Das über die Farben der Organe. Ziemlich sentimental, aber sonst ganz gut.«

Dr. Hake hatte eine zerstückelte Leiche vor sich. Keine Chance, sich hinzusetzen. Er stand über den Seziertisch gebeugt, auf dem die Teile aufgereiht lagen. Miele hatte ein unverschämtes Glück, dass er so sitzen konnte. Dr. Hake deklamierte:

»Unter der Haut glüht es
im dunkelsten Innern.
Wo die Gärten der Physis schimmern,
in prunkvollen Farben blüht es
blindlings, blau, scharlachrot,
lila wie Herbstzeitlosen,
wie bengalische Rosen.
Pracht, die im Dunkeln loht.

Wenn ihr letzter Tag anbricht,
tritt sie prunkvoll ans Licht.«

Ans Licht!

»Genau!«, sagte Dr. Miele und machte seinen Einschnitt.

Dr. Hake legte die Körperteile zurecht, während seine Gedanken bei Carl Bauers Geheimnis waren. Er maß die Knochen, um Größe und Geschlecht des Opfers festzustellen. Linkes Femur, 426,2 mm. Da war der Kirche ein großer Coup gelungen, wenn sie Adolf Hitler in ihre Herde heimgeholt hatte. Es hatte dem Barmherzigen nicht gefallen, ihn ergreifen und durch Hinrichtung demütigen zu lassen; er hatte den Sünder den Sakramenten des organisierten Aberglaubens anheim gegeben. Linke Tibia, 345 mm. Dr. Hake hatte davon gehört, dass auf dem Totenbett mitunter die ruchlosesten Verbrechen gebeichtet wurden, ohne dass der Missetäter seine Schuld der menschlichen Gesellschaft gegenüber auch nur mit einem Pfennig abgegolten hätte. Patella, 39,7 lang, 40,0 breit; im Gegenteil, er verschied durchaus glücklich im Kreise seiner Lieben, die nur von seiner Güte und – das war der gemeinsame Nenner, der Dr. Hake aufgefallen war – von seiner Frömmigkeit zu berichten wussten. Sternum, Länge mit Processus ensiformis 185 mm. Die Kirche hatte sie in Gnaden aufgenommen. Vermutlich hatten sie allesamt ihre Verbrechen einem Priester gebeichtet. Segne mich, Vater, denn ich habe gesündigt. Ohne Processus ensiformis 141,0 mm. Ich habe getötet. Darüber wirst du mit dem Bischof reden müssen, mein Sohn. Aber es war in einem gerechten Krieg! Nun, wenn das so ist, wie oft denn, mein Kind? Einmal, zehnmal, ich habe gefoltert und geschändet. Im Namen des Vaters und des Sohnes, Humerus 272 mm. Sieht nach Frau aus. Ich spreche dich los von deiner Schuld. Scapula 147 breit, 160 lang. In Wahrheit hatte Dr. Hake von solchen Totenbettbeichten nie gehört, er vermutete nur, dass sie an der Tagesordnung waren. War es nicht lächerlich, zu glauben, dass die Erhabene Waage sich zugunsten derer neigte, die derart abstoßende Dinge getan hatten und denen man nun nach einem Ausdruck des Bedauerns nahelegte, sie sollten das Ganze vergessen? Radius 223, Clavicula 136 mm. Eindeutig Frau. Und sicherlich von irgendeinem albernen, unnützen Männchen ihrer Gattung in die Kanalisation gespült. Die Weibchen waren dafür zu praktisch veranlagt, sie kannten die Schwachstellen der Kanalisation und wussten, wie schwer ein billiger Klempner aufzutreiben war.

Dr. Hake nahm den Plastiksack mit den Puzzleteilchen der Pelvis und leerte ihn auf den Tisch. Die Frömmigkeit von Lügen verdunkelt (hier war das Schambein), und statt sie aufzudecken (Fossa acetabuli), vermengte sie sich mit ihnen (Symphysis) und wurde selbst zur Lüge (die Pelvis verriet alles). Die Rituale und Metaphern des Glaubens untergruben die wahre Frömmigkeit, statt sie zu stärken. Metapher als Krankheit. Das ist ein anderes Buch, rief sich Dr. Hake zur Ordnung. Eins nach dem andern.

Dr. Hake notierte beim Arbeiten die Zahlen auf einem Block, und bald hatte er die Größe des Leichnams ausgerechnet, 1,47 Meter plus Kopf. Der fehlte noch. Dann begann er, die Teile wie ein Puzzle auszulegen. Er stellte sich Hitler bei seiner ersten Beichte vor.

Im Beichtstuhl ist es düster und muffig. Er ist schon den ganzen Tag in Gebrauch. Die Gardine gleitet zur Seite, und der Priester flüstert: »Sprich, mein Sohn.« Er hat den Akzent eines Mannes aus dem mittleren Westen.

»Segne mich, Vater, denn ich habe gesündigt. Meine letzte Beichte war vor – vierzig Jahren.«

Die Soutane raschelt. Die Stimme kommt von sehr nah. »Wann warst du zum letzten Mal in der Messe?«

»Auch vor vierzig Jahren, Vater.«

Schweigen. Adolf Hitler hört Schritte vor dem Beichtstuhl. Er sieht eine leichte Bewegung des Vorhangs, als jemand vorbeigeht. Endlich fragt der Priester: »Weißt du noch, wie man beichtet?«

»Ja, Vater.«

»Dann sprich, bitte.«

»Ich fange mit den großen Sünden an, Vater.« Er zögert und rafft seine Willenskraft zusammen. »Ich bin unkeusch gewesen, Vater.«

Der Priester seufzt. Dann seine Stimme, monoton und traurig: »In Gedanken, Worten oder Werken, mein Sohn?«

»In Gedanken, Worten und Werken.«

Der Priester beschleunigt das Tempo, eine Routinesache. »Allein oder mit anderen?«

»Allein und mit anderen.«

»Männern oder Frauen?«

»Frauen.«

»Verwandte?«

»Ja.«

»Was für Verwandte?«

»Meine Kusine.«

»Und wie oft?«

»Oft.«

»Kannst du sagen, wie oft?«

»Zu oft, um es zu sagen.« An dieser Stelle bricht Hitlers Stimme vor Bewegung.

»Ich höre die Reue in deinem Ton«, kommentiert der Priester, nach wie vor gelangweilt. »Glaubst du, künftig der Todsünde der Unkeuschheit widerstehen zu können? Bist du stark genug? Du weißt ja, wer mit dieser Sünde auf der Seele stirbt, kommt in die Hölle –«

»Ich weiß es, Vater.«

»Dann fahre bitte fort.«

»Ich muss überlegen, Vater. Ich war im Krieg, also habe ich indirekt auch getötet.«

»Hast du selbst getötet?«

»Nein.«

Der Priester seufzt und wartet auf weiteres.

»Ich habe nicht an Christus geglaubt. Das habe ich auch gesagt.«

»Glaubst du jetzt an ihn?«

»Ja. Und ich war zornig. Sehr oft. Ich habe Völlerei getrieben.«

»Gibt es bestimmte Esswaren, denen du nicht widerstehen kannst?«, fragt der Priester mit neu erwachtem Interesse.

»Süßigkeiten«, sagt Adolf Hitler. »Ich kann Süßem nicht widerstehen.«

»Hm«, macht der Priester.

Hitler schweigt.

»Noch etwas?«

»Ich glaube, nein.«

Der Priester überlegt lange. »Da dies deine allererste Beichte seit langer Zeit ist, möchte ich sagen, dass deine Schwachheit offenbar Schwachheit des Fleisches ist. Du musst lernen, dich zu beherrschen. Und als Zeugnis vor dem Herrn, dass du es ernst meinst, gebe ich dir zur Buße einen Rosenkranz auf, und um dir selbst deinen guten Vorsatz zu beweisen, solltest du einen ganzen Monat lang auf Süßigkeiten verzichten.«

Sie sprechen zusammen das Gebet der Reue.

Hitler verlässt den Beichtstuhl als Carl Bauer. Er kniet an der Kommunionbank nieder und blickt auf zu Jesus. Er sieht im Geiste seine Seele schneeweiß, die Engel laufen darauf Schlittschuh. Und er betet: »Ich danke dir, Allmächtiger Schöpfer!«

»Was träumen Sie denn Schönes, Sunnyboy?«, rief Dr. Miele aus seiner Zigarrenwolke. »Ihre Pfeife ist ausgegangen. Müssen wieder mal die Mädchen sein. Ich bin fertig. Der Chirurg, der an diesem armen Schwein herumgeschnippelt hat, kann sich auf eine ungemütliche Woche gefasst machen.« Er band seine Schürze ab, sah blinzelnd auf Dr. Hakes Leiche und sagte: »Sieht nach Frau aus, sechsundzwanzig Jahre alt. Wird etwa einsdreiundsechzig groß sein, wenn der Kopf auftaucht. So groß wie meine Frau.«

Dr. Hake beachtete ihn nicht. Er war in seine Betrachtungen versunken.

Aber welche Beweise hat die Kirche, dass Hitler wirklich bereut hat?

In alten Zeiten streute der Sünder Asche auf sein Haupt. Er zerriss seine besten Kleider, gab all sein Geld dem nächstbesten Priester, und man hatte damit ein Unterpfand für seine Besserung. Heutzutage kassierte die Kirche nur horrende Schulgelder an ihren privaten Lehranstalten.

Man sollte, überlegte Dr. Hake, Carl Bauers Geheimnis vielleicht mit medizinischen Methoden zu enträtseln suchen. Es als Krankheit betrachten. Offenbar war sein Zustand nicht kritisch. Der Patient konnte sogar wieder voll genesen; dann wäre seine Krankheit nur noch von historischem Interesse.

Dr. Hake stand über den Leichnam gebeugt und wischte sich über die Stirn, auf der in dicken Perlen das Endprodukt jener Reaktionskette stand, die mit Hoffen begann, über Bangen führte und in Schweiß endete. Ein erstmals in Worte gefasstes Streben kann der Umgebung oft sehr zum Schaden gereichen, da es die Hoffnungsfunktion des Gehirns überstimuliert. Nicht gerade »Freude schöner Götterfunken«. Etwas viel Gewaltigeres.

Dr. Hake begann zu formulieren, in seiner schönsten Medizinerprosa:

»Einundsiebzigjähriger Mann, aus Deutschland stammend, lebt mit seiner Familie in einem Vorort von New York. Obgleich er gesunden Patriotismus zeigt und Americana sammelt, hegt er antisemitische Vorurteile und klagt über bitteren Nachgeschmack im Mund, ausgelöst durch Politik. Regelmäßiger Kirchenbesuch hat seinen Hass auf die jüdische Rasse nicht ganz zu beseitigen vermocht. Diesen sieht er als Wesensbestandteil der kirchlichen Lehre. Raucht und trinkt nicht, liebt jedoch ungeachtet geringfügiger Gewichtsprobleme Süßigkeiten. Spricht auf schwache Geschöpfe, einen alten Dackel und die Natur gut an, dagegen reagiert er empfindlich auf Kinder und Unordnung. Seinem Fleischverzehr liegt die Vorstellung zugrunde, Fleischnahrung mache die Amerikaner stark. Neigt beim Essen zur Absonderung von Monologen.

Testauswertung:
Gehorsam als Tugend: stark positiv
Faszination durch Militärisches: leicht positiv (Schach)
Politische Aktivität: ohne Befund
Interesse an Geschichte: ohne Befund
Rassenbewusstsein: positiv
Verehrung von Ritualen und Emblemen: positiv
Schuldzuweisung für gesellschaftliche Missstände an liberales Establishment: stark positiv
Größenwahn: ohne Befund

Differentialdiagnose:

– Konservativ-traditionalistischer Katholizismus
– Nazi-Ideologie.

Therapievorschlag:
Vor Erstellung abschließender Diagnose keine Therapie für den Patienten erforderlich, bei Kontaktpersonen jedoch Schutz vor Ansteckung angezeigt. Bildung beste Prophylaxe.«

Dr. Hake betrachtete die geraden Linien seiner kleinen, stachligen Schrift auf dem weißen Blatt. Schön. Er brauchte jetzt nur noch das schlichte Eingeständnis, dass Carl Bauer Hitler war, ein »Wie sind Sie nur darauf gekommen?«, dann wüsste er, dass seine Analysemethode viel zuverlässiger funktionierte als jede halbherzige, der Selbsttäuschung dienende Beichte.

Ihm fiel ein, dass er Conny den ganzen Tag noch nicht gesehen hatte. Sogleich konzentrierte er sich auf seine Leiche und legte das Puzzle in Rekordzeit. Barry, der Gerichtsfotograf, kam und machte seine Aufnahmen. Als er Dr. Hake so erhitzt und hübsch sah, machte er auch von ihm gleich noch ein paar Fotos für sein Privatarchiv.

Seit dem plötzlichen Advent ihrer Leidenschaft hatten Doctores Bauer und Hake noch keinen Ort gefunden, an dem sie sich zu einem ungestörten Pingpongmatch treffen konnten. Dr. Guttenberg war im höchsten Maße misstrauisch und hatte schon Dr. Miele darauf hingewiesen, dass zwischen den beiden vielleicht etwas im Busch sei. »Und ich rede nicht von Botanik«, sagte Dr. Guttenberg. Dr. Miele war es egal, was andere Leute miteinander machten. Er nannte den Kollegen hinter dessen Rücken »Dr. Gossenberg«. Warum er ihn so umgetauft hatte, mochte er niemandem erklären. Seine Spitznamen waren sein Privatvergnügen. Sein Desinteresse an anderen machte ihn diskret. Er selbst war glücklich verheiratet und konnte sich nicht mehr vorstellen, was zwei Menschen aneinander interessant fanden. Wenn er eine Reklame mit einem Paar darauf sah, kaufte er das Produkt nicht. Also war er auch nicht bereit, auf andere Leute aufzupassen. »Nie im Läbbän«, sagte er mit seinem italienischen Akzent.

Worauf Dr. Guttenberg antwortete: »Jedenfalls wissen die beiden hoffentlich, was Standesethos und dergleichen ist.«

Es war allgemeiner Konsens, dass Liebe am Arbeitsplatz rundherum unschicklich war, gegen die Standesregeln verstieß und andere neidisch machte. Das Paar konnte sich nur damit behelfen, dass es seine Freundschaft unter allerlei Deckmänteln loser Bekanntschaft versteckte. Connys Heimlichtuerei kam ihr dabei zugute. In der Öffentlichkeit ging sie mit Dr. Hake freundlich und gleichgültig um. Dr. Hake hingegen war machtlos dagegen, dass seine Wangen glühten, sobald sie auftauchte, und immer rückte er ihren Attraktionen eine Spur zu nah auf den Leib. Dr. Guttenberg merkte das und schloss daraus, dass »Hake an einem schweren Fall von Verliebtheit leidet. Der arme dumme Yankee! Ich habe nicht die Absicht, ihn aufzuklären. Vielleicht geht sie mal mit ihm Kaffee trinken, und schon wird er sich von ihr ermuntert fühlen. Dabei ist Dr. Bauer gar nicht an ihm interessiert. So was sehe ich einer Frau doch an.« Und er wurde ein wenig nachlässig in seiner Wachsamkeit und ließ sich seine Verachtung anmerken.

Das gab den beiden etwas mehr Freiraum. Als Dr. Bauer und Dr. Hake eines Tages auf dem Weg zu einem neuen Fall miteinander zusammenstießen, fragte Dr. Hake sie höflich: »Waren Sie schon mal unten im Labyrinth?«

Er steckte seine Pfeife ins Etui, immer ein Zeichen, dass er etwas im Schilde führte, und sie machten sich auf den Weg. Die Treppe führte direkt hinunter in den Praktikumsraum der städtischen Bestattungsfachschule. Von hier verband ein Netz dunkler, heißer Korridore die Morgue mit der Psychiatrie und dem Hauptgebäude. Die technischen Einrichtungen des Krankenhauses befanden sich hier, aber auch streunende Katzen, Ratten und Obdachlose suchten Zuflucht in den Lagernischen. Dann und wann kam ein grün gekleideter Pfleger vorbei, oder Katzen stoben in wilder Flucht davon. Die Ärzte benutzten diese Gänge nie. Doctores Bauer und Hake bildeten ein schönes, weißbekitteltes Paar. Als sie auf einen schlafenden Tippelbruder stießen, der quer auf dem Gang lag wie eine Schnapspfütze, nahm Dr. Hake sie galant auf die Arme und trug sie hinüber. Während dieses Manövers wagte sie ihm einen flinken Kuss an den Hals zu drücken.

Beim nächsten Penner ließ Dr. Hake sich Zeit, und breitbeinig über dem Schnarchenden stehend, riskierten sie den ersten kleinen Ballwechsel, bis sie allmählich den festen Boden unter den Füßen verloren.

Gerade im rechten Augenblick kam ein Krankenpfleger mit einer

Leiche auf der Bahre daher und rief: »Dürfen wir mal vorbei?« Dr. Hake besann sich und stellte Dr. Bauer jenseits des Hindernisses wieder auf die Füße, und während sie langsam weitergingen, begann er einen weitschweifigen Diskurs über seinen neuesten Fall von Skelettrekonstruktion. Und plötzlich wechselte er ganz und gar das Thema.

»Erzähl mal von deinem Vater«, sagte er. »Wo ist er geboren?«

Sie übersah eine Stufe und wäre fast gestürzt. Er fing sie auf und hielt sie am Arm fest. Eine leichte Unruhe entstellte ihr Gesicht. Er strich ihr aufmunternd über die Wange und beobachtete, wie seine weißen Fingerspitzen über ihre ebenso weiße Haut fuhren.

Sie schien sich zu beruhigen. »Du stellst vielleicht komische Fragen! Er ist in einer österreichischen Kleinstadt geboren«, sagte sie. »Aber ich war noch ein Kind, als wir in die USA kamen. Dann sind wir nach Cincinnati gezogen.«

»Vor dem Krieg?«

»Natürlich vor dem Krieg. Den hatten wir kommen sehen.«

»Du sprichst nicht gern davon.«

»Ich möchte nicht als Ausländerin gelten, das ist alles«, sagte sie. »Dich habe ich ja auch nie gefragt, wo du geboren bist, oder? Ich finde das nämlich überhaupt nicht wichtig.«

»Ich stamme aus Greenwich in Connecticut«, schoss Dr. Hake sofort los. »Mein Vater war Geschäftsmann. Er besaß eine Kette von Bestattungsinstituten. Von dort geht man gewöhnlich in die Kommunalpolitik, er aber nicht. Er war nicht sehr intelligent. In meiner Familie war keiner sehr intelligent. Sie waren alle nur an Geld interessiert. Sind aber jetzt tot. Aneurysmen im Dutzend nach zu viel Fondue. Beim Valsalva-Test. Das Haus hatte vier Bäder.«

»Dann wart ihr wohlhabend.«

»Stinkreich, meine Liebe. Ich sollte das Geschäft übernehmen. Es interessierte mich aber nicht. Meine Schwester lebt ganz gut davon. Hat auf Kosmetika erweitert. Ich bin mehr am Erwerb von Wissen interessiert als an Geld. Wissen ist meine große Leidenschaft, das will ich akkumulieren. Und ich bin richtig darauf versessen, dich besser kennenzulernen und zu sehen, was dein Herz sagt.«

»Mein Herz muss doch für dich ein offenes Buch sein«, antwortete sie.

»In dem die Hälfte der Blätter zusammenklebt.«

»Und ein Viertel der Blätter herausgerissen ist«, vollendete sie.

Nach dieser Bemerkung kümmerten sie sich nicht mehr um Krankenpfleger, Penner oder Katzen. Es war warm da unten in den Tunneln, dunkel und schwül wie an einem Tropenstrand bei Nacht. Wir sollten das Paar jetzt ein Weilchen in Ruhe lassen, in einer Nische auf Dr. Hakes weißen Laborkittel gebettet, ein bisschen Blut vorne drauf, nichts Hässliches, und sehr gemütlich. Es geht niemanden mehr etwas an, sie stellen einander Fragen privater, nicht frommer Natur. Anfangs hegen sie im Hinterkopf noch einen Rest von Hoffnung, dass Dr. Gossenberg ihre unentschuldigte, standeswidrig traute Abwesenheit nicht bemerkt. Doch schon sehr bald gibt das Wort »Abwesenheit« seinen Geist auf unter der ungeheuren Macht des Gegenwärtigen.

Schwester Mary Angelas Unterricht tickerte auf intellektuellen Hochtouren dahin.

»Wohin kommen die kleinen Kinder, die nicht getauft sind? Jerry?«

»In die Vorhölle.«

»Warum?«

»Weil sie keine Chance hatten, sich zu entscheiden.«

»Richtig! Sie haben nie erfahren, was es heißt, zwischen Gut und Böse zu wählen. Erwachsene können sich entscheiden. Und diejenigen, die der Kirche den Rücken kehren, kommen in die Hölle.

Kinder! Ihr könnt die Leute an Gott heranführen. Auch ein kleines Kind kann den Erwachsenen da allerhand beibringen. In eurem Alter habt ihr eine erstaunliche Überzeugungsgabe. Wegen eurer Unschuld.«

In den Kinderaugen blitzte die Begierde auf, einen Erwachsenen zu bekehren.

»Man kann Erwachsene, die der Kirche den Rücken gekehrt haben, wieder auf den rechten Weg bringen, bevor sie sterben und zur Hölle fahren.«

»Wie ist das mit den Juden?«, fragte Dicky.

Schwester Mary Angela seufzte. »Meinst du einen erwachsenen Juden?«

Sie zögerte. »Das ist ein ganz schwieriges Problem«, sagte sie. »Das mit den Juden. Lasst uns beten.«

»Daddy ist außer Gefahr«, sagte Sally später. »Das weiß ich. Er hat freitags immer mit uns Fisch gegessen.«

»Aber das tut er jetzt bestimmt nicht mehr«, meinte Dicky.

»Doch, tut er«, sagte Sally. »Er sagt, einmal die Woche Fisch ist gesund.«

»Ob wir nicht trotzdem für ihn beten sollen?«, fragte Dicky.

Dicky betete, was das Zeug hielt. Sein selbstgestecktes Ziel war ein ganzer Rosenkranz zur Schlafenszeit, um seinen Vater zu retten. Später beschlich ihn die Sorge, das sei vielleicht nicht genug. Zwei Rosenkränze wären besser, aber mit dreien ginge er auf Nummer Sicher. Bevor er sein Pensum erfüllt hatte, schlief er immer ein. Mit der Zeit geriet er in Schulden beim lieben Gott. Er führte darüber Buch. Binnen einer Woche schuldete er Dutzende von Rosenkränzen, ein Ende war nicht abzusehen, und er schlief ganz fest, um der erdrückenden Gewissheit zu entrinnen, dass sein Schuldenberg immer weiter wuchs.

Ein paar Vormittage später schaute Dr. Guttenberg aus seinem Fenster und sah einen älteren Mann weißer Hautfarbe den schmalen Weg zur Morgue entlangkommen. Der Mann hatte eine karierte Tragetasche bei sich und ging mit dem unsicheren, geistesabwesenden Schritt, der nach Dr. Guttenbergs Erfahrung typisch für einen trauernden Hinterbliebenen war. Als der alte Mann die Stufen zur Morgue heraufkam, eilte Dr. Guttenberg, um Blessed zu holen, die als die dickere und resolutere der beiden Sekretärinnen in solchen Situationen meist den Rausschmeißer zu spielen hatte. »Blessed ist gerade sich die Nase pudern gegangen«, sagte Alice, die zierlichere der beiden Damen.

Der unbekannte Besucher war Carl Bauer. Kaum hatte er die Eingangshalle betreten, da begann der Inhalt seiner Tragetasche zu zappeln und zu jodeln. Dr. Guttenberg kam gerade durch die Eingangshalle, und Carl Bauer sprach ihn an: »Ich möchte meine Tochter besuchen.«

»Bedaure, aber Sie müssen den üblichen Weg gehen, Sie können hier nicht einfach hereinkommen«, sagte Dr. Guttenberg. Er nahm ihn beim Arm und drehte ihn zur Tür. »Batt ei will Sii mei Tochter!«, protestierte der Mann, und Dr. Guttenberg registrierte, dass er einen deutschen Akzent hatte.

Conny war entsetzt, ihren Vater hier zu sehen. »Wie um alles in der Welt bist du denn hierher gekommen?«, fragte sie.

»Natürlich gefahren. Wie jeder normale Mensch. Ich bin vorsichtig gefahren. Kein einziges Mal geschleudert in den vielen Kurven auf dem Riverside Drive, und elegant gebremst. Autofahren ist eine alte Leidenschaft von mir«, sprach er, indem er sich an das ganze Publikum wandte. »Der neue Highway am Fluss wird den Autofahrern viel Freude machen.« Alice hatte inzwischen Blessed herbeigeholt, gefolgt von Dr. Miele, und danach kam Dr. Hake, dem zwei Assistentinnen auf dem Fuße folgten. Sie standen in der Eingangshalle versammelt, und Carl Bauer sprach zu ihnen allen: »Merkwürdig, dass ich seit Jahren keine längeren Fahrten mehr unternommen habe. Das soll jetzt anders werden. Ich spiele mit dem Gedanken, mit meinem Buick durch ganz Amerika zu fahren.«

»Beruhige dich mal, Papa. Das ist eine weite Reise.«

»Gut, dann kann Dr. Hake mich ja begleiten. Hier drinnen riecht es aber komisch, Conny. Habt ihr vielleicht etwas aus dem Kühlschrank gelassen?«

»Komm mit in Blesseds Büro, Papa. Da riecht es normal.«

Er kam mit, die andern folgten, und alle quetschten sich in das enge Sekretariat und sahen zu, wie der alte Herr Platz nahm. Er knabberte die Kekse, die Blessed ihm anbot, dann öffnete er die Tragetasche und ließ den bibbernden Happy heraus, dessen Nase sich in Zuckungen wand. Nachdem der Hund sich beruhigt hatte, wurde er auf Blesseds geräumigem Schoß deponiert. Alice scheute sich nicht, es auszusprechen: »Sie sind aus Deutschland, ja? Ich weiß es. Ich finde Ihren Akzent hinreißend.«

»Ja«, sagte er. »Ich bin aus Deutschland. Aus Österreich, genau genommen.« Er betrachtete die vielen großen Männer in weißen Kitteln, die ihn umstanden, sah sie mit Wohlgefallen, ließ die Frauen unbeachtet und seufzte: »Ach ja, aber ich könnte euch heute mehr über Amerika erzählen als über Deutschland. Ich weiß noch, wie ich dieses Land zum ersten Mal sah und dachte: Zis is Amerika!

Amerika!«, rief er aus. »Als wir in Amerika ankamen, war keiner da, der uns erwartet hätte. Niemand hat uns zugewinkt. Nur Amerika. Sechs Tage lang hatten wir nichts als Meer gesehen. Und am sechsten Tag war der Morgen hell und klar, und bald erschien ein feiner Strich am Horizont. Ein paar Stunden später nahm es Gestalt an, es breitete sich aus, um uns zu begrüßen: Amerika!«

»Wie Mr. Bauer *Amerika* sagt!«, schwärmte Alice.

»Als ich aus Jamaika hier ankam«, sagte Blessed, »konnte ich nur an meine Zahnschmerzen denken.«

Carl Bauers Gesichtsausdruck und Körperhaltung veränderten sich beim Reden, sein Eifer straffte ihm den Rücken, glättete seine Falten. Er redete in ruhigem Ton weiter, aber schnell.

»Die anderen Passagiere, die mit uns an Deck standen, haben geweint wie die Kinder.«

»Vielleicht hatten sie auch Zahnschmerzen«, meinte Blessed.

»Ich erinnere mich noch an einen Mann mit schwarzem Filzhut. Er zeigte immerzu auf die Küste, die Häuser so klein wie Kiesel am Strand. ›Das ist die Bronx!‹, schrie er. ›Da werden wir wohnen, in der Bronx!‹ Der Hut rutschte ihm vom Kopf. Hinter ihm stand eine kleine, dicke Frau, die hob ihn auf und schlug damit nach ihm. ›Die Bronx will nichts von dir wissen. Du mit deinem schmutzigen Hut!‹

Eva, meine Frau, stand hinter ihnen und war richtig angewidert. ›Was soll diese Sentimentalität!‹, sagte sie zu mir. Sie hatte einen Stadtplan von New York, den faltete sie auseinander und hielt ihn dem kleinen Mann unter die Nase. ›Sehen Sie‹, sagte sie, ›das ist gar nicht die Bronx, worauf Sie zeigen. Das ist Brooklyn.‹ Evas erstes Gefühl bei unserer Ankunft in Amerika war Verachtung. Aber meines nicht, o nein!«

»Meines auch nicht«, sagte Alice. »Du bist dumm und undankbar, Blessed.«

»Hör mal, ich hatte Zahnschmerzen und musste fünf Stunden in der Schlange warten, bis ich durch die Kontrolle kam. Mussten Sie nicht auch durch die Kontrolle, Mr. Bauer?«

»Doch, doch. Bevor wir vom Schiff durften. Das ist wahr. Ich sehe unsere Koffer noch offen vor uns liegen.« Er zeigte auf einen imaginären Schrankkoffer. »Der Beamte hat die Seitenwände abgetastet.« Carl Bauer tastete. Dann mit einer energischen Handbewegung: »Zuletzt hat er die Koffer wieder zugeklappt, und sie glitten vom Schalter weg zum Pier. Ich stand ganz allein da oben auf der Treppe. Unter mir eine riesige Menschenmenge. Die Möwen kreischten mich an. Dann bin ich hinuntergegangen. Und von da an gehörte ich der Neuen Welt an.«

»Möchte noch jemand einen Keks?«

»Aber ich rede zuviel. Es ist nur – ich habe eben eine romantische Ader für Amerika. Das ist wie in einer Liebesgeschichte, wenn da einer zum ersten Mal hinsieht und denkt: Das *ist* es! – dieser Augenblick wiegt Jahre auf, egal was hinterher passiert. Für mich wird Amerika immer ein bisschen so aussehen und riechen und sich anfühlen wie bei meiner Ankunft.« Seine Stimme wurde ganz heiser vor Rührung.

»Das Schiff hält Kurs auf dem strahlenden Fluss, am Bug teilt sich das Wasser, und plötzlich fliegen Nebelfetzen von den Inseln vorbei, die Statue gibt ihren Segen, nach langer Fahrt rückt die Stadt näher, Möwen jubeln, Taue sirren, und drängend ruft die Schiffsglocke zur Landung.«

Hier hielt er inne, und sein Schwung verließ ihn zusehends, er wurde alt, gebrechlich, und endlich gewann das Elend die Oberhand über die Erinnerung. »Das ist das erste Mal, dass ich dich je besucht habe, Conny. Jetzt muss ich nach Hause.«

Er stand mit Mühe auf, tastete nach dem Hund und musste von Dr. Hake aus dem Zimmer geführt werden, der seine Hand nicht aus den Augen ließ, solange sie Hitlers Ellbogen stützte.

»Mein Gott, haben Sie einen netten Vater!«, sagten die Ärzte zu

Dr. Bauer. Für Dr. Hake war ihre Begeisterung ein weiteres wichtiges Indiz, das ihm zu einer wasserdichten Diagnose verhelfen würde.

Gerda holte die Kinder von der Schule ab.

»Betty hat gesagt, dass Mädchen bluten«, sagte Dicky.

»Jungen bluten auch«, sagte Sally.

»Tun sie nicht.«

»Tun sie doch.«

Gerda sagte, davon wisse sie nichts, weil sie nie verheiratet gewesen sei. Am Abend wandten die Kinder sich an Conny.

»Betty hat gesagt, dass die Jungen ihr Dingeling bei den Mädchen in den Schlitz stecken«, sagte Sally. »Weißt du, Dicky, die erzählt lauter so komische Geschichten. Du bist ein Dummbart, wenn du ihr das glaubst.«

»Das hat sie von ihrer Mutter«, erklärte Dicky.

Conny ergriff das Wort: »Bettys Mutter ist keine Ärztin. Sie hat von medizinischen Fragen keine Ahnung. Also hör nicht auf sie.«

Oben in ihrem Zimmer sagte Sally: »Betty sagt auch immer Peni. Dabei ist es eine Todsünde, wenn man Peni sagt. Unkeuschheit in Worten ist das.«

Zufrieden drehte sie sich um und dachte an etwas anderes.

Den ganzen Abend lang summte das Wort durch Dickys Kopf: Peni Peni Peni. Er betete: »Lieber Gott, mach, dass ich nicht unkeusch in Gedanken bin«, aber das Wort konnte den Fluchtweg aus seinem Gehirn nicht finden. Seufzend nahm er einen Notizblock, den er neben seinem Comicheftchen liegen hatte, und führte eine Strichliste, III, IIII, um mitzuzählen, damit er, wenn der Priester »Wie oft, mein Sohn?« fragte, genaue Auskunft geben konnte.

Ob Carl Bauer manchmal träumte? »Ich träume nie«, sagte er einmal zu seiner Enkelin, als sie sich darüber beklagte, dass sie in einem Albtraum von einer Klippe gefallen war. »Wenn du nicht träumen wolltest, würdest du nicht träumen, wahrscheinlich willst du also träumen.«

»Du hast ein schlechtes Gewissen, darum träumst du«, sagte Gerda. »Opa hat immer ein reines Gewissen. Ich träume auch manchmal. Dass ich eine Arbeit vergessen habe. Aber dein Großvater, der hat einen sehr gleichmäßigen, ruhigen Schlaf. Und wenn er morgens aufwacht, weiß er, was er zu tun hat.«

Wenn Carl Bauer aufwachte, las er von einer Pendeluhr an der gegenüberliegenden Wand die Zeit ab. Dann wusch er sich und zog die Sachen an, die Gerda ihm zurechtgelegt hatte. Er kniete auf dem Gebetsschemel nieder, der in der Ecke stand, und wie man von Gerda erfahren konnte, die manchmal hinter ihm herspionierte, betete er mit Inbrunst, bis die Uhren neun schlugen. Danach blieb er unten, bis sie abends sieben schlugen. Zweimal (2 x) täglich spielte er für genau eine halbe (½) Stunde ein angefangenes Schachspiel weiter. Dreimal (3 x) täglich führte er Happy aus, und zehn (10) Minuten nachdem er heimkehrte, wusch er sich die Hände und ging auf die Toilette, womit er, zehn (10) Minuten bevor er sich an den Esstisch setzte, fertig war. Er tat alles nach der Uhr. »Wie oft ist ihm weit wichtiger als wie viel«, berichtete Gerda gern, als ob das eine große Weisheit wäre. Wenn die anderen Kirchenbesucher sich nach der Messe aus Höflichkeit erkundigten, wie es der Familie ging, zählte sie Mr. Bauers Tageseinteilung auf die Minute genau auf und merkte nicht, wenn sie gähnten. Sie vermochte sich nicht vorzustellen, wie diese Informationen jemanden langweilen könnten. Nachdem sie Conny und den Kindern alles haarklein dargelegt hatte, schloss sie immer mit den Worten: »Wie oft ist weit wichtiger als wie viel. Nur Leute wie Stanislav fragen nach dem Wieviel.«

Carl Bauer verließ die Gesellschaft seiner Uhren selten. Einmal in der Woche ging er mit der übrigen Familie zur Messe. Eva war danach noch immer an der Kirchentür stehen geblieben und hatte mit den Leuten geschwatzt, während er stumm dabeistand. Seit sie tot war, verließ er die Kirche immer sofort und fuhr Gerda an, sie solle sich beeilen, obwohl es gar nichts zu beeilen gab. Conny, die in der Gemeinde als Fuchtel galt, weil sie niemandem je Guten Tag sagte, war immer schon vorneweg, um unter irgendeinem Vorwand den

Wagen zu holen. Mit anderen Worten: Sein Ausflug zur Morgue hatte viel zu bedeuten. Eine Zellentür öffnete sich, er trat wieder ins Leben ein, fand sich mit Connys Beruf ab, emanzipierte sich von seinem Stundenplan. Aber die Erschöpfung, die danach einsetzte, hielt Tage an. Schon der Gedanke an eine Ausfahrt ermüdete ihn. Tick-tick-tick machten die Uhren, der Nachhall einer immerwährenden Parade. Eines Nachmittags sagte er sich, wenn er schon zu müde sei, um mit seinem Buick quer durch Amerika zu fahren, könnte er wenigstens einmal durch den Garten gehen und seine Nachbarin PJ besuchen.

Kaum war ihm das in den Sinn gekommen, da gelangte Evas Kerze ans Ende des Dochts und ging flackernd aus, bevor die nächste angezündet war, zum ersten Mal in siebzehn Monaten. Gerdas Schuld. Gerda war einkaufen gegangen. Die Kinder verdrückten sich lautlos. Carl Bauer musste lange suchen, wo sie die Kerzen aufbewahrte. Er leerte die Wäscheschränke und die Kramkiste, warf die Sachen auf den Boden und ließ sie liegen. Endlich kam er auf die Idee, in der Kammer nachzusehen, wo Gerda die Glühbirnen zum Auswechseln hatte. Dann musste er nach den Streichhölzern suchen, die sie immer benutzte. »Ich nehme keine Küchenstreichhölzer für Evas Kerze«, sagte sie jedes Mal, wenn sie eine anzündete. Er fand das silberne Etui neben dem Gebetbuch, auf einem Regal beim Fernseher. Dann brauchte er weitere zehn Minuten, um die Kerze anzuzünden. »Wenn man Dienstboten hat, vergisst man, wie die simpelsten Sachen gehen«, maulte er. Es macht einen lahm, »lebensuntüchtig«, sagte er laut. Nachdem er endlich fertig war, wollte er jemandem sagen, wie unglaublich es von Gerda war, die Kerze so zu schänden.

Er fand die Enkelkinder nicht. Er ging sie suchen. Sie waren nicht auf dem Hof, auch nicht in ihrem Zimmer. Da hörte er Schritte auf dem Dachboden. Er lauschte. Kichern. Ein Japsen. Dann lange Stille. Obwohl es entschieden ein Verstoß gegen seinen Tagesplan war, stieg Carl Bauer zum Dachboden hinauf und traf sie auf allen vieren vor einem alten Wäschekorb an. Sie starrten mit offenem Mund in ein Buch.

Er sah mit einem Blick das Foto eines riesigen Knochenbergs. Widerlicher Schund! Gräuelberichte über Konzentrationslager! Eva hatte das Buch vor Jahren gekauft, ein billiges Taschenbuch, und er hatte es sofort mit seinem Bann belegt. Er dachte, sie hätte es auf den Müll geworfen, wohin es gehörte. Jetzt sah er, dass sie es lediglich an einem Ort versteckt hatte, den nur das Mädchen aufsuchte.

»Was macht ihr da?«, fragte er, obwohl er es sah. Dann verstummte er vor lauter Missbilligung. Sie lagen geduckt auf allen vieren, das zugeklappte Buch vor sich auf dem kalten Holzboden. Nach einer Weile sagte er: »Ihr habt mich enttäuscht. Meine eigenen Enkel weiden sich an Gräueltaten!«

Mit jeder Minute, die er über einem Vergehen brüten konnte, vertiefte und verdüsterte sich sein Zorn, und niemand hätte genau sagen können, wann und wo seine Wut sich endlich totlaufen würde. So nahmen die Kinder das Buch zu zweit in die Hände, um die Schuld gemeinsam auf sich zu nehmen, übergaben es ihm und suchten das Weite. Aus Angst, dass er ihnen nachkommen könnte, zogen sie ihre Mäntel an und liefen nach draußen. Dort spielten sie mit dem Laub, das der Wind über den Hof scheuchte.

Carl Bauer blieb auf dem stillen Dachboden zurück, um ihn herum senkte sich der Staub, den die Eindringlinge aufgewirbelt hatten. Er starrte auf den Unrat in seinen Händen. Dann sah er, dass der Strohkorb ganz voll von Büchern war. Er nahm eines heraus und warf es gleich wieder hinein. Über Nazideutschland. Erst der Titel, dann der ganze übrige Humbug. Eva musste dieses Zeug hinter seinem Rücken gesammelt haben. Der Korb ekelte ihn an wie eine geborstene Toilette. Er war schwer. Er hob ihn mit Mühe auf, konnte ihn sich vor den Bauch drücken und so nach unten stolpern. Er trug ihn immer weiter, vorbei an der Erklärung der Menschenrechte und auf den Hof. Die Kinder jagten das Laub, zertrampelten es, traten nieder und vernichteten, was so schwach war, dass es sich nicht mehr an seinem angestammten Platz halten konnte. Dann sahen sie ihren Großvater ohne seine Jacke nahen. Sie verzogen sich, krochen unter den Rhododendron und beobachteten ihn, wie er den Korb mitten auf dem Rasen abstellte. Er hatte das silberne Streichholzetui in der Hand. Da stand er, das Laub tanzte ihm munter um die Beine, und er versuchte, ein Streichholz anzuzünden. Der Wind blies es aus. Er zündete ein neues an. Gleiches Schicksal.

»Lieber Gott«, flüsterte er, »mach, dass der Wind sich legt!« Der Wind legte sich.

Er schaffte es, ein Streichholz so lange am Brennen zu halten, dass er eine Flamme in den Wäschekorb werfen konnte. Er sah hinein und beobachtete die Wirkung. Der Wind lebte wieder auf und fachte das Feuer an, das sich durch die alten Blätter fraß.

Die Gesichter der Nachbarn erschienen an den Fenstern. Nun ja, es war sein Rasen. Er hatte ja wohl noch das Recht, einen Wäschekorb zu verbrennen, wenn er wollte. Es war schließlich sein Geld. Auch wenn er sich so was eigentlich gar nicht leisten kann, dachte PJ, die in dieser Frage über einiges Wissen verfügte. Worüber so ein Mann sich alles ereifern kann!

Die Kinder kamen aus dem Rhododendron hervor. Sie hüpften umher, trugen Laub auf den Armen herbei, mit dem sie sich vorsichtig ihrem Großvater näherten, und warfen es in den Wäschekorb. Er schalt sie nicht. Das Feuer mästete sich und wuchs. Sie tanzten drum herum, immer schneller und schneller, während das Stroh Feuer fing. Er stand dabei und beobachtete seine Fackel, für Eva, starrte in die Flammen, bis das Feuer heruntergebrannt war und nur noch ein Häufchen verkohlter Asche übrig blieb. Dann rieb er sich zitternd die Arme.

Die Kinder hielten inne und sahen ihn an. Er lächelte sie an und zwinkerte ihnen zu.

Sie sahen ihn langsam wieder ins Haus gehen. Sie spielten weiter im Rhododendron. Als Gerda mit ihrem Einkaufswagen wiederkam, sagten sie ihr nichts von der Kerze und von dem Schatz auf dem Speicher, von dem sie gewusst haben musste, oder von Opas Augenzwinkern. Als Conny nach Hause kam, geriet sie in denselben Hinterhalt. Gerda rief die Kinder zum Essen herein. Carl Bauer hatte sich früh auf sein Zimmer zurückgezogen und wollte heute Abend niemanden mehr sehen. Gerda war ganz heiser, ihre Augen rot und verquollen. Conny führte am Abendbrottisch den Vorsitz, heiter und salopp. Niemand brachte das Thema je wieder zur Sprache, und am nächsten Morgen schien Carl Bauer es völlig vergessen zu haben.

Aber nach dieser Episode begann auch Carl Bauer schlecht zu träumen. Drei Nächte hintereinander erwachte er mit dem unheimlichen Gefühl, dass ein Gegenstand, rund wie ein Heiligenschein, über seinem Bett schwebte. Im Halbschlaf legte er die Hand darauf. Es war kein Heiligenschein. Der Gegenstand fühlte sich kalt und hart an. Zuerst hatte er die Vision eines goldenen Abzeichens mit einem Adler darauf. Das erfüllte ihn mit solcher Angst, dass er aus dem Schlaf schreckte. Nun war er in der Lage, sich an der Lösung dieses Rätsels zu versuchen. Rund und hart. Geld, vermutete er. Eine riesige, widerliche Münze. Dann wurde sein Kopf ganz klar vor Ekel, und er erkannte den Gegenstand. Es war der Nobelpreis.

Drei Nächte hintereinander knipste Carl Bauer seine Leselampe an und verließ das Doppelbett, das er mit einem lebensgroßen Kopfbild von Eva teilte. Das Porträt war auf ihrem Kissen aufgebahrt. Er riss seinen Morgenmantel an sich und wankte von den Schlafräumen im ersten Stock die Treppe hinunter zu seinem Plastiklehnstuhl im Wohnzimmer. Er kippte ihn nach hinten und lag im Dunkeln, während er die Faust gegen die verhassten Umrisse des Nobelpreises schwenkte. So sahen also die Ehren aus, die Liebesgaben der Gesellschaft! Und das alles ging an Stanislav.

Gerda kam auf ihren arthritischen Füßen hinter ihm hergewackelt, ihre Beine verhedderten sich in dem Flanellnachthemd, das sie immer trug, ihr langes graues Haar war aufgelöst und hing ihr bis zur Taille. »Sie sind krank!«, rief sie.

Drei Nächte hintereinander gab er ihr dieselbe Antwort: »Das machen die Sorgen.« Beide lispelten ohne ihre Zahnprothesen.

Drei Nächte hintereinander stand sie zu seinen Füßen, sah seine Faust durch die Luft kreisen und gab sich seinen Sorgen hin, bis er den Lehnstuhl wieder hochklappte. Dann stießen sie gemeinsam einen Seufzer aus, Carl Bauer erhob sich, und zusammen stiegen sie mit schweren Schritten wieder die Treppe hinauf (Carl Bauer immer vor der Haushälterin) und begaben sich ins Bett. Drei Nächte lang. Tagsüber sah Carl Bauer ausgelaugt und sehr zerbrechlich aus.

»Meinem Vater geht es nicht gut. Er kann anscheinend nicht schlafen«, sagte Conny bei der Arbeit zu Ronald, der, wie ihr auffiel, selbst ziemlich schlecht aussah.

In der vierten Nacht wurde Carl Bauer krank. Sein Herz flatterte hysterisch wie ein Vogel, der plötzlich merkt, dass er im Käfig gefangen ist. Er schaffte es noch bis unten, und als Gerda zu ihm kam, lag er im völlig zurückgeklappten Lehnstuhl, die Hand steif in die Luft gereckt wie einen gebrochenen Flügel. Er hatte die Augen geschlossen, der Mund stand ihm offen. Sie fuhr ihm mit dem Finger durch den Mund, um sich zu vergewissern, dass sein Gebiss heraus war, und rief einen Krankenwagen.

PJs Schlafzimmer lag dem der Bauers gegenüber. Seit ihr Mann tot war, ließ sie immer die Jalousie offen, und das Licht aus Carls Zimmer schien in das ihrige. Sie duldete nie eine Uhr in ihrer Nähe und hatte, als Ducky starb, ihre Unabhängigkeit von Zeit und Kalender erklärt. Sie orientierte sich stattdessen an dem Licht in Carls Zimmer. Wenn nachts seine Leselampe ausging, löschte sie die ihre. Wenn die Lampe anging, knipste sie ihre an. Daran merkte sie, dass er nicht gut schlief. In dieser einen Nacht blieb seine Nachttischlampe mehrere Stunden an, und PJ sah den Krankenwagen vorfahren und kurz darauf Carl Bauer, wie er auf einer Bahre hineingeschoben wurde. Conny stieg hinter ihm ein.

PJ griff zum Telefon und rief die Zeitansage an. 2.07 Uhr. Wie sie befürchtet hatte. Es war eine bedeutungsvolle Zahl. Vor sechs Jahren hatte Carl um 2.07 Uhr auf dem Schiff von Amerika nach Europa in der Cocktailbar gesessen und gesagt, es tue ihm in tiefster Seele weh, Amerika zu verlassen, sein Heimatland. Eva hatte ihn gescholten: Er solle dankbar sein, einmal Ferien machen zu können. Als sie dann merkte, dass PJ lauschte, war sie ins Deutsche verfallen und hatte etwas dahergebrabbelt, wobei sie PJ aus dem Augenwinkel beobachtete. Carl Bauer hatte ihr das Wort abgeschnitten: »Schpiek Ing-lisch!« Dann hatte er einen bösen Blick auf PJ geworfen und gesagt: »Mich zwingen, mei Hohmländ zu verlassen.«

PJ erinnerte sich an seine Worte und dachte: »2.07 muss meine Unglückszahl sein.«

In Carl Bauers vierter durchwachter Nacht litt auch Dr. Hake unter arger Schlaflosigkeit. Auf dem College war er eine Nachteule gewesen. Die Fähigkeit, die ganze Nacht aufbleiben zu können, hatte er als etwas Heldisches betrachtet. Je weniger Schlaf er brauchte, desto mehr war er Mann. Aber mit zunehmendem Alter begann er den Schlaf als eine Art Luxus zu betrachten, der ihm zustand, ebenso wie ein angemessenes Gehalt. Er begab sich gern pünktlich und stilvoll zur Ruhe. Immer trank er ein Gläschen Kognak, nachdem er seinen gestreiften Seidenpyjama angelegt hatte. Manchmal beobachtete er sich dabei im Badezimmerspiegel. Er sah es gern, wenn er mit leicht blutunterlaufenen Augen das Glas an die Lippen hob, wie sich dann sein vorstehender Adamsapfel bewegte, der genau über dem Ansatz der schwarzbraunen Seide residierte. Nach dem letzten Schluck bleckte er einmal kurz die Zähne, beobachtete, wie seine Hand das Glas auf den Beckenrand stellte, und ging zu Bett, wo er – so hätte er es ausgedrückt – in einen mächtigen Schlaf versank.

Heute Nacht jedoch war sein Schlaf so unruhig wie der eines alten Mannes, schwach und zügellos. Der Gedanke an Carl Bauer zerrte an ihm, und er konnte seine lästigen Finger nicht abschütteln. Endlich erhob er sich wieder von seinem gemütlichen Bett, kleidete sich mit untypischer Hast an und ging hinaus auf die unbeleuchteten Straßen seines Viertels, gerade als Carl Bauer im Scheinwerferlicht des Krankenwagens aufwachte und merkte, dass er festgeschnallt war. Der alte Mann brüllte, dass es ein paar Straßen weit zu hören war und reihenweise die Nachttischlampen aufflammten: »Ihr Lumpen! Bastards! Let me hier aut! Help! Polizei!«

Ronald erreichte die Morgue, als der Krankenwagen auf die trüb beleuchtete Hauptstraße von Fort Lee einbog und der Fahrer sich gegen die Sirene entschied, weil nur wenig Verkehr auf der Straße war. Nur die Scheibenwischer; es hatte zu gießen angefangen. Der Sanitäter wunderte sich ein wenig über Connys Verhalten am Krankenbett. Sie hielt dem Patienten die Hand und sprach sehr laut, weil der Regen so aufs Wagendach trommelte: »Papa, das ist eine wunderschöne Fahrt, du hättest deine Freude daran, bestimmt.« Ihr Vater antwortete nicht. Dr. Hake ging die Treppe hinauf. »Alle Autos machen uns Platz, wir sind die wichtigsten Leute auf der Straße. Wir sind Moses beim Gang durchs Rote Meer, wir sind der Präsident auf dem Weg zu seiner Amtseinsetzung. Wenn du doch nur sehen könntest, wie bedeutend und mächtig du bist!« Unterdessen schloss Dr. Hake sich in sein Büro ein, warf einen Blick aus dem Fenster und sah, dass er wie durch ein Wunder durch ein veritables Unwetter gegangen war, ohne nass zu werden.

Während man Carl Bauers Zustand stabilisierte, während man ihn intubierte, katheterisierte, verdrahtete, anschnallte und mit Medikamenten spülte, verbrachte Dr. Hake die Nacht an seinem Schreibtisch, vor sich ein Foto des Patienten und diverse Geschichtsatlanten mit farbigen Abbildungen. Seine Recherchen waren bisher eklektisch gewesen. Als Mediziner hegte er eine besondere Verachtung für die Geisteswissenschaften, er fand sie überflüssig. Er hatte den Taschenbuchladen an der Ecke seines Wohnblocks durchkämmt und massenhaft Material gefunden. Was er dort nicht fand, würde ihm gewiss der Zufall vor die Füße werfen. In der Kanzlei des Großen Direktors residierte der Zufall gleich eine Etage unter dem Amt für Göttliches Eingreifen, und die Sekretäre gingen ein und aus.

Dr. Hake legte seine Bücher auf einen ordentlichen Stapel und machte sich an die Arbeit, stets mit dem stillen Vorwurf an sich selbst, dass ein ausgewachsener Princeton-Absolvent so lange gebraucht hatte, um sich einer Aufgabe anzunehmen, die eine Achtjährige gestellt hatte.

Aber jetzt endlich, in derselben Nacht, in der Carl Bauer erkrankte, begann Dr. Hake mit den Vorarbeiten, die er für eine Diagnose brauchte. Er hatte etliche Bilder von Adolf in verschiedenen Posen, Situationen und Stimmungen: Adolf beim Aufputschen einer Menschenmasse, Adolf grinsend mit einem kleinen Jungen, Adolf lächelnd vor schmucken Bauern in kurzen Hosen, Adolf für ein offizielles Foto posierend, ganz wie einer, der beim Friseur sein Spiegelbild betrachtet, erfüllt von ernster Eitelkeit.

Dr. Hake nahm einen Kugelschreiber und sah zu, wie seine Handschrift ein Formular der New York City Morgue zu schmücken begann:

»Beschreibung des Patienten Adolf Hitler.

Hautfarbe weiß, männlich, Augenfarbe blau, Haarfarbe schwarz, besondere Merkmale: keine. Gesichtsform oval, Nase lang und an der Basis ziemlich breit, an der Wurzel eingedellt. Mund klein und dünnlippig. Ohren: Ohrläppchen nicht angewachsen.

Körperbau typisch endomorph, hängende Schultern, breites Becken, Neigung zu Fettleibigkeit. Nichtraucher. Kein Alkoholabusus.

Aufgrund seiner Statur und nervlichen Disposition ist der Patient anfällig für nervöse Magen-Darm-Beschwerden, Bluthochdruck und kardiovaskuläre Erkrankungen. Verdacht auf Epilepsie und Parkinsonsche Krankheit scheint unbegründet. Die angeblichen Zitteranfälle in Händen und rechtem Bein in Verbindung mit Veränderungen des Persönlichkeitsbildes sind auf übermäßige Einnahme eines Medikaments mit dem Namen ›Dr. Koesters Antiflatulenzpillen‹ (Extr. Nux Vom., extr. Bellad., a, a, 0, 5, extr. Gent.) zurückzuführen. Angesichts seines gegenwärtigen Gesundheitszustandes kann Parkinsonsche Krankheit bei diesem Patienten völlig ausgeschlossen werden.«

Dr. Hake legte den Kugelschreiber hin und hörte den Wind gegen die Fensterscheibe wüten. Das *Morgue*-Schild schaukelte hin und her. Die Antiflatulenzpillen waren Hitler von einem Quacksalber verordnet worden. Sie hatten ihn medikamentenabhängig und krank gemacht. Vielleicht erklärt das Carl Bauers Hass auf Ärzte. Dr. Hake dachte über Hitlers Persönlichkeit nach und bedauerte es, keine Ausbildung in Psychologie zu haben. Er nahm den Kugelschreiber und schrieb auf Blatt 2 weiter:

»Noch vor Beginn der Medikamentenabhängigkeit litt der Patient angeblich unter anfallsweiser Übellaunigkeit (der Verfasser sieht hier eine Verschlimmerung mit zunehmendem Alter). Für sadistische Züge oder ein besonderes Interesse am Leiden anderer findet sich keine Bestätigung. Angebliche chronische Horoskopgläubigkeit auf Hausfrauenniveau. Hohe Selbsteinschätzung bis hin zum Größenwahn. Auf der anderen Seite gesellig, wortgewandt, kinder- und hundelieb und idealistisch, mithin von der Disposition her wenig anfällig für psychosomatische und stressbedingte Krankheiten.

Der Stress der Amtsführung (Anspannung, ungeregelter Schlaf, Bewegungsmangel) hat von dem Patienten offensichtlich seinen Tribut gefordert. Die Zitteranfälle, eine durch Zysten an den Stimmbändern verursachte Heiserkeit wurden ebenso wie die Hysterieanfälle erst nach kriegsbedingter Änderung seiner Lebensweise beobachtet. Bei ausreichender Ruhe wäre mit einer Besserung zu rechnen gewesen.«

Dr. Hake legte Carl Bauers Foto auf den Tisch. Es zeigte ihn in sitzender Stellung, eine graue Masse zwischen den Pastellfarben des Frühlings, das Gesicht von vorn und schräg oben. Das linke Ohr war frei, die linke Hand lag mit gespreizten Fingern auf dem Bauch des kleinen Mädchens auf seinem Schoß. Dr. Hake blätterte in einem Bildband über den Zweiten Weltkrieg, bis er ein Hitlerfoto fand, das aus einem ähnlichen, wenn nicht gleichen Blickwinkel aufgenommen war.

Hitler von vorn gesehen, hier auf einer Decke zwischen mehreren jungen Frauen sitzend. Dr. Hake nahm einen Bleistift und machte das Gesicht dreißig Jahre älter, indem er Tränensäcke unter die Augen malte, das Kinn verdoppelte und die Frisur veränderte; nur der Scheitel blieb auf der äußersten rechten Seite.

Dann verglich er den übermalten Hitler mit dem Foto von Carl Bauer. Einmal abgesehen vom Zutun des Großen Intriganten hatten die Jahre Hitler mit einer perfekten Tarnung versehen und ihn zu einem wohlbeleibten älteren Herrn gemacht. Nase und Kinn waren fleischiger geworden, als Ronald vermutet hätte. Die Ohren standen etwas weiter ab als in der Jugend, die Unterlippe hing auffällig tiefer herunter. Vielleicht war Carl Bauer sich deshalb seiner Anonymität so sicher, dass er es gewagt hatte, sich den Schnurrbart wieder wachsen zu lassen, der immer sein Erkennungszeichen gewesen war. In Fort Lee in New Jersey fiel so etwas kaum auf: Der weiße Zahnbürstenschnurrbart war ein Zugeständnis an die Eitelkeit eines alten Mannes, nichts weiter. Ja, eitel war Hitler immer gewesen.

Der Herbststurm, der die Stadt beutelte, störte Dr. Hake nicht bei der Arbeit. Grübelnd saß er die ganze Nacht an seinem Schreibtisch, auf dem er einmal mit Conny gelegen hatte. Ganz ohne Vorwarnung ließ seine Aufmerksamkeit ihn plötzlich im Stich, und er schlief ein, das hübsche Gesicht in seine muskulöse Armbeuge gedrückt.

Am Morgen erwachte er und wusste nicht, wo er war. Er schaute aus dem Fenster, und seine Verwirrung wurde noch größer. Das Wort *Morgue* fehlte in der Aussicht. Er stieg auf den Schreibtisch und spähte nach unten. Das Schild lag auf dem Pflaster, die Schrauben herausgerissen und verbogen, ein Opfer des Sturms.

Er setzte sich, legte den Kopf wieder auf den Schreibtisch und ließ seine Gedanken das in der Nacht umrissene Terrain durchstreifen. Sie schweiften darüber hinaus; er erlaubte sich einen Tagtraum:

Auf einer sehr schlechten Straße fuhr er bergauf, der Schlamm spritzte an seinem knallgelben Sportwagen hoch, die Türen würden hinterher ganz verdreckt sein. Am Straßenrand standen Fußgänger Spalier, die unglaublich ärmlich gekleidet waren und ganz elend aussahen, wahrscheinlich wegen des Straßenzustands. Der Weg führte steil den Berg hinauf. Er griff mit der Hand an den Schalthebel und legte den ersten Gang ein. Das Auto heulte auf und fuhr dann langsam weiter, er kam kaum schneller voran als die Fußgänger. Bei diesem Tempo hatte er nichts zu tun, und aus Langeweile musterte er die Leute. Er sah ihre Gesichter: Sie waren dunkelhäutig, und aus ihren Augen sah das Elend. Er kurbelte das Fenster hinunter, um zu hören, was sie sagten. Er hörte aber nur ein Summen, wie Ätherrauschen. Doch nun begannen ihre Gedanken über ihre Augen zu flimmern wie auf zwei winzigen Fernsehschirmen. Sie dachten an Sex mit ihren Nachbarn, erdrosselten alte Tanten, verzehrten tonnenweise verbotene Früchte. Plötzlicher Bildwechsel. Er sah sich selbst in ihren Augen, und ihre Gesichter waren ihm unterwürfig zugewandt. Seine Erregung übertrug sich auf seinen Fuß, der hart aufs Gaspedal trat, sodass der Wagen plötzlich beschleunigte. Die Erregung drückte ihn nieder wie eine Last auf dem Rücken. Er beugte sich vor, bis er fast auf dem Lenkrad lag, während der Wagen an den Fußgängern vorbeibrauste, und auf einmal hatte er die Bergkuppe erreicht und sah dort zwei Kreuze im Boden stecken. Das Gewicht auf seinem Rücken wurde immer schwerer, er fühlte, wie rau das Lenkrad unter seinen Händen war. Daran merkte er, dass es aus Holz war. Es war ein langes Stück Holz, und er hatte es die ganze Zeit auf dem Rücken herumgeschleppt.

Dr. Hake schrak aus seinen Phantasien hoch.

Er ballte die Faust und schlug sich damit dreimal an die Brust: »Bitte, lieber Gott, vergib mir – ich habe dich gelästert. Bitte vergib mir, Herr. Bitte schön, mit Zucker bestreut, mit der Kirschmarmelade, die du so gern hast.«

Dr. Hake war erschrocken.

Am Morgen nach Carl Bauers Einlieferung ins Krankenhaus folgte Conny einem Impuls, den sie angesichts der Familientragödie selber merkwürdig fand: Sie warf sich in volle Gala, zog eines der alten geblümten Seidenkleider ihrer Mutter an, dazu neue Strümpfe und ihre besten Pumps. Begreiflicherweise war sie ärgerlich, als sie Dr. Hakes Tür abgeschlossen fand. Da sie annahm, dass niemand im Zimmer war, klopfte sie voller Wut. Da hörte sie drinnen Papier rascheln, Bücher zuklappen, eine Schublade schlagen. Er kam an die Tür, die Augen stumpf vor Ermüdung, die Kleider zerknittert und nach Schlaf riechend.

Conny sah ihn stirnrunzelnd an. Sie sah nicht ein, wozu er sich einsperrte. Schließlich war er kein Geheimniskrämer. Es hätte ihm weniger als ihr ausgemacht, bei einer Liebesaffäre erwischt zu werden.

Das nahm sie als Beweis für ein reines Gewissen. Warum also die Tür abschließen?

»Die Putzfrau wollte heute Morgen hier herein, aber ich wollte schlafen. Ich habe die ganze Nacht gearbeitet, ich arbeite an meinem neuen Buch. Über Frömmigkeit und Lüge. Was die Lüge in der Seele anrichten kann. Mit mehreren neuen Gedichten«, sagte er und fügte kläglich hinzu: »Ich habe auf dem Schreibtisch geschlafen.«

Er trat einen Schritt zurück. »Komm rein.« Er drückte die Tür hinter ihnen zu und fragte: »Kennst du irgendwelche Lebenslügen, die ich als Fallstudien brauchen könnte?«

»Lebenslügen? Nein. Ich habe keine Zeit für Lebenslügen. Mein Vater ist krank.«

Dann brachte sie ihm die Neuigkeit bei, dass ihr Vater im Krankenhaus lag. Seine Reaktion rührte sie, vertiefte ihre Liebesgefühle, sodass sie ihm seinen Geruch vergab. Sie fand es schön, wie seine Wangen vor Aufregung rot anliefen. »Was! Er wird doch wohl nicht sterben?«

Er wusste, wie leicht ein Forschungsobjekt abhanden kommen kann. Namentlich Lebenslügen. Wenn das Gefäß, das sie birgt, dahin ist, lösen sich auch die Lügen in nichts auf. Nicht einmal das Wesen eines Menschen, die Erinnerung an ihn, enthält einen Hinweis auf das, was zu verbergen er notwendig fand. Die Lebenslügen sind es, die die Menschen voneinander unterscheiden. Und die Kirche und die Psychiater mit ihrem Diebeslatein spannen sie in ihre Schraubstöcke.

»Ich will nicht hoffen, dass er stirbt, Darling«, sagte sie. »Aber du kannst ja mitkommen und ihn besuchen, wenn du willst.«

»Unbedingt.«

Aber auch Conny besuchte an diesem Abend Carl Bauer nicht. Ronald konnte es gar nicht fassen, wie hübsch sie war mit all den Blumen und den zierlichen Pumps. Er musste ihr den Sonnenuntergang über der Fifth Avenue zeigen. Sie kamen an einer Kirche vorbei, an der ein Schild aushing: »Pfarrer Fowler heute *nicht* anwesend«, und Ronald fragte: »Willst du hineingehen?« Sie wollte nicht. Er ließ nicht locker. »Bist du eigentlich gläubig?«

»Nicht so recht.«

»Warum gehst du dann in die Kirche?«

»Der Kinder wegen.«

»Du meinst, sie haben etwas davon?«

»Sie bekommen ein bisschen Moral mit.« Sie lachte nervös.

»Dann hör mal zu«, sagte er. Er wollte wissen, ob er sie damit beeindrucken konnte. Er stand auf dem Gehsteig, die Hände gefaltet, und deklamierte eine selbstverfasste Litanei, mit der er früher im Internat seinen Zimmergenossen geärgert hatte:

»Strato cumulus –!
Cirro Stratus,
Cumulus cirro stratus
Ciro relum.

Mammalus cumulus –!
Cirro-nebula cirro-fillum
Mammatocumulus
Cirro-velum

Nephelococcygia.«

Wie er vermutet hatte, konnte Conny sich über eine solche Blasphemie amüsieren. Stanislav hatte die Kirche nicht wichtig genug gefunden, um sich darüber lustig zu machen: Und Ronald erwies sich auch als ein Mann mit Talent für sexuelle Abwechslung. Gewissermaßen zum Vorspiel kaufte er ihr in einem schicken Modegeschäft eine zu ihrem Kleid passende Wolljacke. Stanislav hätte sich maßlos über den Preis aufgeregt und über den Wahnsinn einer freien Wirtschaft geschimpft, die den Leuten Dinge aufschwatzte, die sie nicht brauchten, schon gar nicht von der Fifth Avenue. Er hätte seine Freundin in ein Buchantiquariat an der 14. Straße geführt und ihr einen guten Roman gekauft. Wohingegen Ronald sich kurz bei Conny entschuldigte, die Verkäuferin beiseitenahm und diskret bezahlte. Und er hasste Romane.

Das war für Conny die Erotik der Normalität. Sie rief Gerda an und sagte ihr: »Ich komme heute sehr spät nach Hause. Wir haben hier einen Notfall.« Sie blieb die ganze Nacht aus.

Die Familie wand sich in Agonie wie eine verwundete Schnecke.

Es gingen viele Schreckgespenster in New York um. Der kubanische Politiker, wie ein Kind gefragt, was er sich wünschen würde, wenn eine gute Fee ihm drei Wünsche gewähre, antwortete, sein erster Wunsch wäre, eine Atombombe auf New York fallen zu sehen. Sein zweiter Wunsch wäre, eine zweite Atombombe auf New York fallen zu sehen. Sein dritter und letzter Wunsch wäre, eine dritte und letzte Atombombe auf New York fallen zu sehen. Unterdessen deponierte jemand in den städtischen U-Bahnen bescheidenere Bomben, die wahllos immer nur eine der gelben Korbbänke zerrissen, mit allen, die darauf saßen. Im Trubel eines Baubooms würfelten Politiker wie die Poltergeister mit Häusern und Straßen. In der River Avenue 1129 ging das Gespenst einer Abwesenheit um: einer abwesenden Vergangenheit; die brütende Gegenwart einer abwesenden Vergangenheit. In Carl Bauers Abwesenheit bimmelten und salutierten die Uhren, hielten die Schachfiguren ihre Stellungen an hölzerner Front, blieb der Lehnstuhl in *Aufrecht*-Stellung, wurden die Kinder, die sich achtlos daran lehnten, von Gerda wegen ihrer Rücksichtslosigkeit gescholten, trommelte die ganze Nacht lang Happys Schwanz gesellig in seinem Hundebett. Er wusste, dass sich im Haus etwas verändert hatte, wusste nicht, was, deutete die Veränderung als etwas Positives, und da er zu schwach und zufrieden zum Aufstehen war, hämmerte er mit dem Schwanz auf sein Kissen.

Drüben in Manhattan erwachte Conny frühmorgens in Ronalds Bett und besah sich ihre Umgebung. Auch er war wach, er hatte noch nie eine ganze Nacht mit einer Frau verbracht. Erschöpfung hatte ihn in die Tiefen des Schlafs gezerrt, hatte ihn ertränkt, bevor er sich an dem Körper festklammern konnte, der mit ihm unterging. Schon nach ein paar Stunden hatte das fremdartige Gefühl, jemanden bei sich im Bett zu haben, ihn wieder ins Bewusstsein emportreiben lassen. Sie lag auf dem Rücken, und er sah ihre Katzenaugen merkwürdig zwischen den Laken glimmen.

Ronald stellte sich schlafend und fühlte, wie ihre Hand das Laken streichelte. Vermutlich bewunderte sie die offenkundige Kostspieligkeit: Satin. Dann lag sie still und sah sich um, und er wusste, dass ihr die perfekte Kombination der Beige- und Cremetöne keineswegs entgehen würde. (»Alles von einem echten Innenarchitekten eingerichtet, als ich aus New Haven hierhergezogen bin«, hatte Ronald ihr gestern Abend anvertraut. »Wir hatten immer Innenarchitekten – wir sind eine alte amerikanische Familie.«)

Er sah, wie sie den Kopf ganz kurz seinem Kleiderschrank zuwandte und schnell wieder wegschaute. Sie war wohl sehr diskret. Diskretion ist manchmal ein Reflex bei denen, die ihrerseits etwas zu verbergen haben, dachte Ronald. Der Reflex kann ausgeschaltet werden, aber nur mit bewusster Anstrengung. Er beobachtete sie: Sie blickte zur Decke, auf das antike Zweiersofa, den unbefleckten Teppichboden, und dann verweilte sie bei seinem neuen Toaster und der Waschmaschine; sie erkannte den Wert dieser Dinge. Er bewegte sich vorsichtig. Sie wandte sich ihm zu, sah seine Augen an, nahm seinen Kopf zwischen die Hände und flüsterte: »Ordnungsliebe ist etwas Schönes. Ronald? Du bist ja richtig ordentlich!«

»Hast du was dagegen?«, antwortete er lächelnd, ohne die Augen zu öffnen.

»Meine Mutter hat Ordnung so nachhaltig zelebriert, dass sogar die Natur es mit der Angst bekam. Im Herbst ließen unsere Bäume die Blätter lieber auf den Nachbarrasen fallen. Im Winter wehte der Wind den Schnee von unserm Grundstück fort, sodass wir nie eine Schaufel in die Hand zu nehmen brauchten. Aber das hier – ist wunderschön.«

Drüben in New Jersey packte Gerda derweil einen Koffer für die Kinder. »Nein, ihr geht heute nicht zur Schule. Wenn Conny nicht heimkommt und Mr. Bauer nicht da ist, bestimme ich, was hier geschieht. Und ich bestimme: Hier bestimmt euer Vater. Ich bin nur das Dienstmädchen. Ich habe genug zu tun.«

Sie wusste nicht, welchen Bus man in die Stadt nahm. Die Kinder versuchten es ihr zu sagen, aber sie hörte ihnen einfach nicht zu. »Gott hat euch Beine gegeben«, sagte sie. Sie war nicht viel größer als Dicky. Sie schleppte den Koffer und gab das Tempo auf der großen nackten Straße an, die Carl Bauers Krankenwagen vor ein paar Nächten entlanggefahren war. Sie gingen über die Brücke nach Manhattan, hoch über dem Fluss, und die Strahlen der Spätnovembersonne blitzten durch die Wolken, der Wind donnerte in den Stahlträgern. Von der Brücke stiegen sie hinab nach Washington Heights mit seinen engen, vollgestopften Straßen, dem koscheren Müll auf den Gehsteigen und der Synagoge. Dicky blieb stehen und starrte das schäbige graue Gebäude an, dessen Stufen von Unrat bedeckt waren.

»Lahme Ente!«, rief Sally.

»Stell dir mal vor«, sagte er. »Wenn wir da nur einen Fuß hineinsetzen, ist es eine Todsünde. Wir brauchen nur die Treppe hinaufzugehen und über die Schwelle zu treten – ewige Verdammnis.«

Gerda drehte sich um, packte ihn am Arm und zerrte ihn weiter. »Hör mit diesem Unsinn auf und beeil dich«, sagte sie.

Als sie Stanislavs Elite-Universität erreichten, bewegte sie die Beine immer schneller, scheuchte die Kinder über die Korridore, dahin, dorthin, hysterisch in ihrer Verachtung. Endlich fanden sie sein Labor, und sie setzte sie dort auf zwei harten Stühlen ab und sagte, sie sollten für ihren Großvater beten, mitten unter den Reagenzgläsern. Sie fand den Geruch abscheulich, schlimmer als Knoblauch; bei fremdländischen Gerüchen war sie empfindlich. Ohne Stanislavs schlampigen Auftritt abzuwarten, rannte sie davon.

Er wandelte über die Gänge, wie immer tief gebeugt, die Hände hinter dem Rücken, »sokratisches Schreiten« nannte er das – es war sein Denkschritt. Die Kinder sahen, wie er eintrat, sich einmal umdrehte, ohne sie zu bemerken, und dann schleunigst wieder auf den Korridor hinauseilte. Seine Gedanken waren bei komplexen Kohlehydraten. Bei seiner zigsten Umkreisung merkte er endlich, dass er nicht allein war. Er blieb stehen und lachte schließlich leise, ergriffen von seiner eigenen Zerstreutheit.

Er tätschelte beide einmal kurz auf diejenige Wange, die ihm am nächsten war, seine Hände waren runzlig und schlaff und rochen nach Chemikalien. »Ihr seid mich besuchen gekommen!«, sagte er.

»Wir wohnen jetzt bei dir«, sagte die praktisch veranlagte Sally.

»Bei mir wohnen!«, rief er. »Aber das geht nicht! Ich habe so viel zu tun, ich kann mich nicht um euch kümmern.«

»Mama ist letzte Nacht nicht nach Hause gekommen«, berichtete Sally weiter. »Wir glauben, sie will wieder heiraten.«

»Sie ist schon verheiratet«, erwiderte Stanislav unbedacht. »Bitte, Kinder. Ihr müsst jetzt zu euerm Großvater zurück. Ich bringe euch zum Bus.«

Sie blieben auf den Laborstühlen sitzen und warteten geduldig, dass Stanislav zu Verstand kam.

»Wir waren heute nicht in der Schule«, versuchte Dicky zu erklären. »Und wir haben seit Stunden nichts gegessen.«

»Großvater liegt im Krankenhaus!« Es war Sally soeben wieder eingefallen. »Aber könnten wir nicht trotzdem ins Kino gehen?«

Dr. Miele fand, es liege in der Natur ihrer Arbeit, dass Pathologen weniger eitel seien als andere Ärzte, die jätend und hackend durch den Dschungel des Menschlichen spazierten, dann und wann einen Vogel abschossen und sich einbildeten, sie seien für alles verantwortlich, was da ohnehin blüht. Dr. Miele ging im Seziersaal auf und ab, die Zigarre zwischen den Lippen, und schärfte sein Messer. Seine Leiche lag auf dem zehnten Tisch von links und hatte noch ein bisschen Zeit totzuschlagen, solange Miele dozierte. Er hatte eine Theorie: Unterschiedliche Persönlichkeiten ziehe es auf unterschiedliche Gebiete. Die Chirurgen seien die Sunnyboys, oberflächliche Pfuscher, immer auf schnelle Belohnung aus, kurz, die eitelsten und fehleranfälligsten Mitglieder der ganzen Zunft.

»Nach den Geburtshelfern«, warf Dr. Guttenberg ein.

Dr. Miele gab ihm Recht und fügte hinzu, er habe auf Kinder verzichtet, weil er sich nie einem Geburtshelfer habe ausliefern wollen. Dr. Bauer und Dr. Guttenberg standen mit den Rücken zur Kühlraumtür, die jeden Moment hätte aufgehen sollen. Aber offenbar ließ der Laborgehilfe sich Zeit mit ihren Leichen, einem Doppelselbstmord auf dem Bahndamm, wie es aussah. »Laborgehilfen sind von Natur aus faul«, sagte Dr. Miele, indem er seine Klinge begutachtete. Immer noch nicht scharf genug. »Darum heißen sie auch ›Diener‹. Ist das nicht ein deutsches Wort, Dr. Bauer?«

»Sie können ruhig noch ein bisschen mit Dr. Hake spazierengehen«, sagte Dr. Guttenberg. »Ich weiß doch, wie gern Sie spazierengehen. Vielleicht gehen Sie mal mit ihm in die Klinik und spendieren ihm einen Wassermanntest.«

Dr. Bauer öffnete rasch ihren Instrumentenkasten, eine Kiste aus rohem Kiefernholz, die aussah wie ein verkleinerter Armensarg, und schloss sich Dr. Miele an. Gemeinsam gingen sie auf und ab, fachsimpelten und schärften mit einem gewöhnlichen Wetzstahl ihre Messer, wobei ihre Ellbogen schnelle Kreise beschrieben. Und das Gespräch ging hin und her wie ein Weberschiffchen: »Wer wird nach Ihrer Theorie denn Pathologe, Dr. Miele?« – »Oho«, sagte Dr. Guttenberg. »Diebe im fünfzehnten Jahrhundert. Leichenräuber von unersättlicher Neugier, heutzutage bloße Zyniker«, sagte Dr. Miele, »Leute, die das eine oder andere über die menschliche Natur wissen und lieber nicht noch mehr darüber erfahren möchten, die keinen Wert darauf legen, von dankbaren Patienten mit Lob und feinen Schnäpsen bedacht zu werden.«

»Sie sind heute so still«, wandte er sich an Dr. Bauer, indem er erneut sein Messer prüfte und »gut« murmelte. Jetzt begab er sich zu seiner Leiche.

»Sie wissen doch, dass ich keine eigenen Meinungen habe. Meinungen sind mir viel zu kompliziert und kurzlebig«, sagte Dr. Bauer. »Aber die Leute, die welche haben, bewundere ich ungeheuer.

Mein Vater ist nämlich krank. Er hatte vorgestern Nacht einen Herzinfarkt.«

»Dagegen ist keiner gefeit. Sie haben hoffentlich einen guten Kardiologen. Sehen Sie sich immer seine Daumen an. Hat er mehr als einen Millimeter Tennisschwielen darauf, gehen Sie zu einem anderen.

Finden Sie es nicht ziemlich kalt hier drinnen? Ich wette, die Heizung ist mal wieder ausgefallen. Da kommt Ihre Leiche. Ich fange jetzt bei meiner an. Seht her, da kommt ja unser Sonnenstrahl! Hallo, Dr. Hake. Sagen Sie uns noch mal Ihr Gedicht auf, Dr. Hake?«

»Ich bin nicht in der Stimmung.«

»Macht nichts. Ich mag Pommery sowieso nicht.«

»Sie meinen Poesie.«

»Ich kann nichts dafür. Ich finde immer, das ist was für die Damen.«

»Lieben Sie Musik?«, fragte Dr. Hake.

»Klar.«

»Das ist dasselbe.«

»Ich liebe den Tango.«

Sie hielten ihre Messer in die Höhe.

»Drüben am Park-Lane schleifen sie ihre Messer jetzt elektrisch«, sagte Dr. Miele neidisch.

Die Temperatur in der Morgue sank stetig, den ganzen Vormittag lang. Bis die Pathologen im Seziersaal ihre Autopsien abgeschlossen hatten, waren ihre Finger weiß und steif. Sie hörten die Sekretärinnen heftig um nichts und wieder nichts streiten, wie Vögel, die nur schimpfen, um sich warm zu halten. Dr. Miele trug zum x-ten Mal seine These vor, dass es einen Nobelpreis für Neugier geben müsste und dass der Pathologe und Grabräuber Dr. Vesalius aus dem 16. Jahrhundert ihn als Erster posthum bekommen sollte. Normalerweise ließen die anderen ihn ins Leere laufen, wenn er auf Vesalius zu sprechen kam, aber heute fror Dr. Guttenberg so sehr, dass er Dr. Miele widersprach und sagte, seines Erachtens dürfe der Nobelpreis nur für etwas spezifisch Menschliches vergeben werden, denn neugierig seien Hunde schließlich auch.

Zum ersten Mal ließ sich jetzt auch Dr. Bauer vernehmen, und ihre Stimme trällerte trotz der Kälte. Mensch und Tier unterschieden sich nur in einem Punkt, meinte sie: Die Menschen wüssten, dass es keine Hoffnung gebe.

Nachdem Stanislav die Kinder in seinem Labor entdeckt hatte, blieb ihm nichts anderes übrig, als sie bei Laune zu halten. »Eure Mutter ist unmöglich«, sagte er, »ich verabscheue sie.« Er hantierte mit seinen Reagenzgläsern herum und maulte auf Polnisch vor sich hin. Sie blieben sitzen, wo sie saßen, und waren dankbar dafür, dass sonst niemand da war und mitkriegte, wie er sich zum Narren machte, indem er in dieser gottlosen Sprache mit seinen Chemikalien redete, während er mit schlaffer Hand am Bunsenbrenner herumfummelte. Ihre Ängste wurden wahr – bald flog irgendetwas durch die Gegend, und er besah sich belämmert die Bescherung und wiederholte: »Ich verabscheue sie.« Schritte waren auf dem Flur zu hören: Zwei Laborantinnen traten ein, die eine mit einem Lappen, die andere mit einem Besen.

Er machte ihnen Platz zum Saubermachen und schaute befriedigt zu, die Hände hinterm Rücken. Kaum waren sie wieder draußen, sagte er: »Es ist unmöglich, hier zu arbeiten, wenn ihr beide einfach nicht imstande seid, euch zu beschäftigen. Könnt ihr nicht etwas lesen? Ihr sitzt nur da und bringt jeden normalen Menschen so weit, dass er Fehler macht.«

Er verließ den Raum ohne ein weiteres Wort. Sie folgten ihm ins Sekretariat und waren darauf gefasst, dass er seinen Jammergesang dort fortsetzte, aber er sagte nur zur Sekretärin: »Ich gehe ein bisschen mit den Kindern fort.«

Sie hörte ihn nicht, weil sie irgendwelchen Werbespots im Radio lauschte. Das war ein Recht, das ihr um diese Vormittagsstunde niemand streitig machen konnte.

»Werbeleute sind Wohlfahrtsempfänger. Sie tun nichts und werden dafür bezahlt«, sagte Stanislav mit Blick auf das Radio, um die Kinder aufzuklären. »Amerika hat das umfassendste Wohlfahrtssystem, das es in Friedenszeiten je gab. In der übrigen Welt hat man Bettler. Hier hat man Werbeagenturen. Alles Sozialhilfe-Empfänger!«

»Dein Vater ist ein Genie«, sagte die Sekretärin zu Dicky, indem sie den Ton leiser stellte. »Wirst du auch einmal ein Genie wie dein Daddy?« Dicky grunzte. »Damit du einen Nobelpreis bekommst?«

»Ich glaube, wir gehen jetzt lieber ins Kino«, sagte Sally.

»Meine Güte, Dr. Reich, was haben Sie für reizende Kinder! Sie werden bestimmt viel Spaß mit ihnen haben, wenigstens kommen Sie auf diese Weise mal hier raus. Amüsieren Sie sich gut. Mal was anderes als immer nur die Wissenschaft –« Sie zog die Nase kraus, und die Kinder lachten pflichtschuldigst.

Er führte sie zum nächsten Spirituosenladen. Sie warteten vor dem Schaufenster. Die Jalousien waren heruntergelassen, aber das Rot der Innenwände sickerte durch die Lamellen. Als die Tür aufging, floss das Licht von drinnen, rot schimmernd wie Wermut, auf die Straße hinaus, auf ihre Beine, und sie atmeten die Luft, schluckten gierig den süßen Duft billiger Schnäpse. Endlich kam er wieder heraus, eine Papiertüte am Hals gepackt, und sie gingen weiter den Broadway hinauf zum nächsten Loews, gerade rechtzeitig für die Matinée.

Stanislav bezahlte die Eintrittskarten, ohne zu fragen, was im Kino lief. Dicky war beunruhigt. Im Titel des Films war von Hiroshima die Rede, dann folgten ein paar französische Wörter, mit denen die Kinder nichts anzufangen wussten. Dicky blätterte in seinem Filmführer, herausgegeben von der katholischen Liga für Sitte und Anstand. Diese Broschüre hatte er immer bei sich, aber sein Exemplar war veraltet, und der Film war darin nicht aufgeführt. »›Hiroshima‹ – das wird wohl ein Kriegsfilm sein«, sagte Dicky. »Demnach jugendfrei.«

Sie nahmen in der Mitte des Kinos Platz, die Kinder mit pfundweise Knabberzeug ausgerüstet wie für einen langen Winter. Stanislav fand seine Kinder lästig, sie nahmen den Film nicht ernst genug. Sie schmatzten laut, rissen raschelnd die Verpackungen auf und reichten sie hin und her. Er bekam vom Ton nichts mit.

Die Kinder zappelten und kicherten. Der Film handelte von einem Liebespaar. Nicht lange, und der Mann und die Frau begannen sich zu küssen. Es war kein gewöhnlicher Kuss. Es war ein unbegreiflich langweiliger Kuss, der gar nicht mehr aufhörte. Sally war gewillt, ihn auszusitzen. Dicky geriet in Panik.

»Der kann unmöglich jugendfrei sein«, sagte er. »Bestimmt ist er begrenzt empfehlenswert.«

Der Kuss wurde immer ausführlicher.

»Er ist untragbar, ganz bestimmt. Wir sehen einen untragbaren Film!«, sagte Dicky. »Wir sollten lieber gehen.«

»Ach, sei doch still, Dicky«, sagte Sally. »Nimm dir noch Popcorn. Die hören sicher bald damit auf.« Stanislav hielt sich heraus. Er hatte die beiden aus seinem Bewusstsein verdrängt.

Dicky stand auf, eine winzige schwarze Gestalt vor den riesigen küssenden Gesichtern. »Ich mache, dass ich hier rauskomme«, sagte er. »Du sündigst, Sally. Das ist eine Todsünde!«

»In deinem Filmführer steht nichts davon, Dicky. Setz dich wieder!« Sie zerrte an ihm.

Er riss sich los.

Hinten im Kino flackerte kurz Helligkeit auf, als er durch die Tür schlüpfte. Sally lehnte sich bequem zurück und wartete auf interessantere Szenen.

Dicky war noch keine Minute fort, als im Kino die Hauptbeleuchtung anging. Der Mann und die Frau küssten sich weiter, waren aber jetzt schwerer zu erkennen. Ein paar Leute drehten sich erstaunt um. Plötzlich rannte ein Mann im Anzug nach vorn auf die große Leinwand zu. Tränen strömten ihm über die Wangen. Sally staunte über Dickys magische Kräfte.

Der Mann musste schreien, um sich von da vorn auch für die hinteren Reihen verständlich zu machen. »Meine Damen und Herren! Auf das Heights Theatre in dieser Straße wurde ein Bombenanschlag verübt! Bevor wir nicht wissen, was dahinter steckt, werden wir dieses Kino schließen.«

Die Leute standen auf und maulten etwas von Eintrittsgeld und verdorbenem Vormittag.

Der Mann rannte wieder hinaus. Der Vorhang klappte zu wie zwei Buchdeckel über dem Paar, das sich immer noch küsste. Stanislav und Sally fanden Dicky in einer Ecke des Foyers, wo er sich mit einer Tüte Popcorn der Völlerei schuldig machte. Stanislav wollte um keinen Preis gehen, ohne sein Eintrittsgeld zurückzubekommen, und sie stellten sich in eine lange Schlange Vergnügungssüchtiger, die auf die Kassiererin einbrüllten.

Der Broadway war zugepflastert mit den Nachmittagsausgaben der Boulevardzeitungen, die über den Anschlag berichteten. Stanislav schien sich zu ärgern. »Nur weil da ein Kino zerbombt wurde, meinen die, es müsste mit unserm Kino auch was passieren!« Er hielt seine Tüte an sich gedrückt und ging sehr schnell und vornübergebeugt, und sie mussten sich sputen, um mit ihm Schritt zu halten. Sein Gesicht hellte sich wieder auf, und sein Schritt verlangsamte sich, als ihm die Lösung für ein kniffliges Problem mit komplexen Kohlehydraten einfiel. »Wir haben zu Hause nicht mal einen Fernseher«, klagte Dicky.

In der Morgue belebte sich schlagartig das Geschäft. Die ersten eintreffenden Krankenwagen brachten die Leichen noch am Stück, und die Assistenten brachten sie im Keller unter, nachdem die Kühlfächer voll waren. »Verdammt, ist das kalt hier«, klagten sie. »Seid froh«, antwortete der Techniker. »Reines Glück oder Gott sei Dank, dass die Heizung ausgefallen ist. Wenn ihr wüsstet.« – »Da habt ihr ja ganz schön was zu puzzeln«, meinte der Beamte, der die persönlichen Gegenstände aufnahm und nach Erkennbarem suchte. Die nächste Lieferung bestand aus Kisten mit Aufschriften wie »Arme«, »Beine« und so weiter.

Oben im Sekretariat sorgten Todesnachrichten selten für Aufregung. Aber bei der Zahl der betroffenen Kinder wurde Blessed doch ganz melancholisch. Ihr Kummer war ansteckend. Die Belegschaft der Morgue versammelte sich in Alices Büro, und als das Zimmer voll war, fehlten ihnen die Worte. Dann fiel jemandem auf, dass Dr. Hake und Dr. Bauer abwesend waren. Zur Bestürzung über den Tod so vieler Unschuldiger gesellte sich der Verdacht, dass Dr. Hake und Dr. Bauer sich irgendwo ein paar schöne Stunden machten. »Wenn die beiden nicht bald wieder da sind, werden hier Köpfe rollen«, schwor sich Dr. Guttenberg. Tatsächlich waren die beiden wieder unten im Labyrinth und lieferten sich auf Connys Waschbärmantel ein heißes Match.

Zur selben Zeit saß Gerda in New Jersey über den Esstisch gebeugt und fuhrwerkte mit einem Schraubenzieher an einem hilflos daliegenden Radio herum. Sie drückte und stemmte, und mit einem Mal regte sich der Senderwählknopf. Sie war erschrocken über ihr Werk. Dann trug sie das Radio rasch in ihre Küche, stöpselte es ein und drehte den Knopf hin und her. Im Verlauf dieser köstlichen Reise hörte sie plötzlich die Nachricht von den 67 unschuldigen Menschen, die in Manhattan in einem Kino umgekommen waren. Sie musste sich am Spülbecken festhalten und wollte das Radio schon wieder ausschalten, aber dann überlegte sie es sich anders. Sie war allein, und trotzige Entschlossenheit stand ihr ins Gesicht geschrieben. Sie hörte sich alles an, von der Bombe, den toten Kindern und den Verletzten, die in den Krankenhäusern der Stadt um ihr Leben kämpften.

Aus einem nicht ersichtlichen Grund begann das Rollo am Küchenfenster zu schaukeln. Sie sah, dass das Fenster dahinter geschlossen war. Das Rollo schaukelte, bis es an die Scheibe klopfte. Sie zählte: Eins, zwei, drei … Siebenundsechzigmal schlug das Rollo gegen die Scheibe, dann hing es wieder still. Die Toten ziehen durch meine Küche, dachte Gerda und kniete nieder, um für sie zu beten. Sie dachte sich nichts weiter dabei. Es war wie im Ersten Weltkrieg. Da hatte es in ihrer Klosterzelle auch immer ans Fenster geklopft.

Später ging ihr auf, dass sie ihre Pflicht gegenüber Carl Bauer vernachlässigte. Man musste ihn vor der schlechten Nachricht schützen. Verbrechen deprimierten ihn ja so. Sie eilte, um sich für ihren Abendbesuch fertig zu machen, und packte sein Abendessen in einen Picknickkorb. Sein schwarzer Buick stand in der Garage. Sie hatte nie fahren gelernt. Die Herrschaften hatten darüber diskutiert. Eva hatte gesagt, in Amerika führen alle Frauen Auto, selbst Dienstmädchen, und es wäre sehr nützlich, wenn Gerda Auto fahren könnte. Aber Carl Bauer sagte: Niemals. Sie war gut auf den Beinen und maß Entfernungen in Rosenkränzen. Sie hetzte in zweieinhalb Rosenkränzen zum Krankenhaus, weil sie fürchtete, man könnte es ihm schon gesagt haben.

Er hatte noch keine Silbe gehört. Er lag auf dem Rücken und schlief, die Hände auf der Decke. Gerda würde sich opfern müssen: Wenn nötig, hieß es, die ganze Nacht aufbleiben, um zu verhindern, dass jemand schwatzte. Sie postierte sich an der Tür, und als eine Schwester wegen der Messerei kam, flüsterte Gerda ihr zu: »Sagen Sie ihm ja nichts von der Bombe, Miss, das regt ihn nur auf.«

»Schon gut, Darling, keine Angst«, antwortete die Schwester. Dann wandte sie sich dem Mann zu, dem Gerda ihr ganzes Leben geweiht hatte, für den sie Gerhardt, einen buckligen Chauffeur, hatte sitzenlassen. Die Schwester nahm Mr. Bauers kostbare Hand von der Decke, als ob das gar nichts wäre, tastete nach seinem Puls und sagte: »Na, wie geht's unserm Carl, wie fühlen wir uns?«

Tragische Ereignisse schreien danach, dass sich die ganze Nation auf sie konzentriert. Wenn sie zu langweilen anfangen, umso besser. Dann schleichen sich Ritual und Routine ein, und schon immer hat ritualisierte Langeweile die Massen angezogen. Wer und warum, psalmodierten die Medien. Warum ich, warum jetzt, fragten die Opfer. Weil Freitag, der dreizehnte, war. Der Film hieß *Sindbad der Seefahrer,* darum. Weil ich heute früh vergessen habe, meinen Terrier Wolfgang zu streicheln. Was daraus zu lernen ist: Wie gefährlich es ist, sich in geschlossenen öffentlichen Räumen aufzuhalten. Wie abnorm Geisteskranke sind. Wie schuldig der Beschuldigte sein muss. Sie hatten ihn sehr bald, einen netten jüdischen Jungen, frisch von der Talmudschule und nach koscheren Gürkchen riechend. Man hatte ihn gesehen, wie er sich um das zerbombte Kino herumtrieb und mit einer Spielzeugpistole die Opfer zählte, was ja nicht verboten war. Auf die höfliche Frage eines vorbeikommenden Polizisten legte er rechtzeitig für die Abendnachrichten ein umfassendes Geständnis ab. Doch die Enttäuschung für die Polizei ließ nicht auf sich warten: Der Junge hatte von Gelignit und Trinitrotoluol nie gehört und konnte an seiner eigenen Pistole vorne und hinten nicht unterscheiden.

Die Pathologen wussten alles auf den ersten Blick: eine Explosion. Der Runzelreflex beim Knall produziert Masken: kohlschwarze Gesichter mit weißen Strichmustern. Der Explosion folgt ein Brand. Was nicht zerfetzt ist, verbrennt schnell, die Leiber nehmen Boxerhaltung an. Was nicht verbrennt, ertrinkt im Kohlenmonoxid, das die Flammen freisetzen. Wer nicht erstickt oder verbrannt ist und sich noch bewegen und denken kann, dreht durch, rennt in Ecken, aus denen es kein Entrinnen gibt, und lässt sich zu Tode trampeln. Na ja. An die Arbeit.

Die Temperatur in der Morgue sank im Laufe des Nachmittags auf die zur Konservierung von Toten optimalen vier Grad Celsius, sodass man die Leichen gleich in den Seziersaal bringen und dort lagern konnte. Die Pathologen und die »Diener« trugen Wintermäntel und Schals. Es war ein buntes Treiben unter dem zugenagelten Oberlicht, wie ein Wintermarkt eines alten Meisters, ein jeder tat das Seine zum großen Ganzen: Aufschneiden, zunähen, weiterreichen, wiegen, begutachten, diskutieren. Immer wenn ein Fall abgeschlossen war, legten die Pathologen die Organe in einen Plastiksack, stopften den Sack in die Bauchhöhle des Opfers und nähten sie mit großen, schludrigen Stichen zu. Und ruhten sich kurz aus, bevor sie sich das nächste vornahmen. Die Polizei erledigte einen Großteil der Puzzlearbeit, die vermutlich zusammengehörigen Körperteile zu sortieren.

Dr. Hake und Dr. Bauer waren ganz bei der Sache. Sie waren gerade rechtzeitig aus ihrem tropischen Versteck zurückgekehrt und hatten so getan, als hätten sie, jeder für sich, einen bestimmten Fall in der medizinischen Bibliothek nachschlagen müssen, und als hätten sie unabhängig voneinander die Nachricht gehört. Am Eingang zur Morgue wären sie dann aus purem Zufall zusammengetroffen. In Wirklichkeit hatten sie unten im Labyrinth den Lärm gehört, als die Bestattungsfachschüler in so großer Zahl in den Übungsraum strömten, dass es sich nur um einen Massenexitus handeln konnte. Sie waren durch die Tunnel gerannt, im Hauptgebäude wieder aufgetaucht und hatten ihre Ankunft inszeniert. Während Dr. Hake seinen Chirurgenkittel anlegte, dachte er: »Carl Bauers Reaktion auf diese Nachricht ist ein wichtiges Indiz für die Vollkommenheit seiner Reue, für die Symptomatik seines Gewissens.« Und er nahm sich vor, Carl Bauer noch am selben Tag zu besuchen und ihm die Neuigkeit mitzuteilen.

Die Doktoren Bauer und Hake verließen die Morgue zu einer kurzen Pause, als die Insassen der Männerpsychiatrie soeben ihren nachmittäglichen Arzneicocktail bekamen. Sie hörten das helle Geklacker von Connys Absätzen und ignorierten das langsamere Pedal der schweren Männer-Oxfords. Schritte donnerten, Tassen klapperten, o Freude, Freude menschlichen Verlangens.

Ronald legte den Arm um sie. Die Patienten brüllten vor Lust und Wut. Sie machte sich los. »Das regt sie nur auf. Sie können da nicht raus, die Armen.«

»Ich glaube nicht, dass die so arm dran sind«, meinte Ronald. »Drei Mahlzeiten täglich. Guck doch mal, wie sie vor Energie strotzen!«

»Das ist die Energie des Irrsinns«, antwortete sie. »Die habe ich auch.«

»Vielleicht werden Menschen irre, weil sie etwas verheimlichen. Wie tertiäre Syphilis. Wenn der Patient seine Krankheit von Anfang an zugegeben hätte, wäre er behandelt und nie so krank geworden. Und denk mal, er steckt sogar seine Lieben an, weil er ihnen die Wahrheit nicht sagen mag. Lügen stiften großen Schaden. Hör dir diese Narren an.«

»Aha. Und wo sollen wir unsere Heimlichkeiten und unsere Lügen loswerden? Wir könnten ja deine Schwester anrufen oder meinem Vater reinen Wein einschenken«, meinte sie leichthin. »Wenn wir nämlich so weitermachen, sperrt man uns am Ende noch zu meinen Verehrern. Dort wären wir dann wenigstens zusammen.«

Er war zu verblendet, um zu protestieren: Warum, warum, warum wollte sie ihm ihre Lebenslüge nicht offenbaren? Warum musste er hinter ihrem Rücken herumrätseln? Warum hatte er sie eigentlich so gern? Diese Frage aufwerfen hieß mit sich selbst ins Gericht gehen. Er hatte sie gern, trotz ihrer Vergangenheit, trotz ihres Autos. Zu seiner Bestürzung musste er erkennen, dass Connys Auto allem ins Gesicht schlug, was er schätzte – ein taubengrauer, verbeulter alter Ford! Und sie fuhr nicht wie eine Frau, geziert, vorsichtig und ein bisschen ungeschickt. Nein, sie fuhr wie ein ordinärer Taxifahrer, nur den Zeigefinger am Lenkrad, bog sie ab und ging in die Kurven, gab Gas und geriet ins Schleudern.

»Warst du in Deutschland, als die dort anfingen, die Juden zu verfolgen?«, fragte er ihr Profil.

»Nein, nicht direkt.«

»Hast du jemanden gekannt, der es richtig fand, sie umzubringen?«

»Who killed Cock Robin?«, sang Conny.
»Wer murkst die Juden? –
Ich, sagt der Spatz,
alles für die Katz.
Ich murks die Juden.«

»Aber es ist mir bitterernst damit! Sag mal, hast du je einen sterben sehen?«

»Klar!«, lachte Conny, »Who saw him die?
Wer sah sie sterben?
Ich, sagt die Grille,
mit der dunklen Brille.
Ich sah sie sterben.«

»Du möchtest eigentlich nicht darüber reden, wie?«

»Nein, eigentlich nicht. Reden wir von Skelettrekonstruktionen. Reden wir von Dr. Ronald Hake.« Er saß verdrossen da und sagte auf der ganzen Fahrt nichts mehr. Sie tröstete ihn: »Sieh mal, das Dumme an den Leuten ist: Jedes Mal, wenn sie den Mund aufmachen, kommt ein Wort heraus.«

Als sie sich dem Vorstadtkrankenhaus näherten, wo Carl Bauer wegen seines Herzinfarkts eingekerkert war, versuchte Ronald, seine Gedanken auf das Verhör zu konzentrieren. Dieses jüngste Verbrechen konnte man, was Hitler betraf, unterteilen in zwei Aspekte: Es war a) ein Bombenanschlag, b) ein kleiner Genozid. Hake musste unbedingt sehen, wie die Nachricht von a) und b) auf den früheren Führer wirkte. Als a) musste sie zumindest eine leichte Paranoia hervorrufen. Ein bestimmter Bombenanschlag war schließlich gegen ihn gerichtet gewesen. Beide Trommelfelle zerfetzt. Psychologisch hatte es sich so ausgewirkt, dass Hitler seine überraschende Rettung als Beweis für das Walten der Vorsehung ansah, die auf ihn aufpasse. Bei aller äußerlichen Zuversicht war Hitler danach, wie selbst Mussolini berichtete, extrem paranoid und misstrauisch geworden. Einmal war er beim Tee so über seine Offiziere hergezogen, dass es seinem Gast, dem Duce, richtig peinlich war. Ronald schloss daraus, dass die Bombe Spuren hinterlassen haben musste, einen Schorf. Daran gemahnt durch den heutigen Bombenanschlag, würde a) die Wunde wieder aufreißen und von neuem bluten. Zu b): Wenn Hitler ein reines Gewissen hatte, würde er sich über die Nachricht von einer Massenverbrennung, an der er nicht die allermindeste Schuld trug, nicht ungebührlich aufregen.

Conny fuhr auf den Krankenhausparkplatz und fand, dass Ronald für einen Krankenbesuch recht grimmig aussah. »Du könntest wenigstens so tun, als brächtest du ein bisschen Mitgefühl auf«, sagte sie. Wenn Ronald sich konzentrierte, runzelte er immer die Stirn. Und er wusste, dass er jetzt einen intelligenten Eindruck machen musste. Er bedauerte, dass er in Princeton nur ein Semester Psychologie gehört hatte.

Für PJ hatte das Leben eine Wende zum Uninteressanten genommen. Sie konnte dieser Tage nicht mehr damit rechnen, Carl Bauer mit Happy vorbeispazieren zu sehen. Dafür sah sie Gerda, die kein Talent für Hunde hatte, da konnte man alle Nachbarn fragen. Gerda führte das Tier immer um dasselbe Geviert, sodass es gar keine Chance hatte, sein Revier zu erweitern (das Alter beeinträchtigte wohl kaum den Territorialtrieb), und sie legte ein solches Tempo vor, dass auch der schnellste Happy – und er war für sein Alter durchaus kein langsamer Happy – keine Zeit gehabt hätte, die Stelle herauszuschnüffeln, an der seine Duftmarke am meisten hermachen würde.

PJ saß an ihrem Küchenfenster, das Kinn in die Hand gestützt, und ließ sich das schwarzlackierte Haar vors Gesicht fallen wie einen Vorhang, hinter dem sie als tagträumende Siebzehnjährige erschien. Sie erinnerte sich, wie völlig frustriert sie in Europa angekommen war, weil sie so wenig über ihren Gast erfahren hatte, obwohl sie auf dem

Schiff die ganze Zeit miteinander verbrachten, beim Essen, beim Tanz, im Kasino. Sie konnte sich jede Minute mit Carl Bauer ins Gedächtnis zurückrufen und sah ihn auch jetzt wieder vor sich, wie er an der Schiffsreling lehnte und zu der schnell näherkommenden Küste Europas hinüberstarrte. Sein Gesicht war grau und hart wie ein Felsen, auf dem die rote Sonne brannte. Nach sieben Tagen zur See hatte sie lediglich zwei Seiten an ihm kennengelernt: seine Reserviertheit und seine tiefe, attraktive Traurigkeit. Und als PJ nun sechs Jahre später an ihrem Küchenfenster saß, kam sie zu der Selbsterkenntnis, dass »Traurigkeit bei Männern mich immer ganz schwach macht«.

Jedes Mal, wenn PJ sich ihre Sehnsucht nach Carl Bauer eingestand, wand sie sich innerlich und fühlte, dass es vor diesem Verlangen kein Entrinnen gab. Sie wurde hilflos und kribbelig. Meist endete es damit, dass sie den Fernseher einschaltete und sich eine besonders rührselige Seifenoper ansah, um sich über deren neueste Entwicklung die Augen auszuweinen (egal was es war, glücklich, traurig, dramatisch, langweilig, es zählte nur der Grad der Rührung. Aber die Seife schäumte nur, wenn sie die Gewissheit hineinrühren konnte, dass Carl in der Nähe war.) Und heute, da sie wusste, dass Carl am anderen Ende der Vorstadt lag und dort wahrscheinlich mit seiner Gesundheit beschäftigt war – mit Sicherheit nicht an sie dachte! –, war ihr mit einer Seifenoper nicht zu helfen. Also probierte sie einen anderen Trick.

PJ putzte sich heraus. Sie machte ihr Gesicht zurecht, toupierte sich das Haar noch etwas höher und zog zur Feier des Tages ihren besten Polyester an. Sie warf sich einen Schal über die Schultern (er hätte protestiert: »Du erkältest dich zu Tode, mein Kind«) und lief zum Haus der Bauers hinüber. Sie wusste genau, wo Gerda den Ersatzschlüssel aufbewahrte: An einem Ort, dem sie Vertrauen und Achtung entgegenbrachte wie einem Grab – unter dem Mülleimer.

Mit einer Selbstverständlichkeit, die jeden spionierenden Nachbarn von ihrem guten Recht überzeugen musste, holte PJ sich den Schlüssel und betrat das Bauersche Haus. Kaum war sie eingedrungen, da begann es vor Erregung in ihrem Kopf zu hämmern, sodass sie einen Moment lang fürchtete, einen Schlaganfall zu bekommen.

Es wäre unangenehm, allein und in einem fremden Wohnzimmer einen Gehirnschlag zu erleiden. Ducky hatte den seinen in einem Einkaufszentrum gehabt. Mehr Beachtung hätte er sich bei seinem Hinscheiden nicht wünschen können. Das Druckgefühl in den Schläfen ließ nach, als sie all die Uhren sah, die sie daran erinnerten, dass sie nur zwei Stunden Zeit hatte, bevor Gerda zurückkam. Aber in diesen zwei Stunden konnte sie tun, was ihr gefiel. »Gebrauche deine Phantasie, mein Mädchen«, sagte sie sich. »Schau dir das Haus an, überlege, was du alles wirst ändern müssen. Denk an die Zukunft. Die Uhren müssen weg. Alle miteinander. Ich kann die verflixten Dinger nicht leiden.«

Sie setzte sich auf das Sofa neben Carls Lehnstuhl, legte die Hand auf die Armlehne und erinnerte sich, wie sie so mit Carl in Straßburg im Hotelfoyer gesessen hatte. »Wo ist Eva?« PJ wiederholte jetzt, sechs Jahre später, ihre Frage und legte den gleichen Schmelz ernster Besorgnis in ihre Stimme, einen Schmelz, den man unmöglich künstlich nennen konnte. Sie *war* ja doch besorgt. Und zugleich war sie eben auch *nicht* besorgt. PJ sah Carl vor sich, wie er frisch geduscht in seinem Konfektionsanzug auftauchte. »Sie fühlt sich nicht wohl, da braucht sie etwas länger.«

»Und du, Carl?«

»Mir geht's gut, danke. Da kommt sie.«

PJ warf den Kopf herum und blickte zu Evas Foto auf dem Fernseher hinüber. Man sah ihr das Alter an: Anfang fünfzig. Schlaffer Hals und ein ziemliches Gewicht herumzuschleppen auf ihren zarten Fesseln. Trotzdem trug sie nur enge, auffällige Sachen. Und einen Stolz hatte sie! Großer Gott, der Stolz macht Frauen schön, und entweder hat man ihn, oder man hat ihn nicht. Das Foto zeigte sie im Dreiviertelprofil, mädchenhaft, mit völlig ausdruckslosen Augen – Augen, so blau und glatt wie Samtkissen.

»Gehen wir?«, fragte Eva ohne Begeisterung.

Sie fuhren mit der Straßenbahn zum Wald hinaus und gingen am Fluss spazieren. Am andern Ufer lag Deutschland, still, ruhig, die Läden voller Kuckucksuhren. PJ sprang vom Sofa und begann, um den

Esstisch herumzugehen, eine Runde nach der andern, eine Reprise jenes schönen, gemächlichen Spaziergangs am Rhein. Der Rhein hatte etwas Leidenschaftliches. Der Hudson trennte nur New York von New Jersey. Darüber hatte noch nie jemand ein Gedicht geschrieben. Carl sah immerzu über die breite, brodelnde Wasserstraße nach drüben. Er war wieder ganz wortkarg geworden. Auch Eva hatte ihre Schmetterlingsschönheit eingebüßt. Sie hatte die Fäuste vor die Brust gehoben, eine richtig altmodische Geste der Gefühlsbewegung. PJ imitierte sie auf ihrem Weg um den Tisch. Fühlte sich gut an. Sie versuchte, etwas für den Rhein zu empfinden, konnte aber nur daran denken, wie toll es wäre, eine Kuckucksuhr zu kaufen. »Wir könnten hinübergehen, auf die andere Seite«, sagte sie zu Evas Foto. »Dort ist eine Brücke. Dann sind wir in Deutschland.«

Sie kehrte zum Lehnstuhl zurück, tätschelte die Lehne und schmeichelte: »Und du kannst dann deutsch reden, ohne dass dich einer für einen Ausländer hält.«

Wie gut sie sich an Carls Gesicht erinnerte! Wie sein Blick sie durchbohrt hatte, gleich einem Dolch, der in sie eindrang, ihr Fleisch zerteilte. Ducky war so ruhig gewesen, sein Gemüt so glatt wie der Hudson an seiner breitesten Stelle, wo er geboren war. Noch nie in ihrem Leben war sie so herrlich zurechtgewiesen worden. PJ musste sich wieder aufs Sofa setzen und atmete keuchend.

Sie sah auf eine der Uhren. Zeit für ihre Lieblingsszene, die sich am Nachmittag des folgenden Tages abgespielt hatte. PJ stellte sich neben das Sofa, legte die Hand auf den Lehnstuhlrücken und bildete sich ein, es handle sich um Carls Kopf. Neben ihr lag Eva ohnmächtig auf dem Sofa. »Bitte, Carl, beruhige dich. Eva wird schon wieder. Vielleicht muss sie nur ein wenig ruhen.« Sie stand mit geschlossenen Augen da und schwelgte, spann den Moment immer länger und länger aus, wie einen Marienfaden, bis die Uhren schlugen und sie schnell hinausmusste.

Carl Bauer lag auf der Genesungsstation. Die Schwestern interessierten sich nicht mehr für ihn, ein Zeichen, dass er außer Gefahr war.

Dreimal täglich brachte Gerda ihm in einem großen Korb die Mahlzeiten von zu Hause.

Der Pfleger schimpfte selber über das Krankenhausessen, doch diesen demonstrativen Protest nahm er übel. Er brachte die Mahlzeiten, knallte sie dem Patienten auf den Tisch und sah zu, wie Gerda sie eiligst wieder abräumte. Vibrierend vor Wut wankte die kleine Frau vor seinen Augen mit dem Tablett davon und stellte es, die Nase rümpfend wegen des Geruchs, auf die Kommode in der gegenüberliegenden Zimmerecke. Der Pfleger sah weiter zu, wie sie den Korb auspackte und mit den Utensilien, die sie mitgebracht hatte, so korrekt wie möglich den Tisch deckte – eigenes Geschirr, frische Leinenserviette und das beste Silber aus dem Hause Bauer.

»Ich hole das Tablett in einer halben Stunde wieder ab«, sagte der Pfleger. »So lange müssen Sie damit leben. Vorschrift ist Vorschrift.«

Als Conny und Ronald eintraten, war dieses Ritual gerade wieder vollzogen worden. Gerda stand am Fußende des Krankenbetts und sah dem Patienten zu. Carl blickte traurig auf seinen Teller. Die Trauer rührte daher, dass sein Zustand (hilflos und krank) mit dem Anblick von Butterkartoffeln, Rahmspinat, Zwiebelstückchen und Braten unvereinbar war. Gerda machte sich soviel Arbeit, aber er hatte nichts davon; er fühlte sich umso hinfälliger, je mehr sie ihm brachte.

Er erkannte Connys Schritt. »Papa?«, sagte sie von der Tür her. Er zuckte zusammen. Er vermied es, sie anzusehen.

»Du kommst spät. Allzu spät. Ich will dich nicht sehen«, sagte er zu seinem Spinat. »Meine einzige Tochter«, sagte er zu seinem Braten. »Eva hat immer gesagt, du würdest mich im Stich lassen, wenn es darauf ankäme«, sagte er zu seiner Soße.

Dann vernahm er einen anderen Schritt, männlich in seinem langsamen Näherkommen, und sah auf. Er vergaß seine Bettlägerigkeit, und sein Gesicht strahlte. Der weiße Schnurrbart, der alles krönte, was er sagte, fing an zu tanzen, so freute er sich, einen Mann zu sehen, der seine Achtung verdiente.

»Dr. Hake!«, sagte er. »Kommen Sie herein. Vielleicht haben sie eine Ahnung, warum meine einzige Tochter mich nicht schon früher besucht hat?« Er meinte das weder scherzhaft noch ironisch. Er erwartete einfach von einem Untergebenen, seinem Lieblingsadjutanten, eine Erklärung für das Verhalten seiner Tochter. Doch Ronalds Interpretationskünste versagten. Er fühlte sich völlig durchschaut. Die Erinnerung an Conny, wie sie in der heißen Schwüle des Labyrinths unter ihm zappelte, überfiel ihn frontal. Er stieß die einzige Entschuldigung hervor, die ihm in den Sinn kam: »Weil es ein schreckliches Unglück gegeben hat.«

Gerda schnappte nach Luft. Der junge Mann stand im Begriff, unermesslichen Schaden anzurichten.

»Was ist denn passiert?«, fragte Carl Bauer.

Gerdas Keuchen ging in ein Seufzen über. Nun gut, wenn der junge Mann es für nötig hielt, Carl Bauer Bescheid zu sagen, dann musste er wohl einen guten Grund dafür haben.

Ronald war zu verdattert, um auf Carl Bauers Reaktion zu achten. Er bemerkte keine unwillkürliche Bewegung, sah nicht, ob er zuckte, ob ihm der Schweiß auf die Stirn trat, ob er zitterte. Statt dessen erinnerte Ronald sich nur an gewisse Worte, die ihm in den Mund gesprudelt und mit seinem Keuchen eins geworden waren, als er aus dem Daunenbett ihres Körpers auftauchte – jene anbetenden Worte, die er nicht zu unterdrücken vermochte: »Ich liebe dich.«

Sein Gesicht lief rot an, und er platzte heraus: »Ein Bombenanschlag!« Und er bekreuzigte sich.

Carl Bauer tat es ihm nach.

»Wir wollten mit Ihnen beten«, schloss Ronald.

»Dann lasset uns beten«, sagte Carl Bauer.

Als der Pfleger kam, um das Tablett abzuholen, fand er drei Besucher bei dem Patienten vor, zwei auf den Knien, den Dritten vor Carl Bauers Bett stehend. Sie hatten die Augen geschlossen, und ihre Lippen bewegten sich. Der Patient lag in sein Kissen zurückgesunken und starrte das kalte Essen auf seinem Teller an. Der Pfleger deutete seinen Gesichtsausdruck als postoperative Depression.

Gerda und Conny ließen Ronald später mit Carl Bauer allein.

»Lass die beiden Herren miteinander reden«, sagte Gerda. »Ich möchte die Blumen gießen.« Sie meinte die Blumen auf Evas Grab. »Ich muss mich um alles kümmern,

um Frau Bauer
um Herrn Bauer
um das Haus
um die Kinder.

Es war schlimm genug, dass ich mich um dich kümmern musste, als du klein warst. Musste immer so tun, als wärst du meines. Ich habe es satt. Fahr bitte vorsichtig.« Sie fuhren zum Friedhof, einem hübschen Fleckchen auf einem Hügel mit Blick auf eine Müllkippe. »Nie fragst du mich, was ich mit deinen Kindern gemacht habe«, rief Gerda. »Du weißt nicht mal, wo sie sind, oder? Du bildest dir ein, sie sitzen zu Hause und machen ihre Hausaufgaben. Irrtum!« Sie huschte um die Blumenrabatten herum. Jedes Mal, wenn sie an dem Grabstein vorbeikam, blieb sie stehen, las die Inschrift und schüttelte verständnislos den Kopf. »Eva Bauer«, stand darauf, »dahingegangen am 5. März 1959 ins Tal der Liebe und der Freude.«

»Ich weiß nicht, warum dein Vater es dem Steinmetz, noch dazu einem Quäker, überlassen hat, was auf dem Grabstein seiner Frau stehen soll. Tal, was heißt hier Tal?« Sie flog davon und kehrte zurück. »Der Himmel ist kein Tal. Der Himmel ist da droben.« Sie deutete mit dem Zeigefinger.

Ronald saß am Fußende des Krankenbetts. Er begann mit a): »Vermutlich werden sie den Bombenleger erwischen.«

»Wenn nicht«, sagte Carl Bauer, der mit neu gewonnener Lebenskraft aufrecht in seinem Bett saß, »dann wird Gott ihn erwischen.«

»Wenn er seine Sünde beichtet, wird Gott ihn lossprechen«, sagte Ronald. Dann ging er aufs Ganze. »Nennen wir ihn lieber nicht Gott. Nennen wir ihn den Allwissenden, den Fabelhaften Intriganten.«

Carl Bauer erwiderte kühl: »Und warum nicht Gott? Was haben Sie gegen Gott?«

»Ich vermeide es, Gott zu sagen, denn dabei muss ich immer an einen Mann mit Bart denken, der sich mit den Vöglein im Walde unterhält.«

Carl Bauer schwieg. Ronald versuchte es mit b):

»Schrecklich, so ein Massaker. Noch dazu unter solchen Umständen. Eingesperrt. Panik. Erstickung. Verbrannte Leichen. Oder können Sie sich vorstellen, dass die Opfer ein solches Ende verdient hatten?«

Carl Bauer wurde ganz blass. »Was wollen Sie damit sagen?«, fragte er. »Verdient? Sie meinen, dass diese Menschen vor ihrer Zeit, ja sogar noch vor dem Tod ins Inferno geschickt wurden? Dass irgendein komischer Kerl mit Bart sie zu etwas Derartigem verurteilt hätte? Ein Typ, der harmlose Zuschauer hasst? Na, ich muss schon sagen …«

»Der Mensch lebt und sündigt. So heißt es doch?«, meinte Ronald, indem er ratlos auf seine Hände blickte. Kräftige Hände, nach wie vor. Verdammt, er durfte im Krankenhaus nicht rauchen. Die Pfeife pochte an seine Brusttasche, gleich über dem Herzen. Der Fall war schwierig. »Und dann sterben wir, das ist die Erbsünde, die wir nie loswerden. Aber manchen wird ein schrecklicherer Tod zuteil als anderen. Das habe ich in meinem Beruf erfahren müssen.«

»So?«, meinte Carl Bauer. »Sie scheinen ja allerhand zu wissen über die verschiedenen Todesarten.«

»Wissen. Wissen«, sagte Ronald. Er liebte dieses Wort. »Wissen ist das, was uns von den Wiederkäuern unterscheidet. Ich glaube übrigens, dass unser Gott, die Macht des Schöpfers, diejenigen straft, die sich anmaßen, unser Leben zu manipulieren – die Mörder und die Ärzte und die Politiker. Wir Pathologen wollen nur wissen, *woran* jemand gestorben ist, wir wollen herausfinden, was im Innern des Menschen vorgeht, wollen die Wahrheit wissen, wir verabscheuen die Lüge.«

»Es gibt verschiedene Arten zu sterben, und manche haben mit dem Körper nichts zu tun«, beteuerte Carl Bauer. Aber Ronald hörte nicht zu, er betrachtete seine Hände und leitete die Attacke ein:

»Und ich sehe immer wieder, dass Lügen sich wie Krankheiten ausbreiten. Sie liegen auf der Lauer. Sie wirken wie Gifte, sie stören die vitalen Funktionen. Je hässlicher die Lüge, desto schlimmer die Verwüstung, die sie in den Menschen anrichtet. Es gibt Lebenslügen, die sich gegen das Denken richten und Schwachsinn verursachen, Lügen, die andere Lügen säen, die den ganzen Körper befallen und langsam alle Wahrheit verdrängen, und der Patient wird von den furchtbarsten Schmerzen zerfressen, je weiter er sich vom Stand der Gnade entfernt. Die Lebenslüge bildet Metastasen, macht die Seele des Opfers nekrotisch und zur Liebe unfähig.

Apropos Liebe –« (Ronald ließ sich von seiner eigenen Theorie hinreißen), »auch die heimliche Liebe kann zum plötzlichen emotionalen Tod führen.

Wissen Sie, dass kein Toter so hässlich aussieht wie ein Mann, der beim autoerotischen Exzess gestorben ist, auf ein Gerät gespießt, gefesselt und erwürgt? Weil das, was er verheimlicht hat, plötzlich ans Licht kommt, indem es ihn tötet.«

Hier unterbrach ihn Carl Bauer. »Ich fühle mich nicht wohl, Ronald, entschuldigen Sie. Glauben Sie mir, ich teile Ihre Abneigung gegen Ärzte und Wissenschaftler, die ihre Nasen in alles stecken. Wir sind derselben Meinung, Ronald. Das ist sehr tröstlich.«

Ronald war aus dem Konzept gebracht. Er suchte verzweifelt nach dem roten Faden. Er musste diesen Kerl zum Geständnis zwingen! »Und die Politiker, Mr. Bauer?«, brachte er heraus. »Was halten Sie von denen?«

Carl Bauer sah ihn an. »Ich verabscheue sie«, sagte er. Er sank zurück ins Kissen und schloss die Augen. »Lassen Sie mich nur mal eine Minute ausruhen.« Er schlief sofort ein, mit hängendem Unterkiefer. Sein Körper wirkte winzig in der weißen Wüste des Krankenbetts. Ronald fühlte ihm den Puls. Schwach, aber stetig, als ginge er Carl Bauer behutsam zur Hand auf seiner Gratwanderung zwischen Schlaf und Tod.

Später fuhren Conny und Ronald zurück zur Morgue. Ronald zündete sich sofort seine Pfeife an, aber sie brachte ihm keine Entspannung, und die Fahrt wurde ungemütlich. Conny versicherte ihm immer wieder, wie froh sie sei, dass Ronald sich mit ihrem Vater so gut verstehe. Dieses Lob frustrierte Ronald nur noch mehr. »Wir haben über religiöse Fragen gesprochen«, sagte er, »und –«

»Wunderbar!«, rief Conny.

»Hör mir mal zu! Er hat eine ganz komische Einstellung zur Religion.«

»Die haben wir doch alle.«

»Ich habe den starken Verdacht, dass du gar nicht an Gott glaubst«, versuchte Ronald sie zu provozieren.

»Doch. Ich glaube an einen Gott, der aussieht wie ein Wassermolch, und immer wenn er quakt, geht in einem Kino eine Bombe hoch.«

Er fragte sich, ob sie ihn zum Besten hielt. Ihre Unwissenheit ärgerte ihn. Er presste die Zähne so fest zusammen, dass er den Pfeifenstiel abbiss. Die Pfeife fiel zu Boden und streute den Tabak auf die Fußmatte. »Jetzt wird der Wagen wochenlang nach dir riechen«, stellte Conny befriedigt fest.

Stanislav kaufte den Kindern den *National Inquirer.* An einem solchen Tag stünde in allen Zeitungen dasselbe, sagte er. Wie in einem totalitären Staat. Die Meldungen machten ihn wütend: Gib der Presse einen Bombenanschlag, und schon hat sie einen Vorwand, den Rest der Welt links liegen zu lassen. »Krankhafte Sensationsgier«, grollte er. Doch er sah, dass das Blatt den Kindern die Zeit vertrieb. Er floh in sein Labor. Es war Samstag, da war es an der Universität angenehm ruhig. Als er zum Lunch wiederkam, probten die Kinder den Aufstand. Sie verlangten einen Fernseher. »Ihr habt eine Zeitung. Ihr habt Bücher!«, schrie Stanislav. »Was wollt ihr mehr? Ihr mit eurer Fernseh-Idiotie!« Aber ihre hasserfüllten Blicke, ihre trotzig zusammengekniffenen weichen Lippen erschreckten ihn derart, dass er Conny anrief.

»Du hast mir die Kinder geschickt. Du weißt, dass ich gegen das Fernsehen bin. Du hast sie offenbar systematisch präpariert. Fernsehen ist Formalin für den Geist, es zersetzt das Eiweiß. Und dann schickst du sie mit ihren verklumpten Gehirnen zu mir.« Er schluchzte vor Wut.

Die Kinder sprangen kreischend um ihn herum und skandierten im Chor: »Tivi! Tivi! Tivi!«

»Hör doch mal«, stammelte Conny, »das ist einfach nicht wahr, wir haben gar keinen Fernseher, oder doch, wir haben zwar einen, aber wir gucken nie, das ist schwer zu erklären, du warst ja nie bei uns. Du darfst ihnen kein Wort glauben!

Es geht jetzt nur darum, dass mein Vater immer noch im Krankenhaus ist. Ich kann von Gerda nicht verlangen, dass sie sich um sie kümmert. Ich kauf dir einen Fernseher. Du bist doch nur dagegen, weil dir das Geld dafür zu schade ist. Du willst kein Geld herausrücken. Aber mit ein paar Hundert Dollar kannst du sie bei Laune halten. Ich komme dafür auf. Und du kannst dann wenigstens die Abendnachrichten sehen. Du kannst die Presseschau und die Börsenberichte verfolgen. Da bekommst du gute Tipps.«

Er hasste den Kapitalismus, aber solange es eine Börse gab, legte er sein Geld lieber dort an als bei einer Bank. Der Börsenbericht überzeugte ihn, denn er hatte niemanden, mit dem er über seine Investitionen reden konnte. Sie verabredeten sich in einem Kaufhaus. Es war das erste Mal seit Monaten, dass Mann und Frau einander wiedersahen.

Sie nahmen es recht gelassen, schenkten einander kaum einen Blick und gingen in den vierten Stock hinauf, wo sechs Reihen Fernsehgeräte auf ebenso viele Programme geschaltet waren. Mindestens zwei davon zeugten von »krankhafter Sensationsgier«. Stanislav bebte. Er presste die Lippen aufeinander, sie waren der letzte brüchige Damm, der die reißenden Ströme seiner Wut noch zurückhielt.

Für die Kinder war es das Paradies. Ganze Stapel von den verbotenen Früchten. Tonnenweise reiner Schund. Während die Welt ihren tristen Alltagsgeschäften nachging, wurden dort Quizspiele verbrochen, Sportler verübten ihr Harikiri auf Raten, und verrückte Hausfrauen kommandierten die Lachmuskeln der Nation.

Plötzlich drang durch das Krakeelen und Kläffen aller Kanäle eine Stimme, ein erbostes männliches Gekreisch: »Sie werden mich jetzt sofort bedienen, damit ich hier raus kann! Oder lassen Sie sich soviel

Zeit, weil ich nicht so ein Nachwuchsgangster bin wie Sie und Ihresgleichen?«

Die Kinder flitzten durch die Gänge und sahen, wie Stanislav, klein, gebeugt, schäbig wie Galizien, einen hoch gewachsenen, erhabenen jungen Verkäufer zur Brust nahm, der vor ihm stand, aber über ihn hinweg auf die Reihen der Fernseher blickte, mit einem Gesicht, so leer wie Nevada.

Sie sahen Conny von der anderen Seite kommen. Lautlos, als hätte man bei ihren Schritten den Ton ausgeblendet, kam sie durch den Gang gelaufen. Sie brauchte eine Ewigkeit, bis sie Stanislav erreicht hatte, der mit geschlossenen Augen immer weiter tobte. Sie packte ihn am Arm. Es war ihre erste Berührung seit sechs Monaten. Die Geste entging den Kindern nicht. Sie waren sehr erleichtert und zugleich erstaunt über das Tempo der Versöhnung. Conny hielt Stanislav fest, als wollte sie ihn nie mehr loslassen.

Sie gingen schnell weg. Er wandte sich um und giftete weiter den Verkäufer an. »Eingebildeter Affe! Arroganter Schnösel! Nachwuchsgangster!« Der Verkäufer schüttelte den Kopf, er lächelte jetzt grimmig, und als die Kinder ihn umkreisten und seine Mokassins bewunderten, von Neid auf seinen Beruf erfüllt, schauderte ihm plötzlich, und er sagte leise vor sich hin: »Mann-o-Mann, dich haben sie vergessen zu vergasen.«

Sie holten ihre Eltern jenseits der Glastür ein, als Stanislav gerade seinen Ärmel hochrollte und die fünf dunkelblauen Flecken anstarrte, die Connys Finger an seinem weißen Arm hinterlassen hatten. »Mein Gott, du gehörst ja selber zu diesem Abschaum«, sagte er.

»Ich nehme Sally und Dicky jetzt mit«, sagte sie. »Du bist ja zu verrückt, um auf die Kinder aufzupassen. So einen Auftritt zu veranstalten! Dich sollten sie einsperren.«

»Kannst du mich am Labor absetzen?«, fragte er. »Hoffentlich kriege ich keine Blutvergiftung.«

Conny fuhr. »Wenn ich einen Unfall baue, handelt es sich um glatten Mord«, sagte sie. Sie trat auf die Bremse und sah ihn nach vorn fliegen. Ihre blonden Locken wippten lustig. Er hielt sich am Türgriff fest.

Sie sah seine runzlige weiße Hand an, die den Türgriff umklammerte, und sagte: »Glaubst du wirklich, wenn du dich am Griff festhältst, fliegst du nicht durch die Windschutzscheibe, wenn ich es darauf anlege?« Und wie um den Beweis dafür anzutreten, fuhr sie fast auf den Vordermann auf, der vor der nächsten roten Ampel wartete.

Die Kinder saßen zusammengekauert im Fond. »Sagt bloß nicht, ihr habt Angst vorm Sterben!«, rief sie über die Schulter. »Dicky? Sally?« Sally richtete sich auf. Wenn Mama keine Angst hatte, würde sie auch keine zeigen. Sie sah verächtlich zu Dicky hin, der die Lippen bewegte: »Heilige Maria, Mutter Gottes«, und Sally begann mit piepsender Stimme zu singen: »I wish I had that doggie in the window.«

Conny setzte Stanislav ab, und danach ließ ihre Gereiztheit nach. Sie bereute ihr Benehmen, und um das auszudrücken, fuhr sie, statt sich zu entschuldigen, viel zu langsam. Die Kinder verstanden das; sie verziehen ihr. Sie plauderte mit ihnen über die Schule und sagte ihnen nicht, wohin sie fuhr. Schließlich erklärte sie: »Ich bringe euch zu Ronald. Er hat sofort gesagt, ihr könnt zu ihm kommen. Er sagt, ihr könnt auch bei ihm fernsehen. Er hat einen Farbfernseher.

Wir sind noch immer nicht fertig. Rund sechzig Menschen zu identifizieren, das braucht seine Zeit.

Und weiß der Himmel, wozu das Ganze überhaupt gut ist.«

Carl Bauer fühlte sich besser.

Er saß aufrecht im Bett und mischte Wasserfarben auf einer Palette. Es ging ihm gut. Er hatte zu malen angefangen. Er war ganz vertieft in ein Bild von einer Alpenvilla, umgeben von schroffen, schneebedeckten Bergen. Der Arzt kam herein. »Aha, ich sehe, wir fühlen uns besser«, sagte er. »Was ist das?«

Er besah sich das Bild.

»Eine alte Berghütte in Colorado«, antwortete Carl Bauer.

Als Conny wieder in die Morgue kam, sagte man ihr, Ronald sei in die Bibliothek gegangen. In Wirklichkeit hatte Ronald eine Verabredung in der Kirche. Das Schild draußen am Anschlagbrett sagte: Pfarrer Fowler heute anwesend. Pfarrer Fowler erwartete weder ihn noch sonst jemanden. Er saß in seiner Beichtstuhlhälfte und las im Schein einer Taschenlampe die *London Times*. Er war Engländer und las nur die *London Times,* obwohl sie immer mit fünf Tagen Verspätung kam. Die Verspätung störte ihn nicht. Er faltete die Zeitung so leise wie möglich zusammen, sobald Kundschaft kam. »Ich will nicht beichten, Hochwürden. Ich möchte mit Ihnen über ein ethisches Problem sprechen, das mich beschäftigt.«

»Heute blüht das Geschäft nicht gerade. Draußen scheint offenbar die Sonne. Die Leute kommen, wenn es regnet. Also, sprechen Sie nur. Ich habe Zeit für Sie. Und Interesse. Ethische Probleme sind die Lichtblicke in meinem Beruf. In Nordengland hatte ich die Bergleute. Die kamen immer mit guten Geschichten an. Hier in der Großstadt missbrauchen die Leute den Namen Gottes nur, wenn es um die Inflation geht. Also, sagen Sie mir, worum es sich handelt.«

Ronald faltete die Hände zu einer Kirchturmspitze, und da er seine Hände in der Dunkelheit nicht sehen konnte, drückte er die Kirchturmspitze an die Nase und roch daran. Formalin und Seife.

»Ich mache mir Gedanken über Adolf Hitler, Hochwürden, diesen Deutschen. Die Kirche lehrt, dass Gott auch den ärgsten Sünder wieder in der Herde willkommen heißt, wenn er nur bereut. Und Hitler war in mancher Hinsicht ein guter Mensch – er trank nicht, fluchte nicht, war gegen das Töten von Tieren. Wäre es Ihnen möglich, mir in aller Kürze zu erläutern, was ihn eigentlich in den Augen der Kirche zu einem bösen Menschen macht?«

»Das heißt, Sie möchten wissen, was an Hitler gut ist und was an Hitler schlecht ist?«

»Ja, Hochwürden. Wenn es Ihnen nichts ausmacht.« Pfarrer Fowler dachte eine Minute nach und sagte: »Ich würde es so zusammenfassen. Bedenken Sie aber, dass dies nur *meine* Meinung ist, nicht unbedingt die von Rom. Und sie kommt aus dem Stegreif.« Er räusperte sich und schaltete mit seiner Stimme in den ersten Gang, legte zwischen wichtigen Gedanken lange Pausen ein, ein Verfahren, das sich bei seinen

Predigten über das von ihm so genannte Böse in der Welt bewährt hatte.

»Ich will mit dem beginnen, was an ihm zu loben ist.

Erstens. In den öffentlichen Reden hatte er den Mut, den Namen Gottes zu bekennen. Er vertraute auf den Segen des Allmächtigen und hatte von der Vorsehung eine ›Sendung‹.

Zweitens. Er betrachtete es als die Aufgabe seines Lebens, den Marxismus in jeder Form, besonders den Kommunismus, zu vernichten.

Das ist bedauerlicherweise alles, was mir dazu einfällt. Und nun zu dem, was nicht an ihm zu loben ist. Dazu wäre viel zu sagen.

Erstens. Er predigte den wilden Hass und die Methoden der Gewalt, statt mit geistigen Waffen zu kämpfen. Er verfolgte hochverdiente katholische Männer mit tödlichem Hass.

Zweitens. Er predigte den Kult der Rasse und damit die Ablehnung des Christentums als einer jüdischen Importware – ohne diese letzte Konsequenz selber zu wollen.«

Pfarrer Fowler legte eine Pause ein und fuhr voll Bitterkeit fort: »Und drittens. Er war inkonsequent, schrecklich in-kon-se-quent! Sein Freund Dr. Goebbels, von Haus aus katholisch, hat sich mit einer geschiedenen Frau protestantisch trauen lassen, und Hitler selber war als Trauzeuge dabei.« Pfarrer Fowler hielt inne, dann flüsterte er: »Lange, viel zu lange, duldete er Röhm, einen notorischen Homosexuellen, in seiner nächsten Umgebung!«

Der Priester machte eine Pause. »War es das, was Sie wissen wollten?«

»Ja.«

»Soll ich jetzt Ihre Beichte hören?«

»Nein, Hochwürden. Ich bin zu sehr in Eile.«

»Zu sehr in Eile? Scheint die Sonne? Klimpert das Geld in Ihrer Tasche, dass Sie es ausgeben wollen? Wartet Ihre Freundin auf Sie? Was soll diese Eile? Wenn Sie ein sanftes Ruhekissen für Ihre Ellbogen brauchen, müssen Sie sich schon an die Jesuiten in der 15th Street wenden. Ist das klar?«

Ronald war schon wieder auf dem Weg zur Morgue.

Er dachte an seinen Tagtraum und erinnerte sich an seinen Versuch, Carl Bauer vom Gebrauch des Wortes »Gott« abzubringen. Die schlichte Gläubigkeit dieses Deutschen hatte ihn überzeugt und beschämt. Auf dem Rückweg zur Morgue fragte er sich: Und wenn nun die Kirche aus Hitler einen guten Menschen gemacht hat – was dann?

Dann spräche das nur für die Macht des Katholizismus und des organisierten Aberglaubens. Der Gedanke erschreckte ihn. Ich muss diesen Fall lösen! Ich muss! Aber er hatte eine Obduktion, die auf ihn wartete.

»Drüben am Park Lane fehlen sämtliche Gehirne«, sagte Dr. Guttenberg.

»Es war eben nicht Gottes Wille, dass die Pathologen darin herumfummeln«, sagte Alice.

»Sind sie wirklich alle weg?«

»Sie haben einen eingebildeten hübschen jungen Pathologen damit betraut, eine Kollektion für eine Alkoholismusstudie zusammenzustellen. Kein Wunder, dass ihm die Gehirne abhanden kommen«, sagte Dr. Guttenberg mit einem Seitenblick zu dem jungen Arzt. »Ich würde dafür nicht unbedingt Gott verantwortlich machen.«

»Ich glaube, Dr. Hake sieht das genauso«, sagte Blessed hinter ihrer Schreibmaschine. »Ich finde es ja ganz gut, dass ihr euch um Todesursachen und so weiter kümmert, aber der Schöpfer hat es vielleicht doch nicht gern, wenn man ein Gehirn in Scheiben schneidet wie ein altes Graubrot. Und in diesem Zustand werden sie dann von Leuten studiert, die überhaupt keine Beziehung zu Ihm haben.«

Tränen stürzten ihr über die vollen dunklen Wangen. Sie starrte auf den Autopsiebericht in ihrer Maschine. In diesem Moment kam Dr. Bauer herein und sagte: »Habt ihr schon gehört, dass den Leichenbeschauern am Park Lane sämtliche Gehirne weggekommen sind? Trotzkis Gehirn war ja auch mal verschwunden. Erst Jahrzehnte später ist es wieder aufgetaucht.«

»Wo?«

»Dreizehntausend Kilometer weit von der Stelle, wo er ermordet wurde«, sagte sie. »In Bremen.«

»Woher wissen Sie das?«, fragte Dr. Hake.

»Keine Ahnung«, sagte Dr. Bauer. »Das hat sich eben herumgesprochen, wenigstens in Cincinnati. Blessed, Sie haben seit Tagen keine Kekse mehr gebacken!«

»Ja, ich weiß«, schniefte Blessed. »Ich war nicht ganz auf der Höhe, Dr. Bauer.« Und sie setzte sich die Kopfhörer auf und tippte die Pathologen aus ihrem Büro.

»Gott«, wies Alice sie zurecht, »mag wahrscheinlich überhaupt keine Theorien.«

Unterdessen saßen die Kinder auf Ronalds antikem Zweiersofa und glotzten sich die Augen wund. Ronald und Conny kamen am späten Nachmittag und machten Abendessen, hantierten geschäftig in der kleinen Küche herum, während die Kinder vor dem Fernseher saßen. »Ronald lädt uns ein«, sagte Conny mahnend.

»Danke«, antworteten die Kinder.

»Das ist doch selbstverständlich, Conny.« Lachend mixte er an der Hausbar zwei Bloody Marys.

»Ist Ronald nicht ein wunderbarer Vater?«, rief Conny: »Er kann sogar Pingpong spielen! Wirklich!«

Die Kinder zählten seine Vorzüge zusammen: Pingpong, Steak zum Abendessen, ein Fernseher, der wie ein guter Freund behandelt, nicht als Feind verschrien oder zum Zeichen der Trauer ein ganzes Jahr lang stillgelegt wurde. Außerdem wirkte Conny entspannt und glücklich. Das Toilettenpapier im Bad war sogar mit Blümchen bedruckt. »Ja, als ich das gesehen habe, musste ich es unbedingt haben. Es ist neu auf dem Markt.« Dicky sprach sein Urteil mit sorgenvoll quäkender Stimme:

»Du weißt ja, wenn du heiratest, wirst du exkommuniziert.«

Nach dem Essen schaltete Ronald den Fernseher wieder ein, und während alle gebannt eine Mordgeschichte verfolgten, verzog er sich zu einem Sessel in der Ecke und nahm sich ein Buch vor, das er gerade las, zur Theorie des gerechten Krieges.

Sally schlich sich zu ihm hin.

»Hast du schon was rausgekriegt?«

»Ich bin noch dabei.« Inzwischen fand er allerdings, dass dieser Fall keine angemessene Beschäftigung für ein achtjähriges Mädchen war. »Hör lieber auf, dir Gedanken darüber zu machen, freu dich lieber des Lebens«, sagte er. »Ich möchte, dass du dir das ganz und gar aus dem Kopf schlägst.« Sie sah ihm in die Augen, dann auf die Stirn, die von diesem tiefen Querstrich zerklüftet war. Sonst wirkte seine Gesichtshaut weich, er hatte keine Runzeln. Sie stand vor ihm, den Bauch leicht herausgedrückt, und musterte seine raue Oberlippe, seine schimmernden Zähne, die runde Unterlippe, das spitze Kinn. Sie bewunderte seinen großen harten Adamsapfel. Schließlich ergriff sie seine Hand und küsste sie. Sie flüsterte: »Ich glaube, ich halte es keine Minute länger aus, mit Opa unter einem Dach zu leben. Ich möchte nach Hause zu meinem Vater. Aber nicht ohne Mama. Ich möchte, dass wir wieder zusammen sind. Wie früher. Ich hasse meinen Großvater. Er ist schuld daran, dass alles schiefgegangen ist.«

Ronald errötete. Er zerwuschelte dem Kind das blonde Haar, kniff sie in ihre Stupsnase, strich ihr über den roten Mund, tippte sie ans Kinn. »Du verpasst da drüben einen Mord.« Er wusste, dass er recht daran tat, sie aus dieser schmutzigen Geschichte herauszuhalten. Sie hatte doch keine Ahnung von Theologie.

Er sah ein, dass es an der Zeit war, offen mit Conny zu reden. Sie musste ihm helfen. Sie war vielleicht die Einzige, die ihm die Wahrheit sagen konnte. Er beschloss, sobald wie möglich mit ihr zu sprechen, am besten bei ihrem nächsten Tête-à-tête im Labyrinth.

Nachdem die Familie Bauer in ihr Haus in Fort Lee heimgekehrt war, nahm Dr. Ronald Hake wieder seine nächtlichen Studien in der Morgue auf. Die Heizung war gegen Abend in Ordnung gebracht worden, und nach und nach wurden die Räume wieder so warm, dass Dr. Hake erst seinen Wintermantel ausziehen konnte und dann den Pullover. Er saß an seinem Schreibtisch, vor sich das Foto von Carl

Bauer, er empfand es als Vorwurf, dass der Mann einen geradezu beseligten Ausdruck im Gesicht hatte. Offenbar blickte er auf die Bäume und auf seine Enkelin. Das Foto war verstaubt. Er spuckte darauf und wischte mit dem Ärmel darüber.

Er erinnerte sich, was er in seinem ersten Semester über Pathologie der Gewebe gelernt hatte: Intuition ist sehr nützlich, wenn es um die Bewertung des Augenscheins geht. Aber Intuition allein führt nicht zum erwünschten Maß diagnostischer Genauigkeit. Der vage Eindruck, dass etwas »schlecht« oder »hässlich« oder »bösartig« aussieht, lässt kein endgültiges Urteil zu. Dazu bedarf es der verbalisierten Anwendung exakter Kriterien. Nur auf diese Weise lassen sich gutartige oder bösartige Erscheinungsbilder in spezifische Kategorien einordnen, etwa als Narbengewebe, squamös im ersten Grad, als Zellkarzinom oder Adenokarzinom vierten Grades.

Dabei fiel ihm das Taschentuch mit den Initialen E. B. wieder ein, und er dachte: Wie rührend, dass jemand sein Kindertaschentuch mit in die Emigration nimmt. Er studierte das Foto. Carl Bauers Geheimnis sah schlimm aus, hässlich, aber nicht bösartig. Und was ergab die Analyse?

Dr. Hake kam zu folgendem Schluss:

Die Diagnose war einfach. Carl Bauer war vom Hitlersein geheilt. Adolf Hitler existierte nicht mehr. Er hatte sich von der empirischen Person Carl Bauers verabschiedet.

Er war geschrumpft.

Hitler war ein gutartiger Tumor im Innern von Carl Bauer.

Am besten schrieb er das Ganze in Form eines Biopsieberichts nieder.

In dieser Nacht setzte er noch einmal die Feder aufs Papier.

»Klinische Vorgeschichte:
71-jähriger Mann mit gut ausgebildeter Lebenslüge, die auf seine Nerven drückt und zu biliöser Disposition und hepatitischen politischen Ansichten führt. Der Patient leidet unter Anfällen von Apathie und Depression, vermag aber sonst ein normales Leben zu führen, einmal

wöchentlich in die Messe zu gehen, die Sakramente zu empfangen und befindet sich offenbar im Stand der Gnade.

Allgemeine Beschreibung:
Die Lebenslüge wurde von einer aufmerksamen Enkelin identifiziert und auf Adolf Hitler zurückgeführt. Im Großen und Ganzen erscheint die Versuchsperson frei von Sünde. Die Lügenmasse ist gut eingrenzbar und besteht aus Vorstellungen germanisch-arischen Ursprungs. Sie enthält multiple Herde von nekrotischem Hass. Ansichten großenteils nazistisch eingefärbt, wovon auch die uneingeschränkte Akzeptanz Gottes betroffen ist. Nur seine Liebe zu Amerika ist frei von erkennbaren Infiltrationen.
Das Neoplasma ist von Frömmigkeit eingekapselt. Diese Pseudokapsel kann den Tumor vielleicht daran hindern, wieder invasiv zu werden.

Therapie:
Von chirurgischen Eingriffen in die Pseudokapsel der Frömmigkeit, um die Lebenslüge zu untersuchen, ist abzuraten, da dies den Tumor aktivieren könnte. Es handelt sich um ein medizinisches Problem von äußerster Seltenheit. An einem Toten kann man einen Tumor in Augenschein nehmen. Im vorliegenden Falle wird der Tumor jedoch im selben Augenblick verschwinden, da das Bewusstsein verlorengeht.«
Dr. Hake sah den Bericht als abgeschlossen an und wusste nun nicht, was er damit machen sollte. Er bedauerte, dass er sich auf keine einzige Aussage des Patienten selbst oder seiner Familie hatte stützen können. Vermutlich gab es nur einen einzigen weiteren Zeugen, der über Carl Bauers Lebenslüge wirklich Bescheid wusste, nämlich Stanislav Reich. Als Jude war Connys Mann vielleicht daran interessiert, das Schweigen über die Vergangenheit seines Schwiegervaters zu brechen.
Der Gedanke, Connys Mann könnte den Schlüssel zu seinen Recherchen besitzen, ärgerte Ronald. Er begann zu schwitzen und überlegte, ob er sich vielleicht eine Virusinfektion zugezogen haben könnte. Er öffnete seinen Hemdkragen und knöpfte das Hemd auf. Es war

klitschnass. Jetzt merkte er erst, wie unerträglich heiß es im Zimmer war: Er öffnete seine Bürotür und stellte fest, dass es auch auf dem Flur nicht kühler war. Die Morgue hatte Fieber.

Als Dr. Hake seinen Arbeitsplatz verließ, war es bereits Tag, und leichter Schnee trieb die Straßen entlang. Auf seinem Weg kam er an Pfarrer Fowlers Kirche vorbei, und spontan ging er an die Tür und drückte die Klinke. Er war erleichtert, dass die Kirche offen war. Er trat ein, tauchte die Hand ins Weihwasserbecken und bekreuzigte sich. Die Tropfen fingen sich in der tiefen Furche an seiner Stirn wie in einem Rinnstein, sammelten sich dort, flossen ab und liefen ihm die Wangen hinunter wie Tränen.

Er wischte sich mit den Händen übers Gesicht, suchte sich eine Bank in der Mitte und kniete nieder. Erst schüchtern, dann immer nachdrücklicher bat er Gott um Verzeihung dafür, dass er nicht an ihn glauben konnte. Eine Organisation, die es fertig brachte, Adolf Hitler zu heilen und aus einem verabscheuungswürdigen Tyrannen ohne ordentliches Gerichtsverfahren einen netten Menschen zu machen, verdiente mehr Respekt, als er ihr entgegenbringen konnte. »Ich glaube nur, was ich sehe, aber vielleicht ist das ein Fehler.«

Im schummrigen Licht der Kirche konnte Ronald nur mit Mühe seine feuchten Hände erkennen. Sie waren kräftiger, schwerer geworden. Es war noch nicht lange her, dass er sie zu einem Kirchturm gefaltet hatte. Gestern war er noch ein Teenager gewesen. Nun fühlte er sich zum ersten Mal erwachsen, und zum ersten Mal zog er die Möglichkeit in Betracht, dass er, Dr. Ronald Hake, ein frommer Mensch sein könnte. Es war nur ein Probelauf, eine Selbstbespiegelung. Aber was er in diesem Spiegel sah, gefiel ihm.

Unterdessen spielten sich in Fort Lee seltsame Dinge ab. »Euer Großvater hat eine Schwester«, sagte Gerda morgens beim Wecken zu den Kindern. »Nun beeilt euch mit dem Anziehen.«

»Wie? Was hat er?«

»Eine Schwester.«

»Wie heißt sie?«

»Trude.«

»Wie alt ist sie? Wo ist sie? Wir möchten sie kennenlernen.«

»Macht bitte nicht so ein Theater.«

»Sie ist eure Tante«, sagte Conny, als sie zu ihnen ins Zimmer kam, ausnahmsweise verschlafen und ganz Mutter. Sie setzte sich zu Sally aufs Klappbett und strich ihr übers Haar. »Eure Großtante. Sie wohnt sehr weit weg. In Argentinien. Aber sie kommt uns besuchen. Du solltest ihr etwas auf der Geige vorspielen, Sally. Kannst du ein Programm für sie zusammenstellen?«

Sie konnten sich gar nicht vorstellen, dass Opa irgendwelche Verwandte haben könnte. Auf dem Heimweg von der Schule sagte Gerda: »Eure Tante kommt uns morgen für eine Stunde besuchen. Redet bitte nicht mit ihr über Religion.«

»Warum nicht?«

Sie ließen es erst mal durchgehen.

Als Conny sie am nächsten Tag zur Schule fuhr, sagte sie: »Eure Tante kommt heute Nachmittag. Kein Wort über Religion, bitte denkt daran!«

Sie fragten, warum, und Conny antwortete ihnen: »Manche Leute reden einfach nicht gern darüber. Aber dafür kannst du ihr etwas auf der Geige vorspielen.«

Nicht über Religion reden? Aber das war doch gerade der Sinn der Sache, dass man darüber reden musste.

»Redet bitte mit eurer Großtante nicht über Religion. Sie heißt übrigens Trude«, sagte Conny. Unentwegt redete Conny darüber, dass man nicht über Religion mit ihr reden durfte. »Sagt Tante Trude zu ihr. Sie kommt den ganzen weiten Weg von Argentinien herüber. Dort wohnt sie nämlich. Sie will euren Großvater besuchen. Redet nicht mit ihr über Religion. Religion ist Privatsache.«

»Wir können es gar nicht erwarten, mit Tante Trude über ihr Verhältnis zu Gott zu sprechen«, sagte Sally, durchtrieben wie immer. »Oder ist das auch Religion?«

»Das weißt du doch ganz genau«, antwortete Conny.

»Sag's ihnen, Conny«, mischte Gerda sich ein.

»Ja, sie haben so schlechte Manieren, man kann sich nicht auf sie verlassen. Kleine Monster. Also, hört zu, Kinder: Redet mit Tante Trude nicht über Religion, weil sie da empfindlich ist, und das ist mein letztes Wort.«

»Wieso empfindlich?«

»Sie ist nicht katholisch.«

»Nicht katholisch!«

»Genau. Nun wisst ihr es. Sally, du könntest ihr eine Sonatine von Beethoven vorspielen. Keine Kirchenmusik.«

»Was ist sie denn, wenn sie nicht katholisch ist?«

»Sie ist Jüdin. Jü-din. So. Sie ist nun mal zum Judentum übergetreten. Sie hat beschlossen, an das Judentum zu glauben, so wie ihr an den Katholizismus glaubt. Das ist alles. Aber bitte redet nicht mit ihr darüber. Wir haben schon genug darüber geredet, und jetzt will ich über die ganze Sache kein Wort mehr hören.«

Die Tante sollte nachmittags kommen. Conny sagte, sie sei eine schlichte, gute Seele, und der größte Wunsch ihres Lebens sei es, einmal Disneyland zu sehen. Sie sei nur kurz nach New York gekommen. Sie werde kaum Zeit haben, ihren Bruder im Krankenhaus zu besuchen, aber das müsse sich noch herausstellen.

»Er will nichts von ihr wissen«, sagte Gerda. Es klang verärgert.

»Wenn wir zum Judentum übergetreten wären, würde er auch von uns nichts wissen wollen«, sagte Sally. »Das nennst du eine gute Seele? Eine, die zum Judentum übertritt? Na, ich danke!«

Als Conny wegfuhr, um Tante Trude abzuholen, besprachen Sally und Dicky die Angelegenheit. Schwester Mary Angela hatte sich zu diesem Thema ganz klar geäußert. Wenn man als Baby ungetauft starb: Vorhölle. Aber wenn man in dem Bewusstsein starb, dass man Katholik hätte werden können: ewige Verdammnis. Die Kinder konnten die Ankunft ihrer Tante kaum erwarten. Sie hatten noch nie einen Menschen kennengelernt, von dem sie wussten, dass er, falls er nicht noch in letzter Minute konvertierte, mit absoluter Sicherheit zur Hölle fahren würde.

Die Kinder hörten Connys Auto vor das Haus rattern und gingen hinter dem Vorhang des Verandafensters in Deckung. Von dort aus sahen sie eine ältliche Frau, die für Ende November viel zu dünn angezogen war, den Weg heraufkommen. Sie lächelte ängstlich, als wüsste sie, dass sie beobachtet wurde. Die Kinder konnten den Blick nicht von ihrem Leib, den spindeldürren Armen und Beinen, von Brust und Hals und Haaren abwenden, um die sie bereits die Flammen der Hölle züngeln sahen.

Nach der Begrüßung zogen die Kinder sich auf ihr Zimmer zurück und versuchten, sich den Besuch aus dem Sinn zu schlagen. Sie hörten von unten die leiernden Frauenstimmen – einmal kam es ihnen sogar so vor, als ob die Tante weinte, man hörte so ein Gestotter und dann einen lauten Protest, bei dem die Worte »mein Bruder« fielen. Dann wurde Sally gerufen. Sally nahm ihre Fiedel und ging nach unten, während Dicky blieb, wo er war. Bald darauf ließ »Freude schöner Götterfunken« das Haus erzittern. Happy kam winselnd nach oben, und Dicky nahm ihn zu sich ins Bett und zog sich und dem Hund sein Kissen über die Ohren. Sally blieb den ganzen Nachmittag bei den Erwachsenen und hörte sie über das Wetter in Argentinien reden. Tante Trude sagte, sie sei die netteste Großnichte, die man sich wünschen könne. Nicht ein einziges Mal fiel das Wort »Religion«, weder die Tante noch Sally nahm es in den Mund, und sogar Gerda, die dazu neigte, im unpassendsten Moment auszupacken, bewahrte in dieser Frage respektvolles Schweigen.

Ronald bekam am nächsten Morgen als Erstes das Opfer einer Mafia-Schießerei auf den Tisch. Mit der Begeisterung eines Erwachsenen beim Ostereiersuchen stocherte er nach den Kugeln. Er langweilte sich und war mit seinen Gedanken woanders. Schließlich ging er auf die Toilette, um sich die Hände zu waschen. Er unterhielt sich mit ihnen:

»Nur zu, Ronald, du brauchst Gewissheit. Sei ein Held. Geh und ruf Connys Ehemann an.«

»Geh und blamier dich«, sagten die Hände.

Dr. Hake hatte nicht im Zweiten Weltkrieg gekämpft, wie Dr. Guttenberg, der sich auf Cocktailpartys die Zeit damit vertrieb, dass er vom U-Boot-Krieg erzählte. Dr. Miele war Sanitätsoffizier in Korea gewesen. Damals war Dr. Hake wegen seines Medizinstudiums vom Wehrdienst zurückgestellt. Es war nicht seine Schuld, dass der Krieg endete, bevor er zu den Waffen eilen konnte. Er hatte nie eine echte Chance gehabt, sich zu bewähren. Diese Chance war ihm schlicht vorenthalten worden, was er äußerst unfair fand, denn er wusste genau, dass er einen schneidigen Helden abgegeben hätte.

Dr. Miele kam aus einer Zelle und sah zu, wie Dr. Hake ein stummes Zwiegespräch mit seinen Händen führte.

»Du kannst dich ja immer noch zur Armee melden«, sagte Dr. Hake zu sich. »Auf diese Weise kommst du um den Anruf herum.«

Aber er wusste, dass er das nicht wollte. Er hatte sein Leben der Wissenschaft geweiht, dem Streben nach Erkenntnis, der Bereitschaft, alles zu riskieren, sogar seine Würde zu opfern, wenn es sein musste …

Dr. Miele schüttelte verwundert den Kopf und schob sich an Dr. Hake vorbei.

»Sie sind doch hoffentlich noch klar im Kopf, Donalronald?«

… vielleicht sogar seinen Verstand …

»Um meinen Verstand brauchen Sie sich weiß Gott keine Sorgen zu machen«, antwortete Dr. Hake kühl. Der Gedanke an die becherklappernden Psychiatriepatienten ließ ihn zögern. Doch dann trocknete er sich die Hände ab und machte damit dem Selbstgespräch ein Ende, während die Toilettentür hinter Dr. Miele zuschlug.

… den eigenen Stolz zu überwinden, ja sogar die Eifersucht.

Und er verließ die Toilette, ging ans Telefon und wählte. »Doktor Reich, bitte.«

Die Sekretärin des Nobelpreisträgers war soeben zur Tür hereingekommen und musste erst einmal ihre bequemen Schuhe anziehen und nachsehen, was ihr Chef gerade machte. Im Allgemeinen war er vor ihr da, aber diese Tatsache versuchte sie zu ignorieren. »Professor Stanislav Reich?«, fragte sie. »Hmmm –« Sie schob ihre Pumps unter den Tisch. »Professor Reich ist in einer Besprechung, da kann ich ihn unmöglich herausholen. Ihr Name, bitte?«

Dr. Hake war zu stolz, um seinen Namen bei einer Sekretärin zu hinterlassen. Er schob seine Leiche wieder ins Kühlfach und rannte zum Bus.

Professor Reich gehörte zu einem Kreis ebenso erlesener wie unterbezahlter Wissenschaftler. Die Universität hatte im Krieg frisch eingewanderte jüdische Wissenschaftler, die noch für Hungerlöhne dankbar waren, billig eingekauft. Da diese Emigranten sich ihr Laborpersonal selbst aussuchen durften, umgaben sie sich mit Leuten, die genau wie sie aus der finstersten Provinz kamen. Im ganzen Haus sprachen die Sekretärinnen noch das beste Englisch. Als Ronald sich Dr. Reichs Labor näherte, hörte er wütende polnische Stimmen.

Dr. Hake ging diesen Tönen nach und umging so die Sekretärin, die sich da lieber heraushielt. Er erkannte Stanislav Reich nach den Fotos in der Zeitung. Er war von drei polnischen Laborantinnen umringt, die mit ihren breiten Gesichtern, weißblonden Haaren und kurzen dicken Beinen offenbar alle einer Meinung waren. Dr. Reich war umzingelt. Es sah ungemütlich für ihn aus. Die Gruppe bemerkte Ronalds Eintreten, hörte aber nicht auf, Dr. Reich ins Gewissen zu reden. Endlich hob Stanislav die Hände vor die Brust, als wollte er eine Tür aufstoßen, jagte sie auseinander und trat auf den Besucher zu.

Ronald spürte, wie er, immerhin ein Absolvent von Yale, in der Gegenwart eines Nobelpreisträgers, eines Forschers, keines kleinen Mediziners, in sich zusammenfiel. »Dr. Hake«, stellte er sich vor: »Biologe aus Princeton, Dr. med. von Yale. Ich möchte mit Ihnen über Conny reden.«

»Conny!« Die polnischen Frauen hinter Stanislav fingen das Wort sogleich auf und warfen es einander zu.

»Stach«, sagte schließlich die eine, »wir sind deine ältesten Freunde auf der Welt und haben immer zu dir gehalten, obwohl du ein schrecklicher Chef bist, rücksichtslos, denkst nie an einen Geburtstag, wie es sich hier gehört. Nie im Leben! Aber trotzdem bitten wir dich: Kehr zu ihr zurück! Du bist ja schon ganz vergammelt! Wir pfeifen auf dein

Nobel-Dingsbums. Deine Kleider, Stanislav! Nie denkst du an deine Kleider! Komm, Bronya, Wanda, gehen wir. Der Herr bringt wahrscheinlich eine Nachricht von seiner närrischen kleinen Frau. Und so ein Hemd trägt er, und da sollen wir für ihn arbeiten! Der Sekretärin ist es egal, wie er aussieht, weil er jetzt ein großer Mann ist, und er läuft mit Haferflocken auf der Weste herum.«

»Do widzenia, Stanislav. Wir schließen jetzt die DNS-Reaktion ab.«

Sie küssten ihn auf die Wange.

»Kehr zu ihr zurück.«

»Sei ein guter Junge.«

»Deine Mutter würde schreien, wenn sie es wüsste. Ich höre sie förmlich.«

»Wenn sie nicht tot wäre.«

»Der Tod hat ihr manches erspart.«

Sie flatterten hinaus. Stanislav seufzte. Ohne Ronald anzusehen, fragte er: »Was kann ich für Sie tun?«

Er drehte sich um und ging aus dem Zimmer. Ronald folgte ihm. Stanislav verfiel in seinen Denkschritt, den Kopf leicht gesenkt, den Körper gebeugt, die Hände hinter dem Rücken und einen Plastiklöffel zwischen den Fingern. So lief er auf dem Flur auf und ab, und Ronald hatte Mühe, mit ihm Schritt zu halten. Die Stimme drohte ihm zu versagen.

Ganz plötzlich blieb Stanislav wie angewurzelt stehen und sah auf seine billige Uhr. »Zeit zum Lunch. Ich gehe jedenfalls in die Kantine. Wenn Sie sich mir anschließen wollen …«

Sie gingen wortlos ein paar Treppen hinunter und kamen über mehrere Korridore in die Kantine. Stanislav rückte in der Schlange vor, ohne Ronald einen Blick zu gönnen, und überlegte lange, bis er sich für einen »Gesundheitsteller« entschied. Dann schnappte er sich ein paar zusätzliche Servietten und meinte: »Wissen Sie, ich habe leider vergessen, mir Kleenex zu kaufen.«

Er bezahlte sein Essen und setzte sich auf einen Fensterplatz.

Er mahlte das Essen klein wie ein Müllwagen. Ronald konnte Conny nur bedauern, dass sie es zehn Jahre ihres Lebens mit einem Mann hatte aushalten müssen, der so schlechte Tischmanieren hatte.

»Dr. Reich, ich bin Connys wegen gekommen«, wagte er endlich zu bemerken.

Stanislav blickte kurz auf und sagte mit vollem Mund: »Wegen meiner Frau.«

»Ja. Ich bin ein Kollege von ihr aus dem Städtischen Krankenhaus –«

»Ach, einer dieser Aasgeier sind Sie«, sagte Stanislav. Er wich zurück, schluckte einmal und starrte Ronalds Hände an. Offensichtlich überlegte er, ob Ronald sich nach dem Umgang mit ansteckendem Gewebe gewaschen hatte.

»Ich mache mir Sorgen wegen ihres Vaters.«

»Wie bitte? Was hat denn Connys Vater mit Ihrem Beruf zu tun? Er ist doch noch nicht tot, oder?«

»Wenn er es wäre, hätte ich diese Sorgen nicht. Nein. Ich brauche Ihre Hilfe. Sie kennen die Familie Bauer sehr gut.«

»O ja«, sagte Stanislav. »Ich hole mir jetzt ein Dessert. Entschuldigen Sie. Das Dessert ist hier ausgezeichnet. Und gar nicht teuer.«

Er stand auf und stellte sich ans Ende der Schlange. Nach einer Weile kam er mit einem Riesenstück Sahnetorte und weiteren Servietten zurück. »Auf Kosten des Hauses. Ich habe keinen Cent dafür bezahlt. Schließlich habe ich gerade den Nobelpreis bekommen!« Er aß mit Genuss. Die Schlagsahne landete an seinem Kinn und blieb dort hängen.

»Ist Ihnen schon aufgefallen, dass Connys Vater Antisemit ist?«, fragte Ronald.

»Sie meinen, er mag keine Juden? Aber das ist für einen Deutschen seiner Generation doch ganz normal«, sagte Stanislav.

»Ich weiß nicht, ob das so normal ist.«

»Was wollen Sie von mir?«, fragte Stanislav. »Bringen Sie mir eine Nachricht von meiner Frau? Oder was? Sie kommen doch nicht hierher, um mit mir über Connys Vater zu reden, denke ich. Er ist krank, ich weiß, und ich habe ihn nicht besucht. Ich hasse Krankenhäuser.« Sein Kinn war schneebedeckt wie beim Rasieren.

»Sprechen wir von Ihrer Tochter Sally«, sagte Ronald. »Ein sehr liebes und kluges Kind, das muss ich sagen. Sie hat mich um Hilfe gebeten. Sie meint, Ihr Herr Schwiegervater könnte in Deutschland ein ganz übler Nazi gewesen sein.«

»Ein übler Nazi?«

Ronald gestattete sich ein Lachen, mehr ein gehustetes Kichern, das die Enthüllung nach oben beförderte. »Ja. Eigentlich befürchtet sie sogar das Schlimmste. Ein Mann, der sehr viele schwere Verbrechen begangen hat. Ein richtiger Führer. Genauer gesagt –«

»Jetzt reicht es mir aber«, sagte Stanislav. Er stand auf und ließ seinen Kuchen stehen. »Wer sind Sie überhaupt? Connys Kollege? Nein! Ein Spitzel sind Sie!«

Er wiederholte es laut, sodass all die erlauchten Professoren in der Kantine es hören mussten, mit seinem polnischen Akzent: »Zpitsęl. Egelhąwta. Zpitsęl!«

Der Priester hatte alle Jungen der Mittelstufe vor dem Unterricht in der Haupthalle antreten lassen. Sie standen unordentlich im Kreis herum und fragten sich, was er ihnen Wichtiges mitzuteilen hatte.

»Jungs«, sagte er, »einige Eltern haben mir zu Gehör gebracht, dass ihre Söhne keine vollständige Beichte ablegen, dass sie

eine Todsünde weglassen,

und das bedeutet dann, dass ihre Seelen nicht rein sind, wenn sie zur Kommunion gehen!

Also, Jungs, ich habe auch schon gemerkt, dass manche von euch große Schwierigkeiten haben, mir

eine ganz bestimmte Sünde

zu beichten. Und so habe ich entschieden, dass es im Sinne unseres Herrn ist, euch zu helfen, damit ihr über diese Sünde reden könnt, die Sünde –«

er machte eine Kunstpause, und ihre Herzen rasten vor Angst und Scham,

» – der Unkeuschheit.«

Erröten ringsum. Auch der Priester wurde rot.

»Von nun an, Jungs, könnt ihr, wenn ihr mit mir über Unkeuschheit reden wollt, einfach ›Haifisch‹ sagen. Dann weiß ich, was gemeint ist. Ist das klar? Haifisch. Ich glaube, das wird es euch sehr viel leichter machen.«

»Haifisch«, begannen die Jungen leise zu üben, »Haifisch, Haifisch.«

PJ war von den Bauers nie ins Schlafzimmer geführt worden. Sie warf einen kurzen Blick auf den schlichten Kiefernschrank, den Gebetsschemel, den billigen Perserteppich auf dem Boden, die Uhr an der Wand. Sehr schön war das ja alles nicht. Sie sah wehmütig auf das Bett. Es war sehr breit. Einmal, in Straßburg, als die beiden Frauen auf Carl warteten, der zur Toilette gegangen war, hatte Eva in einem Anfall von Vertraulichkeit ihr gegenüber angedeutet, es habe ihr nie direkt Spaß gemacht, mit ihrem Mann zu schlafen.

Die ganzen Jahre hatte er es verlangt, und sie hatte sich gefügt. Eva hatte es nicht so ausgedrückt. Sie hatte gesagt – PJ erinnerte sich genau an die ätzenden Worte: »Carl möchte im Urlaub immer – du weißt schon. Es wird mir so leid. Ich brauche meinen Schlaf mehr als er.«

Das Bett hatte zwei Seiten, auf dem einen Kissen stand Evas Foto, das andere war aufgeschüttelt und zum Gebrauch bereit. Auf dem Nachttisch lagen ein Gebetbuch und ein Rosenkranz.

PJ legte sich auf Carls Seite. Sie fühlte, wie sie in die durchgelegene Matratze einsank, und stellte sich vor, wie ihr glänzendes schwarzes Haar auf dem weißen Kissen wirken musste. In diesem Falle auf Eva. Sie kippte Evas Foto um. Eva drückte ihr Gesicht ins Kissen, während Carl sich zu ihr, PJ, legte. Die Betten waren unbequem, französisch. Unmögliche Wurstkissen. Er verausgabte sich, meine Güte, und wie! Kraft Kraft Kraft. Eva hatte wahrscheinlich die ganze Zeit zu ihm hingeschielt, den Kopf ins Kissen gedrückt. Es machte ihr offenbar überhaupt nichts aus. Sie beschwerte sich nicht. Einfach pervers! So was gab es also wirklich! Nein, halt, einen Moment! PJ kämpfte mit sich. Sie durfte Phantasie und Wirklichkeit nicht durcheinanderbringen. So weit war es nicht mit ihr gekommen.

PJ erinnerte sich sehr deutlich, wie sie einmal im Bad zwischen ihren beiden Hotelzimmern fast zusammengestoßen wären. Beide nackt. Er mochte sich ihr nicht zeigen, glitt seitwärts wieder aus dem Bad in sein Zimmer zurück. Wirklich bezaubernd. Sie hatte sich ihm auch nicht zeigen wollen.

Dieser Vormittag in Straßburg war warm und schwül gewesen. Das Hotel hatte ihnen ein Picknick eingepackt. All diese französischen Sachen! »Ist sie nicht herrlich, die Stadt meiner Ahnen?«, hatte PJ gefragt. »Und jetzt wollen wir hingehen und auch einmal die eure sehen. Gleich da drüben, auf der anderen Seite des Rheins. Wir können zu Fuß hinspazieren.«

»Wie kommst du darauf? Keiner von uns ist in Deutschland geboren«, sagte Eva. »Wir kommen nämlich aus Österreich.«

Sie war mit ihnen durch die lichten Wälder am Fluss gegangen. Sie hatte das Gefühl, die Gegend zu kennen, obwohl sie kein Wort Französisch sprach. Das war ererbt. Mit sicherem Instinkt, den sie zum Teil einem Blick auf die Landkarte an der Hotelrezeption verdankte, führte sie die beiden den ganzen Weg bis zur Brücke, ohne ein einziges Mal den Schutz der Bäume zu verlassen. Sie ahnten nichts, weich und willig traten ihre Füße auf der warmen Erde auf, bis sie an eine Weggabel kamen (Guckt mal! Gehen wir doch einmal da entlang und sehen, wohin wir kommen!), und dieser andere Weg führte sie ganz plötzlich aus dem Wald hinaus auf eine Lichtung, ins helle Sonnenlicht, das vom Fluss zurückgeworfen wurde, sodass es ein paar Sekunden dauerte, bis die Augen sich daran gewöhnt hatten, und dann sahen sie, dass sie direkt vor der Brücke mit dem Grenzübergang am anderen Ende standen.

»Kommt, Kinder! Wir gehen hinüber«, sagte sie.

Eva war zusammengebrochen. Ihre Beine hatten einfach nachgegeben. PJ warf sich jetzt auf Carls Bett herum und tätschelte Evas Foto den harten Rücken. Sie hatte ausgesehen wie ein gestrandeter Wal. Im geblümten Kleid. Carl massierte ihr die mollige Rückenflosse. Er hatte so unglücklich dreingeschaut, dass PJ gezwungen gewesen war, Eva einfach liegen zu lassen und sich zuerst um den erschrockenen Ehemann zu kümmern.

Abends hatte Carl dann zu PJ gesagt, Eva sei offenbar krank. Er wolle mit ihr nach Hause. Sechs Jahre später warf PJ sich, wimmernd in der Erinnerung, auf dem Bett herum und ertrank in Carls Kissen. Dann hörte sie den Wagen vorfahren. PJ huschte ans Fenster und sah das Taxi, dessen Fahrer soeben Carl vom Rücksitz half. Sie beeilte sich nicht mit dem Weglaufen, sie verspürte den Wunsch, ertappt zu werden, aber Gerda und Carl waren so langsam. Bis sie einander die Eingangsstufen hinaufgeholfen hatten, war PJ schon zur Hintertür hinausgeschlüpft, hatte den Schlüssel an seinen angestammten Platz unter der Mülltonne gelegt und war in ihrer Küche beim Kaffeekochen. »Ich hätte sie ohne weiteres ausrauben können«, sagte sie bei sich, »aber ich habe es nicht getan. Auch eine abgefallene Protestantin hat ihre Prinzipien.« Das war auch gut so. Sie war ihren Erinnerungen bis ans Ende der Reise gefolgt. Die Bauers hatten den nächsten Zug nach Cherbourg genommen. PJ hatte sich geweigert, ihre Schiffskarten herauszurücken, und Carl hatte zwei neue Passagen kaufen müssen. Sie waren in der billigsten Klasse gereist, die Ärmsten.

Carl Bauer trat ins Haus, und die Uhren schlugen und salutierten mit den Zeigern. Die Schachfiguren erwarteten ihn geschniegelt und gestriegelt, Armeen, die auf hölzernen Schlachtfeldern in Stellung gegangen waren. Sie hatten keine Bewegung riskiert ohne ihren Feldherrn. Der Hund wedelte sich den alten Schwanz fast vom Leib. Der Plastiklehnstuhl stand in *Aufrecht*-Stellung und stellte seine Dienstbereitschaft zur Schau. Freudig flackerte das Flämmchen vor Evas Porträt, und das Glas schimmerte, sodass ihr Lächeln frisch wirkte, wie neu. Das Telefon klingelte.

»Hier Stanislav. Ah, du bist wieder zu Hause! Freut mich sehr zu hören. Ich habe erfahren, dass du krank warst. Da wollte ich mich nach deinem Zustand erkundigen.«

»Danke für die Neugier«, sagte Carl kurz angebunden. »Wie geht's deiner Wissenschaft?«

»Sehr, sehr, sehr gut. Ich wünsche euch allen das Beste«, antwortete Stanislav und legte auf. Keine Manieren.

»Das war Stanislav«, sagte er zu Gerda. »Er sollte lieber vor der eigenen Haustür kehren«, sagte er. Seine Stimme bebte hörbar, und sie starrte ihn entsetzt an.

»Ja. Das regt Herrn Bauer nur auf, nicht wahr? Er sollte nicht anrufen. Immer diese Anrufe!«

»Hat er schon öfter angerufen?«

»Weiß ich nicht. Ich war ja nicht immer hier. Aber ich glaube, ja.«

»Und wo sind die Kinder?«

»Natürlich in der Schule. Ich glaube, Herr Bauer sollte sich jetzt ein Weilchen hinlegen.«

Ronald kehrte nicht zu seiner Arbeit zurück. Er spürte eine aufkommende Migräne. Er ging nach Hause, zog sich aus und nahm Zuflucht unter der Bettdecke. Nach ein paar Stunden klingelte es an seiner Wohnungstür.

Conny hatte sich aus der Morgue geschlichen, um zu sehen, was mit ihm los war. »Ich hatte plötzlich das Gefühl, dass es dir nicht gutging. Es ist mir nur so eingefallen. Du bist gegangen, ohne das Kühlfach richtig zu schließen, und wir sahen, dass es deine Leiche war. Schlampigkeit ist nicht deine Art. Da konnte ich mich nicht mehr konzentrieren, solche Sorgen habe ich mir gemacht. Ist das nicht komisch? Telepathie.«

Sein Kopfweh war wie weggeblasen. Er zog sie aus und nahm sie mit all der Leidenschaft, die ihr Ehemann mit seiner herablassenden Manier in ihm angestachelt hatte. Danach war sein Selbstbewusstsein wiederhergestellt. Er wusste, dass Stanislav diese Schau nicht noch einmal abziehen konnte. Blitzartig kam ihm eine Eingebung, wie er dem Fall Bauer ein für allemal auf den Grund kommen könnte. Conny lag dösend neben ihm. Er weckte sie sanft auf und sagte: »Ich möchte dich fragen, ob du mich heiraten willst. Aber bevor ich dir einen Antrag mache, möchte ich, dass du mir deine Familiengeschichte erzählst.«

Er sagte das einfach so hin, und es erschien ihm auch durch und durch vernünftig, dass der Sohn eines Geschäftsmanns aus Greenwich sich nach dem Vorleben seiner künftigen Braut erkundigte.

Conny lag still da und verriet weder mit dem Körper noch mit ihrer Miene die allerkleinste Überraschung, weder über den Heiratsantrag noch über die verlangten familiären Auskünfte. Sie blieb einfach liegen, in seine Arme gekuschelt (er zog die Arme nicht weg, damit er ihre Körpertemperatur fühlen konnte, wenn sie redete, und sofort jede Veränderung – Schwitzen oder Zittern – spürte, wenn sie sich auf die buntgewürfelten Gefilde der Lüge begab). Dass sie nichts anhatte, war keine Garantie dafür, dass sie die Wahrheit sagte, dachte Ronald; im Gegenteil, sie würde das ausnutzen, und wenn sie etwas verschleiern wollte, würde sie sich an bestimmten Stellen der Geschichte an ihn drücken, als ob ihn das ablenken könnte!

»Du wirst dich wundern: Ich stamme aus russischem Adel.«

»Warum hast du mir das nicht schon früher gesagt?«, fragte Ronald, ohne ihr ein Wort zu glauben.

»Ich wollte dich nicht neidisch machen.«

»Was für Titel?«

»Die habe ich längst vergessen. Titel haben nichts zu bedeuten.«

»Doch. Titel sind das Wichtigste. Also fang mit den Titeln an. Du sagst, ihr hattet welche.«

»Graf Bauer.«

Ein paar Sekunden, nachdem sie das gesagt hatte, musste sie kichern, und obwohl er nicht darauf einging, warf sie sich mit Begeisterung auf die Geschichte:

»Im neunzehnten Jahrhundert musste ein Urahn meiner Mutter, ein gewisser Kisselow oder so ähnlich, auf seinem Schimmel vor einem Kosakenaufstand fliehen. Er ritt über Sümpfe und Flüsse bis an die Donau. Dort ließ er sich in einem richtigen Schloss nieder und sah in aller Ruhe zu, wie der Zar stürzte und ein neuer eingesetzt wurde, der kein bisschen besser war, und nach emsiger Fortpflanzung, die nicht ohne Verschwägerung mit den Einheimischen abging, lebte er glücklich bis an sein seliges Ende.

Ich glaube, das war sein Problem: Langlebigkeit kann Familien zugrunde richten. Mit fünfundsechzig Jahren legte Kisselow sich einen religiösen Tick zu; er kleidete sich in Lumpen, die er vom Schneider machen und dann von seiner Lieblingsdogge zerreißen ließ; er lief halluzinierend im Park herum, und nach einem Gespräch mit einem hübschen, fanatischen Priester auf dem Marktplatz vermachte er sein Schloss einem Mönchsorden.

Sonst«, sagte Conny, »würde ich heute in einem Schloss wohnen.«

»Du kannst das etwas schneller abspulen«, sagte Ronald. »Wenn du nicht einmal ihre Namen kennst. Bitte nicht zu viele unerhebliche Details. Ich will unterwegs nicht von jedem Blatt kosten. Ich bin doch keine Schnecke.«

»Unerheblich? Was ist daran unerheblich, ein Graf zu sein, Darling?«

»Mach schon«, sagte Ronald. »Wie ging es weiter?«

Conny murmelte nur noch. »Ich bin müde«, klagte sie. »Habe ich dich zu Tränen gelangweilt, du Ärmster? Und ich dachte, als Amerikaner würdest du es gern hören, dass wir früher mal ein Schloss hatten.« Sie kuschelte sich an ihn. Ronald rüttelte sie. Sie öffnete die Augen und machte einen halbherzigen Versuch, ihn zu verführen. Er drückte sie sanft weg und setzte eine strenge Miene auf. »Jetzt weißt du doch alles«, beschwerte sie sich. »Was willst du mehr?«

»Fang bei deinen Großeltern an«, sagte Ronald.

Sie blieb stumm.

»Ich würde deine Familie in der unteren Mittelschicht ansiedeln. Nicht ganz im Keller. Erdgeschoß mit guter Aussicht auf die Gosse. Vielleicht war dein Großvater Zöllner oder so was.«

»Schlimmer.«

»Schlimmer! Wie hieß er denn?«

»Peter Bauer.«

»Und was hat er gemacht?«

»Er war Künstler. Ich nannte ihn Opa Peter. Er war so eine Art Spezialfotograf. Sein Ruf hat meinem Vater arg zu schaffen gemacht. Er reiste durch ganz Europa, von den Alpen bis zur Ostsee, und machte mit seiner Spezialkamera Familienbilder für die Bauern. Sie legten ihren besten Sonntagsstaat an, zwanzig oder dreißig auf einmal, und durften eine Stunde lang freundlich lächeln, während er unter dem Kameratuch hantierte. Dann kratzten sie ihr Geld zusammen, um ihn zu bezahlen, und er ging das Bild entwickeln. Ich habe Opa Peter angebetet. Die Bauern haben ihn nie wieder gesehen. Er hatte gar keine Platte in der Kamera.«

»Großer Gott!«

»Er war herrlich. Mein Vater hat sich fürchterlich für ihn geniert. Meine Mutter wollte mich als Kind nicht auf seinem Schoß sitzen lassen, weil sie Angst hatte, ich könnte mir eine Krankheit von ihm holen. Sie kam aus einer viel feineren Familie. Richtig feine Leute.«

»Was haben die gemacht?«

Sie schwieg. Er wartete. Nach einer Weile sagte sie: »Das weiß ich nicht mehr.«

»Wie hieß deine Mutter mit Mädchennamen?«

»Weiß ich nicht. Kannst du dich etwa an den Familiennamen deiner Großmutter erinnern?«

»Coombs.«

»Ah, Coooooombs«, imitierte sie ihn.

»Ja. Stummes B nach dem M.«

»Na gut. Beim Namen meiner Großmutter sind eben alle Buchstaben stumm.«

Ronald ließ nicht locker. »Was war denn der Vater deiner Mutter für ein Mensch? Das musst du doch noch wissen.«

»Klein, kahlköpfig und sehr religiös.«

»Und deine Großmutter, seine Frau?«

»Eine Mamma. Stark. Es waren starke Frauen in dieser Familie, und immer wurden sie von ihren Männern enttäuscht. In meiner Familie ist die Enttäuschung zwischen Mann und Frau sozusagen Fleisch geworden.« Er ließ es zu, dass sie das Thema zu wechseln versuchte. »Alle Männer wünschen sich eine starke Mamma, und alle Frauen wünschen sich einen starken Ritter. Ist dir schon aufgefallen, dass es mehr starke Mammas als starke Ritter gibt?«

Er hakte sofort ein: »Was heißt das, stark? Hatten sie viele Kinder? Dann hätte dein Vater viele Vettern und Kusinen haben müssen. Kannst du dich an deine Tanten und Onkel erinnern?«

»Meine Güte, ich kann diese Fragen gar nicht alle beantworten. Ich habe ein schlechtes Gedächtnis für Namen und Gesichter. Vielleicht habe ich auch dich bis morgen früh vergessen.«

»Weil ich dir diese Fragen stelle? Komm, Darling«, sagte er beschwörend. »Bring es hinter dich. Ich möchte es wissen. Ich will dich schließlich heiraten. Das sind so Fragen, die man hierzulande stellt.«

»Ich muss jetzt wieder zur Arbeit«, sagte sie, indem sie sich aufsetzte. »Leider werde ich dich da enttäuschen müssen. Ich kann mich verdammt an gar nichts erinnern.«

Sie betonte das »verdammt«, und es schockierte ihn, eine Frau ordinär reden zu hören. »Schon gut«, sagte er.

»Alles Wichtige weißt du ja«, sagte sie.

»Weiß ich nicht.«

»Was weißt du nicht?«

»Warum ihr aus Österreich weggegangen seid.«

»Weil wir eine Bank überfallen haben, und da hat der Sheriff gesagt, wir müssten bis Sonnenuntergang das Land verlassen haben.«

Er sah sie böse an, wie sie da auf seinem Bett saß. »Ich weiß nicht, warum. Eines Tages haben meine Eltern ihre Sachen gepackt, und wir sind weg.«

»Wann war das? In welchem Jahr?«

»Kurz nach dem Krieg.«

»Du hast mir mal gesagt, es war vor dem Krieg!«

»So? Dann habe ich eben Unsinn geredet.«

»Und warum sind sie weg? Österreich ist doch ein schönes Land, Gebirge, alte Kirchen, richtige Küche. Sie müssen einen guten Grund gehabt haben, da wegzugehen.«

»Danach habe ich sie nie gefragt. Ich war ein sehr wohlerzogenes Kind und habe meine Eltern nie ins Verhör genommen. Ich habe sie packen lassen. Und dann haben sie mich für ein paar Tage zu Gerda nach Hause geschickt. Gerda ist unser Mädchen, du kennst sie ja. Gerda hatte eine kleine Berghütte.«

»Wie Heidi.«

»Genau wie Heidi.«

»Und du hast nie gefragt, warum? Wie romantisch.«

»Doch, doch, ich habe gefragt. Nach ein paar Tagen da oben habe ich gefragt, warum meine Eltern ihre Sachen packten, was denn los sei. Da war sie sehr böse auf mich.

›Sei nicht so ein Angsthase‹, sagte sie und hat mich bei den Schultern gepackt.« Conny umfasste ihre nackten Schultern. »So, mit ihren rauen Händen, und dabei hat sie mich angeknurrt: ›Dummer kleiner Angsthase‹, und hat mich geschüttelt und geschüttelt. ›Sie fahren nach Amerika.‹«

Nach diesem letzten Satz legte Conny sich wieder und brach in Tränen aus. Tränen der Erschöpfung, dachte Ronald. Er bekam kein weiteres Wort aus ihr heraus. Ihre Tränen durchnässten das Kissen. Er hielt sie weiter in den Armen und hoffte, durch die Tränen werde die Wahrheit vielleicht gleich mit herausgespült. Aber sie wollte kein Wort mehr reden. Sie hat gerade eine ganze Familie erfunden, dachte Ronald, kein Wunder, dass sie erschöpft ist.

Dann bewunderte er diese Erfindung, wie gut sie war, und kam zu dem Schluss, dass Geheimniskrämer wohl die besten Geschichtenerzähler seien. Darum hasse ich Romane, dachte er: nichts als dicke, hässliche Lügen. Nie werde ich so was Blödes lesen!

Ein paar Stunden später packte Dr. Hake die Wut. Sie war nichts weiter als eine hundsgemeine Lügnerin. Lügner, die ganze Familie! Lebten hier im Speck. Wie die Maden. Verdauten Fakten und sonderten Märchen ab. Und so was will mich heiraten! Warum rückt sie nicht einfach mit der Wahrheit heraus? Die Kirche äußert sich sehr deutlich zur Frage der Lüge – wenn sie die Würde eines anderen antastet, ist die Lüge eine Todsünde. Und hier wird meine Würde verletzt.

Conny war wieder zur Arbeit gegangen und hatte die Nachricht überbracht, dass Dr. Hake eine starke Migräne habe und heute nicht mehr komme. Dr. Guttenberg wollte wissen, wie Dr. Bauer an diese Information gekommen sei. Hake habe sie angerufen und gebeten, ihm ein Medikament zu bringen, sagte sie, und sie habe es ihm gebracht. Dr. Guttenberg fragte: »Lag er im Bett?«, und Dr. Bauer lachte kurz und sagte: »Ehrlich, Dr. Guttenberg, das habe ich nicht nachgeprüft. Ich habe geklingelt und das Zeug vor die Tür gestellt. Ich wollte ihn doch nicht in Verlegenheit bringen in seinem Seidenpyjama. Er wird die Migräne schon nicht simulieren, falls das Ihre Sorge ist.«

»Sie sehen Seidenpyjamas durch geschlossene Türen?«

In diesem Augenblick betrat Dr. Hake das Polizeirevier 109 in Manhattan. Er hatte jetzt sein weißes Arztjackett an und sah darin so respektabel aus wie jeder andere Arzt. Im Gegensatz zu den meisten Leuten, die ein Verbrechen melden, war er sehr entschlossen und gefasst und bat um ein Gespräch mit dem Reviervorsteher.

Reviervorsteher Ignatius war mit seinen Gedanken bei dem Bombenleger. Er wollte nicht gestört werden. Aber der Wachhabende meinte, er sollte doch besser mit dem Doktor reden, denn dieser sei Gerichtspathologe und habe einen Tipp für ihn. Dessen ungeachtet behandelte Ignatius den Doktor von oben herab. Von Tipps hielt er nicht viel, in seinen vierzig Dienstjahren waren ihm viele zu Ohren gekommen, aber kaum einer hatte sich als brauchbar erwiesen. Meist waren es nur Lügen oder Gerüchte, und er behandelte sie nach einem einfachen Rezept: Er übergab sie der Presse. Auf die Presse war Verlass. Die Presse ging der Sache immer auf den Grund.

Dr. Hake sagte betont vertraulich: »Ich wünsche keine offizielle Ermittlung. Ich brauche nur Ihre Hilfe.« Er legte seine Berichte auf den Tisch. Der Polizist warf einen Blick auf das Papier, New York City Morgue. Irgendeine Diagnose über Adolf Hitler, in unverständlicher Medizinersprache. Diese Ärzte hatten vielleicht Ideen! »Schreiben Sie mir bitte Namen und Adresse dieses Mannes auf«, sagte er und schob dem Doktor ein Formular zu.

Dr. Hake schrieb in großen Druckbuchstaben. Dann widmete er sich seiner Pfeife, was den Polizisten mehr beeindruckte. (Wie gekonnt der Bursche sie stopfte und in Brand setzte!) Der Polizist betrachtete die Pfeife, das Formular, seine Hand ließ sich auf dem Telefonhörer nieder, als er die erste Rauchwolke durchs Zimmer segeln sah, und dann wählte er, ohne hinzusehen, eine Nummer. Wie ein Pianist, der sein Stück auswendig kennt, hatte der Polizist die Nummer in seinem dicken, roten Zeigefinger. »Mr. Parker?«, fragte er.

»Jim Ignatius. Wir bekommen hier eine Meldung über einen Mann, der Adolf Hitler sein könnte. Ja, genau, der Diktator, dieser Deutsche. Angeblich tot – richtig, aber wie man weiß, läuft er wahrscheinlich immer noch frei herum. Nehmen Sie sich den alten Knacker mal vor, River Avenue (er blinzelte auf das Formular) 1129. In Fort Lee, gleich über die Brücke. Klingt brauchbar. So was kriegt ihr Burschen ja viel schneller heraus als unsereiner.«

Als er auflegte, sah Ronald ihn mit schiefgelegtem Kopf an. »Wer war das?«

»Der *National Inquirer,* Doc. Alles, was Sie wissen wollen, liefern die Ihnen in ein paar Stunden.«

Ronald fluchte und ging.

Die ersten zwei Reporter fanden das Haus ohne weiteres. Reihenhaus aus rotem Backstein, ein ideales Versteck. Sie sahen es sich von allen Seiten an, dann klingelten sie. Gerda öffnete.

»Mister Bauer liegt krank zu Bett. Was wünschen Sie?«, fragte sie feindselig.

»Nur ein paar Fragen, Mrs. – äh –«

»Miss Schmidt.«

»Miss Schmidt, können Sie uns sagen, woher Mr. Bauer stammt? Ist er Deutscher?«

»Nein, natürlich nicht. Was wollen Sie von Mr. Bauer?«

Sie gingen lieber, bevor sie wütend wurde. »Bestreitet, dass er Deutscher ist.«

»Was soll sie schon sagen!«

»Schwamm drüber. Wir müssen die Nachbarn fragen.« Die Nachbarn waren schon unterwegs. PJ hatte den Vormittag damit verbracht, sich herauszuputzen. Es war Dezember. Es war Mittwoch. Es war *ihr Tag*. Diesmal würde sie durch die Haustür eintreten, nachdem sie geklingelt hatte. Sie trug ein schlichtes Kleid, nichts Extravagantes, grün wie der Rasen am Ufer des Rheins, als Make-up höchstens eine Spur von Rosé-Lippenstift und ein gutes Parfum. Es hatte Nerven gekostet. Achtzehn Monate Warten. In Sachen Liebeskummer war sie eine Kapazität.

»Dürfen wir Sie nach Ihrem Namen fragen?«

»Patrician June La Ville«, antwortete sie. »Sie machen doch sicher eine Umfrage. Nach bevorzugten Marken? Kinder, Kinder, heute ist mein Tag. Gibt es Gratisproben?«

»Nein, nein, Madam. Mein Name ist Brad. Das ist Jeff. Wir wollen nur ein paar Erkundigungen über Ihren Nachbarn einziehen. Vielleicht schreiben wir etwas über ihn. Ach ja, es laufen da gewisse Gerüchte um, vielleicht können Sie uns was darüber sagen ...«

Ihr Gesicht wurde so weiß, dass man nur noch den rosé geschminkten Mund sah. Gleich würden sie nach einer Frau fragen, die man bei den Bauers hatte einbrechen sehen, ohne dass sie etwas mitgenommen hatte. Sicher wollten sie wissen, was die Einbrecherin dort gemacht hatte. Schon wollte sie sich umdrehen und weglaufen, da überlegte sie es sich anders und blaffte: »Dumme Gerüchte, bestimmt. Gerüchte haben mich meiner Lebtag nie die Bohne interessiert. Also.«

»Wir haben gehört, dass der Mann, der hier wohnt, dieser Mr. Carl Bauer, Deutscher ist. Stimmt das?«

Sie hielt inne. Neugier begann in ihr zu schnüffeln wie ein Hund. »Deutscher? Aber ja, er ist – das heißt, nein, darin ist er sehr eigen. Nehmen Sie sich in Acht! Er ist Österreicher. Was ganz und gar nicht dasselbe ist. Nun fragen Sie mich bitte nicht, warum. Ich war nie da. Wir waren zusammen in Frankreich. Er, seine inzwischen verstorbene Frau, Gott hab sie selig, und ich. Aber nicht in Deutschland. Da wollte er nicht hin. Wenn Sie mich fragen, hatte er eine Heidenangst davor. Sie verstehen, er wollte nicht dorthin zurück. Ja, er ist eine Art Deutscher, das schon. Ich weiß auch nicht recht.«

Sie musterte die beiden Männer von oben bis unten. Gut gekleidet, seriöses Auftreten. »Warum fragen Sie?« Sie traten von einem Fuß auf den andern. Es war kalt hier draußen. Endlich sagte der größere der beiden, der sich als Brad vorgestellt hatte: »Sehen Sie, wir gehen nur einem Gerücht nach, um uns zu vergewissern, dass nichts daran ist. Es heißt – dieser Kerl sei ein gewisser Hitler, Sie verstehen? Adolf Hitler. Also, was ist, kennen Sie ihn gut?«

PJ starrte in die Kälte. Dann löste sich ein Laut aus ihrer Brust, ein Grollen, ein Ächzen, sie spitzte die Lippen, und heraus kam: »Uuh, uuh, uuh«, wobei sie den Kopf vor- und rückwärts warf.

»Schon gut, nun beruhigen Sie sich doch«, sagten die Reporter. Brad legte ihr den Arm um die Schulter. »Da muss wohl doch was dran sein«, sagte er zu seinem Kollegen. »Kommen Sie, ich bringe Sie ins Haus.«

Dicky war in seinem Schlankheitskurs, Sally in der Violinstunde. Das Schicksal hatte seine Pläne sorgfältig ausgeheckt. Die Journalisten umstellten ein fast leeres Haus. Die Fotografen hielten die Ausgänge besetzt, falls er versuchen sollte zu fliehen. Langsam tröpfelten die Nachbarn herbei. Brad kam von PJs Haus zurück und sagte: »Ich habe ein paar prima Zitate über diese Europareise. Sie sagt, wenn er Hitler ist, erklärt das alles. Es war ein Schock für sie. Jetzt packt sie und will zu ihrem Sohn nach Tucson ziehen. Aber sie hat mir ihre dortige Adresse gegeben, falls wir sie brauchen.«

Im Haus wurde Happy nervös. Er stupste mit der Nase an Gerdas Beine und winselte. Sie gab ihm ein paar auf die Nase und konzentrierte sich aufs Abendessen. Sie machte Knödel für Carl Bauer. Willkommen zu Hause!

Carl sollte eigentlich oben im Bett liegen, aber der Mensch muss auch mal auf die Toilette. Ein Blick aus dem Badezimmerfenster, und er bemerkte den Auflauf. Er kam die Treppe herunter, langsam, leise, in Bademantel und Pantoffeln. Er erreichte Connys Veranda, ohne dass Gerda ihn sah. Er spähte durch die Vorhänge. Darauf hatte einer der Fotografen gewartet. Das Blitzlicht flammte auf, ein heller Schein drang in die Innereien des Hauses. »He!«, rief ein Journalist. »Da ist Hitler!«

Sie schossen ein paar gute Bilder von dem durch die Gardinen spähenden Gesicht, den runden, knallblauen Augen, dem komischen Hitlerschnurrbart, den roten Wangen.

Carl Bauer fühlte sich vom Verhängnis gejagt. Er ging zur Haustür. Jetzt hörte ihn Gerda. Sie ließ ihren letzten Knödel ins Wasser fallen und eilte, um zu sehen, was er vorhatte. Bevor sie ihn daran hindern konnte, riss er die Tür auf. Schon zuckten ihm die Blitze ins Gesicht: Hitler in Bademantel und Pantoffeln, leicht veränderte Figur, klar, aber er ist es. Guck dir den Schnurrbart an.

Carl machte kehrt, als die Reporter die Treppe stürmten. Er knallte ihnen die Tür vor der Nase zu, aber da war Happy schon hinausgeschossen und machte sich mit Knurren und Schnappen unbeliebt. Derweil sank sein Herr in sich zusammen, welkte dahin, verdorrte. Er sagte: »Bitte, allmächtiger Gott, lass mich deinen Ratschluss wissen.« Vielleicht mag Gott ja keine Auskunft geben über sich und seine Ratschlüsse. Die Vorsehung ließ Carl Bauer unter den Händen seines Dienstmädchens sterben, während Happy vergebens versuchte, seine Ehre zu verteidigen.

Die Zeitung ging noch am selben Abend in Druck. Am darauffolgenden sonnigen, jahreszeitlich kühlen Morgen war sie an den Kiosken: »Hitler in Fort Lee entdeckt!« Weihnachten wütete in den Schaufenstern. Ronald sah die Schlagzeilen auf dem Weg zur Arbeit. Er blieb mitten auf der Straße stehen, stocksteif, nur seine Lippen zuckten im Selbstgespräch, wie bei all den andern armen Irren, die sich an ihm vorbeidrängten. Aber bei ihm war es nur ein Anfall von Stolz. Akute Selbstzufriedenheit wirkt wie Bronchienverengung, erzeugt Druck in der Brust, Pochen in den Ohren, Gehirnschwellung, nach einigen Minuten gefolgt von Gliedertremor – er rannte zum Bus. Zurück in die Vororte. Durch Harlem, wo die Nachricht keinen interessierte, zum Shtetel, wo sich keiner die Mühe machte, Zeitungen auf Englisch zu lesen. Ronald erreichte das Haus in der River Avenue, während die Reporter sich noch von einer langen Nacht am Schreibtisch erholten. Gerda hatte Weihnachtskerzen über den Hartriegelstrauch vor dem Haus gespannt. Er läutete, o welch ein schöner Morgen. Er strotzte vor Mut. Jetzt werde ich die Sache ein für allemal klären. Ich habe heute Morgen die Zeitung gelesen! Unglaublich! Er wollte ganz bescheiden auftreten, nicht zugeben, dass die In-vivo-Entdeckung sein Verdienst war.

Gerda setzte ihn an der Haustür von dem Trauerfall in Kenntnis. Sie trug Pfaffenschwarz, aber ihre Miene war gefasst, als wäre sie gegen Leid immun. Es überraschte sie nicht, ihn zu sehen, sie ließ ihn ins Haus und passte nur auf, wohin er sich setzte. »Setzen Sie sich, wohin Sie wollen, nur nicht auf Mr. Bauers Lehnstuhl. Conny kommt gleich zurück. Sie ist im Beerdigungsinstitut.« Gerda hielt vor dem Lehnstuhl Wache, damit er es nur ja nicht wage, ihn zu benutzen. Er setzte sich auf das Pioniersofa, und sein Blick wanderte automatisch zum Fernseher, dem Tunneleingang zur amerikanischen Psyche. Noch immer dunkel. Zwei Kerzen flackerten darauf. Ein *National Inquirer* lag auf dem Kaffeetischchen. Der Besucher griff danach und hielt sich das Blatt vor die Augen. »Den hat uns jemand in den Briefschlitz gestopft. Wahrscheinlich PJ«, sagte Gerda, die noch immer vor dem Lehnstuhl stand, falls der Gast es sich doch anders überlegte.

»Und was meinen Sie dazu?«, fragte er. Er erwartete Dementis, die Lügen der Primitiven. Sie stierte ihn an, ihr Schnabel ging auf und zu. Sie stotterte, und als die Worte endlich herauskamen, hämmerte ihr Mund die Vokale: »A-a-a-a-als sie nach Amerika gingen, habe ich ihnen alles beigebracht. Ich habe ihnen beigebracht, wie man betet, wie man die Hä-Hä-Hände faltet, so, ich habe es ihnen gezeigt, ich habe ihnen die Ko-Ko-Ko-Kommunion erklärt, Jesus, die Hostie. Alles habe ich ihnen beigebracht. Sie wurden auf eigenen Wunsch getauft. Es sind gute Katholiken. Die besten Katholiken, die ich j-j-je gekannt habe.«

Sie setzte sich nun selber auf den Lehnstuhl, ließ sich aufgeplustert darauf nieder, breit und brütend. Sie wandte keinen Blick von ihm. Er sah auf seine Hände, bewunderte das blaue Blut, das ihm vom Handgelenk bis in die langen Finger strömte. Sie saßen da und schwiegen. Gerda rührte sich nicht, als Conny und die Kinder ins Haus kamen. Vielleicht war sie schwerhörig: Der Lehnstuhl stand mit dem Rücken zur Tür. Conny kam herein, sah Ronald, sagte aber nichts. Sie ging zu Gerda, bückte sich und küsste sie mit einer Zärtlichkeit, die seltsam wirkte, wie verwundet. Etwas, das zerschellt war und heraufgefischt wurde vom Grund eines emotionalen Ozeans, wo es jahrzehntelang verschollen war, eine Zärtlichkeit, die Ronald gänzlich fremd war und die ihn verbitterte, eine Liebe, die sie nie für ihn empfunden hatte.

Sally und Dicky schwiegen. Sie trugen eine stumpfe Wachsamkeit zur Schau, als hätten sie es aufgegeben, die Situation zu begreifen, obwohl sie weiter nach irgendeinem Fingerzeig Ausschau hielten. Conny setzte sich auf die Armlehne des Lehnstuhls, dessen Polsterung quietschte. Sie breitete die Arme aus, und selbst Dicky gestattete seiner Mutter, ihn auf ihren Schoß zu ziehen, während Sally es Conny gleichtat und sich auf die andere Lehne setzte. Nachdem sich so die ganze Familie auf Carl Bauers Lehnstuhl versammelt hatte, starrten sie alle Ronald an. Conny sagte:

»Ich möchte meinen Kindern etwas erzählen. Und du darfst zuhören.«

Und sie erzählte die Geschichte ihrer Familie, liebevoll und zutraulich, sodass die Männer und Frauen, von denen sie sprach, wie Geister, die aus der Erinnerung aufstiegen, sich im Wohnzimmer zu versammeln schienen. Conny ließ sie selbst zu Wort kommen, sie gab ihnen nur ihr Stichwort, wie eine Souffleuse.

Sie erschienen, einer nach dem andern, in der Reihenfolge ihres Abtretens.

Als Erster gegangen war Peter Bauer, Carl Bauers Vater, gegangen in seinem Künstlergewand: weites Hemd und Hose und Barett. Er war schon siebzig, das unbekümmerte Gegenstück zu seinem Sohn, als man ihn nach einer seiner Eskapaden verhaftete.

Er hatte den Auftrag bekommen, für den Bürgermeister einer benachbarten Kleinstadt ein Familienfoto zu machen. Er war mit dem Geld getürmt. Das war kurz nach dem Anschluss, da machte man mit kleinen Gaunern kurzen Prozess, besonders wenn sie Juden waren.

»Ja, Juden«, wiederholte Conny, während ihr Großvater im Wohnzimmer Walzer tanzte und sich über die Bredouille, in die er geraten war, nicht im Geringsten bestürzt zeigte.

Dann kam Evas Vater, seine Bibel fest unterm Arm. Er war klein und kahlköpfig und religiös, genau wie Gonny ihn Ronald beschrieben hatte. Er war ein Rabbi, Rabbi Breslauer. Er hielt sich aufrecht wie ein Mann von Bedeutung, stets schien er über eine Menschenmenge hinzublicken, die auf sein Wort wartete. Aber es war leicht, in Linz ein bedeutender Mann zu sein, besonders wenn man, wie er, aus Wien gekommen war, um hier die Synagoge zu übernehmen.

Dann kam seine Frau, mit Evas blauen Augen und blonden Haaren, und klagte, sie könne die Macht, die ihr in der Provinz zukam, gar nicht genießen, weil sie die Wiener Oper so vermisse. Die Breslauers kamen in ihrem besten Staat und sprachen davon, wo sie ihre Familienerbstücke verstecken könnten und ob nicht ein gutplatzierter Freund eine kleine Rettungsaktion organisieren könnte. Sie blickten auf die Bauers herunter, die seit Generationen mit Kesseln und Pfannen handelten, nahe Verwandte orthodoxer galizischer Juden, die eher Polnisch als Deutsch sprachen, aber irgendwie einen Notar und zwei Zahnärzte hervorgebracht hatten.

»Ich habe einmal in der Stadt, aus der Stanislav stammt, meine Verwandten besucht«, sagte Conny. Als die Kinder überrascht aufsahen, sagte sie: »Ja, euer Vater und ich haben manches gemeinsam.« Sie sah, dass sie nichts verstanden, und meinte: »Ist ja egal, was wir alles gemeinsam haben.«

Die Familiengespenster bewegten sich behutsam auf Zehenspitzen, als versuchten sie, kein Geräusch zu machen.

Conny fuhr fort: »Die Menschen sind überall gleich. Toleranz langweilt sie. Ich halte das den Österreichern nicht vor. Toleranz ist ein ziemlich langweiliges Gesellschaftsspiel. Mein Großvater Breslauer hat sechs junge Männer einen ganzen Abend vor dem Gähnen bewahrt. In seiner Synagoge. Sie haben ihn totgeschlagen.

Meine Familie war ja so dumm. Sie dachten alle, wenn sie sich nur unauffällig genug verhielten, wenn sie nur keinen Muskel rührten, würde niemand von ihnen Notiz nehmen. Aber natürlich konnte ihnen jeder anmerken, dass sie atmeten.

Wir dagegen hatten Gerda.

Gerda hat meine Eltern zur Auswanderung überredet.

Gerda war katholisch, sie kannte sich aus mit der menschlichen Gemeinheit.«

»Rede nicht so, Conny«, sprach Gerda dazwischen.

Conny setzte von Neuem an. »Gerda hatte in Wien als Haushälterin bei den Breslauers angefangen. Sie war so entschieden dagegen, dass meine Mutter den Sohn eines Schwindlers heiratete, wie nur jemand sein kann, dessen Meinung nicht gefragt ist.«

»Du sollst nicht so reden, Conny.«

»Aber mein Vater hat sie herumgekriegt. Er war in jeder Hinsicht seriös und hatte in Linz ein eigenes Architekturbüro. Als ich zur Welt kam, hat Gerda die Dienste des Rabbis verlassen. Sie ist zu uns gekommen und hat sich um mich gekümmert.«

Gerda sagte nichts, die Kerzen auf dem Fernseher flackerten in ihren Augen.

»Nachdem mein Großvater in seinem Tempel ermordet worden war, hat sie meinen Eltern Taufscheine besorgt und uns in ihrem Glauben unterwiesen. Ich erinnere mich an einen Sabbatnachmittag, als Gerda uns allen zeigte, wie man das Kreuzzeichen macht. Und wir gehorchten ihr alle aufs Wort.

Meine Eltern ließen mich bei ihr, als sie nach Dänemark fuhren. Von dort gelangten sie nach England und dann nach Amerika. Sie reisten per Bestechung und Gebet. Tante Trude wählte andere Verkehrsmittel und einen anderen Weg. Wenn ihr einmal älter seid, werde ich euch erzählen, was sie alles tun musste, um nach Argentinien zu kommen.«

»Ohne uns. Ohne uns«, flüsterte die übrige, nur in der Erinnerung im Zimmer versammelte Familie.

»Ich blieb bei Gerda, bis der Krieg zu Ende war, dann sind wir nach Amerika nachgekommen. Inzwischen hatte ich niemand mehr außer

Gerda – die Bauers und die Breslauers haben kein Glück gehabt. Nicht einer von ihnen ist eines natürlichen Todes gestorben. Wir wollten der nächsten Generation die Scham des Wissens ersparen. Nicht alles Wissen ist erstrebenswert.«

Ronald Hake stand auf, und die Geister stoben auseinander. In seinem Geburtsort war der Tod etwas Individuelles gewesen, ein Anlass, um miteinander zu konkurrieren. Er musste am Lehnstuhl vorbei, um zur Tür zu kommen, und Sally griff nach seiner Hand. Er entzog sie ihr und hoffte, dass seine Miene keine Scham verriet. Kurz bevor er die Tür erreichte, fiel ihm das Foto ein, das Sally ihm gegeben hatte. Er wollte nichts mehr damit zu tun haben. Er kehrte um. Als er ihr das Foto gab, sah er, dass er es ruiniert hatte, damals, als er darauf spuckte, um es zu reinigen. Die Nässe hatte es gelb und braun verfärbt. »Tut mir leid«, sagte er und ging.

Er brauchte ein paar Stunden, über einen vermuteten Kunstfehler gebeugt, um sich darüber klar zu werden, wie er sich verhalten sollte. Er beschloss, die Frauen aufzugeben. Er würde Dr. Bauer von nun an kühl begegnen und versuchen, seinen Fehler zu vergessen. Ja, von nun an hatte Dr. Hake sein eigenes kleines schmutziges Geheimnis, das er, verpackt in mehrere Schichten Aberglauben, hüten musste: eine fromme Lüge.

Aus dem amerikanischen Englisch von
Otto Bayer und Monika Elwenspoek

Romeo und Julia

Niemand hinderte Romeo und Julia am Heiraten. Im Gegenteil, alle freuten sich. Romeo war schon achtundzwanzig und Julia achtzehn. In Romeos Frankfurter Wohnung wurde mit den Verwandten, die aus Nürnberg und Teheran angereist waren, ausgelassen gefeiert, dann folgten die Hochzeitsnacht und noch einige Nächte mehr. Romeo und Julia waren zufrieden mit dem Lauf der Welt. Nur die Augenblicke, in denen sie getrennt waren, missfielen ihnen sehr. Wenn Julia nicht in Reichweite war, wurde Romeo von Visionen heimgesucht. Er sah Julia vor sich, ein zierliches Mädchen mit schwerem, schwarz schimmerndem Haar, »wie Lava« (Romeo), und seine Hände halluzinierten, wie sich ihre Haut anfühlte, diese »scheinbar kühle, aber immer warme Haut« (noch einmal Romeo), und in jedem Winkel der Erinnerung suchten seine Augen nach den ihren – diesen braunen Augen, die ihrem noch jugendlich runden Gesicht seinen Schwerpunkt gaben und aus ihr das »schönste Mädchen in der Familie« machten (so die übereinstimmende Meinung der Familie). Wenn er nicht mit ihr sprechen konnte, unterhielt er sich im Kopf mit ihr, und dort antwortete sie immer.

Julia war weniger romantisch, pragmatischer. Wenn sie nicht mit Romeo zusammen war, betrachtete sie das Hochzeitsfoto. In dem Augenblick, als es entstanden war, hatten sie noch ein bisschen Angst gehabt, einander zu umarmen, aber man sah schon, wie vollkommen sie zueinanderpassten. Obwohl Romeo »so groß« war (Julia), fast eins fünfundsiebzig, volle fünfzehn Zentimeter größer als seine Frau, war er schlank und geschmeidig. Majestätisch »wie Seidenfächer« (Julia) klappten seine langen Wimpern vor den scheu dreinblickenden braunen Augen auf und nieder. Sie machte ihm Komplimente, weil er nicht in Testosteron ertrank wie die meisten anderen Jungen. Er war aus dem Iran nach Amerika gegangen, hatte dort fünf Jahre allein gelebt und für sich selbst gesorgt, so gut es bei seiner Unbeholfenheit in praktischen Dingen ging. Er war kaum imstande, eine Glühbirne einzuschrauben. Schließlich jedoch hatte ihn sein Job als Programmierer nach Frankfurt gerufen, und dort hatte er Julia kennengelernt, die bald verkündete, sie werde sich von nun an um ihn kümmern. Jede Minute ohne Romeo erschien ihr als eine schändliche Zeitverschwendung.

Sehnsucht kam allerdings nur selten auf, weil es nun, da sie verheiratet waren, nichts mehr gab, was sie für länger als ein paar Stunden voneinander fernhielt. Und so hatten sie keinen Grund zur Klage. Auch wenn sie sich Mühe gegeben hätten – ihnen wäre keiner eingefallen.

Sie lebten zurückgezogen, bescheiden, hatten noch keinen Wagen, kleideten sich geschmackvoll, aber dezent, als wollten sie nicht bemerkt werden. Romeo hatte nur einen Stolz – eine große Krawattensammlung. Zur Hochzeit schenkte er Julia ein richtiges Kostüm, wie es in Amerika Frauen in leitender Stellung tragen. Mit Büroarbeit kannte sie sich aus und träumte davon, eines Tages eine wichtige Position einzunehmen, vielleicht als Managerin. Sie war nicht in Deutschland geboren, sondern als Kind ins Land gekommen und hatte trotz ihres deutschen Schulabschlusses keine Arbeitserlaubnis. Sie arbeitete dennoch – als Putzfrau – und behauptete, Hausarbeit sei hauptsächlich Management.

Romeo und Julia lebten zweieinhalb Wochen zusammen. Sie gingen zusammen zur Arbeit und richteten sich den Tag so ein, dass sie zusammen nach Hause kamen. Dort half er ihr aus dem neuen Wollmantel, und sie half ihm beim Aufknoten einer seiner fantastischen Krawatten. Sie kümmerte sich um all das, was ihm so schwer von der Hand ging, und er brachte ihr kleine Geschenke mit. Sie aßen immer gemeinsam. Wenn sie nicht zusammen waren, dann warteten sie mit dem Essen, das heißt, sie ließen das Mittagessen ausfallen. Und sie schliefen immer zusammen ein. Doch eines Tages wurde Romeo auf einen Posten in einer Niederlassung seiner Firma in Los Angeles berufen. Jemand hatte dort unerwartet gekündigt, und die Stelle musste so schnell wie möglich neu besetzt werden. Romeo besaß eine Greencard. Niemand zweifelte daran, dass Julia mitkommen würde. Romeo blieben nur wenige Tage, um seine Angelegenheiten in Frankfurt zu regeln. Julias Eltern waren entsetzt. »Warum denn nach Amerika?«, wollten sie wissen. – »Esel haben eben keine Ahnung, wie gut Obstsalat schmeckt«, entgegnete Julia. Sie konnte sehr bissig sein, auch gegenüber ihren Eltern. Romeo beeilte sich zu erklären: In Amerika würde Julia endlich eine Arbeitsgenehmigung bekommen. In Amerika würde sie fließend Englisch sprechen lernen. In Amerika würden sie einen Wagen haben und eine gemeinsame Zukunft, die noch besser war als die Zukunft, die sich ihnen in Frankfurt eröffnete – und außerdem war das Wetter in Amerika alles in allem besser, wärmer.

Julias Eltern seufzten, versprachen, sie würden zu Besuch kommen, und organisierten ein Fest. Ohne auf den Preis zu achten, kauften sie ihnen zum Abschied zwei besonders große, besonders stabile, besonders rote Koffer mit vielen Taschen und komplizierten Reißverschlüssen und machten schüchterne Witze, nun müsse sich ja wohl Julia um die ganze Packerei kümmern, weil Romeo … Er war eben unbeholfen. Fröhlich machten sich die beiden auf den Weg zum amerikanischen Konsulat, um für Julia ein Visum zu beantragen.

Dort sagte man ihnen, weil Julia keine uneingeschränkte Aufenthaltsgenehmigung für Deutschland besitze und kaum zwei Wochen verheiratet sei, sei sie nicht automatisch berechtigt, Romeo zu begleiten. Bürokratie verbarrikadierte den Weg. Es könnte ein Jahr dauern, bis Julia ein Visum bekäme, vielleicht länger. Da die beiden von Anfang an gesagt hatten, dass sie in Amerika bleiben wollten, verweigerte man Julia am Ende auch das Touristenvisum.

»Trockene Kötel bringt man nicht zum Glänzen«, sagte Julia, als sie das Konsulat verließen. »Abwarten«, beruhigte Romeo sie und geleitete sie durch den Schnee nach Hause. »Du kennst Amerika nicht. Amerika ist ein Land der Ausnahmen. Anders als hier. Wir werden einen gemeinsamen Antrag stellen und alle unsere Gründe aufschreiben, warum wir unbedingt zusammen reisen müssen. Für den eigentlichen, den wahren Grund hat jeder Verständnis.«

So gelang es Romeo, Julias Befürchtungen zu zerstreuen. In dem Antrag auf Ausstellung einer Aufenthaltsgenehmigung für seine Frau brachte er dann sein fließendes Englisch zum Glänzen. Es blieb ihnen nur noch eine Woche, und Romeo kündigte die Wohnung. Sie machten sich einen Spaß daraus, immer neue Zukunftspläne zu entwerfen, während sie gleichzeitig ihre wichtigste Habe in zwei Koffern verstauten, für jeden einen. Sie hatten beschlossen, Amerikaner zu werden. Julia besorgte ein Exemplar des obligatorischen Geschichtstests und fragte Romeo ab. »Welche Farben hat die Nationalflagge?« war einfach. »Wie viele Sterne?« war auch nicht schwer. Als Romeo einen Prospekt zugeschickt bekam, der zeigte, wo seine Firma sie beide in der Nähe von Los Angeles unterbringen wollte, hängte Julia ihn an die inzwischen kahle Wand ihres Wohnzimmers. Voller Stolz ließ Romeo alle Freunde, die vorbeikamen, das »perfekte Firmenapartment« bewundern, spielte den Experten und erklärte jedem, was eine »Wohneinheit mit kontrolliertem Zugang und integrierter Einkaufs-Plaza« war, worin die »Kabel-TV-Grundversorgung« bestand (150 Kanäle) und wie groß ein »King-Bett« war. Eines der Fotos zeigte das Paradies: einen Swimmingpool mit Palmen.

Sie feierten lange und tranken auf ihr neues Zuhause. Am nächsten Tag erwachten sie mit Kopfschmerzen, und Julia mit ihren achtzehn Jahren meinte, jetzt hätten sie das Alter der Mäßigung erreicht. An diesem Nachmittag wartete sie nicht an der Straßenecke, wo sie sich sonst immer trafen. Romeo stürmte allein nach Hause und fand sie zusammengerollt auf dem Sofa, das Gesicht nass und zerknautscht. Sie wollte nicht aufstehen und nichts sagen, aber er bekam das Papier zu fassen, das sie in der geballten Faust hielt, ein Schreiben der amerikanischen Einwanderungsbehörde. Julias Antrag auf Erteilung einer Aufenthaltsgenehmigung war glatt abgelehnt worden.

Romeo nahm Julia in die Arme und versuchte sie zu trösten. »Auch wenn man eine Million Mal ›Halwa‹ sagt, wird einem der Mund davon nicht süß«, sagte sie zu ihm. »Du musst etwas tun. Es kann doch nicht sein, dass eine Sache, bei der es um Leben und Tod geht, von einem Visum abhängt.«

Am nächsten Tag betraten sie das amerikanische Konsulat zum zweiten Mal, und diesmal machte Romeo am Empfang eine Szene. Er rief, so laut er konnte: »Wir verlangen ein Visum für meine Frau.« Sofort war man bereit, eine Ausnahme zu machen: einen Termin mit dem »zuständigen Beamten« innerhalb von nur zwei Tagen. »Es wird der Konsul selbst sein«, sagte Julia. »Den Amerikanern sind Anfragen in letzter Minute immer am liebsten«, sagte Romeo. Am Tag nach dem Termin ging ihr Flug. Julia hatte noch kein Ticket, weil man ohne Visum keines kaufen konnte. Aber Romeos Ersparnisse reichten. Er rief bei der Fluggesellschaft an und reservierte für sie einen Platz in der Businessclass. Er sagte, den habe sie verdient, was sie erröten ließ.

Inzwischen hatten sie in ihrer Wohnung nur noch eine Matratze und die Koffer. Sie machten den verabredeten Ausflug zum amerikanischen Konsulat. Die Sekretärin kam auf sie zu, und ihre Worte waren wie eine Handvoll Kiesel, die sie ihnen ins Gesicht schleuderte. Leider. Infolge unvorhergesehener Umstände. Der Termin. Abgesagt. Der zuständige Beamte verhindert. Sitzungen. Niemand im Haus. Romeo saß bloß da. Julia fing an zu schluchzen. Zu der Sekretärin sagte sie: »Wenn das Schicksal gegen einen ist, beißt man sich auch an Marmelade die Zähne aus.«

Worauf die Sekretärin wütend wurde und zur zusammenhängenden Rede zurückfand: »Junge Frau, hier geht es nicht um Schicksal, sondern um Visa-Vorschriften.« Doch dann griff die Traurigkeit, die aus den braunen Augen hervorquoll und sich über die kindlichen Wangen ergoss, auch nach dem steinernen Herzen der Sekretärin. Sie musste wegsehen, sonst hätte auch sie angefangen zu weinen. »Bitte, Madam, wecken Sie unser Glück auf«, flehte Julia sie an. Die Sekretärin verschwand und kehrte wenig später lächelnd zurück. Julia flüsterte Romeo triumphierend zu: »Ich habe eine grausame Sekretärin zum Lächeln gebracht!« Diesmal rieselten die Wörter der Sekretärin wie Hochzeitskonfetti auf Romeo und Julia herab. Zufällig. Ein Glücksfall.

Der Vizekonsul gerade gekommen. Unerwartet. Hier entlang, bitte. Ein lächelnder Mann hinter einem blanken Schreibtisch. Er reichte Julia ein Papiertaschentuch. »Ich will sehen, was ich für Sie tun kann. Ich melde mich heute Nachmittag.«

Es war das Letzte, was sie von ihm hörten. Alle Versuche, ihn anzurufen, endeten bei einer automatischen Bandansage mit verschiedenen Auswahlmöglichkeiten, von denen keine passte. Am nächsten Morgen kamen Romeos Kollegen, um das Paar abzuholen und die letzten Sachen aus der Wohnung zu räumen. Dass es noch Kleider und einige Dinge gab, die er nicht mitnehmen wollte und die sie untereinander aufteilen sollten, lenkte sie ab. Erst als sie schon im Auto saßen, fragten sie ihn, wo denn Julia sei. Romeo beruhigte sie: »Es hat eine kleine Verzögerung mit ihrem Visum gegeben. Julia hat sich darüber sehr aufgeregt, deshalb habe ich sie zu ihren Eltern gebracht. Da bleibt sie, bis sie nachkommen kann.« Am Flughafen checkte er mit den beiden neuen roten Koffern ein und ging an Bord der Lufthansamaschine nach L.A. Er saß allein, sah sich zwei Filme an, aß alles, was man ihm vorsetzte. Am Tag des Sieges ist niemand müde.

Nach der Ankunft in Los Angeles schlenderte er durch die Passkontrolle und beschleunigte seine Schritte erst auf dem Weg zur Gepäckausgabe. Ruckelnd kamen die beiden roten Koffer in Sicht. Er wuchtete sie auf einen Kofferkuli. Niemand sah ihm dabei zu. Niemand sah, wie er einen der Koffer öffnete und mit der Hand hineinlangte. Niemand sah, wie seine Hand zurückfuhr, wie ihn Übelkeit überkam, wie er sich plötzlich in die eigene Hand biss, wie er zitterte.

Es bemerkte auch niemand, wie er von einem der Koffer die Gepäckbanderole abriss und in die Tasche steckte, wie er ihn zum Laufband zurückschob, als handele es sich um eine Verwechslung. Andere Koffer tauchten auf, aus Seoul, aus Singapur, aus Tokio. Es wurde Abend, bevor jemandem der rote Koffer auffiel, der auf dem Gepäckband immer noch einsam seine Bahn zog. Man nahm ihn herunter und rollte ihn ins Fundbüro. Unterdessen hatte Romeo längst den für ihn reservierten Mietwagen gefunden, war über verschiedene Highways zu seiner neuen Bleibe gefahren, hatte seine Krawatten aus dem Koffer genommen, hatte sie zusammengebunden und um den beheizten Handtuchhalter in seinem Luxusbad geschlungen und hatte es trotz aller Unbeholfenheit ohne weiteres geschafft, sich zu erhängen.

»Unbekannte Schöne in herrenlosem Koffer« lautete die Schlagzeile am nächsten Tag. Der Leichenbeschauer klassifizierte sie als weiß, jung und weiblichen Geschlechts. Der Tod hatte sie von zwei Seiten in die Zange genommen: in erster Linie durch Quetschung infolge des Gewichts anderer Gepäckstücke. Der Koffer war doch nicht so stabil gewesen. Während des Fluges jedoch musste er zuoberst gelegen haben. Der Tod hatte sich Zeit gelassen und war erst beim Ausladen eingetreten, als sie schon wegen Unterkühlung im Sterben lag. Als einige Tage später auch Romeos Leiche entdeckt wurde, fand man in seiner Manteltasche die fehlende Banderole. Das Rätsel war gelöst, was inzwischen aber niemand mehr wissen wollte, und so bekam es nur noch ein paar Zeilen in einer Lokalzeitung.

Dies ist eine wahre Geschichte, nur die Namen wurden verändert.

Aus dem amerikanischen Englisch von
Otto Bayer und Monika Elwenspoek

Die Decke

Einer der Risse war seit letzten Sonntag breiter geworden. Ein halber Zentimeter in drei Tagen, mal nachrechnen, sagte sich Simone. Sie hatte viel Zeit. Dieser Riss bildete die lange Seite von einem unordentlichen Trapez aus lauter Rissen direkt über ihrem Bett. Sie hatte dem Trapez den Namen von Max gegeben, der vor ein paar Jahren verschwunden war. Sein Gesicht hatte eine ähnliche Form gehabt, aber geliebt hatte sie ihn trotzdem. Ein hässliches Gesicht war ihr lieber als ein hässlicher Körper, und Max war drahtig gewesen. Drahtig und amüsant. Wenn sie ihn an der Decke sah, amüsierte sie sich noch immer.

Max war da oben nicht allein. Die Lampe leistete ihm Gesellschaft – der Kleine Raik, wie Simone sie nannte, weil aus dem mit Gips verkleisterten Loch in der Decke mehrere Kabelenden hervortraten und die Lampe unansehnlich herunterbaumelte, eigentlich bloß ein Kabel mit einer nackten Glühbirne, die ein grelles, dummes Licht verstrahlte. Seit Jahren wollte sie sie herunternehmen und etwas Hübscheres anbringen, aber sie war nie dazu gekommen. Die Decke war sehr hoch, und um die Lampe zu erreichen, brauchte sie eine höhere Leiter. Ein halber Zentimeter in drei Tagen bedeutete, dass sich der Stuck pro Tag um fast zwei Millimeter verschob. Vielleicht war in der Wohnung darüber jemand herumgehopst und hatte den Vorgang beschleunigt. Vielleicht würde er sich jetzt wieder verlangsamen.

Raik, ihr Mann, war groß genug. Er konnte die Lampe erreichen, der sie den Spitznamen Kleiner Raik gegeben hatte. Aber er ließ sich nicht dazu bringen, etwas zu reparieren, das sie repariert haben wollte. Er bastelte gern an irgendwelchen Sachen herum, aber nicht wenn sie ihn darum bat, und sie hatte den Fehler gemacht, ihn zu bitten, und damit nur seinen Unwillen geweckt. Immer glaubte er, sie wolle ihn herumkommandieren. Doch diese Decke war ihre Decke, und dieses Zimmer war ihr Zimmer. In seinem Zimmer war alles in Ordnung. Wenn ihm dort eine Lampe nicht gefiel, wechselte er sie aus. Er wurde wütend, wenn Simone ihm einen Tipp gab, der sein Zimmer betraf. Einmal hatte sie ihm vorgeschlagen, den Schreibtisch nicht vor das Fenster zu stellen, weil sich die Vorhänge dann schlecht öffnen und schließen ließen. Er hatte gesagt: »Mein Zimmer geht dich nichts an«, hatte den Schreibtisch vor das Fenster gestellt und die Vorhänge immer zugelassen.

Das hier war also ihre Decke. Der Anblick weckte in ihr das gleiche angenehme Wiedersehensgefühl, das sie früher beim Anblick ihres Balkongartens gehabt hatte. In dem Jahr, als sie Max kennenlernte und mit ihm ein Leben in einem richtigen Haus mit einem richtig großen Garten plante, hatte sie auf ihrem Balkon nichts gepflanzt. Und im Jahr darauf, als es diesen Plan nicht mehr gab, hatte sie den Balkon gemieden. Blumen machten ihr keine Freude mehr. Jetzt machte ihr die Decke ein bisschen Freude. Drüben am Fenster hatte sie sieben feine Risse, die nach verschiedenen Richtungen auseinanderliefen. Simone nannte die Risse Laura. Sie erinnerten sie an Lauras Haare, die sie an der Jacke und der Hose ihres Mannes gefunden hatte.

Raik war stolz auf Laura gewesen, weil sie zweiunddreißig Jahre jünger war als er. Er hatte sich ihretwegen aber auch geschämt, weil sie nichts Besonderes war, eine Assistentin in seinem Büro, nicht sonderlich hübsch, mit einer piepsenden Stimme. Sogar die Sekretärinnen machten sich über sie lustig. Deshalb musste Raik die Affäre geheim halten. Aber er war verrückt nach ihr gewesen, und der Altersunterschied machte ihn fast hysterisch vor Glück, denn er bestätigte seine Vermutung, dass er selbst in Wirklichkeit noch gar keine dreiundsechzig, seine Frau aber schon eine alte Jacke war. Einige Monate lang war es ihm gleichgültig gewesen, dass Simone abends oft allein wegging – nach dem Abendessen, denn ein häusliches Leben hatten sie noch geführt. »Du Ärmste, deine Augenbrauen werden langsam grau«, sagte er über dem Nachtisch, bevor er ins Bad ging und sein Gebiss bürstete, was er nur tat, wenn er Laura besuchen wollte. Beim Weggehen rief er dann: »Ich gehe noch mal ins Büro.« Simone konnte seine Heimlichtuerei kaum übersehen. Eines Tages nahm er einige Notenhefte seiner Mutter aus dem Bücherschrank und verließ mit ihnen das Haus. Zu diesem Zeitpunkt wusste Simone schon von Laura und stellte sich vor, Raik habe sie überredet, Gesangsunterricht zu nehmen, so wie er zwanzig Jahre früher auch sie überredet hatte. Raiks Mutter war Gesangslehrerin gewesen, und er konnte so sachkundig über Lieder sprechen wie sonst kaum jemand. Wenn das Trapez namens Max weiter in diesem Tempo absackte, zwei Millimeter am Tag, würde es bald seinen Halt verlieren. Es würde abstürzen. Wie schwer mochte ein Brocken Stuck von dieser Größe sein?

Laura hatte sich bald wieder von Raik zurückgezogen und einen Liebhaber in ihrem Alter genommen. Raik war deprimiert gewesen, war aber darüber hinweggekommen, indem er sein Zimmer renovierte und außerdem darauf bestand, dass seine Frau ihm nun treu war und jedes Mal, wenn sie aus dem Haus ging, genau erklärte, wohin sie wollte. Er fand es nicht fair, dass sie eine Affäre hatte, wenn er keine hatte. Er wolle wieder glücklich verheiratet sein, verkündete er.

Sie hatte sowieso gerade mit Alfonso Schluss gemacht. Alfonso war noch herrischer als Raik gewesen – aber drahtig. Raik nahm mit seinem Körper jetzt den ganzen Platz ein.

Simone sah nach der Decke über der Tür. Dort war sie sauber, nicht verunstaltet. Keine Risse, nichts. Ein reiner Tisch. So wünschte sich Simone ihr Leben. Sie war fünfundvierzig und hatte sich schon mehrere Spritzen geben lassen, um die tiefe Falte zwischen ihren Augen zum Verschwinden zu bringen. Die Falte war aber immer wiedergekommen – eine Hieroglyphe für Traurigkeit.

Eines Tages werde ich vielleicht wieder richtig glücklich sein, dachte sie. Hoffentlich, bevor mir Max auf den Kopf fällt. Man konnte wirklich nicht vorhersagen, wie lange es noch dauern würde. Dazu hätte sie sein Gewicht herausfinden und sich verschiedene physikalische Gesetze klarmachen müssen. Natürlich konnte sie auch einen Maler kommen lassen, damit er die Decke in Ordnung brachte. Ihr fiel die Freude ein. Mit Max war sie überglücklich gewesen. Er hatte natürlich gewollt, dass sie Raik verließ und für immer mit ihm zusammenlebte. Raik war in Tränen ausgebrochen, als sie es ihm sagte, und sie hatte den Plan sofort fallengelassen. Sie hatte Max die Wahrheit gesagt: Dass sie ihn liebte, wie sie noch nie einen Mann geliebt hatte. Dass sie es aber nicht übers Herz brachte, einen Menschen so unglücklich zu machen, nicht einmal ihren Ehemann. Max hatte ihr nicht geglaubt und die Höchststrafe verhängt – er hatte kein Wort mehr mit ihr gesprochen.

Ein Maler würde wahrscheinlich wollen, dass die Möbel aus dem Zimmer geräumt wurden. Er würde eine Woche brauchen, um die Stuckdecke in Ordnung zu bringen. Für 18 Euro die Stunde. Und dann würde er noch zwei Tage anhängen müssen, um die schmutzigen Wände neu zu streichen. Ihr Glück mit Max war von kurzer Dauer gewesen. Aber es war eine Suche wert, und vielleicht ließ es sich wiederfinden. Das machte alles in allem 18 mal 7 mal 8 Euro – also zusammen …? Auch bei Alfonso hatte sie das Glück gesucht, aber er war nicht der Richtige. Sie hatte ihm wehgetan, aber es hatte ihr nicht viel ausgemacht, denn sie hatte bemerkt, dass es auch ihm nichts ausgemacht hätte, ihr wehzutun – sie hatte bloß eher damit angefangen. Keine Chance auf Glück. Falls sie es je wiederfand, würde sie es nicht mehr loslassen. Raik war fast fertig. Er stöhnte laut. Er ackerte.

Am Ende tat es immer weh. Er vergrub sein Gesicht an ihrem Hals, und seine Schulter versperrte ihr die Sicht auf die Decke. Er war schwer und roch ein bisschen ranzig. Er tat ihr leid, weil er so ein Rüpel war. Jeden Sonntag und jeden Mittwoch kam er zu ihr, die Vaseline in der Hand. Sie mochte es nicht, wenn er sie küsste oder aufwärmte, weil es zwecklos war und weil sie die Sache nicht unnötig in die Länge ziehen wollte. Ihm war es recht so. Er reichte ihr die Vaseline, zog sich schwungvoll aus und machte sich über sie her. Danach begann für sie dann die stille Zeit mit der Decke. Wenn diese Phase dem Ende zuging, wurde sie immer ungeheuer traurig. Raik tat ihr leid, weil er so ein schlechter Liebhaber war und weil er so dick war und eine Glatze hatte.

Wenn sein Stöhnen richtig laut wurde, begann sie leise zu weinen. Ihr liefen jedes Mal die Tränen über die Wangen, während er die Zielgerade herunterdonnerte.

Nachher brauchte er immer ein paar Minuten, blieb auf ihr liegen und schnappte nach Luft. Er begrub ihr Gesicht in seiner Achselhöhle, deshalb hielt sie die Augen so lange geschlossen. Schließlich richtete er sich ein wenig auf, wischte ihr mit seiner schweren Hand die Tränen aus dem Gesicht und rollte zur Seite. Sie sah nicht zu ihm hinüber. Sie verabschiedete sich von der Decke. Er stand auf, sammelte seine Kleider ein und wollte nach nebenan, in sein Zimmer. »Da sind wir nun zwanzig Jahre verheiratet und ficken noch immer, was das Zeug hält«, sagte er stolz. »Zwei Mal die Woche. Ich wette, von meinen Kollegen bringt das keiner.«

Aus dem amerikanischen Englisch von Reinhard Kaiser

Wie Huseyn gefasst wurde

Nachdem er Dr. Smith so getroffen hatte, wie der es verdiente, nämlich sauber ins Herz, mit einer einzigen Kugel aus kürzester Entfernung (zwei Zentimeter – er war kein geübter Schütze), nachdem er vor Schreck über den Knall ein paar Schritte zurückgetaumelt war und dann die Leiche untersucht hatte (eine Schweinerei auf dem Linoleumboden der Praxis), nachdem er kurz die Kasse durchwühlt und geplündert und ein paar Medikamente zusammengerafft hatte (alles, um die Polizei in die Irre zu führen), nachdem er die Tür der Praxis geöffnet und wieder geschlossen hatte und hinter das Lenkrad seines kleinen Flitzers geglitten war, griff er voller Zärtlichkeit nach dem Objekt, dem augenblicklich seine ganze Zuneigung gehörte, einem neuen, aufklappbaren Handy mit Farbdisplay, und wählte die Nummer der Polizei.

Es war Jahre – Jahrzehnte – her, seit er zum letzten Mal jemanden erschossen hatte. Also hatte er sich aus diesem Anlass eine neue Pistole und ein neues Handy zugelegt. Das Handy war teuer gewesen, mit eleganten kleinen Tasten, und er wollte es behalten. Die Pistole dagegen musste er wegwerfen. Deshalb war sie auch nur aus zweiter Hand (einer seiner Söhne hatte sie geklaut). Er betrachtete die Pistole mit betrübter Miene, während er es bei der Polizei läuten ließ.

Als er dann sprechen konnte, klang seine Stimme aufgeregt. Verständlicherweise. Er erklärte ihnen, sein Wagen habe schlappgemacht, in einer düsteren Seitenstraße, die fünf Meilen entfernt auf der anderen Seite der Stadt lag, und als er AAA, den Autoclub, angerufen habe, da hätten sie ihn in einer Warteschleife hängenlassen (durchaus wahrscheinlich). Er verlangte, sie sollten sofort jemanden vorbeischicken, da die Gegend gefährlich war (er wusste, sie würden mindestens zwei Stunden brauchen). Dann warf er die Pistole durch das offene Wagenfenster in ein Gebüsch, ließ das Handy in seinen Schoß plumpsen und betätigte den Zündschlüssel mit einem Schwung, als würde er ein neues, besseres Leben anschalten. Er hielt sich an die Geschwindigkeitsbegrenzung, während er seinem Rendezvous entgegenfuhr – entweder mit der Polizei oder mit der American Automobile Association oder mit keiner von beiden. Wahrscheinlich würde er noch mal anrufen müssen.

Sein Alibi war solide wie ein Ziegenknie.

Selbst wenn die Polizei ihn mit Dr. Smith, der seine Tochter unerlaubterweise gebumst hatte, in Verbindung bringen würde, selbst wenn sämtlichen fünf Angehörigen von Dr. Smiths Familie und sämtlichen zweiundsechzig Mitgliedern von Huseyns Familie sofort klar war, wer den Mord begangen hatte, würde die Polizei doch wissen, dass er unschuldig war. Er war ja nicht dort gewesen, er hatte fünf Meilen entfernt in einem kaputten Auto auf die Polizei gewartet.

Huseyn stimmte einen Triumphgesang an. »Lo, lo, lo«, sang er, »ich habe diesen Esel in einen Stall befördert, wo das Heu anders schmeckt, als er es gewohnt war.« Er sang immer lauter und lauter, und seine Stimmung stieg von Block zu Block. Er probte die Ansprache, die er vor der versammelten Familie halten und in der er sich vor allem an Nuri, seinen ältesten Sohn, wenden würde, den Automechaniker. Ach, ihr Lieben! Die Sünde des Blutes ist getilgt, die Ehre des Clans ist wiederhergestellt, und dem Mädchen soll seine Schandtat verziehen werden, es ist im Schoß der Familie wieder willkommen. Eigentlich, so würde er fortfahren, wäre das ja eine Aufgabe für einen jüngeren Mann gewesen, einen Bruder, aber es war doch so heikel und habe so viel Leidenschaft aufgewühlt, dass er, das Oberhaupt des Clans, gemeint habe, es sei besser, wenn kein Hitzkopf, sondern ein älterer Mann seine Zeit und seine Kraft aufwenden und sich mit seinen älteren, weiseren Gedanken um die Sache kümmern würde. Kurz, seine Wahl sei auf ihn selbst gefallen. In der Fabrik arbeite er ja schon lange nicht mehr, er sei auch schon längst nicht mehr so stark wie Nuri und nicht so gut im Umgang mit technischem Kram und Pistolen – aber er sei eben schlau. Und diesmal sogar ungeheuer schlau!

Seine Stimmung stieg noch immer, während er »Lo, lo, lo« sang. Hatte er sie nicht beide gerettet – seine Tochter vor diesem widerwärtigen Fremden und seinen Sohn ebenfalls? Nuri saß wegen tätlicher Beleidigung in Haft, weil er versucht hatte, seiner Schwester Vernunft einzubläuen, nachdem sie beschlossen hatte, Dr. Smith zu heiraten. Nuri hatte Verantwortungsgefühl – und wenn er erst wieder frei wäre, hätte er es noch mal versucht. Der Clan hatte die Ehe mit einem Außenstehenden, der obendrein noch Christ war, natürlich verboten. Das kam davon, wenn man die Mädchen studieren ließ. Keine Aufsicht. Ein Vetter hatte sie in der Schlange vor einem Kino gesehen, zusammen mit einem blonden Mann. Er stand hinter ihr und hatte die Arme um sie gelegt. Seine Hände waren nur ein paar Zentimeter von ihren Brüsten entfernt gewesen, und bestimmt hatten diese Hände in diesem Augenblick die Wärme ihres Körpers gespürt. Sie hatte den Kopf nach hinten gelegt gegen seine Brust, als wäre er ihr Lieblingskissen. Sie hatte gemerkt, dass sie gesehen worden war, und am nächsten Tag angerufen und von Dr. Smith erzählt. Sie hatte geklungen, als sei sie stolz auf ihn. Seine Eltern, die Smiths, akzeptierten sie voll und ganz und würden sie sogar »Tochter« nennen. Huseyn hatte sie zum Abendessen eingeladen, sie allein. In Bluejeans war sie die Treppe zur Wohnung der Familie heraufgetänzelt, mit wippendem schwarzem Haar und Glanz in den Augen. Sie benutzte neuerdings kein Make-up mehr und sah deshalb noch jünger aus, als sie war. Nachdem sie die versammelten Verwandten geküsst hatte, hatten Huseyn und die Jungen sie zu ihrem Zimmer geleitet und eingesperrt. Sie hatte mit ihrem Handy die Polizei angerufen – und ausnahmsweise waren sie mal schnell gewesen. Die Beamten hatten sie aus dem Zimmer befreit, hatten sie ihren Eltern gestohlen und zu Dr. Smith zurückgebracht. Wie sich herausstellte, war er schon ihr Mann. Nach seinem Autounfall, nachdem Nuri sich die Bremsen seines Wagens vorgenommen hatte, nachdem Dr. Smith überlebt und seinen Verdacht zu Protokoll gegeben hatte, hatte das Paar Polizeischutz bekommen.

Das war alles schrecklich falsch. Aber er, der Vater, hatte alles wieder wunderbar richtig gemacht.

Und Huseyns Erregung wuchs weiter und weiter, während er sich seine Tat noch einmal in Erinnerung rief und wie der Doktor ihn angesehen hatte, als er abdrückte. Huseyn wandte sich an Dr. Smith, der nun kein Abendessen mehr vor sich hatte. »Du Schurke, du hast bekommen, was du verdienst! Vielleicht hätte ich weniger Angst haben sollen. Ich hätte mir mehr Zeit nehmen können. Ich hätte dich so töten können, dass du mehr davon mitbekommst als nur diesen Bruchteil von einer Sekunde. So viel Rücksicht hast du gar nicht verdient. Ich hätte dich fesseln und dir die Sache erklären und dich ein bisschen zwirbeln sollen. Das hätte mir Spaß gemacht. Aber nein, es hat mir auch so Spaß gemacht. Spaß genug. Dieser Anruf bei der Polizei war meine Idee, eine gute Idee. Mit einem einzigen Schuss und einem einzigen Anruf habe ich die Familie gerettet. Lo, lo, lo.« Und er sang weiter, während er fuhr.

In der schmalen Straße, die er der Polizei genannt hatte, stellte er seinen Wagen so hin, dass es nach einer Panne aussah – wie Nuri ihm geraten hatte, als er ihn im Gefängnis besucht hatte. Huseyn schraubte ein Rad ab und versuchte es zu ersetzen. In diesen Dingen war er nicht besonders geschickt. Sonst half ihm immer Nuri oder einer der Vettern, der auch Automechaniker war. In dieser Familie half jeder jedem. Dieses natürliche Gleichgewicht hatte Dr. Smith durcheinandergebracht.

Die Polizei kam. Die Beamten waren sehr höflich. Einer streckte ihm die Hände entgegen, als wollte er ihn begrüßen. Aber er legte ihm Handschellen an, verschnürte ihn wie ein Huhn auf dem Markt und erklärte ihm dabei seine Rechte. Huseyn hörte sich protestieren. Es klang wie ein Gackern. Einer der Polizisten sah sich das Handy an und lachte. Er hielt es Huseyn unter die Nase und sagte: »Vollidiot. Du hast es nicht abgestellt.« So hatten sie Huseyn gefasst – sie hatten sein Geständnis mit angehört, eine Livesendung aus seinem neuen Handy.

Dr. Smith blieb am Leben. Seine Frau nicht. Eine Woche nachdem ihr Bruder seine Haftstrafe wegen Tätlichkeit abgesessen hatte, schlich er seiner Schwester bis in einen Supermarkt nach und schoss auf sie. Er zielte ihr ins Gesicht. Jetzt sitzt er in der Todeszelle. So verlor Huseyn beide Kinder. Diese Geschichte ist so alt wie die Berge. Trotzdem ist ihre Moral noch immer nicht zu haben.

Aus dem amerikanischen Englisch von Reinhard Kaiser

Die Ballade vom schönen Frank

Jedes Mal wenn Frank jemanden kennenlernte, stellte er sich die Frage: Wie kann dieser Mensch mir nützen?

Meistens war die Antwort klar. Männer konnten ihn bewundern, ihn hofieren, ihn zum Essen einladen, ihm ihre Autos leihen und ihre geräumigen Stadtwohnungen oder ihre Landhäuser überlassen. Frauen ebenso. Er suchte die Gesellschaft reicher Männer und unkonventioneller reicher Frauen und schaffte es tatsächlich ins mittlere Alter, ohne dass er je Miete und Autoversicherung gezahlt und Quittungen für das Finanzamt sortiert hätte und ohne eine Ehe eingegangen zu sein – denn dieses Kompliment wollte er keiner Frau machen. In unseren modernen Zeiten lebte er wie ein Fürst. Wie gelang ihm das?, werden Sie fragen. Worin bestand sein Geheimnis? Wünscht sich nicht jeder von uns ein derart behagliches, sorgenfreies Leben?

Frank war schön. Er hatte faustdickes blondes Haar, dolchblaue Augen, ein fein geschnittenes Gesicht, das immer starken Eindruck machte, und einen hochgewachsenen Körper, der aber nicht ungelenk war, sondern geschmeidig, beweglich, gut geölt. Er war Schauspieler. Kein besonders begabter, aber wegen seines guten Aussehens reichte es für Fernsehserien, und die Leute merkten sich ihn. Die Art, wie er damit rechnete, bewundert zu werden, verdiente tatsächlich Bewunderung – er hatte Charisma und gab gerne den Ton an. Der Teufel interessierte sich für diese Mischung und spielte mit dem Gedanken, ihn in die Politik zu schicken. Frank hatte das Zeug, eine Menge Unheil anzurichten. Aber das hatten andere auch. Zuletzt ließ der Teufel Frank dann doch im Privaten sitzen.

Dort kümmerte sich des Teufels Foltermeisterin, die Zeit, um ihn. Sie schickte andere gut aussehende Gesichter, die an Franks Stelle rückten. Mit vierzig war Frank noch immer eine stattliche Erscheinung, aber nicht mehr die stattlichste. Er hatte weiche Zähne. Beim Publikum geriet er nach und nach in Vergessenheit. Wenn ein Produzent die Wahl hatte, nahm er einen anderen.

Franks Stern sank, aber seine Haltung anderen Menschen gegenüber blieb die gleiche. Als sein Geld knapp wurde, stellte er die Frage – Was habe ich davon? – nur umso dringlicher. Mit dreißig traf er schließlich eine strategische Entscheidung und legte sich eine Freundin zu – Agnes. Agnes kam im Leben gut zurecht. Sie war schon fünfunddreißig, aber eine temperamentvolle Brünette mit akademischer Ausbildung, die er bewunderte. Sie arbeitete in der Verwaltung eines Forschungsinstituts. Sie betete den schönen Frank an, weil er so exotisch war und weil er litt – ein Künstler –, und sie war bereit, dafür zu zahlen. Ein schöner Zug von ihm: Frank war kein Lügner, er sagte ihr nie, dass er sie liebte. Aber er lebte mit ihr in ihrer hübschen Wohnung und schätzte ihre Lebhaftigkeit. Er teilte mit ihr die Freude an einer guten Flasche Wein und einem gefüllten Teller. Er liebte teures Essen, und wenn es aufgetragen wurde, nahm er sich unweigerlich zuerst. In seinem Kleiderschrank sah es aus wie in einer Boutique.

Ein paar Jahre später zog ihn ein Produzent noch einmal in die engere Wahl für eine Fernsehserie. Aber nachdem er ihm schon so viel Hoffnung gemacht hatte, dass Frank Agnes von einem neuen Engagement erzählt und begonnen hatte, seine Garderobe zu erneuern, nahm er dann doch einen anderen. Da beschloss Frank, sich selbstständig zu machen. Von nun an wäre er sein eigener Produzent. Agnes sollte sich um den Papierkram und die Finanzen kümmern – auch um das Geld für neue Kronen auf seinen Schneidezähnen, und zwar bevor es mit den Dreharbeiten losging. Bald hatte er fast sämtliche Ersparnisse von Agnes für seinen Film verbraucht. Die letzten tausend Dollar, die er für einen Spezialeffekt benötigte, wollte sie ihm nicht geben. Ihr alter VW musste repariert werden. Als der Film floppte, schob er es auf ihren Geiz. Sie ihrerseits verlangte nie etwas von ihm, denn sie wusste, er würde Nein sagen. Aber sie nahm, was sie kriegen konnte – sie wurde schwanger. Er war furchtbar wütend, aber sein eigenes Kind umbringen wollte er dann doch nicht. Bald waren es dann schon mehrere Kinder. Frank blieb zu Hause, bei den Kindern und einem Kindermädchen, das er umgarnte und mit seinem strahlenden Lächeln verführte, während Agnes arbeitete und Geld verdiente. Als sie es nicht schaffte, an der Uni eine Stelle zu bekommen, die ihrer Qualifikation entsprach, nahm sie eine geringer bezahlte an. Langsam wurde sie unansehnlich, aber ihm machte das nichts aus – ein schöner Zug: Hässlichkeit bei einer Frau war ihm egal, ihn interessierte sein eigenes Aussehen, nicht das von jemand anderem. Anders verhielt sich die Sache, als Agnes auch ihre schlechtere Stelle verlor und die Situation daheim ungemütlich wurde.

Er lernte Barbara kennen, noch nicht unansehnlich, obwohl zehn Jahre älter als er. Sie war finanziell besser ausgestattet und hatte eine geräumige, elegant eingerichtete Wohnung in einer repräsentativen Straße. Frank verließ seine Familie und zog zu Barbara. Sie hatte eine gut dotierte Stelle, und sie hatte Format, sie war Juraprofessorin. Sie fuhr einen teuren Sportwagen. Sie lebten mit Stil. Er brauchte kein Geld zu verdienen, und für all seine Bedürfnisse wurde gesorgt. Liebend gern nahm ihm Barbara lästige Arbeit ab. Sie schrieb sogar Briefe für ihn, weil er mit dem Computer nicht zurechtkam. Sie fand seine Unbeholfenheit reizend. Er brauchte nicht mal mehr eine Armbanduhr zu tragen oder den Kopf zu heben und auf die Uhr im Zimmer zu sehen – er fragte einfach: »Wie spät ist es, Süße?«, und ihr war es ein Vergnügen, ihm den kleinen Dienst zu erweisen. Mal ehrlich: Das ist doch beneidenswert, oder? Aber eines Tages wurde sie dann doch etwas strenger. Sie weigerte sich, einen Brief für ihn zu schreiben, sagte ihm, er solle es selbst versuchen. Zum Glück war seine frühere Freundin Agnes immer noch so barmherzig, einzuspringen. Also zwängte er sich nun, lang und schlaksig, wie er war, in Barbaras schnittiges Auto und besuchte jedes Mal seine Kinder, wenn er Schreibarbeiten für ihre Mutter hatte. Er schob es auf Agnes' Gutmütigkeit, dass sie sich die Zeit nahm und ihm half – nach der Arbeit, auch wenn sie gerade beim Putzen war oder sich um die Nachkommen kümmerte. Als Barbaras teure Waschmaschine kaputtging, brachte Frank auch seine Wäsche zu Agnes, die sie in ihrer alten Maschine wusch, zum Trocknen aufhängte und dann auch noch für ihn bügelte. Als er wieder bei Barbara war, sagte er ihr, Agnes sei großzügig. Er wollte damit sagen: großzügiger als du. Die gute Agnes verlangte nicht mal Unterhalt für die Kinder von ihm. Sie lebte von wenig oder nichts, aber sie beklagte sich nie.

So erreichte er das vierzigste Lebensjahr – und sein blondes Haar war immer noch dicht. Die Furchen auf seiner Stirn verliehen ihm eine attraktive Nachdenklichkeit, und noch immer trieb ihn die Frage um: Was können die anderen für mich tun? Barbara hatte ihn aus der Ärmlichkeit seines früheren Zuhauses gerettet, doch nun bemerkte er, dass sie knickerig wurde, ein Charakterzug, der ihm, wie er sagte, völlig fremd sei. Sie machte ihm eine Szene, weil er die Kronen seiner Schneidezähne nicht genügend pflegte und sie noch einmal erneuert werden mussten. Sie wollte nicht bezahlen. Er hatte den Verdacht, dass sie Geld vor ihm versteckte. Das ganze Universum durchlief gerade eine wenig glückliche Phase. Die Nahrungskette war verunreinigt. Mikrowellenherde verursachten Krebs. Er war deprimiert und schlief schlecht. Sein Gesicht war unaufgeräumt, und aus dem Haus ging er nur, um Leute zu treffen, die ihm Bewunderung entgegenbrachten. Er erzählte Barbara von seinen »Fans« – ein Wort, das er liebte. Das Leben bestand für ihn eigentlich nur aus den Episoden, in denen ein »Fan« ihm etwas Anerkennendes sagte. Die Schuld an seiner Faulheit gab er seinem Pech, dem Umstand, dass das Filmgeschäft lahmte, und sein Pech machte ihn wütend. Wenn er keine Fans besuchte, wusch er sich auch nicht, weil Waschen die Haut austrocknet. Es ärgerte ihn, als Barbara anfing, sich nach billigerem Wein umzusehen.

Sie schlug vor, er solle sich eine Arbeit suchen. Sie machte ihm eine große Liebeserklärung: Es sei ihr egal, was er täte, von ihr aus könne er als Hausmeister arbeiten, sie würde ihn trotzdem lieben. Er sagte ihr nicht, dass er sie liebte – weil er es nicht tat. Er war noch immer ehrlich. Wütend machte ihn auch die Missachtung seines Künstlertums, die in der Empfehlung gipfelte, er solle sich irgendeinen Job suchen. Er wusste, dass Barbara in aller Ruhe gutes Geld verdiente, indem sie genau das machte, was sie sowieso gerne tat.

Als die verlassene Agnes ihn eines Tages mit der Bitte um einen Beitrag zum Unterhalt der Kinder überraschte, gab er die Anfrage an Barbara weiter und war empört, als sie es ablehnte, etwas zu zahlen. Er klagte über den leeren Kühlschrank in der Wohnung seiner Kinder, aber sie ließ sich nicht erweichen. Sie sagte: »Such dir eine Arbeit, und mach ihnen den Kühlschrank wieder voll.« Noch einmal sagte er ihr, sie sei geizig – doch nun hatte er es ein Mal zu oft gesagt. Die Klinge seines Tadels war stumpf geworden. Sie hinterließ keinen Schnitt und nicht mal einen Stich, sie ließ Barbara nicht zerknirscht, sondern nur wütend werden, und so ging ihre Beziehung nach und nach in die Brüche. Er fing an, sich nach einer anderen, großzügigeren Frau umzusehen. Die Teufelin Zeit brachte ihn mit Carola zusammen, fünfzehn Jahre älter als er, aber immer noch frisch aussehend, weil sie reich war und sich jede Schönheitskur leisten konnte. Sie war Malerin und tat den ganzen Tag nur das, was ihr Spaß bereitete.

Carolas Mann hatte eine Galerie. In seinen besseren Tagen wäre Frank gar nicht auf die Idee gekommen, sich mit einer verheirateten Frau einzulassen, aber nun, da sich eine ganz bestimmte Falte auf seiner Stirn zu einer tiefen Furche auswuchs und bei jedem Lächeln das zurückweichende Zahnfleisch zum Vorschein kam und auf seinem Hinterkopf eine kahle Stelle wie eine glasige Wunde aufgetaucht war, konnte er es sich nicht mehr leisten, wählerisch zu sein. Er wusch und rasierte sich wieder und kleidete sich elegant. Und er konnte Carola leicht überreden, ihren Mann zu verlassen. Sie war quirlig, intelligent, hingerissen. Sie liebte es, wie er sie umschwärmte, seine Eleganz, das aggressive Selbstvertrauen. Seine schauspielerischen Fähigkeiten reichten aus, den jungen Liebhaber zu geben, und auch ihr vermittelten sie das Gefühl, sie sei jung und verliebt. Sie bezahlte die neuen Kronen, die Möbelpacker und die neue Wohnung. Sie gab der »Hausfrau«, Agnes, einen monatlichen Betrag zur Unterstützung der Kinder, und sie gab Frank eine großzügig bemessene Summe, die er der »Professorin«, Barbara, zukommen lassen sollte, eine Art Pauschale zur Erstattung eines Teils ihrer Auslagen für ihn. Frank belog Barbara, behauptete, das Geld sei sein erstes Honorar für ein Kunstwerk. Frank hatte nämlich herausgefunden, dass es ihm große Freude machte, aus Ton und Holz Plastiken zu modellieren. Sie waren abstrakt, also interessant. Carola mietete ein separates Atelier für ihn und kaufte ihm einen Brennofen. Es entzückte ihn, dass er sich nun Künstler nennen konnte. Das neue Paar hängte nichts an die Wände, was die Aufmerksamkeit von den überall im Haus aufgestellten Plastiken hätte ablenken können. Carola räumte sogar ihre eigenen Bilder zur Seite. Sie schaffte es, im Vorgriff auf die Scheidung die Galerie ihres Mannes zu übernehmen, und dort stellte Frank seine Arbeiten nun aus. Er deutete an, ein neues Haarteil würde einen noch erfolgreicheren Künstler aus ihm machen, aber zu seinem Verdruss liebte sie die kleine kahle Stelle auf seinem Kopf und ließ sich nicht überreden, ihm ein Haartransplantat zu spendieren. Franks Freunde zollten seinen Skulpturen viel Bewunderung, aber jeder hatte eine andere Entschuldigung, warum er kein Geld dafür ausgeben konnte. Stattdessen kauften die Leute weiterhin Carolas Arbeiten, denn die galten als gute Geldanlage. Ihr Geiz verbitterte Frank. Ihm fiel auch auf, dass Carola alle Leute kannte, dass sie im Kopf behielt, was sie machten und wo sie wohnten. Sie war so neugierig, dass es schon aufdringlich wirkte! Er dagegen stellte anderen nie irgendwelche persönlichen Fragen. Er fragte immer nur sich selbst: Was habe ich davon, wenn ich mich mit diesem Menschen einlasse? Als ein Bekannter eine wirklich gute, neue Digitalkamera kaufte, lieh er sie aus, kam zu dem Schluss, dass er sie dringender brauchte als der andere, und weigerte sich, sie zurückzugeben. Er machte Aufnahmen von sich selbst mit verschiedenen Hüten, die er für eine neue Präsentationsmappe verwenden wollte.

Die Lügen schossen ins Kraut. Er log, wenn es um seinen Erfolg ging oder um seine Termine. Bald log er bei allem, was er tat. Er prahlte mit einer Ausstellung seiner Werke in Island – was niemand nachprüfen würde. Eine Woche lang erzählte er den Leuten, die ihn auf dem Handy anriefen, sie hätten ihn gerade beim Baden in einem Geysir erwischt. Die Galerie machte Pleite. Carolas Ehemann triumphierte. Aus lauter Zorn darüber kaufte Carola ihrem Geliebten eine neue, in einer weniger teuren Lage. Als die ebenfalls Pleite machte, ging ihr allmählich das Geld aus. Frank beklagte sich, sie habe sich noch immer nicht scheiden lassen. Doch als Carola ihn fragte, ob er sie heiraten wolle, wich er aus. Heiraten bedeute ihm nichts, sagte er. Aber mit einer verheirateten Frau wolle er nicht herumhängen, das sei demütigend.

Frank merkte es gar nicht, als Carola aufhörte, ihn zu lieben. Klaglos finanzierte sie noch immer ihr gemeinsames Leben, als sie Joe kennenlernte, der als Hausmeister in einem Warenhaus schuftete, um während seiner freien Zeit in einer Kellerwohnung eigenwillige Ölbilder zu malen. Carola liebte die Gemälde des Hausmeisters, bevor sie ihn selbst liebte. Joe war in allem das Gegenteil von Frank. Er war zerstreut, hässlich, hatte weißes Haar und schreckliche Tischmanieren, trug zerknitterte Sachen, machte sich ein Vergnügen daraus, anderen zu helfen, und schämte sich seiner Hausmeistertätigkeit nicht, weil sie ihm das Malen aus reiner Freude an der Sache erlaubte. Carola verliebte sich in den Hausmeister, und eines Tages kam sie abends nicht nach Hause. Nach kürzester Zeit ließ sie sich von ihrem Mann scheiden und heiratete den Hausmeister. Für Frank war es der Schock seines Lebens.

Was soll einer tun, dem das unbeschwerte Leben entglitten ist, das ihm Frau Fortuna in Gestalt vermögender Frauen so lange gegönnt hatte?

Frank hatte kein Geld für die Miete. Er hatte kein Geld für den Künstlerbedarf, den er brauchte, wenn er sich weiter Künstler nennen wollte. Er hatte kein Geld für gute Gesichtscremes. Die Furchen in seinem Gesicht rissen auf, als würden sich dort Erdbeben ereignen.

Die neue Zahnprothese war in die Jahre gekommen, und sein Atem nahm einen üblen Geruch an. Zuerst verkaufte er Carolas Kleider und danach die Möbel, um sich von dem Geld etwas zu essen zu besorgen. Die Eifersucht, das Selbstmitleid, die Wut – sie wuchsen. Der Teufel arrangierte eine Begegnung mit Carola, die sich gerade bei ihrem Mann eingehängt hatte und mit ihm und einem Einkaufswagen voll köstlicher Lebensmittel in der Schlange vor der Kasse eines Supermarkts stand. Frank hatte in seinem Wagen nur billiges Dosengemüse und einen Beutel Kartoffeln.

Er nahm eine Ein-Kilogramm-Dose dicke Bohnen zu 99 Cent aus seinem Wagen, trat auf Carola zu und schlug sie ihr mit voller Kraft auf den Hinterkopf. Als sie vor ihm zusammensackte, warf er den Kopf nach hinten und gab ein lang gezogenes, dumpfes Krächzen von sich, wie ein Geier.

Endlich, endlich war er wieder berühmt. »Ex-Schauspieler wird zum Mörder!«, kreischten die Schlagzeilen. Der Supermarkt gelangte zu trauriger Berühmtheit. Jeden Tag erschienen Fotos von Frank und Artikel über ihn in den Zeitungen, und bald war von einem Fernsehfilm die Rede. Seit Jahrzehnten war Frank nicht mehr so glücklich gewesen wie in dieser Zeit. Er ging nicht mehr – er stolzierte herum, und sein Lächeln glitzerte vor lauter Tatendrang. Er führte die Verhandlungen über den Fernsehfilm und bestand darauf, das Drehbuch selbst zu schreiben, mit Hilfe einer Redakteurin. Die war ganz verrückt nach ihm und hatte sich im Stillen von vornherein damit einverstanden erklärt, dass ihr Name auf dem Drehbuch nicht erscheinen würde, obwohl sie es zum größten Teil schrieb – aber es war schließlich seine Geschichte und nicht ihre. Sie kam jeden Tag ins Gefängnis, um mit ihm zu arbeiten. Ihre Lippen waren ganz wund von seinen Küssen.

Dann geschah ein anderer Mord in der Stadt, und das Interesse der Öffentlichkeit wandte sich woandershin. Die Redakteurin wurde entlassen und sah zu, dass sie so schnell wie möglich einen neuen Job bekam. Das Filmprojekt wurde zurückgestellt. Der Aufmerksamkeitsverlust schmerzte Frank sehr, aber immerhin kümmerte sich jetzt der Staat um seine Bedürfnisse, und er musste nicht mehr selbst für sich sorgen. So lebte Frank denn weiter glücklich und zufrieden, und es dauerte nicht lange, da wurde er, wie alle anderen auch, zu Staub.

Aus dem amerikanischen Englisch von Reinhard Kaiser

Anton wird erwachsen

Zuerst war der Krieg nur ein Gesprächsthema, später wurde er für die Familienväter der Stadt zum Bestimmungsort – sie »zogen in den Krieg«. Eine Weile war er ein hartes, knappes Wort des Triumphs, und schließlich, etwa um die Zeit, als die Väter »fielen« und nicht wieder aufstanden, da war der Krieg ein Übeltäter, den man besser nicht beim Namen nannte, der Schuldige an Lebensmittelmangel, Gereiztheit und heulendem Elend. Und dann begann sich Antons Mutter zusehends für das weiß-schokoladenbraune, blauäugige Kaninchen zu interessieren, das sie ihm vor zwei Jahren zu seinem zehnten Geburtstag geschenkt hatte.

Anton hatte das Kaninchen Alice getauft, weil alle wichtigen Personen einen Namen trugen, der mit A begann; Antons Vater hieß Andreas, und Antons Mutter hieß Anna. Nachdem Papa im Krieg gefallen war, nannte Mama Alice nur noch »das Kaninchen«. Es schien sie regelrecht zu ärgern, dass das Kaninchen so fett war, weil an Gras ja nie Mangel herrschte. »*Wir* können leider kein Gras essen«, sagte sie und musterte Alice missmutig.

Je dünner Mama wurde, desto schöner wirkten ihre blauen, traurigen Augen, weil immer weniger Gesicht von den beiden Sternen ablenkte. Beim Anblick ihrer Schönheit krampfte sich Anton sonderbarerweise das Herz zusammen, und dieses Gefühl bekämpfte er, indem er den ganzen Herbst das im Garten hinter dem Haus gehortete Holz hackte. Als sie das letzte Holzscheit verbrannt hatten, schmuste er mit dem Kaninchen so, wie er es früher als kleiner Junge getan hatte. Er nahm Alice auf den Schoß und vergrub das Gesicht in ihrem Fell. Es war so plüschig und weich, dass Antons Kummer im Nu aufgesogen wurde.

Der Winter hatte dieses Jahr schon früh seinen grimmigen Einzug gehalten. Seit Wochen hatten sie nur noch von alten Kartoffeln und Kohl gelebt, und als sie auf dem Kalender sahen, dass Weihnachten war, gab es im Keller fast keine Vorräte mehr. Mama stellte Anton für den heutigen Abend ein Festmahl in Aussicht. »Wir essen das Kaninchen.«

Anton protestierte nicht. Ihm war aufgefallen, wie oft sich seine Mutter bei der Hausarbeit zum Ausruhen hinsetzen musste. Sie war ganz abgemagert, ein warmer Strich in steifen Kleidern, und ihr dunkles Haar zeigte schon viele weiße Strähnen, obwohl sie erst dreißig war. »Anton, bitte bring das Kaninchen zum Metzger. Er schlachtet es für uns. Mir fehlt einfach die Zeit dazu«, sagte sie, aber Anton vermutete, dass ihr einfach die Kraft dazu fehlte. Es war ein langer Weg, mit einer schweren Bürde, von einem Ende des Dorfes zum anderen.

Anton war zwölf, beinahe schon dreizehn, und er hatte Gerüchte gehört, dass er in wenigen Wochen alt genug für die Armee sein würde; der Krieg verlief nicht eben erfolgreich, und so wie es an Essen und Holz fehlte, fehlte es auch immer mehr an Männern, die Soldaten werden konnten. Früher wurde man mit achtzehn erwachsen. Heute mit dreizehn.

Antons Mutter hatte oft gesagt: »Vielleicht musst du dich schon bald allein durchschlagen«, und selber möglichst wenig gegessen, damit mehr für Anton übrig blieb. Vielleicht hatte sie ja das im Hinterkopf, als sie in den eisigen Garten hinausging, den Stall öffnete und Alice am Specknacken packte, um ihren Plänen fürs Abendessen Nachdruck zu verleihen.

Alice baumelte mit verblüffter, aber zugleich geduldiger Kaninchenmiene in der Luft, bis Mama sie in einen großen braunen Korb stopfte und den Deckel zuklappte. Diesen Korb reichte sie ihrem Sohn mit den Worten: »Der Metzger macht das schon.«

Der Metzger war ein kleiner rundlicher Mann, dessen Figur sich den ganzen Krieg über nicht verändert hatte. Er besaß ein vergnügtes Wesen; im Dorf hieß es, er könne sich das auch leisten. Er hatte keine

Familie, die er ernähren musste, nur einen Bruder, der Offizier in der Armee war und ihm aus fremden Ländern Delikatessen schickte.

In den ersten Kriegsjahren hatte er die Metzgerei nur geführt. Inzwischen herrschte er darüber und galt im Dorf als wichtiger Mann. Man erbat sich keine Gefälligkeiten, weil irgendwann einmal der Tag kommen konnte, wo man unbedingt auf einen Gefallen angewiesen war, darum war es besser, ihm gefällig zu sein. Man sagte Guten Tag und schenkte ihm ein paar der letzten Äpfel. Anton rächte sich, indem er beim Fleischkaufen den Türknauf fixierte oder auf seine Füße starrte. Dieser Kunde war stolz darauf, dass er noch nie das Gesicht des Metzgers gesehen hatte. Normalerweise machte er einen großen Bogen um die Metzgerei, nur damit er nicht den runden Schatten erblicken musste, der im Schaufenster hin und her glitt. Heute jedoch führte ihn sein Weg direkt dorthin.

Weil das Kaninchen nicht in der Mitte des Korbs sitzen blieb, sondern in einer Ecke kauerte, ließ sich der Korb schlecht tragen.

Anton schleppte ihn fest an seinen Bauch gepresst und konnte seine Füße nicht mehr sehen. Die Straße war vereist und von Schlaglöchern zernarbt. Er stolperte vor sich hin. Er konnte sich einfach nicht konzentrieren. Er wollte Alice nicht zum Metzger bringen, er wollte nicht, dass sie geschlachtet wurde, und am allerwenigsten wollte er sie zum Abendessen verspeisen. Je näher er der Metzgerei kam, desto klarer ahnte er, welch unermessliches Leid dem Kaninchen bevorstand. Schließlich setzte er sich auf einen großen Stein und öffnete den Korb einen Spalt, um hineinzuspähen.

Das Kaninchen kauerte schwer und warm im Dunkel. Anton schob die Hand in den Korb und streichelte es. Als er das weiche Fell spürte, wurde Antons Gefühl der Verweigerung übermächtig in ihm. Nein, nein, nein, dachte er. Und seine Hände verbündeten sich mit seiner innerlichen Weigerung, öffneten den Korb, hoben das Kaninchen heraus und warfen es mit einem Ruck ins Gebüsch am Straßenrand. Alice stand benommen im Gestrüpp, dachte aber gar nicht daran, davonzuhoppeln. Anton schrie: »Nun hau schon endlich ab, du dumme Sau, na los!«, und fuchtelte wild mit den Händen. Jetzt floh das Kaninchen.

Anton setzte sich wieder auf den Stein, obwohl er sich die Hosen damit dreckig machte, und obwohl man als Mann nicht weinte, brach er doch in Tränen aus. Er weinte, weil er dem Kaninchen das Leben gerettet hatte, und er weinte, weil seine Mutter so jämmerlich mager war und weil er wusste, dass er die zu erwartende Schelte voll und ganz verdient hatte. Antons Geschrei hatte in einem nahe gelegenen Haus einen alten Mann hochgeschreckt, und sein Schluchzen führte jetzt zu weiteren Nachforschungen.

Der alte Mann war der pensionierte Briefträger des Dorfes, der zu Hause gern immer noch seine ehemalige Postuniform trug. Er fühlte sich darin so wohl wie in einem Schlafanzug. Er erkannte das Kind. »Um Himmels willen, was ist denn los?«, fragte er, als er in Pantoffeln und flatternder grauer Jacke eilig herangeschlurft kam.

»Mein Kaninchen ist mir weggelaufen«, sagte der Junge und schluchzte wegen dieser Lüge noch viel lauter. »Ich sollte es zum Metzger bringen, weil wir sonst nichts mehr zu essen haben.«

Der alte Postbote freute sich über diese kleine Aufgabe. Er tätschelte Antons Kopf und wies ihn an, sitzen zu bleiben, während er sich auf die Suche nach dem Kaninchen machte. Er hatte auch schon eine Idee, wo es stecken konnte. »Man muss sich einfach in das Kaninchen hineinversetzen«, sagte er und stampfte energisch mit dem Pantoffel auf.

Was geht einem Kaninchen durch den Kopf, wenn es nach lebenslangem Exil in einem Stall im Garten plötzlich ins Gebüsch heimkehrt, wo all seine Vorfahren geboren worden waren, lebten und starben?

Alice hatte das Licht der Welt in einem Schuppen erblickt, und bis zu ihrer Flucht waren drei einschneidende Ereignisse prägend für ihr Leben gewesen. Es begann damit, dass sie als winziges, unerfahrenes Kaninchen in die Hände eines kleinen Jungen geriet, der sie gleich so fest an sich drückte, dass sie sich freistrampeln musste, nur um dreimal durch den kleinen Garten gejagt und anschließend erneut halb totgedrückt zu werden. Mit der Zeit behandelte der Junge sie dann etwas sanfter, und Alice gewöhnte sich an ihn und auch an ihren engen Stall draußen vor der Hintertür.

Das zweite wichtige Ereignis verdankte sich Antons Experiment, ihren Speiseplan zur Abwechslung einmal mit Wurst zu bereichern. Die verschluckte Wurst schien selber Hunger zu verspüren, denn sie versuchte das Kaninchen von innen aufzufressen und knabberte seinen Magen an – so zumindest könnte sich Alice ihre wütenden Bauchschmerzen erklärt haben. Aber irgendwie hatte sie es überlebt. Und wahrscheinlich machte sich Alice überhaupt nichts aus Erklärungen. Sie fühlte sich am wohlsten, wenn ihr Kopf ganz leer war.

Das dritte große Ereignis war vor einer halben Stunde eingetreten, als Alice aus der gemütlichen Enge ihres Stalls in einen wild schaukelnden Korb versetzt wurde. Und jetzt hatten der schreiende Junge und der Sturzflug in die Freiheit ihre sonst so friedvolle Seelenlandschaft mit Angst erfüllt.

Die wenigen Minuten, in denen der hilfsbereite Briefträger durchs kalte Gras schlich und wie ein Kaninchen zu denken versuchte, schienen wie eine Ewigkeit. Aber es bedurfte keines ausgeprägten detektivischen Spürsinns, Alice zu finden. Kaum hatte sie den Schock überwunden, sich plötzlich in dieser fremden Umgebung wiederzufinden, hörte sie jemanden kommen, verließ prompt ihr Versteck und hoppelte auf ihn zu. »Na also, mein kleiner Soldat«, sagte der alte Mann und drückte Anton das Kaninchen in die Arme. »Das wird ein Festschmaus zu Weihnachten!«

Die Tränen auf dem Gesicht des Jungen trockneten, und an ihre Stelle trat ein Ausdruck kalter Entschlossenheit. Er setzte das Kaninchen in den Korb zurück, bedankte sich höflich bei dem Briefträger, und nachdem sie sich noch einen schönen Tag gewünscht hatten, setzte das Kind seinen Weg zum Metzger fort, diesmal ziemlich flott.

Als Anton den Metzger zum ersten Mal richtig ansah, fielen ihm die winzigen grauen Augen des wichtigen Mannes auf, die wie Polsternägel in seinem breiten, flachen Gesicht steckten. Die ausgefransten braunen Haare des Metzgers bedeckten den spitzen Schädel nur teilweise, und wenn seine Nase gefehlt hätte, wäre das eigentlich keinem aufgefallen; lebendig wirkten in seinem Gesicht nur die glänzenden, zuckenden Lippen, die in irgendeiner Verbindung mit seinen großen roten Händen zu stehen schienen. Diese Hände waren untätig, als Anton eintrat. Im ganzen Land war das Fleisch rationiert, und jeder durfte nur ein kleines Stück pro Woche kaufen. In letzter Zeit hatte es solche Engpässe gegeben, dass selbst der Metzger um sein Abendessen bangte. Sein Bruder hatte ihm schon seit Wochen kein Paket mehr geschickt, obwohl doch die Feiertage vor der Tür standen.

»Womit kann ich dienen?«, sagte der Metzger zu Anton. Der Junge konzentrierte sich und unterbreitete seinen Vorschlag. Während er sprach, schob er die Hand in den Korb und hielt sich an Alices Fell fest.

»Eine ausgezeichnete Idee!«, meinte der Metzger. »Wirklich! Obwohl«, überlegte er, »ich als Fachmann sagen würde, dass dein Arm keinerlei Ähnlichkeit mit Kaninchenfleisch besitzt. Und wahrscheinlich schmeckt er auch gar nicht wie Kaninchenfleisch.« Nachdenklich betastete er Antons blassen Arm, der auf dem Ladentisch lag. »Ziemlich muskulös und wohlgenährt, das wäre sicher schmackhaft. Wahrscheinlich viel schmackhafter als das Kaninchen. Mir läuft das Wasser im Mund zusammen. Wir könnten deinen linken Arm nehmen. Du bist doch Rechtshänder? Stell deinen Korb hin, dann sehen wir mal.«

Er winkte den Jungen hinter den Ladentisch, legte Antons zitternden Arm auf den feuchten, blutbefleckten Hackklotz und schob den Ärmel bis über die Schulter hoch.

»Aber wie willst du deiner Mutter erklären, wo dein Arm geblieben ist?«, fragte er. Anton war ratlos.

»Na ja«, sinnierte der Metzger, »da hier ja ziemlich schlimme Zustände herrschen, fast so schlimm wie in den Großstädten, könnten wir schwindeln und einfach sagen, dass eine Bombe oder Mine dir den Arm abgerissen hat. Das würde jeder ohne weiteres glauben. Obwohl ich zuverlässig weiß, dass es der Feind gar nicht bis zu uns schaffen wird. Das hat mir mein Bruder geschrieben. Aber der hat ja keine Ahnung, welche Ängste wir hier ausstehen. Wie verzweifelt wir sind. Und – ach, das war natürlich nur ein Witz.« Der Metzger bekam es plötzlich mit der Angst. So etwas hätte er nie und nimmer sagen dürfen. Zuzugeben, dass der Krieg den Menschen irgendwelche Unannehmlichkeiten bereitete, das war ein klassischer Fall von »Defätismus«. Das konnte ihm Ärger mit der Polizei bescheren. Die hatte ihre Augen und Ohren überall. Es konnte ihn das Leben kosten. Der Metzger befürchtete, Anton könnte das, was er gerade gesagt hatte, wiederholen. Er schwankte zwischen Angst, Gier, Mitleid und Selbstmitleid, und aus dieser Mixtur widersprüchlicher Gefühle braute sich ein schlauer Plan zusammen.

»Du setzt dich hierhin und wartest«, sagte er, »bis ich was richtig Scharfes gefunden habe.«

Er verschwand nach hinten, und der ebenso erschrockene wie entschlossene Anton hörte ihn die Treppe hinunterstapfen. Er war also in den Keller gegangen. Anton hörte, wie der Metzger einen Schrank öffnete und laut seufzte. Der Seufzer klang nicht erleichtert, sondern bedrückt, voller Bedauern. Dann kam er wieder die Treppe herauf. Er trat mit finsterer Miene durch die Hintertür. Er trug eine ganze französische Salami.

»Erzähl deiner Mutter, das sei dein Arm«, meinte er. »Sie wird nicht glauben, dass es das Kaninchen ist. Du musst den Arm aus dem Ärmel ziehen und ganz fest an den Körper pressen, dann wird sie schon glauben, dass dein Arm nicht mehr da ist. Und jetzt scher dich zum Teufel!«

Der Metzger hatte die Wurst vor einigen Jahren aus Paris von seinem Bruder geschickt bekommen und sie die ganze Zeit für einen besonderen Anlass aufgespart. Er hatte sich aufrichtig auf den Moment gefreut, wo er diese herrliche Wurst endlich probieren durfte. Doch jedes Mal, wenn sich ein besonderer Anlass bot – eine Hochzeit oder eine Taufe –, hatte er es nicht übers Herz gebracht, sich von der Wurst zu trennen. Jetzt war sie schon vier Jahre alt und – wie er neulich bemerkt hatte – von einer weißen Schicht überzogen.

Die Wurst war verdorben. Aber nicht so sehr, dass Anton und seine Familie daran sterben würden. Sie bekamen höchstens Bauchschmerzen, doch die Freude über die Wurst würde sie rasch über die Krämpfe hinwegtrösten. Und da sich alles in ihm sträubte, die Wurst einfach wegzuwerfen, war dies ein wunderbarer Kompromiss. Keine wirklich gute Tat, aber auch keine wirklich schlechte. Mehr konnte man in Kriegszeiten nicht erwarten.

Anton brachte Alice wieder heim und erzählte, der Metzger hätte sich geweigert, so ein süßes Tierchen zu töten, weil er ein Herz für Haustiere habe. Die französische Salami sei als Ersatz gedacht. Die Familie aß die Salami scheibchenweise während der nächsten Monate, und niemand kriegte je Bauchschmerzen davon. Sie rochen alle so intensiv nach der scharf gewürzten Salami, dass die anderen Leute richtig neidisch wurden. Als die Salami aufgegessen war und Antons Mutter das Kaninchen wieder mit giftigen Blicken bedachte, kam der Feind, und alle Dorfbewohner, einschließlich des Metzgers, mussten fliehen.

Anton ließ das Kaninchen ohne langes Zögern zurück. Inzwischen war es Frühling geworden. Vielleicht konnte sich Alice ja allein durchschlagen.

Aus dem amerikanischen Englisch von Michael Walter

Vaterlandsliebe
Eine Krankheit, vier Verläufe

Nach Auszügen aus den hippokratischen »Epidemien«

In New York war der Herbst in diesem Jahr sehr trocken gewesen. Seit dem Spätsommer wehte, so schien es, ständig eine leichte Brise, die sich im September und Oktober ungewöhnlich kühl, im November indessen, da ihre Temperatur gleich blieb, ungewöhnlich warm ausnahm, sodass die Menschen aufhörten zu schimpfen und sich nur noch wunderten. Die Winde gingen träge, und ihrer ganzen Konstitution nach stand die Jahreszeit unter dem Einfluss des Südwinds, als würden die Insel und ihre Satelliten – die Boroughs, die sehr Lange Insel, die anschwellenden Außenbezirke und der gänzlich asphaltierte »Gartenstaat« New Jersey – ein weiteres Mal vom Orient heimgesucht.

Unmittelbar nach dem Angriff war das patriotische Fieber nur vereinzelt aufgetreten, und diese wenigen Fälle verliefen glimpflich, waren auch kaum von Huldigungen an einen korrupten Staatsführer oder von erhöhter Wachsamkeit gegenüber Amerikas Kritikern, Amerikas Feinden, besonders innerhalb des Staatsapparates, begleitet. Im Laufe des Herbstes jedoch traten aufgeblähte Erwartungen hinsichtlich der Vorzüge Amerikas in Erscheinung – zahlreich, aber nach wie vor ohne fiebrige Emotionen, sodass die Gedanken der Menschen nicht an die Bettstatt dieser Erwartungen gefesselt waren. Sie blieben verschwommen, verstreut, diffus. Sie befielen Kinder ebenso wie Erwachsene, besonders aber Personen, die ein öffentliches Amt versahen, vor allem jene, die an Schreibtischen saßen. Bei jungen Leuten, die noch nie an dieser Krankheit gelitten hatten, nahm sie einen besonders bösartigen Verlauf. Sie bekamen fiebrige Wahnvorstellungen und beschuldigten jene, die nicht befallen waren, sie seien gefährlich. Dabei trat ihnen oft Schaum vor den Mund. Jene wiederum, die tatsächlich keine Symptome zeigten, legten sich zu Bett, weil sie fürchteten, einen Verdacht auf sich zu ziehen, der ihrem weiteren Fortkommen schaden könnte. Es war dies das erste Stadium einer ähnlichen, aber unheilbaren chronischen Krankheit, des Opportunismus.

Fall I

Kleonaktides lebte am Breiten Weg nahe dem Haus des Evalkidas. Durch Diäten und unzuträgliche Übungen in Fitnessstudios erschöpft, überkamen ihn Ideen. Er hielt Vorträge über den Domino-Effekt, den die Demokratie im Irak für den übrigen Nahen Osten haben werde, für den Iran, für Syrien, Jordanien und Ägypten. Er saß in Ausschüssen und empfahl chirurgische Eingriffe in das Gefüge des Vorderen Orients. Seine Ideen stießen auf Wohlgefallen, sein Honorar dafür, dass er sie vortrug, verdoppelte sich, und bald gab es im ganzen Land kaum noch ein Komitee, das ihn nicht um Teilnahme an seinen Zusammenkünften ersuchte, und kaum noch ein Schmierblatt, das seine Ansichten nicht druckte. Dennoch hatte Kleonaktides private Probleme.

Geizig war er schon immer gewesen, aber eine bevorstehende Scheidung und eine auf Rache sinnende Frau mit zwei Kindern machten ihn noch geiziger. Er lud andere Frauen zum Essen ein, klagte darüber, dass das Scheitern einer Ehe unbezahlbar sei, und zuletzt stellte sich dann heraus, dass er sein Portemonnaie zu Hause vergessen hatte. In Buchhandlungen, wo man ihn kannte, versuchte er zu feilschen. Es dauerte nicht lange, da erreichte der Geiz auch seine Leistengegend. Er begann, mit Samen zu knausern, verwendete ihn nur noch für sich selbst. Er erklärte es mit seiner Furcht vor weiteren Schwangerschaften, aber die Mädchen durchschauten ihn, und sie hielten es für noch verwerflicher als die geschmacklose Art, wie er sich von ihnen das Abendessen bezahlen ließ. Trotzdem fanden sie sich damit ab, denn die Gesellschaft verehrte ihn, und wo immer er sich zeigte, umflatterten schöne Frauen die Lichtung, in deren Mitte er glänzte. Sie summten seine Ansichten nach, und sie profitierten davon.

Eines Tages begegnete Kleonaktides der Frau des Epikrates, einer Dame, die hoch über ihm stand. Im Derby des Daseins hatte sie ihr Rennpferd schneller und weiter vorangetrieben als er und konnte ihre Ideen nun vom Himmel herab verbreiten, im Fernsehen. Ihre Ansichten vernahm man nicht nur in den Korridoren der Mächtigen, sondern auch in den Küchen des einfachen Volkes – mit einem Wort, sie war seine Göttin. Ihr Haar war so blond wie das seine dunkel. Sie war so schlank wie er dick. Aber die Götter sind auch nur Menschen. Sie begann nach ihm zu fiebern. In einer Sondersendung über einen Jungen namens Tim junior, der sich freiwillig zum Dienst an seinem Land gemeldet hatte, gab sie Kleonaktides Gelegenheit, Tim senior, den Vater des Soldaten, vor laufender Kamera zu interviewen. Auf diese Weise saß ihr Geliebter während der besten Sendezeit zu ihrer Rechten. Das Fieber nahm an Heftigkeit noch zu. Sie gab ihr Geld für ihn aus und drängte ihn, sie an die Westküste zur Oscar-Verleihung zu begleiten. Aber es war der Wurm in diesem Treiben. Das Verhältnis begann, Lügen zu gebären, giftige, gedruckte Lügen und heiße Wortgefechte im Fernsehen, vor denen sich die anderen bald, wie vor übel riechendem Stuhl, die Nase zuhielten. Außerdem war der Krieg, für den beide sich starkmachten, kein Erfolg. Kleonaktides schlich sich davon und tauchte ab. Er ließ sie allein im Rampenlicht stehen, wo man sie mit Schimpf überhäufte und demütigte. Er kehrte zu seiner Frau zurück, die ihn nahm, wie er war – fieberfrei und mit leeren Taschen. Er versicherte ihr, er habe nie eine andere geliebt. Aber dann klingelte das Telefon. Es war die Presse, und sie fragte nach dem Bauch der verruchten Dame, den jetzt sein Kind ausfüllte.

Er bestritt es. Er sagte, er habe sie nicht erkannt, nie. Sie nahm dazu im Fernsehen Stellung und wetterte gegen Feiglinge, Memmen, Männer, aber das zog sie nur noch tiefer nach unten. Sie nahm ab, bis die Knochen durch ihre Kleider stachen, und was immer sie da in ihrem Bauch gehabt hatte – es entquoll ihm bald als rosafarbener, schaumiger Schleim, und sie konnte keine Schlinge daraus winden, um ihn zu fangen.

Als der Krieg schließlich keinerlei Rückhalt im Volk mehr hatte – ganz entgegen seiner Prophezeiung war er so gut wie verloren –, da wandelte Kleonaktides seine Überzeugung, ohne dass dies auch nur irgendeine Spur in seiner Vita hinterlassen hätte. Zu einem Rückfall ist es unterdessen nicht gekommen.

Fall II

Tim senior gehörte zur herrschenden Klasse. Er wohnte in einem Betonwürfel im »Gartenstaat« und verdiente seinen Lebensunterhalt als Bauunternehmer. Seine Spezialität war das Trockenlegen von Kellern. Seine stinkreichen Kunden standen unter seiner Knute. Sie kamen bei ihm angekrochen, bettelten um einen Termin und zahlten jeden Betrag, den er verlangte. Bei seinem »Nein« rutschte starken Männern das Herz in die Hose, sein »Ja« ließ sie ihre Geldbörsen zücken, wobei ihre Augen in Dankbarkeit erstrahlten.

Tim senior war von der natürlichen Überlegenheit des Landes fest überzeugt, denn es gehörte ihm. Es war sein Land. Er hatte dafür gekämpft. Das war die schönste Zeit seines Lebens gewesen, und nun konnte er noch einmal dafür kämpfen, in Gestalt seines Sohnes, Tim junior. Also machte er ihm Beine. Tim junior besaß alle Eigenschaften, die ein Anführer braucht. Er arbeitete nur, wenn die kriechenden Klassen ihm ihren Zehnten brachten. Mit sechzehn verlangte er für eine Stunde Rasenmähen fünfundzwanzig Dollar, und wenn man sie ihm verweigerte, dann fuhr seine Nase hoch in die Luft, und er meldete die Neinsager samt ihren Personalien der Polizei, die ihnen dann mit Strafzetteln auf den Leib rückte. Nachdem sich Tim junior auf diese Weise als Angehöriger der herrschenden Klasse bewährt hatte, freute er sich sehr darauf, sein Land zu verteidigen. Mit Schusswaffen kannte er sich aus, hatte während der Jagdsaison so manche praktische Erfahrung gesammelt, und sein Vater ging mit zum Rekrutierungsbüro. Doch bevor Tim junior in jenes ferne Land aufbrach, porträtierte ihn noch das Fernsehen – sein Leben in Bildern, vom Kinderwagen bis zum Collegeball. Nie war Tim senior stolzer gewesen als in dieser Zeit. Nichts, was ihn in seinem Berufsleben je mit Stolz erfüllt hatte, konnte da noch mithalten. Wie ein Götterbildnis hing das Porträt seines Sohnes in den Läden der Stadt. Über Satellitentelefon rief Tim junior zu Hause an, um »Ich liebe euch« zu sagen, und die Vokale kamen gepresst, als hielte er die Tränen zurück. Er prahlte nicht mit den Taten, die er im Dienst des Vaterlands vollbrachte. Und bei einer von ihnen kam er um. Ein unseliger Zwischenfall, ausgelöst von einem hübschen Teller voller Süßigkeiten, einem alten, gebückten Mann, der ihm den Teller darbot, und einer explodierenden Praline. Der Rums beim ersten Licht des Tages drang nicht bis in den Gartenstaat hinüber, wo auf dem Dach des einzigen Ortes, den Tim junior je sein Zuhause genannt hatte, die Flagge wehte. Tim senior setzte sie auf Halbmast, und später nahm er sie ab und legte sie seinem Sohn in den Sarg. Der Flaggenmast indessen ragte weiter aus dem Haus wie ein alter Knochen. Der Präsident meldete sich nicht mal telefonisch. Und die Moderatorin, die Tim junior vor seinem Weggang für ein Fernsehporträt ausgewählt hatte und die ihn auch posthum noch einmal hatte würdigen wollen, vergaß dann doch, ihn zu erwähnen. Stattdessen sprach sie über ihre Schwangerschaft und den Mann, der sie ihr zugefügt hatte. Da erkannte Tim senior, dass er sich geirrt hatte. In diesem Fall war die Heilung vollständig, und die Gefahr eines Rückfalls besteht nicht.

Fall III

Silenus war einundzwanzig. Er hatte eine schmerzende Last in den Lenden verspürt. Seit einigen Jahren litt er in gewissen Abständen darunter. Und es gab nur eine Möglichkeit, sich dieser Last zu entledigen.

Er hatte das Mädchen gesehen, während er für sein Land kämpfte. Sie war der Feind, und ihre Haut war so glatt, dass eine große, kräftige Hand wie die seine sie wahrscheinlich gar nicht würde spüren können. Ihre Augen waren sehr groß und sehr fremd. Die langen schwarzen Wimpern versperrten seinem direkten Blick die Bahn. Außerdem wandte sie in seiner Gegenwart den Kopf ab, die Schlampe. Er wollte sie haben. Jetzt saß er im Gefängnis. Sein Vorgesetzter kam mit zwei anderen herein und sagte: »Du hast eigenmächtig auf meinem Land herumgetrampelt. Du hast den Namen meines Landes in den Schmutz gezogen. Du hast mehr Schaden angerichtet, als die ganze Armee anrichten konnte. Dafür besorge ich es dir mit dieser abgebrochenen Flasche in den Arsch, erst ich, dann mein Freund hier mit den gewaltigen Unterarmen und dann mein anderer Freund, der Schwergewichtsboxer, einer nach dem andern. Und deine Unterhose ziehen wir dir über das Gesicht, so wie du es mit dem Mädchen gemacht hast. Und dann zünden wir dich an. Aber vorher schießen wir deine kleine Schwester tot und deine Mutter und deinen Vater. So wie du es gemacht hast. Okay? Wir haben sie hergebracht. Du kannst dir anhören, wie sie betteln, dass wir sie am Leben lassen sollen. Aber das tun wir nicht. Und dann kommst du an die Reihe. Du hast es nicht anders verdient.« Sie gingen hinaus. Ihm flatterte der Darm vor Angst. Er erinnerte sich, wie er die Tat mit seinen Freunden geplant hatte, wie riesengroß schon die Vorfreude gewesen war. Sie hatten das Mädchen zu Hause aufgesucht, hatten in voller Montur eine Razzia in ihrem Haus veranstaltet, unter dem Vorwand, sie würden nach Waffen suchen. Das Mädchen stand an die Wand gepresst, während sie durch die Zimmer trampelten. Dieses prickelnde Gefühl, zu wissen, dass sie an diesem Abend in ihr sein würden und dass sie es nicht wusste – vor lauter Erregung redeten sie wirr, brüllten einander Befehle zu, die nichts mit ihr zu tun hatten und doch alle mit ihr zu tun hatten, und vor lauter Vergnügen floss ihnen der Schweiß schon in Strömen. Dann verließen sie das Haus, merkten sich den Weg, den sie später, nach Einbruch der Dunkelheit, gehen mussten. Hal, der Blödmann aus Oklahoma, hatte angefangen, Bier zu trinken. Bier im Dienst war verboten, Bier rumpelte im Bauch. Aber es war kalt und schmeckte bittersüß. Er hatte viel getrunken. So viel, dass er sich nicht daran erinnern konnte, was nachher passiert war, und schon gar nicht an das Gefühl, als er in sie eindrang, die irre Freude dabei. Er erinnerte sich an: nichts.

Es war unfair.

Fall IV

Die Tochter des Philinus, die auf dem Gelände eines Colleges wohnte, wo sie eine Stelle hatte, war von einer tiefen Sorge erfüllt. Nachts griff diese Sorge nach ihr und brachte sie um ihren Schlaf. Sie wusste, wenn sie sich der falschen Meinung anschloss, war sie erledigt. Wenn sie sich hingegen die richtige zu eigen machte, wäre sie in den Augen der Allgemeinheit ganz oben. Sie war durch einen Kaiserschnitt auf die Welt gekommen. Sie war ehrgeizig. Ihre Wünsche waren heftig, aber einfach. Sie hatte immer gewollt, dass ihre Eltern sie mehr liebten als ihre älteren Schwestern. Hatte man der Mutter nicht ihretwegen ein Loch in den Bauch geschnitten? Sie schreckte vor nichts zurück. Wenn ihre Schwestern keine Lust hatten, ihre Zimmer aufzuräumen, ging sie in dem ihren mit Feuereifer zu Werke. Ihr Vater tanzte gern, also lernte auch sie tanzen. Sie wollte bewundert werden. Aber sie hatte auch ein warmes Herz, und sie strebte nicht nur nach Macht, sondern auch nach Zuneigung, und sie war wirklich charmant. Der Familienhund folgte ihr auf Schritt und Tritt. Er liebte nur sie. Wenn sie für eine Minute das Haus verließ, trauerte er, und nachts wachte er an ihrem Bett. Wenn sie sich im Schlaf bewegte, richtete er sich ängstlich auf.

Männer und Frauen fraßen ihr aus Hand. Schon in jungen Jahren hatte sie damit begonnen, sie fachmännisch zu verwalten. Sie leitete eine Universität, und nie machte sie einen Fehler. Professor R. war einer ihrer Lieblinge, aber er hegte gewisse Ansichten, die er besser für sich behalten hätte. Doch sie blubberten aus ihm hervor wie aus einer alten Senkgrube. Professor R. war wie der stinkende alte Familienhund. Er liebte die Tochter des Philinus und folgte ihr auf Schritt und Tritt, wenigstens in Gedanken. Immerfort versuchte er sie davon zu überzeugen, er habe recht, während doch jeder Amerikaner wusste, dass er unrecht hatte und in gefährlicher Weise verblendet war, wenn er an Unserem Präsidenten herummäkelte.

Krampfhaft fuhren die Hände der Amerikaner nach ihrer Brust, auf die linke Seite, wo nichts ist als Fett, Sehnen, ein bisschen Muskelgewebe und die äußerste Ecke des Herzens. Aber es ist die Stelle, die das moralische Gleichgewicht und die Vaterlandsliebe verkörpert. In einem Anfall von fieberndem Hass brachte Professor R. seine Überzeugungen zu Papier, verglich den Präsidenten mit einem Diktator und sein Land mit einem anderen Land, das früher einmal böse gewesen war.

Professor R. war Rekonvaleszent, 1920 in Breslau geboren, Jude, und seinerzeit hatte er die Dreizehnjährige Epidemie von ihrem Beginn bis zum Ende durchlitten. Inzwischen war er so alt, dass niemand mehr in den Sinn gekommen wäre, man könnte ihn hassen. Die Tochter des Philinus las sein Manuskript mit dicken Tränen in den Augen. Der Augenblick der Krise war da. Sie gab den Brief an die Polizei weiter. In jener Nacht weinte sie sich in den Schlaf.

Am Tag nachdem sie Professor R. denunziert hatte, las sie morgens in der Zeitung über Silenus. Nein, dem Professor R. geschah nichts. Als ihr Fieber abgeklungen war, lud sie ihn zum Abendessen ein, und beide taten, als sei nichts geschehen. Die Krankheit hinterließ weder bei ihm noch bei ihr sichtbare Spuren. Rückfälle dürfte die Tochter des Philinus allerdings noch häufig erleiden.

Prognose

Jedes akute Fieber und jede chronische Krankheit weisen unterschiedliche Ausformungen auf. Die Patienten werden in unterschiedlicher Heftigkeit befallen, gemäß ihrer jeweiligen Konstitution nimmt die Erkrankung einen besonderen Verlauf. Der Ausgang lässt sich nicht vorhersagen. Wenn die Bedingungen günstig und die Patienten kräftig sind, kommt es im Allgemeinen nicht zu einem Rückfall. Solche, die durch konstitutionellen Opportunismus geschwächt sind, bleiben auch für kleinere Infektionen anfällig. Bei ihnen kommt es immer wieder zu Rückfällen dieser oder jener Art – sie holen sich absolut jeden Mist, der gerade umgeht.

Aus dem amerikanischen Englisch von Reinhard Kaiser

Ahnenliebe

Das Gesicht des Kunden war bleich, entweder, so überlegte ich, weil er krank oder weil er reich war – so als stände die Sonne unter ihm. Er hatte eine Menge Geld in seine Ausstattung gesteckt. Vor allem die Schuhe sahen gut aus, Handarbeit – in Deutschland eine Seltenheit, da, wo ich herkomme, üblich. Den cremefarbenen Leinenanzug konnte ich nicht einschätzen, aber an der schmalen Figur saß er gut. Der Kunde war alt, wahrscheinlich über vierzig – Wangen und Schädel rasiert, so glatt wie ein Gletscher, die Augen zwei eisig graue Teiche. Mir fiel auf, dass die Lippen nicht ins Bild passten. Sie waren rosa, mit mädchenhaftem Schwung. Ich wollte trotzdem höflich sein. Man soll Kunden nicht von oben herab behandeln, nie. Gott mag Herablassung nicht.

Nachdem sich der Fahrgast in meinen Wagen geschoben hatte, zog er die Jacke aus. Ich sah, dass er keine Schweißflecken unter den Armen hatte. Er schwitzte nicht.

»Statt mich anzustarren, fahren Sie mich lieber nach Schönefeld, bitte«, befahl er. Aha, ein Chef. Ich ging an die Arbeit. Mein Taxameter war frisiert, sehr raffiniert. Jedes Mal, wenn ich den Knopf unter meinem Sitz drückte, sprang der Eurobetrag um eins höher.

Ein paar von meinen anderen Tricks führte ich dem Fahrgast vor – aus dem fließenden Verkehr ausscheren, sich wieder einordnen, langsamere Autos abdrängen, vorwärtskommen. Als Meisterfahrer hat man es in Deutschland schwer. Vor Fahrkünsten und Reaktionsschnelligkeit haben die Leute keinen Respekt, und Vorschriften zu missachten macht ihnen keinen Spaß. Als ich herkam, musste ich sogar noch mal eine Fahrprüfung machen. Der Beamte erklärte mir, ein usbekischer Führerschein sei mit einem deutschen nicht zu vergleichen und bedeute noch lange nicht, dass man fit genug sei, auch in Deutschland zu fahren. Am Tag meiner Prüfung deutete der Fahrlehrer auf die dünne Schneedecke und sagte: »Sie müssen den Schnee einkalkulieren, wenn Sie bremsen.« Ich war zehn Jahre in einer Gegend Lastwagen gefahren, wo Schnee was anderes ist als ein bisschen Schmiere auf der Straße. Aber ich hielt den Mund. Beamte mögen es nicht, wenn sie spüren, dass man ihnen überlegen ist. Ich nahm eine spezielle Abkürzung zum Flughafen und hoffte, der Kunde würde das zu schätzen wissen. Er fing an zu reden. Ich erwartete ein Kompliment. Stattdessen bekam ich ein Gespräch.

Uns stand eine lange Fahrt bevor, und ich hatte mich auf Plaudern eingestellt. Plaudern gehört zu meinem Beruf. »Sind Sie traurig, dass der Papst tot ist?«, fragte der Gast.

Ich war erschüttert. Doch dann antwortete ich und betonte dabei jede Silbe einzeln. »Ich«, begann ich. »Bin«, fuhr ich fort. »Ein Muslim«, schloss ich.

»Ich bin Christ und trotzdem nicht traurig, dass er gestorben ist«, sagte mein Kunde ohne Zögern.

Seine Antwort freute mich. Er quatschte nicht einfach drauflos, sondern war an einem echten Gedankenaustausch interessiert.

Ich sagte ihm, was ich dachte: »Der Papst war Gott sehr nah. In allen Religionen gibt es eine Handvoll Männer, die Gott sehr nah sind, die anderen sind es nicht. Er war ein guter Mann. Es tut mir leid, dass er tot ist. Aber er ist im Himmel.« Ich benutze immer den Namen Gott, wenn ich mit Fahrgästen über Allah spreche. Es erschreckt sie weniger.

»Erzählen Sie mir bloß nicht, dass Sie an Himmel und Hölle glauben«, sagte mein Kunde.

»Ich *glaube* nicht an Himmel und Hölle, ich *weiß*, dass sie existieren«, entgegnete ich entschieden.

»Erzählen Sie mir davon.«

»Gott hat uns im Auge. Wenn wir gut sind, macht er sich einen Strich in der Plusspalte, und wenn wir böse sind, einen in der Minusspalte. Wir haben das ganze Leben, um diese Plusspalte zu füllen.

Bei unserem Tod zieht Gott Bilanz. Er rechnet das Plus gegen das Minus auf, und wenn es mehr Pluspunkte gibt, kommt man in den Himmel. Bei mehr Minuspunkten kommt man in die Hölle. Darum geht es im Leben.«

»Ihrer Meinung nach ist Gott also bloß eine Art Buchhalter?«, fragte mein Kunde, aber ohne Spott in der Stimme. Er hörte mir aufmerksam zu. »Und das Leben ist nichts weiter als eine Prüfung?«

»Ja, das Leben ist eine Prüfung. Und nein – Gott ist selbstverständlich nicht *bloß* ein Buchhalter. Aber er ist *auch* ein Buchhalter. Gott ist alles. Und er liebt uns und gibt uns die Chance, in den Himmel zu kommen.«

Mein Kunde sah aus dem Fenster auf die Straße.

»Haben Sie eine Frau?«, fragte ich.

»Nicht mehr«, antwortete er prompt und sah weiter aus dem Fenster. Ich drückte den Knopf unter meinem Sitz.

»Haben Sie Kinder?«

»Noch nicht«, sagte er und wandte sich mir zu. Ich hatte wieder beide Hände am Lenkrad.

»Ah, dann wissen Sie nicht, was Liebe ist«, sagte ich.

Wir sahen uns durch den Rückspiegel in die Augen. Er erwiderte: »Vielleicht weiß ich tatsächlich nicht, was Liebe ist. Die Frauen sagen mir das jedenfalls. Aber ich glaube nicht, dass mir da viel entgangen ist.«

Ich muss zugeben, dieses Geständnis verwirrte mich.

»Wenn Sie nicht wissen, was Liebe ist, dann können Sie auch nicht wissen, wie Gott Sie liebt.«

»Die Liebe Gottes brauche ich genauso wenig«, sagte mein Kunde mit der Ruhe des tausendjährigen kleinen Gletschers auf dem Berg Antakia.

Wäre er mein Bruder gewesen, hätte ich angehalten und ihm gehörig die Meinung gesagt. Vielleicht hätte ich ihn auch erschossen, so wie ich meine Cousine erschossen habe. Das war einer dieser bedenklichen Minuspunkte, zu denen ich meinen Vater gern um Rat gefragt hätte. Denn eigentlich bin ich, genau wie meine Brüder, der Meinung, dass unsere Cousine die Kugel in den Kopf verdient hat. Aber darum ging es in diesem Gedankenaustausch nicht. Außerdem hatte meine Cousine nicht zu wenig geliebt, wie dieser Kunde, sondern zu viel. Sie hatte den Mann ihrer Nachbarin geliebt, einen Christen. Der war schuld, dass ich sie töten musste, und dann musste auch das vergossene Blut gerächt werden. Also zündete ich, nachdem ich sie erschossen hatte, noch dreizehn Häuser an, die seiner Familie gehörten. Doch dieser Herr hier war mein Kunde, und ich musste ihm Respekt erweisen.

»Sie müssen die Toten um Rat fragen«, sagte ich. »Die werden Ihnen erzählen, was mit der Liebe ist.«

»Soll ich etwa den Papst befragen? Der ist tot.«

»Nein. Der Papst ist Ihnen ja gleichgültig. Sie müssen jemanden befragen, vor dem Sie Respekt haben. Leben Ihre Eltern noch?«

»So halbwegs.«

»Gibt es vielleicht einen toten Großvater?«

»Einen Großvater – ja! Ich habe einen toten Großvater, den ich gern mal das eine oder andere fragen würde.«

»Kannten Sie ihn gut?«

»Ja. Er war ein sehr freundlicher Mann. Er vertrat seine Überzeugungen ebenfalls mit großer Leidenschaft.« Und dann spitzte mein Kunde seine Mädchenlippen zu einem schmalen Lächeln und fügte hinzu: »Außerdem war er sehr berühmt.«

»Berühmt wofür?«, fragte ich.

Statt zu antworten, sah er wieder nach draußen, und ich drückte den Knopf. Das Taxameter machte einen Sprung. Der Kunde betrachtete versonnen einen alten Mercedes, der neben uns fuhr. »Schöner Wagen«, murmelte er. Ich drückte noch einmal.

Ich erzählte meinem Kunden nicht, dass mein Vater in unserer Stadt auch berühmt gewesen war. Er hatte ein Geschäft für Herrenbekleidung gehabt. Leider war er von einem Großhändler betrogen worden, und er hatte alles verloren. Die letzten zwanzig Jahre seines Lebens saß er hinter einer Ladenkasse, die ihm nicht gehörte. Ein Ehrenmann. Ich hatte meinen geliebten toten Vater fragen wollen, wie es mit meinen Chancen steht, in den Himmel zu kommen, denn er ist schon da und kann die Sache besser einschätzen. Es ist nicht leicht, am Leben zu sein, ohne mit hundertprozentiger Sicherheit zu wissen, wo man eigentlich steht. Allah lässt niemanden in seine Listen gucken. Man muss selbst ein Auge auf sich haben und versuchen, im Kopf mitzuzählen. Aber letzten Endes kann man nur raten, oder man muss die Toten befragen. Dafür, dass ich meine Cousine erschossen und die Häuser angezündet habe, hatte ich siebzehn Jahre Gefängnis bekommen. Meine Schwester hat mich freigekauft. Für vierzigtausend Dollar gewährt der Staat Vergebung. Aber meine Familie war ruiniert. Das konnte nicht richtig sein. Ich ging nach Deutschland, um Geld zu verdienen. Jeden Pfennig schickte ich meiner Schwester. Es dauerte fünf Jahre, bis ich meine Schulden getilgt hatte. Dann war ich zurückgefahren, um meinen Vater zu befragen und herauszufinden, ob es genug war oder ob ich noch mehr tun sollte.

Ich wandte mich wieder meinem Kunden zu: »Man kann mit den Toten tatsächlich sprechen. Es ist nützlich. Ich habe eine weite Reise gemacht, um mit meinem Vater zu reden. Es war schwierig. Nicht wegen der Reise. Sondern weil man bei so einem Gespräch die Hilfe eines Mannes braucht, der Gott nahe ist. Ich kenne so jemanden.«

»Ist er Priester oder Imam?«

»Nein, er ist Geschäftsmann. Er hat mit Import und Export von Teppichen Millionen verdient. Aber er hat einen guten Draht zu Gott. Er führte mich zum Grab meines Vaters und half mir, Verbindung mit ihm aufzunehmen.«

»Und dann?«

»Ich werde es Ihnen erzählen. Aber zuerst erzählen Sie mir von Ihrem Großvater.«

»Mein Großvater stammte aus einer vornehmen Familie. Seine Mutter war Französin. Sein Vater war ein Aristokrat. Er war ein Ehrenmann.«

Ich sah meinen Kunden bewundernd an, als er das sagte. »Ehrenmann«! – mein Lieblingswort. Wir hatten offenbar viel gemeinsam. Vielleicht war er doch kein schlechter Mensch. Er fuhr fort: »Mein

Großvater war kein Opportunist. Er hatte Überzeugungen. Er war von Anfang an in der Partei gewesen, lange bevor sie populär wurde. Er glaubte aufrichtig an sie. Er war nicht wie die anderen, die erst später beitraten, als es ihnen etwas nützte. Er wurde zu »lebenslänglich« verurteilt. Und gleich danach verließ ihn seine Frau. Sie war eine richtige Opportunistin – sie wollte nichts mehr mit ihrem Mann zu tun haben, nachdem er seine gesellschaftliche Stellung verloren hatte. Er kam aus dem Gefängnis frei, als ich ein kleiner Junge war, und er war für mich ein sehr lieber Großvater. Er kaufte mir immer Gummibärchen. Er hat es nicht verdient, dass man ihn mit gewöhnlichen Verbrechern in einen Topf wirft.«

Mich wunderte, mit welcher Leidenschaft mein Kunde sprach. Aber ich war mit allem einverstanden, was er sagte.

»Ihr Großvater war also ein guter Mensch. Mit ihm sollten Sie über die Liebe sprechen!«

»Ein guter Mensch? Ich weiß nicht. Ich würde das nicht entscheiden wollen. Ich kann nicht beurteilen, ob er von den Konzentrationslagern wusste. Man hat ihm vorgeworfen, er habe die Leute dorthin geschickt, aber die Frage, ob er das wirklich getan hat oder nicht, interessiert mich eigentlich nicht. Ich kann ihn nur in einem Punkt kritisieren – er kam aus einer Familie, die hoch über den Leuten stand, mit denen er sich dann einließ. Wenn ich je die Chance hätte, noch einmal mit ihm zu sprechen, würde ich ihn fragen, warum er sich mit diesem Abschaum verbrüdert hat. Für mich selbst brauche ich von niemandem einen Rat.«

Ich lenkte den Wagen schweigend. Ich würde den Knopf nicht noch einmal drücken. Mein Fahrgast hatte mich beschämt. Er war ein besserer Mensch als ich, weil er von seinen Vorfahren nichts wollte, so wie ich etwas von meinen wollte, sondern er respektierte sie aus tiefstem Herzen. Wir hatten den Flughafen erreicht, und ich hielt an. Das Taxameter zeigte einen ansehnlichen, aber vertretbaren Betrag. Er würde meinen Kunden nicht überraschen. Stattdessen überraschte mein Kunde mich. Er hatte sein Portemonnaie hervorgezogen und hielt mir einen Schein hin. Als ich mich zu ihm umdrehte und danach griff, zog er ihn zurück. »Sie haben mir noch nicht erzählt, was geschah, als Sie mit Ihrem Vater sprachen«, sagte er, und seine Mädchenlippen lächelten. Er öffnete die Tür und stieg aus. Dann kam er an mein Fenster, beugte sich zu mir herunter, hielt mir den Schein wieder hin, und als ich ihn nehmen wollte, zog er ihn wieder zurück. »Erzählen Sie mir zuerst, was mit Ihrem Vater war.«

Mein Vater. Ich wollte meinen lieben, ehrenwerten Vater über das Leben nach dem Tod befragen. Ich wollte wissen, ob Allah die Tötung meiner Cousine auf die Plus- oder die Minusseite in meiner Bilanz gesetzt hatte. Denn trotz allen Kopfzerbrechens konnte ich es nicht herausfinden, und diese Ungewissheit brachte mein Erdenleben aus dem Gleichgewicht. Der heilige Mann hatte unseren Austausch in Gang gebracht. Ich hatte seine Anweisungen befolgt und mich auf die hart gefrorene usbekische Erde vor dem Grab gelegt. Die Kälte stieg in den Parka, sie kroch mir ins Hemd und in die Hose. Ich schloss die Augen und rief meinen Vater an. Lieber Vater, sprich zu mir. Ich wartete und zitterte heftig dabei. Bald antwortete er mir, in meinem Kopf, leise, aber schroff. »Mein kleines Hündchen, Mohammed, läufst mir immer hinterher«, sagte er. Wie oft hatte ich ihn das früher sagen hören, und jetzt sagte er es sogar noch aus dem Paradies zu mir! »Mein Lieblingshündchen!« Immer hatte er mich sein Hündchen genannt. Er hatte es nett gemeint, aber mir hatte es nicht gefallen.

Ich sprach durch das Fenster zu meinem Kunden. »Als ich meinen Vater sprechen hörte, verlor ich die Nerven. Ich sprang auf, machte kehrt und rannte los, zwanzig Minuten, ohne anzuhalten. Danach hatte ich mich verirrt. Es dauerte Stunden, bis ich den Weg nach Hause fand. So kam es, dass ich mit meinem Vater gar nicht gesprochen habe. Aber ich werde es wieder versuchen. Im nächsten Jahr. Oder im übernächsten. Ich muss Geld sparen für die Reise. Taxifahren ist ein hartes Brot.«

Mein Kunde lächelte mir noch immer durch das Wagenfenster zu. Mit einer Hand zog er seine Geldbörse wieder hervor, und ich dachte, er würde mir einen noch größeren Schein geben. Gespräch ist Dienst, und ich hatte ihn gut bedient. Außerdem hatte ich angedeutet, dass ich das Geld für einen ehrenwerten Zweck brauchte. Doch statt einen größeren Geldschein herauszusuchen oder mir mit der anderen Hand wenigstens den zu geben, den er mir schuldete, stopfte er den, den er in der Hand hielt, zurück in sein Portemonnaie. Und dann schob er das Portemonnaie langsam wieder in die Hosentasche – und dabei war der Ausdruck auf seinem Gesicht so entrückt und so vereist wie der Gipfel des Berges Antakia. Überall hupten Autos. »Wenn Allah einen seiner Söhne glücklich machen will, dann nimmt er ihm sein einziges Maultier und lässt es ihn am nächsten Tag wiederfinden«, sagte er. »Der kleine Verlust wird Sie ungeheuer aufmuntern. Und was mich angeht – mit Plebejern reden ist ein Minuspunkt.« Er wandte mir den Rücken zu. Obwohl er ohne jede Hast davonging, konnte ich nichts machen, denn überall waren Autos und Polizei. Der Rücken seiner cremefarbenen Jacke verhöhnte mich, als wäre er die Sohle seines nackten Fußes.

Aus dem amerikanischen Englisch von Reinhard Kaiser

Eine Jungfrau in New York

Es gibt nicht viele volljährige Jungfrauen in New York. Eine von ihnen teilte eine Zeit lang in einem Fitnessstudio in Midtown Handtücher aus. Sie war Inderin, mit einem Gesicht und einer Figur, wie ihre Kundschaft sie sich so sehnlich wünschte – schlank, aber mit weichen Rundungen, unaufdringlich und trotzdem atemberaubend. Kaum hatte man sich von den großen schwarzen Augen faszinieren lassen, da nahmen einen auch schon ihre samtweiche Haut oder ihre hübsche Nase oder die strahlend weißen Zähne gefangen. Ihr Lächeln war von keinerlei Hintergedanken befleckt, und jeder ihrer Handgriffe war wie eine Zärtlichkeit. Dass die meisten Kunden hässlich waren, machte ihr nichts aus. Als ein älterer Gewichtheber über eine herumliegende Hantel gestolpert war und nur ihr herzlicher Zuspruch ihn davon abgehalten hatte, das Studio zu verklagen, gab ihr der Chef den Spitznamen Angel. Der Name blieb haften.

Natürlich haben auch Engel ein Privatleben. Angel war vierundzwanzig und wohnte mit ihrem Vater zusammen. Zweimal im Jahr kam ihre Mutter aus Indien zu Besuch. Auch ihre drei Brüder kamen und, über das Jahr verteilt, ihre siebzehn Onkel und Tanten. Ihr Vater war nach Amerika gegangen, um Geld zu verdienen, und Angel hatte ihn begleitet, um ihm den Haushalt zu führen. Sie hatte dann selbst einen Job gefunden. Nach der Arbeit im Fitnessstudio quetschte sie sich in die U-Bahn und beeilte sich, nach Brooklyn zurückzukehren, um einzukaufen und für ihren Vater zu kochen. Ihre Abende verbrachte sie mit Aufräumen und ihre Wochenenden mit Putzen und Wäschewaschen. Ob sie einen Freund habe, fragten die Leute oft. Oh nein, antwortete sie dann und wurde so verlegen, dass ihr der Atem stockte. Natürlich nicht! Und dann fügte sie hinzu: »Das würde mein Vater auch gar nicht erlauben.«

Man kann sich vorstellen, was für eine Stütze diese gute Seele ihrem Vater war. Er musste sich unendlich glücklich schätzen. Angel war wie eine junge Braut, so gutherzig, so folgsam, so ungeheuer hübsch. Eine alte Jungfer zu werden schien ihr vorbestimmt. Aber anscheinend machte es ihr nichts aus. Doch eines Tages – alle bemerkten es sofort – war mit Angel etwas geschehen. Ihre Augen, ihr Lächeln strahlten noch mehr als bisher, und ihre Hände flatterten nach allen Richtungen. Bisher hatte sie ihr Haar in einem festen Knoten getragen, jetzt wogte es schwarz und schimmernd über ihre Schultern. Der Chef schenkte seinen Angestellten im Allgemeinen wenig Beachtung, aber eine derart dramatische Veränderung entging selbst ihm nicht. »Angels Training schlägt ja ganz schön an«, sagte er zu den anderen.

Aber Angel trainierte nicht, Angel hatte sich verliebt. Sie konnte es nicht erklären. Sie hatte mit so was nicht gerechnet – Romantik war für die anderen vorgesehen. Doch diese Liebe, geboren in einem Fastfood-Restaurant während der Mittagspause, stand unter einem schlechten Stern. Denn Angel war Brahmanin, der junge Mann hingegen ein Sikh, auch wenn er nur bei besonderen Anlässen einen Turban trug. Sobald Angels Familie davon erführe, würden ihre Brüder mit dem nächsten Flugzeug aus Delhi nach New York kommen, würden sie, ob sie wollte oder nicht, zum Flughafen bringen und in ihre Heimat eskortieren, und dort würden sie sie zwingen, binnen weniger Tage zu heiraten – einen Brahmanen, den die Familie für sie aussuchen würde, irgendeinen, der gerade verfügbar war, wahrscheinlich einen alten Witwer. Deshalb musste sie ihre Liebe geheim halten.

Sie hatte noch nie gelogen. Eine Lüge passte einfach nicht zwischen ihre Lippen. Sie teilte sich ihre Zeit so ein, dass sie nicht zu lügen brauchte, und machte sich weiter keine Sorgen. Sie traf ihren Freund nur an Werktagen während der Mittagspause oder für kurze Zeit auf dem Heimweg. Sie hielten sich an den Händen und spazierten herum, und immer wieder kehrten sie zu einer bestimmten Bank im Central

Park zurück, die sie bald nur noch »unsere Bank« nannten. Für anderes blieb keine Zeit.

Angel wurde von Tag zu Tag schöner. Ihr Vater merkte es nicht. Ihr Freund war schon dreißig. Er liebe sie, sagte er, und demnächst sollten es seine Eltern erfahren, und sie würden mit ihr einverstanden sein. Er versprach ihr von nun an ein glückliches und zufriedenes gemeinsames Leben. Er habe einen guten Job und eine schöne Wohnung, die auch sie bald ihr Zuhause nennen dürfe. An der Fourth Street in Manhattan. Er beschrieb ihr die Couch, das Doppelbett, den Fernseher, die Stereoanlage, und er lud sie zu sich ein, aber sie lehnte lächelnd ab, es wäre nicht richtig. Er zeigte ihr, wie sie ihr Verlangen nach ihm zum Ausdruck bringen konnte, indem sie seine Hand lange und kräftig drückte. Die Mittagspausen waren kurz. Er gab ihr alle seine Telefonnummern, bei der Arbeit, zu Hause und die Handynummer. Aber der Himmel, nach dem sie sich sehnte, war die Fourth Street.

Die Wochenenden waren tote Zeit. Dabei hätten es Paradiesgärten voller blühender Obstbäume sein können, hätte sie es bloß fertiggebracht, ihrem Vater zu sagen, sie sei mit einer Freundin verabredet. Eines Samstagnachmittags nahm sie diese Lüge tatsächlich in den Mund und spuckte sie aus. Aber der Vater spürte sofort, dass irgendetwas nicht stimmte. Er ging ihr nach. Als er sah, wie sie einen jungen Mann in Bluejeans begrüßte, der im Park offenbar auf sie gewartet hatte, wandte er sich ruckartig ab, als hätte ihm jemand ins Gesicht geschlagen. Während die beiden auf einer Bank saßen und sich umarmten und Angel vor Angst zitterte, weil sie gelogen hatte, wurde ihr Vater in der U-Bahn durchgerüttelt. Während ihr Freund einen roten Lippenstift für sie kaufte und sie sich damit den Mund bemalte und er davon schwärmte, wie gut sie aussehe, und mit ihr ein Hamburger-Restaurant betrat und ihr von der Popmusik erzählte, die er mochte und die er ihr vorspielen würde, wenn sie endlich verheiratet wären, während Angels Entschlossenheit wuchs und die Angst vertrieb, als er sie für einen kurzen Moment mit den Lippen berührte, ihren mit Lippenstift bemalten Mund voller Hamburger und klebrigem Brötchen, klammerte sich ihr Vater an den Hörer seines Telefons und rief die Familie in Indien zu Hilfe. Das junge Paar befragte eine Handleserin. Die gewährte nachmittags einen Sonderpreis von fünf Dollar, aber dafür bestand sie auch auf zwei Sitzungen, für jeden eine. Dem Mädchen sagte sie voraus, mit fünfundzwanzig werde es verheiratet sein und mit dreißig drei hübsche Kinder haben. Dann sagte sie dem jungen Mann, er werde bald heiraten und drei schöne Kinder haben. Er lachte: »Siehst du, alles wird gut!« Angel kam zu dem Schluss, dass Lügen manchmal nützlich waren, und dachte schon über andere Mittel und Wege nach, wie sie mehr Zeit mit ihrem Freund verbringen konnte. Sie spazierten durch den Park. Plötzlich setzte er sich auf eine Bank und zog sie auf seinen Schoß, sodass sie sich wie ein kleines Kind vorkam und ihr Gesicht an seinem Hals vergrub, wie sie es früher bei ihrem Vater getan hatte. Aber ihr Freund war ein junger Mann und fühlte sich ungewohnt an, und als sie ihm nun so nahe war, entstand in ihrem eigenen Schoß eine so durchdringende, feierliche Schwere, dass ein Schwindel sie erfasste, dass sie zu wanken begann, dass ihr Herz ohne Grund wie wild raste und sie plötzlich nach Luft schnappte. Sie konnte es nicht mehr ertragen und sprang auf. Sie sah sofort, dass er enttäuscht war, und drückte seine Hand, um es wiedergutzumachen. Sie sagte sich, wenn es nötig wäre, könnte sie jederzeit von zu Hause weglaufen. Vielleicht würde ihr Liebster das ja auch vorschlagen. Sie war jetzt bereit dazu. Sie würde lügen und laufen. Unterdessen packten die Brüder in Delhi ihre Sachen, für eine Nacht. Angels Liebster begleitete sie bis zur U-Bahn-Station. Am Montag in der Mittagspause würden sie sich wiedersehen.

Am Sonntag blieb sie morgens zu Hause und versuchte, sich eine neue Lüge für ihren Vater auszudenken. Sie putzte das Haus wie immer. Schließlich sagte sie ihrem Vater, sie wolle einen Spaziergang machen, aber der fuhr sie an: »Erst die Arbeit, dann das Vergnügen – so gehört sich das!« Sie wischte gerade hastig den Boden in der Küche, als ihre drei Brüder eintrafen. Sie nahmen sie in die Mitte und bugsierten sie zu einem Taxi, das vor dem Haus wartete.

Da rebellierte Angel. Sie wand und krümmte sich und riss sich los. Sie jagte durch die Straßen. Die Haarklammern lösten sich, und ihr

Haar verwandelte sich in einen Dschungel. Sie erreichte die U-Bahn und fuhr zur Fourth Street. Aber sie wusste die Hausnummer nicht. Von Westen nach Osten hastete sie die Straße entlang und sah auf alle Klingelschilder. Nachdem sie mehr als eine Stunde gesucht hatte, fand sie ihn. Im ersten Stock. Am Ende eines langen, dunklen Flurs.

Er war zu Hause. Sie hörte laute Popmusik und das Gemurmel seiner geliebten Stimme. Aber es dauerte lange, bis er öffnete. Als er es dann schließlich tat und sie erblickte, machte er ein abweisendes Gesicht. Diesen Ausdruck hatte sie noch nie an ihm gesehen. Furchtbarer Ärger. Er hatte ein Handtuch um die Hüften geschlungen. Sein Oberkörper war sehr behaart. Angel sah an ihm vorbei, in seine fremde Wohnung, von der sie so oft geträumt hatte. Auf dem Sofa saß eine Frau und versteckte ihre nackten Brüste vor der unerwarteten Besucherin.

Angel kehrte zu ihrem Vater und ihren Brüdern zurück. Sie ließ sich von ihnen anschreien und schlagen. Sie protestierte nicht, sie sagte gar nichts. Als die Männer mit ihr fertig waren, kämmte sie sich das Haar und band es zu einem festen Knoten zusammen. Die Nachbarn hörten polternde Schritte die Treppe herunterkommen und lauerten an der Tür, während die Familie, vier Männer und eine Frau, nach unten ging. Die Schritte des Mädchens klackten hell auf den Stufen, ihr Blick war stumpf. Nachmittags bestieg sie ein Flugzeug und kehrte mit ihren Brüdern nach Delhi zurück. Inzwischen hat sie geheiratet, einen verwitweten Brahmanen, und sie ist die Mutter der drei Kinder, die er mit seiner ersten Frau hatte.

Aus dem amerikanischen Englisch von Reinhard Kaiser

Ballade vom unbekannten Jungen

Für Claudio

Der Junge hatte von dem Loch im Zaun gehört. Wenn man dünn genug war. Von den Büschen davor und der spärlichen Beleuchtung am Abend. Selbstverständlich entschied er sich für eine amerikanische Fluggesellschaft. Nachdem ihm das Versteck in der Kammer des Fahrgestells eingefallen war, musste er seinem Stolz mit einem Reim einen Dämpfer verpassen:

Well, it don't take a genius
to figure out the fucking obvious.

An dem Morgen, als er den Lohn für einen Monat Arbeit endlich in der Tasche hatte und sich die fünfstündige Bahnfahrt nach Zürich hinunter leisten konnte, lag dichter, alles vertuschender Nebel über der Nordschweiz, sodass er nicht zu warten brauchte, bis es dunkel wurde. Statt in Zürich herumzutrödeln, bestieg er einen anderen Zug und fuhr zum Flughafen. Während der Fahrt wurde er nervös. Er zog die Lederjacke des Maestros aus, krempelte das Innere nach außen und zog sie wieder an. Prüfend betrachtete er sein Spiegelbild im Fenster auf der anderen Seite des Gangs: Das leuchtend rote Futter mit dem italienischen Etikett im Nacken war ziemlich knallig, aber er wollte auf keinen Fall mit dem Maestro verwechselt werden. Außerdem fühlte sich das Wildleder viel weicher an als das Futter; raue Stoffe konnte er nicht leiden.

Der Zug, ordentlich und adrett, machte seinen Weg durch den Nebel. Der Junge konnte sich nicht entspannen. Er summte vor sich hin, trommelte auf den Knien und imitierte mit dem Mund drei verschiedene Schlagzeugklänge (Snare Drum, Tom-Tom, Besen). Die halbwüchsigen Mädchen, die in der Nähe saßen, beobachteten ihn voller Bewunderung. Offenbar glaubten sie, er sei Profi oder würde bald einer werden. Ihnen fiel auf, wie groß er war und wie ihn der Herbst getönt hatte – in Braun und Rosa um die schläfrigen grünen Augen und darüber ein strohblondes Lockengewucher. Älteren Leute fiel seine Schlaksigkeit auf und dass er noch nicht ausgewachsen war, dass auf seiner sommersprossigen Haut noch Pickel zu sehen waren, aber keine Spur von einem Bart. Ihnen war er lästig – jemand, der unbedingt auf sich aufmerksam machen wollte. Die Mädchen fanden es mutig, dass er Lärm machte, wenn ihm danach war, und dass er seine Jacke in der Öffentlichkeit verkehrt herum trug. Von Flirten verstand er nichts und war in diesem Augenblick an Romantik sowieso nicht interessiert. Die Mädchen waren ihm gleichgültig. Er schrieb – im Kopf – eine Ballade über seine Zukunft. Der Maestro hatte ihm Respekt bezeugt, er hatte ihn gebeten, einen Rap-Text aufzuschreiben, damit er ihn in Ruhe lesen könnte. Dem Jungen war die Bitte vollkommen abwegig erschienen und unverdientermaßen schmeichelhaft. Er hatte abgelehnt – höflich natürlich. Aber der Maestro hatte einfach nicht lockergelassen und dem Jungen schließlich sein eigenes Notizbuch mitgegeben.

Die ersten paar Seiten waren schon benutzt, der Maestro hatte sie mit Zitaten in verschiedenen Sprachen, mit Notenzeichen und Taktstrichen vollgekritzelt – und die gezackten Druckbuchstaben, in denen er schrieb, sahen auf dem Papier wie Bergketten aus. Der Junge hatte sie sich genau angesehen. Er bewunderte die Art, wie die Menschen vor dem Computerzeitalter geschrieben hatten. Ohne zu fragen, hatte er auch den teuren Füllfederhalter des Maestros an sich genommen, weil er wie selbstverständlich der Meinung war, beide, der Füller und das Notizbuch, gehörten zusammen. Der Maestro hatte es gesehen und nichts gesagt. Er hatte auch die Jacke nicht zurückgefordert.

Allerdings hatte der Junge ihm nicht gesagt, dass er an diesem Abend sein Geld bekommen und den Maestro nie wiedersehen würde.

Der Zug erreichte den Flughafen. Der Junge machte sich auf die Suche nach einem Laden, in dem er eine Farbspraydose kaufen könnte, musste jedoch zu seiner Bestürzung feststellen, dass im ganzen Terminal nirgendwo eine zu bekommen war. Er hielt das für ein schlechtes Omen. Kaum hatte er begonnen, seinen Plan in die Tat umzusetzen, ging schon etwas schief. Er hatte die Zeit in der Luft zum Verzieren der Räder nutzen wollen, sodass sie bei der Landung in New York jedem auffallen mussten und das Flugzeug großes Aufsehen erregen würde. Doch da fiel ihm das Notizbuch des Maestros ein und dass er mit ihm die gleiche Wirkung erzielen konnte.

Er verließ das Flughafengebäude und schlenderte die Straße neben dem Zaun entlang. Schließlich fand er das Loch hinter den Büschen und schob sich hindurch. Über die neblige Rollbahn schlich er zu dem Flugzeug hinüber. Gerade als er sich an dem Fahrwerk hochhangelte, um in die darüberliegende Kammer zu kriechen, hob sich der Nebel, und die Sonne richtete einen Punktstrahler auf ihn, wie er sich mit strampelnden Beinen an den Rädern des Flugzeugs nach oben zog. Er beeilte sich – was er in anderen Lebenslagen nur sehr selten tat. Drinnen dauerte es lange, bis er wieder Luft bekam. Als er sicher war, dass niemand ihn gesehen hatte, richtete er sich ein – die glatte, saubere Kammer war so groß wie der große Sessel in seinem Zimmer zu Hause und mit seinem Rucksack als Polster auch fast so bequem. Er fühlte sich geborgen und reisefertig, war froh und zufrieden und sicher, dass eigentlich niemand etwas gegen seine Anwesenheit hier haben konnte. Er nahm das Notizbuch und den Füller aus dem Rucksack und begann zu schreiben. Er hatte dem Maestro die Wahrheit gesagt: dass er berühmt werden wolle. Der Maestro hatte nicht gelacht und durch nichts angedeutet, dass ihm das nicht plausibel erscheinen würde. Im Gegenteil. Er wollte sich offenbar die Fähigkeiten und die Zukunft des Jungen zunutze machen. Zwischen den Notizen des Maestros und seinen eigenen ließ der Junge eine Seite frei.

Feelings of unfair treatment I needn't feel
'cause crime pays, and its an even deal,
in most cases you pay with your soul,
in worse cases your life,
in most cases one day in the hole,
in worse cases it's life haphazardly ever after,
but I've been through basements, sidestreets
and gutters selling rocks to baseheads,
and I've seen them suffer, maybe not ethical,
but in the end it isn't ending lives
and I keep the upper hand.

Der Junge sprach laut vor sich hin, während er in der Fahrwerkkammer des Flugzeugs saß und schrieb. Er konnte nicht lesen, was er geschrieben hatte, dafür war es in seinem Versteck zu dunkel. Er musste lauter sprechen, er musste schreien; die Triebwerke der Maschine waren angelaufen. Plötzlich hörte er Schritte ganz in der Nähe.

Ihm stockte der Atem. Sie würden ihn schnappen. Aberwitzige Erklärungen und Ausreden schossen ihm durch den Kopf. Gegen die Demütigung würden sie nicht helfen. Er beschloss zu kämpfen, die Männer bewusstlos zu schlagen und in der Maschine zu bleiben. Wenn nötig, würde er sie mit bloßen Händen umbringen.

*

Der Maestro saß in seiner Küche in einem Bauernhaus im schönsten Tal der Schweiz und wartete auf sein Mittagessen. Er wohnte schon lange in diesem Haus, aber es gehörte ihm nicht. Die Schweizer hatten ihm, einem Italiener, die Genehmigung verweigert, das Haus und das zugehörige Stückchen Schweizer Boden zu kaufen, obwohl er eine internationale Berühmtheit war und obwohl er, trotz aller Berühmtheit, für seine Bescheidenheit und seine umgängliche Art bekannt war. Das Dorf hatte ihm erlaubt, das Haus gegen einen hohen Betrag für zehn Jahre zu mieten, und nachher würde er es für die nächsten zehn Jahre noch einmal mieten können. Geld war ihm nicht wichtig, das alte Bauernhaus dagegen sehr. Er wollte für den Rest seines Lebens dort wohnen können, aber er wollte dieses Leben nicht in Zehn-Jahres-Abschnitte einteilen. Er zog andere Einteilungen vor – Opernspielzeiten oder Enkelkinder. Doch er ärgerte sich nicht weiter. Er zahlte und vergaß die Sache. Er war der berühmteste Bewohner des ganzen Tals. Und bald würde der Junge vor der Tür stehen und ihm sein Mittagessen bringen.

Seit fast vier Wochen hatte er den Jungen zu ermuntern versucht, beim Eintreten nicht anzuklopfen. Aber die Haustür war alt, vielleicht vierhundert Jahre alt. Der Maestro war Mitte sechzig. Der Junge war siebzehn. Für ihn waren die Haustür und der Maestro ungefähr gleich alt und gleich imposant. Er klopfte jedes Mal. Und wenn auf sein Klopfen keine Antwort kam, wartete er zitternd in seinem blauen Lieblingspullover, bis er vor lauter Kälte und Verlegenheit ganz rot im Gesicht geworden war, ehe er noch einmal klopfte. Schließlich musste der Maestro aufstehen und sich durch das Haus schleppen, um die Tür zu öffnen. Zusammen betraten sie das Engadiner-Zimmer, wo der Kamin war, wo man essen und trinken und zusammensitzen konnte. Wenn der Junge mit dem Tablett kam, sagte der Maestro jedes Mal: »Hallo, Robert, du weißt doch, du kannst hereinkommen, ohne anzuklopfen. Ich erwarte dich ja.«

»Okay«, sagte Robert und zog den Kopf ein, sodass in seinem Blickfeld nur noch ein Bruchteil von jemandem zu sehen war, der sehr berühmt, allwissend und allmächtig war. Den Blick dieses Mannes zu erwidern hätte bedeutet, sich mit dem Unbekannten einzulassen.

Trotzdem wollte der Junge, dass der Maestro mit seinem Essen und der Art, wie es ihm geliefert wurde, zufrieden war. Nachdem er alles auf dem Esstisch abgestellt und die Suppe, das Hauptgericht, den Nachtisch abgedeckt hatte, kehrte er in den ungeheizten Vorraum zurück, zog die Tür zum Engadiner-Zimmer leise zu und setzte sich auf eine Bank. Dort murmelte er unter allerlei Armschlenkern und Kopfwackeln Rap-Texte vor sich hin. Sein Rappen wurde mit der Zeit immer ausgelassener – ein sonderbares Englisch, er zog die S- und

Sch-Laute in die Länge – sch … tsch … diss … – und klang dabei ein bisschen wie ein alter Heizkörper mit undichten Ventilen. So kam es dem freundlich lauschenden Maestro jedenfalls vor. Manchmal trommelten die langen weißen Finger des Jungen auf der alten Holzbank, die direkt in der Wand verankert war. Und jedes Mal, wenn der Maestro diesen Lärm hörte, stand er von seinem Essen auf, öffnete die Tür und rief noch einmal: »Robert, komm doch herein und warte hier drinnen.«

Aber der Junge weigerte sich jedes Mal, in dem warmen Zimmer Platz zu nehmen und mit dem Mann, der dort aß, Konversation zu treiben. Seiner Meinung nach gab es zwischen ihnen keinerlei Gemeinsamkeit, nicht einmal das einfache Menschsein, denn sich selbst rechnete er nicht zu dieser Gattung, sah sich vielmehr irgendwo außerhalb und unterhalb von ihr, während der Maestro auf der anderen Seite irgendwo ganz oben stand.

Es gab viele Leute auf der Welt, die den Jungen um diese Einladung beneidet hätten. Der Maestro war nicht besonders gesellig. Immer hatte er sich nach Zeit zum Alleinsein gesehnt. Dies hatte ihn mehrere Beziehungen zu Frauen gekostet, die er sehr gerngehabt hatte. Er fühlte sich nicht einsam, bloß weil er allein war. Seine Interessen erfüllten ihn, er liebte die Gesellschaft von Gedanken, von Büchern und Musik, auch die der Berge. Menschen konnten ihm lästig werden. Wenn man ihre Gesellschaft leid war – zeitweilig, so wie man alles irgendwann leid wird –, dann konnte man sie nicht einfach zuklappen wie ein Buch oder sich von ihnen abwenden wie von einer Landschaft. Für seine Bekannten hatte er sich eine freundliche Art angeeignet, die ihnen half, darüber hinwegzukommen oder gar nicht mitzubekommen, wie er sie auf Distanz hielt. Viele waren stolz, dass sie ihn wenigstens ein bisschen kannten, und nannten ihn, wenn sie mit ihren Freunden von ihm sprachen, bei seinem Vornamen.

Der Maestro war für all das blind. Von seiner Warte aus konnte er vielleicht nicht einmal erkennen, dass es eine Hackordnung gab. Und sicher ahnte er nichts von den Kümmernissen, deren Ursache sie war. Er kannte die Schrecken nicht, die all jene zu erdulden haben, die in die Fänge der beiden Sklaventreiber Neid und Ehrgeiz geraten sind. Dem Maestro konnten diese beiden nichts anhaben, weil es ihm Freude machte, andere zu bewundern. Er besaß selbst viel Talent und das Temperament, etwas daraus zu machen – hart zu arbeiten, das, was er tat, gern zu tun und klar zu sagen, was er wollte. Außerdem sah er unbestreitbar gut aus. Er sah – nun ja, er sah wie ein Filmstar aus, wie ein schlanker Filmstar mit dunklen Augen, und die perfekte Abstimmung seiner Gesichtszüge genügte diesem höchsten aller Ansprüche. Wenn er lächelte, ging das Licht an. Aber dieses Lächeln richtete sich an niemand Bestimmten.

Er hatte einen großen Teil seines Lebens auf der Bühne verbracht und war an das Kommen und Gehen von Leuten gewöhnt, die er nicht kannte und unmöglich alle kennen konnte, weil ihre Zahl den normalen Appetit auf gesellschaftlichen Umgang von jedem, der kein Politiker war, bei weitem überstieg. Schon in jungen Jahren hatte man ihn auf einen Posten gesetzt, der ihm große Autorität verlieh, beneidenswerte Einkünfte inbegriffen. Aber er machte sich nicht viel aus Geld, gab alles weg, was er nicht brauchte, um ein einfaches, von Materiellem möglichst unbelastetes Leben zu führen. Er war ein Einsiedler und ein König, der in seiner Einsamkeit ein sehr öffentliches Leben führte. So wuchs seine Macht, denn wirklich angewiesen war er nur auf Musik, nicht auf die Gesellschaft und den Beistand von Menschen. Nur wenige wussten viel über ihn, denn von sich selbst sprach er selten.

Kurzum – trotz seiner charmanten Art und trotz seiner Hilfsbereitschaft wirkte er manchmal auf bestürzende Weise abwesend.

Vor kurzem hatte er sich, zumindest für eine Weile, aus dem öffentlichen Leben zurückgezogen, hatte einige Zeit mit seinen Kindern und Enkelkindern verbracht, und dann hatte er seine Einsamkeit noch um mehrere Grade verschärft.

Der Maestro hatte gesundheitliche Probleme. Er fuhr in das auf zweitausend Meter Höhe gelegene Haus in der Schweiz und sagte seinen Kindern, sie bräuchten ihn nicht zu besuchen. Seine Zeit verbrachte er mit Bach, gelegentlich mit Mozart und immer mit den Bergen. Das alte Telefon stellte er in einen Schrank, damit es ihm aus den Augen war, und meistens schob er noch ein Papierknäuel in die Glocke, damit es nicht klingeln konnte. Eine Pension in der Nähe versorgte ihn einmal am Tag mit einer warmen Mahlzeit. Der Küchenjunge brachte sie herüber. Das war Robert. Auf Robert beschränkte sich der Umgang, den der Maestro mit der Menschheit pflegte. Und viel spielte sich bei diesem Umgang nicht ab. Robert kam, murmelte ein paar Worte, wartete und ging wieder. Er war wie ein Rotkehlchen, das einmal am Tag auf dem Fensterbrett erscheint. Anfangs nahm der Maestro allenfalls Notiz von ihm; dann begann er, nach ihm Ausschau zu halten; und schließlich machte er sich Gedanken über ihn. Immer wieder setzte er seine Einsamkeit aufs Spiel, indem er Robert in sein Engadiner-Zimmer einlud. Doch Robert lehnte ab, wochenlang. Eines Tages aber sagte der Maestro: »Also gut, wenn das so ist …« Schwankend, von seiner Krankheit immer noch geschwächt, kam er in den ungeheizten Vorraum, stellte das schwere Tablett mit dem Essen auf die Bank, setzte sich neben den erstaunten Jungen und sagte schroff: »Erzähl mal, wer du bist.« Und als der Junge nicht antwortete, sagte er: »Oder erzähl mir, wer du sein möchtest.«

Der Junge war so verblüfft, dass er die Wahrheit sagte: »Ein Rap-Star, Herr Maestro.«

*

In der Radkammer des Flugzeugs kauerte der Junge jetzt eher wie ein Dichter als wie ein Kämpfer, die Spitze des Füllfederhalters auf dem Papier, und rührte sich nicht, um die Mechaniker nicht auf sich aufmerksam zu machen. In seiner Angst hielt er den Füller so krampfhaft gepackt, dass sich die Feder durch mehrere Blätter bohrte. Die Mechaniker hörten nichts von dem leisen Knirschen. Der Junge fasste wieder Mut. Er setzte den Füller neu an und schrieb ein paar Zeilen:

Dripping with gore, life's a carnivore.
You're just one of his zillion meals,
his take-out, his schnitzel, his pretzel, his

dinner special, always delicious,
always his wish, brain's his favorite dish.
Wipes his mouth with your karma.

Der Dichter lächelte sich freundlich zu. Er fand den Text gut. Auch dem Maestro würde er gefallen. Die Mechaniker kamen näher. Aus der Radkammer waren ihre Köpfe jetzt zu sehen.

*

Während der vier Wochen, in denen Robert dem Maestro sein Mittagessen gebracht hatte, hatte er nie etwas von sich preisgegeben. Der Maestro hatte sich bei der Pension nach ihm erkundigt und die Auskunft erhalten, der Junge sei ein Misgeld. Der Name sagte dem Maestro etwas. Der Name Misgeld tauchte gelegentlich in der Zeitung auf.

Die Misgelds aus Hamburg waren von ihren vier Kindern ganz hingerissen gewesen und hatten sie nach Lust und Laune mit Aufmerksamkeit überhäuft. Sich selbst hielten sie für brennend interessiert an Kindern – vor allem Dr. Misgeld dachte so. Er blieb auf der Straße stehen, um kleine Kinder zu bewundern – und sich selbst in dieser Rolle, vor allem dann, wenn die zugehörige Mutter hübsch war. Die Kinder der Misgelds wuchsen in einer Mischung aus Überwacht- und Übersehenwerden heran. Zuneigung wurde ihnen in dieser vielbeschäftigten Familie reichlich zuteil, denn Zuneigung kostete wenig Kraft. Die drei Mädchen kamen irgendwie durch. Als der einzige Sohn aufhörte, für die Schule zu arbeiten, ermahnten ihn die Eltern, sich mehr anzustrengen, versicherten ihm, er sei intelligenter als die meisten anderen, so begabt wie sie selbst – die Mutter war Architektin, der Vater Herzchirurg –, und wandten sich wieder drängenderen Interessen zu.

Robert war tatsächlich begabt gewesen. Seine Kindergartenzeichnungen hatten im Bekanntenkreis der Eltern Aufsehen erregt. »Robert hat schon den dreidimensionalen Raum verstanden«, frohlockten Vater und Mutter, als er fünf war. Seine Bilder hingen im ganzen Haus und in ihren Büros.

Mit sechs hörte er auf zu zeichnen. Wenn man ihn drängte, zeichnete er Strichmännchen. Seine Eltern gaben der Schule die Schuld, sie ruiniere die Kreativität des Kindes – und ließen seine alten Bilder hängen. Sie fanden ihren Sohn hinreißend, auch dann noch, als er einen Rückschlag nach dem anderen erlebte. Sie freuten sich darüber, dass Robert offenbar kein gewöhnliches Kind war. Er war schüchterner, sensibler als die meisten anderen. Er hatte nur wenige Freunde. Er liebte Museen. Er hasste Aufmerksamkeit. Seine Haut wirkte fast durchsichtig und leuchtete wie rotes Neon, wenn er in Verlegenheit geriet. »Er wird so leicht verlegen!« Allen machte es Spaß, ihn zum Erröten zu bringen.

Als Robert älter wurde, interessierte er sich kurz für Bildhauerei und Töpfern. Er gab das wieder auf, nachdem sich das Wohnzimmer mit seinen Werken gefüllt hatte. Später saß er (»wie alle Kinder heutzutage«) viel vor dem Fernseher oder spielte Computerspiele. »Die Schule schafft es nicht, ihn für irgendwas zu interessieren«, klagten die Eltern. Die Schule war teuer – eine internationale Schule, in der auf Englisch unterrichtet wurde. Es kam ihnen nicht in den Sinn, ihren Sohn auf eine andere Schule zu schicken. Seine Noten waren mittelmäßig, aber er war höflich und zweisprachig. Und er war hübsch – hübscher als seine Schwestern, mit seinen blonden Locken und den dunkelgrünen Augen. Seine Eltern waren stolz, der Junge passte gut zu ihnen.

Die drei älteren Schwestern studierten. Robert war das letzte Kind zu Hause, als er anfing, sich in seiner Freizeit mit seltsamen Dingen zu befassen. Er interessierte sich für Rapmusik, begann Texte zu schreiben – aber seine Eltern interessierten sich nicht dafür, sie wurden blass und hielten sich die Ohren zu, wenn er ihnen seine neuesten Werke vortrug. Der elterlichen Begeisterung entbunden, wuchs sein Interesse. Hamburg war ein kleines Zentrum für diese Kunstrichtung, wenn auch längst nicht so bedeutend wie London oder New York oder auch Berlin. Umso leichter war es, Zugang zur Gemeinde derer zu finden, die sich ganz dem Rap verschrieben hatten. Bis in ihre letzte Nische wollte Robert diese Welt kennenlernen. Abends kam er spät nach Hause, und morgens fand er nicht aus dem Bett, um in die Schule zu gehen. Seine Eltern stellten ihn zur Rede. Ob er Drogen nehme? Er verneinte. Er brauche keine Drogen. Er brauche auch keine Schule. Er werde nach New York gehen und ein Star werden. Sie fragten ihn nicht, ob er mit Drogen handele. Was er tat. Und nicht nur das. In seiner Tasche steckte eine Menge Geld, als er eines Nachts wegen eines bewaffneten Raubüberfalls auf eine Tankstelle festgenommen wurde.

Die teure Schule warf ihn hinaus. Ein hastig hinzugezogener Psychologe empfahl den Misgelds, ihren Sohn in die Schranken geregelter Arbeit zu verweisen. Ein richtiger Job werde ihm guttun, aber nicht in einem Architekturbüro und nicht in einem Krankenhaus bei Leuten aus ihrem Bekanntenkreis. Vielleicht irgendwo auf dem Land. Der Psychologe kannte eine Pension im Engadin. Die Besitzerin sei sehr nett, vielleicht konnte sie eine Aushilfe brauchen. Roberts Schicksal war besiegelt. Seine Mutter brachte ihn hin, ohne ihn nach seiner Meinung zu fragen. Während der zwölfstündigen Autofahrt hörte er nicht auf, sie in den gröbsten Tönen zu beschimpfen – und beim letzten Abendessen in einem hübschen Restaurant, wo er ein Steak für dreißig Franken aß, ging es weiter. Sie ihrerseits war auch zum Schimpfen aufgelegt, und immer wieder fuhr ihre schrille Stimme zwischen seine Beschwerden. Ständig nannte er sie Gecko und sie ihn Arschloch. Sie waren ein lautes Paar, und den anderen Gästen schmeckte es doppelt gut, weil sie sie lächerlich fanden.

Aber insgeheim schien er für diesen Anstoß doch dankbar zu sein. Er gab sich Mühe in seinem Job, erledigte seine Arbeit zuverlässig, aß gemeinsam mit den anderen und war zwar nicht gesprächig, aber doch freundlich – sein Lächeln entzündete sich langsam, aber dann brannte es hell auf seinem blassen Gesicht. Die Besitzerin der Pension übertrug ihm eine verantwortungsvolle Aufgabe: warmes Essen einen schmalen, steilen Pfad entlangzubalancieren, auf dem er nach fünfzehn Minuten zum Haus des Maestros gelangte. Meistens fing er schon unterwegs an zu rappen, und aus dem Gehen wurde ein Latschen, während er mit vorgerecktem Kinn und wackelndem Kopf breitbeinig seines Weges zog. Wenn er die Mahlzeit abgeliefert und sich auf die Bank im Vorraum gesetzt hatte, rappte er weiter. Bis zu dem Tag, an dem der Maestro sein warmes Engadiner-Zimmer verließ und sich zu ihm setzte.

»Ist Ihnen nicht zu kalt hier draußen?«, fragte der Junge. »In Ihrem Zimmer haben Sie es wärmer.«

»Es geht schon«, erwiderte der Maestro leicht gereizt. Er konnte es nicht leiden, wenn andere ihm Ratschläge gaben, die sein Wohlbefinden betrafen. Er nahm das Tablett auf den Schoß und begann zu essen. »Ich verstehe nicht, warum du unbedingt hier draußen sitzen willst«, sagte er. »Aber vielleicht hast du recht. Vielleicht ist es sogar klug von dir, dieses überheizte Zimmer zu meiden.«

»Ich bin überhaupt nicht klug«, sagte Robert bedauernd. »Wenn ich klug wäre, dann wäre ich nicht hier.« Sie lachten – beide mit gesenktem Blick, beide schüchtern. Sie sprachen nicht weiter. Der Maestro aß langsam. Schlucken können war für ihn keine Selbstverständlichkeit, und seit dem Ausbruch seiner Krankheit hatte er nicht mehr in einem Restaurant gegessen. Aber inzwischen ging es ihm besser. Das Lavieren zwischen Gebrechlichkeit und Gesundheit erforderte Geduld und Abgeschiedenheit. Sich beklagen mochte er nicht und wollte auch nicht, dass andere von seinen Beschwerden etwas mitbekamen. Schließlich beendete er seine Mahlzeit.

»Ich habe in meinem Leben einen einzigen klugen Menschen gekannt. Oder vielmehr einen Menschen, der etwas Kluges zu mir *gesagt* hat …« Er wartete, ob der Junge neben ihm Interesse zeigte, und als Robert ihn erwartungsvoll ansah, fuhr er fort: »Als ich klein war. Es war mein Großvater.«

Nun wartete Robert. Der Maestro war kein besonders begabter Geschichtenerzähler. Kaum hatte er begonnen, da kam er schon aus dem Tritt, ließ sich von einer Wolke ablenken, die er durch das Fenster neben der Haustür sah: Die Wolke senkte sich auf die in strahlendem Licht daliegenden Berge. Schließlich fragte Robert: »Und was hat Ihr Großvater gesagt?«

»Er hat gesagt: ›Wenn du Angst hast, nimm meine Hand.‹«

*

Der Maestro verfügte über beträchtliche Vorräte an Plätzchen und Pralinen, die er nun auf der Bank zwischen sich und dem Jungen ausbreitete. Er entschuldigte sich kurz, er wolle Tee aufsetzen. Doch vorher streifte er sich einen zweiten Pullover über und brachte dem Jungen seine Wildlederjacke, ließ sie ihm mit einem knappen »Bitte« in den Schoß fallen, ehe er in die Küche ging. Als er mit dem Tee zurückkam, hatte Robert die Jacke angezogen und betrachtete sehnsüchtig die Süßigkeiten. Mit einer schwungvollen Geste griff der Maestro nach einer Praline. Der Junge machte es ihm nach. Er aß langsam, passte sich den kleinen, vorsichtigen Bissen des Maestros an.

»Ist das alles?«, fragte er nach einiger Zeit.

»Wie bitte?«

»Ist das alles, was Ihr Großvater gesagt hat?«

»Ja!«, erwiderte der Maestro. »Reicht das denn nicht? Mein Großvater hat nicht viel gesprochen. Er war auch nicht besonders gesellig. Ich nahm seine Hand.«

»Wovor hatten Sie Angst?«

»Wir machten einen Spaziergang. Wir sind immer zusammen spazieren gegangen. Und ich nahm seine Hand. Ich denke jetzt oft daran.«

»Waren Sie da noch sehr klein?«, fragte der Junge.

»Ja, wahrscheinlich«, erwiderte der Maestro und wunderte sich über die Frage.

Sie blieben im gleichen Rhythmus. Der Junge stimmte jeden Schluck Tee mit den Schlucken des Maestros ab. Eine Zeit lang blieb es still, dann begann der Maestro zu summen. Der Junge beobachtete ihn, und schließlich fragte er mit professioneller Neugier: »Was ist das?«

Der Maestro verstand ihn nicht.

»Was Sie da summen.«

»Ach so.« Er schien irgendwohin zu horchen und erwiderte dann: »Ravel, Klavierkonzert in G-Dur. Erster Satz. Ich erkenne den Dirigenten nicht – den Solisten auch nicht …« Schweigend saß er da, ein aufmerksames Publikum, ehe er endlich zu einem Schluss kam: »Ach, natürlich, es ist Martha. Aber der Dirigent?« Er betrachtete die Praline in seiner Hand. Zeit verging, und der Junge fragte: »Spielt gerade etwas?«

Der Maestro antwortete: »Zweiter Satz. Immer noch Ravel. Und du? Was hörst du gerade?«

Der Junge antwortete mit einigen Schlagzeuggeräuschen und einem schnellen Sprechgesang.

> Badass motherfucka's … getting ready to disappear … in a number of years he'll be back … with more money more prizes than you've ever seen … you'll all laugh till you cry … to see what you took to be dead flying high …
> Higher than you ever dreamt.

Er brach ab, außer Atem. »Das nennt man *free-styling,* wenn man einfach spontan vor sich hin rappt«, erklärte er. »Ich bin ziemlich aus der Übung, es klingt nicht besonders – leider.«

»Für mich ist es trotzdem schwer zu verstehen«, sagte der Maestro.

Der Junge sagte: »Gerade habe ich mir vorgestellt, wie es auf der Welt zuginge, wenn jeder richtig musikalisch wäre, so wie Sie. Die Leute würden sich mit Summen und Singen und Geräuschen verständigen, statt miteinander zu reden. Es gäbe alle möglichen Musikinstrumente für die verschiedensten Situationen. Die kleinen Kinder würden zuerst singen und ein Instrument lernen. Und später, in den höheren Klassen auf der Schule, falls sie wirklich schlau sind, würden sie sprechen lernen und manche vielleicht sogar lesen und ein bisschen schreiben.

Ich wäre dann einer von den ganz wenigen, die wirklich ohne weiteres sprechen, lesen und schreiben könnten. Für die Leute wäre ich etwas Besonderes, ein Genie, wie Sie.«

*

»Ich war der Zweitjüngste in der Familie«, erzählte der Maestro. »Mein Vater war ein sehr berühmter Musiker. Jeder kannte seinen Namen.

Mein ältester Bruder war ein Wunderkind. Auch seinen Namen kannte jeder. Ein Pianist. Meine ältere Schwester war ebenfalls ein Wunderkind, Geigerin, und bald war auch ihr Name allgemein bekannt. Ich war nicht so begabt. Meine Mutter sagte: ›Aber er *hat* Talent. Ich *spüre* es‹, und schlug sich vor die Brust. Eine Sizilianerin. Mein Vater sagte: ›Da spricht die Mutterliebe.‹«

Der Junge machte ein verwundertes Gesicht. Er glaubte kein Wort von alledem. Der Maestro sah seine skeptische Miene, aber sie spornte ihn erst recht an. »Mein Vater glaubte nicht, was meine Mutter sagte. Er wollte, dass ich gut durchs Leben komme. Er machte sich Sorgen, weil ich nicht so begabt war wie die anderen. Er brachte mir Disziplin bei. Selbstdisziplin. Ich musste auswendig lernen – Partituren, Gedichte. Er ließ mich morgens um zwei aufstehen und einen Aufsatz für die Schule fertig schreiben. Manchmal hasste ich ihn dafür. Aber als ich älter wurde, war ich ihm dankbar. Denn er hatte mir beigebracht, wie man hart arbeitet. Hart arbeiten kann man lernen.«

»Aber hart arbeiten kann doch jeder!«, protestierte der Junge, dem die Vorstellung von harter Arbeit Angst machte.

»Als ich anfing, öffentlich aufzutreten, war ich für alle nur der Sohn meines Vaters. Einen eigenen Namen hatte ich nicht«, erwiderte der Maestro. »Anscheinend ist das heute anders. Aber ganz verstanden habe ich es noch immer nicht.« Der Junge sah ihn misstrauisch an. Der Maestro beruhigte ihn: »Ich habe doch gar keine Wahl. Auch heute bin ich noch immer der Sohn meines Vaters, und manchmal glaube ich, was er geleistet hat, werde ich nie schaffen. Und dieses Gefühl gefällt mir.«

»Das verstehe ich nicht.«

»Ich werde immer ein kleiner Bruder sein, wie damals. Ich bin zu dünn, der Krieg ist vorbei, wir haben wenig Geld, mein älterer Bruder ist sehr begabt. Aber dann bin ich auch ein junger Mann in New York, und der ältere Kollege, den ich so sehr verehre, fragt mich nach meiner Meinung über sein Spiel, und ich wage es, ihn zu kritisieren. Unentwegt soll ich Copland spielen. Aber ich kann Copland nicht ausstehen und gebe deshalb eine Stelle auf. Ich bin auch ein jung verheirateter

Mann, der mit seiner Frau nicht zurechtkommt. Ich bin verliebt, einmal, zweimal, viele Male. Leute wollen Autogramme, zweitausend Leute stehen auf und applaudieren mir. Aber vor allem bin ich der Sohn meines Vaters.«

»Wie sah Ihr Vater aus?«

»Mein Vater? Er sah sehr gut aus.«

»Und Ihr Großvater?«

»Blond.« Der Maestro verstand nicht, was den Jungen daran interessierte, aber er versuchte, sein Interesse zu befriedigen. »Er war der Vater meiner Mutter. Ein blonder Sizilianer. Er hatte es nicht leicht im Leben. Seine Frau starb sehr jung. Ganz allein zog er vier Kinder auf und machte außerdem Karriere. Ein geistreicher Mann und ein großartiger Lehrer. Seine Studenten liebten ihn. Als ich neulich sehr krank war und nicht mehr wusste, ob ich leben oder sterben würde, habe ich viel an ihn gedacht. Wie wir spazieren gingen. Wir blieben stehen, nahmen uns Eier von den Hühnern im Stall und aßen sie unterwegs, roh. Es war wichtig. Er war ein alter Mann, und ich war ein Kind, aber wir waren zwei Menschen, die einen Spaziergang machten. Er sagte: ›Nimm meine Hand‹, und ich tat es. Ich bewunderte ihn. Er war kein Musiker. Er war Sprachwissenschaftler. Nimm noch eine Praline.«

Der Junge nahm eine.

»Kannst du einen von deinen Texten singen?«

Der Junge sang nie. Er sprach seine Gesänge. Der Maestro kannte sich mit dieser Art von Englisch nicht aus. Er sah zu, wie der Junge auf die Bank trommelte. Für kurze Zeit setzte die Musik in seinem Kopf aus, und er lauschte aufmerksam den Silben.

*

Der Junge und der Maestro hatten eine Unmenge Pralinen miteinander gegessen. Der Junge erklärte dem Maestro die Bedeutung von Hip-Hop, dass er sowohl eine Lebensform sei als auch eine Ausdrucksform für dieses Leben. Hip-Hop bestehe nicht nur aus Raplyrik und Rapmusik. Auch Graffiti gehörten dazu. Es gehe dabei um ein bestimmtes Verhältnis zu den Dingen, zu anderen Rappern, zum Kapitalismus, zum allgemeinen Verfall. Es gehe um die große Gefahr, die feindliche Rapper für den Rap darstellten, indem sie ihn verkäuflich machten und auf diese Weise zugrunde richteten. Eigentlich dürfe sich Rapmusik gar nicht vermarkten lassen. Der Junge brach ab. Er hätte gern gewusst, was der Maestro von alldem hielt.

»Ich habe gerade ans Meer gedacht«, sagte der Maestro. »An Wellen. Wie jede Welle aus der Ferne heranrollt, auf den Strand kracht und sich im Ozean wieder auflöst. Ein Sturm peitscht viele wilde Wellen hoch, sie können die Geografie des Strandes verändern – aber die meisten hinterlassen keine bleibenden Spuren. Manchmal allerdings spült so eine Welle etwas Wertvolles an den Strand, eine Muschel von vollkommener Schönheit oder irgendetwas Glitzerndes.«

Der Junge blickte verwirrt drein.

»Kein Wunder, dass mir die Berge lieber sind, nicht wahr?«, sagte der Maestro munter.

»Maestro, meinen Sie denn, wir sind bloß Wellen?«, fragte der Junge plötzlich.

Der Maestro sah aus dem Fenster und bemerkte, dass es schon dunkel geworden war. Der Junge hatte aufgehört zu kauen. Der Maestro sagte: »Robert, tu mir einen Gefallen. Schreib mir deine Ballade auf, damit ich sie lesen kann. Mein Englisch ist nicht so gut. Ich verstehe dich kaum, wenn du so schnell sprichst.«

»Ich bin ein Rapper, kein Balladenschreiber«, sagte der Junge.

Der Maestro stand auf und ging hinüber in sein Engadiner-Zimmer. Er rief nach dem Jungen. Robert trat ein.

Es war warm dort drinnen und sehr gemütlich – das knisternde Feuer im Ofen, der Duft der alten Holztäfelung und der Balken und der Blick aus dem Fenster auf das nächste Haus mit seinen erleuchteten Fenstern. Die aufragenden Berge dahinter wirkten nicht bedrohlich, sondern wie ein Schutzwall. Der Maestro suchte nach etwas und summte dabei vor sich hin.

»Was summen Sie jetzt?«, fragte der Junge.

»Den ersten Satz von ›Schwanensee‹«, sagte er. »Hier ist ein Notizbuch für dich. Schreib die Ballade bitte für mich auf. Und sag nicht mehr ›Maestro‹ zu mir, ich hasse das. Du kennst meinen Namen.«

*

Der Junge hatte das Notizbuch angenommen – und damit auch die Aufgabe. In Gedanken hatte er sie sogar noch verschönert. Zeitdruck und kleine Aufträge verabscheute er, deshalb räumte er sich, schon als er das Buch zum ersten Mal in der Hand hielt und nach dem zugehörigen Füller griff, eine Fristverlängerung ein und fasste ein viel größeres Projekt ins Auge – er würde weiter und weiter schreiben, bis das ganze Notizbuch mit seinen Rap-Texten gefüllt war. Wenn es so weit war, würde er wahrscheinlich auch den Durchbruch in Amerika geschafft haben und konnte es dem Maestro zusammen mit einem Zeitungsausschnitt über seinen ersten Auftritt zurückschicken.

Der Junge hatte sich mit gesenktem Kopf vom Maestro verabschiedet, weil er spürte, wie die Schüchternheit zurückkehrte. Aber er ging langsam in die Richtung der Pension zurück, ließ den Abstand zwischen sich und dem Maestro nur widerwillig größer werden. In Wirklichkeit hatte er nie Crack an irgendwelche Baseheads verkauft, weil er gar keine gekannt hatte. Aber die, die es taten, hatte er respektiert. Und lange Zeit hatte er niemanden sonst respektiert. Hinter sich hörte er ein Rufen.

Er drehte sich um und wurde von einer Taschenlampe geblendet. Der Maestro hastete auf ihn zu. Der Junge hatte das Notizbuch vergessen, und der Maestro war ihm nachgelaufen, um es ihm zu geben – der erste rasche Fußmarsch seit Monaten.

Der Junge war geschlendert. Der Maestro keuchte. Er fühlte sich unwohl. Er gab dem Jungen das Notizbuch und den Füller.

Im Schutz der Dunkelheit traute sich der Junge wieder, den Maestro anzusehen, sein prägnantes, während der Krankheit schmal gewordenes Gesicht mit der runden Stirn und der langen Nase, die lebhaften Augen, und plötzlich spürte er ein Gefühl von Nähe und Zärtlichkeit. In diesem Augenblick gelang es ihm, den Maestro zu bewundern, und er nahm sich etwas ganz fest vor – wenn er alt war, wollte er genauso sein wie der Maestro: so perfekt, so klug, so ruhig und so hilfsbereit gegenüber einem jungen Menschen.

Er nahm das Notizbuch und den Füller. »Vielen Dank, Claudio. Hoffentlich haben Sie sich nicht erkältet.«

Diesmal war der Maestro dankbar für die Besorgnis des Jungen. »Bestimmt nicht, Robert. Gute Nacht.« Er wandte sich zum Gehen. Er war zufrieden mit dem, was er getan hatte – dem Jungen war in seiner Lederjacke jetzt wärmer, außerdem hatte er nun ein richtiges Notizbuch und einen Füller und konnte seine Texte aufschreiben.

Robert überlegte auf dem Heimweg, ob er den Ausflug nach New York nicht aufschieben sollte, um den Maestro wiederzusehen. Er freute sich schon auf den nächsten Tag. Beim Abendessen gratulierte ihm die Inhaberin der Pension vor dem gesamten Personal zu seiner guten Arbeit, händigte ihm seinen Lohn aus und sagte, außerdem könne er sich den nächsten Tag freinehmen.

Am nächsten Morgen verschwand er in aller Frühe aus dem Dorf. Ein paar Leute sahen ihn einen Zug der rätischen Bahn besteigen. Wahrscheinlich wollte er nach Zürich, aber niemand dachte sich etwas dabei. Die Inhaberin der Pension wartete bis zum späten Abend, ehe sie seine Eltern anrief, doch die waren gerade auf einer Party. Am nächsten Tag vergaß sie anzurufen, und als es ihr wieder einfiel, war schon Sonntag, und sie glaubte, der Junge müsse inzwischen längst zu Hause sein.

*

Mechaniker inspizierten auf dem Rollfeld des Züricher Flughafens das Fahrgestell eines amerikanischen Flugzeugs und tasteten dabei auch im Inneren der Radkammer herum. Der Junge zog die Beine an, machte sich so klein wie möglich, wagte kaum zu atmen. Köpfe und Hände seiner Verfolger näherten sich seinen Füßen bis auf wenige Zentimeter. Der Lärm der Triebwerke nahm zu. Als er ohrenbetäubend wurde, verschwanden die Mechaniker.

Mit einem Ruck setzte sich die Maschine in Bewegung. Der Junge küsste den Umschlag seines Notizbuches. Er sagte: »Endlich geht es los!!«, und schrieb:

The engines are revving
We are heading towards heaven.

Um dieselbe Zeit, da sein Füller diese Zeilen zu Papier brachte, lieferte ein anderer junger Mann dem Maestro sein Mittagessen. Dieser Junge kam aus dem Ort, er kannte sich aus und kam zurecht – gab im Winter Skikurse für Touristen und im Sommer Kletterkurse, erteilte nach der Schule einem geistig behinderten Jungen Privatunterricht und half nachmittags seinem Vater in der Tankstelle. Er wollte Betriebswirtschaft studieren, und seine Freundin stammte aus dem Nachbartal. Ungebeten setzte sich dieser Junge zu dem essenden Maestro an den Tisch. Der Maestro sprach nur ein paar unumgängliche Worte zu ihm, las beim Essen ein Buch und schob ihm dann das Tablett hinüber. Neben ihm lag der blaue Pullover, den Robert unter der Bank liegen gelassen hatte. Der Maestro wollte ihn für Robert aufheben. Er konnte sich nicht vorstellen, was Robert jetzt gerade tat, aber er hoffte, dass er durch sein bloßes Vorhandensein dem Jungen irgendwie helfen konnte, wo immer er gerade war.

I am bold don't hold no ticket no one sold
me one and still I'm here bold in the hold
a little cold, my big man you asked me to
write it down but all I can think of now's
the story you told about your own
big man when you were young and dumb
life even for you was horrible
but that old man held your hand and made
it tolerable.

Der Junge schob das Notizbuch behutsam in seinen Rucksack, den Füller hielt er noch in der Hand. Ihm war schwindlig und sehr, sehr kalt.

*

Acht Stunden später, während der Maestro in seinem Bett lag und schlief und Musik durch seine Träume dröhnte, setzte der Jumbo zur Landung an. In zweitausend Meter Höhe schoben sich die Fahrwerke rumpelnd aus ihren Schächten. Der erfrorene Junge purzelte mit heraus und flog wie Ikarus – Hals über Kopf, von keinem Zuschauer bemerkt – durch den Himmel über Long Island. Dutzende kleiner Blätter umflatterten ihn, als würde er Federn verlieren. Die Sonne ließ seinen blonden Schopf aufleuchten, verwandelte ihn in eine kleine dahinhuschende Sonne. Er war in der Haltung des berühmten Denkers erstarrt, segelte nicht anmutig, sondern kugelte haltlos durch die Luft, und die rote Jacke umflatterte ihn wie Flügel, die nun gebrochen waren. Wenig später landete er in den Dünen, ein gutes Stück hinter der Wasserlinie des Ozeans, wo eine Kindergartengruppe gerade Marshmallows grillte. Es war typisch für ihn, dass er beim Aufprall niemandem wehtat. Ein teurer Füllfederhalter steckte ihm noch in der gefrorenen Faust. Für die Dauer eines Tages wurde er zu einer Zeitungsmeldung von zehn Zeilen. Sein Name war unbekannt.

Aus dem amerikanischen Englisch von Reinhard Kaiser

Die Geschichte von Herrn Metzner

Als die Damen im Altenheim an der Ecke zum ersten Mal von den neuen amerikanischen Theorien über die Schuld der Deutschen hörten, kippten sie vor Lachen fast die Kaffeetassen um. »Was wissen denn die?«, fragten sie rhetorisch. Und sie dachten an Wolf Dieter Metzner, der in ebendieser Minute auf dem Kurfürstendamm stand – in seiner alten Wehrmachtsuniform, das Oberlippenbärtchen bürstenförmig zurechtgestutzt, die Hand zum Hitlergruß erhoben, seine bevorzugte Pose. Niemand störte sich an Herrn Metzner, am wenigsten die amerikanischen Touristen; schließlich bot er ihnen die Möglichkeit, sich zu empören, eine Chance, die man im neuen Deutschland nur noch selten bekommt.

Herr Metzner war vielleicht ein bisschen schrullig, aber er erfreute sich einer geregelten Verdauung und durfte wählen, was er auch tat, nämlich die Christdemokraten, wie die alten Damen wussten. Die Pflegerinnen kümmerten sich darum, dass seine Uniform immer sauber und frisch gebügelt war. Wer würde nicht ein bisschen plemplem, sagten sie, nach dem, was er erlebt hat!? Manche Geschichten zeigen wie Metall Ermüdungserscheinungen, sie verlieren ihre Spannung. Die alten Damen hatten längst aufgehört, Herrn Metzners Geschichte zu erzählen. Sie erzählten sie weder ihren Besuchern noch ihren Ärzten, ja nicht einmal mehr den Nachtschwestern. Sie argwöhnten, dass diese durch die »Gnade der späten Geburt« verwöhnten jungen Leute die eigentliche Bedeutung der Geschichte unmöglich verstehen konnten. Aber nachdem ein Amerikaner – wie hieß er doch gleich, Gold, Goldsoundso, Goldhagel? – angefangen hatte, der Welt die Deutschen zu erklären, erlebte Herrn Metzners Geschichte ein Revival. Jetzt erzählten die alten Damen Herrn Metzners Geschichte jedem, der sie hören wollte, und wenn ihr Publikum am Schluss mit offenem Mund und manchmal ungläubig staunend dasaß, sagten sie triumphierend: »Erzählen Sie das mal diesem Mister Gold, Golddingsbums.« Aber das hat offenbar nie jemand getan, denn er schrieb weiter über Deutschland, ohne Herrn Metzner jemals zu erwähnen.

Wolf Dieter Metzner war Infanterist im deutschen Heer gewesen. 1944 geriet er in russische Kriegsgefangenschaft und wurde nach Sibirien geschickt. So weit nichts Besonderes. In Sibirien verliebte sich der damals 20-jährige Wolf Dieter in eine Dorfbewohnerin namens Tanya. Wolf Dieters kräftige Statur hielt der Auszehrung stand, und trotz seiner unfreiwilligen Hungerkur hungerte ihn doch am meisten nach Zärtlichkeit. Tanya war klein und stämmig, hatte dunkle Augen, hohe Wangenknochen und trug einen dicken, geflochtenen schwarzen Zopf. Sie war Bäuerin, und – »aber« hätten die Sowjets nie gesagt – sie konnte singen wie ein Engel. Sie war den Behörden aufgefallen, als ein hoher Funktionär die Gemeinde besuchte und Tanya im Dorfchor kommunistische Heldenlieder singen hörte. Sie besaß einen hohen Sopran mit dem dunklen Timbre eines Mezzos, eine fantastische Stimmbeherrschung, aber keinerlei Ausbildung: Sie konnte keine Noten lesen.

Als Wolf Dieter 1949 entlassen wurde, hatte sie bereits die Aufforderung erhalten, am Moskauer Konservatorium Musik zu studieren, und er begleitete sie dorthin. Sie heirateten im Rathaus Zimmer 23 und zogen in ein kommunales Wohnhaus nur wenige Blocks von der U-Bahn-Station entfernt. Sie studierte, und er fand Arbeit als Elektriker. Weil er verliebt war und sich große Mühe gab und weil Tanya ständig mit ihm übte, sprach er bald ausgezeichnet Russisch. Sie litten zwar Armut, aber Wolf Dieters Eltern berichteten aus Deutschland, dass seine Landsleute zu Hause noch in viel größerer Armut lebten. Geldnot war für sie einfach eine Tatsache, Armut gehörte zum sozialistischen Lebensplan. Das junge Paar wohnte in einem sechsstöckigen Betonklotz mit dreißig Wohnungen, aus denen man auf identische Betonklötze sah, und dieser Ausblick erstreckte sich über mehrere Kilometer in alle Richtungen.

Jede Wohnung bestand aus mehreren Zimmern, und in jedem Zimmer hauste eine Familie. Hinter jeder geschlossenen Tür gab es Glück und Harmonie oder Unglück und Streit, aber im Allgemeinen störten sich die Leute kaum an Dingen, die ohnehin nicht zu ändern waren, und dazu gehörte die eigene Ehe ebenso wie das vom Nachbarn im Suff vollgekotzte Treppenhaus, die maroden sanitären Verhältnisse oder der Umstand, dass es unter den Nachbarn jemanden gab, der die anderen bespitzelte und jede unbedachte Äußerung bei der Polizei anzeigte. Aufgrund seiner Erfahrungen in Nazideutschland war Wolf Dieter Vorsicht zur zweiten Natur geworden, und weder er noch Tanya empfanden es als besondere Bedrohung, einen Spitzel in ihrer Mitte zu haben. Außerdem wusste jeder, bei wem es sich um den Schnüffler handelte.

Im Fall der Metzners war der Hausspitzel der Genosse Nikolai Ivanovic. Keiner nannte ihn Kolya oder Kolinka, Nein, alle sagten immer nur Genosse Nikolai Ivanovic zu ihm, und hinter seinem Rücken nannten sie ihn »Unser Genosse«. Er war weder groß noch klein, hatte einen Bauch, spinnendürre Arme und Beine, graue Haut, graues Haar und graue Zähne. Diese Beschreibung hätte aber auch auf jeden seiner Nachbarn gepasst. Er war so unauffällig wie ein Brotlaib unter vielen in einer Bäckerei, wenn morgens mal kein Mangel an Graubrot herrschte. Man konnte nichts Positives und nichts Negatives über ihn sagen. Man konnte weder sagen: »Unser Genosse hat wenigstens eine nette Frau«, noch: »Genosse Nikolai Ivanovics Frau ist ein Drachen.« Er hatte nämlich keine Frau. Er hatte keine Familie. Man konnte nicht sagen, dass er eine gute Anstellung hatte, denn er lebte im Ruhestand, man konnte nicht behaupten, dass seine Möbel durchschnittlich oder außergewöhnlich waren oder dass er eine bessere Aussicht auf das nahe gelegene staatseigene Kaufhaus besaß (wie manche vermuteten), denn wenn man bei ihm vorbeischaute, um etwas zu besprechen, stand er so breit im Türrahmen, dass man nicht in sein Zimmer sehen konnte.

Man darf seine Bedeutung nicht überschätzen. Hätte nicht Unser Genosse die Polizei informiert, wäre diese unangenehme Pflicht jemand anderem zugefallen. Unser Genosse machte seine Arbeit zwar sehr gewissenhaft, aber er wäre doch jederzeit ersetzbar gewesen. Man akzeptierte ihn als das lästige Übel, das darin bestand, dass man den Mund halten musste. Man durfte in seiner Hörweite nicht über die Diktatur des Proletariats schimpfen. Man erzählte ihm nicht den neuesten Stalin-Witz. Man ging davon aus, dass er alles hören konnte, was im Haus gesprochen wurde. Und doch passierte es gelegentlich, dass jemand einen Fehler machte, sich noch mehr betrank als sonst und das Falsche sagte oder, wer weiß, vielleicht auch nur das Falsche dachte. In der Nacht hörte man dann schwere Schritte auf dem Treppenabsatz, oder vielleicht schlief man auch tief und fest und hörte nichts. Auf jeden Fall war der Übeltäter am nächsten Morgen verschwunden. Unser Genosse aber bewegte sich leichtfüßig, sein kleiner grauer Körper schien auf einer Wolke der Zufriedenheit zu schweben, auf die ihn das Lob von höherer Stelle versetzt hatte.

So war es, sagten die alten Damen viele Jahre später im Seniorenheim an der Ecke in der deutschen Hauptstadt, als sie im Chor Herrn Metzners Geschichte erzählten. Sie waren zwar nie in Moskau gewesen, aber sie hatten den Krieg in Berlin erlebt und hatten alle ihre einschlägigen Erfahrungen gemacht. Manche hatte das Schicksal oder ihr Pflichtgefühl dazu bestimmt, selbst die Rolle Unseres Genossen zu spielen, und auch das war nicht einfach gewesen, und jetzt waren sie alt. Altsein war das schlimmste Übel von allen.

Doch zurück zu Wolf Dieter und seiner sibirischen Braut. Selbst in Moskau war Tanya etwas Besonderes. Sie hatte eine gewaltige Stimme. Das kam daher, sagten die alten Damen in Berlin, dass sie früher immer über die Weiten der Tundra hinweggeheult hatte. Sie hatte etwas Wölfisches – eine spitze Nase, Schlitzaugen und einen wachsamen Blick. Schon bald sang sie im Moskauer Opernhaus die Partien einer Diva, und eines Abends kam nach der Vorstellung Josef Stalin persönlich hinter die Bühne, küsste ihr mit seinem schnauzbärtigen Mund die Hand und schenkte ihr einen Parfümflakon aus Georgien.

Die Metzners stellten den Flakon auf den Tisch, wo sie ihre Mahlzeiten einnahmen, ihre Briefe schrieben und vor dem Zubettgehen ihre Kleider zusammenlegten. Sie erzählten niemandem von dem Flakon aus Georgien, aber trotzdem wusste es bald das ganze Haus. Genosse Nikolai Ivanovic hatte es von einem seiner Vorgesetzten erfahren und versuchte, seine Nachbarn mit dieser Neuigkeit zu ködern, denn Neid macht oft unvorsichtig. Jemand könnte zum Beispiel sagen: »Ach, wen interessiert schon das stinkende Parfüm des Genossen Stalin.« Doch wie sich herausstellte, war keiner der Nachbarn neidisch genug, um in diese offensichtliche Falle zu tappen.

Einige Jahre vergingen relativ ruhig. Die Metzners bekamen einen Sohn, Pjotr, den Wolf Dieter heimlich Peter nannte. Tanya war in Russland berühmt, führte aber trotzdem ein normales Leben. Und so bemerkte sie an einem sonnigen Frühlingsmorgen, als sie gerade im Fenster Wäsche aufhängte, dass Genosse Nikolai Ivanovic seine Vorhänge noch nicht aufgezogen hatte. Tanya machte sich Sorgen. »Unser Genosse schläft heute aber lange«, sagte sie zu ihrem Mann, als er abends aus der Fabrik nach Hause kam. »Schau mal, seine Vorhänge sind immer noch zu.« »Lass den Mann doch schlafen, Tanya«, erwiderte Wolf Dieter. »Das geht uns gar nichts an. Von mir aus kann der Genosse Nikolai Ivanovic die ganze nächste Woche im Bett verbringen. Vielleicht hat er gestern Abend zu viel getrunken. Alle Russen trinken zu viel«, sagte er. Nachdem Pjotr auf die Welt gekommen war, hatte Wolf Dieter angefangen, über die Russen zu schimpfen. Mit dem Nachwuchs kam auch das Heimweh. »Unser Nachbar trinkt nicht zu viel«, meinte Tanya. »Er ist ein abscheulicher Mensch.«

Nach dem Essen klopfte sie an der Nachbarstür. Hier wohnten drei Witwen. Der große Krieg fürs Vaterland hatte der jüngsten Tochter den Gatten geraubt, eine Grippe hatte ihr vor langer Zeit den Vater genommen, und bei einem Unfall in der Chemiefabrik war mit ihrem Großvater erst kürzlich auch noch das letzte männliche Familienmitglied umgekommen. Nirgends geht es mit so schonungsloser Offenheit zu wie unter lauter Witwen, die niemandem mehr etwas vorspielen müssen und alle Anstandsregeln vergessen haben. Und ein Mann wie Genosse Nikolai Ivanovic, der nicht von Frauen umgeben war, die ihn beschützten, war ihr natürlicher Feind, der ihnen schon viel schönen Stoff für bösen Klatsch und Tratsch geliefert hatte.

Als Tanya ihnen erzählte, dass der verhasste Genosse den ganzen Tag seine Vorhänge nicht geöffnet hatte, schalteten die Witwen trotzdem bereitwillig das Radio aus und begleiteten Tanya auf ihrem Erkundungsgang durch den Flur. Sie klopften an die Tür des Genossen Nikolai Ivanovic. Er rührte sich nicht. »Er rührt sich nicht!«, riefen sie. Sie klopften erneut. Jetzt hörten sie drinnen ein mattes Stöhnen. »Er stöhnt!«, riefen sie. Man holte Wolf Dieter, um die Tür aufzubrechen. Sie fanden den Genossen im Bett. Er trug einen Schlafanzug, war unrasiert und zu schwach, um zu sprechen oder sich zu bewegen. Tanya brachte ihm einen Teller Suppe, die Witwen brachten ihm ein Glas Wasser. Dann setzten sie den alten Mann im Bett auf und fütterten ihn mit einem Löffel. Schließlich ging es ihm ein wenig besser. Er bedankte sich, versicherte ihnen, er würde sie nicht mehr brauchen, und wünschte allseits eine Gute Nacht.

Als sie zu dritt in einem Bett einschliefen, sprachen die Witwen noch darüber, dass nichts im Zimmer Unseres Genossen darauf hindeutete, dass er irgendwelche Vorräte hamsterte. Es roch nicht mal nach einer einzigen Orange. Nichts. »Dann gibt er seinen Judaslohn vom KGB wohl für etwas anderes aus.« Als er Tanya einen Gutenachtkuss gab, bemerkte Wolf Dieter abschließend: »Ich glaube, er spitzelt einfach um der Ehre willen.«

Am nächsten Tag waren die Vorhänge Unseres Genossen aufgezogen so wie immer, und er ging ganz normal seinen Geschäften nach, und Herr Metzner brummelte: »Der überlebt noch mal den Weltuntergang, gemeinsam mit den Kakerlaken.« Das war ein sonderbarer Gedanke und zeigte, dass Herr Metzner nicht ganz richtig im Kopf war, sagten Herrn Metzners Biographinnen im Altenheim in Berlin. Aber wer ist schon ganz richtig im Kopf, der einfach so eine Russin heiratet? Und freiwillig dort lebt? An dieser Stelle legten die alten Damen gewöhnlich eine Kunstpause ein und verkündeten, ihr Kaffee sei kalt und der Kuchen trocken. Der Zuhörer wurde nach frischem Kaffee geschickt und musste bei seiner Rückkehr stets ausdrücklich fragen, was denn aus Herrn Metzner geworden sei, bevor die Geschichte weitererzählt wurde. Der Russe, sagten die alten Damen, ist an schlechte Behandlung gewöhnt wie ein Tier. Das ist schon seit Jahrhunderten so. Wenn man daran gewöhnt ist, ist es gar nicht so schlimm. Wir hatten Hitler, und es hat uns gestört. Das Leid, das er über uns gebracht hat. Herr Metzner ist in vielem wie ein Russe, er beklagt sich zum Beispiel nicht darüber, was ihm passiert ist, und wir mussten ihm die ganze Geschichte regelrecht aus der Nase ziehen. Er spricht nie über Unseren Genossen. Das übernehmen wir für ihn.

Wo waren wir stehen geblieben? Es war einige Zeit vergangen, in der Genosse Nikolai Ivanovic sich bester Gesundheit zu erfreuen schien, weiterhin seine Nachbarn anschwärzte und dafür reichlich Abneigung erntete. Dann blieben eines Morgens seine Vorhänge wieder zugezogen. Und wieder war es Tanya, die es bemerkte und die anderen verständigte, und wieder brach Wolf Dieter die Tür auf. Und wieder fanden sie Unseren Genossen krank im Bett. Und obwohl sie ihn sehr hassten, flößten sie ihm Wasser und Suppe ein. Aber diesmal besserte sich sein Zustand nicht. Auch am nächsten Morgen blieben die Vorhänge wieder zugezogen. Wolf Dieter ging zur Arbeit, aber Tanya blieb zwischen den Vorstellungen zu Hause und hatte ein Auge auf den Nachbarn. Er war ja schließlich hilflos.

Am dritten Tag seiner Krankheit beschlossen die Witwen von nebenan, dass ihr Feind, der Patient, ein frisch bezogenes Bett brauchte, und sie machten sich die Mühe, seine Laken zu wechseln und von Hand zu waschen und bei sich im Zimmer zum Trocknen aufzuhängen. Jetzt kümmerten sich auch andere Nachbarn im Haus um ihn. Nach der Arbeit erschien einer nach dem anderen in Genosse Nikolai Ivanovics Zimmer und versuchte, ihm nach Kräften zu helfen. Das taten sie für jeden Kranken. Und die Situation dieses Nachbarn war besonders schlimm, weil er allein lebte und nachts niemand bei ihm war. Er kauerte schwitzend und zitternd im Bett und erregte ihr Mitleid.

Sechs Tage vergingen, und Unser Genosse wurde immer schwächer. Am siebten Tag rief er die Hausbewohner an sein Bett. Sie kamen alle, drängten sich in dem kleinen Zimmer und hockten sich auf den Boden. Er saß aufrecht im Bett, mit einem Kissen im Rücken, und wandte sich mit folgenden Worten an sie. »Meine lieben Nachbarn«, sagte er. »Ich muss euch etwas beichten, was euch sicher nicht überraschen wird. In all den Jahren unseres Zusammenlebens hier habe ich euch bespitzelt. Ich habe es auf mich genommen, alle eure Äußerungen und Ansichten über die obersten Behörden aufzuschreiben. Ich glaubte dieses Haus von antisozialistischen Elementen säubern zu müssen. Es freute mich jedes Mal, wenn ich jemanden ertappte und bei der Polizei anzeigen konnte, weil ich mir dann nützlich vorkam. Ich habe so viele wie möglich von euch angezeigt. Und ich wusste, dass ihr mich hasst, und ich habe euren Hass genossen, denn er bewies mir, dass ich recht hatte. Doch jetzt weiß ich, was für ein schlechter Mensch ich gewesen bin. Und ihr habt mir all meine Missetaten – ich zögere nicht, sie so zu nennen – mit so viel Freundlichkeit vergolten. Ihr habt euch um mich gekümmert, um einen armen, kranken, einsamen alten Mann.«

An dieser Stelle unterbrach er seinen Monolog, weil er vor Tränen nicht weitersprechen konnte. Und seine Zuhörer weinten mit. Denn es stimmte, sie hatten ihn abgrundtief gehasst. Und zwar zu Recht. Jetzt tat er ihnen leid, weil er sich so schlecht benommen hatte. Nachdem die Versammelten eine Weile geweint hatten, setzte er seine Ansprache fort. »Ich habe euch heute Abend hierher gebeten, weil ich euch um Verzeihung bitten möchte.« Er wartete. Alle Nachbarn schluchzten laut, als sie ihm nacheinander, so wie sie da auf dem Boden hockten, ihre Verzeihung gewährten. Und er fuhr fort: »Meine Spitzelei gab mir ein gutes Gefühl und brachte mir einen Orden ein, auf den ich sehr stolz war. Ihr findet ihn dort im Geheimfach meines Schranks. Bitte schaut nach. Ja, genau. Ich würde ihn gern dem kleinen Pjotr schenken. Er verdient ihn, weil er überhaupt nichts von Politik versteht. Und er soll diesen Orden als Glücksbringer und Talisman behalten, zur Erinnerung an einen Mann, der sich gebessert hat.«

Man hängte dem kleinen Pjotr den Orden feierlich um den Hals, und der Kranke fuhr fort. »Ich möchte euch um einen Gefallen bitten«, sagte er leise. »Und ich hoffe, ihr werdet ihn mir nicht abschlagen.«

Alle beeilten sich, ihm zu versichern: »Nein, nein, natürlich nicht.« »Ich habe nicht mehr lange zu leben«, sagte der alte Mann und löste damit eine neue Welle des Mitgefühls bei seinen Zuhörern aus. »Ich werde sterben, und ein Beauftragter der Partei wird hier erscheinen und dafür sorgen, dass man mich in meine besten Kleider steckt und in würdiger Haltung in den Sarg legt – ach, schon bei dem bloßen Gedanken graut mir. Ich bin ein Feigling.« Seine Stimme brach. Er wurde jetzt ganz heftig. »Ich bin ein schlechter Mensch! Und schlechte Menschen fürchten sich vor dem Tod! Der Gedanke, dass ich auf dem Rücken im Sarg liege, die Hände über dem Bauch gefaltet – entsetzlich. Wenn ich doch im Sarg nur meinen Schlafanzug tragen könnte, genau diesen hier, alt und an den Ärmeln zerrissen, aber bequem. Wenn ich ihn anhätte und auf der Seite läge, den Kopf auf den Händen, so«, er rollte sich zur Demonstration in der Fötushaltung zusammen, »dann würde ich mich jetzt nicht so vor dem Sterben fürchten. Dann wäre der Tod nur ein Nickerchen. Nicht mehr. Ich möchte euch, die ihr zu einem unwürdigen alten Mann so freundlich wart, um Folgendes bitten: Wenn ich gestorben bin, zieht mir diesen Schlafanzug an, und legt mich so in den Sarg, seitlich, als würde ich ein Nickerchen halten. Wenn ihr mir das versprecht, kann ich in Frieden sterben. Meine Dankbarkeit wird aus dem Jenseits über euch leuchten. Und ich werde der zuständigen Behörde einen Brief schicken, dass ihr, meine lieben Nachbarn, euch nach meinem Ableben um meine Leiche kümmern sollt. Wollt ihr mir diesen letzten kleinen Gefallen erweisen?« Natürlich wollten sie und bekräftigten dies mit einem lauten »Ja!« und unter vielen Tränen.

Wenige Tage später starb Genosse Nikolai Ivanovic. Man schaffte einen Sarg in sein Zimmer, und die Nachbarn durften ihn ohne Einmischung der Behörden in den Sarg legen. Tanya kümmerte sich persönlich darum und machte alles genau so, wie es sich der alte Mann gewünscht hatte. Sie wusch ihn, zog ihm seinen alten Schlafanzug an, und dann trugen ihn die Nachbarn zum Sarg hinüber, legten ihn mit hochgezogenen Knien auf die Seite und betteten seinen Kopf auf die Hände. Alle fanden, er sähe so friedlich aus. Eine schöne Leiche. Der kleine Pjotr trug unterm Hemd den Orden um den Hals, erzählte es aber keinem, so wie es ihm seine Eltern befohlen hatten.

Eine Woche nach dem Tod des Genossen Nikolai Ivanovic hörte man mitten in der Nacht im ganzen Haus schwere Schritte, und dann wurde an alle Türen geklopft. Die Polizei war da. Alle Erwachsenen im Haus wurden verhaftet. Und ein Kind, Pjotr, nahmen sie auch mit, nachdem sie ihm das Nachthemd hochgezogen und um seinen Hals den Orden des Genossen Nikolai Ivanovic entdeckt hatten. Die Sachlage war eindeutig. Genosse Nikolai Ivanovic hatte einen Brief hinterlassen, den ihnen die Polizei laut vorlas. »Ich fürchte mich vor meinen Nachbarn«, hatte er geschrieben. »Sie hassen mich so sehr, dass sie meinen Leichnam wahrscheinlich schänden werden. Sie werden mir Lumpen anziehen und mich krumm und schief in den Sarg legen. Ich wäre nicht überrascht, wenn sie dem jüngsten Kind aus Jux meinen kostbaren Ehrenorden umhängen würden. So abgrundtief ist ihr Hass.«

Der Brief löste bei der Polizei Diskussionen aus. Manche wollten einfach nicht glauben, dass die Hausbewohner so grausam sein konnten, sich noch nach dem Tod an einem Genossen zu rächen. Die Leiche wurde exhumiert, und man stellte fest, dass die Befürchtungen des Genossen nur allzu berechtigt gewesen waren. Wolf Dieter landete im Gefängnis. Tanya Metzner kam auf direkten Befehl Stalins frei und kehrte nach Moskau zurück, wo eine neue, geräumige Wohnung mit Küche und Bad sie erwartete. Ihr kleiner Pjotr schlug sich das Knie auf und starb binnen vierzehn Tagen an einer Wundinfektion. Tanya war voll damit beschäftigt, an der Oper zu singen und Zeitungsartikel zu lesen, die sie als Sängerin der Nation titulierten. Es hieß, sie würde ihre Kollegen am Opernhaus bespitzeln und regelmäßig bei der Polizei anzeigen. Alle hassten sie. Nach dem Ende ihrer Karriere als Sängerin lehrte sie an der Universität und bespitzelte ihre Studenten und die übrigen Professoren. An Wolf Dieter schrieb sie nie.

Wolf Dieter wurde 1960 aus dem Gefängnis entlassen. Er ging direkt nach Berlin, in der eindeutigen Absicht, am Wirtschaftswunder teilzunehmen. Er sprach rasch wieder fließend Deutsch, doch körperlich und seelisch blieb er ein Wrack. Er konnte keiner geregelten Arbeit nachgehen. Seine Brüder und Schwestern, Nichten und Neffen hatten keine Lust, sich um ihn zu kümmern. Deutsche reagieren auf Schwäche nicht so albern sentimental wie die Russen, sagten Wolf Dieter Metzners Biographinnen. Und so kam Herr Metzner schließlich zu uns ins Altenheim. Ein netter Mann, der sich als Hitler verkleidet. Die Zuhörer waren jedes Mal perplex. »Spielt er Hitler, um irgendwelche imaginären Kommunisten zu provozieren? Oder führt er nur einen Modetrend vor?«, fragten sie. »Was soll das überhaupt zum Verständnis der Deutschen beitragen?« »Metzner spielt nicht Hitler. Metzner hält sich für Hitler. Er spinnt. Der springende Punkt ist: Die Russen waren genauso schlimm, das ist alles«, erwiderten sie. »Wie kann man die Deutschen alle in einen Topf werfen und mit keiner Silbe erwähnen, dass die anderen genauso schlimm waren oder noch schlimmer? Ach, der Kaffee hier ist scheußlich, früher war alles besser. Wenn man jung ist, stört einen so manches nicht.«

Aus dem amerikanischen Englisch von Michael Walter

Scarlattis Reinkarnation in Reno

Konzertpianist sollte nicht jeder werden. Ambrose wollte absolut keiner sein. Er war mehrere Monate der phantastische Mann an der Bühnentür der Shangri-La Lounge in Reno, der hübsche Ambrose. Sein Teint glich dem Herbst in Neuengland, er hatte rostrotes Haar, graue Augen und den Wuchs und die Anmut eines mittelgroßen Ahornbaums. Ich bekam schon Heimweh, wenn ich ihn bloß ansah. Aber irgendwie waren wir ja alle fremdartige Bäume da draußen in der Wüste im Westen, und unsere Wurzeln konnte man nicht sehen. Wenn sich das so anhört, als sei ich in Ambrose verliebt gewesen, tja, dann ist das ein memmenhafter Gedanke, denn ich hatte überhaupt keine Zeit, um verliebt zu sein; ich war voll und ganz damit beschäftigt, die Kunden mit meinen Liebesdiensten zu unterhalten. Aber bei jeder sich bietenden Gelegenheit beobachtete ich Ambrose bei der Arbeit. Seine Reflexe und sein Timing waren unglaublich – er konnte während des Konzerts Comics lesen und bekam trotzdem genau den Augenblick mit, wo der Auftritt der Shangri-Lala-Band zu Ende war, der Applaus aber noch nicht eingesetzt hatte. Ohne von seinem Comic aufzuschauen, riss er mit der Hand blitzschnell die Tür auf, damit die Künstler hinter die Bühne laufen konnten – was immer einen guten Eindruck machte –, bevor sie zum Applaus vor den Vorhang kamen. Die Shangri-Lala-Band war in Reno berühmt, weil ihre Konzerte jeden Abend im Fernsehen übertragen wurden. Der Bandleader musste nicht Schlange stehen, um im Casinorestaurant einen Tisch zu bekommen. Wenn der Auftritt gut war, lauschte Ambrose voller Bewunderung. Wir wussten, dass er mit den Ohren eines Fachmanns zuhörte. Denn egal, mit wie viel Verve die Bandmitglieder drauflossägten und trommelten oder mit welcher Grandezza der Bandleader mit den Fingern schnippte, ins Mikrophon schmachtete oder in die Tasten hieb, wir wussten, dass Ambrose besser spielte.

Wenn am Ende des Abends die Band zusammengepackt hatte, das Publikum samt meinen Kunden nach Hause gegangen war und die Putzkolonne auf der Bildfläche erschien, um die Überreste der Lustbarkeiten zu beseitigen, dann betrat Ambrose die Bühne, mit geschmeidigen Schritten, stolzer Haltung, die Hände schwebten vor dem Körper, ein Gentleman in Jeans. Er setzte sich beinahe quer an den Flügel; das rechte Knie wies in Richtung Publikum, und der linke Fuß lag auf dem Pedal. Er schloss die Augen, und seine Hände schwebten über den Tasten. Die Putzkolonne, die auf diesen Augenblick nur gewartet hatte, klopfte mit den Besen gegen Tischbeine, die Kellnerinnen klirrten mit Löffeln und Gläsern, und ich klackte mit meinen Stöckelschuhen. Und dann schlug Ambrose' rechter Fuß so lange den Takt auf dem Boden, bis wir unsere Utensilien wieder so gebrauchten, wie Gott es gewollt hatte, und erst jetzt stießen seine Hände endlich auf die Tasten herunter und spielten, dass uns Hören und Sehen verging. Es gibt einfach kein einziges Wort, womit sich seine Musik beschreiben lässt. Sie konnte einen zum Lachen oder zum Weinen bringen, man fühlte sich wie auf einem Trip. Neue Angestellte fragten ihn manchmal, warum er eigentlich nicht vom Klavierspielen lebe. Seine Antwort bestand in einem ratlosen Lächeln, so als sei das eine schwachsinnige Frage.

Zu unserem Etablissement gehörte auch ein kleines Rückgebäude, das direkt am Highway lag. Dort wohnte das Personal, und dorthin verschwanden wir Mädchen mit unseren Kunden. Ambrose bewohnte das Eckapartment gleich neben mir, und durch die Zimmerwände hatte ich einiges über seine Lebensweise erfahren. Er besaß ein Klavier, auf dem er nachmittags, nach dem Frühstück, spielte. Er spielte jede Menge verschiedenes Zeug, und wenn ich mich nicht täusche, auch klassische Sachen. Er bekam nie Besuch, und das Telefon benutzte er nur, wenn jemand bei ihm anrief. Das passierte nur ein oder zwei Mal, und ich bin jedes Mal ziemlich erschrocken, weil er sich mit hoher, schriller Stimme meldete: »Ach, du meine Güte! Ambrose ist nicht da, ich glaube, er übt für ein Konzert!« In der Lounge, bevor die Arbeit losging, war er freundlich, doch ohne mehr von sich preiszugeben als sein liebenswürdiges Wesen. Seinen Verdienst vom Vortag verspielte er gern in der halben Stunde, ehe sich die Türen der Lounge öffneten, aber das taten wir schließlich alle, und darum konnten es sich die meisten von uns auch nicht leisten, von hier wieder zu verschwinden. Wir waren mit unseren täglichen Verlusten verheiratet.

Eines Tages stimmte etwas nicht mit Ambrose. Anstatt vor der Arbeit sein Geld zu verspielen, bestellte er sich an der Bar einen Whisky. Er war bleich, und als er das Glas an die Lippen führte, zitterten seine Hände so sehr, dass er die Hälfte des Drinks verschüttete. Während des Auftritts las er nicht, er starrte ins Leere. Anschließend lungerte er nicht wie sonst hinter der Bühne herum, bis die Band und das Publikum nach Hause gegangen waren, sondern stürmte zum Bandleader und bat ihn um einen Vorspieltermin.

Der Bandleader hatte schon gerüchteweise von dem talentierten Mann an der Bühnentür gehört, diesen Gerüchten aber keinerlei Glauben geschenkt. Er war damit einverstanden, sich in Ambrose' Wohnung etwas von ihm vorspielen zu lassen.

Eine Stunde später kehrte der Bandleader ohne Ambrose an die Bar zurück. Er hatte Tränen in den Augen. »Morgen«, verkündete er, »morgen wird Ambrose mit uns auftreten. Er wird berühmt werden, in Reno und in der ganzen Welt.«

Am nächsten Abend trat der Bandleader im Anschluss an eine Nachmittagsprobe vor die Kameras und hielt eine kleine Rede über Amerika als das Land der unbegrenzten Möglichkeiten und unendlichen Überraschungen. Und dann stellte er Ambrose vor, den Mann an der Bühnentür der Shangri-La-Lounge, seine Entdeckung. »Bitte empfangen Sie ihn mit einem Riesenapplaus!«, rief er.

Ich hatte mich bereit erklärt, Ambrose an der Bühnentür zu vertreten, und ich öffnete sie für ihn, damit er durchgehen konnte. Sein Gang hatte sich verändert. Er schlurfte mit gesenktem Blick auf die Bühne. Er trug ein viel zu kleines, blassrosa Jackett, das ihm der Bandleader geborgt hatte, und seine rostroten Haare sträubten sich. Er nahm steif Platz und schob beide Knie unter den Flügel.

Das Orchester begann zu spielen. Ambrose wartete nicht ab, bis sein Einsatz kam. Er brach wie ein Orkan über die Klaviatur herein. Der Bandleader fiel aus allen Wolken und versuchte, genauso rasant zu dirigieren. Ambrose spielte immer schneller, ließ die anderen weit hinter sich. Die Musiker starrten in panischem Entsetzen auf den Bandleader. Was sie zustande brachten, klang wie der Soundtrack eines alten Kriegsfilms mit Geschützfeuer und Hurramusik.

Die Musiker stiegen einer nach dem anderen aus. Sie setzten fluchend die Instrumente ab, und ihre roten Gesichter passten farblich zu Ambrose' Jackett. Der Dirigent brüllte einen saftigen Fluch und schmiss den Taktstock hin. Die ganze Darbietung hatte keine Minute gedauert.

Aber Ambrose fing gerade erst an. Er schleuderte das rechte Knie unter dem Flügel hervor und ging mit einer schlichten, schönen Melodie auf eine lange musikalische Reise. Nachdem sie durch fremde und bekannte Klänge geführt hatte, in Sackgassen abgezweigt und dann ganz woanders wieder zum Vorschein gekommen war, als es mit einem Wort so schien, als sei er zweimal ins Paradies gereist, nur um nach Hause zurückzueilen, da war er wieder zurück bei seiner ursprünglichen Melodie. Er spielte sie verträumt, und dann hörte er abrupt auf. Er stand auf, klappte den Deckel zu und lief weg. Das Publikum, das mal wieder nicht die blasseste Ahnung hatte, was da wirklich abgelaufen war, applaudierte ihm stehend. Ambrose flüchtete durch die Bühnentür, ohne mich auch nur anzusehen.

Der Bandleader wurde noch am selben Abend gefeuert. Man gebraucht im Fernsehen zur Hauptsendezeit keine vulgären Ausdrücke. Angeblich war er mit einer Pistole hinter Ambrose her. Doch Ambrose kam ihm zuvor. Er rannte über den Highway und voll in ein Auto. Der Fahrer kam dabei auch ums Leben.

Wir hatten einen sehr persönlichen Verlust zu beklagen und behielten die ganze Angelegenheit für uns, weil sie nur uns etwas anging. Wir räumten rasch sein Apartment aus und teilten alles gerecht, und dann informierten wir die Polizei. Sie nahmen einen Verkehrsunfall mit Todesfolge zu Protokoll und schnüffelten dann in dem Etablissement herum. Was sie dort fanden, war vermutlich wesentlich interessanter für sie.

Ich als Ambrose' Nachbarin sollte seine Brieftasche bekommen und der Bandleader das Geld. Die rote Plastikbrieftasche war »Made in Hongkong«, nicht besonders schick, aber sie gefiel mir als Andenken. Als ich sie mir einmal genauer ansah, entdeckte ich ein Geheimfach, in dem ein zusammengefalteter Brief steckte. Er war an Ambrose adressiert und von seinem Vater unterschrieben.

»Lieber Ambrose. Wie ich gehört habe, sollst Du jetzt irgendeine niedrige Arbeit in einer Kasinobar verrichten, und ich hoffe inständig, dass diese Gerüchte jeder Grundlage entbehren. Denn mir ist der Gedanke absolut unerträglich, dass Du Deine Ausbildung verschleuderst, die Jahre am Konservatorium, das Geld und die Hoffnungen, die wir in Dich gesetzt haben, auch wenn Du nicht ehrgeizig bist und aus Bescheidenheit die Geduld aufbringst, Dein Leben hinter der Bühne zu fristen. Aber Geduld ist nur gut für Memmen, und ich fürchte, Du bist nichts weiter als ein Feigling. Wenn Deine Mutter das noch miterleben müsste, würde sie sich halb zu Tode schämen, Dich geboren zu haben.«

Auf dem Brief stand die Adresse des Absenders, und als die Polizei ein paar Wochen später das Shangri-La dichtmachte, beschloss ich, dem Verfasser einen Besuch abzustatten. Er bewohnte ein hübsches Haus in Boston. Ein Dienstmädchen geleitete mich durch weitläufige Zimmerfluchten zu einem alten Mann, der in einem Lehnstuhl döste. Ich sagte: »Ich bringe Ihnen den Brief zurück, den Sie Ihrem Sohn geschrieben haben.« An der Art, wie er mir auf die Lippen starrte und an seinem Ohr herumfummelte, merkte ich, dass er schwerhörig war. Er nahm den Brief und warf einen kurzen Blick darauf, bevor er ihn zusammenknüllte und auf den Boden fallen ließ. Seine Neugier hielt sich in Grenzen, als er mich fragte: »Na, wie ist er denn nun gestorben?«

»Er wurde mit einer Axt gefällt«, sagte ich, »von irgendeinem Idioten, der ihn kaum gekannt hat.«

Aus dem amerikanischen Englisch von Michael Walter

Betreff: Ihr Lieben

Mrs. Maria Dalton kamen die Millionen Dollar auf ihrem Bankkonto wie eine ungeheure Provokation vor. Es wurde sofort zurückgeschossen, »freundliches Feuer« aus allen Richtungen: Die Leute sprachen sie an. Sie wünschte sich ihr früheres, ruhiges Leben zurück. Andere Menschen in der gleichen Lage wie sie hatten Kontakt zu ihr aufgenommen. Sie hatten ihr Problem im Internet gelöst. Das war eine herrliche Erfindung. Maria wollte ihrem Beispiel folgen. Eine bessere oder überhaupt eine andere Idee, wie sie ihr Geld loswerden konnte, hatte sie nicht. Also setzte sie sich vor ihren Laptop und begann einen Brief:

Betreff: Ihr Lieben

Das würde Aufmerksamkeit wecken, da war sie sich sicher. Den Leuten gefiel es, wenn man sie als liebe Menschen ansprach. Ihr selbst gefiel es zwar nicht, aber den anderen ganz bestimmt. Woody kam angetappt und legte den Kopf auf ihren Schoß. Sie kraulte ihn zwischen den Ohren, weil er es so wollte, und schrieb weiter.

Von: Mrs. Maria Jens Rimmer
Ich bin Mrs. Maria J. Rimmer aus der Republik Benin. Ich war mit Jens Rimmer, seligen Angedenkens, verheiratet, der neunundzwanzig Jahre lang in Benin für die Shell Oil Company gearbeitet hat, ehe er im Jahre 2002 in den ersten Tagen seines wohlverdienten Ruhestands verstarb.

Nachdem sie sich mit diesen Worten vorgestellt hatte, tastete sie nach dem weißen Taschentuch in ihrer Schürzentasche. Der Hund sah ihr besorgt zu. Sie suchte seinen Blick. Gegen seine Aufmerksamkeit hatte sie nichts. Sie putzte sich mit dem vertrauten weichen Stoff die Nase. Dann breitete sie das Tuch zum Trocknen über die Lehne ihres Sessels. Das mit Jens Rimmer war eine Lüge. Maria war ihr Leben lang nie verheiratet gewesen. Der Anwalt hatte ihr geraten, das zu behaupten, und in diesem Punkt hatte sie ihm nachgegeben und sich inzwischen auch daran gewöhnt. Schnäuzen musste sie sich, weil ihr beim Lügen vor lauter Unbehagen die Nase zu laufen begann – nicht weil Lügen böse war, sondern weil es Kommunikation bedeutete, schrecklich. Maria war mit Schönheit gesegnet. Selbst in ihrem Alter, mit fast fünfzig, war sie unbestreitbar schön, hatte eine große, schlanke Figur, ohne dass sie ihren Körper mit Diäten knechtete. Ihre Hände waren feingliedrig und zart, obwohl sie keine Haushaltshilfe hatte. Ihr schön geschnittenes Gesicht erinnerte an die zauberhaften Züge eines Mannequins, die Nase war schmal, der Mund herzförmig, auch ohne Lippenstift, die Augen waren himmelblau und von langen, dunklen Wimpern umrahmt, die andere Frauen mit Hilfe von Mascara mühsam vorzutäuschen suchten. Das dicke Haar hatte sie immer als Knoten im faltenlosen Nacken getragen. Der Knoten war so weiß geworden wie ihre helle Haut. Maria war so weiß, dass sie vor einer weißen Wand fast unsichtbar war. Aber sie trug bunte Kleidung, vor allem Rosatöne, denn die gefielen ihr, und die Wände ihres Hauses waren grau, der Verputz aus vergangenen Zeiten. Dieses Haus zeigte sein Alter. Maria lächelte sich oft zu, ein mädchenhaftes Lächeln, das gesunde Zähne umspielte. Nur Woody sah es. Aber ihre Stimme kannte er kaum, weil sie ungern sprach. Sie wandte sich wieder dem Computer zu und tippte:

Wir waren fünfzehn Jahre verheiratet, keine Kinder. Er starb nach kurzer Krankheit, die nur vier Tage dauerte.

Ihre Nase lief jetzt wie ein Wasserhahn. Wieder griff sie nach dem Taschentuch und lächelte über sich, weil sie so nervös war. Sie hatte gerade entdeckt, dass ihr das Lügen gar nichts ausmachte.

Seit Jahrzehnten benutzte sie immer dasselbe Taschentuch und wusch es einmal die Woche im Waschsalon. Auf Anraten ihres Anwalts hatte sie sich auch zu Hause eine erstklassige Waschmaschine und einen Wäschetrockner aufstellen lassen, aber dieser Rat hatte das Fass zum Überlaufen gebracht, und danach hatte sie die Verbindung zu diesem aufdringlichen Herrn, der sich in alles einmischte, beendet, denn die Ausflüge zum Waschsalon hatte sie sehr genossen. Es waren Fixpunkte in ihrem Kalender, der ansonsten einer leer gefegten Straße glich. Sie war allein unterwegs im Leben, begleitet nur vom Schicksal, das sich als unterhaltsamer Reisegefährte erwiesen hatte. Es kommandierte sie herum und hatte sie oft krank gemacht, aber bisweilen, wenn sie es am wenigsten erwartete, brachte es auch angenehme Überraschungen. Zum Beispiel in der Angelegenheit mit diesem verstorbenen Jens Rimmer.

Sie schrieb weiter.

> Seit seinem Tod hatte ich mit der Trinkerkrankheit und Fibromen zu kämpfen. Als er noch lebte, hat mein Mann einen Betrag von 30,5 Millionen US-Dollar bei der Union Bank P.L.C. in Benin hinterlegt. Dies ist der Grund, warum ich Euch schreibe.

Maria zögerte. Es war schwer zu erklären. Wo sollte sie anfangen? In Benin war sie nie gewesen. Sie hatte ihr ganzes Leben in einem kleinen Ort in der Nähe von Weehawken, New Jersey, verbracht. Unter Zuhilfenahme eines dummen Doktors hatte das Schicksal die Geburt ihrer kleinen Schwester verpfuscht, ihre Mutter umgebracht und dem Baby eine schwere geistige Behinderung geschenkt. Ihr Vater hatte sich, so gut er konnte, um sie beide gekümmert, aber nicht um sich selbst, und so war er an der »Trinkerkrankheit« gestorben, wie der Arzt es nannte. Maria hatte die Schule nicht abgeschlossen. Sie war schon sechzehn, kümmerte sich um ihre kleine Schwester, und alles lief bestens. Sie fand sich mit ihrer Lage ab. Mitleid war ihr ein Gräuel. Nachdem der Priester ihr in der Kirche ein paar tröstende Worte gesagt hatte, ging sie nicht mehr zur Messe. Jede Woche brachte die Post einen Scheck, mit dem sie ihre Ausgaben bestreiten konnte, und Laster hatte sie keine, weil sie ihr keine Freude machten. Einmal im Monat kam eine Sozialarbeiterin namens Mrs. Smith und kümmerte sich um die Probleme, die sie, Maria, nicht lösen konnte, und dazu gehörte alles, was mit dem Haus zusammenhing, verstopfte Rohrleitungen, das Ausfüllen von Überweisungsformularen und so weiter. Als es durchs Dach zu regnen begann, stellte Maria einen Eimer unter das Loch und wartete, bis Mrs. Smith kam. Sie erwähnte das Loch nicht, aber Mrs. Smith sah den Eimer. Einmal, mitten im Winter, ging die Haustür aus den Angeln. Es war sehr kalt, und Maria begriff, dass sie im Haus einen warmen Mantel und dicke Schuhe anziehen und ihre kleine Schwester in eine Heizdecke wickeln musste. Morgens schaufelte sie den Schnee aus der Diele nach draußen. Alles, was nicht vereisen durfte, stopfte sie in den Kühlschrank. Mrs. Smith war verreist. Nach ein paar Wochen tauchte sie wieder auf und bestellte einen Schreiner, der die Tür reparierte. Maria freute sich, dass es wieder warm war. Vor dem Schlafengehen hörte sie gern Radio. Tagsüber sah sie mit ihrer Schwester fern. Sie kochte gern einfache Gerichte. Sie genoss das Leben. Ihr Alter oder ihre Lebensumstände machten ihr keinen Kummer. Kleine Krankheiten, Besuche beim Zahnarzt, neue Fernseh- und Radiosendungen waren interessante Ereignisse. Der Ausflug zum Waschsalon war eine kostbare Gewohnheit.

Als sie Mitte dreißig war, änderte sich etwas. Eines Morgens, als sie ihren Bademantel und die Lederhausschuhe angezogen, Haferbrei gekocht und auf ein Tablett geladen hatte und mit lauten Schritten, um sie nicht durch ihr plötzliches Auftauchen zu erschrecken, das Zimmer ihrer Schwester betrat, fand sie sie tot im Bett. Von einem auf den anderen Augenblick verlor ihr Leben seinen Sinn. Sie war verstört und bitter. Ihr Tag wurde zu einem nicht endenden Flur.

Mit der Zeit gewöhnte sie sich an die neue Situation. Sie sah jetzt allein fern und kochte für sich allein. Als die Zahlungen für ihre Schwester eingestellt wurden, erhielt sie monatlich nur noch einen armseligen Betrag, mit dem sie sorgsam haushalten musste. Diese Veränderung machte ihr anfangs einiges Kopfzerbrechen, doch bald wusste sie, wie sie auch mit wenig Geld auskommen konnte. Und die Verwaltung dieses Geldes füllte sie aus. Noch eine Veränderung: Eines Tages kam Mrs. Smith und sagte, sie würde sich von nun an nicht mehr um sie kümmern. Aber als Abschiedsgeschenk ließ sie ihr eine Liste mit Telefonnummern da, bei denen sie anrufen konnte, wenn im Haus etwas nicht funktionierte. »Sie müssen sich jetzt so um das Haus kümmern, wie Sie sich um Ihre Schwester gekümmert haben«, erklärte ihr Mrs. Smith. Das leuchtete Maria ein. Sie stellte fest, dass sie imstande war, Handwerker anzurufen. Da sie zahlte, was sie verlangten, und nie nachprüfte, was sie tatsächlich gearbeitet hatten, kamen sie immer gern, wenn sie nach ihnen rief, und das Leben war gut.

Das Schicksal bescherte ihr heftige Zahnschmerzen. Gleichzeitig schloss es die Praxis ihres Zahnarztes in Weehawken und ließ ihn nach Manhattan umziehen. Also fuhr nun auch Maria nach Manhattan. Die Behandlung erforderte wöchentliche Besuche fast für die Dauer eines Jahres, und danach mochte Maria ihre gewohnten Reisen in die Stadt nicht mehr missen. Nun zog sie sich sogar dreimal in der Woche gegen elf Uhr vormittags, wenn sie das Haus geputzt hatte, schick an, ging zur Haltestelle und nahm den Bus nach Manhattan, als würde sie immer noch ihren Zahnarzt besuchen. Die Fahrt dauerte anderthalb Stunden. Wenn sie in New York angekommen war, spazierte sie zielstrebig vom Busterminal auf der Westside durch die Stadt zu dem großen Bahnhof. Dort benutzte sie die vornehme Damentoilette mit den Ausmaßen eines Ballsaals, blitzblank und voller wenig mitteilsamer Fremder – dann ging sie zum Busterminal zurück und fuhr wieder nach Hause. Bald machte sie diese Tour an jedem Wochentag, bis ihr eines Nachmittags, an einem schönen Tag im Frühling, eine Demonstration den üblichen Rückweg vom Bahnhof zur Westside versperrte. Maria blieb eine Weile stehen und sah zu, wie sehr sich Leute über Politik aufregen können. Schließlich machte sie einen Umweg und erreichte das Busterminal auf Straßen, die sie noch nie gegangen war.

Dieser Ausflug hatte ihr gut gefallen. Von nun an probierte sie es immer mal wieder mit einer neuen Straße hier und einer anderen dort, und ihre Besuche in der Stadt zogen sich in die Länge. Manchmal lief sie auch einfach drauflos, machte einen Umweg von einem Dutzend Blocks und traf erst nach Einbruch der Dunkelheit mit schmerzenden Waden wieder zu Hause ein. Aber an diesen Tagen, so stellte sie fest, schlief sie immer besonders gut. Auch an den Wochenenden blieb sie in Bewegung – samstags besuchte sie den Waschsalon, und sonntags marschierte sie bei jedem Wetter die fünf Meilen zum Friedhof, um ihrer Mutter, dem Vater und der Schwester Guten Tag zu sagen. Sonntagabends blätterte sie dann in den Fotoalben von ihrer Schwester und sich aus der Zeit, als sie noch klein gewesen waren.

An einem dieser New Yorker Nachmittage verschätzte sich Maria. Sie ging zu weit. Ihre Blase begann zu drücken, und der Bahnhof war etliche Blocks entfernt. In ihrer Panik betrat sie ein Haus, in dessen Erdgeschoss sie ein großes Büro, vielleicht eine Bank, vermutete, und hoffte, dort unauffällig eine Toilette benutzen zu können. Sie marschierte einfach in den hinteren Teil des Erdgeschosses und fand tatsächlich, was sie suchte. Doch als sie die Toilette wieder verließ, kam plötzlich ein Herr auf sie zu. Maria war es nicht gewohnt, mit jemandem zu sprechen, und widersetzte sich nicht, als der Herr sie beim Ellbogen nahm und sagte: »Hier entlang, bitte.« Er führte sie in einen sonderbar stillen Raum und bat sie, Platz zu nehmen. Sie gehorchte. Sie war schließlich unbefugt in diese Räumlichkeiten vorgedrungen, und dies war nun offenbar der Preis, den sie dafür zahlen musste.

Es dauerte eine Weile, bis sie in der Lage war, sich umzusehen. Bänke in Reihen hintereinander, und im Gang dazwischen ein großer Kasten – ein schmuckloser Sarg, auf dem ein einziger Strauß Rosen lag. Auf der Schleife stand »Shell Oil«. Außer Maria war niemand im Raum. Sie blieb sitzen und wartete auf neue Anweisungen. Schließlich tauchte derselbe Mann, der sie hereingeführt hatte, wieder auf. Er bat sie, ihren Namen in das Kondolenzbuch einzutragen, zusammen mit ihrer Adresse. Über der Seite stand: »Beerdigung Jens Rimmer, Benin.«

Danach wurde sie in ihren Alltag entlassen.

Monate vergingen. Das Schicksal ließ sich nicht anmerken, dass es für Maria etwas bereithielt. Sie war jetzt wieder vorsichtiger, machte in Manhattan keine langen Umwege mehr und sah zu, dass sie bei Sonnenuntergang daheim war. Dann bekam sie etwas sehr Ungewöhnliches – einen Brief.

Der Brief stammte von einem Rechtsanwalt in New York, und es war darin die Rede von einem dringenden Treffen. Zitternd vor Aufregung, denn sie wusste, sie würde mit jemandem sprechen müssen, fand Maria den Weg zur Kanzlei des Anwalts. Sie war nicht besonders neugierig, warum er sie sehen wollte. Sie ging einfach hin, weil man sie dazu aufgefordert hatte.

Die Kanzlei weckte in ihr unangenehme Erinnerungen an das Beerdigungsinstitut, in das sie vor einigen Monaten zufällig geraten war. Sie hatte es sich nachher oft wieder vor Augen gerufen, mit allen Einzelheiten. Solange sie dort gewesen war, hatte sie nicht viel wahrgenommen, aber mit der Zeit fiel ihr immer mehr ein, und nun dachte sie doch mit einem gewissen Vergnügen daran zurück, an die schreckliche Stunde in diesem Raum, an den Sarg, die Rosen, die Schleife und das komische Gefühl einer Hand an ihrem Arm, mit der sie in den Raum hinein- und später wieder hinausgeführt worden war. Hoffentlich, dachte sie, will mir dieser Anwalt nicht die Hand geben.

Er wollte – streckte ihr seine behaarte Hand entgegen. Aber Maria übersah sie einfach, und er zog sie zurück. Mit einem Wink lud er sie ein, Platz zu nehmen, und begann auf sie einzureden.

»Verehrte Dame, Sie waren eine Freundin von Mr. Jens Rimmer. Sie haben freundlicherweise an seiner Beerdigung teilgenommen. Ihnen wird nicht entgangen sein, dass Sie dort allein waren.«

Maria sagte nichts. Er fuhr fort.

»Mr. Rimmer hatte sich in New York zur Ruhe gesetzt, wo er keine Menschenseele kannte, Sie ausgenommen. Er war nicht sehr gesellig, aber wohlhabend. In seinem Testament hat er nun verfügt, sein Geld solle zwischen den Trauergästen, die sich zu seiner Beerdigung einfinden, geteilt werden. Es war nur ein Trauergast da, nämlich Sie, liebe Mrs. Dalton. Nun frage ich mich, da Sie bisher ein so zurückgezogenes Leben geführt haben, ob es für uns nicht eine Möglichkeit gibt, zu behaupten, dass Sie mit ihm verheiratet waren. Das würde manches vereinfachen. Sie verstehen, es gibt Steuergesetze.«

Die Sache war kompliziert. Der Anwalt war ein Mann mit Grundsätzen. Es machte ihm Spaß, den Staat auszutricksen, wo er nur konnte, und er wollte unbedingt verhindern, dass Maria Erbschaftssteuer zahlen musste. Deshalb bestand er darauf, dass sie, Maria Dalton, mit Mr. Rimmer in Benin verheiratet gewesen sei. Für ein hohes Honorar werde er die Dokumente liefern, mit denen sich das beweisen ließ. Maria tat, was er von ihr verlangte, obwohl sie solche Betrügereien nicht mochte. Aber Mitmachen war für sie in diesem Fall leichter, als sich dem Anwalt zu widersetzen und ihn zu enttäuschen. Allerdings versuchte sie, die Gespräche mit ihm so kurz wie möglich zu halten. Er merkte, dass sie nicht gern telefonierte, und schlug ihr vor, sich einen Computer anzuschaffen, dann könnten sie per E-Mail miteinander kommunizieren. Maria hatte den Dreh bald heraus und lernte auch, ihre täglichen Besorgungen mit dem Computer zu erledigen. Der Anwalt lachte und sagte, sie sei begabt. Sie fand diese Bemerkung unangebracht. Der Computer war ihr Freund geworden, mit Begabung hatte das nichts zu tun. Sie konnte es nicht leiden, wenn der Anwalt in diesem allwissenden Ton mit ihr sprach.

Dann stellte sich heraus, dass Mr. Rimmer ihr noch etwas anderes hinterlassen hatte. Woody. Eines Nachmittags kam er in einer Lattenkiste. »Schöner Pudel, den Sie da haben«, sagte der Zusteller. Er übergab ihr die Papiere. Woody, neun Jahre alt. Sie wusste nicht, was sie mit ihm anfangen sollte. Sie nahm ihn mit nach drinnen. Und als er ihr durch Winseln und Kratzen an der Tür zu verstehen gab, dass er nach draußen wollte, ließ sie ihn nach draußen. Er erledigte sein

Geschäft auf dem Rasen, während sie verwundert zuschaute. Dann strich er an ihr vorbei und blieb mit gespanntem Blick vor der Tür stehen, bis sie sie öffnete und ihm ins Haus folgte.

Zum Abendessen deckte sie für sich den Tisch wie immer. Woody kam, setzte sich neben sie und sah zu, wie sie aß. Dann legte er eine schwere, pelzige Pfote auf ihren Schoß, sah sie durchdringend an, und in seinen Augen stand ein klares Kommando. Sie holte ihm einen Teller und gab ihm von ihrem Abendessen ab. Am nächsten Morgen teilte sie schon ihre Cornflakes mit ihm. Am Nachmittag bekam er ein Sandwich. Mit der Zeit stellte sie fest, dass er Roastbeef mochte, hauchdünn geschnitten, auch marinierten Lachs mit einem Löffelchen saurer Sahne, aber ganz besonders liebte er Mayonnaise. Zum Abendessen gab es mal dies, mal das, aber grünes und rotes Gemüse war immer dabei, etwas Fleisch, Kohlehydrate und ein Nachtisch. Er mochte chinesisches Essen aus den Take-aways, besonders Wantan-Suppe, die er sich mit solcher Begeisterung einverleibte, dass seine Tischmanieren darunter litten und die Suppe über den Napf schwappte, bis der ganze Boden bekleckert war. Deshalb reichte sie ihm seine Suppe nur noch in einer besonders tiefen Schale.

Einmal, als sie ihn nach draußen ließ, trabte er munter den Gehweg entlang, entfernte sich immer mehr vom Haus, und sie ging hinter ihm her. Mehrere Stunden folgte sie ihm, an einem bitterkalten Wintertag, und dabei hatte sie nicht mal einen Mantel angezogen. Schließlich führte er sie zu der Tür zurück, die sie von nun an als ihre gemeinsame Haustür betrachtete. Seitdem zog sie immer einen Mantel an, bevor sie ihn aus dem Haus ließ – für den Fall, dass er wieder mal verreisen wollte.

Sie suchte im Internet unter »Hunde« und lernte, dass der moderne Hund ein Halsband und eine Leine zu tragen pflegte, wenn er nach draußen ging. Also kaufte sie eine, und er zog sie daran hinter sich her. Wenn sie morgens aufwachte, dachte sie zuerst an Woody – und auch abends galt ihr letzter Gedanke Woodys Wohlergehen. Das Leben war schön, bis sich wieder etwas änderte.

Eines Tages landete das ganze Geld, das Jens Rimmer hinterlassen hatte, auf Marias Bankkonto. An den Umgang mit einem bestimmten, überschaubaren Betrag hatte sie sich gewöhnt. Aber jetzt war da dieser Riesenbatzen, der sich zu allem Überfluss auch noch ständig vermehrte. Für sie bedeutete er eine Last, die sie nicht tragen konnte. Sie klagte dem Anwalt ihr Leid, aber der glaubte, sie mache Witze. Er meinte, sie solle ein paar Anschaffungen machen, und zum Spaß schlug er ihr vor: »Wie wäre es mit einer neuen Waschmaschine?« Als sie erwiderte, sie habe nicht mal eine alte, hielt er ihr sofort eine Zeitungsanzeige von einem Räumungsverkauf unter die Nase, und aus reiner Höflichkeit kaufte sie tatsächlich eine Waschmaschine. Aber dann wollte sie den Anwalt nicht mehr sehen. Er schickte ihr eine Rechnung für seine Bemühungen, die sie vor Besorgnis zittern ließ, weil der letzte Satz lautete: »Für Ihre Zukunft wünsche ich Ihnen alles erdenklich Gute«, und sie wusste, dass darauf eine Antwort von ihr erwartet wurde. Sie schickte trotzdem bloß einen Scheck und hoffte, er werde nicht traurig darüber sein, dass sie keinen Brief beigefügt hatte. Ihre Unterschrift war ein Schnörkel von zwei Zentimetern Länge.

Andere Brief trafen ein, von einer unsichtbaren Hand durch den Schlitz in ihrer Haustür geschoben, und türmten sich drinnen zu einem mächtigen Haufen. Die Republikanische Partei hatte von ihrem plötzlichen Reichtum Wind bekommen und bot ihr an, als Ehrenvorsitzende des Staates New Jersey an einem großen Dinner für den Präsidenten teilzunehmen. Man beglückwünschte sie zu dieser Ehre und bat um Übersendung eines Schecks in Höhe von 50 000 Dollar, ausgestellt auf die Partei. Das Dinner werde in zwei Monaten stattfinden, Frack und Abendkleid erbeten. Maria hätte der Partei das Geld gern geschickt, da sie es offenbar dringend brauchte, aber da die Partei anscheinend auch auf ihre Gesellschaft Wert legte, kam das natürlich nicht infrage.

Das Geld war ihr wirklich unangenehm. Sie überlegte sich, alles in einen Umschlag zu stopfen und ihn in der Nähe der Bushaltestelle fallen zu lassen oder unter einen Sitz im Bus zu schieben. Jemand würde ihn finden, und vielleicht wusste dieser Jemand mit dem Geld etwas anzufangen. Aber vielleicht war er auch genauso verwirrt wie sie und würde sich genauso ärgern. Sie beschloss, das Geld in der Damentoilette des Bahnhofs liegen zu lassen, wo die Frauen untereinander ausmachen konnten, wer es nehmen sollte.

Doch als sie ihre Millionen in bar abzuheben versuchte, stellte sich die Bank quer und sagte, sie könne nur 10 000 Dollar pro Tag mitnehmen, größere Beträge müssten beim Finanzamt registriert werden. Ständig war ihr Geld Anlass für lästige Gespräche.

Sie wusste, dass sie nicht die Einzige war mit diesem Problem. Eine Zeit lang hatte sie per E-Mail Briefe von Leuten bekommen, die sich in der gleichen Lage befanden wie sie. Zum Beispiel von einer Witwe in Nigeria und einem jungen Mann in Pakistan, dessen Eltern gestorben waren. Sie hatten Geld, das sie nicht wollten. Auch sie kannten keine Menschenseele, genau wie Jens Rimmer und wie sie selbst, Maria. Sie verschenkten ihr Geld an fremde Leute, die sie im Internet fanden, und dann waren sie es los. Solche Transaktionen erforderten einen gewissen Stil. Maria sah sich die Briefe noch einmal genau an und ahmte deren Stil nach. Sie schrieb:

> Am meisten plagen mich die Probleme mit meinem Fibrom. Seit ich weiß, woran ich leide, habe ich beschlossen, einen Teil dieses Vermögens einer Organisation zu stiften, die armen Menschen hilft, besonders Familien, in denen die Mutter gestorben ist. Sie selbst können 30 Prozent des Geldes behalten, als Entschädigung dafür, dass Sie das Geld von meiner Bank auf Ihr Konto übertragen. Diese 30 Prozent sind für Ihren persönlichen Gebrauch bestimmt, während Sie bitte mit den übrigen 70 Prozent in Ihrem Land ein neues Konto eröffnen und das Geld einem Waisenhaus Ihrer Wahl zukommen lassen wollen.

Sie zögerte einen Augenblick und fügte dann hinzu:

> Auf telefonischen Kontakt möchte ich wegen meines derzeitigen Befindens verzichten. Sobald ich Ihre Antwort erhalten habe, werde ich den Kontakt zwischen Ihnen und der Bank von Benin,

wo das Geld deponiert wurde, herstellen. Ich werde die Bank anweisen, das besagte Geld an Sie als meinen Stellvertreter bzw. Bevollmächtigten auszuzahlen, außerdem werde ich Ihnen alle mit dieser Transaktion zusammenhängenden Unterlagen zur Kenntnis zukommen lassen.

Und dann unterschrieb sie:

Hochachtungsvoll
Mrs. Maria Jens Rimmer

Maria wusste, am leichtesten würde sie die richtige Person für ihre Erbschaft finden, wenn sie sich vom Schicksal leiten ließ. Also öffnete sie das Mitgliederverzeichnis von AOL und gab als Suchbegriffe »Waise« und »Pudel« ein. Es war erstaunlich, wie viele Menschen ihre Interessen teilten. Alles in allem zehn. Sie wählte den Ersten aus der alphabetisch sortierten Liste und schickte ihren Brief ab.

Einige Tage vergingen, aber sie bekam keine Antwort.

Sie nahm den zweiten Namen aus der Liste und schickte ihren Brief ab.

Wieder bekam sie keine Antwort.

Und so ging es weiter.

Niemand wollte ihre Millionen.

So kam es, dass sich Maria nach einiger Zeit daran gewöhnte, Geld zu haben – so wie sie sich früher daran gewöhnt hatte, keines zu haben. Sie ließ es dort, wo es war, auf ihrem Bankkonto, wo es mehr und mehr wurde. Sie ging immer nur nachts zur Bank, um am Automaten etwas abzuheben. So brauchte sie mit niemandem zu sprechen. Doch dann geschah etwas Trauriges. Es stellte sich heraus, dass Maria tatsächlich an einem Gebrechen litt, nicht an einem Fibrom, wie sie behauptet hatte, weil so viele andere in ihrer Lage ebenfalls darüber geklagt hatten, sondern an Herzschwäche.

Zu meinem großen Bedauern muss ich Euch, Ihr Lieben, nun mitteilen, dass die gute Maria Rimmer letzte Woche von uns gegangen ist, ein ruhiger Tod, verursacht durch ein großes Blutgefäß, das plötzlich platzte. Der Pudel Woody war an ihrer Seite. Bevor sie starb, machte sie ein Testament, das dem Testament von Mr. Jens Rimmer in jeder Hinsicht glich. Ihr Begräbnis ist nächste Woche. Wenn Ihr daran teilnehmen wollt, schickt bitte einen Bankscheck über 5000 Dollar an die unten angegebene Adresse, ich werde Euch dann das genaue Datum ihrer Beerdigung und natürlich den Ort, an dem das Kondolenzbuch ausliegt, zusenden. Der Hund Woody hat schon ein neues Zuhause gefunden, kann aber auf Wunsch ebenfalls übernommen werden. Eure Namen habe ich durch Mrs. Rimmers Bank gefunden, aber Gott selbst gab mir den Wink, mich an Euch als die geeigneten Erben der großherzigen Verstorbenen zu wenden.

Gott sei mit Euch. Möge er Euch davor bewahren, einen Fehler zu machen und diese einmalige Chance, sehr reich zu werden, ungenutzt verstreichen zu lassen.

Aus dem amerikanischen Englisch von Reinhard Kaiser

Zum Lügen ist es nie zu spät

Eine Zehn-Minuten-Oper

Erster Akt.

Vorhang. Eine Stimme hinter der Bühne. Kaum verständliches Gebrabbel, das nach und nach deutlicher wird. Allmählich fangen wir an, sie zu verstehen.

Ich bin geständig.
Es tut mir leid.
Jetzt weißt du Bescheid.
Affäre wär zu viel gesagt.
Es war ja nur eine Bagatelle.
Scheußlich war's auf alle Fälle.
Und das ist wirklich, wirklich wahr.
Wir sind doch das perfekte Paar!
Ja, ich habe dich gekränkt.
Geschenkt!
Doch schwör ich dir:
Dieser Typ ist mir ganz einerlei.
Mit dem ist es aus und vorbei!

Der Vorhang öffnet sich. Das Mobiltelefon klingelt. Die Frau rennt mit ihrem Handy am Ohr auf und ab.

Wie dumm von mir,
dich so zu verletzen
und alles aufs Spiel zu setzen,

wegen dieser blöden Affäre:
Das perfekte Ehepaar!
Als ob das gar nichts wäre.
Doch jetzt ist mir klar:
Du bist wunderbar.
Heute lade ich dich zum Dinner ein,
und später tanzen wir ganz allein
einen Tango auf dem Parkett,
und dann schnell ins Bett!
Mir wird heiß und kalt,
wenn ich nur an dich denke!
Bis bald.
Sie küsst das Telefon und schaltet es ab. Laut und triumphierend:
Zum Lügen ist es nie zu spät.

Zweiter Akt

Das hat ja wunderbar geklappt,
und er ist nicht mal eingeschnappt.
Das hab ich Amor abgeguckt:
göttlich lügen, wie gedruckt.
Wie kann der Mann nur so arglos sein?
Immer fällt er auf mich herein.
Schon lässt er den Champagner knallen.
Und ich, ich dreh am Ehering.
Immer hat mir das missfallen:
Wegen jedem kleinen Ding,
wegen jedem Scheiß
hat mein Mann sich aufgeregt.
Na schön, ich weiß,
dass ich nicht mehr die Jüngste bin.
Aber nie

vergisst ein kluge Frau die Regie.
Denn die Unschuld schwindet hin,
aber niemals die Strategie.
Hm. Mein Problem ist momentan:
Was zieh ich bloß an?
Sie überlegt. Dann legt sie ihren Ehering ab und lässt ihn auf einen Teller fallen.
Klingelingeling!
So locker sitzt mein Ehering.
Weg damit.
Sie knöpft ihre Bluse auf. Auf ihrem Schreibtisch steht ein Computer. Im Vorbeigehen wirft sie einen Blick auf den Bildschirm.
Ja! Ja! Ja!
Ich bin für dich da.
Ich hab's endlich gewagt,
hab ihm alles gesagt.
Schluss mit den Lügen.
Es ging einfach nicht mehr.
Denn unsre Ehe, die lag schon längst
in den letzten Zügen.
Für ihn war es schwer.
Ich sollt's nicht erwähnen,
doch dem armen Kenny
kamen die Tränen.
Es ist aus und vorbei,
doch jetzt bin ich endlich frei.
Nur heute Abend nicht, bitte
versteh!
Da bin ich bei Ruth und Brigitte.
Ich komm da nicht raus.
Aber ich habe eine Idee.
Warum nicht gleich hier bei mir?
Komm doch! Ich warte drauf.
Mir ist schon ganz heiß.

Ich glaube, ich bin verrückt nach dir.
Und zum Beweis
knöpf ich gleich meine Bluse auf.
Ein Geräusch vom Computer, der eine neue Nachricht meldet.
Eine dringende Mail.
Das verdammte Gerät
lässt einem keine Ruh.
Hör zu,
ich ruf dich sofort zurück.
Sie küsst den Hörer und hängt ein.
Zum Lügen ist es nie zu spät.

Sie studiert die Nachricht auf dem Bildschirm.
Ach, das ist dieser René!
Ob wir uns treffen sollen?
Zum Lunch in einem Café?
Warum nicht? Man muss nur wollen!
»Gourmet, wandert gern, Opernfan«
– hört sich an wie ein Mann
in den besten Jahren. Genau!
Nicht übel, das Foto. Gute Figur.
Offenbar langweilt ihn seine Frau.
Sie buchstabiert in ihren Computer.
Sagen Sie einfach, wann und wo!
Ein kleiner Lunch, das wäre nett.
Sowieso
ist es nicht das Alter, was stört.
Die Jungen sind, wie man hört,
viel schlechter im Bett.
An der Ecke gibt's ein Café.
Ich freu mich auf Sie, René!
Sie schaltet den Computer aus.
Juchhe!

Sie greift wieder zum Telefon, überlegt kurz und wählt.
Darling, ach, es stört mich so,
doch muss ich noch rasch ins Büro.
Das hab ich vorhin ganz vergessen.
Die lassen mich ja nicht mal essen!
Es dauert aber nur bis drei.
Dann bin ich wieder für dich frei
und komm sofort bei dir vorbei.
Schick bitte deinen Butler weg.
Dann reiß ich dir das Hemd vom Leibe.
Du wirst schon sehen, wie wir's treiben
auf deiner schicken Bauhaus-Couch.
Wenn du mich fesselst, ruf ich: Autsch!
Bis gleich – so wollen wir verbleiben.
Sie legt auf und prüft im Spiegel, wie sie aussieht.
Femme fatale –
allemal
ungeniert,
nie fixiert
auf den einen,
denn mein Herz ist ziemlich weit.
Sie zieht ihren Lippenstift nach.
Was glauben diese Kerle bloß?
Sie sind entzückt,
doch sind sie nicht gescheit.
Man hört es schmatzen, wie sie die Schminke auf dem Mund verreibt.
Ich muss los!

Plötzlich wird an der Haustür heftig geklingelt.
Wer ist da?
Bist du es, Kenny?
Ted?
Der Neue, ach, wie hieß er gleich?

Es sind Schüsse zu hören. Sie schreit.
Mein Gott! Sind's am Ende alle drei?
Sich meinetwegen zu erschießen,
aus Eifersucht?
Verflucht!
Schmeichelhaft, das geb ich zu.
Doch es lässt mir keine Ruh.
Sie sitzt wieder vor ihrem Computer, spielt ratlos mit dem Telefonhörer. Dabei singt sie jetzt sehr leise.
Denn jetzt bin ich ganz verstört.
So plötzlich wird man Witwe! Leider!
Ja, ich weiß, was sich gehört.
Von heut an trag ich Trauerkleider.
Sie legt ihren Ehering wieder an.
Wie stark mein Kenny war! Ein Stier.
Mein armes Herz, es ist gebrochen!
Doch auch René – ein Kavalier.
Ich hätte gern mit ihm gesprochen.
Ich kann das alles noch nicht fassen.
Zwar habt ihr mich allein gelassen,
doch ewig werd ich an euch denken
in meiner Einsamkeit.
Es wird an die Tür gehämmert.
Die Polizei! Ich bin bereit.

Dritter Akt

Ein paar Stunden später. Ihre Frisur zeigt Spuren der Auflösung. Sie trägt immer noch dasselbe Kleid wie zuvor.
Das mit den Schüssen war nur ein Witz:
ein paar bekiffte Straßenkids.
An mir hat's wirklich nicht gelegen,

doch wer erschießt sich schon meinetwegen?
Außerdem bekam ich kein Mittagessen.
Meinen Kenny hab ich versetzt,
der andre hat mich vergessen.
Und zuletzt,
mein Rendezvous hab ich auch noch verpasst.
Das Alter ist eine ziemliche Last.
Sie jammert.
Ich höre es rauschen, es rauscht in den Ohren.
In dieser Brandung bin ich verloren.
Es klopft leise an der Wohnungstür. Sie ist überrascht, geht zögernd, fast widerwillig hin, um zu öffnen, und wirft einen Blick durch das Guckloch. Sie flüstert.
Du bist es. Du!

Sie gewinnt langsam ihre Fassung wieder.
So ein süßer Stuss,
früh nach Hause zu kommen!
Mir war grade so trist.
Wie romantisch mein Ehemann ist!
Sie öffnet die Tür. Ihre Erleichterung ist sichtlich echt.
Herrje, gib mir einen Kuss.

Vorhang

Aus dem amerikanischen Englisch von
Hans Magnus Enzensberger

Liebe Mom, lieber Dad

Liebe Mom, lieber Dad, bitte entschuldigt, dass ich mich so lange nicht gemeldet habe. Ich kann mir vorstellen, dass Ihr Euch meinetwegen Sorgen gemacht habt, aber ich konnte wirklich nicht anrufen. Bis gestern lag ich im Krankenhaus. Zum ersten Mal seit anderthalb Monaten sitze ich wieder an einem Tisch. Nach unserem Streit vor sechs Wochen wegen Ralph, der Euch nicht gefällt, weil er so viel älter als ich und überhaupt eine seltsame Wahl ist, weil er kein Arzt oder Anwalt ist wie alle anderen, die ich kenne, war ich so wütend, dass ich mich besser nicht ans Steuer gesetzt hätte. Jackie hatte die ganze Zeit im Wagen auf mich gewartet. Sie ist immer meine beste Freundin gewesen. Ich war doch bloß vorbeigekommen, um Euch kurz zu umarmen. Danach wollten wir weiterfahren – über das Wochenende nach Maine, wo Ralph eine Farm hat. So arm ist er nämlich gar nicht, wisst Ihr. Ich war hereingekommen und sagte: »Ich wollte euch bloß Guten Tag sagen, ich bin auf dem Weg nach Maine.« Da habt Ihr gleich angefangen, mir Vorwürfe wegen Ralph zu machen. Ihr werdet Euch daran erinnern. Als Du, Dad, meine Beziehung zu ihm eine »Katastrophe« nanntest und Mom zu weinen anfing, da habe ich eben kehrtgemacht und bin gegangen. Ihr seid hinter mir her, aber ich war schneller. Ich habe mich in den Wagen gesetzt, mit zitternden Händen. Jackie bot an, sie könne fahren. Aber ich wollte nicht. Ich fuhr auf den Highway. Alles in mir war im Aufruhr. Ich konnte mich nicht konzentrieren. Ich fuhr zu schnell. Ich fuhr viel zu schnell. Jackie schrie mich an. Ich stand einfach auf dem Gaspedal. Hundertfünfzig bin ich gefahren. An einer Baustelle verengte sich die Straße, und ich übersah die Warnschilder. Ich geriet auf den Mittelstreifen, der Wagen brach durch die Leitplanke und schoss auf die Gegenfahrbahn. Ein kleiner Wagen, eine indische Familie mit vier Kindern, kam mir entgegen – ich krachte mitten in sie rein. Noch immer habe ich Jackies »Nein! Nein!« im Ohr. Es waren ihre letzten Worte. Jackie ist tot. Ein siebenjähriger Junge in dem anderen Wagen hat überlebt, die Eltern und seine drei Geschwister sind tot. Er aber hat nicht die kleinste Schramme, die ihn von der neuen Wirklichkeit wenigstens einen Moment lang ablenken könnte. Was mich angeht – um beim Sichtbarsten anzufangen: Die Hüften und beide Beine sind zerquetscht. Das Gesicht ist völlig kaputt – die Nase gebrochen, die Wangenknochen gebrochen, ein Riss in der Stirn, sieben Rippen, der linke Arm und die linke Hand an fünf Stellen gebrochen. Ich habe auch innere Verletzungen – unter anderem einen Lungenriss. Drei Tage war ich auf der Intensivstation. Ralph kam mit dem Flugzeug von Maine, um bei mir zu sein. In Boston sollte eine Ausstellung mit seinen Bildern eröffnet werden, für die er seit mehr als einem Jahr gearbeitet hatte. Er fuhr nicht hin, sondern blieb, solange er konnte, bei mir. Irgendwann musste er zurück nach Maine, sich um die Tiere kümmern, und kam dann an den Wochenenden herüber. Die übrige Zeit war ich allein. Ich habe vier Operationen hinter mir – in vier Wochen. Im Gesicht werde ich noch operiert. Vielleicht kann ich nie mehr richtig laufen. Kinder werde ich auch keine bekommen können. Aber das alles macht mir längst nicht so viel Kummer wie mein Gewissen. Ich habe fünf Menschen umgebracht. Jackies Eltern haben ihr einziges Kind verloren. Ein kleiner Junge hat alle seine Angehörigen verloren. Und ich bin schuld.

Liebe Mom, lieber Dad. Nichts von alledem ist wahr. Die Wahrheit ist, ich hatte bei Euch angehalten, um Euch eine freudige Nachricht zu bringen. Aber weil Ihr derart über Ralph hergezogen seid, konnte ich Euch nicht sagen, dass ich schwanger bin. Jetzt bin ich im fünften Monat. Letzte Woche haben Ralph und ich geheiratet. Entschuldigt den ersten Absatz: Ich wollte nur, dass Ihr meine Neuigkeiten im richtigen

Licht seht. Wir leben in Maine, ich bin ungeheuer glücklich, und ich hoffe, Ihr besucht uns bald mal.

In Liebe
Eure Tochter Sarah

Aus dem amerikanischen Englisch
von Reinhard Kaiser

Fährnisse der Schönheit

Für Aryeh Stollman

Manchmal kommt es vor, dass jemand plötzlich jünger aussieht – besser. Meistens gibt es dafür eine einfache Erklärung. Dieser Jemand hat sich verliebt oder einen ruinös teuren Urlaub gemacht, oder er lässt sich was spritzen. Mit anderen Worten: Ohne Quälerei geht es nicht. Bestätigt wurde diese Theorie von mir durch eine Friseuse, die bei einem Autounfall nur knapp dem Tod entging, nachher aber zwanzig Jahre jünger aussah und auf der Attraktivitätsskala von einer unterirdischen 2 auf eine 6 geklettert war. Sie nahm ab. Sie tat etwas für ihr Haar. Die Leiden brachten das Spinngewebe der Fältchen auf ihrem Gesicht zum Verschwinden.

Aussehen zählt. Der Platz, den jeder von uns auf der Attraktivitätsskala von 1 bis 10 einnimmt, schwankt im Laufe des Lebens ständig, aber der große Bogen ist immer der gleiche – zuerst nach oben und dann unweigerlich, wenn auch in unterschiedlichem Tempo, nach unten, bis in die Abgründe des Avernus … Ich selbst habe als holder Knabe angefangen. Alle schwärmten von meinem kastanienbraunen Schopf, meinem dunklen Teint, meinem niedlichen Gesicht. Mit zwanzig war ich schlaksig, hatte ein markantes Profil und große grüne Augen, die weit auseinanderlagen – große, weit auseinanderliegende Augen sind attraktiver als eng beieinanderstehende Knopfaugen. Meine Beine waren gerade. So wie Beine sein müssen – gerade. Das Haar muss dicht und glatt sein, wie meines. Ich stand gern vor dem Spiegel und sah mich an. Ich würde sagen, ich war eine 8. Das Mädchen, auf das ich ein Auge warf, war natürlich eine klare 10. Man soll schließlich nach Höherem streben. Hilfreich war dabei, dass ich einen Vater in einer gehobenen Position hatte; ich bekam das Mädchen.

Sie blieb aber nicht bei mir, sondern hat mich verlassen – wegen einer 5, einer mickrigen, farblosen 5. Und langweilig war der Kerl auch. Er ist gut im Bett, hat sie mir mal gesagt, und vielleicht sollte das heißen: anders als du. Aber da lag sie falsch. Ich weiß, worauf es im Bett ankommt. Ich habe bloß kein Talent zum Schmusen. Aber was soll's? Alle meine Frauen habe ich dadurch bekommen, dass ich nett zu ihnen war, dass ich ihnen Geschichten von meinem prominenten Vater erzählte und seinen wichtigen Posten am Ende sogar selbst übernahm, aber vor allem dadurch, dass ich kritisch guckte, sobald sie den Mund aufmachten. Diese Art Skepsis habe ich richtig kultiviert. Frauen sind verrückt nach Männern in gehobenen Positionen, die ihre Intelligenz in Zweifel ziehen und dann trotzdem nett zu ihnen sind. Eine von dieser Sorte habe ich geheiratet. Sie war übrigens eine 6, genau wie ich damals. Nachdem mich meine erste Freundin verlassen hatte, war ich auf der Attraktivitätsskala um zwei Punkte abgerutscht.

Eigentlich war meine Frau eher eine 4 – ziemlich dick, mit einem großen, unhandlichen Busen. Aber sie war Sängerin, da gehört das Dicksein zu den Berufsvoraussetzungen, und ihre Karriere war ein nicht sichtbares, aber trotzdem deutlich spürbares Plus, mit dem sie sich auf eine 6 hochschraubte. Meine Frau hat eine ganz ansehnliche Karriere gemacht. Die Leute mögen sie. Ich habe nie verstanden, warum. Meine Eltern mochten sie jedenfalls auch, und damit war die Sache zwischen uns klar.

Dann passierte etwas Schreckliches. Sie stürzte sich auf die Kosmetik, sie nahm ab, sie zog sich besser an – und kam so auf eine 7, während ich mit den Jahren auf eine 4 zurücksank.

Diesen Fehler machen viele Männer – zu glauben, man könne nichts dagegen tun. Sie lassen die Zeit ihre schmutzige Arbeit verrichten. Auch ich sah untätig zu, wie mein kastanienbrauner Schopf taubengrau wurde und wie er sich nach und nach von meinem Schädeldach verabschiedete. Die restlichen Strähnen hingen mir wie ein

Trauerkranz um den Kopf. Aber irgendwann holte ich mir die Kontrolle über mein Älterwerden zurück. Ich ließ mir einen Schnurrbart wachsen. Ich wollte ihn kastanienbraun färben. Es ging daneben. Von nun an besuchte ich einen Schönheitssalon.

Auch in kleinen Schönheitssalons gibt es viele Frauen, aber die wenigsten von ihnen sind attraktiv. Die meisten sind über dreißig, viele noch älter. Ihr Fleisch ist schlapp. So sagte mein Vater immer. Ich habe das auch gern auf junge Frauen übertragen – »Ihr Fleisch ist schlapp« –, bei ihnen war es doppelt niederschmetternd. Jeder Mensch hat ja irgendwelche Mängel und Unvollkommenheiten, und ich hielt es für klug, neuen Bekannten von mir immer gleich zu erläutern, worin meiner Meinung nach ihre Schwächen bestanden. Bei älteren Frauen machte ich mir diese Mühe allerdings nicht. Ältere Frauen nahm ich überhaupt nicht wahr. Im Salon ließ ich mir den Schnurrbart und das Haar immer von Herrn Schulz färben und schneiden. Die Friseuse dagegen würdigte ich keines Blickes – sie war dick, mindestens fünfzig, scheußlich angezogen, und sie hatte knallrotes Haar.

Meine Frau war gerade mal wieder dabei, mich zu verlassen. Sie ist Italienerin, ein geselliger Typ, und giert nach Aufmerksamkeit. Ich hatte ihr frühzeitig gesagt, dass ich von Komplimentemacherei nichts halte. Ich geriet wegen ihrer Stimme nicht in Verzückung. Leider Gottes hatte sie aber ein unersättliches Verlangen nach Komplimenten, und sie klapperte die ganze Stadt nach Männern ab, die ihr welche machten. Für ein bisschen Lobhudelei legte sie sich mit jedem hin. Mit über vierzig war sie immer noch auf der Jagd, und ich staunte, wie viele schwache Männer es gab, die sie noch wollten. Ich nehme an, sie erlagen ihrem Gesang und der Art, wie sie auf der Bühne herumstolzierte. Eine Zeit lang war es mir egal, denn ich hatte Inge. Es machte mir sogar Spaß, meiner Frau zu signalisieren, dass Inge jung war, viel jünger. Ich legte mir einen bestimmten Blick zu, der meine Frau spüren ließ, dass sie gerade mit einer jüngeren Frau verglichen wurde und dabei den Kürzeren zog.

Inge war zweiundzwanzig, sie hatte so große grüne Augen wie ich und war etwas unbedarft. Ich brachte ihr bei, was ich an Italienisch von meiner Frau gelernt hatte, und das beeindruckte sie. Ich begleitete sie zu Kulturveranstaltungen, lud sie auch in die Oper ein, wenn nicht gerade meine Frau sang, und brachte ihr bei, wie man sich intelligent über eine Aufführung unterhält. Dummerweise legte sie sich einen Freund zu. Er war in ihrem Alter, absolut langweilig, aber aus irgendeinem Grund gefiel er ihr, und damit war der Kuchen gegessen. Ich kam mir vor wie eine 2.

Ich konnte an gar nichts anderes mehr denken. Ich ließ die Arbeit schleifen und kümmerte mich die meiste Zeit um meinen Körper. Ich fing an zu joggen und ließ mir den Schnurrbart noch größer und dichter wachsen, sodass er eine richtige Attraktion wurde. Ich kletterte auf die 4. Aber das reichte noch längst nicht. Meine Frau sang gerade eine Hauptrolle, und die ganze Stadt sprach von ihr. Sie hatte einen neuen Liebhaber. Mit mir gab sie sich Mühe, wollte immer nett sein, aber das machte mich nur noch wütender. Um diese Zeit fiel mir dann die Veränderung bei der Friseuse auf.

Von einem auf den anderen Tag war aus ihr eine schöne Frau geworden. Sie sah aus wie dreißig, keinen Tag älter. Sie hatte stark abgenommen, konnte sich also schick anziehen, und ihrem roten Haar hatte sie einen hübschen Goldton verordnet, den es neuerdings zu kaufen gab. Herr Schulz schnitt mir das Haar, und ich sprach ihn darauf an – auf die Veränderung. Er sagte: »Ja, Frau Larson hatte einen furchtbaren Autounfall. Nachher hat sie abgenommen und sieht jetzt überhaupt viel besser aus. Manchmal wirkt Schmerz wie ein Schönheitsmittel. Sie hat auch einen neuen Freund.«

Diese Therapie wollte ich natürlich unbedingt probieren. Ich brauchte ein paar Tage, bis ich den nötigen Mut beisammenhatte. Dann tat ich es. Ich beobachtete den Verkehr. Ich suchte mir ein langsames Fahrzeug aus. Ein Schritt, und ich stand direkt vor ihm.

Als Nächstes merkte ich dann, dass ich im Krankenhaus lag. Der Wagen hatte mir eine Schulter, fünf Rippen und den Unterkiefer gebrochen. Ernsthaft bedroht war meine Gesundheit nicht, und so wurde ich bald wieder in die Gesellschaft entlassen. Auf der Skala kam ich erst mal nicht mehr vor. Ich war ungefähr so attraktiv wie eine Schrottkarre und wartete auf die positive Veränderung in meinem Aussehen.

Nichts geschah. Nach einiger Zeit machte ich einen Termin im Schönheitssalon, obwohl ich mir den Schnurrbart nach dem Krankenhaus nicht mehr hatte wachsen lassen. Er hätte die hässliche, schlecht heilende Narbe neben dem Mund nur noch hervorgehoben. Das übrige Haar war inzwischen ganz weiß geworden. Es war an einem Tag im Frühsommer, und die Ladentür stand offen. Drinnen sah ich die Friseusen bei der Arbeit, und ich erkannte Frau Larson. Sie war genauso dick und genauso rothaarig wie vor dem Unfall, und direkt neben ihr stand ihr junges, schlankes, blondes Double. Es gab also zwei Friseusen. Ich ergriff die Flucht. Ich fragte meine Frau, ob sie mir die Haare schneiden wolle, und sie sagte lächelnd: »Gern.« Auch kurz nach unserer Hochzeit hatte ihr das immer viel Spaß gemacht.

Am Tag meines Unfalls hatte sie ihren neuen Liebhaber aufgegeben. Sie nahm bei der Oper Urlaub, damit sie sich um mich kümmern konnte. Sie fütterte mich mit einem Strohhalm. Mein Unterkiefer war mit Draht geflickt, sodass ich keine kritischen Bemerkungen machen konnte. Immer wenn sie in der Nähe war, kam sie ganz dicht heran, küsste mich auf die Glatze und ließ ihre Lippen einen Augenblick dort verweilen. Sie liebe mich, sagte sie, der Unfall habe es ihr klargemacht. Und ich war ihr dankbar. Meine Skepsis erschien mir jetzt nur noch lästig und überflüssig. Ich spürte, wie die Liebe zu meiner Frau wuchs.

Aus dem amerikanischen Englisch von Reinhard Kaiser

Bei Jesus um die Ecke

Für Clifton

Ein paar Jahre wohnten wir direkt neben Jesus und stellten uns vor, er würde uns beschützen.

Sis hatte sich das so ausgedacht. »Hier braucht Jesus keine Verrenkungen zu machen, wenn er seine Hand über uns hält«, sagte sie und meinte die direkte Linie zwischen unserem Küchentisch und dem Altar. Diese Linie verband den Kelch, der in seinem Kabuff auf dem Altar stand, über hundert Meter und durch zwei Holzwände, die früher beide mal weiß gewesen waren, mit den Salz- und Pfefferstreuern aus grünem Glas, die in der Mitte von unserem Tisch standen. Die Kirche konnte sich keinen neuen Anstrich leisten, genau wie wir. Vierzehn Mal in der Woche ging der Klingelbeutel rum, und es reichte gerade für die Hafergrütze und das Gemüse, die der Pfarrer seinen Kindern zu essen gab, und einmal die Woche Hühnermägen, das Gleiche, was auch bei uns auf den Tisch kam.

Es war kein schlechtes Leben. Wir Jungs hatten unseren Spaß, und wir liebten Sis. Der Boden, auf den sie ihre Füße setzte, war uns heilig. Ich brauchte keinen Jesus, um mich gut aufgehoben zu fühlen. Ich hatte ja Sis. Aber Sis brauchte Jesus. Trotzdem, Sis zuliebe versuchte ich zu glauben. Ich betete, was das Zeug hielt. Sis wusste, dass ich kein richtiges Verhältnis zu unserem Heiland hatte, und sie machte sich Sorgen wegen meines Charakters. Immer prophezeite sie, eines Tages, wenn ich ihn am wenigsten erwartete, würde Jesus zu mir kommen. In einer Wolke aus blendendem Licht. Besonders gespannt war ich aber nicht auf diesen Tag. Sis versuchte, die Sache zu beschleunigen, und gab mir das Zimmer im Keller. Da unten war ich für mich allein, was mir gut gefiel, denn nun konnte ich machen, was ich wollte, ohne dass es die anderen gleich mitbekamen. Ihre Idee dabei war aber, dass man vom Kellerfenster aus die Kirche sehen konnte. Ich hatte den Fußboden der Kirche in Augenhöhe vor mir, und auf dem, sagte Sis, wandelte Jesus herum.

Sis hatte dieses Haus nach einem ganz bestimmten Morgen für uns gesucht. Damals wohnten wir noch in dem anderen, einem größeren, ein bisschen außerhalb, aber auch in Montgomery.

Dad arbeitete bei der Eisenbahn. Er war Schlafwagenschaffner. Er organisierte auch die anderen Schlafwagenschaffner im Süden zu einer Gewerkschaft. Und als er das geschafft hatte, sollte er Vorsitzender von dieser Gewerkschaft oder so was Ähnliches werden. Er war also ein ziemlich wichtiger Mann. Meistens war er tagelang weg. Aber wenn er dann nach Hause kam, wurde gefeiert, bis er wieder wegfuhr. Mom war bei der Geburt von Jack gestorben, aber Sis hatte ihren Platz übernommen und kümmerte sich um uns Kleine. Sie war zwölf, als Mom starb, Fred war acht, ich vier, und Jack war gerade geboren. Ich kann mich an Mom gar nicht erinnern. Aber ich finde das nicht so schlimm. Sis hat uns großgezogen, und das war in Ordnung.

Eines Tages, ganz früh morgens, als wir Jungs noch schliefen, kam Dad rein und holte seine Schrotflinte aus dem Versteck unter unserer Matratze. Er hatte es sehr eilig. Ich lauschte seinen Schritten, wie er zur Verandatür ging, wie er sie öffnete und wieder zumachte, und dann hörte ich einen Schuss und ein furchtbares Gepolter. Ich dachte, er hätte ein Reh geschossen oder noch was Größeres, ein Wildschwein. Ich sprang aus dem Bett und rannte zur Veranda. Sis war schneller gewesen. Sie war schon auf der Veranda, als ich rauskam. Sie schrie mich an: »Geh wieder rein, du kleiner Blödmann!«, – und das tat ich. Aber für einen Moment hatte ich Dad gesehen, zusammengesackt, im Nachthemd, der Kopf lag in einer Blutlache. Und dann hieß es, er hätte Selbstmord begangen.

Ich war wütend auf ihn. Wir waren alle wütend auf ihn. An dem Abend rief uns Sis um die übliche Zeit zum Essen. Heulend saßen wir um den Tisch und schimpften auf ihn, weil er uns allein gelassen hatte. Jack sagte: »Was sollen wir denn jetzt essen?« Da schimpften wir alle auf Jack, weil er so selbstsüchtig war. Sis sah uns ein Weilchen zu, ohne etwas zu sagen. Und dann sagte sie: »Ich glaub, es ist Zeit, woandershin zu gehen.«

Sie fand dieses Haus neben der Kirche für uns, in einem netten, sauberen Viertel mitten in Montgomery. Sie besorgte sich eine Stelle, Putzen bei einer weißen Familie. Wir Jungs arbeiteten nach der Schule. Wir kamen zurecht. Aber sie machte sich Sorgen um uns. Am meisten Sorgen machte sie sich meinetwegen, weil sie merkte, dass ich die Sonntage nicht mochte, weil sonntags Kirche war und ich keine Lust hatte, zum Gottesdienst zu gehen. Ich fand's langweilig. Nach dem, was Dad gemacht hatte, war mir Gott sowieso ziemlich egal. Sis behauptete, ich wäre das größte Problem ihres Lebens, aber dann lächelte sie wieder, und ich wusste, dass es nicht stimmte. Ihre Zähne waren so weiß und sauber wie ihre Schürze. Sie hatte schlimmere Probleme als mich, und ich war sicher, sie liebte mich genau wie die anderen. Wir waren ihr Leben. Die Idee, dass ich in diesem Keller Jesus finden könnte, kam mir zwar albern vor, aber ich habe Sis nie widersprochen. Außerdem war ich stolz, ein Zimmer für mich allein zu haben, obwohl ich gar nicht der Älteste war, und es brachte mich auch ein bisschen aus ihrer Schusslinie.

Eines Abends versuchte ich, ein Erwachsenenbuch zu lesen, das ich im Müll gefunden hatte. Es hieß »Wilde Palmen«, mit einem Bild von einer fast nackten Frau vorn drauf. Sis hatte das Licht schon ausgemacht, und ich kauerte mit diesem Buch und einer Taschenlampe unter der Bettdecke. Mir ging die Luft aus, ich streckte die Nase unter der Decke hervor, um Luft zu schnappen, und da passierte es. Jesus erschien mir.

Ein riesiger Ballon weißes Licht füllte das Zimmer.

Er hing dort eine ganze Ewigkeit, so kam mir das vor, und ich wusste, in dem Licht war Jesus.

Ich war außer mir vor Freude. Endlich konnte ich glauben.

Als das Licht schließlich verschwand und die Kammer wieder dunkel wurde, sprang ich aus dem Bett und rannte nach oben, um Sis die Botschaft zu überbringen. Sie kam gerade die Kellertreppe zu meinem Zimmer runter, und wir prallten zusammen.

»Wo willst du denn hin?«

Sie packte mich beim Kragen von meinem Nachhemd und schüttelte mich, dass mir fast der Kopf abfiel.

»Jesus war bei mir!«, sagte ich. »In weißem Licht!«

Sie ließ ein bisschen lockerer. »Ich habe kein Licht gesehen«, zischte sie. »Ich habe bloß ein lautes, fieses Geräusch gehört.«

Dann schleifte sie mich am Arm nach oben und sagte: »Du bleibst hier stehen, ich hol die anderen« – und dann zerrte sie auch die anderen aus den Betten und schob uns alle raus in die Nacht.

Die Kirche nebenan stand in Flammen.

Stundenlang standen wir da und sahen zu, wie die Feuerwehrleute versuchten, den Brand zu löschen. Der Clan hatte eine Bombe in unserer Kirche gezündet. Als von dem Gebäude nichts mehr da war außer einem Haufen Glut, schloss Sis uns in die Arme und sagte: »Ich glaub, es ist Zeit, woandershin zu gehen.«

Wir gingen in den Norden. Auch da arbeitete Sis als Putzfrau und sorgte dafür, dass wir alle eine gute Bildung bekamen und aufs College gingen. Es dauerte lange, bis ich erfuhr, dass sich mein Vater gar nicht selbst umgebracht hatte. Ich war längst erwachsen, als herauskam, dass er ermordet worden war, in den Kopf geschossen von einem, der keine Gewerkschafter mochte, vor allem wenn sie Neger waren. Für mich war es ein Schock. Ich musste meinem Vater verzeihen, und das fiel mir gar nicht so leicht.

Sis hat nie geheiratet, ich auch nicht. Sie hatte genug mit uns zu tun, und ich muss mich wohl an die Vorstellung gewöhnt haben, allein zu sein wie in dem Keller in Montgomery und auf Jesus zu warten. Sis ist inzwischen eine alte Dame, und das heißt, dass ich nun auch langsam alt werde. Aber sie ist sehr stark. Manchmal führe ich sie aus – letztes Jahr nach Paris, im Jahr davor waren wir eine Woche in Hawaii und in dem Jahr davor in Tokio. Inzwischen haben wir fast alles gesehen. Als Pastor im Ruhestand habe ich genug, um auch für sie zu sorgen, und jedes Mal, wenn ich ihr das Flugticket gebe, sage ich: »Sis, es ist Zeit, woandershin zu gehen.«

Aus dem amerikanischen Englisch von Reinhard Kaiser

Seozeres Bogart

Die Krise ist jetzt vorüber. Künstler sind Auserwählte, aber sie sind gegen Pech nicht immun. Und wenn es sie erwischt hat, müssen ihnen die einfachen Leute helfen. Schließlich liefern sich Künstler mit ihren Gedanken und ihrer Seele an Hinz und Kunz und wer weiß wen sonst noch aus. Ihr wahrer Lohn ist nicht Geld, sondern Liebe, und wenn man jemanden liebt, dann soll man ihm helfen, wenn er Hilfe braucht. Manchmal gerät die Karriere eines Künstlers durch Umstände, auf die er keinen Einfluss hat, ins Stocken. So erging es Seozeres Bogart.

Er kam in Israel zur Welt, aber er ist Tscherkesse. Die Tscherkessen sind ein Volk ohne Staat. Selbst die Palästinenser haben mehr Staat als die Tscherkessen, die in diesem Punkt wirklich auf den Hund gekommen sind. Künstler sprießen oft auf ganz gewöhnlichem Boden, wie eine fremde Pflanze, die Gott gesät hat, um uns zu verwundern. Der Vater von Seozeres ist Lastwagenfahrer – ich habe ihn nie kennengelernt, ich habe mein Lebtag keinen Lastwagenfahrer kennengelernt –, aber er ist offenbar ein freundlicher, unwissender Mann, und seinen siebten und letzten Sohn nannte er Jalal. Als Jalal mit der Zeit klar wurde, dass er Talent hatte und eines Tages anderen Menschen viel bedeuten würde, suchte er nach einem neuen Namen für sich. Ihm fiel der heilige Seozeres ein, früher der Herrscher über Wind und Wasser, heute vergessen. Noch immer werden in jedem Frühjahr wilde Volksfeste zu Ehren dieses Heiligen gefeiert, aber niemand weiß mehr, warum, und Jalal freute sich, dass er dem heiligen Mann zu einem wohlverdienten Comeback verhelfen konnte, indem er sich Seozeres nannte.

Er war sechzehn, als sein Ruhm sich auszubreiten begann. Sein

Volk liebte und verehrte ihn. Es war seine Glückszeit: Er hatte eine Fangemeinde, und die tscherkessische Zeitung schrieb regelmäßig über seine Liebesaffären. In Israel, bevor er mich kennenlernte, hatte er viele Frauen. Wenn er ins Restaurant ging, bestellte er immer das teuerste Gericht auf der Speisekarte und sah nie eine Rechnung. Wenn er bei jemandem zu Besuch war, hielt er im Haus Ausschau nach etwas Teurem, fragte, ob er es haben könne, und jedes Mal schenkte es ihm der Besitzer mit dem größten Vergnügen. Wenn sich der Knoten seines Schnürsenkels gelöst hatte, stürzten Menschen herbei, um vor ihm auf die Knie zu sinken und ihn wieder zu binden. Die Frage, die am häufigsten an sein Ohr drang, lautete: »Wie kann ich helfen?«

Trotz seiner privilegierten Stellung waren ihm die Probleme, die sein Volk plagten, immer schmerzlich bewusst. Er war ein junger Mann, und die Zeit des Wehrdienstes rückte heran. In Israel brauchen Tscherkessen nicht zur Armee, obwohl sie israelische Pässe haben. Wenn sie trotzdem dienen, bekommen sie 10 000 Dollar extra zu dem normalen, geringen Sold. Seozeres ärgerte sich über diese Beleidigung. Ich kann mir vorstellen, wie feindselig die Juden sein müssen, die ihren Wehrdienst leisten und keine Sonderzahlung bekommen. »Diabolisch ist das!«, sagte Seozeres immer. Er ging natürlich nicht zum Militär. Er sagt, er habe kein Schandgeld nehmen wollen. Stattdessen ging er ins Exil. Er verließ seine schöne Heimat, seinen Heimatort im Paradies von Galiläa, die weinenden Eltern und sechs ältere Geschwister und stellte sich auf eigene Füße. Damals hatte er hohe Schulden bei verschiedenen Freunden. Einer forderte sein Geld zurück, obwohl er es gar nicht brauchte. Er hatte ein großes Restaurant in Haifa, das aus irgendeinem Grund schließen musste. Ständig war er Seozeres auf den Fersen, tauchte zu allen möglichen und unmöglichen Tages- und Nachtzeiten bei ihm auf, klagte, erzählte ihm Geschichten von einer kranken Ehefrau. Dadurch ging Seozeres' Beziehung zu den eigenen Leuten in die Brüche. Seit fünfundzwanzig Jahren ist er nun Flüchtling. Aber er ist noch viel mehr.

Seozeres ist ein großer Künstler, ein Schauspieler, der sich in einer fremden, feindseligen Welt über Wasser hält, in England. Dort begann seine Pechsträhne. Enttäuschungen hagelten auf seinen armen, prachtvollen Kopf herab. Daheim waren die Menschen immer hilfsbereit gewesen. Aber als er nach England kam, wollten die anderen Tscherkessen dort keinen Finger krumm machen, um ihm zu helfen. England verändert sie. Hier sind sie plötzlich immer beschäftigt, und seine Bitten um Beistand beim Lernen der Sprache trugen Seozeres nur lahme Ausreden ein – ein Job verschlang neuerdings den ganzen Tag, eine Mutter lag im Krankenhaus, eine Suppe musste umgerührt werden. Einmal erklärte sich ein Freund bereit, ihm Nachhilfeunterricht zu geben, aber dann tauchte er nie auf, sondern schickte mit der Post nur eine dicke englische Grammatik und dazu ein Briefchen, in dem großspurig von einem »Geschenk« die Rede war. Künstler nehmen leicht Schaden durch Gefühlskälte. Und zuletzt gab Seozeres auf. Ich hätte alles getan, um ihm bei der Verbesserung seines Englischs zu helfen, aber als ich ihn kennenlernte, war es zu spät. Das Wort »diabolisch« merkte er sich, aber in Herz und Hirn hatte sich bei ihm eine Art Abwehr entwickelt, und die Regeln der Grammatik gingen einfach nicht mehr hinein, egal wie oft ich sie ihm erklärte. Infolgedessen konnte er in England keine Hauptrollen spielen. Anfangs bot man ihm noch oft Nebenrollen an, als Taxifahrer oder als Gangster, aber er lehnte ab. Er wusste, sein Volk würde ihn in solchen Rollen nicht sehen wollen. Für seine Leute wäre es eine Kränkung gewesen. Und irgendwann wurden ihm dann keine Rollen mehr angeboten.

In England riss der Strom der Beleidigungen nie ab. Die englischen Zeitungen ignorierten ihn, verweigerten ihm die Aufmerksamkeit, die jeder Künstler zum Leben und Atmen braucht. Außerdem wurde er natürlich auch älter. Er sah nicht mehr ganz so gut aus – genauer gesagt, er verlor seine einzigartigen roten Locken und wurde immer depressiver. Trotzdem, wenn er sich rasierte und schick anzog, heiterte sich seine Laune für einige Zeit auf. Dann entdeckte er seine alte Schönheit wieder und dass er aussah wie ein tscherkessischer Humphrey Bogart. Eigentlich sieht er sogar besser aus als Humphrey. Seine Augen sind kupferfarben, und was ihm an Haar noch geblieben ist, schimmert ebenfalls wie Kupfer. Er hat ein markantes Gesicht mit tiefen Furchen, eine gute Figur, obwohl er ziemlich klein ist, aber längst kein Zwerg. Ein schmucker Hut ist ein gutes Mittel gegen einen kahlen Kopf. Und wenn er seine Plateauschuhe anzieht und einen Anzug, dann läuft er nicht, sondern tanzt.

Ich hatte vorher noch nie einen Künstler gekannt, und es war mir eine Freude, für uns beide zu sorgen. Wir warteten auf eine Gelegenheit, ihn wieder ins Licht der Öffentlichkeit zu rücken, wo er hingehört. Die nötige Geduld holte ich mir bei ihm. Tscherkessen sind von Hause aus geduldig. Sie verstehen sich aufs Warten und wissen, dass die besten Dinge im Leben lange brauchen, um zu reifen. Westler wie meine Freunde und meine Angehörigen wissen nicht, was Reife ist. Seozeres sagte oft, wir seien im Grunde unreif und deshalb auch nicht süß. Während ich von Seozeres lernte, wie man eine Ausnahme von dieser Regel bilden kann, musste ich mir von meinen anderen Angehörigen eine Menge Kritik gefallen lassen. Meine Mutter nannte ihn einen Gigolo. Meine Tochter Glenda, die genau wie ich als Krankenschwester arbeitet, warnte mich, ich würde mich lächerlich machen, wenn ich mich um diesen Mann kümmerte, den sie einen Faulpelz nannte. Mein früherer Mann überhäufte mich mit Spott. Er hat eine Arztpraxis an der Harley Street. Der Ehrgeiz zerfrisst ihn, und seine einzige Freude im Leben ist seine Sammlung von Taschenuhren aus dem frühen 19. Jahrhundert. Ich lernte Seozeres auf der Entbindungsstation kennen, wo ich arbeite und wo seine Freundin gerade ein Baby zur Welt gebracht hatte. Seozeres und ich liefen uns auf dem Flur ständig über den Weg, und eines Tages küsste er mich. Er küsste mich nicht bloß, er warf mich um, buchstäblich – im Geräteraum. Fast wären wir in einen Brutkasten, der dort abgestellt war, gekracht. Seine Einstellung zum Leben hat auch meine verändert. Sein Lieblingswort ist »genießen«. Damit hatte ich es noch nie probiert. In seinen Armen entspannte ich mich. Dann mietete ich eine kleine Wohnung, wo wir uns nachmittags treffen konnten. Aber er hat seine Freundin sofort verlassen, noch bevor sie und das Baby aus dem Krankenhaus kamen. Er habe sie sowieso nie geliebt, sagte er. Sie habe ihm bloß ein ordentliches Dach über dem Kopf geboten, als er nach England gekommen sei – und dann fügte er hinzu, jetzt habe er sich zum ersten Mal in seinem Leben in eine Frau wirklich verliebt. Also ging ich nach Hause und packte.

Das Erste, was alle wissen wollten, war, wie Seozeres sein Geld verdiente. Typisch englische Frage. Ich sagte ihnen, er sei Künstler. Und daran bohrten sie dann herum: Aha, also ein Künstler, und was für ein Künstler? Ein Schauspieler. Und warum kennen wir ihn nicht? Und wer bezahlt eigentlich die Miete? Er wird sie bezahlen, sagte ich. Ihr werdet schon sehen, er wird sie ganz bezahlen und noch mehr dazu, wenn er erst wieder im Geschäft ist. Es war das, was er auch mir immer sagte.

Meiner Tochter Glenda versuchte ich klarzumachen, dass wir Engländer einiges von den Tscherkessen lernen könnten, die so geduldig sind, dass es ihnen nichts ausmacht, auch noch hundertfünfzig Jahre nach ihrer Vertreibung im Jahre 1864 auf die Rückkehr in die Heimat zu warten. Früher waren sie berühmt für ihre Schönheit, heute haben sie Probleme, die wir Engländer uns gar nicht vorstellen können. Wer von uns weiß denn, dass es auf der Welt vier Millionen Tscherkessen gibt, über fünfundvierzig Länder verstreut und vereint bloß durch ihre Kultur und die Sehnsucht, eines Tages in ihre Heimat zurückzukehren? Wie kleinkariert, vor einem Hintergrund von so viel Leid zu fragen, wer die Miete zahlt.

Glenda ließ sich davon nicht beeindrucken. Einmal begegnete sie ihm zufällig auf der Straße und rief mich nachher wütend an. Mein neuer Mann sei eitel, sagte sie, krankhaft eitel. Ihr missfällt es einfach, dass er sich so sehr um sein Äußeres kümmert. Ich erklärte ihr, dass er sich nicht um sein Äußeres kümmere, sondern um sein Image und dass dieses Image den Tscherkessen lieb und teuer ist und dass sich mein Mann sozusagen für sie alle aufopfert.

Das schürte erst recht ihre Verachtung. Ständig rief sie bei mir an. Sie wollte wissen, wie viel Geld ich ihm gebe. Eines Tages machte ich den Fehler, meine Eltern um Hilfe zu bitten, eine kleine Spende, damit Seozeres seine Familie in Israel unterstützen könnte. Sie sagten nein. Sie sagten sogar: »Bist du verrückt geworden?« Und bevor ich auflegen konnte, tröpfelten schon ihre Vorschläge aus dem Hörer, er solle sich eine Stelle suchen, als Handelsvertreter oder Hilfsarbeiter, und seine Familie selbst unterstützen. »Und was ist, wenn einer von seinen Landsleuten nach London kommt und ihm zufällig begegnet?«, rief ich. Ich brach die Verbindung zu ihnen ab. Sie hatten keinen Respekt – weder vor meinem Mann noch vor seinem Volk. Sie hielten zu meinem früheren Mann, bloß weil er groß ist und Arzt und sein Geld damit verdient, Versicherungen übers Ohr zu hauen, und keine Ahnung hat, was Not bedeutet. Und dann hatte Glenda die Frechheit, mir zu sagen, sie hätte beobachtet, wie er sich in einem Schaufenster gespiegelt und zurechtgemacht hätte. Warum findet sie es so schlimm, wenn er ein bisschen eitel ist? Bloß deshalb, weil sie mit ihrem eigenen blassen englischen Gesicht nicht zufrieden ist. Aber Seozeres geht nicht hin und macht ihr deswegen Vorwürfe. Also sollte auch sie ihm keine machen, wenn er in diesem Punkt nicht so zurückhaltend ist wie sie. Außerdem ist sie, genau wie ich, viel zu pummelig, als dass es ihr Freude machen könnte, sich im Spiegel zu betrachten.

Als die Durststrecke in Seozeres' Karriere schon mehrere Jahre anhielt, kam ihm eines Tages eine gute Idee. Er wollte Videos von sich selbst produzieren, damit die Leute daheim ihn endlich wieder bewundern könnten. Ihr Glück war für ihn oberstes Gebot. Er brauchte eine Ausrüstung, die auf dem neuesten Stand war. Ich ging in die Tottenham Court Road. Es dauerte ein paar Tage, bis ich eine Kameraausrüstung beieinanderhatte, wie er sie brauchte. Aber er fing an zu schimpfen. Er sagte, ich hätte lauter billiges Zeug gekauft. Er ging ins Badezimmer, wühlte zwischen meinen Hautcremes herum und zeigte mir, wie teuer jede von ihnen gewesen war. Hatte ich sie etwa nicht gekauft, ohne auch nur einen Moment zu zögern? Aber seine Kameraausrüstung musste billig sein! Es stimmte, ich hatte mich nach Sonderangeboten umgesehen. Ich habe keine Ahnung von diesen Sachen und dachte, eine Kamera sei so gut wie die andere. Dass das für Hautcremes nicht gilt, weiß ich. Ich schlug ihm vor, die Kamera zurückzubringen und eine teurere zu kaufen, aber das lehnte er ab. Es sei sein Problem, dass er kein Geld habe, nicht meines, und er würde nie wieder einen Penny von mir annehmen. Ich sei eben auch bloß eine geizige Engländerin. Das alles regte mich sehr auf, und eine Woche lang lebten wir ziemlich bedrückt nebeneinanderher und wechselten kaum ein Wort. Wenn er mich anschaute, stockte mir der Atem – er sah aus, als wollte er mir im nächsten Augenblick eine Handvoll Eis ins Gesicht schleudern.

Aber nach einiger Zeit verzieh er mir. Offenbar reichte die Kameraausrüstung für seine Zwecke doch aus. Er zog seinen besten Kaschmiranzug an, dazu die Taschenuhr, die ich auf seine dringende Bitte meinem Exmann gestohlen hatte, stülpte sich den Filzhut über, den wir bei Harrod's für ihn ausgesucht hatten, ließ die Augen funkeln und stellte sich vor die Kamera, um Liebeslyrik auf Tscherkessisch zu rezitieren. Er plagte sich ab für sein Volk, dessen schöne, uralte Sprache er auf diese Weise am Leben erhielt.

Es ging langsam voran. Er brauchte den ganzen Morgen, bloß um sich zu rasieren, die Hände einzucremen und sich für die Dreharbeiten anzuziehen. Und dann hatte er ja keinen Kameramann, wie andere, die Filme drehten. Schließlich bat Seozeres mich um Hilfe. Ich fühlte mich geschmeichelt und war entzückt. Ich brauchte nicht viel zu tun. Am Wochenende musste ich mich bereithalten und ihm zur Hand gehen oder ihm etwas zu trinken oder eine Kleinigkeit zu essen bringen. Manchmal gab er mir auch die Kamera in die Hand, und dann folgte ich ihm ins Freie, filmte ihn, wie er in ein Taxi stieg oder die Straße neben der Oper entlangschlenderte oder nachdenklich auf einer Parkbank saß. Einmal wollte er unbedingt, dass wir einen Hummer kauften, und nachdem ich ihn manikürt hatte, musste ich dann seine Hände filmen, wie sie die Scheren aufbrachen. Er sagte, es sei wichtig, dass die Leute sähen, wie er lebte. Ich war sehr aufgeregt, als mir klar wurde, dass sein Film fast fertig war. Nichts sollte der Vollendung dieses Werkes im Weg stehen – deshalb schlug ich vor, ich könnte meine Stelle aufgeben und ihm dann ständig behilflich sein. Er nahm das Angebot gern an. Über die finanziellen Folgen sprachen wir nicht. Ein paar Tage später tauchte Glenda wieder auf, ohne Vorwarnung.

Sie hatte gehört, dass ich nicht mehr arbeitete, und wollte wissen, was los sei. Sie sah, womit wir beschäftigt waren. Ich erklärte ihr den Film. »Hat er in diesem Jahr sonst noch was gemacht?«, fragte sie. Und dann ließ sie plötzlich die Bemerkung fallen: »Offensichtlich kommt nichts dabei heraus.«

Wobei kam nichts »heraus«? Er brauchte diesen Film nur noch zu bearbeiten, dann wäre er fertig. Aber der Umgang mit der Filmbearbeitungssoftware war noch schwieriger als Englisch lernen. Er bat mich, ihm zu helfen. Ich sollte das dicke Handbuch lesen, dann könnte ich ihm alles erklären. Aber ehrlich gesagt, wenn es in Tscherkessisch verfasst gewesen wäre, hätte ich auch nicht weniger davon verstanden. Er suchte nach einem professionellen Videocutter, der bereit war, ehrenamtlich mitzumachen. Aber es war keiner bereit, und ich konnte unmöglich einen Cutter bezahlen. Also suchte er weiter und filmte auch weiter, und das Filmen machte ihn fröhlich. Wenn er gute Laune hatte, steckte er mich damit an, und ich freute mich ebenfalls. Es war eine einfache Gleichung – Seozeres' Glückseligkeit machte auch mich glücklich. Aber umgekehrt funktionierte die Gleichung nicht. Warum? Na ja, ich habe eben kein Künstlertemperament, also kann mich ein anderer glücklich machen. Ein Künstler hingegen muss sich selbst glücklich machen. Zudem waren meine Ersparnisse fast aufgebraucht, und Glendas Anspielungen gingen mir auf die Nerven. Jedes Mal, wenn wir miteinander sprachen, ritt sie darauf herum, dass ich alles bezahlen würde, als wenn daran irgendwas nicht in Ordnung wäre. Dabei ist es doch nur recht und billig, weil ich Geld verdienen kann und kein Flüchtling bin. Damals verdiente ich allerdings kein Geld mehr.

Seozeres' Stimmung verdüsterte sich immer mehr, und ich litt darunter. In ihm kochte die Frustration des Künstlers. Er erklärte mir, um den Film fertigzustellen, brauche er eine bessere Ausrüstung. Eine neue Kamera sei auf dem Markt, die viel schärfere Bilder und eine bessere Tonqualität liefere. Er brauche auch neue Sachen zum Anziehen und einen zweiten eleganten Hut. Er meinte, wenn ich in seine Kleidung so viel Geld steckte wie in meine Hautcremes, obwohl ich die ja gar nicht aus professionellen Gründen bräuchte, dann würde sich die Situation zwischen uns sofort verbessern. Aber ich konnte es mir einfach nicht leisten. Da sagte er, es sei typisch für Beziehungen im Westen, dass ich ihm finanziell nicht helfen wollte. In seiner Kultur würden Mann und Frau alles teilen, auch die Hausarbeit und die Schulden. In der englischen Gesellschaft würden Mann und Frau getrennte Wege gehen, und seine Enttäuschung war eine klaffende Wunde.

Ich musste unbedingt wieder Geld verdienen. Ich überlegte mir eine plausible Entschuldigung dafür, warum ich meine letzte Stelle so plötzlich aufgegeben hatte, und fand bald eine neue. Aber leider hatte ich nicht mehr die Vorteile einer langen Betriebszugehörigkeit und verdiente nun weniger. Ich musste mit Seozeres über das heikle Thema Sparen reden. Neue Sachen für ihn kamen jedenfalls nicht infrage. Da war ja auch noch die Haushaltshilfe. Ich hatte ihn noch nie so wütend gesehen. Er sagte, die Entscheidung liege bei mir, ich könne mir schließlich auch von meinen Angehörigen oder Freunden Geld leihen. Von Glenda zum Beispiel, die schwimme im Geld und verdiene es im Schlaf auf der Intensivstation. Es liege bloß an meiner albernen Eitelkeit, wenn ich es nicht nähme, obwohl meine Tochter nichts Vernünftiges damit anfinge. Aber in Wirklichkeit, so meinte er, fragte ich ihn gar nicht, wie wir Geld sparen könnten, sondern befahl ihm einfach, es zu tun, weil es mein Geld sei und ich das Sagen hätte, obwohl ich eine Frau war. Und dann fügte er hinzu: »Wenn ich selbst Geld hätte, würde ich hier sofort verschwinden.«

Dabei sah er mich so hasserfüllt an, dass mir das Herz in der Brust schrumpfte und drum herum ein eiskaltes Vakuum entstand. Verachtung lag in seinem Blick, als er wegging. Ich versuchte, die Stille zu überhören, die danach im Haus herrschte. Ich rief die Haushaltshilfe und entließ sie. Am nächsten Tag frühmorgens kam Seozeres zurück. Ich machte Frühstück für uns, aber er weigerte sich, etwas zu essen. Er sah zu, wie ich an meinem Kaffee nippte und wie ich mich zum Schlucken zwingen musste, und dann fragte er erbittert, ob ich etwa damit rechnete, dass nun er in Zukunft die Hausarbeit erledigte. Ich sagte, nein, nein, natürlich nicht. Ich würde mich nach der Arbeit darum kümmern. Da lächelte er und nahm sich eine Portion von dem teuren Biomüsli, das er so gern mochte. Ganz langsam schmolz das Eis in meinem Herzen ein wenig. Ich kümmerte mich dann tatsächlich um die Hausarbeit. Nach und nach verzieh er mir. Und wollte mich wieder in die Arme nehmen.

Ich war aber noch immer sehr angespannt. Ich konnte nachts nicht schlafen und erklärte es mit irgendwelchen Ausreden. Er schien gekränkt. Aber dass ich mich so unglücklich fühlte, war eine Krankheit. Ich bibberte den ganzen Tag und die ganze Nacht, als hätten mir seine Anfälle von Kälte das Blut gefrieren lassen. Bei der Arbeit riss ich mich zusammen, aber Glenda merkte es trotzdem. Sie ließ mich nicht mehr aus den Augen und nutzte ihre Mittagspausen, um mir Vorhaltungen zu machen. Als sie mich an meiner Arbeitsstelle besuchen kam, konnte ich meine Müdigkeit und das Zittern in den Händen nicht verbergen. Sie schaute genau hin, und dann verlangte sie eine Erklärung. Ich war so erschöpft, dass ich ihr gestand, ich hätte Eheprobleme mit meinem geliebten Mann. Sofort wurde sie viel lockerer – ihr ganzer Körper, auch ihr Gesichtsausdruck. Ihre Stimme klang nicht mehr wie das Klirren von Panzerketten, sondern wie Katzenschnurren. »Mein armes, armes Mütterchen«, sagte sie erfreut. Sie schlug vor, ich solle mich an einen Therapeuten wenden, auch wenn das eine Menge Geld kostete, aber ich bräuchte offenbar dringend Hilfe, um ihn aufzugeben, loszuwerden, aus meinem Leben zu löschen.

Sie empfahl mir jemanden. »Also, geh hin«, sagte sie. »Ich bin es leid, mir ständig Sorgen um dich zu machen.« Ich weinte auf dem Schoß meiner Tochter. Ich befolgte ihren Rat.

Auf Einzelheiten über meinen Therapeuten möchte ich hier nicht eingehen. Das ist vertraulich. Wie sich herausstellte, war er ein sehr kluger Mann und merkte bald, dass ich es langweilig fand, über mich zu reden, dass ich aber gern über Seozeres sprach. Er sagte mir, weil ich älter sei als Seozeres, zehn Jahre älter, hätte ich ständig das Gefühl, er bleibe nur bei mir, um mir einen Gefallen zu tun. Natürlich bin ich mir bewusst, dass ich auch hässlicher bin als er. Der Psychiater machte mich darauf aufmerksam, dass Seozeres mir nie Komplimente machte. Noch am gleichen Abend erzählte ich es Seozeres.

Er war plötzlich ganz Ohr. Selbstverständlich würde er mir nicht sagen, ich sei schön, weil ich es eben nicht sei. Aber er finde mich begehrenswert, und er wolle keine andere Frau, denn Frauen hätten oft Krankheiten, und er wolle sich nicht irgendwas holen. Er beklagte sich, dass ich nicht mehr so gern Sex hätte wie er. Er habe ihn sehr gern. Er könne auch nicht verstehen, warum westliche Männer klapperdürre Frauen bevorzugten und sich dann wunderten, wenn sie nicht konnten. Als ich mich ihm immer häufiger verweigerte, fing er an, sich nackt zu filmen. Das wurde sein neues Projekt, noch bevor er das andere beendet hatte. Aber es machte ihn wirklich glücklich und beschäftigte ihn sehr. Jeden Abend nach dem Abendessen zeigte er mir die Früchte seiner Arbeit. Ich fand es rührend, wie sicher er sich war, dass es mich erregen würde. Aber eigentlich war immer nur ein Ding zu sehen, und das kannte ich ganz gut. Dabei nicht einzuschlafen, fiel mir schwer. Ihn dagegen erregte es gewaltig, sich auf dem Bildschirm zu sehen, und nachher zerrte er mich ins Bett.

Ich war erleichtert, als er sich ein anderes Betätigungsfeld suchte. Eines Abends tauchte Glenda unerwartet bei uns auf, und ich merkte bald, wie er seinen Charme spielen ließ. Während ich in der Küche etwas zu essen machte, setzte er sie im Wohnzimmer in Flammen. Später fragte ich ihn danach, und er sagte: »Es ist ungeheuerlich, wie bedenkenlos Frauen die eigene Mutter verraten, wenn eine Romanze in der Luft liegt. Sie sind wirklich Teufel, sie tun alles für diesen ersten Funken der Liebe.« Ich war froh. Nun würde Glenda endlich begreifen, wie charmant er war. Ich war mir auch ziemlich sicher, dass er mir treu bleiben würde, selbst wenn ich mich ihm monatelang verweigerte. Denn er hatte das Gefühl, gerade eine Pechsträhne zu erleben. In früheren Tagen, als er immer nur Glück gehabt hatte, hätte er keine Angst gehabt, sich eine Krankheit zu holen. Bei Glenda wusste er Bescheid, sie stammte aus der Nähe. Jedenfalls war er mir treu und erwartete das Gleiche auch von mir. Mehr als einmal sagte er zu mir, falls ich ihn je betrügen sollte, würde er mir den Hals abschneiden.

Und darauf schien es hinauszulaufen.

Denn seit ich mich mit dem Therapeuten »traf«, behauptete er, ich sähe anders aus, in meinen Augen leuchte ein seltsames Glück, und das störte ihn. Ich versuchte, ihn zu beruhigen, indem ich abfällige Bemerkungen über die Therapiestunden machte. Mr. Slater, was für ein alberner Name! Und was für ein alberner, hässlicher Mann! Und dann seine lächerlichen Theorien! Ich erzählte Seozeres, Mr. Slater halte mich für eine Masochistin, weil ich es mit einem Mann wie Seozeres aushielt. Dieser Dummkopf! Aber andererseits ließ ich keinen Termin bei ihm aus, und das entging Seozeres natürlich nicht. In seiner Kultur, sagte er, sei es einfach nicht üblich, dass sich eine Frau ohne Begleitung ihres Mannes oder eines Bruders mit einem anderen Mann trifft. Die Engländer, meinte er kopfschüttelnd, hätten sonderbare Sitten. Er sagte, jedem Esel müsse doch klar sein, dass dieser sogenannte Therapeut etwas von mir wolle. Und bald konnte auch er nicht mehr schlafen, wälzte sich die ganze Nacht im Bett herum und sah mich in den Armen dieses anderen Mannes vor sich. Er wurde immer wütender, aber das war keine kalte Wut mehr.

Natürlich erzählte ich dem Therapeuten von dieser Wut. Und er analysierte sie. Wir analysierten Seozeres' Wut und seine Eifersucht gemeinsam, was ich so schmeichelhaft fand, dass ich rote Wangen davon bekam. Als ich nach Hause zurückkehrte und Seozeres hörte, wie munter ich die Türklinke drückte, wurde seine Wut gewalttätig, handgreiflich. Das Nächste, woran ich mich wieder erinnern kann, war, dass er Mr. Slater treffen wollte, von Mann zu Mann.

Ich gab ihm seine Telefonnummer. Als Seozeres dort anrief, war Mr. Slater die Liebenswürdigkeit in Person und schlug ihm sofort einen Termin vor. Seozeres war einverstanden, aber nachdem er aufgelegt hatte, beschwerte er sich bei mir, wie unglaublich englisch und hochnäsig es von diesem Mr. Slater sei, einem Fremden, der ihn verprügeln und möglicherweise sogar umbringen wolle, einfach einen Termin zu geben! Dass der Therapeut seine Wut einfach ignorierte, machte Seozeres nur noch wütender.

Der Tag, an dem Seozeres seinen Termin hatte, war ein Rasiertag, obwohl keine Dreharbeiten stattfanden. Der Kupferflaum auf seinem Kopf stand zu Berge. Er zog den Kaschmiranzug an und steckte die Taschenuhr meines Exmannes ein. Als er mich zum dritten Mal nach der Adresse des Doktors fragte, weigerte ich mich zum dritten Mal, ihn zu begleiten, schrieb ihm stattdessen zum dritten Mal die Adresse auf und erklärte ihm, welche U-Bahn er nehmen müsse. Er war entsetzt, dass ich ihn diesem Hund zum Fraß vorwerfen wollte, aber irgendetwas trieb mich, grausam zu sein und nein zu sagen. Schließlich fragte er noch einmal nach dem Namen der U-Bahn-Station und sagte: »Du weißt doch, wie vergesslich mich das Exil gemacht hat.« Diesmal jedoch zog meine Hand einen Stadtplan aus der Handtasche und drückte ihn in seine Hand, während mein Mund die Worte sprach: »Guck einfach nach, mein Lieber.« Ich spürte, dass der Ausdruck »mein Lieber« wie ein Messer in seine Stimmung stach. Er würde die Leute auf der Straße um Hilfe bitten müssen, und auch sie würden nicht besonders hilfsbereit sein. »Sehen Sie doch auf Ihrem Plan nach«, würden sie sagen. Wir Engländer! Und wenn er den Plan versteckte und noch einmal fragte, würden sie sich am Kopf kratzen und trotzdem sagen, sie wüssten es nicht, was lächerlich ist, denn selbstverständlich wissen sie Bescheid.

Machen Sie mal den Versuch – suchen Sie sich einen Engländer mit einer großen, teuren Uhr am Armgelenk, und fragen Sie ihn, wie spät es ist. »Ich habe keine Ahnung«, wird der Engländer murmeln – oder auf die große Uhr an der Straßenecke zeigen und sagen: »Schauen Sie mal da drüben!«

Dennoch, Seozeres fand natürlich die Adresse. Er hat mir später alles erzählt. Dass er ein paarmal umsteigen musste und sehr müde war. Mr. Slaters Praxis liegt nicht in einer Geschäftsstraße, sondern in einer kleinen Seitenstraße – sehr diskret und ideal, um sich mit Frauen zu treffen, wie Seozeres fand. Die Fenster seien so blank geputzt gewesen, dass sie alles spiegelten und man nicht nach drinnen sehen konnte. Diabolisch. Er postierte sich auf der anderen Straßenseite und beobachtete die Tür. Die Zeit verging. Vollkommen reglos, fast leblos stand er da, aber seine Wut wuchs wie die Fingernägel an einem Toten.

Mehrere Stunden lang beobachtete er die Tür, bis die vereinbarte Zeit gekommen war. Dann marschierte er in das Gebäude.

Mr. Slaters Praxis lag im dritten Stock, und es gab keinen Aufzug. Seozeres ging langsam, um Kraft zu sparen und weil er Angst vor einem Herzanfall hatte. Die Tür war eine ganz gewöhnliche Tür. Durch eine ganz gewöhnliche Tür schritt Seozeres einem Termin entgegen, der sein Leben verändern sollte.

Mr. Slater selbst öffnete ihm diese Tür. Er ist größer als Seozeres, viel größer. Ein Klotz. Und hässlich. Die Aknenarben in seinem Gesicht haben die Größe und die Form von Schusswunden, und seine Augen sind wie zwei schleimige Tümpel voller Leichen von Ermordeten.

Seozeres war schockiert. Er dachte: »Ich sehe so unendlich viel besser aus.« Aber irgendwas hinderte ihn, sich darauf etwas einzubilden. Irgendwas bremste den Schwung in seinem Schritt, trotz dieses Punktsiegs im Vergleich mit dem anderen Mann.

Mr. Slater war nämlich in der Position des Stärkeren. Er sagte: »Kommen Sie doch herein, bitte!«, und das Wort »bitte« wirkte wie Nervengift. Seozeres war gelähmt. Er tat, worum der Doktor ihn bat. Er folgte ihm in einen Raum, wo ihm mit lockerer Hand ein Sessel zugewiesen wurde und die Tür sich hinter ihnen schloss. Mr. Slater hatte keine Angst vor Seozeres, nicht die geringste. Er setzte sich ihm gegenüber in einen zweiten Sessel und musterte ihn. Seozeres senkte den Blick, ein unterwürfiger Hund.

»Soviel ich höre, haben Sie Bedenken, weil Ihre Frau mich konsultiert«, sagte Mr. Slater.

Seozeres hob den Kopf, vermochte aber keinen Blickkontakt herzustellen.

»Es gibt ein paar Schwierigkeiten zwischen Ihnen beiden. Ich versuche ihr zu helfen«, sagte der Doktor. »Vielleicht kann ich auch Ihnen behilflich sein. Dass Sie hergekommen sind, bedeutet doch, dass auch Sie Hilfe suchen. Wie kann ich Ihnen helfen?«

Wie viele Jahre war es her, seit jemand Seozeres Hilfe angeboten hatte?

Seit Jahren bettelte er um sie. Kriechend. Hoffend. Hilfe von seinen Freunden, Hilfe von mir. Alles umsonst. Und dieser Mann bot sie ihm an, ohne auch nur einen Moment zu zögern.

Seozeres traten Tränen in die Augen. Er vertrieb sie durch Blinzeln, nötigte sie dadurch aber abwärts auf die Wangen. Engländer weinen nicht. Selbst die Frauen nicht. Man tut es einfach nicht. Es gilt als rücksichtslos, als eine unzumutbare Aufdringlichkeit. Orientalen dagegen wissen, dass Weinen normal ist, eine Bitte um Trost. Dieser Engländer jedoch sah nicht weg, als er Seozeres' Tränen erblickte. Sein Gesichtsausdruck wurde sogar noch milder. Er überreichte Seozeres ein Papiertaschentuch, eine teure Marke, sehr weich und leicht parfümiert. Seozeres wischte sich das Gesicht damit.

»Sie haben gelitten«, sagte der Therapeut und erkannte an, was sonst niemand anerkennen wollte.

»Das habe ich«, erwiderte Seozeres.

»Erzählen Sie mir davon.«

Da blieb die Zeit stehen. Seozeres erzählte ihm von all den Demütigungen, die er über sich hatte ergehen lassen müssen, von dem katastrophalen Ansehensverlust, nachdem er aus Israel weggegangen war, von dem Kampf um Würde und gutes Aussehen, den er geführt hatte, von der schrecklichen Lektion über das Wesen des Menschen, die er hatte lernen müssen: Man darf sich der Gnade seiner Freunde nicht ausliefern, denn wenn man sie um Geld bittet, kennen sie keine Gnade. Er könne es sich nicht leisten, erzählte Seozeres, seine Beziehung zu einer älteren, dicken Frau zu beenden, die aber zumindest keine kleinen, alle möglichen Ansprüche stellenden Kinder mitbrachte und sich immerhin um einige seiner Bedürfnisse kümmerte, aber beileibe nicht um alle, oh nein. Und dass er wegen des ständigen Geldmangels so heruntergekommen sei, mache ihn irgendwie so unattraktiv, dass ihm jetzt niemand mehr helfen werde und ganz bestimmt keine andere Frau … Er war mitten im Satz, als Mr. Slater einen seltsamen Laut von sich gab. Ein leises, ersticktes Luftholen. Seozeres sah zu ihm hinüber. Der Therapeut hatte die Augen zusammengekniffen, der Mund war verzerrt. Die Lippen waren fast geschlossen, aber nicht ganz, und sie standen unter einer Art Zwang, der vom übrigen Gesicht ausging. Die ganze Mundregion bebte vor Spannung. Dann öffnete sich der Mund weiter und weiter. Mr. Slater gähnte. Er schlug die Augen auf und sah Seozeres mit kaltem Blick an. Er hob sein Armgelenk und murmelte: »Die Zeit ist um, tut mir leid. Draußen wartet der nächste Patient.«

Als Seozeres sich verabschiedete, sagte Mr. Slater etwas von einer Rechnung. Er würde sie schicken. Seozeres könne nächste Woche wiederkommen, um die gleiche Zeit, wieder für fünfundvierzig Minuten. Zu achtzig Pfund. Wenn er die nicht zahlen könne, habe er Pech gehabt.

Er warf Seozeres aus seiner Praxis wie einen Straßenköter, den er kurz mit ins Haus genommen hatte.

Natürlich versuchte Seozeres, bei mir und seinen Freunden das nötige Geld zu schnorren, um davon Mr. Slaters Aufmerksamkeit zu bezahlen. Aber ich konnte es ihm nicht geben, und seine Freunde wollten nicht. Ihr Geiz erwies sich als unheilbar.

Am Ende musste sich Seozeres eine Stelle suchen, um Mr. Slater für seine Aufmerksamkeit zu bezahlen. Inzwischen arbeitet er seit einem Jahr regelmäßig, verkauft Gemüse auf einem Markt. Zuerst war es ihm peinlich, und er hatte Angst, jemand könnte ihn erkennen. Aber dann riss er sich zusammen und fasste das Ganze als Engagement auf, das erste seit Jahren – er spielte nun einen ganz normalen Arbeitnehmer. Sein Chef weigerte sich, ihn Seozeres zu nennen. Das sei ein lächerlicher Name. Stattdessen nannte er ihn bei dem Namen, der in seinem Pass steht, Jalal. Auch die Kunden konnten sich diesen Namen leichter merken. Mit der Zeit gewöhnte sich Seozeres an die Rolle des Jalal, und sie wurde ihm zur zweiten Natur. Ich bewunderte ihn dafür, für dieses wahre Künstlertum, in die Rolle eines anderen zu schlüpfen und wirklich ein anderer, dieser andere zu werden. Mit der Zeit fiel es ihm immer leichter, den verantwortungsbewussten Arbeitnehmer zu geben. Er zog sich nicht mehr schick an, wenn er ausging, und obwohl er sich jetzt jeden Tag schnell rasiert, betrachtet er sich nicht mehr ständig im Spiegel. Gelegentlich kauft er mir von seinem schwer verdienten Geld sogar ein kleines Geschenk, Obst, das ich gern esse, oder ein Halstuch, irgendetwas, was mich glücklich macht. Und seine Videokamera bleibt im Schrank. Ich habe meine Besuche bei Mr. Slater eingestellt, sie waren nicht mehr nötig. Ich bin die Kälte los. Seozeres erklärte ich, Mr. Slater habe etwas dagegen, uns beiden gleichzeitig zu helfen, und ich sei gern bereit, die Interessen meines Mannes über meine eigenen zu stellen.

Seozeres ist deswegen ein bisschen verunsichert, und er hat ein sonderbares Gefühl in der Herzgegend, wenn er an mich denkt, eine Art Schmerz. Es ist der Gedanke an mich, an meinen warmen, dicken Körper, an mein bereitwilliges Lächeln, der diese seltsame Empfindung in ihm hervorruft. Er hat Mr. Slater schon sein Leid deswegen geklagt. Aber der hat ihm gesagt, er brauche sich keine Sorgen zu machen, das Gefühl sei nicht tödlich, es sei Liebe.

Aus dem amerikanischen Englisch von Reinhard Kaiser

Ein deutscher Abenteurer

Benedikt August von der Weide war einer der letzten Deutschen, die noch in der Deutschen Demokratischen Republik das Licht der Welt erblickten – im Frühherbst 1990. Einer von sieben. Ohne Aura. Und nichts deutete darauf hin, dass er im Leben Sonderwege gehen würde. Weder die Gene noch die Sterne kündeten von einer Ausnahmeerscheinung. Nicht immer lässt sich Größe voraussagen.

Über seine frühe Kindheit ist wenig zu berichten. Mit drei Monaten wurde er entwöhnt, von seinen Geschwistern getrennt und für 400 Mark an einen Lehrer in Ostberlin verkauft. Tagsüber musste der Lehrer lehren und ließ Benedikt deshalb in der Obhut seiner alten Mutter zurück. Schon damals zeigte Benedikt Anwandlungen von ungewöhnlichem Individualismus, und wenn der Lehrer nach getaner Arbeit erschöpft und verdrossen nach Hause kam, geriet er jedes Mal in ein Sperrfeuer von Klagen über Benedikt. Nach ein paar Wochen war er es leid. Er setzte eine Annonce in die Anzeigenzeitung »Die zweite Hand«, und dort, zwischen Trabants, die immer billiger, und Ost-Immobilien, die immer teurer wurden, entdeckte ein junges Pärchen aus Neukölln Benedikt – zum »Schnupperpreis von 100 Mark«. Die beiden nahmen ihn an die Leine und machten einen Spaziergang mit ihm, doch er riss sich los und raste in der Hauptverkehrszeit über die Karl-Marx-Allee – bei Rot. So geschah das erste Wunder in seinem Leben: Weder wurde Benedikt überfahren noch verursachte er einen Unfall.

Am gleichen Abend nahmen ihm die jungen Leute das Halsband mit der Erkennungsmarke ab, luden ihn ins Auto und setzten ihn irgendwo im Stadtteil Grunewald ab. Benedikt kratzte höflich an der nächsten Tür und wurde hereingelassen. Sein Gastgeber beschäftigte sich einen Abend lang mit ihm und erkannte, was er an ihm hatte. Er nannte ihn Somerset, fälschte ihm einen Stammbaum und überließ sein weiteres Schicksal dem Anzeigenteil des »Tagesspiegel«. In der Woche darauf wurde unser Held als Luxusartikel für 800 Mark weiterverkauft und einem kleinen Jungen zum Geburtstag geschenkt. Ein kleineres Wunder: Ohne zu wissen, dass sein richtiger Name Benedikt war, taufte der Junge ihn Benny.

Er war nun elf Monate alt, ein Teenager – schlank, mit schönem roten Fell. Die Mode, größere, aerodynamische Setter zu züchten, war nie bis nach Ostdeutschland vorgedrungen. Benny war ein Kavalier, immer interessiert, die Damenwelt zu beschützen und zu beglücken, und gegenüber Kindern äußerst verantwortungsvoll. Jeden Abend patrouillierte er durch die Wohnung und steckte seine Schnauze in jedes Bett, um zu prüfen, ob es auch belegt war. So entwickelte er die Lebensgewohnheiten eines Stadtbewohners: Schlafen, essen, Toilette, toben, die Kinder verabschieden, die zur Schule gehen, schlafen, essen, Toilette, toben, schlafen, die Kinder begrüßen, die aus der Schule kommen, essen, schlafen. Blieb ein Mitglied seiner Familie länger als zwei Stunden weg, war er untröstlich und erwartete die Rückkehr des Betreffenden an der Wohnungstür. Er konnte einen ganzen Monat lang warten. Anders als die meisten Berliner vermochte Benny sich auch über Dinge zu freuen, die mit Fußball oder Vaterland nichts zu tun hatten. Schon beim geringsten Anlass zur Freude geriet er aus dem Häuschen, sprang in die Luft und jubelte, dass den Leuten die Ohren wehtaten. Die Nachbarn konnten ihn deshalb bald nicht mehr leiden. Sie hatten keinen Sinn für seine Güte und interessierten sich nicht für seine Fähigkeit, Wunder zu wirken.

Andere Probleme kamen hinzu: Hinter jedem großen Mann steht eine Frau, die sich um den Haushalt kümmert. Benny brauchte im täglichen Leben ziemlich viel Beistand, und dabei hielt er sich natürlich an die Frauen. Mit Männern wurde gekämpft. Er hatte sie im Verdacht, sie wollten mit dem Hausmädchen abhauen, und knurrte, wenn sie näher kamen. Er war ein unerschrockener Demokrat – also galt es, das Partybuffet unter den einfachen Leuten zu verteilen, und zwar vor der Party. Einmal vertilgte er aus politischen Gründen einen kompletten französischen Brie von fast einem Meter Durchmesser, der für einige verwöhnte Gäste angerichtet war. Ein andermal demonstrierte er, dass Geld ihm wenig bedeutete. Er zerstückelte einen Zwanzigmarkschein und ließ die Fetzen im Wohnzimmer liegen. Die Frauen freuten sich über seine Zuwendung, aber dass sie sich jeden Tag um ihn kümmern sollten, war ihnen lästig. Auch die Kinder weigerten sich, mit ihm spazieren zu gehen. Die Großstadt ist kein idealer Ort für einen Kerl mit so vielen Ideen und so viel Energie. Man erörterte die Frage, ob sich für Benny kein »besserer« Platz finden ließe.

Zu dieser Zeit gab es in Deutschland viele Chinesen, die vor der politischen Repression in ihrer Heimat geflohen waren. Wei-Wei war Ärztin und schrubbte sich als Haushälterin durch den Berliner Mittelstand. Ihr eigenes Kind hatte sie in China gelassen, und Deutsch sprach sie kaum. Aber als die Kinder anfingen zu zetern, Benny werde ihnen zu viel, da verstand sie, dass Benny verschwinden sollte. Sie saß in der Küche, schnitt mit ihrem größten Messer das Gemüse klein, hörte sich an, wie die Kinder jammerten und die Eltern schimpften, und machte schließlich einen Vorschlag. »Ich habe mal Hund gegessen, in Beijing. Ich kenne eine gute Soße … für Hund.« Da durfte Benny weiterleben. Die Kinder gingen sogar wieder mit ihm spazieren. Den Tiergarten schätzte er besonders, vielleicht wegen der Verbindung zu Rosa Luxemburg. Die Kinder ließen Benny nicht mehr mit Wei-Wei allein. Dazu später mehr.

Ein großes Wunder ereignete sich am 10. November 1993, als Benny eine Angehörige der Berliner Intelligenz vor schwerem Schaden bewahrte. Eine Freundin der Familie, die wegen ihrer Schönheit, ihrer Klugheit, ihrer Feste und nicht zuletzt wegen ihrer hohen Absätze stadtbekannt war, erklärte sich bereit, mit ihm einen Spaziergang durch den Schlosspark zu machen. Es war ein trüber, eiskalter Novembermorgen. Am Abend vorher hatten etliche Unentwegte wieder einmal mit Krachern den Fall der Mauer gefeiert und Berlin akustisch in ein Kriegsgebiet verwandelt. Benny war ein solcher Pazifist, dass er die ganze Nacht unter dem Couchtisch verbracht hatte. Beim Waffenstillstand am frühen Morgen wusste er sich vor Lebensfreude kaum zu lassen. Der See im Schlosspark war zugefroren, und er galoppierte los. Zehn Meter hinter der Uferkante endete die Waffenruhe – irgendwo in der Ferne ging ein später Kracher los, und plötzlich merkte Benny, dass er auf dem Eis war. Er bekam es mit der Angst und begann am ganzen Körper zu zittern, konnte nicht mehr vor und nicht zurück. Furchtlos, mit hoch erhobenem Kopf, wandelte die Dame über das Eis und ermunterte ihn mit sanften Worten, ans Ufer zurückzukommen. Die Absätze ihrer Schuhe waren mindestens zehn Zentimeter hoch und das Eis höchstens zwei Zentimeter dick, und dennoch – sie brach nicht ein, sie rutschte nicht mal aus. Der Vorfall wurde Stadtgespräch.

Ein großes Wunder trug sich nach Aussage von Bennys Chirurgen auch zu, als er ein paar Jahre später den Zusammenprall mit einem Mercedes überlebte. Das Wunder kostete allerdings 5000 Mark, und Wunder, die etwas kosten, zählen eigentlich nicht. Der Mercedes war gestohlen und gerade auf dem Weg nach Litauen, deshalb brachte der Fahrer Benny nicht ins Krankenhaus, sondern ließ ihn einfach wimmernd am Straßenrand liegen. Doch Benny wurde geistlicher Beistand zuteil – in einer nahe gelegenen Moschee betete man für ihn.

Zu dieser Zeit war Krieg auf dem Balkan, und viele Bosnier suchten Zuflucht in Deutschland. Eine junge bosnische Wirtschaftswissenschaftlerin, die bei der Suche nach einem Job Bennys Bekanntschaft gemacht hatte, hörte als Erste von dem Unfall und alarmierte ihren Großvater, den Imam. Ein Streit entbrannte. Sie lebten zu siebt in einem Zimmer, und der Streit erschütterte das ganze Haus. Der Imam fand es ungehörig, für jemanden zu beten, der kein Mensch sei. Doch als die Wirtschaftswissenschaftlerin ihn anschrie: »Wie kommst du dazu, bestimmen zu wollen, was ein Mensch ist und was nicht?«, lenkte er ein, und alle beteten, sodass Benny fünf Stunden Chirurgie überlebte. Das eigentliche Wunder war aber seine postoperative Genesung. Einen Tag nachdem man ihm die Leber geflickt, die Blase wieder mit der Harnröhre verbunden und die zerquetschte Milz entfernt hatte, versuchte der bandagierte Patient eine andere Patientin, die zufällig auf dem Flur unterwegs war, zu schwängern. Man musste ihn mit Gewalt von ihr trennen, und er wurde des Hospitals verwiesen. Es war klar, dass er seine Bestimmung auf Erden noch nicht erfüllt hatte.

Benny war inzwischen sechs Jahre alt – schmal, muskulös, und den roten Schwanz hielt er hoch wie eine Fahne. Man schrieb das Jahr 1996. Ringsum auf den Straßen verebbte die Freude über die Wiedervereinigung. Die Leute machten sich jetzt Sorgen um ihr Geld. Sie fingen an, einander zu hassen. Wei-Wei war dorthin gegangen, wo Benny herkam. Sie hatte im Osten einen China-Imbiss eröffnet. Ein ungeheurer Erfolg. Wei-Wei verdiente jetzt mehr, als ihre früheren Arbeitgeber je verdient hatten – an die 30 000 Mark im Monat. Sie hatte Benny in ihr Herz geschlossen und kam ihn nun, da sie wohlhabend war, oft besuchen.

Vielleicht war es ja bloß ein Zufall – aber die Stadtverwaltung änderte den Flächennutzungsplan für den Bezirk und erklärte den Imbiss für unzulässig. Wei-Wei musste ihren Laden zumachen. Nachdem sie fort war, legte ein Deutscher Widerspruch gegen die Entscheidung ein, hatte Erfolg und eröffnete an der gleichen Stelle einen deutschen Imbiss. Inzwischen hatte Wei-Wei ihre siebenjährige Tochter Ucheng aus China zu sich geholt und sämtliche Ersparnisse in ein neues Restaurant in einem malerischen Städtchen unweit von Leipzig gesteckt. Den dortigen Skinheads gefiel das nicht. Nachts sprühten sie Hakenkreuze auf die Fensterscheiben, und eines Abends während der Hauptgeschäftszeit kam ein Trupp von ihnen ins Restaurant, fing an, das Geschirr zu zerschlagen, und bedrohte die Gäste. Die Polizei war so klug, sich aus dem Tumult herauszuhalten. Die Gäste suchten, ohne zu zahlen, das Weite und kamen nicht wieder. Wei-Wei rief ihre Freunde in Berlin an und erzählte ihnen von dem Vorfall, und als sie schließlich Benny um Hilfe bat, war der natürlich sofort bereit, zu ihr zu kommen und sie zu beschützen. So begann ein neues Kapitel in Bennys Leben – an vorderster Front im Kampf gegen Rassismus und Fremdenfeindlichkeit, als Wachtmeister in einem China-Restaurant.

Mehr als ein Jahr lang bewachte Benny Wei-Wei und ihre Tochter Ucheng. Sie bezahlte ihn in Naturalien, mit Speiseresten. Eines Abends kamen mehrere Neonazis in das Restaurant. Wei-Wei brauchte gar nichts zu sagen – Benny spürte ihre Angst. Majestätisch kam er aus der Küche und knurrte die Neonazis an. Das Wunder geschah: Die Skinheads bestellten Wantan-Suppe zum Mitnehmen und verdrückten sich kleinlaut. Nachts wurden natürlich immer noch Hakenkreuze an die Fensterscheiben gesprüht, aber mit ein bisschen Ärmelaufkrempeln waren sie schnell beseitigt. Erst als Ucheng auf der Straße von Kindern in ihrem Alter bedroht worden war, verkaufte Wei-Wei ihr Restaurant mit Verlust und ging mit ihrer Tochter nach China zurück. Benny kehrte heim nach Berlin. Er war dick geworden und nicht mehr so wendig wie früher. Wei-Wei machte sich in ihren Briefen Sorgen, Benny bekäme nicht genug zu essen, weil ihm die chinesischen Leckerbissen fehlten. Die früheren Angestellten von Wei-Weis Restaurant arbeiteten nun in anderen asiatischen Lokalen, doch abwechselnd fuhren sie nach Berlin und brachten Benny seine Lieblingsgerichte – Entensuppe oder frittierte Fleischbällchen.

Benny war müde geworden. Sein Gehör war nicht mehr so gut wie früher. Er sehnte sich nach langen, geruhsamen Spaziergängen ohne lästige Leine. Die Sache wurde besprochen, und man beschloss, dass er sich eine eigene Datscha verdient hatte, mindestens acht Hektar, auf denen er sich frei bewegen konnte. Schließlich kauften ihm seine Besitzer ein Landhaus in Amerika – weil dort die Bodenpreise niedriger waren. Wie Millionen Deutsche vor ihm sollte auch Benny in eine bessere Welt auswandern. Vorher musste er allerdings noch einen Flug mit der Lufthansa überstehen.

Eines Morgens um sieben, nach einem letzten heimatlichen Leberwurstfrühstück, dem so viel Valium beigemischt war, dass er neun Stunden lang nicht aufwachen würde, wurde er in einen Kasten in den Laderaum eines Flugzeugs gepackt und auf den Weg in die Neue Welt gebracht – mit Umsteigen in Düsseldorf. Hier stellte das Schicksal Benny noch einmal auf eine harte Probe. Die Maschine in Düsseldorf hatte ein technisches Problem, und die Fluggesellschaft ließ ihre Passagiere acht Stunden am Terminal warten. Erst am späten Nachmittag, als die Wirkung des Valiums schon nachließ, startete Benny endlich nach New York. Doch gleich hinter Düsseldorf hatte der Jet den nächsten Maschinenschaden. Der Pilot brauchte weitere zwei Stunden, um Treibstoff über der menschenleeren Wüste zwischen Düsseldorf und Frankfurt abzulassen, ehe er eine Notlandung riskierte. Anschließend erklärten viele Passagiere, sie hätten »die Schnauze voll« von der Lufthansa, und wollten nicht weiterfliegen. Niemand fragte Benny, was ihm am liebsten wäre, also blieb er im Laderaum. Doch zuletzt schaffte er es bis nach Amerika – eine Reise im alten Stil, dreiundzwanzig Stunden, ohne Beruhigungsmittel. Als Benny, würdig wie immer, am Schalter der Einreisekontrolle vorübertrottete, war klar, dass er die schwerste Prüfung seines Lebens hinter sich hatte. Ihm winkte reiche Belohnung.

Heute ähnelt Benny den vielen alten Herren, die in Amerika ihren Mittelschichtwohlstand genießen – er lebt abwechselnd in einem Reihenhaus in einem Vorort von New York und auf seiner Datscha im Tal des Hudson. Seit kurzem hat er eine neue Freundin – Fiona. Sie ist noch jung und sieht ungefähr so aus wie er früher. Die beiden mögen sich sehr und machen einen glücklichen Eindruck. Benny ist schon wie die meisten Amerikaner. Politik interessiert ihn nicht, und was in der Welt geschieht, lässt ihn kalt. Der Futternapf ist ihm wichtiger als Heldentaten. Nichts an ihm deutet auf sein außergewöhnliches Vorleben hin, und er spricht nie darüber.

Aus dem amerikanischen Englisch von Reinhard Kaiser

Umfassend gebildet

Ich bin Demokratin, und ich bin fortschrittlich. Ich bin ein vernünftiger Mensch. Ich bin gegen Gewalt. Ich stehe mit beiden Beinen auf der Erde, und ich glaube nicht alles, was die Leute sagen. Ich bin die Dekanin.

Die meisten Leute nennen mich Dekanin Nunn. Meine Freunde nennen mich Kay, mein Sohn nennt mich Mommy, und dabei geht mir jedes Mal das Herz auf. Diese großen blauen Augen! Die Augen sagen einem alles über einen Menschen. Der türkische Junge nannte mich Madam. Es sollte ironisch klingen, aber ich ließ mich davon nicht beirren. Er war es, der rausflog, nicht ich.

Und zwar, nachdem er auf Fred losgegangen war. Fred hatte ihn ganz harmlos als Türken bezeichnet. Aber statt es Fred mit gleicher Münze heimzuzahlen und ihn Amerikaner zu nennen, was fair gewesen wäre, ging der türkische Junge auf Fred los. Alle wussten, dass er unfreundlich, mürrisch, wahrscheinlich auch psychisch gestört war, während Fred ein netter Junge ist. Fred ist in der Surf- und der Segelmannschaft, und trotz seiner Größe – eins achtundneunzig – und trotz seiner enormen Stärke – er wiegt dreihundert Pfund, reine Muskelmasse – ist er sehr nett. Der Türke hatte ein Stipendium für unser College bekommen. Es hieß, er sei sehr begabt, aber Begabung ist keine Entschuldigung für gewalttätiges Verhalten. Fred und der Türke waren beide im ersten Semester. Sie besuchten einige Kurse gemeinsam und kannten sich. Auf einer Party sagte Fred dann irgendwas durchaus Nettes über ihn und nannte ihn dabei »den Türken«, worauf der ausländische Student ihm eine langte. Schlimmer. Er fiel über ihn her. Er schlug ihm mit den Fäusten ins Gesicht. Andere Studenten mussten ihn wegzerren. Fred verlor zwei Kronen. Sie zu ersetzen war teuer und schmerzhaft.

Am nächsten Tag rief die Mutter des armen Fred an. Sie war begreiflicherweise außer sich. Sie teilte mir mit, ihr Sohn sei »traumatisiert«. Sie steht ihm sehr nah und weiß, wovon sie spricht. Sie sagte, es sei ihm unmöglich, am Unterricht wieder teilzunehmen, wenn der Türke nicht rausgeschmissen würde, und wenn es nicht sofort geschähe, würde sie das College auf Rückerstattung des Schulgeldes verklagen. Eine Menge Geld. Ich reagierte sofort, und zwar im Interesse des Colleges.

Ich rief den türkischen Jungen auf seinem Mobiltelefon an (nach allem, was man liest, hat in der Türkei noch im kleinsten Dorf auch der älteste Großvater in seinem Rollstuhl ein Mobiltelefon) und bestellte ihn in mein Büro.

Er war ein kleiner, schmächtiger Kerl in einem perfekt gebügelten T-Shirt und gebügelten schwarzen Jeans. Sein Haar war kurz geschnitten, aber so borstig, dass es ihm senkrecht vom Kopf stand. Er hatte böse Augen – dunkle, kalte Schlitze, wie schwarzes Eis. Als ich ihm sagte, er solle seinen Spind räumen und den Campus verlassen, antwortete er: »Okai-okai, Madam Nunn.« Auch seine Höflichkeit war aggressiv und beängstigend. Dann machte er kehrt, wozu er viel Platz brauchte, obwohl er so klein war, und stapfte breitbeinig hinaus. Die Tür hinter sich zuzumachen, fiel ihm nicht ein, und dann hörte ich von meinem Schreibtisch aus einen dröhnenden Schlag. Ich stürzte nach draußen. Er schlenderte den Flur entlang. Die anderen Studenten und Dozenten starrten ihm nach.

»Der Irre hat mit voller Wucht gegen den Spind getreten. Wahrscheinlich hat er sich den Fuß verstaucht, und jetzt tut er so, als wäre nichts«, meinte jemand.

Ein paar Tage vergingen. Das College war in Aufruhr wegen des Gewaltausbruchs. Wir hielten eine Personalversammlung ab, und alle teilten meine Meinung, das Studentengericht einzuberufen. Seine Altersgenossen sollten sich mit dem Fall befassen. Die Mitglieder des

Studentengerichts wurden informiert, und alle waren sehr einverstanden, denn sie sind auch gegen Gewalt und fest überzeugt, dass die Schule mit allen Mitteln dagegen vorgehen muss. Nur der Schulpsychologe Dr. Morgan tat, was er konnte, um eine Verhandlung zu verhindern. Er kam uns mit der Theorie, es gebe zwischen den Jungen eine Art homosexueller Anziehung, die von beiden verdrängt werde und deshalb nur in Raufereien zum Ausdruck kommen könne. Dr. Morgan hatte es offenbar darauf abgesehen, uns zu schockieren. Aber mit Homosexualität haben wir nichts zu schaffen. Wir besprachen seine Schlussfolgerungen. Er war dagegen, den türkischen Raufbold vor das Schulgericht zu bringen. Er war aber auch gegen die naheliegende Alternative, ihn einfach vor die Tür zu setzen. Dr. Morgan wollte, dass sich die beiden Jungen in seinem Büro die Hand gaben und ihre Feindseligkeit in seiner Gegenwart besprachen. Um ihn zu beschwichtigen, verließ ich den Konferenzraum für kurze Zeit und rief Freds Mutter an. In meinen Unterlagen hatte ich gesehen, dass sie bei sich zu Hause ein buddhistisches Meditationszentrum eingerichtet hatte. Daher wusste ich, dass ich sie erreichen konnte. Sie kam ans Telefon. Aber sie war entschieden gegen Dr. Morgans Vorschlag, die beiden Jungen sollten ihre Differenzen untereinander klären. Sie sagte: »Dazu bin ich nicht bereit.«

Ich kehrte ins Konferenzzimmer zurück und berichtete Dr. Morgan von dem Gespräch. Ich fügte hinzu: »Ich habe auch einen dreijährigen Sohn zu Hause, Doktor, und ich verstehe genau, wie Freds Mutter fühlt.«

Aber er erwiderte spöttisch: »Verwechseln Sie bitte nicht einen dreijährigen Jungen mit einem, der dreihundert Pfund wiegt.« Wie grob von ihm! Und was für eine Frechheit! Die anderen stürzten sich auf ihn. Sie stimmten mir zu. Sie waren der Meinung, eine mögliche homoerotische Komponente sei hier völlig irrelevant. Tatsache war, ein Junge hatte einen anderen körperlich angegriffen. »Wir müssen unseren Standpunkt absolut klarmachen. Wir sind gegen Gewalt!«, sagte der Collegepräsident. Er wolle sich nicht mit einem Prozess vor einem ordentlichen Gericht herumärgern. Dr. Morgan murrte, konnte aber nichts machen, die Mehrheit war gegen ihn. Er verließ den Raum hastig. Manche Leute können es nicht ertragen, wenn sie mal Unrecht haben, amüsierten wir uns.

Ich sorgte dafür, dass alles im Rahmen blieb. Mein Wahlspruch lautet: »Seien wir nett zueinander!« Den ließ ich mir von meinem Mann in seiner Druckerei auf einen Kalender drucken, den ich dann zu Weihnachten an die Kollegen von der Fakultät verteilte. Jeden Monat ein anderes Foto von mir, bei der Arbeit oder im Kreis der Familie. Die Winterferien nahten, und der Termin für die Verhandlung vor dem Studentengericht wurde auf Ende Januar gelegt, damit die Studentenrichter genug Zeit hatten, sich mit den Fakten vertraut zu machen. In der Zwischenzeit durfte der kleine Türke den Campus während der Unterrichtszeit nicht betreten. Seine schriftlichen Arbeiten musste er über mich einreichen, und auch die Abschlussprüfung musste er getrennt von den anderen ablegen. Ich arrangierte das mit seinen Professoren und ließ ihn abends kommen, wenn Fred ganz bestimmt nicht mehr da war. Der türkische Junge war sehr störrisch. Unter den Augen hatte er dunkle Ringe, und sein Wiegeschritt war so ausladend, dass ich fürchtete, er werde im nächsten Moment das Gleichgewicht verlieren. Ich sah ihn mir genauer an und versuchte mir vorzustellen, Fred sei in ihn verliebt. Mr. Morgan lag völlig falsch. Mir wurde klar, dass auch Fred nicht gerade ein Objekt der Begierde war. Sein Gesicht war wund vor Akne, und mehr bemerkte man davon nicht. Er hatte flusiges, sandfarbenes Haar. Wie seltsam Jungs sind. Aber die Geschmäcker sind verschieden.

Ein paar Tage später rief mich die alte Professorin Dalton an und sagte, sie wolle mit mir über Memo sprechen. Zuerst wusste ich gar nicht, was sie meinte. Ich dachte, sie würde irgendwas falsch aussprechen. Dann wurde mir klar, dass es um den türkischen Jungen ging. Professorin Dalton unterrichtet Mathematik für Anfänger. Unsere Hochschule bietet ihren Studenten eine umfassende Bildung. Wir sind der Meinung, ein Student, der Geisteswissenschaften im Hauptfach studiert, braucht auch Grundkenntnisse in den Naturwissenschaften, wenn er seinen Weg machen will. Deshalb ist bei uns mindestens ein naturwissenschaftlicher Kurs pro Semester Pflicht. Die Professorin berichtete mir, Memo habe sein Examen nicht bestanden. Ja und? Die Professorin fand es erstaunlich. Memo sei immer der Überflieger in der Klasse gewesen. Im Grunde sei er der einzige Junge mit einer gewissen Begabung. Er habe originelle Ideen, und seine Beiträge zum Unterricht wie auch seine schriftlichen Arbeiten seien, obwohl er sich nicht in seiner Muttersprache ausdrücke, außerordentlich durchdacht und differenziert. Ich erzählte ihr von dem Vorfall mit Fred.

»Ach, Fred. Das ist doch der Junge, der sich immer über seine Aussprache lustig machte. Memo war ihm haushoch überlegen. Ich vermute, das hat Fred genervt. Bestimmt hat er Memo ein Mal zu viel auf die Schippe genommen.«

»Das ist keine Entschuldigung dafür, wie Memo reagiert hat«, sagte ich. Die Professorin wollte noch etwas einwenden, aber ich schnitt ihr das Wort ab, weil ich einen anderen Termin hatte.

Die Weihnachtsferien sind die Zeit, in der sich eine Dekanin ausruhen kann. Ich liebe warme, gemütliche Kleidung, knisternde Kaminfeuer, tiefe Sofas, den reinen, weißen Schnee, der alles zudeckt. Ich habe frei. Mein Mann muss arbeiten. So verbringe ich diese Zeit vor allem mit meinem Sohn, Bernhardt. Seine Welt ist schließlich auch ein Teil unserer Wirklichkeit. Mein Kleiner ist sanft wie ein Lämmchen.

Eines Tages wollte Bernhardt auf den Spielplatz. »Da ist alles voller Schnee!«, sagte ich, aber er ließ mein Nein nicht gelten. Ich war fröhlich, die Sonne schien, und Bernhardts Hand schmiegte sich so wunderbar in meine. Wir hatten vor, im Sandkasten einen Schneemann zu bauen. Doch als wir ankamen, sank meine gute Laune. Die Schaukeln waren von zwei Großen besetzt, zwei ausgewachsenen Burschen in dicken Skijacken. Sie gehörten hier nicht hin, auf einen Spielplatz für Kleinkinder. Ich brachte meinen Sohn zum Sandkasten und ging dann auf die beiden zu, um sie zurechtzuweisen. Beim Näherkommen nahm ich die Sonnenbrille ab, damit ich besser sehen konnte, und tatsächlich, ich hatte mich nicht getäuscht – auf den Schaukeln saßen zwei Jungen vom College. Noch ein paar Schritte, und ich wusste, wer sie waren – Memo und Fred. Sie benutzten die Schaukeln aber fast gar nicht für das, wozu sie gedacht waren, sondern saßen bloß darauf und machten mit den Füßen Spuren in den tiefen Schnee. Dabei unterhielten sie sich sehr lebhaft. Und offenbar freundlich. Sie redeten und redeten. Sie bemerkten mich gar nicht. Ich zog mich zurück, behielt sie aber im Auge. Nach einiger Zeit standen sie auf, umarmten sich, als hätten sie eben bei irgendeinem Wettkampf gewonnen, und verließen den Spielplatz.

Anscheinend hatte unser Seelenklempner, Dr. Morgan, doch recht gehabt. Ich bin durchaus bereit zuzugeben, wenn ich mich mal geirrt habe. Und das sagte ich ihm auch. Wir aßen zusammen zu Mittag und wurden gute Freunde. Er nennt mich jetzt Kay. Wir sind in vielen Dingen einer Meinung, zum Beispiel in Umweltfragen oder was die schlimme Lage der Palästinenser betrifft. Aber es war nicht die Wahrheit. Die Wahrheit war noch viel sonderbarer.

Kaum hatte das Semester begonnen, da störte der türkische Junge den Frieden an unserer Schule noch einmal. Nicht leibhaftig. Er kam nicht zurück. Aber stattdessen kam die Polizei und fragte nach ihm. Wie sich herausstellte, wurde unser Student in der Türkei gesucht. Wegen Mordes. Wie sich herausstellte, war er, obwohl türkisch, eigentlich doch nicht türkisch, sondern kurdisch. Ich wurde zu einer Besprechung mit Dr. Morgan und dem Collegepräsidenten in dessen Büro gebeten. Im Kamin brannte ein Feuer, und als ich eintrat, begrüßte mich der Präsident mit einem Handschlag und einem freundlichen Lächeln. Zwei hohe Polizeibeamte informierten uns. Memo hatte anscheinend einer terroristischen Organisation angehört, die einen Umsturz in der Türkei anstrebte. Er hatte alle möglichen Gräueltaten gegen sein Land verübt. Aber gesucht wurde er nicht wegen irgendwelcher toter türkischer Soldaten oder anderer Männer, sondern weil er eine Kurdin kaltblütig umgebracht hatte. Ich begann zu zittern, trotz des wärmenden Feuers im Büro des Präsidenten, und Dr. Morgan legte mir einen Arm um die Schulter.

Wir gaben den Polizeibeamten Memos Schulakte mit. Mir war

klar, dass es auf dem Campus jemanden gab, der wahrscheinlich wusste, wo sich Memo aufhielt. Fred. Ich suchte nach ihm und fand ihn schließlich in der Cafeteria, in der Schlange vor der Essensausgabe.

Er wirkte verlegen, als ich ihn fragte, wo sein »Freund« Memo stecke.

»Keine Ahnung«, brummte er und hoffte, ich würde wieder gehen. Ich tat ihm den Gefallen.

Mir blieb nichts anderes übrig, wirklich. Als ich wieder am Schreibtisch saß, blätterte ich meine Kartei durch und rief Freds Mutter an. Ich wollte ein vertrauliches Gespräch von Frau zu Frau mit ihr führen und entschuldigte mich, dass ich während ihrer Arbeitszeit anrief. Vielleicht hatte ich sie diesmal tatsächlich in einer Meditationssitzung gestört. Sie klang verstimmt und gereizt. Ich sagte ihr, ich könne sie beruhigen, der türkische Junge werde nicht wieder in unserem College auftauchen und ihren Sohn behelligen. Darauf sagte sie nichts, was ich sonderbar fand. Ich wollte irgendeine Reaktion von ihr hören, deswegen fügte ich hinzu: »Man hat ihn verhaftet. Er wird anscheinend wegen Mordes gesucht.« Löffelgeklingel in einer Tasse. Pause. Ein Schlürfen, ein Schlucken. Die Tasse wurde auf die Untertasse zurückgestellt. Ich hatte also keine Meditationssitzung unterbrochen. Kein Wort. Es war unhöflich. Ich begann mich zu ärgern und sagte: »Das Komische ist – Fred und der türkische Junge sind befreundet. Ich habe sie zusammen gesehen – dicke Freunde. Sie könnten Ihren Sohn mal fragen, wie das zusammenpasst.«

Schließlich machte sie doch den Mund auf. »Dekanin Nunn«, sagte sie mit schneidender Stimme, »ich werde das College verklagen. Ich will mein Schulgeld zurück und außerdem die Kosten für die Zahnbehandlung und für die psychologische Betreuung, die meinem Sohn noch bevorsteht.« Und dann, sehr langsam, sodass ich das Rascheln eines Kleides oder eines weiten Ärmels hören konnte, legte sie auf.

Ich fühlte mich miserabel. Ich hatte einen Fehler gemacht. Ich lief in meinem Büro auf und ab und betete zum Himmel, dass Freds Mutter nicht den Collegepräsidenten anrief, bevor ich wieder alles in Ordnung gebracht hatte. Ich hatte eine Idee. Der Präsident würde sie zu schätzen wissen. Dekanin Nunn, würde er sagen, der gute Ruf unseres Colleges darf nicht durch solche Nichtigkeiten beschädigt werden. Ihr Einsatz in dieser Angelegenheit ist unbezahlbar.

Minuten später hatte ich Fred in der Cafeteria wieder aufgespürt, der sich gerade über seinen Lunch hermachen wollte. Ich nahm ihn mit in mein Büro.

Er kam mir immer noch sehr jung und unschuldig und nett vor, trotz der Akne und seiner immensen Größe. Er brauchte sich offenbar noch nicht zu rasieren, und auch seine Brust, die man sehen konnte, weil ein Knopf an seinem hübschen Brooks-Brothers-Hemd fehlte, war unbehaart. Ich bemühte mich, nicht nach diesem Stück Haut zu sehen, das unter dem Hemd mal hervorblitzte, mal verdeckt war, während er auf seinem Stuhl herumrutschte. Er tat mir schrecklich leid, weil er nicht merkte, dass sein Hemd offen stand. Bereitwillig erzählte er mir die folgende Geschichte.

»Memo kommt aus der Türkei oder so, aber eigentlich ist es nicht die Türkei, wo er herkommt. Er sagt, es heißt Kurdistan. Man findet es auf keiner Karte, Dekanin Nunn, Sie brauchen nicht nachzusehen, ich hab's schon getan. Aber ich bin sicher, es stimmt trotzdem. Warum sollte er sich so was ausdenken? Also, in einem Sommer, als Memo zwölf war oder so, schickte man ihn in die Berge, seinem Vetter beim Schafehüten zu helfen. So was machen die da. Und während er weg war, in diesem Sommerlager oder was das war, beim Schafehüten, kam die Armee, die türkische Armee, weil, in seinem Dorf waren so ein paar kurdische Kämpfer gewesen, und die Armee hat alles abgefackelt, und seine Eltern und alle seine kleineren Brüder und Schwestern, verstehen Sie, die sind tot.«

Fred machte ein verzweifeltes Gesicht, als fände er das alles glaubhaft, und fuhr fort: »Er wohnte danach bei, ich weiß nicht, irgendeiner Tante oder was. Vielleicht bei einem Onkel. Irgendwelchen Verwandten. Er musste mithelfen. Sie hatten ein Geschäft, glaube ich, sie verkauften, ja, hm, also Heroin.« An dieser Stelle sah mich Fred mit einem schmalen Lächeln an, als wollte er sagen: Ich weiß, das ist nicht besonders ehrenwert. Bloß dieses versonnene Lächeln. Dann zuckte er mit den Achseln. »Mit sechzehn ging er zur kurdischen Miliz, ich weiß nicht genau, sie wollten – ich glaube, sie wollten die Regierung stürzen oder so.«

»Aber Fred, bitte«, unterbrach ich ihn, »was hat denn so jemand auf unserem College verloren?«

Fred schien verwirrt, er starrte mich an. Ich riss mich zusammen und sagte sehr nett: »Entschuldige, dass ich dich unterbrochen habe. Erzähl weiter, bitte. Ich höre zu.«

Er fuhr fort. In seiner Nacherzählung wechselte Memos Geschichte nun in eine viel sanftere Tonlage.

»Tja, Mrs. Nunn, Sie haben mich gefragt, und nun erzähle ich Ihnen, was ich weiß. Also, es passierte Folgendes. Memo hatte eine Freundin. Ein Mädchen aus seiner Gruppe. Sie waren achtzehn, glaube ich, beide. Ein kurdisches Mädchen. Memo sagt, sie konnte unheimlich gut schießen, traf ein bewegliches Ziel aus drei Block Entfernung! Er zeigte mir ein Bild von ihr. Ein tolles Mädchen, verstehen Sie. Gute Figur. Schwarzes Haar. Auf dem Bild hat sie ein Gewehr oder was, nein, es sieht richtig professionell aus, sie hat es über die Schulter gehängt oder so. Echt super. Also, Memo hatte sich in sie verliebt, er liebte sie wirklich. Razyana. So hieß sie.« Fred schien vollkommen fasziniert von diesem Namen, denn er wiederholte ihn immer wieder, als wäre er auch für ihn etwas Kostbares.

»Na ja, aber normalerweise, was heißt das schon, dass man eine Freundin hat, oder? Ich meine, wenn man achtzehn ist. Man hat eine Freundin, und dann hat man eine andere. Aber in diesem Fall war es vielleicht anders. Denn – also, ich weiß nicht, warum, aber es war anders. Und dann passierte Folgendes. Der Chef von ihrer Dingsda, ihrer Einheit oder ihrem Kommando, kam zu Besuch oder so. Alle versammelten sich in einer verlassenen Schule, und er hielt eine Ansprache oder was. Die Typen waren alle beeindruckt und hörten zu. Und als er fertig war und weiterwollte, waren sie schwer begeistert. Und er bat Razyana, sie sollte noch einen Moment dableiben. Was dann passierte, weiß, glaube ich, keiner, jedenfalls war sie mit ihm allein da drinnen, und alle wussten, dass sie einer der besten Schützen von allen war, und dachten, das sei der Grund, und dann kam sie plötzlich aus dem Haus gerannt, das Haar durcheinander und die Bluse, glaube ich, aufgeknöpft. Und dieser Bursche war völlig irre, er behauptete, sie sei durchgedreht und hätte ihn angegriffen oder sogar versucht, ihn zu ermorden.«

Während dieses ganzen Monologs leuchtete auf Freds sonst so gleichmütigem Gesicht die reine Verzückung. Ich kann es nicht anders beschreiben. Ständig fuhr er sich mit der Hand durch sein kurzes, sandfarbenes Haar. »Razyana wurde von ihren eigenen Leuten eingesperrt. Die anderen Kurden waren total erschüttert, als sie erfuhren, dass sie eine Verräterin war, dass sie sich der Gruppe wahrscheinlich nur angeschlossen hatte, um eines Tages ihren Führer zu ermorden. Auch Memo trauten sie nicht mehr. Alle sagten ihm, er müsse seine Treue beweisen, das sagten sie: Er müsse seine Treue zur Gruppe beweisen.

Ich nehme an, dann vergingen erst mal ein paar Monate. Irgendwann sagten sie zu Razyana, sie könnte jetzt wieder hingehen, wohin sie wolle. Sie hatten sie wohl, ich weiß nicht, festgehalten, vielleicht in einem Gefängnis oder so. Sie nahm Kontakt zu Memo auf, und der kam natürlich zu ihr. Memo weiß, wie man sich gut anzieht, verstehen Sie. Er hat mir erzählt, in allen Einzelheiten, was er anhatte, als er sie besuchen ging – komisch, dass er sich daran erinnerte. Er bügelt seine Jeans! Kein Mensch macht das hier sonst. Aber er bügelte sich die Jeans, als er sie besuchte. Und er zog ein sauberes Hemd an. Er sagt, sie war richtig dünn geworden, und sie hätten ihr das Haar abgeschnitten gehabt, richtig kurz. Sie hatte die gleichen Sachen an wie an dem Tag, als Memo sie zuletzt gesehen hatte, aber jetzt waren sie viel zu groß und schlabberten an ihr herum und sahen ganz schrecklich aus. Und als sie ihn sah, klappte sie einfach zusammen und heulte, und da, sagt er, fing auch er an zu heulen. Er nahm sie in die Arme, wissen Sie, er umarmte sie lange, und dann ging er mit ihr die nächste Straße runter, drückte sie ganz fest an sich. Er hatte ihr einen Arm um die Schulter gelegt, und in der Hand hielt er die Pistole. Sie merkte es nicht, sie sah sie nicht, sie spürte auch nichts, als er ihr die Mündung ans Haar drückte. Er sagte, ihr Haar habe sich warm angefühlt. Sie bogen in eine Gasse ab, und da küsste er sie. Seine Hand war immer noch an ihrem Kopf, und dann drückte er ab.«

Freds Augen waren groß, blassblau und fast durchsichtig. Er starrte mich an. »Der Kopf von ihr war überall auf ihm drauf! Es war das Treueabzeichen oder was.«

Fred ließ den Kopf hängen und fuhr nach einer Pause leise fort: »Aber genutzt hat ihm das alles überhaupt nichts. Alle sagten, er habe das Richtige getan, aber gehasst haben sie ihn trotzdem. Und dann war auch noch die türkische Polizei hinter ihm her.«

»Armer Fred«, sagte ich leise. »Du armer Junge. Was ist das bloß für ein Blödsinn!« Ich betrachtete diesen riesigen Jungen, der niedergeschlagen und hilflos in meinem schönen Bürosessel saß. Er erzählte weiter.

»Diese Gruppe hatte sich immer um ihre Leute gekümmert. Sie haben auch Memo geholfen wegzukommen, nach Amerika. Er wohnte bei einer kurdischen Familie in New Jersey, die er vorher noch nie gesehen hatte. Es waren nette Leute, sagt er. Sie hatten eine Tankstelle, und sie nahmen ihn einfach bei sich auf und erzählten allen Leuten, er wäre ihr Sohn. Englisch lernte er sehr schnell. Sie wissen ja, er ist wirklich intelligent, oder? Und die Highschool absolvierte er mit Auszeichnung. Ich schätze, deshalb hat ihn unser College überhaupt nur genommen, und er hatte ja ein Stipendium, mit dem alles bezahlt war, oder? Aber sein Alter war gelogen. Er ist keine neunzehn, wissen Sie. Er ist irgendwas – zweiundzwanzig, vielleicht auch schon dreiundzwanzig. Er hat es mir nie genau verraten, sagte, er wüsste es nicht. Jedenfalls habe ich Ihnen jetzt alles erzählt, was ich weiß, und ich würde jetzt gern wieder runter in die Cafeteria gehen, wenn das für Sie o. k. ist.« Und er stand auf – mit Würde, wie mir schien, trotz seiner Größe und obwohl ihm die Tränen über die Wangen kullerten, was sehr merkwürdig aussah. Ich begleitete ihn an die Tür. Dann kehrte ich zu meinem Schreibtisch zurück und schaltete den Kassettenrekorder ab.

Freds genaue Kenntnis der Geschichte nahm seiner Mutter, als sie das Band zu hören bekam, den Wind aus den Segeln, und von einem Prozess war nachher nie mehr die Rede. Ich glaube von alldem nicht ein Wort. Mein Freund Dr. Morgan beantwortete mir einige Fragen, die offen geblieben waren. Ein paar Tage nach der Auseinandersetzung mit Fred hatte Memo sein Opfer offenbar aufgesucht, um sich zu entschuldigen! Fred hatte nicht mit ihm reden wollen, aber Memo hatte sich an ihn gehängt, hatte ihn in einen leeren Klassenraum gezogen und in eine Bank gedrückt. Und dann hatte er Fred die ganz traurige Geschichte erzählt und hinzugefügt, er werde Amerika bald verlassen.

Und jetzt kommt der unglaublichste Teil der Geschichte. Und dieser Teil stimmt auch. Freds Zahnarzt hatte von der Mutter schon eine große Anzahlung für die neuen Porzellankronen des Jungen bekommen, aber Fred bedrängte den armen Mann, er solle ihm billige, provisorische Kronen einsetzen und ihm den Differenzbetrag zurückgeben. Der Zahnarzt ließ sich darauf ein, und Fred gab das Geld an Memo weiter und half ihm abzuhauen.

Kurz vor meinem Anruf bei Freds Mutter hatte ihr der Zahnarzt gestanden, was geschehen war. Deshalb war sie so verstört. Fred hatte so etwas noch nie getan. Als sie ihn zur Rede stellte und wissen wollte, was er mit dem Geld gemacht habe, wurde Fred offenbar wütend und schrie, das gehe sie überhaupt nichts an. Aber es war doch ihr Geld gewesen, nicht seines! Sie hatte ihm die Kronen bezahlt! Freds Eigensinn erschreckte sie sehr, und sie wollte, dass er sich in eine gute Beratung begab, um »wieder zu sich selbst zu finden«. Fred ging zu Dr. Morgan, aber offenbar nur ein Mal.

Die Polizei tauchte nicht mehr auf, und wir hörten auch nie wieder etwas von ihr. Ich weiß nicht mal, ob sie ihn am Ende geschnappt haben oder nicht. Fred brach die Schule ab und wurde Profisegler. Ich wünsche ihm dazu natürlich viel Erfolg.

Das alles geschah in den letzten Monaten. Jetzt ist das Frühjahr fast vorbei, und ich bin im Urlaub. Deshalb habe ich auch Zeit, alles aufzuschreiben. Ich erwarte ein zweites Kind. Ich hoffe, es wird ein

Mädchen. Mein Mann und ich haben gerade ein Sparkonto für unsere Kinder eröffnet, damit wir uns, wenn sie achtzehn sind, das Schulgeld für ihr College leisten können.

Aus dem amerikanischen Englisch von Reinhard Kaiser

Heiße Luft

Junge traf Mädchen in einer Kirche. Beide waren nicht zum Beten gekommen. Sie wollten den Pfarrer gegen das Regime predigen hören. Für das Mädchen war die Veranstaltung eine Touristenattraktion. Dem Jungen war sie ein Anliegen. Er hatte getan, wozu ihm sein Biograph geraten hatte, dieser unsichtbare Schutzengel, der ihn auf all seinen Wegen lenkte. Der Biograph hatte ihm gesagt, er solle nach Berlin gehen, und hatte ihn schließlich auch in die Kirche im Osten der Stadt gelotst, weil dort Geschichte gemacht wurde und der Junge dabei sein sollte, um alles zu notieren.

Der Junge war überzeugt davon, dass er eines Tages zu den Großen Männern gehören werde. Über sich nachdenken hieß für ihn vergleichen. Entweder er würde ein zweiter George Orwell oder ein zweiter Winston Churchill sein. Oder erst das eine und dann das andere. Schon jetzt war er ganz erfüllt von seinen künftigen Siegen. Der stets gegenwärtige Biograph zeichnete schon mal seine Jugend auf. Im Augenblick war der Biograph allerdings ziemlich entsetzt. Sein Held, dieser stramme Bursche von dreiundzwanzig Jahren, war immer noch ein keuscher Jüngling. Dagegen musste etwas getan werden.

Die eigentliche historische Bedeutung der Predigt in der Kirche bestand nach Ansicht des Jungen also darin, dass auch das Mädchen dort gewesen war. Es hatte sich verspätet, aber die Geschichte selbst hatte es durch die Menschenmenge zu ebenjener Bank geführt, in der der Junge schon saß. Mit einem Nicken verständigten sie sich darüber, dass sie hier beide Außenseiter waren, und saßen dann eine Zeit lang schweigend nebeneinander. Schließlich ergriff das Mädchen die Initiative und flüsterte: »Wer bist du?«

Mit dem Stolz eines jungen Mannes, der von seinem Biographen begleitet wird, antwortete er: »Ich bin ein Cambridge-Historiker.«

Das Mädchen sah ihn genauer an. Es sah die glatten rosigen Wangen, die eines Rasiermessers noch kaum bedurften, es sah die hohe, von dunklen Locken umhangene Stirn, die runden, fast schwarzen Kinderaugen und brach in Lachen aus.

Er drehte sich um und suchte nach dem Grund für ihre Heiterkeit, sah aber nur den Pfarrer und die gebannt lauschende Gemeinde und musste sich eingestehen, dass er irgendetwas nicht mitbekommen hatte. Er wandte sich wieder dem Mädchen zu. Sie lachte jetzt nicht mehr, sondern betrachtete ihn mit ungehöriger Neugier. Er warf einen Blick auf seine Finger. Sie waren noch da, noch sauber. Dann sagte sie zu ihm: »Ich heiße Alice, und wie heißt du?« So stellte sich doch noch heraus, dass er John hieß.

Johns erster Brief an Alice – eine Woche später – enthielt eine wilde Bitte, die er in ihrer Gegenwart nicht über die Lippen gebracht hatte: Sie möge ihn von seiner Unschuld befreien. Nach der Predigt hatten sie zusammen zu Abend gegessen, waren dann in Parks umherspaziert und durch Straßen geschlendert. Während sie sich unterhielten, hatte er immer wieder Anspielungen eingestreut, hatte seinen Mangel an Kontakten zum anderen Geschlecht erwähnt, seine jahrelange Inhaftierung in Jungeninternaten, seine Schüchternheit an der Universität. Alice war eines der ersten Mädchen, mit denen er sich je unterhalten hatte. Und wie seltsam, sagte er, dass sie irisch war. Katholisch! Er versuchte, sein Entzücken über das Schockierende dieser Tatsache zu überspielen. Es begeisterte ihn auch, dass sie aus einfacheren Verhältnissen stammte als er. Ihr Vater war Arzt, seiner dagegen verdiente Geld, verschenkte es aber auch wieder und genoss hohes Ansehen für die Umsicht, mit der er wohltätige Einrichtungen und politische Parteien unterstützte. John gab zu, dass er sich gar nicht vorstellen könne, wie das wäre – in einem einfachen Haushalt aufzuwachsen, gleich nebenan in die Schule zu gehen, abends daheim bei den Eltern zu sein, mit Kindern – Mädchen! – zu toben und ohne Weiteres Bekanntschaft zu schließen. Alice ihrerseits quetschte ihn nach Einzelheiten über das Leben der Oberschicht aus, ließ sich nichts entgehen und staunte über jede Kleinigkeit. Sie wusste, wie man Leute zwingt, über völlig unwichtige Dinge zu sprechen.

Kurz, Alice und John, beide jung, beide allein in einer großen, fremden Stadt, waren voneinander fasziniert.

Doch Cupido hielt sich fern. Sie mochten sich nicht einmal besonders. Alice fand John aufgeblasen und ärgerte sich über die ständige Anwesenheit des unsichtbaren Biographen. Sie verabscheute auch die Art, wie sich John auf die »Ichs« in seinen Sätzen stützte, als wären sie die wichtigsten Wörter darin, und wie er Informationen hortete, als wären sie eine Währung, um andere zu beeindrucken. John seinerseits war entsetzt darüber, dass Alice von nichts eine Ahnung hatte und trotzdem alles besser wusste, dass sie ständig zu spät kam, dass sie sich für etwas Besonderes hielt, obwohl sie es nicht war, auch darüber, dass sie genau besehen ein bisschen mollig war, und außerdem über ihr albernes, kurz geschnittenes rostrotes Haar.

Dennoch glaubte John, er sei in Alice verliebt. Ihr Lächeln und ihre Haut waren so warm. Die Sommersprossen waren zwar ein Makel, aber süß fand er sie trotzdem. Er wollte Alice in den Arm nehmen. Der Biograph ließ nicht locker. Mit dreiundzwanzig sei es höchste Zeit, eine Frau in den Arm zu nehmen. Aber John wusste nicht, wie er es Alice sagen sollte. Krachend schlugen seine Andeutungen in ihre Gespräche ein, aber Alice schien taub zu sein. Er litt, sah sie an, berührte ihren schmalen Ellbogen nicht, sagte ihr Gute Nacht, ohne einen Kuss zu riskieren, und konnte nachher nicht schlafen. Die Briefe begannen.

Auf billigem Luftpostpapier, in eleganten Hieroglyphen bat er um Erbarmen. Er war jetzt auf Reisen, interviewte wichtige Leute für ein Buch. Er schrieb jeden Abend. Er würde bald zurück sein.

Alice erkannte seine Handschrift sofort, wenn sie die Briefe aus dem Kasten nahm. Sie war nicht besonders intelligent, aber sie hatte Instinkt. Sie wusste, eines Tages würde er die Briefe zurückhaben wollen, um sie vor seinem Biographen zu verstecken. Sie ahnte auch, dass sie John in jedem Fall verschrecken würde – egal, ob sie seine Briefe beantwortete oder unbeantwortet ließ. Trotzdem waren die Briefe eine Art Pfand – ihretwegen würde er wiederkommen. Sie fand ihn lächerlich, aber dann dachte sie wieder: Seine Freunde kann man sich nicht aussuchen. Sie wollte ihn nicht ganz aus den Augen verlieren.

In irgendeinem fernen Land bezahlte John schließlich eine Prostituierte dafür, dass sie ihn von seiner Unschuld befreite. Seine seltsame Liebe zu Alice verdunstete, und mit einem Schlag hörte er auf, ihr Briefe zu schreiben. Als er nach Berlin zurückkam, besuchte er sie nicht mal. Es fiel ihm leicht, sie zu vergessen.

Zwanzig Jahre vergingen. Alice war mit einem Arzt verheiratet. Sie hatten Kinder und ein schönes Haus in Dublin. John war tatsächlich ein Cambridge-Historiker geworden, ein richtiger Don. Er schrieb Bücher, veröffentlichte Artikel in angesehenen Zeitschriften, nahm an Konferenzen teil, saß in Ausschüssen. Noch immer schwelgte er in der ersten Person Singular, jetzt auch schriftlich, verwendete das Wort »ich« in jedem seiner Texte häufiger als jeder andere schreibende Zeitgenosse. Auch war er sehr stolz auf seine viel beachtete Ehe mit einer Dame aus bestem Hause. Sie hatten drei prächtige Mädchen, die er sehr liebte. Seine Frau wusste von dem Biographen. Sie achtete darauf, die gemeinsame Telefonnummer an niemanden weiterzugeben, denn sie fürchtete, sonst würde jeder, aber auch jeder bei ihnen anrufen. Dem Premierminister jedoch verriet sie die Nummer mit dem größten Vergnügen. Kurz, es gab nichts, wovor John sich hätte fürchten müssen, wäre da nicht die Erinnerung an eine Zeit gewesen, in der er nicht ganz so prächtig dagestanden hatte – eine Unschuld, die alberne Briefe an ein albernes irisches Mädchen schrieb.

Eines Tages musste er in einer wichtigen Angelegenheit nach Dublin, und nachher blieben ihm ein paar Stunden. Er suchte Alices Nummer im Telefonbuch und rief an. Sie erkannte seine Stimme sofort, als hätte sie die ganze Zeit auf ihn gewartet. Er besuchte sie.

Alice bot John Tee an und stellte ihm ihre netten Kinder vor. Seine Karriere hatte sie nicht verfolgt und fragte auch nicht danach. Sie war jetzt ziemlich hübsch, elegant gekleidet, und ihre rundlichen Formen machten sie nun jünger, als sie war. Sie redete noch immer über die gleichen Dinge – erkundigte sich gezielt nach Nebensächlichkeiten, die sein Zuhause betrafen. Er fand kein Mittel gegen ihre triviale Fragerei. Er hatte die Wichtigkeit seiner Existenz ja herunterspielen wollen, um ihre Gefühle zu schonen, aber zur Bescheidenheit nötigen ließ er sich nur ungern.

Zuletzt, im Gehen, als er »Es war fabelhaft, dich wiederzusehen« schon gesagt hatte, räusperte er sich und fragte: »Sag mal, hast du diese Briefe noch, die ich dir damals geschickt habe?«

»Könnte sein«, erwiderte sie.

Sauber gestapelt warteten die Briefe in ihrem Kleiderschrank auf ihn.

Bis auf den ersten waren sie alle ungeöffnet.

»Der Mülleimer steht unten links«, sagte sie.

Er öffnete den Mülleimer und sah, dass er voll war. Jemand konnte sie wieder herausfischen, und wenn er sie tief nach unten stopfte, würde er sich die Finger schmutzig machen. Er packte die Briefe in seine Aktentasche. Am Abend, daheim in Cambridge, während im Kamin seines Arbeitszimmers ein Feuer prasselte und die geschlossene Tür anzeigte, dass er mit Höherem beschäftigt war, öffnete er die Aktentasche und nahm den Stapel heraus. Seine Hände zitterten. Er sah den Brief, der geöffnet worden war. Angst überkam ihn. Aber er konnte nicht anders, er musste ihn auseinanderfalten und einen Blick darauf werfen.

Dann die Erleichterung. Er staunte darüber, was für Streiche ihm sein Gedächtnis gespielt hatte. Der Brief war durchaus kein offenes Gesuch um Gewährung von Sex, sondern eine philosophische Abhandlung über die Geschichte, in langen, eleganten Sätzen, die das Herz einer intelligenteren Frau bestimmt gerührt hätten …

»Phantastisch«, murmelte er. So viel Gelehrsamkeit in so jungen Jahren. Gott sei Dank hatte er sie nicht weggeworfen. Sein Biograph würde begeistert sein. Da erblickte er die Bemerkung am Rand, in Alices runder Schulmädchenschrift. Es waren nur zwei Wörter. »Heiße Luft.« Beschämung stieg in ihm auf. Und dann die Erkenntnis, dass sie recht hatte. Er schleuderte die Briefe ins Feuer.

Nachdem er diese Episode aus seiner Biographie gestrichen hatte, setzte er die Arbeit am Denkmal seines Lebens ungehindert fort. Es würde sich als wenig imposant und ziemlich kurzlebig erweisen. Das stand nicht in irgendwelchen Büchern, sondern in den Sternen, auf die sich Alice besser verstand. Hinterlassen würde John vor allem seine netten Kinder und Enkelkinder, die sein Andenken bewahren würden. Genau dasselbe würde auch Alice hinterlassen. Nicht mehr, aber auch nicht weniger.

Aus dem amerikanischen Englisch von Reinhard Kaiser

Faustina

Im Angesicht überirdischer Schönheit erblasste Heike.

Sie war gerade fünfzehn geworden und zutiefst unzufrieden mit ihrem Aussehen. Aussehen war alles, denn wonach sollte man jemanden beurteilen, wenn nicht nach seinem Aussehen? Heike hatte traurige braune Locken und eine Figur, der kein Skelett Halt zu geben schien – selbst ihre Knie und die Finger sahen aus, als hätte sie keine Knochen. Wenn sie versuchte, ihre grauen Augen strahlen zu lassen, dann blitzten sie bloß, denn sie waren klein, fast schlitzartig, und eigentlich blitzten die Pickel in ihrem Gesicht noch mehr. Klein war immerhin auch ihre Nase. Und ihre Lippen waren schmal. Wenn sie mit denen schmollte, sah man es kaum. Alle lobten Heike wegen ihrer Fähigkeiten, wegen ihres unübersehbaren Talents für die Malerei, wegen ihrer Begabung für das Violinspiel, vom Schach ganz zu schweigen. Sie sprach drei Sprachen gleichermaßen fließend, und ihr Gedächtnis glich einer Tiefkühltruhe. Heike besaß einen bissigen Humor, der ihren Kameraden Angst und Bewunderung zugleich einflößte. An Freunden fehlte es ihr nicht. Doch bewundern konnte sie nur schöne Menschen und verachtete alle, die, wie sie selbst, nicht schön waren. Und dann stand Heike eines Tages einer Person gegenüber, die blond, rehäugig, gertenschlank und für all das obendrein auch noch berühmt war.

Heike war mit ihrem Französischkurs auf Klassenfahrt in Südfrankreich. Die Gruppe machte einen Ausflug nach Monte Carlo. Nachdem sie an der Strandpromenade etwas gegessen hatten, bekamen sie eine Stunde zur freien Verfügung, also zum Einkaufen – Klamotten und Krimskrams. Heike hatte die Hoffnung inzwischen aufgegeben, sie könnte durch andere Kleidung an ihrem Gesicht und ihrer Figur etwas ändern. Als die Schönheiten ihrer Klasse sich darüber zu unterhalten begannen, was sie kaufen würden, sagte Heike nur: »Hier sind doch alle Leute viel zu auffällig angezogen. Am besten kauft ihr euch auch knöchellange Nerzmäntel, dann starrt euch niemand mehr hinterher.« Ihre Freundinnen kicherten verlegen und ließen sie allein an der Strandpromenade zurück, wo sie weiter mit ihrem Dasein und seinen Abgründen haderte.

Sie hatte sich auf die Brüstung gestützt und sah aufs Meer hinaus, als sie unter sich auf dem Strand eine Menschenansammlung bemerkte. Ein Mode-Shooting war dort im Gange. Sogar von weitem erkannte sie das Model, dessen Schönheit die Leute so faszinierte, dass es sich in der allgemeinen Vorstellung in eine mächtige, unsterbliche Göttin verwandelt hatte. Heike starrte hinüber, und ihre Sehnsucht war grenzenlos. »Habe nun, ach …«, seufzte sie. »Wozu Talent? Wozu diese sogenannte Intelligenz? Das alles würde ich hergeben, wenn ich dafür nur einen einzigen Nachmittag schön sein könnte!«

Dies hörte zufällig der Teufel.

Für Schönheit hatte sich der Teufel schon immer interessiert. Nach dem Geld verursachte sie in zwischenmenschlichen Beziehungen das meiste Chaos. Schönheit war wie ererbtes Vermögen. Um sie zu besitzen, bedurfte es keiner weiteren Vorzüge, man brauchte sich nicht anzustrengen, man brauchte nichts zu können, man brauchte überhaupt nichts. Man hatte sie einfach, und andere hatten sie nicht. Sie zu haben war an sich schon reicher Lohn, aber sie brachte noch weitere Belohnungen mit sich, und deshalb wohnte der Schönheit etwas zutiefst Unfaires inne. Unfairness jedweder Art bereitet dem Teufel das allergrößte Entzücken.

Er beschloss, auf Heikes Angebot einzugehen.

Ohne die Schönheit zu fragen, ob sie einverstanden sei, ohne Heike vorzuwarnen, ohne irgendwelches Zeremoniell, vertauschte er das Innere der einen mit dem Inneren der anderen. Die Schönheit war nun nicht mehr schön, sondern fand sich im Körper einer Fünfzehnjährigen wieder, während Heike mit vollkommen unveränderter Persönlichkeit plötzlich von einer irrsinnigen körperlichen Vollkommenheit war. Während das Model in Gestalt eines unansehnlichen Teenagers, den niemand beachtete, an der Brüstung der Promenade lehnte, stand Heike groß und schlank vor der Kamera. Ihre Füße steckten in Stiefeln mit hohen Absätzen, die im Sand umzuknicken drohten. Ihre Hände, mit deren Hilfe sie sich im Gleichgewicht hätte halten können, steckten in den Taschen ihrer Jacke, und ihr Blick ging starr geradeaus. Heike war so perplex, dass sie weder schreien noch weglaufen konnte. Also blieb sie in dieser Pose und wagte nicht mal, sich an den Lattenzaun hinter ihr zu lehnen, was unter diesen Umständen wahrscheinlich bequemer gewesen wäre. Doch ihr Körper beschwerte sich über diese Misshandlung seltsamerweise nicht, auch nicht nach mehreren Minuten. Leute starrten sie an, und öffentliche Aufmerksamkeit ist ein starkes Betäubungsmittel. Der Teufel beglückwünschte sich zu seinem Schachzug und verfolgte vom Spielfeldrand gespannt, wie es weitergehen würde.

Eine Zeit lang ging es überhaupt nicht weiter. Vorsichtig und so unauffällig wie möglich versuchte Heike, sich Klarheit über ihre Situation zu verschaffen. Die Sonne beschien die Szenerie, ihr Licht genügte aber offenbar nicht. Am Strand aufgestellte elektrische Lampen waren auf sie gerichtet. In der Nähe drängten sich ein paar Leute und glotzten Heike ununterbrochen an. Hin und wieder stürzten zwei Frauen herbei und tupften Heike das Gesicht ab, die Wangen, das Kinn, zupften auch an ihrem Kleid. Jetzt erst fiel ihr auf, dass sie einen Schal um den Hals trug und dass der pulverweiche Stoff, der ihren Körper einhüllte, einem langen, streng wirkenden Mantel gehörte. Sie war von all der Aufmerksamkeit vor den Kopf gestoßen. Sie blickte in die Richtung der Kamera, aber sie sah nur einen pummeligen Teenager, der von der Strandpromenade zu ihr herunterstarrte.

Später entspannte sich Heikes Publikum. Der Mann, der mit einer Kamera nach ihr gezielt hatte, ließ seine Waffe sinken und wackelte mit den Schultern, um sich zu lockern. Dann zündete er sich eine

Zigarette an und betrachtete prüfend ein Foto, das er gemacht hatte. Die anderen drängten sich um ihn. Heike fragte sich, ob die Leute sie vergessen hatten. Sie bewegte sich, nahm eine leicht veränderte Haltung ein.

Prompt sahen alle zu ihr herüber.

Sie wagte ein Lächeln.

Alle lächelten zurück.

Sie ließ das Lächeln ein paar Sekunden um ihre Lippen spielen und rückte es dann ein wenig zurecht. Augenblicklich rückten die anderen auch das ihre zurecht. Sie sprachen jetzt sehr freundlich mit ihr. Wie abscheulich es sein müsse, so lange still zu stehen. Jemand fragte, ob ihr kalt sei.

Sie hatte noch gar nicht daran gedacht, aber jetzt fiel ihr ein, dass sie ja sagen könnte – ja, ziemlich kalt.

Ihre Antwort verursachte einen Tumult.

Leute machten sich an zwei Heizgeräten zu schaffen, die in der Nähe standen, und drehten sie in ihre Richtung. Bald wurde es angenehm warm. Heike fing an, die Aufmerksamkeit zu genießen. Ihr wurde ein bisschen flau im Kopf, sie fühlte sich wie beschwipst. Der Teufel merkte es und wartete, was geschehen würde.

Aber er hatte die Qualen der Vorhölle nicht bedacht. Während der nächsten Stunden musste Heike immerfort in der gleichen Haltung ausharren, mit kleinen Abwandlungen, eine Beugung des Halses hier, eine Drehung der Hand dort. Sie konnte nichts anderes tun, als den Gesprächen der Erwachsenen in ihrer Umgebung zuzuhören, was sie normalerweise tunlichst vermied.

Sie hörte, wie die Leute den Modedesigner ein »Genie« nannten. Aber er war nirgendwo zu sehen. Der Designer war abwesend, aber im Geiste weilte er unter ihnen, und alle waren sich dessen bewusst. »Er verkauft seine Kreationen mit der Kraft seiner Persönlichkeit«, meinte jemand. Der Designer brauchte körperlich nicht anwesend zu sein. Er war das Gegenteil von einem Model.

Es dauerte sehr, sehr lange, bis Heike zu ihrer Erleichterung jemanden sagen hörte, sie könne sich jetzt etwas anderes anziehen. Man führte sie zu einem Minibus, der am Strand parkte. Drinnen stand etwas, das ihr wie ein Heiligtum, ein Tabernakel vorkam – ein Kühlschrank. Bestimmt stapelten sich in seinem Inneren die Colaflaschen. Verzweifelt sah sie sich nach weiteren Erfrischungen um – Süßigkeiten oder Chips.

»Ihr Evian steht hier. Ich bestelle jetzt etwas zu essen. Möchten Sie das Gleiche wie gestern?«

Wie sich herausstellte, hatte das Model gestern einen einfachen Salat bestellt, nicht mal ein paar Streifen gebratener Hähnchenbrust lagen obendrauf. Bloß Grünzeug. Kein Dressing. Und nachher Kräutertee. Heike nahm das Evian, obwohl es ihr ungefähr so verlockend vorkam wie anderer Leute Spucke, abgefüllt in Flaschen. Sie ging in den hinteren Teil des Minibusses, wo dicht an dicht jede Menge Kleider hingen. Entweder waren sie weit und wogend, oder sie glitzerten. Sie entdeckte eine metallische Kombination – silberne Hose, dazu ein Metall-BH, ein älteres Stück aus einer der ersten Kollektionen des Designers. Es hatte Brustwarzen. Aber es war auch ein Schutzpanzer. Heike beschloss, ihn als Nächstes anzuziehen.

In einer abgeschirmten Ecke stand ein Sessel vor einem Spiegel. Sie setzte sich, nahm einen Schluck Wasser und fand es nicht einmal schauderhaft, solchen Durst hatte sie.

Das Gesicht war bezaubernd, kein Zweifel, aber auf andere Weise, als sie erwartet hatte. Es war ein gutmütiges, unschuldiges Gesicht, jung und unberührt. Die Haut war weiß und zart, mit winzigen Wölkchen blonden Flaums an den Schläfen. Die Nase war ebenfalls winzig, ein wenig nach oben gerichtet, mit ein paar Sommersprossen auf der Spitze. Die Wimpern waren fast weiß. Es war nicht das Gesicht eines Vamps, der Männerherzen brach, sondern ein Gesicht, das nach Verehrung und Pflege verlangte. Heike hatte irgendwo gelesen, das Model stamme aus einem gutbürgerlichen, anständigen Elternhaus, der Vater sei Anwalt in einer Kleinstadt. Nun verdiente seine Tochter als Model 50 000 Dollar am Tag. Aber sie war kritisch. Sie arbeitete nur für Designer und Produkte, an die sie »glaubte«. Sie hatte Heike früher mal zum Kauf eines bestimmten Shampoos inspiriert. Heike erinnerte sich auch, wie ihr eigener Vater bei einer Diskussion über Taschengeld einmal gesagt hatte: »Geld haben bedeutet Verantwortung haben.« Das Model verdiente jetzt vielleicht zwanzig Millionen Dollar im Jahr, denn neben der Arbeit als Model hatte die junge Frau mehrere Firmen gegründet und war ständig unterwegs. Doch in Monte Carlo hatte sie schließlich ihr Zuhause gefunden. Wegen des angenehmen Klimas. Außerdem war Monte Carlo einer der wenigen Orte auf der Welt, wo man mit viel Geld nicht den Neid des Nachbarn weckte, weil der wahrscheinlich noch mehr hatte.

Heike lächelte. Die Zähne waren makellos. Dieses Lächeln war so reizend, dass es sie mitten ins Herz traf. Mit so einem Lächeln, dachte sie, kann man ein innig geliebtes Kindermädchen oder eine Krankenschwester auf einer Leprastation oder sogar eine Heilige sein. Sie war sich sicher, dass dieser hübsche Mund, genau wie der schmallippige, ständig schmollende, der ihr in Wirklichkeit gehörte, noch nie geküsst worden war.

Da spürte sie eine Hand auf der Schulter.

»Dieses Kleid bitte als Nächstes.«

Ihr Panzerkleid blieb auf dem Bügel. Statt dessen sollte sie ein langes, fließendes Gewand aus durchsichtig gewebtem Mohair anziehen. Eine falsche Bewegung, und es würde in Fetzen reißen. Plötzlich rebellierte Heike, schüttelte den Kopf und rief: »Oh nein, nein, nein!« Und ihre zarte, weiße Hand mit den zarten Knochen flatterte heftig protestierend durch die Luft.

»Macht ihr einen Tee, und lasst sie sich ein bisschen ausruhen.«

»Holt ihr die verdammte Pizza, wenn sie unbedingt eine will!«

»Da ist ein Journalist, der will sie über ihr Fitnessprogramm befragen …«

»Sie sagt, er könne sie mal, sie hasst Gymnastik.«

»Schick die Autogrammjäger weg. Sie gibt keine. Sie sagt, sie sei nicht die, für die alle sie halten.«

»Herrgott, was machen wir bloß?!«

Nein, nein, so weit kam es nicht. Heike schlüpfte in das braune Mohairkleid, und sie zerriss es nicht. Es war wunderschön, das war unbestreitbar. Darunter trug sie einen schwarzen Seidenslip und ein weißes Hemd mit altmodischen langen Ärmeln, und eine weiße, bauschige Jacke lag über ihren Schultern. Sie kehrte zurück an den Strand, legte sich in den Sand, auf den Rücken, und stützte den Oberkörper mit den Unterarmen in die Höhe. Eine teuflische Position. Die beiden Heizgeräte liefen auf Hochtouren, und die Strahler leuchteten ihr ins Gesicht. Sie schloss die Augen und träumte, sie würde ein solches Kleid besitzen und für immer hineinpassen. Zu dumm, dass man es nicht kaufen konnte – es war speziell für dieses Shooting angefertigt worden, sollte bloß veranschaulichen, was Mode sein kann: ein Gebilde aus Seide, Kaschmir und Mohair, so zart wie eine Spinnwebe. Der Designer brachte seinen Entwurf zu Papier, dann beugte sich ein Team von Assistenten über seine Zeichnung, und sie überlegten wie Ingenieure, auf welche Weise sich die Idee umsetzen ließ. Zuletzt entwarfen sie ein Schnittmuster, und dann nähte eine Schneiderin ein einziges Kleid. Die meisten Schnittmuster waren für eine Standardgröße ausgelegt, einen sehr groß gewachsenen, sehr schmalen Körper. Die Models mussten den passenden Körper mitbringen. Für solche Vorführungen Kleider in verschiedenen Größen herzustellen war viel zu teuer. Man hatte sich auf eine Industrienorm geeinigt, und wenn ein Model zunahm, dann passte ihm gar nichts mehr. Schuhe wurden nur in den Größen 39 bis 41 angefertigt. Wenn ein Schuh zu groß war, konnte man etwas hineinstopfen. Aber eine Frau mit Schuhgröße 42 musste sich entweder in den zu kleinen Schuh zwängen, oder sie konnte aufhören.

Während sich Heike noch in Träumen erging, hatten sich alle Blicke von ihr ab- und einer Gestalt zugewandt, die die Uferpromenade entlanggeschlendert kam und von weitem wie David Bowie aussah. Es war der Designer. Er war erkältet, aber er hatte sich aus dem Bett aufgerafft.

Der Teufel hatte für diese Saison eine besonders gemeine Grippe ausgeheckt. Die Hypochonder waren hysterisch, und selbst Monte Carlo blieb nicht verschont. Der Designer hatte sich das Virus schon bei dessen erstem Vorstoß in die Region geholt, als er ausnahmsweise mal ein paar Tage ganz allein in seinem Haus war. Angst hatte er nicht verspürt, sondern hatte sich einfach ins Bett gelegt und das Fieber genutzt, um über Gott und andere Tabuthemen nachzudenken. Er bewegte sich viel in der Öffentlichkeit, aber er war das Rampenlicht leid, das ungebeten über ihn gekommen war. Ihm war es ziemlich egal, was die Leute von ihm dachten. Deshalb nahm er kein Blatt vor den Mund, und das gefiel den Journalisten, vor allem wenn sie ihn dazu bringen konnten, über Sex zu sprechen, ein Thema, über das sie selbst gern sprachen, allerdings nur privat.

Der Designer fühlte sich schwach und hatte keine große Lust zuzusehen, wie seine eigenen Kreationen fotografiert wurden. Er wusste, wie die Sachen aussahen. Er trug auch nie Stücke, die er selbst entworfen hatte. Das hätte ihn gelangweilt. Jetzt hatte er wegen der Grippe eine lange grüne Jacke übergezogen und sich einen hellgrünen Schal um den Hals gebunden. Auch seine Augen waren grün. Selbst mit laufender Nase sah er noch wie der Graf von Monte Christo aus. In jungen Jahren war sein gutes Aussehen legendär gewesen, aber er hatte der Versuchung widerstanden und keinen Pakt mit dem Teufel geschlossen. Er hatte sich dabei zugesehen, wie er älter und unansehnlicher wurde, und es hatte ihm nicht allzu viel ausgemacht. Aber das Älterwerden macht natürlich jedem etwas aus, und die Frage »wie viel« ist eine ergiebige Quelle unsinnigen Grams und großen Elends auf dieser Welt.

Der Designer bemerkte den Teenager, der an der Brüstung lehnte und mit unmerklichem Zittern die Fotosession verfolgte. Eine seiner eigenen Töchter war in diesem Alter ebenfalls ein bisschen dick gewesen, deshalb rührte ihn der offenkundige Jammer dieses Mädchens.

Er sprach sie an: »Würden Sie mit der da unten jemals tauschen wollen?«, fragte er und zeigte auf die Schönheit am Strand. Er wollte es ihr ausreden.

Unterdessen versuchte es der Fotograf noch einmal aus einem ganz anderen Blickwinkel. Die Assistenten stürzten herbei, um das Make-up des Models aufzufrischen. Ein Tuch wurde ihr um das Haar gebunden, ein anderes über ihre Schultern gelegt. Sie scheuchte all die Hände, die sich an ihr zu schaffen machten, nicht weg. Ihr dämmerte etwas. Würde sie, Heike, auf diesen Bildern irgendwie zu sehen sein?

Obwohl man ihren Kopf von der Kamera weggedreht hatte, behielt sie sie im Auge. Und genau in dem Moment, als sie ihren Blick auf das Objektiv richtete, kam ihr ein Gedanke: Ihr wurde klar, dass die äußere Erscheinung, wenn überhaupt, nur wenig über einen Menschen sagt. Der Kameraverschluss klickte.

»Seht euch dieses Close-up an!«, staunte jemand. »Dieser Ausdruck in den Augen! Das müsste aufs Cover.« Und dahin kam es auch.

Gerade schickte sich die Sonne an unterzugehen, und der Teufel verlor das Interesse an seinem Spiel. Er tauschte die beiden Mädchen wieder zurück. Und so bekam es nun doch die wirkliche, wahre Heike mit der Frage zu tun, die der Designer gestellt hatte: »Mit der schönen Frau da unten tauschen?« Und plötzlich wurde ihr klar, worauf sie sich mit ihrem Pakt eingelassen hatte. Sie hatte ja getauscht! Von nun an würde sie nicht mehr zeichnen und nicht mehr Geige spielen und andere nicht mehr mit ihrer Intelligenz unterhalten können. Vor lauter Kummer brachte sie kein Wort heraus. Der Designer sah sie zärtlich an, denn ihn erfüllte das schlechte Gewissen des viel beschäftigten, modernen Mannes gegenüber seinen Kindern. Als sie nicht antwortete, zog er sich taktvoll zurück und ließ sie allein. Er ging hinunter an den Strand, um sein Lieblingsmodel zu begrüßen, das sich schnell wieder gefasst und sich das seltsame Erlebnis als einen durch Erschöpfung hervorgerufenen Tagtraum erklärt hatte. Von der Straße hörte

Heike ihre Klassenkameraden rufen und lief zu ihnen. Sie zeigten ihr, was sie gekauft hatten.

Heike merkte bald, dass der Teufel auf seinen Anteil aus dem Pakt gar keinen Anspruch erhob. Selbst in dieser Hinsicht war auf den Teufel kein Verlass. Eine dumme Heike war einfach nicht in seinem Interesse. Er hatte etwas gegen Langeweile und erkannte andererseits, welches Potenzial an Unheil aller Art in Heikes Talenten und ihrer Intelligenz schlummerte, vor allem wenn der Babyspeck verschwunden war. In wenigen Jahren würde sie sowieso eine Schönheit sein, die sich sehen lassen konnte.

Aus dem amerikanischen Englisch von Reinhard Kaiser

Die Tyrannei des Küchenhundes

Annies Vater war *der* Urs Mayer. Ganz Umbrien schien das zu wissen: Die Märzsonne, die für Annie und ihre Reisebegleitung strahlte, als sie aus dem gemieteten Alfa Romeo stiegen; die aus dem 16. Jahrhundert stammenden Wände des Hotels auf dem Hügel, in dem sie eine Nacht verbringen würden; die Empiremöbel im Salon, die murmelnd freundliche Aufnahme signalisierten, wenn sie ihren Allerwertesten absenkte; die Vögel, die lossangen, wenn sie unter den erzitternden Bäumen wandelte; die reinrassigen Hunde, die malerisch auf dem Rasen lagerten; das Wasser des Swimmingpools, das sich kräuselte. Sie alle wussten, wer Annies Vater war, und auch Yucheng wusste es, das chinesische Mädchen, dem es vor Ehrfurcht fast die Sprache verschlagen hatte.

Mit ihren vierzehn Jahren hatte Annie Mayer eine unbändige Freude an sich selbst. Sie kleidete sich teuer, aber eigentlich war es eher ihr ausgeprägter Narzissmus, mit dem sie die Tatsache überspielte, dass sie eigentlich ziemlich unauffällig war, ein dünner, blasser Teenager mit dünnen braunen Haaren, grauer Haut, grauen Zähnen, kleinen grauen Augen, die glitzerten, wenn etwas ihr Interesse erweckte. Sie hatte viele Hobbys, dazu gehörten Einkaufen, Haschischrauchen und ihren Vater zu fotografieren. In der Schule und zu Hause setzte sie sich an die Spitze der Hackordnung, sie sprach oft von ihrer Schönheit und erwartete selbstverständlich, dass jede ihrer Äußerungen – sie hatte sich auf witzige Konversation verlegt – für die Ohren anderer von unschätzbarem Wert waren. Ihre Selbstsicherheit beruhte auf ihrem Geburtsrecht, darauf, die einzige eheliche Tochter Urs Mayers zu sein.

Selbstvertrauen wirkt überzeugend, und alle mochten sie. Auch Yucheng Sung mochte sie.

Yucheng Sung war das einzige Kind chinesischer Eltern, beide Ingenieure, die im Rahmen eines Austauschprogramms nach Zürich gekommen waren und sie in eine teure Privatschule schickten, weil sie für sie nur das Beste wollten. Als für Yucheng die Schule in Zürich begann, sprach sie kein Wort Deutsch, und die anderen Mädchen behandelten sie wie eine Taubstumme. Nach einigen Wochen verstand sie, was die anderen sagten, nach einigen Monaten war sie in der Klasse für Schnellleser und hatte auch in Latein und Griechisch aufgeholt. Das Schulorchester spielte Weihnachtslieder. Danach borgte sie sich eine Geige und spielte ein bisschen Paganini. Im Kunstunterricht konnte sie genau zeichnen und malen, was ihnen vorgesetzt wurde. Ihre Hände waren seltsame Werkzeuge, mit langen Fingern und weich wie Butter. Sie trug keine Ringe und kein Make-up auf dem runden, fast leeren Tellergesicht; sie hatte noch nicht einmal Pickel. Wie sich herausstellte, war sie nicht sehr sportlich, weshalb sich die Dicke in der Klasse an sie anhängte. Aber weil die Dicke ein Schilddrüsenproblem hatte und die Schule bald verließ, hatte Yucheng danach überhaupt keine Freundin mehr. Sie nahm die unsichtbare, aber fest gefügte Beziehungsstruktur in ihrer Klasse nicht wahr, und deshalb blieb sie ihr verschlossen. Die Mädchen sagten »Yu –cheng«, beide Silben fühlten sich seltsam auf der Zunge an und wollten sich nicht zu einem Namen fügen. Aber sie nahmen sie noch nicht einmal ernst genug, um sie zu piesacken.

Die Nachricht, dass Annie Mayer sich für zwei Tage von Yucheng nach Umbrien begleiten lassen würde, kam als Schock. Die kleine Gruppe konnte es nicht fassen. Verwirrt ahnte sie, dass nach der Rückkehr der beiden Mädchen einige Änderungen in der Rangordnung anstehen würden. Entweder würde Yucheng in ihren engeren Kreis aufgenommen, oder Annie würde ausgestoßen. Aber Letzteres war undenkbar; denn Annie hatte ein Geburtsrecht auf eine hohe Stellung in der Klasse.

Für Annie schien die Welt aus lauter sich drängelnden Leuten zu bestehen, die entweder Ohr oder Arm ihres Vaters suchten. Sie aber betrachtete sich als den einzigen Menschen, der zu beidem ein unveräußerliches Recht hatte. Manchmal musste sie für ihre Rechte ein wenig kämpfen. Denn obwohl Urs Mayer keine wirklich engen Freunde hatte, war er von einer Clique von Bewunderern umgeben, von solchen, die sich von ihm Hilfe erwarteten, oder, bescheidener, solchen, die nur jemanden der oberen Gesellschaft kennen wollten. So jemand war der etwas gealterte Lebemann Gabriel Untermeier. Er hatte sich dem berühmten Mann unentbehrlich gemacht. Seine Hauptaufgabe bestand darin, bei jeder Auseinandersetzung mit Vehemenz auf Mayers Seite zu stehen, und er wusste immer, wo es eine Auseinandersetzung geben könnte, er konnte sie spüren und melden, manchmal noch ehe es dazu gekommen war. Er war ein Ass, wenn es darum ging, unerwünschte Besucher abzuwimmeln oder Journalisten auf Mayer einzustimmen, wenn er sie brauchte. Untermeier erhielt kein Salär für seine Bemühungen. Statt dessen schenkte ihm der berühmte Mann einen Teil seiner Zeit, Mahlzeiten und Drinks inklusive, versteht sich.

Untermeier hatte andere Einkommensquellen. Jahrelang hatte er für eine Organisation gearbeitet, die ihre Hauptbüros in Moskau und Ostberlin hatte. Seine Arbeit bestand darin, Informationen über wichtige Leute des Schweizer kulturellen Lebens zusammenzustellen. Er war sozusagen ein beruflicher Kontaktpfleger. Ohne eigenes Verschulden verlor er 1990 seinen Job, als die ›Agentur‹ einen Teil ihrer Tätigkeiten einstellen musste. Seither lebte Untermeier von Provisionen, die er von einer internationalen Hotelkette dafür bekam, dass er ihren Häusern Berühmtheiten als Gäste zuführte. Berühmtheiten wie Urs Mayer mochten Untermeier, weil er eine seltene Art der Schmeichelei beherrschte. Er machte sich nämlich nützlich, ohne dass es schien, als erwartete er eine Gegenleistung. Er war wie ein Floh: Überall, aber überall unauffällig; konservativ gekleidet, das weiße Haar mit einem sauber gezogenen Seitenscheitel, mit seinen milden grauen Augen und klaren Gesichtszügen, eingefasst in eine harte Schale der Vorsicht. Sein Lächeln (lachen sah man ihn nie) war genauso vorsichtig wie sein Zorn. Aber seine Selbstgefälligkeit war leichtsinnig. Jene, die ihn bewunderten und ihm seine Stellung in der Nähe Urs Mayers neideten, ließ er gern wissen: »Nun, wir sind ja fast wie verheiratet.«

Urs Mayers erste Frau war gestorben, seine zweite Frau hatte ihn verlassen, seine dritte Frau hatte er nach dem dritten großen Streit abgeschoben. Freundinnen kamen und gingen. Isabelle kam und blieb. Sie war jung und süß und hatte dickes, honigblondes Haar, das ihr bis über die Hüften fiel. In der Öffentlichkeit konnte der berühmte Mann nicht genug von ihr kriegen, er küsste und begrabbelte sie unaufhörlich mit kaum gezügelter Leidenschaft. Wenn sie unter sich waren, hielt er sie, sehr zu Annies Befriedigung, eher auf Distanz, weil er vor seinem eigenen Desinteresse Angst hatte.

Annie hatte Gabriel Untermeier immer als Störfaktor empfunden, bis der Name Isabelle ständig durch das Haus zu tönen begann. Dann hatte sie plötzlich seinen Wert als Bundesgenosse gegen Isabelle entdeckt. Aber Untermeier erwies sich als unzuverlässig. Sobald er sah, dass jede Opposition gegenüber der neuen Freundin nutzlos war, wurde er ihr Freund und lies sich ins Vertrauen ziehen. Das Heikle der Lage war nicht zu unterschätzen. Isabelle und die kleine Annie, die an jenem Tag Ende Juni, der für die Hochzeit festgesetzt war, vierzehn Jahre alt und damit nur zehn Jahre jünger sein würde als ihre zukünftige Stiefmutter, kamen nicht miteinander aus. Untermeier sollte die Aufgabe zufallen, Urs Mayer davor zu bewahren, dass diese Krise ihm die Hochzeit störte.

Trotz bester Absichten und vieler Manipulationsversuche hatte sich kurz vor der Hochzeit ein kritischer Grad von Feindseligkeit aufgebaut. Urs Mayer erkannte plötzlich, welches Risiko seine Tochter darstellte: eine möglicherweise pampige, wütende Annie bei der Hochzeit. Gabriel Untermeier bot sich als Retter an. Er würde Annie irgendwohin mitnehmen. Er schlug Umbrien vor. Es war zwar weit für nur einen oder zwei Tage, aber er war willens, es auf sich zu nehmen. Ein Luxushotel auf seiner Liste. Ohnehin befürchtete er, bei der Hochzeitsparty nicht richtig dazuzugehören. Man könnte nach Rom fliegen und ein Auto mieten. Kein Problem. Urs Mayer würde alles bezahlen. Untermeier würde hintenherum auf die Hotelrechnung sogar noch eine Provision erhalten. Annie stimmte diesem Vorschlag unter einer Bedingung zu: »Ich will mit einer Freundin fahren!« Da hatte sie eine große Auswahl.

Während sie im Geiste die Liste jener durchging, die sie auf ihren Zwei-Tage-Ferien begleiten könnten, hatte Annie Mayer zunächst jene Mädchen im Auge, die ihr in der Hackordnung am nächsten waren. Aber langsam drängte sich der Name Yucheng in ihr Pläneschmieden wie ein greller Vogel. Vielleicht wollte sie ja etwas gesellschaftlich Unerhörtes anstellen. Sie hob den Telefonhörer ab und rief die chinesische Mitschülerin an. Es amüsierte sie, zu hören, wie Yuchengs Stimme vor Überraschung zitterte, als Annie sie einlud. Es war offensichtlich, dass sie sonst nie angerufen wurde. Zu Annies Überraschung hörte sie nicht ein freudiges »Ja!« auf ihr Angebot. Statt dessen sagte Yucheng: »Schi scheng …«

»Heisst das: ›Ja‹?«, fragte Annie.

»Nein, nein«, antwortete Yucheng ohne weitere Erklärung. Sie müsse das erst mit ihren Eltern besprechen. Annie bot an, am Telefon zu warten. Im Hintergrund hörte sie chinesisches Gezwitscher. Dann kam Yucheng wieder ans Telefon und sagte mit müder Stimme: »Ich würde gern fahren, aber meine Eltern wollen wissen, wohin und warum.«

»Lass mich mit ihnen sprechen, Genossin«, sagte Annie ungeduldig. Sie kicherte in sich hinein, weil ihr eingefallen war, ein Mädchen aus einem kommunistischen Land als Genossin anzureden. Yucheng schien der Witz verborgen geblieben zu sein. »Sie wollen mit deinen Eltern reden«, erwiderte Yucheng.

»Mein Vater ist *der* Urs Mayer«, sagte Annie. »Für so etwas hat er keine Zeit. Aber gut, ich werde ihn bitten anzurufen.«

Wie sich zeigte, war ihr Vater an dem Dilemma doch interessiert. Er ließ all die wichtigen Sachen, die er gerade tat, fallen und rief Yuchengs Eltern an. Und daraufhin war das Problem gelöst.

»Ein chinesisches Mädchen? Da weiß man nie, was sie denken«, warnte der vorsichtige Untermeier.

Das Hotel Ginelli auf einem Hügel in Umbrien hatte nur zehn Gästezimmer. Die Besitzerin, eine englische Witwe namens Signora Ginelli, betrachtete das Haus als guten Ersatz für Signor Ginelli. Früher hatte sie komplizierte, gemischte Gefühle hinsichtlich der Gegend gehabt, war stolz darauf gewesen, »hierher zu gehören«, hatte aber gewusst, dass das nicht stimmte, nie stimmen würde, sogar dann nicht, wenn sie hier begraben würde. Jetzt war sie schon alt und kümmerte sich nicht mehr um Kleinigkeiten wie ihre Bande zu England. Trotzdem inserierte sie immer noch in der Londoner *Times*, und außer den Gästen, die Herr Untermeier für sie organisierte, wurde der Großteil der Logiernächte von Engländern gebucht.

Als Engländerin und weil Signor Ginelli 1946 fast wegen eines von Südtiroler Freiheitskämpfern gefällten Telefonmasts ums Leben gekommen wäre, hatte Signora Ginelli eine Abneigung gegen alles, was Deutsch sprach, und unterließ es, jemanden für das Gepäck Gabriel Untermeiers und seiner Begleiterinnen zu rufen.

»Genossin, ich habe einen schlimmen Rücken, bitte trag meine Tasche«, sagte Annie. Willig übernahm Yucheng den ungeheuren Koffer – das Mädchen hatte für eine ganze Jahreszeit der Unentschlossenheit hinsichtlich ihrer Kleiderwünsche gepackt –, während Annie unbeschwert die Treppen emporsprang. Von einem Treppenabsatz rief sie zu Yucheng hinunter: »Du hast sicher noch nie in einem Hotel übernachtet!« Und dann juchzte sie vor Vergnügen, als Yucheng zugab: Nein, noch nie.

»Das ist eine Minibar«, erklärte sie und riss die Tür des kleinen Kühlschranks in ihrem Zimmer auf. »Bist du je voll gewesen? Was ist denn das? Wie lustig, eine Preisliste.« (Sie ließ die Liste auf den Boden flattern.) »Das ist ein TV mit Schulfernsehen für Erwachsene. Das können wir uns die ganze Nacht reinziehen. Schau, das Bad ist voll mit einfach tollen Shampoos und Cremes. Abendessen ist um sieben, Yucheng. Dafür müssen wir uns schick machen. Das wird hier erwartet. Ach ja, und dann wirst du sehen, dass andauernd jemand reinkommt, um hinter uns sauber zu machen, also können wir wie die Schweine hausen. Wenn du nicht weißt, wie man sich hier benimmt, schau einfach auf mich und mach's mir nach. Jetzt gehen wir mal nach draußen und schauen, was sie dort haben.«

»Meine Mutter ist auch Putzfrau«, sagte Yucheng.

»Irgendwo muss es hier doch einen Swimmingpool geben. Komm!«, drängte Annie und lief Yucheng voraus.

Yucheng beeilte sich nicht, um mit Annie Schritt zu halten. »Ist das Wasser tief?«, fragte sie.

»Sieh nur, Golf und Tennis!«, rief Annie begeistert.

»Schi scheng ...«, murmelte Yucheng.

»Schau, die Hunde!«, Annie deutete auf die eleganten Hotelhunde.

»In Schanghai isst man Hunde mit einer speziellen Sauce. Ich selbst hab's nie probiert. Hund wird von armen Leuten gegessen«, sagte Yucheng.

Sie musste allerdings zugeben, dass diese Hotelhunde hübscher waren als jene, die sie in Zürich gesehen hatte, wo sie die Straßen verschmutzten wie das Vieh im ländlichen China. Die Hotelhunde sprangen über den Rasen hinter dem Hotel, vier gleich aussehende, geschmeidige braune Whippets. Sie kamen auf die Mädchen zu, und Yucheng, von Annie praktisch gezwungen, zwischen zwei Gefahren zu wählen, entschied sich für den Pool.

Eine Umkleidekabine stand an einem Ende dieser gefährlichen Wasserfläche. Aus einer großen Auswahl konnten sich die Gäste einen Badeanzug leihweise aussuchen. Yucheng war immer noch in ihrem einfachen dunkelblauen Rock und weißer Bluse, als ihre Freundin Annie schon im Bikini zum Sprungbrett schlenderte. Sie stand lange genug am äußeren Ende des Sprungbretts, damit die anderen Gäste sie bemerken würden – sie sah ja auch gut aus –, und sprang mit einem eleganten Kopfsprung ins Wasser. Das Wasser teilte und schloss sich wieder über ihr mit kaum einem Spritzer. Yucheng sah Annie zu, wie sie mit kräftigen Zügen unter Wasser schwamm. Als Annie wieder herausgestiegen war und sich am Bassinrand hingelegt hatte, um mit geschlossenen Augen die Bewunderung aufzusaugen, hatte sich Yucheng schon entfernt. Sie wurde von einer Unruhe auf dem Rasen angezogen.

Einige Gäste einschließlich Untermeier hatten sich um ein seltsames Wesen versammelt, das in der Sonne döste. Mit seinem schrumpligen Kopf, struppigem grauem Fell, seinem kurzen Körperbau und steifen Bewegungen ähnelte es einer greisen Erscheinung zwischen Hund und Huhn. Die Gäste lachten, zeigten auf das Tier und riefen: »Schon wieder der Küchenhund!«

Dem Wesen war der Eindruck, den es hervorrief, gleichgültig. Es starrte sehnsuchtsvoll zu den Whippets, die geräuschlos am anderen Ende des Rasens herumtollten. Schließlich gab es ein hohes, dünnes Bellen von sich. Die Whippets hielten inne, schauten über die große Rasenfläche zu ihm hin und setzten sich einer nach dem anderen, mit geradem Rücken, ihre Nasen merkwürdig gen Himmel gereckt, und starrten weiter aus der Entfernung herüber.

Noch einmal bellte der Küchenhund zu ihnen hinüber. Dieses Mal wurde er von Signora Ginelli gehört, die sofort aus dem Haus stürzte.

»Wirst du wohl ruhig sein!«, schrie sie. »Zurück in die Küche, wo du hingehörst!« Die Gäste wichen zurück. Die Whippets rekelten sich in der Sonne und nahmen offenbar keine Notiz mehr von dem erbärmlichen Wesen.

Signora Ginellis Geschrei alarmierte die Köchin, eine alte Frau aus dem Dorf, die im Hotel Ginelli lebte und arbeitete, seit sie sechzehn war, so wie ihre Mutter und ihre Tante vor ihr. Furchtlos betrat sie nun die Arena des Gezeters, das von Signora Ginelli ausging: Die Signora wünsche nicht, dass er noch einmal frei herumlaufe … er könnte sein Bein heben … seine Markierungen an Büschen und Blumen hinterlassen … welch ein Gestank … schließlich konnte er ja sein Geschäft auch in dem Wäldchen außerhalb des Hotelgeländes verrichten … die Whippets dürften auf den Rasen, weil … weil sie sich zu benehmen wüssten … sie würden sich nie dort erleichtern … und wenn sie sich bewegten, seien sie schön anzuschauen … wie Balletttänzer … und wenn sie so dalagen … nun, sie sähen aus wie Götter.

Sie schloss mit einem kurzen Ultimatum: Sie wollte den Küchenhund nur in der Küche, sonst müsse er weg, und zwar endgültig. Die Köchin hob das Wesen sanft auf, klemmte es unter den Arm und schaute der Signora in die Augen. Ihr Blick war würdevoll und wissend, als ob sie von etwas Kenntnis hätte, das ihrer Chefin unbekannt war.

Sie verschwand mit dem Hund in der Küche. Signora Ginelli wandte sich an die Gäste und bemerkte heiter: »Am liebsten würde ich diesem Hund den Hals umdrehen.«

Yucheng entfernte sich von der Konversation und betrat das Haus durch den hinteren Eingang. Sie fand sich im Empire-Salon wieder, einem modrig riechenden, völlig überladen eingerichteten kleinen Saal, der der ganze Stolz des Signor Ginelli gewesen war. Der Empire-Salon bedeutete Verantwortung, und Signora Ginelli hatte sich eigens bemüht, die Pracht zu erhalten, indem sie ein Schild an der Tür hatte anbringen lassen, das in fünf Sprachen deutlich machte: »Kein Zutritt für Kinder.« Der Empire-Salon war immer wieder Thema mehrerer Magazinartikel gewesen, die die zierlichen Chaiselongues, die edlen Stühle, Sofas, Teppiche und Gemälde priesen. Die Gäste tranken dort gern Tee oder nahmen einen Aperitif vor dem Diner. Am Nachmittag war er leer, und Yucheng überlegte gerade, ob sie sich hinsetzen sollte, als plötzlich Untermeier und Signora Ginelli aus dem Hintergrund erschienen.

»Ich werde den Küchenhund für Sie liquidieren«, sagte Untermeier gerade.

Signora Ginelli schaute verdutzt. »Lassen Sie mich darüber nachdenken«, antwortete sie. »Ich möchte eigentlich lieber nicht in die … natürliche Ordnung der Dinge eingreifen, verstehen Sie?«

Für sie war damit die Sache erledigt, und sie schaute sich besorgt im Raum um – in dem schönen Raum. Herr Untermeier folgte ihren Blicken und sah Yucheng neben einem Sessel stehen. Untermeiers Ermahnung war laut: »Pass auf, dass du den Sessel nicht dreckig machst!«

Yucheng murmelte eine Entschuldigung, stammelte ein »Auf Wiedersehen«, und verzog sich aus dem Salon, ging einen Korridor entlang, an der Rezeption vorbei, zur Küche, hinaus durch die Hintertür und schließlich durch das Eingangstor des Hotelgrundstücks. Die schmale Straße, die abwärts zum Dorf führte, verlief entlang eines steilen Abhangs, von dem aus man ein großartiges Panorama der umbrischen Landschaft vor sich hatte. Unten lag das dunstige Tal ausgebreitet wie ein verblasster Orientteppich. Es endete in einer blauen Weite, hinter der das Meer zu ahnen war. Ein Beobachter, der Yucheng die gewundene Straße herunterkommen gesehen hätte, wäre verwirrt gewesen. Was ging wohl in ihrem Kopf vor? Sie lächelte mit gesenktem Kopf auf ihre Schuhe. Und nun schaute sie auf die Landschaft und sprach zu ihr, so als ob sie die Gesellschaft der Szenerie schätzte! Fühlte sie sich nicht allein? Der Beobachter hätte sich noch weiter solchen Gedanken hingeben können, wäre aber hilflos angesichts all dieser Unabhängigkeit. Gleichgültigkeit gegenüber der Hackordnung kann eine Form der Meuterei sein.

Als Yucheng das Dorf erreicht hatte, spazierte sie durch die kleinen Nebenstraßen. Es war sehr heiß, alle Türen und Fensterläden waren geschlossen, die Häuser sahen wie verlassen aus, aber drinnen war lautes Familienleben zu hören. Auf dem Dorfplatz spielten alte Männer Boccia unter alten Bäumen. Yucheng setzte sich auf eine Bank auf dem Bürgersteig. Sie saß dort regungslos. Und doch schien sie alles wahrzunehmen. Der Nachmittag verstrich, während sie auf der Bank saß. Untermeier entdeckte sie dort, als er vorbeifuhr.

»Was zum Teufel machst du hier?«, brüllte er aus dem Fenster des Alfa Romeo. »Du Schlampe! Mach, dass du zurück zum Hotel kommst!« Er fuhr geräuschvoll einmal um den Dorfplatz und parkte vor einer Apotheke. Mit großem Getue verschloss er alle Wagentüren, um dann in der Farmacia zu verschwinden.

In Zürich hatte sich derweil Annies Vater gerade wieder verheiratet.

Als die Sonne sich dem Horizont näherte, machte sich Yucheng auf den Rückweg, hügelaufwärts. Sie ging langsam, weil sie es genoss oder weil sie doch etwas befürchtete. Untermeier raste an ihr vorbei, hupte, noch immer empört, hielt aber nicht an. Sie erreichte das Hotel gerade rechtzeitig, um Zeugin eines Skandals zu werden.

Der Küchenhund stand auf dem Rasen, und zwar in einer höchst seltsamen Stellung: Unsicher auf den Hinterbeinen balancierend, stand er mit gekrümmtem Rücken und eingezogenem Bauch hinter einer der Whippethündinnen, um ihre Hinterbeine mit seinen Vorderpfoten zu umfassen. Aber er kam nicht höher als bis zu ihren Knien. »Schaut euch diesen Lüstling an!«, rief einer der Umstehenden. »Aber du bist zu klein, um einen großen, eleganten Whippet zu decken, eine Göttin!«

Aber die Whippethündin schien sich keineswegs belästigt zu fühlen. Sie tolerierte die Zuwendung des Küchenhunds, bis die Köchin erschien und ihr einen Klaps gab. Irgendwie beschämt, sprang die Hündin davon. Ihr Verehrer aber stand weiter auf seinen Hinterbeinen, so als ob seine alten Muskeln sich nicht entspannen könnten. Er blieb in dieser Stellung, hilflos und lächerlich, und nahm weder die Gäste und ihren Spott noch das Geschimpfe seiner Herrin wahr. Schließlich gelang es ihm doch, seine Anspannung abzuschütteln, sich wieder auf alle viere zu begeben und dann rasch zu trollen.

»Frau Ginelli wird wütend sein«, meinte Herr Untermeier. »Sie ist gerade nicht da, aber keine Sorge, ich werde ihr sagen, was hier passiert ist.« Dann wandte er sich an Yucheng: »Deine Freundin hat dich überall gesucht. Sie ist jetzt im Empire-Salon.«

Yucheng fand Annie quer in einem Sessel kauernd, die Füße auf einer Armlehne, in beiden Händen ein Weinglas. Sie war wütend. »Mit welchem Recht verschwindest du einfach, ohne mich mitzunehmen?«, stieß sie hervor. »Ich habe dich vom Fenster aus gesehen: Du warst unten im Ort und hast mich hier zurückgelassen. Ich war die ganze Zeit allein und hatte nichts zu tun. Du bist nur hier wegen mir!«, schrie sie. »Mit dir bin ich fertig!«

Gabriel Untermeier stand plötzlich wieder hinter ihnen. »Du kannst Annie nicht einfach hier allein lassen«, sagte er, »das arme Mädchen. Sie war so schrecklich – gelangweilt. Du musst noch lernen, dich richtig zu benehmen. Du bist jetzt hier in der richtigen Welt.«

Dann, zu Annie gewandt: »Armes Annielein. Komm jetzt, sei wieder fröhlich, Yucheng ist ja wieder da.«

Annie schnaubte nur, und Untermeier seufzte. »Schaut, ich muss noch Briefe schreiben«, sagte er. Er hatte einen Packen Briefpapier mit dem Hotelbriefkopf samt der fünf goldenen Sterne in der Hand. »Ich muss das hier nutzen«, entschuldigte er sich. »Ihr beiden könnt euch selbst einigen. Aber macht nicht zu lange, bitte. Ich hasse Streit.«

Ein Geschrei von draußen unterbrach ihn. »Der Küchenhund ist schon wieder auf dem Rasen!« Die Signora brauchte offensichtlich Unterstützung, und Untermeier eilte. Er packte den Hund beim Nackenfell und trug ihn zurück in die Küche, wogegen der Hund sich, mit allen vieren strampelnd, vergeblich wehrte. »So ein Störenfried!«, presste er zwischen den Zähnen hervor.

Die beiden Mädchen versöhnten sich nicht schnell. Annie wedelte mit einer Zeitung vor Yuchengs Nase und zischte, während sie die entsprechende Seite aufschlug: »Mein Horoskop sagt: ›Widder: Achtung! Jemand will dich heute übervorteilen. Besondere Vorsicht ist bei Wassermann geboten.‹« Dann senkte sie die Zeitung und sagte: »Ich habe in deinem Pass nachgeschaut. Dein Geburtsdatum. Du bist Wassermann.«

Nachdem sie sich zwei Stunden lang angeschwiegen hatten, machte Yucheng Annie am frühen Abend ein Friedensangebot. »Würdest du mir helfen, mich fürs Diner richtig anzuziehen? Und mir zeigen, wie man Make-up benutzt? Wenn wir wieder in Zürich sind, kann ich mir selbst was kaufen. Ich habe heute so viel gelernt.«

Annie, die sich gerade vor dem Spiegel für das Abendessen zurechtmachte, ließ sich nur widerwillig bewegen. Aber schließlich fand sie den Gedanken interessant und diese beigefarbene Gesichtshaut. Ihre Laune besserte sich, und sie vergab Yucheng mit einer kurzen Bemerkung: »Genossin, tu das nicht noch mal.« Sie half Yucheng, ihre Kleider auszupacken, inspizierte sie kurz und öffnete den Schrank, in den sie mehrere ihrer eigenen Kleider gehängt hatte. Ein Schwall von Parfüm durchflutete den Raum. »Ich parfümiere meine Kleider, damit die Leute sich noch an mich erinnern, wenn ich das Zimmer schon verlassen habe«, erklärte Annie. »Du kannst das kleine, kurze haben, es ist mein Lieblingskleid.« Yucheng diskutierte nicht, sie war sprachlos.

Das schwarze Kleid war hauteng, und die Farbe passte zu Mascara und Lidstrich, die Annie gekonnt um Yuchengs Augen auftrug. Karmesinroter Lippenstift und blauer Lidschatten folgten. Annie war begeistert von Yuchengs Verwandlung. »Du bist das schönste Mädchen in unserer Klasse, und ich habe es nie bemerkt.« Sie war baff, aber nicht eifersüchtig; denn sie hatte gerade ihre großzügige Phase.

Beim Abendessen sah man einen überschwänglich erfreuten Gabriel Untermeier. »Zu jeder Seite ein wunderhübsches Mädchen!«, rief er aus. »Und vertragen tun sie sich auch wieder. Es fehlte nur ein bisschen Schulung. Hab ich nicht ein Glück?« Er bestellte eine Flasche Wein mit drei Gläsern. »Lasst uns auf die Hochzeit trinken.« Signora Ginelli machte die Runde, um zu sehen, wie es ihren Gästen ging, und Gabriel Untermeier fragte: »Wussten Sie, dass Annies Vater *der* Urs Untermeier ist?« Dann korrigierte er sich lärmend: »Ich meine: Mayer.«

»Signora, ich habe eine Idee, wie man den Küchenhund beseitigen kann, damit er Ihnen keinen weiteren Ärger macht. Muss man es als Eingriff in die natürliche Ordnung betrachten, wenn er sich als zu klein oder schwach erweist, um eine oder mehrere meiner kleinen Glückspillen zu genießen? Ihre Köchin wird dankbar sein. Was meinen Sie? Ich habe hier einige Tabletten. Ich könnte sie mit einem Stück Gänseleberpastete vermischen.« Aus seiner Jackentasche holte er ein Fläschchen mit kleinen weißen Pillen hervor.

»Sein Futternapf steht unter der Spüle in der Küche«, sagte Signora Ginelli. »Aber der Hund schläft jetzt. Er wird sie morgen früh fressen.«

»Ich bin sehr müde«, sagte Yucheng. »Ich möchte jetzt gern ins Bett.«

Untermeier und Annie sahen sich an und zuckten die Schultern.

Oben, vor dem Badezimmerspiegel, betrachtete sich Yucheng mit feierlicher Neugier. Nach einiger Zeit drehte sie das Wasser auf und wusch sich das Gesicht. Es dauerte eine Weile, bis sie das ganze Make-up wieder entfernt hatte. Unten ertönte inzwischen Musik, und der Fußboden vibrierte, als die Gäste tanzten.

Sie war immer noch wach, als Annie ins Zimmer kam, herumlief und sich ins Bett warf, ohne sich auszuziehen, sich die Bettdecke überzog, sie wieder wegschleuderte, ein Magazin durchblätterte, laut vor sich hin lachte, später das Licht löschte, um dann, wie es schien, sofort einzuschlafen.

Es war sehr heiß, und Yucheng konnte nicht schlafen. »Annie?«, flüsterte sie.

»Ja?«, kam die prompte Antwort.

»Ich dachte, du schläfst schon.«

»Es ist zu heiß. Keine Klimaanlage in diesem primitiven Kasten«, seufzte Annie.

»Die Hitze steigt nach oben. Lass uns runtergehen. Dort ist es sicher kühler.«

»Warte, bis alle im Bett sind.«

Spät in der Nacht schlüpften Yucheng und Annie aus ihren Betten und verließen leise ihr Zimmer. Sie schlichen die Treppe hinunter in den Empire-Salon, und jede von beiden legte sich vorsichtig auf eines der kostbaren Sofas vor dem offenen Kamin, die nackten Füße baumelten von der Lehne. Es war tatsächlich kühler. Der Vollmond schien durch ein offenes Fenster. Sie dösten ein. Nach einer Weile wachten sie auf, weil sie merkten, dass sie nicht länger allein waren.

Etwas war in die Tür zum Empire-Salon getreten und stand dort wie ein Monster in einem Horrorfilm. Der Mond warf ein silbriges Schlaglicht auf Gesicht und Rücken. Es war der Küchenhund. Er merkte nicht, dass jemand ihn beobachtete; denn sein Geruchssinn war abgestumpft, und er wähnte sich allein. Langsam und mit schimmernden Augen tappte er in den Raum und an den Mädchen vorbei, ohne sie zu bemerken. Der Küchenhund nahm sich Zeit. Er beschrieb einen Kreis im Raum, wobei er mehrfach innehielt. Indem er sein Bein hob, urinierte er gegen jedes einzelne Möbelstück. Dieser Ort war sein Territorium, hier war er der Herr. Die anderen Hunde wussten das natürlich und respektierten seine Duftmarken. Er verließ den Raum ruhig und leise.

Am Morgen waren die Mädchen schon früh auf. Sie packten ihre Koffer: Ruhig, gelassen, mit fast grimmiger Entschlossenheit. Ein Klopfen an der Tür schreckte sie auf. Vor der Tür wartete Gabriel Untermeier. »Lasst mich euch mit den Koffern helfen, Mädchen«, bot er an, »und ihr geht runter und frühstückt rasch. Ich brauche noch ein paar Minuten, um mich um den Küchenhund zu kümmern.« In der Hand hielt er einen gefalteten Plastiksack.

Annie ging gehorsam hinaus, aber nicht, ohne Yucheng mitleidig anzublicken, was wiederum Untermeier verblüffte. Und zu seiner Verärgerung blieb Yucheng im Zimmer. »Ich mache nur ein wenig Ordnung und schaue, dass wir nichts vergessen haben, während Annie schon mit dem Frühstück anfängt. Hier sind unsere Koffer«, sagte sie. Aber Untermeier war an den Koffern nicht mehr interessiert. Durch ein chinesisches Mädchen würde er sich nicht stören lassen.

Mit einer schlackernden Bewegung öffnete er den Plastiksack und machte sich sofort an die Minibar. Die kleinen Fläschchen knallten gegeneinander, als er sie aus den Fächern in seinen Plastiksack räumte. Er durchstreifte das Zimmer und sammelte alles ein: Streichholzbriefchen, Papierpantoffeln, ein kleines Nähzeug. Mit seiner Beute noch nicht zufrieden, ging er ins Bad und verschloss die Tür. Geräuschvoll sammelte er Seifenmuster und Shampooflaschen ein, ehe er den Wasserhahn aufdrehte. Dann benutzte er die Toilette, man hörte den Strahl ins Wasser spritzen. Dann kam er plötzlich wieder heraus.

Vielleicht wollte Yucheng nur die Benimmregeln lernen: Als Untermeier das Badezimmer verließ, drückte sie sich an ihm vorbei und schaute kurz hinein. Er hatte nicht abgezogen. »Was fällt Dir ein?«, knurrte er.

»Schi scheng …«, sagte sie.

»Was soll das nun wieder heißen?«, fragte Untermeier leicht entnervt.

»Es ist ein Wort für jemanden oder etwas Lächerliches«, antwortete Yucheng.

Sie trug beide Koffer. Unten konnte man die Köchin jammern hören. Ihr Hund war verschwunden und nirgends zu finden. Untermeier war wütend, dass ihm jemand bei dieser einfachen Aufgabe zuvorgekommen war. Er versuchte trotzdem, das Verdienst für sein Verschwinden zu beanspruchen, aber das wurde durch Annie vereitelt, die darauf hinwies, dass die Pillen immer noch in seiner Jackentasche waren. Dagegen konnte er nichts machen. Sie mussten jetzt frühstücken und sich beeilen, damit sie den Rückflug nach Zürich nicht verpassten.

Der Küchenhund und die Köchin waren wenige Stunden später wieder vereint.

Sonderbarerweise war er in Annies Kleiderschrank eingesperrt gewesen, und sein Fell hatte das ganze Parfüm aufgenommen. Als er wieder aus der Küche ausbrach und auf den Rasen lief, riefen mehrere Gäste, die ihn rochen: »Ach, wie niedlich«, und beugten sich sogar nieder, um ihn zu tätscheln. Seltsamerweise hielt sich dieser Geruch mehrere Tage lang im Haus, sogar der Empire-Salon hatte einen angenehmen Geruch, der Signora Ginelli an ihre seltsamen Gäste aus der Schweiz erinnerte.

Aus dem amerikanischen Englisch von Thomas R. Richers

Moralische Erzählung

Hans hatte Susanne verlassen. Daran gab es nichts zu deuteln. Er war klug und kultiviert, aber eben auch ein unglaublicher Schuft. Allein schon, wie er es gemacht hatte! Einfach aus der hübschen Wohnung zu spazieren, die so viel von ihnen beiden hatte, ohne ein Manuskript oder eine Zahnbürste, geschweige denn einen Koffer. Eine Zeit lang konnte Susanne seine Bewegungen anhand ihrer gemeinsamen Kreditkarte verfolgen. Am ersten Tag, an dem er weggeblieben war, besorgte er sich den schwarzen Rollkragenpullover neu, den er immer trug, dazu die schwarzen Jeans und die schwarzen Socken und außerdem – Zeichen einer Veränderung – seidene Boxershorts mit einem nicht näher bezeichneten Muster, aber man konnte nicht ohne Schaudern versuchen, es sich auszumalen. Zwei Tage nach seinem Exodus kaufte er sich Joggingschuhe. Es folgten drei, vier Badetücher, Betttücher, eine Tischdecke, billiges Besteck und eine Woche später ein sehr teures, obwohl vielleicht doch nur für zwei bestimmtes Essen in einem Restaurant, das bekannt war für seine reiche Klientel, größtenteils Anwälte und Börsenleute, die einen Universitätsprofessor, auch einen namhaften, nicht erkennen würden. Schließlich ein paar einfache Mahlzeiten und noch ein Abendessen. Danach hörte die Kreditkarte auf zu sprechen. Er hatte sich offenbar eine neue besorgt.

Die gemeinsamen Freunde trösteten Susanne. Alle stellten sich vor, Hans sei mit einer jüngeren Frau weggelaufen, die vielleicht hübscher, frischer, neuer war als Susanne, und alle behaupteten, sie könnten gar nicht verstehen, was ihn dazu getrieben hatte, obwohl sie es sehr gut verstanden. Wer genau hinhörte, konnte in der verzückten Empörung über Hans auch Neid auf den umtriebigen Mann und Kummer über einen wirklichen Verlust erkennen: Hans und Susanne waren ein Paar wie aus dem Bilderbuch gewesen, sie hatten ein offenes Haus geführt, und nun zerstörte Hans eine Institution, die mindestens ein Mal in der Woche die richtigen Leute mit Essen und Gespräch versorgt hatte. In ihrer Lage konnte Susanne niemanden mehr einladen, und außerdem – wer wäre gekommen? Hans war eben doch immer die Hauptattraktion gewesen. Dieser kluge Mann. Verloren stand das Klavier in der Ecke. Die beiden Kinder ließen die Köpfe hängen – es war kein erfreulicher Anblick. Alle verabscheuten Hans wegen seines Egoismus. Für die verlassene Frau war es ein Trost, wie sie auf ihn schimpften.

Die Zeit verging, wie üblich. Niemand wusste, wo Hans steckte. In seinem Büro an der Uni zeigte er sich nicht, veröffentlichte jedoch weiter Aufsätze, arbeitete also und freute sich offenbar seines Lebens – auf Kosten aller anderen. Als Weihnachten näher rückte, wuchs die Empörung über Hans noch.

Dann fand ihn sein Assistent Sander zufällig. Sander war in einem billigeren Stadtteil auf Schnäppchenjagd gewesen und hatte ihn in der Delikatessenabteilung eines großen, hässlichen Kaufhauses entdeckt – an der Käsetheke. Hans hatte noch versucht, sich zu verdrücken, aber Sander war ihm gefolgt und hatte ihn schnell eingeholt. Mit seinen dreißig Jahren war er der Jüngere, während Hans trotz seiner Schlankheit etwas von einem Stubenhocker hatte. So erzählte es Sander später und verzierte seinen Bericht mit Meinungsäußerungen. Hans habe, nun ja, etwas verwirrt ausgesehen, obwohl andererseits, zugegeben, noch immer ungefähr wie früher, ganz in Schwarz. Alter und Abenteuer hätten in seinem Gesicht keine neuen Reifenspuren hinterlassen. Und er habe alles zugegeben, die ganze erbärmliche Wahrheit. Es war unglaublich jämmerlich. Hans hatte sich sogar noch einmal umgedreht und Sander die Wahrheit gezeigt. Sie war gerade dabei, mittelalten Gouda in Scheiben zu schneiden, und ihre runden Backen und die Stirn strahlten wie Neonleuchtkörper. Eine Verkäuferin in weißer Montur, breit wie die Theke, fettleibig, eine richtige Tonne. Hans hatte sich über Einzelheiten ausgelassen. Früher habe das Mädchen in der Kosmetikabteilung gearbeitet und ihm dort ein teures Deo verkauft. Er vertraute Sander auch an, dass er schon immer eine Vorliebe für sehr dicke, sehr junge, ungebildete Frauen gehabt habe. Er sei jetzt vierzig, das Mädchen dagegen erst siebzehn. Es war also nicht mal halb so alt wie er, aber doppelt so schwer. Anscheinend hatte er sich zuerst in seinem Arbeitszimmer an der Uni mit ihr getroffen. Dort stand auch eine schmale Liege. Er beschrieb, wie die Liege zu schmal gewesen sei, wie die Konturen seiner Freundin an den Rändern überflossen. Einmal habe Susanne ihn unerwartet in seinem Büro besucht, und er habe das Mädchen in einen eingebauten Aktenschrank zwängen müssen, bis er seine Frau mit einer Geschichte über einen dringenden Abgabetermin abwimmeln konnte. Dieser Besuch sei der Tropfen gewesen, der das Fass zum Überlaufen gebracht habe, hatte Hans gesagt. Lügen könne er nicht leiden, und dieses Mädchen gehe ihm über alles. Er finde es herrlich, dass sie, anders als Susanne, keine Ansichten über Kunst und Politik habe, dass sie ihn nur wegen seines Geldes und seiner guten Figur verehre und wegen seiner Erfahrenheit in der Liebe. Sie arbeite noch immer in dem Kaufhaus; auch das gefalle ihm. Er zeigte noch einmal auf sie: »Das ist meine neue Frau, ob es Ihnen passt oder nicht.« Er hatte sie nicht miteinander bekannt gemacht, was Sander nicht überraschte. Es wäre nur peinlich gewesen.

Die verlassene Ehefrau wurde informiert und mit ihr der ganze Freundes- und Bekanntenkreis. Sie hatte ein schmales, perfektes Gesicht, eine schmale, perfekte Figur, perfekte, dunkle Korkenzieherlocken, und ständig tröpfelten aus ihr Erkenntnisse über die Kunst in den reglosen See der sie umgebenden öffentlichen Meinung. Susanne und alle anderen verständigten sich schließlich darauf, dass sie einfach zu viel Frau für Hans gewesen sei.

Um Weihnachten herum kam sie sich nicht mehr verachtet vor. Schließlich war ihr Mann derjenige, der verrückt spielte. Sie entkrampfte sich. Wann immer Sander von seiner eigenen Frau loskam, bewies er Susanne, dass sie nicht zu viel Frau war, jedenfalls nicht für ihn.

Unterdessen ertrank die allgemeine Empörung über Hans in munter quirlendem Klatsch. Wie sollte man auf jemanden böse sein, der, von seiner abartigen Besessenheit getrieben, einen so haarsträubenden Fehler gemacht hatte? Beneidet wurde Hans nun von niemandem mehr. Stattdessen bemitleideten ihn alle aus vollem Herzen. Kurz, ihm wurde verziehen.

Die Zeit behielt ihr Tempo bei, und irgendwann nahm Hans seine Arbeit in der Universität wieder auf. Eines schönen Nachmittags im Frühling sah Sander ihn auf dem Campus herumradeln. Auf der Lenkstange vor ihm balancierte in verliebter Pose eine schlanke junge Frau. Hans bremste, half der Frau vom Lenker und stellte sie, ohne zu zögern, als »die Frau, mit der ich jetzt zusammen bin« vor. Sander glotzte, und die Frau sagte in selbstbewusstem Ton Hallo. Sie war Mitte dreißig – eine hübsche Römerin, wie sich herausstellte, die an der Universität italienische Literatur unterrichtete. Die Sache mit der dicken Verkäuferin – eine einzige riesengroße Lüge.

Bis sich das herumgesprochen hatte, war es Mai, und die Leute wunderten sich bloß noch. Sie waren enttäuscht über ein derart lahmes Ende, doch ihre Empörung kam nicht mehr in Gang, und so lebte der schlaue Hans von nun an munter und zufrieden.

Aus dem amerikanischen Englisch von Reinhard Kaiser

Keine Frage des Geldes

Weil der Junge nie Geld hatte und seine Freundin deswegen sauer war, erzählte er ihr, jemand habe ihm einen Koffer mit zwei Millionen Dollar Falschgeld geschenkt – lauter 1000-Dollar-Scheine, für die er sich kaufen könnte, was er wollte, vorausgesetzt, er fände eine Methode, sie unter die Leute zu bringen, ohne geschnappt zu werden. Dem Mädchen fielen vor lauter neuer Liebe fast die Augen aus dem Kopf.

Den ganzen Nachmittag über machten sie Pläne. Sie war Koreanerin und praktischer veranlagt als er. Ihr fiel ein, sie könnte versuchen, das Geld nach und nach zusammen mit anderen, echten Scheinen auf ihr Bankkonto einzuzahlen oder es tröpfchenweise auszugeben. Aber dazu brauchte man auch einen Haufen echtes Geld, und deshalb funktionierte es nicht. Oder sie könnte das Geld nach Mexiko mitnehmen, wo eine Freundin von ihr lebte, und dort erst mal einen großen Wagen kaufen und dann vielleicht ein Haus. Oder in Brasilien, da hatten sie auch immer schon mal hingewollt.

Der Junge lag ganz still neben ihr, hörte sich an, wie sie ständig neue Ideen vom Stapel ließ, und begrüßte jede einzelne mit ernster Miene, bevor sie selbst dann eine nach der anderen als nicht praktikabel oder zu gefährlich wieder versenkte. Allein der Flug nach Mexiko oder Brasilien kostete schon eine Stange Geld, und im Augenblick hatten sie fast nichts, weil ihre geschäftlichen Projekte alle geplatzt waren. Bis vor kurzem hatten sie von der Erbschaft des Mädchens gelebt – von den paar Dollar, die sie ihrem Vater aus der Tasche zog, bevor die Haushälterin sie sich schnappte. Jeden Tag war sie zu ihm gefahren, eine ganze Stunde bis Queens, wo er wohnte. Das Geldholen machte also richtig Arbeit, aber selbst das wusste der Junge nicht zu würdigen.

Ihr Vater hatte gern ein volles Portemonnaie in der Tasche. Deshalb marschierte er Tag für Tag zur Bank, hob 500 Dollar ab, den zulässigen Höchstbetrag, und steckte sie in sein Portemonnaie. Wenn dann entweder die Haushälterin oder seine Tochter die 500 Dollar herausgenommen hatte und er feststellte, dass sein Portemonnaie leer war, ging er wieder zur Bank. Alles komme auf das richtige Timing an, hatte sie dem Jungen immer wieder erklärt, damit er endlich kapierte, was seine Freundin alles für sie beide tat. Man durfte das Geld erst kurz vor Schalterschluss nehmen. Sonst hätte ihr Vater versucht, am selben Tag noch mehr abzuheben. Die Bankleute hätten ihm gesagt, dass er schon einmal da gewesen sei, und er hätte gemerkt, dass er langsam sein Gedächtnis verlor, hätte herumgeschimpft und wäre misstrauisch geworden. Ungefähr hundert Mal war die Tochter schneller gewesen als die Haushälterin und fünfundsiebzig Mal die Haushälterin schneller als die Tochter. Danach waren die Ersparnisse des alten Mannes dann weg. Er hatte sich die Wohnung und die Haushälterin nicht mehr leisten können und war bei der Wohlfahrt gelandet. Lange hätte es sowieso nicht mehr gereicht – nicht mal 100 000 Dollar. Zwei Millionen waren eine Menge Geld.

Das Mädchen hatte an diesem Nachmittag mit ihrem Freund Schluss machen wollen, weil er immer blank war, weil sie zusammen erst ihre Erbschaft und nachher das, was sie hier und da bei Teilzeitjobs verdiente, aufgebraucht hatten, ohne dass ihm jemals auch nur die geringsten Bedenken gekommen waren. Er lebte einfach drauflos. Aber eigentlich hatte sie ihn gerade deshalb so gern. Anders als die meisten Männer glühte er nicht vor Ehrgeiz, dachte nicht ständig ans Geld oder an seine Karriere. Er war immer für seine Freundin da, entspannt und munter, aß gern und schlief gern, und das andere tat er noch viel lieber – und Musik hören auch und ins Kino oder spazieren gehen. Er putzte sogar gern und kochte gern, und immer hatte er für sie ein originelles Kompliment auf Lager. Außerdem sah er gut aus, wie ein Cowboy, fand sie, groß, mit O-Beinen und schönem, vollem Haar unter seiner Baseballkappe. Er war immer so ungeheuer ausgeglichen. Trotzdem kam sie sich ausgenutzt vor, weil immer nur sie es war, die das Geld heranschaffte. Ständig hielt sie nach Projekten Ausschau, bei denen er aktiv werden könnte und die Geld bringen würden. Aber bei seiner völligen Teilnahmslosigkeit gingen ihr irgendwann die Ideen aus. Sie hatte zum Beispiel von einer Telefonkartenfirma geträumt. Sie dachte, Telefonkarten gestalten – das müsste er können. Und dass er sie nachher an die Angehörigen der verschiedenen Nationalitäten für ihre Gespräche in die Heimat würde verhökern können, das wusste sie. Aber wie bei vielen Projekten, mit denen er anfangs einverstanden war, machte er zuletzt einen Rückzieher, redete sich damit heraus, dass er von Telefonkarten nichts verstünde, dass er bloß ein Junge aus New Jersey sei und keinen internationalen Background habe wie sie. »Mach du das!«, sagte er strahlend.

Vor kurzem hatte sie sich einen öden Job als Kassiererin in einem Supermarkt besorgt, sodass wenigstens das nötige Geld für das normale Leben hereinkam. »Routine liegt dir, es wird dir Spaß machen«, hatte er ihr applaudiert. Doch an diesem Nachmittag hatte sie sich mit einem Hausbesitzer verabredet und wollte den Mietvertrag für eine andere Wohnung unterschreiben. Sie hatte sich geschworen, wenn sie den Job im Supermarkt bekäme und eine Woche durchgehalten hätte, dann könnte ihr Freund sehen, wo er bliebe. Nicht einen Cent wollte sie mehr für ihn ausgeben.

Ihr war allerdings klar, dass er sich, auch nachdem sie ihn verlassen hatte, nie und nimmer einen Job suchen würde. Er würde sich ein anderes Mädchen mit einer Erbschaft suchen und ihr im Bett Spaß machen. Er würde sich sogar breitschlagen lassen, dieses neue Mädchen zu heiraten, damit es nicht mehr von ihm loskäme. Sein derzeitiges Mädchen war sich auch sicher, dass er zwischen ihr und dem nächsten Mädchen bald keinen Unterschied mehr würde erkennen können, obwohl dieses nächste wahrscheinlich blond sein würde, mit einem großen weißen Hintern. Sie hatte vorgehabt, sich den Job zu besorgen, eine andere Wohnung zu mieten, ihre wichtigsten Sachen heimlich aus dem Haus zu schaffen und einfach aus seinem Leben zu verschwinden.

Es würde eine Unterbrechung in seinem Sexualleben geben. In Gedanken kehrte sie immer wieder zu diesem etwas heiklen Punkt zurück – dass er mit einer anderen Frau, die bestimmt blond wäre, diese gleichen Sachen machen würde wie mit ihr, auch essen und schlafen, wenn ihnen danach zumute war.

Die zwei Millionen Dollar machten nun mit einem Schlag einen anderen Mann aus ihm. Von jetzt an würde er das Geld beschaffen. Und in solchen Massen! Er hatte ihr nicht viel über seinen Glücksfall erzählt – nur, dass ein guter Freund von ihm, ein Geldfälscher, plötzlich an Herzversagen gestorben war und dass seine Frau, als er ihr einen Beileidsbesuch machte, ihn mit Tränen in den Augen gebeten hatte, das Geld aus dem Haus zu schaffen. Sie wolle nichts mehr damit zu tun haben, er solle es wegwerfen, hatte sie ihm gesagt und sich überhaupt furchtbar aufgeregt. Sie habe eine gute Rente, von der sie leben könne. Widerstrebend hatte er den Koffer mit den Scheinen genommen, hatte ihn im Keller deponiert und seiner Freundin die Geschichte erzählt.

Sie hatte ihn stürmisch umarmt und lange geküsst. Freude und Leidenschaft wuchsen in ihr, während sie nach und nach begriff, was diese Neuigkeit bedeutete. Sie liebte ihn aus ganzem Herzen, mit Leib und Seele, wie damals, als sie noch keine Geldsorgen gehabt hatten. Und während sie ihn liebte, wurde ihr klar, dass sie ihn nicht verlieren wollte, und ganz bestimmt nicht deshalb, weil er nie einen Cent verdiente. Aber dieses Problem war ja nun auch ein für alle Mal gelöst. Nur, wie sollten sie das Geld ausgeben? Man konnte doch nicht einfach mit einem Koffer voll Falschgeld nach Mexiko fliegen. Aber zu Hause wurde man es auch nicht los. Ihr dämmerte, dass dieser Schatz nicht so ohne Weiteres zu heben sein würde.

Sie hatte eine Freundin, deren Mann gerade wegen bewaffneten Raubes im Gefängnis saß. Für einen kleinen Anteil an der Beute würde sie sich bestimmt etwas einfallen lassen, wie man das Geld in Umlauf bringen konnte. Es musste Leute geben, die jeden Tag mit solchen Problemen zu tun hatten. Sie gab dem Jungen einen Kuss und tänzelte zur Tür hinaus. Den Termin wegen des Mietvertrags sagte sie ab. Stattdessen besuchte sie ihre Freundin.

Die hörte dann zehn Minuten lang nicht mehr auf zu lachen. »Du blöde Kuh!!! Wenn man schon Geld fälscht, dann bestimmt keine 1000-Dollar-Scheine. Das tut man einfach nicht. Weil es 1000-Dollar-Scheine nämlich gar nicht mehr gibt.«

Sie ging wieder nach Hause zu ihrem frisch gebackenen Millionär. Auf den Koffer kam sie nie wieder zu sprechen und er auch nicht. Sie arbeitete weiter in ihrem Supermarkt, und beide lebten weiter recht und schlecht von dem, was sie verdiente. Doch eigentlich fehlte es ihnen an nichts. Sie waren noch jung und hatten viel Zeit füreinander. Wenn sie von der Arbeit nach Hause kam, wickelte er sie in seine Wiedersehensfreude. Die war echt, und das genügte ihr.

Aus dem amerikanischen Englisch von Reinhard Kaiser

Lokales: Mutterliebe

Ich kenne eine alte Dame, die hat früher mal gesagt: »Ich möchte entweder jung und schön sein oder ein Genie oder tot.« Die Liebe zu einem Sohn brachte sie dahin, sich mit einer anderen Möglichkeit anzufreunden: Nichts von alledem.

Lawrence Herbert, der Sohn des Professors, besaß von Haus aus charmante Umgangsformen. Doch trotz des Vorbilds, das ihm seine Eltern gewesen waren, hatte er auch einige schlechte Angewohnheiten, darunter das Glücksspiel, das Verlieren beim Glücksspiel und das Anhäufen von Schulden aus dem Glücksspiel – sie gingen in die Tausende.

Als es dann eines Tages an der Haustür klopfte, war er zweiunddreißig, groß, blond, elegant und zuvorkommend. Was er anzog, hatte Stil, und über die franko-kanadische Literatur konnte er sich genauso gut unterhalten wie über eine neue Aufnahme von Schuberts »Winterreise« oder die letzte Premiere im Theater des Provinzstädtchens, in dem sie wohnten, Antigonish, bekannt für seinen Theatersommer. Auch verfolgte er die Missetaten Israels, und die Selbstsicherheit, mit der er sich darüber ereifern konnte, zeugte von seinem tiefen Verständnis für Politik. Wenn Freunde kamen, beneideten sie die Herberts um einen Sohn, der seine Eltern regelmäßig besuchte und so gute Manieren hatte. Diese Besucher merkten gar nicht, dass Lawrence sogar bei seinen Eltern wohnte, oben, in seinem alten Kinderzimmer, dass er arbeitslos war und dass sowohl er als auch seine Eltern fest daran glaubten, er stehe kurz vor einem Durchbruch in seiner Karriere – obwohl alles dagegen sprach.

Esther, seine ältere Schwester, wohnte eine Flugstunde oder einen Tag mit dem Auto entfernt, in Quebec, verheiratet, zwei Kinder, von Beruf Psychoanalytikerin. Sie war nicht hübsch und war es nie gewesen. Schon als Kind hatten sich ihre Eltern an ihren Knopfaugen und der winzigen Mopsnase gestört und hatten sich innerlich, ohne es zu wollen, von ihrer Tochter abgewandt. Lawrence dagegen, fünf Jahre später zur Welt gekommen, hatte große blaue Augen, eine gerade Nase und ein gewinnendes Lachen. Die Mutter liebte seinen Babyspeck über alles, sein niedliches Gesicht, seine freundliche, höfliche Art. Esther hatte die Intelligenz ihres Vaters geerbt, aber in den Augen ihrer Eltern war das kein Ausgleich für das Schweinchengesicht, den plumpen Körper und die scharfe Zunge, mit der sie nach ihnen stach. Esther war eine gute Schülerin gewesen. Aber Lawrence hatte man zu seiner »poetischen Veranlagung« und seiner klangvollen Stimme gratuliert. Wenn Besuch kam, sang er mit seiner Mutter Schubert-Lieder oder sagte Gedichte auf, und überall im Haus hingen seine Zeichnungen neben der düsteren Eskimokunst, die die Eltern sammelten. Esther wurde immer verbitterter. Ihre Abneigung richtete sich vor allem gegen ihre Mutter Bernadette, weil sie ihr Leben lang »nichts getan« hatte, außer Lawrence zu verwöhnen – das war jedenfalls Esthers Theorie. Und nach zehn Jahren Lehranalyse bei einem Guru in Quebec wusste sie auch, was ihrem Vater Gundolf vorzuwerfen war – seine Gleichgültigkeit.

Außer bei der kritischen Esther waren ihre Eltern überall beliebt. Gundolf Herbert war Professor für Politische Wissenschaften, ein nachdenklicher, nüchterner Intellektueller, dem Probleme keine Angst machten. Seine Frau Bernadette besaß eine künstlerische Ader. Sie sah sehr gut aus, war Schauspielerin gewesen und hatte in Halifax mittelgroße Rollen gespielt. Doch als sie sich in den jungen Professor verliebte, beschloss sie, ihm den Haushalt zu führen. Sie wurde zwar sehr dick, doch ihre Fülligkeit blieb attraktiv. Sie roch gut, und auch das Alter konnte dem nichts anhaben. Ihr Busen war wie ein bequemes Sofa, in dem man gern versank. Sie verlor ihre Stimme und konnte nicht mehr singen, aber sie spielte Klavier und gründete einen Kirchenchor, den sie dirigierte und so laut jubilieren ließ, dass Gott es hören musste. Ihr Mund war hübsch, und sie geizte nicht mit Küssen. Sie wusste auch immer sofort, ob jemand ein guter Liebhaber war oder nicht. »Ein schlechter Liebhaber«, ließ sie über einen Mann verlauten, der zwanzig Jahre jünger war als sie und homosexuell. Aber woran erkannte sie das?! »Daran, wie er meine Schultern gedrückt hat. Als wären sie ein Turngerät!« Die Leute waren pikiert und entzückt zugleich. Alter und Hässlichkeit machten ihr offenbar keine Angst. Sie trug bunte, zeltförmige Kleider, erklärte allen, wie wunderschön sie seien, und ihre Freunde vertrauten ihr mehr als den eigenen Augen. Wenn sie Probleme hatten, besprachen sie sie mit Bernadette. Sie war immer großzügig – mit gutem Rat und gutem Essen, stets frisch zubereitet. Selbst die Bettler im Ort hatten begriffen, dass sich regelmäßige Abstecher zu ihrem Haus lohnten, denn Bernadette schickte sie nie weg, sondern gab ihnen ein bisschen Geld und dazu eine Tasse Tee und ein Stück Kuchen. Einer von ihnen war ihr besonders treu.

»Bin Sie sehr verbunden«, sagte er immer. Und eines Tages vertraute er Bernadette an: »Wir sprechen oft über Ihnen.« Er hieß Herbert und war der Meinung, schon allein dadurch stehe er der Familie Herbert näher als andere.

Die Herberts waren stadtbekannt und lebten ein bisschen wie auf dem Präsentierteller – durch ihre Einladungen, durch die Essen und Hauskonzerte, die sie veranstalteten, und durch die Besuche, die sie ihrerseits bei Freunden und Bekannten machten. Lawrence hatte einige Zeit bei einer Freundin gewohnt. Aber nachdem sie ihn hinausgeworfen und er sich wieder bei seinen Eltern einquartiert hatte, fest entschlossen, ein paar ganz große Hits zu schreiben, hatten die Herberts alle Hände voll zu tun, den Schein zu wahren. Sie sprachen von der »kompositorischen Arbeit« ihres Sohnes. Und wenn Bernadette ihn während eines Cocktailempfangs im Haus von der Garderobe kommen sah, seufzte sie tief, nahm ihr Portemonnaie aus der Handtasche und ging von einem Mantel zum anderen und ließ Münzen in die Taschen gleiten, weil sie genau wusste, dass ihr

Sohn gerade welche daraus entwendet hatte. Es war das absolut Letzte, was sie selbst getan hätte – aber sie verstand ihren Sohn und verzieh ihm. Sie liebte ihn noch immer, seine Haut, die jetzt nach Tabak und Alkohol roch, das liebe Gesicht, das dichte blonde Haar und seine nette, höfliche Art. Ihr Sohn. Niemanden liebte sie so sehr wie ihn.

So lebten sie denn wieder zu dritt im Haus, ein Jahr lang. Lawrence hatte sich in der Garage ein Studio eingerichtet, wo er mit einem Synthesizer, zu dessen Anschaffung er seine Eltern überredet hatte, seine künftigen Hits komponierte.

Eines Abends bekam Lawrence Besuch. Zur Unzeit, sehr spät. Bernadette saß in ihrem Nachthemd im Wohnzimmer und las. Ihr weißes Haar ergoss sich offen den Nacken hinab, so wie sie es abends getragen hatte, als es noch kastanienbraun gewesen war und Gundolf, der junge Professor, die Hände nicht davon hatte lassen können. Jetzt war Gundolf schon im Bett und schlief. Er hatte einen tiefen Schlaf und wachte auch nicht auf, als eine Faust an die Tür hämmerte. Bernadette dachte an nichts Böses. Es könnte Herbert, der Bettler sein. Sie würde sich um ihn kümmern.

Als Bernadette ihre Hand um den Türknauf legte, hörte sie Lawrence hinter sich rufen: »Mach die Tür nicht auf!«, – aber es war zu spät. Ihre Hand drehte den Knopf schon, und von draußen stieß jemand die Tür mit ganzer Kraft auf. Bernadette hörte, wie sich Lawrence' Schritte hastig entfernten. Vor ihr stand ein junger Mann und blockierte die Tür, sodass sie sie nicht mehr schließen konnte. Er schien ein paar Jahre jünger zu sein als ihr Lawrence. Höflich sagte er, er würde gern mit Lawrence sprechen.

»Aber doch nicht um diese Zeit!«, protestierte Bernadette. »Kommen Sie morgen früh wieder, bitte. Um neun Uhr können Sie kommen.«

Der junge Mann blickte sie an, als hätte sie etwas Komisches geäußert. Er kicherte sogar ein bisschen, aber es klang eher wie ein Gurgeln. Er war schlaksig und hager, sein dunkles Haar zu Stacheln hochgekämmt, die ihm vom Kopf abstanden. Er war schlampig angezogen.

Schlechte Haut, ungepflegter Bart. Unterschicht. Er kommt bestimmt vom Land, vielleicht sind seine Eltern Fischer, dachte Bernadette.

»Kommen Sie bitte morgen wieder. Im Haus schlafen alle. Mein Mann, Professor Herbert, regt sich sonst auf.«

»Maul halten, Schlampe!«, entgegnete der Besucher gleichmütig und schlenderte herein. »Sag deinem Sohn, er soll aus seinem Rattenloch kommen, sonst hol ich ihn mir.«

Bernadette versuchte es noch einmal. »Warten Sie, ich werde euch in der Küche eine Tasse Tee machen, dann könnt ihr alles in Ruhe besprechen. Wie wäre das?«, fragte sie mit ihrer freundlichsten Stimme.

Aber der Eindringling packte sie am Arm und schob sie zur Seite. Er marschierte die Treppe hinauf in den ersten Stock, wo die Schlafzimmer lagen.

Sie folgte ihm so schnell, wie es ihr Leibesumfang zuließ.

Er verschwand in Lawrence' Zimmer, und dann redete er in scharfem Ton auf ihn ein. Bernadette stand im Flur und wartete ab, unsicher, ob sie die Polizei rufen sollte. Sie ahnte, dass der junge Mann Ungemach über Lawrence und die ganze Familie bringen würde. Aber sie zögerte, die Polizei einzuschalten. Sie glaubte noch immer, sie könne dieses Debakel mit ein bisschen gesundem Menschenverstand und einer Tasse Tee selbst lösen.

Als die Stimme nicht aufhörte, ihren Sohn zu beschimpfen, entschloss sich Bernadette, ihren Mann zu wecken. Er war immer so gelassen und vernünftig. Ihm würde es gelingen, den nächtlichen Besucher zu beruhigen.

Der alte Professor Herbert hatte einen gesunden Schlaf. Bernadette musste sich aufs Bett neben den Schlafenden setzen, musste an seiner Schulter rütteln und ihm einen Klaps auf die Wange geben, um ihn zu alarmieren. Er saß aufrecht im Bett, und sie versuchte ihm gerade zu erklären, was los war, als der Eindringling hinter Lawrence das Schlafzimmer betrat. Er hatte ein Messer in der Hand, das er Lawrence in den Rücken bohrte.

»Mommy, Daddy«, sagte Lawrence mit schwacher Stimme. »Ich

schulde jemandem sehr viel Geld. Er braucht das Geld aber nicht. Er will es gar nicht. Er will sich amüsieren. Er will, dass mich dieser Mann hier zu Tode foltert.«

Glitzernde Tränen, so groß wie die Fünfundzwanzig-Cent-Stücke, die er anfangs beim Glücksspiel gesetzt hatte, kullerten ihm über die runden Wangen. Der Tag der Abrechnung war gekommen. Lawrence stammelte: »Er wäre aber auch einverstanden, wenn einer von euch meinen Platz einnimmt.«

Als sich dieser wahrhaft ungewöhnliche Vorfall zutrug, war Gundolf Herbert gerade siebzig geworden. Er war jetzt Professor emeritus an seinem College, aber die Arbeit war deshalb nicht weniger geworden. Jeden Tag ging er in sein Büro. Er saß in unzähligen Ausschüssen. Man schätzte seine bedächtige Art, seine Fähigkeit, die hitzigsten Streitigkeiten beizulegen. Er wusste, dass seine Frau ganz anders veranlagt war als er. Sie regte sich leicht auf und sagte dann das Falsche. Deshalb hielt er es unter diesen Umständen für das Beste, wenn sie das Zimmer verließ. »Geh nach unten, Bernadette, Liebe«, sagte er. »Hörst du? Geh bitte nach unten. Und mach die Tür hinter dir zu.«

Sie blieb noch so lange draußen vor der Tür stehen, dass sie von dem Gespräch einiges mitbekam. Dann ging sie hinunter und nahm ihren Platz auf dem Sofa wieder ein. Doch jetzt bebte sie vor Angst.

»Ich kann Ihren Namen nicht erraten«, sagte Gundolf Herbert zu dem Eindringling und sah ihm in die Augen. »Aber da Sie am heutigen Abend eine Hauptrolle spielen, würde ich doch gern wissen, wie Sie heißen. Könnten Sie mir das bitte sagen?«

Mit dieser Strategie hatte er Erfolg. Der Eindringling gehorchte und murmelte: »Johnny.«

»Okay, Johnny«, fuhr Professor Herbert mit wachsendem Selbstvertrauen in freundlichem Ton fort. »Es gibt nur wenige Probleme, die sich nicht mit Geld lösen lassen. Also sagen Sie mir, wie viel mein Sohn Ihnen schuldet. Ich werde mich darum kümmern, und ich werde für Sie noch etwas obendrauf legen, und dann können wir uns in aller Freundschaft Gute Nacht sagen.«

»Für diesen Job hier bekomme ich mehr, als Sie mir zahlen können«, erwiderte Johnny ernst. »Mein Auftraggeber nennt es eine Investition. Er will Zeit sparen, er will, dass so was nie wieder vorkommt. Dafür leistet er einen Vorschuss, nämlich das Geld, was er von Ihrem Sohn zu kriegen hat, und das, was ich von ihm bekomme. Dem Drecksack hier muss eine solche Lektion erteilt werden, dass es auch alle anderen Drecksäcke in der Stadt mitbekommen. Ich mache meinen Job. Das Werkzeug habe ich dabei, und jetzt, wenn es Ihnen nichts ausmacht und wenn das alles ist, was Sie mir zu sagen haben, möchte ich Sie und Ihre Frau bitten, hier oben zu warten und die Ohren offen zu halten, während ich Ihren Sohn nach unten ins Wohnzimmer bringe und an die Arbeit gehe und ihn alle mache. Es sei denn, Sie wollen den Platz mit ihm tauschen. Dann kann er zuhören. Die Telefonleitung ist übrigens durchgeschnitten.«

»Dad!«, flehte Lawrence. Das Gesicht des Professors blieb ausdruckslos.

»Ich gebe Ihnen noch einen Augenblick, um die Sache zu klären«, sagte der Besucher und trat ans Fenster, das aufs Meer hinausging. Er wandte den beiden anderen den Rücken zu, zog den Kassettenrekorder, den er mitgebracht hatte, aus der Tasche und schaltete ihn ein. Sein Boss wollte eine Aufnahme des Gesprächs haben, das, wie er vorausgesehen hatte, nun folgen würde.

»Du bist siebzig Jahre alt, Dad«, wimmerte Lawrence. »Ich stehe noch ganz am Anfang meines Lebens. Du wirst so oder so bald sterben. Ich finde, da ist es eigentlich klar, dass du mir diesen letzten Gefallen erweisen solltest. Ich habe das ganze Leben noch vor mir …«

»Niemand sollte einen anderen um das Licht seines Tages bitten«, entgegnete Professor Herbert. »Das Licht des Tages ist gleichermaßen kostbar für jedwedes Lebewesen, das sich dessen erfreut, und es leuchtet immer hell und ermattet nicht im Lauf der Zeit. Nein, ich werde weder dir noch sonst jemandem das Licht meines Tages schenken. Und dann auch noch unter solchen Umständen, nein.«

»Weißt du, was du bist?! Ein selbstsüchtiges Arschloch!«, rief der Sohn.

»Jawohl, schön gesagt, mein Sohn, wenn man bedenkt, was du verlangst«, antwortete der Vater voller Abscheu. »Es tut mir leid, dass ich dich verliere. Aber der letzte Eindruck, den du bei mir hinterlässt, ist auch nicht der allerbeste.«

Sein Gesicht indessen war nicht bleich wie sonst, sondern rosig, und er schwitzte leicht. So stand er in seinem geblümten Baumwollschlafanzug da. Ach, er sah wirklich alt aus, und die Schlafanzughose war vollkommen verschlissen. Der Schlitz stand ein wenig offen, und man sah ein verschrumpeltes Organ von der gleichen Farbe wie sein Gesicht. Lawrence starrte hasserfüllt vor sich hin. Der Professor wandte ihm den Rücken zu und ging ins Bad, schloss die Tür hinter sich ab und benutzte die Toilette. Er machte keinen Versuch, seinen Urin zu lenken, sodass er laut in die Schüssel prasselte, und dabei seufzte der Professor immer wieder. Als er fertig war und, ohne abzuziehen oder sich die Hände zu waschen, mit nackten Füßen, die auf den Fliesen platschten, ins Schlafzimmer zurückkam, drehte sich der Eindringling, der immer noch am Fenster stand, um und sagte lächelnd zu Lawrence: »Das Mitgefühl hält sich in Grenzen, wie man hört. Tut mir leid für dich.«

Lawrence flehte seinen Vater noch einmal an. »Bitte, Dad, spring du für mich ein. Ich werde dir ewig dankbar sein. Und wenn du es nicht tust, werde ich immer in deinem Kopf herumspuken. Du lässt den eigenen Sohn sterben.«

Aber sein Vater schnaubte nur: »Ich gebe dir nicht das Wertvollste, was ich habe. Nein. Hör auf, mich zu fragen.«

Er legte sich aufs Bett. Sein Gesicht war jetzt karminrot, und sein Atem ging in kurzen Stößen. Hätte sein Sohn genauer hingesehen, wäre ihm aufgefallen, dass der Vater krank war, sehr krank. Lawrence sah aber nur, dass er die Augen geschlossen hatte, wie um anzudeuten, dass die Angelegenheit für ihn erledigt sei und er nun einfach weiterschlafen wolle. Lawrence stürzte sich auf ihn, packte ihn bei den Schultern und schüttelte ihn heftig. »Ich kann einfach nicht glauben, dass du so ein Arschloch bist!«, schrie er. Johnny sah amüsiert zu und hielt den Rekorder noch mehr in Lawrence' Richtung, damit ihm nur ja kein Detail von diesem Familienzwist entging. Gleichzeitig spürte Lawrence, dass der Vater auf sein Gerüttel nicht reagierte. Speichelblasen traten dem alten Mann auf die Lippen, und diese Lippen nahmen eine seltsame Farbe an – blau. Es sah aus, als würden seine Augen von einem inneren Druck aufgerissen. Die Augäpfel drehten sich nach hinten, und das Weiße war jetzt gelb und rot. Lawrence fing an, laut zu schluchzen.

»Siehst du, was du angerichtet hast?«, schrie er seinen Kumpel Johnny an. »Du hast ihn umgebracht. Hast du etwa noch immer nicht genug? Geh jetzt, bitte. Du hast bekommen, was du wolltest.«

»Keineswegs«, entgegnete Johnny ruhig. »Du hast ihn umgebracht. Ich habe ihn nicht mal angerührt.«

Es war eine dieser finsteren Provinzstadtnächte, in denen kein Mondlicht erhellt, was vor sich geht.

Als es an der Tür klingelte, erhob sich Bernadette automatisch, ohne Johnnys Rufen zu beachten. Er stand oben an der Treppe, hielt mit der einen Hand den Hals ihres Sohnes gepackt und hatte ihm mit der anderen das Messer an die Kehle gesetzt. Bernadette riss die Haustür trotzdem auf. Es war Herbert, der Bettler. »Entschuldigen Sie die Störung, Madam«, sagte er. Sie schüttelte den Kopf, verwirrt von all dem, was das Schicksal ihr an diesem Abend bescherte. »Ich habe Migräne«, fuhr Herbert, der Bettler, fort. »Hätten Sie vielleicht ein Aspirin? Bin den ganzen Weg vom Hafen rübergelaufen. Ich weiß doch, wie gut Sie immer zu mir sind.«

»Lieber Herbert«, sagte Bernadette. »Eben ist mein Mann gestorben.«

»Dann ist die Krankheit ja schon im Haus und das Aspirin bestimmt zur Hand.« Herbert ließ sich nicht entmutigen. Bernadette seufzte. Sie sah zu Johnny hinauf und zuckte verächtlich mit den Schultern. »Ich muss für Herbert ein Schmerzmittel holen.« Sie kramte im Küchenschrank, füllte ein Glas mit Leitungswasser und kehrte an die Tür zurück. »Hier, Herbert. Manchmal können Sie ziemlich lästig sein.«

Er schluckte die beiden Tabletten auf einmal und sagte: »Danke. Ich hab's den Jungs gesagt – meine Lady wird mir helfen.« Und schon war er wieder verschwunden. Sie schloss die Tür. Johnny kam mit ihrem Sohn die Treppe herunter, das Messer immer noch an seine Kehle gepresst. Sie sah die beiden an und murmelte vor sich hin: »Nehmen Sie mich statt meines Sohnes.«

»Wie bitte?«, fragte Johnny.

»Ich trete an die Stelle meines Sohnes.«

»Wunderbar. Habe mich also doch nicht verhört. Wollte mich nur vergewissern«, sagte Johnny. »Lawrence, ich vermute, du nimmst das Angebot deiner Mutter an.«

Lawrence starrte sie nur an. In seinen Augen schimmerte Dankbarkeit.

»Und jetzt ruf deine Schwester an. Frag sie, ob sie für dich einspringt.«

»Das tut sie bestimmt nicht. Außerdem hast du doch die Leitung durchgeschnitten.«

»Habe ich nicht. Du kannst telefonieren.«

Er lenkte sein Opfer mit der Spitze seines Messers bis nach unten ins Wohnzimmer, wo Bernadette wie versteinert auf dem Sofa saß.

Lawrence murmelte: »Ich rufe jetzt Esther an.« Seine Mutter rührte sich nicht.

Er wählte die Nummer.

Es war mitten in der Nacht. Nach einiger Zeit meldete sich eine verschlafene Stimme.

»Gib mir bitte mal Esther, ein Notfall. Ich bin's, Lawrence«, sagte Lawrence. Es dauerte einen Augenblick, dann war sie am Apparat.

»Dad ist gestorben«, sagte Lawrence in sachlichem Ton. »Und Mutter ist kurz davor.«

Am anderen Ende der Leitung hörte man einen überraschten Aufschrei.

»Kommst du?« Er lauschte. »Sobald du kannst? Aber du kannst das Flugzeug nehmen! Die Maschine morgen früh um sechs. Wir werden warten. Du kannst dich von ihr verabschieden.«

Er lauschte.

»Okay. Also, bis dann.« Er legte auf.

»Sie sagt, ein Flug sei zu teuer. Sie nimmt den Zug. Sie hofft, dass Mom so lange durchhält. Sie wird nicht vor dem Abend hier sein.«

In seinem Gesicht mischten sich Verlegenheit und Hoffnung.

»Du kannst doch so lange warten – mit alldem?!«

Jetzt erst nahm Johnny sein Messer und durchschnitt die Telefonleitung. »Natürlich nicht«, sagte er. »Sie soll nur wissen, was los ist. Und ich wollte wissen, wie sie reagiert. Je mehr ich weiß, desto besser. Das ist alles. Also, los jetzt. Verabschiede dich von deiner Mutter.«

Lawrence küsste sie zärtlich – auf die Augenlider, auf die Wangen, auf die alten Hände, die keinen Schmuck trugen. »Danke, Mutter«, erklärte er feierlich.

»Für dich tue ich alles. Ich liebe dich«, erwiderte sie ohne Rührung in der Stimme. Es war eine Tatsache, und sie stellte sie fest.

Johnny wandte sich an Lawrence.

»Du musst selbstverständlich zuschauen. Du setzt dich hier auf das Sofa, und wenn du wegsiehst, tue ich ihr noch mehr weh.«

Lawrence erschrak. Gehorsam setzte er sich hin. Schweiß trat ihm auf die Stirn. Sein T-Shirt war durchnässt.

Johnny forderte Bernadette auf, in dem Sessel gegenüber ihrem Sohn Platz zu nehmen. Aber sie wollte vorher noch mal auf die Toilette gehen. Johnny ließ sie. So würde es sauberer vonstatten gehen.

In der Diele war ein Gästeklo. Sie ging hinein und kam nicht wieder heraus. Johnny rauchte eine Zigarette, um ihr mehr Zeit zu geben. Schließlich klopfte er und sagte, sie solle sich beeilen. Von drinnen antwortete sie, sie wünsche sich von ihrem Sohn noch einen Gefallen. Sie werde nur herauskommen, wenn er »Das Wandern ist des Müllers Lust« von Schubert für sie sänge. Johnny hatte keine Ahnung, was das war. Er ärgerte sich, blieb aber höflich. Er rief nach Lawrence und sagte ihm, er solle singen, was seine Mutter von ihm hören wolle. Der Junge erbleichte. Als Kind hatte er ihr dieses Lied oft vorgesungen, und sie hatte ihn auf dem Klavier begleitet. Nun stand er vor der Toilette, groß, aufrecht, zweiunddreißig Jahre alt, und gab seiner Mutter durch die

Klotür ein Ständchen. Die Spülung rauschte, und wenig später kam Bernadette ins Wohnzimmer zurück.

Johnny wies der alten Dame den Lieblingssessel ihres Mannes zu. »Den wollten wir neu beziehen lassen«, sagte sie. »Ich habe den Stoff schon ausgesucht.« Sie setzte sich. Sie hatte keine Angst.

Er tat ihr Furchtbares an. Zuerst stöhnte sie nur und schrie bisweilen auf, aber sie litt für eine gute Sache, und anfangs, in der ersten Stunde, gab ihr das Gefühl, ihre Pflicht zu tun, die Kraft, alles zu ertragen. Doch als die Stunden immer länger und länger wurden, wusste sie irgendwann nicht mehr, warum sie sich opferte. Sie fing an, sich vor jedem neuen Schmerz zu fürchten, und wenn er dann kam, konnte sie ihn nicht mehr ertragen. Sie begann zu wimmern, und dann fing sie an zu weinen, und bald schrie sie und bettelte, es möge Schluss sein. Aber sie kämpfte nicht richtig, und Johnny ließ nicht von ihr ab. Ihr Sohn auf dem Sofa hatte sich in den Schlaf geflüchtet. Er lag auf der Seite, das Gesicht zwischen Sofakissen vergraben.

Auch Johnny machte das Ganze keinen Spaß. Er musste das Verlangen niederkämpfen, seinem Opfer den Garaus zu machen und auf diese Weise das Gejammer abzustellen. Als der Rekorder schließlich stoppte, hatte er drei Kassetten mit Bernadettes Geräuschen aufgezeichnet. Aber ein Mann hat Bedürfnisse.

Er ging auf die Toilette, um sich zu erleichtern, und dann in die Küche, wo er sich ein Glas Orangensaft eingoss. Er trank es langsam und genoss jeden Schluck. Die alte Bernadette in ihrem blutüberströmten Sessel war anscheinend bewusstlos.

Dann packte er seine Instrumente zusammen, zog den Mantel an und verließ das Haus. Bernadette würde überleben. Nach seiner Einschätzung hatte er ihr keine tödlichen Verletzungen zugefügt, nicht im Entferntesten. Sie würde Narben zurückbehalten, und das eine Auge war wahrscheinlich verloren. Ihre Zähne würden erneuert werden müssen. Ansonsten könnte sie ja eine Perücke tragen. Von nun an würde sie jedenfalls an sich selbst erkennen können, wie sehr sie ihren

Sohn liebte. Und sie würde auch wissen, wie sehr ihr Sohn und seine Schwester sie wiederliebten.

Das alles ist jetzt ungefähr zwölf Jahre her. Lawrence hat es überlebt, zusammen mit seiner Mutter. Er veränderte sich. Etwas Böses in ihm wurde weggeätzt oder ausgebrannt. Schon als sein Vater unter Anteilnahme der ganzen Universität beigesetzt wurde, war ein anderer aus ihm geworden. Er wurde ein ehrbarer Mann, wie sein Vater einer gewesen war. Aber er besaß auch ein warmes Herz wie seine Mutter. Bernadette und ihr Sohn wohnen noch immer zusammen, aber nun hat er außerdem noch eine Frau und drei Kinder, die unter demselben Dach leben. Er ist ein liebevoller Vater, ein schwer arbeitender, inzwischen ergrauter Ehemann, und seiner Schwester begegnet er stets freundlich, egal wie garstig sie zu ihm ist, und selbstverständlich gibt es nichts, was er nicht für seine sehr alte Mutter täte. Sie kann sich immer noch ganz gut im Haus bewegen, aber wenn nicht, dann trägt er sie herum. Sie hat ihm sein Verhalten nie verziehen, weil sie ihm nie einen Vorwurf daraus gemacht hat. Sie liebte ihn als bösen Sohn, und jetzt liebt sie ihn als guten Sohn genauso, und er weiß es. Und ich weiß es auch. Ich bin sie, ich bin Bernadette.

Aus dem amerikanischen Englisch von Reinhard Kaiser

Rosa

Renate hasste Rosa. Allein schon die Vorstellung – Getue, Albernheit, Schleifchen, Gekräusel. Ihr Leben lang hat sie nie etwas Rosafarbenes getragen.

Alles Zimperliche war ihr zuwider, und sie stopfte vieles in diese Kategorie, auch Ballett. Es machte ihr nichts aus, unfair zu sein. Sie zog dunkle Blau- und Grüntöne vor, trug allerdings manchmal auch Rot, in Form billiger Glasperlen. Das einzige Rosa, das sie mochte, war das Rosa von Organen, denn es bedeutete Gesundheit. Sie war Pathologin, ihr Spezialgebiet war die Kinderpathologie, und die meisten Kinder sind nun mal innen rosa. Neue Organe sind rosa. Es klingt vielleicht komisch, wenn eine Frau Kinder so gern hat, dass sie sich auf tote Kinder spezialisiert. Übrigens begab sie sich auf dieses Feld, als wir, ihre Kinder, noch klein waren. Sie verbrachte ihre Tage mit toten Kindern, und wenn sie abends nach Hause kam, erzählte sie uns von ihnen, wie sie gestorben waren und warum. Sie ging in die Einzelheiten. Wenn sich mein Vater schüttelte, lachte sie ihn aus und ärgerte sich, dass er nicht ertragen konnte, was für sie die Realität war. Er hasste Rot, weil es ihn an Blut erinnerte. Er konnte kein Blut sehen, vor allem nicht sein eigenes, wenn er sich beim Rasieren geschnitten hatte, und er zitterte, wenn sie ihm dicke Pflaster auf seine winzigen Wunden kleben musste. Sie war die zweitoberste Leichenbeschauerin von New York. Nichts konnte sie schockieren. Soweit ich mich erinnere, hat nur ein Mal etwas sie wirklich aus der Fassung gebracht. Das war, als ein Flugzeug im Hafen von New York abgestürzt war und sie eine Sonderschicht einlegen musste – Leichenteile sortieren. Ein siebenjähriger Junge war der einzige Überlebende des Absturzes, und für einen

Tag war er der Held der ganzen Stadt. Dann musste sie ihn obduzieren. Sie kam tieftraurig nach Hause. Ein unvergessliches Erlebnis für uns. Mein Bruder war damals auch gerade sieben, und er und ich sprachen darüber und kamen zu dem Schluss, dass diese Trauer auch für ihn eine Ehre sei. Ihr Ernst hielt ein paar Stunden vor. Eigentlich lehnte sie jede Gemütslage außer Fröhlichkeit ab und ärgerte sich, wenn andere bedrückt waren. Für sie war das Gequengel. »Es ist lächerlich, Trübsal zu blasen, wenn man nur ein Leben hat.«

Das Leben versetzte ihr viele Tritte. Sie war das einzige Kind sehr strenger Eltern, die nicht rein arisch waren. Die meisten ihrer engsten Verwandten wurden in Deutschland ermordet, und sie überstand auch die demütigende Einwanderung in die Vereinigten Staaten. Als Teenager in Deutschland hatte sie Konzertpianistin werden wollen, aber ihr erstes öffentliches Konzert wurde von den örtlichen Behörden unterbunden. Sie war eine begabte Zeichnerin und dachte, sie könnte Kunst studieren, musste ihren Platz an der Kunsthochschule jedoch bald räumen. Im Jahre 1937 machten sie und ihre Freundin Eva in Breslau das Abitur mit den besten Noten der ganzen Stadt. Da war sie gerade siebzehn geworden, aber der Prüfer verlor ihretwegen seinen Posten, und an einer Universität studieren durfte sie sowieso nicht. Sie versuchte, ihre Herkunft zu verleugnen, ohne Erfolg. Die Familie floh aus Deutschland und verlor dabei ihre gesellschaftliche Stellung. In Deutschland hatten sie zur Oberschicht gehört, in Amerika lebten sie von der Wohlfahrt. Ein kleines katholisches College in einer Kleinstadt im kleinsten Bundesstaat bot Renate ein Stipendium an. Sie konnte dort Hauswirtschaft studieren, wie es die meisten Studentinnen taten – lernen, wie man kocht und einen Haushalt führt. Die anderen Studentinnen hielten sie für eine deutsche Spionin. Es machte ihr nicht viel aus – nicht so viel, dass sie von den anderen schlecht gedacht hätte. An ihrem ersten Unabhängigkeitstag in Amerika, als sie achtzehn war, lächelte ihr ein junger Amerikaner zu. Sie freute sich. Sie saß auf einer Parkbank im Central Park, und er kam angeschlendert und sagte Hello. Während sie sein Lächeln erwiderte, schob er einen Feuerwerksböller unter die Bank und lief dann weg.

Der Böller explodierte und riss ihr ein Loch ins Bein, sodass sie diesen Unabhängigkeitstag in der Notaufnahme eines Krankenhauses verbrachte, wo man sie wieder zusammenflickte. Entmutigen ließ sie sich aber nicht. Sie lernte Englisch, studierte Biologie, arbeitete als Putzfrau. Nach dem College schaffte sie es, in den Studiengang Biochemie für Graduierte an der Columbia University zu kommen. Nachdem sie den Doktor in Biochemie gemacht hatte, studierte sie Medizin. Nebenher studierte sie Musik bei dem einhändigen Pianisten Paul Wittgenstein. Sie bekam eine Professur an der Columbia University. Ihre Zeichnungen von Organen wurden in anatomischen Lehrbüchern gedruckt. Sie war nie eingebildet. Die Sekretärinnen, die niemand leiden konnte, die schludrigen und ständig schlecht gelaunten, waren ihre besten Freundinnen. Sie kannte ihre Familien und brachte ihnen Geschenke mit. Sie heiratete einen bedeutenden Naturwissenschaftler, hörte irgendwann wieder auf, ihn zu lieben, und heiratete einen anderen. Mit ihrem zweiten Mann war sie sehr glücklich, aber er starb bald. Nach seinem Tod legte sie eine solche Munterkeit an den Tag, dass ihre Freunde anfingen zu tuscheln. Sie aß nichts mehr und konnte nachts nicht schlafen, weil sie so viel weinen musste. Sie nahm zwanzig Pfund ab und kleidete sich neu ein. Aber die anderen sahen nur ihre neue Schlankheit, die hübschen Kleider, ihre Fröhlichkeit und regten sich auf. Sie aber weigerte sich, ihre Gemütsverfassung preiszugeben. Sie zeigte ein breites, unechtes Lächeln.

Das Gleiche erwartete sie von ihren Kindern – nicht jammern und vor nichts Angst haben. Aber wir Kinder waren von Natur aus Angsthasen, Hypochonder, Quengler. Das Leben war zu einfach und deshalb zu schwer für uns. Wir hassten es, im Haushalt zu helfen, und waren schlecht in der Schule. Wir machten uns Sorgen um unser Aussehen und unser Ansehen. »Lass dich nicht so gehen mit deiner schlechten Laune«, schimpfte sie mit mir, als mein erster Freund plötzlich nichts mehr von mir wissen wollte. »Bleib mir mit deinem Trübsinn vom Leib!« Traurig zu sein war für sie ein Eingeständnis furchtbarer Schwäche. Das Wort »unerträglich« entlockte ihr nur ein verächtliches Achselzucken. Selbst das Alter machte ihr nichts aus.

Auch mit siebzig war sie wie ein junges Mädchen und sah gut aus. Make-up hatte sie nie benutzt, weil es ihr zu umständlich war, trotzdem sah sie um Jahrzehnte jünger aus, als sie war. Zu Hause vergaß sie, den Laborkittel auszuziehen. Wenn sie ausging, trug sie graue oder braune Hosen und Blusen in allen möglichen Farben, außer Rosa. 1939 hatte sie ihr Leben aufs Spiel gesetzt, um den wertvollen Schmuck ihrer Großmutter aus Nazideutschland zu schmuggeln, aber dann ließ sie ihn sich von einem New Yorker Betrüger stehlen. Sie wurde eine große Anhängerin von falschem Schmuck, je billiger, desto besser. Jeden Tag trug sie eine andere Kette und wechselte regelmäßig ihre Ringe. Als sie Mitte siebzig war, heiratete sie in einer stürmischen Affäre noch einmal und war sehr verliebt. Leider starb ihr Mann dann ganz plötzlich. Sie lebte weiter. »Ich weigere mich, unglücklich zu sein«, verkündete sie. »Glaubt ihr, irgendwas stimmt nicht mit mir?« Und dann lachte sie fröhlich. Ihr dritter Mann hatte ihr viel Geld hinterlassen, aber sie war es nicht gewohnt, viel Geld zu haben, also gab sie es nicht aus. Ein Mal im Monat hielt sie eine gut besuchte Vorlesung an der medizinischen Fakultät der Columbia University, morgens um sieben. Sie war eine Autorität in Fragen angeborener Herzschwäche. Als sie achtzig wurde, bat sie den Chef ihrer Fakultät, ihren Posten in eine Teilzeitstelle umzuwandeln. »Ich muss kürzertreten«, sagte sie. »Von nun an arbeite ich nur noch acht Stunden am Tag.« Ihr Telefon klingelte ständig, und viele der Anrufer wollten ihre Meinung zu komplizierten Diagnosen hören. Nebenher erledigte sie irgendwelche albernen Besorgungen, für die die anderen in ihrer Familie zu faul waren. Sie nahm nie ein Taxi, weil es zu teuer war. Ich habe sie nie klagen hören. Als ihre Männer starben, trug sie leuchtende Farben.

Als es Renate nicht mehr gut ging, gab ich ihr ein rosa Kissen. Für die Farbe konnte ich nichts. Es war ein kleines quadratisches, mit Kirschkernen gefülltes Kissen, und die gab es nur in Rosa. Aber Renate schlief immer darauf. Manchmal rutschte es weg, und sie suchte danach. Sie brauchte es, und es musste immer an seinem Platz sein. Das Bett wurde der Raum, in dem sie sich auskannte. Ihre Hände, die so unglaublich flink gewesen waren, verloren ihre Geschicklichkeit. Mit der Nüchternheit der Medizinerin sah sie zu, wie ihre Finger eine Tablette zu greifen versuchten. Sie schafften es nicht. »Du musst sie mir geben«, sagte sie ruhig. Sie machte eine Phase mit Schmerzen durch, die selbst sie nicht ertragen konnte, und zum ersten Mal hatte sie Angst. Sie rief: »Die Nazis sind in mir drin. Ich kann nicht weg. Sie verbrennen mich. Helft mir!« Wir gaben ihr zu viel Morphium. Sie konnte sich nicht mehr rühren. Mit einer Hand hielt sie das Kissen gepackt, als wäre es ein Rettungsring. Sie fragte: »Ist mein rosa Kissen da?« Dann sagte sie: »Mein rosa Kissen.« Und dann sagte sie: »Rosa Kissen«, um anzudeuten, dass sie noch immer wusste, was sie wollte. Und zuletzt sagte sie bloß noch: »Rosa.«

»Rosa.«

Es war eines ihrer letzten Worte.

Sie würde es missbilligen, aber ich kann das Wort »rosa« nicht hören, ohne unendlich traurig zu werden.

Aus dem amerikanischen Englisch von Reinhard Kaiser

Die Legende von Louis

Ich war vielleicht sechs Monate alt, da verließ das »Ich« meinen Körper (klein, warm, weich und ganz schwarz), entströmte meinem Geist (der neuerdings nichts als Angst kannte) und glitt hinaus ins Universum. Rein technisch gesehen blieb mein Herz in dem Moment stehen, als mein Rumpf im Garten des Mannes an einem Baum zerschellte, gegen den er mit Karacho geschleudert worden war. Aber entscheidend ist nicht das Fleisch, sondern der Geist, und der war schon ein paar Stunden vorher verschieden, als ich von braunen Schuhen angegriffen wurde. Hände hatten mich im Regal entdeckt, hinter ein paar Bücher gekauert, und als sie mich in die Höhe rissen, entleerte sich mein Darm vor Schreck direkt auf den Fußboden, worauf mich die Hände in Sichtweite der Schuhe platzierten, die mir dann in den Bauch traten. Das Gefühl war kein Schmerz mehr, wie in den Tagen zuvor. Ich spürte, wie ich mich in die Luft erhob, gut fünf Meter weit muss ich geflogen sein, bis ich an die hintere Wand knallte, doch von dem Aufprall merkte ich gar nichts mehr. Ich nahm nur noch wahr, wie mir etwas aus der Nase spritzte, Teile meines Hirns; dieser Verlust verwandelte alles in reinstes Weiß, und seither habe ich Frieden gefunden.

Jetzt habe ich den Wunsch, von meiner neuen, ewigen Heimat aus den Verlauf meines Lebens für den Menschen zusammenzufassen, der gemeinsam mit seinen Dienern – den alles umspannenden Händen mit den grauen Haaren an den Knöcheln, den riesigen, braunen Schuhen mit den scharfen Spitzen – darüber herrschte, der entschied, wann und wie dieses Leben enden sollte, und der mich und die Qualen, die er mir zufügte, mit so viel Faszination betrachtet hat. Häufig unterbrach er sogar für mehrere Stunden seine Arbeit, um den Moment meines Sterbens nicht zu verpassen, und knurrte darüber, dass er mit seiner ungeheuer wichtigen Tätigkeit in Verzug geriet, weil ich mich so zäh zeigte. Oft brachte er seine glitzernden blauen Augen ganz dicht an mein Gesicht heran, um zu sehen, ob sich die meinen nicht endlich eintrübten, so wie sie das seiner Lektüre nach im Tode tun sollten, doch das eine Auge fehlte mir da bereits, und das andere war zu schwarz, um etwas zu erkennen, und schließlich wurde er ungeduldig und »erledigte« mich an dem Baum. Aber hier soll kein falscher Eindruck von ihm entstehen. Er ist, das weiß ich jetzt ganz sicher (hier weiß man solche Dinge nämlich), nicht böse. Menschen sind einfach nur Lebewesen, und keines von uns ist gut oder böse, es gibt keinen Ruhm, und es gibt auch keine Heiligen, es gibt nur das Leben, das man wohl oder übel auf Erden führt, mir selbst war in meinem ganz wohl, bis er das Zepter übernahm, doch seine Herrschaft war nur kurz und katapultierte mich im wahrsten Sinne des Wortes in die Annehmlichkeiten des Jenseits, wo alle Wesen eins werden und gleich sind und wo selbst Tiere mit Worten kommunizieren können, wenn sie das möchten.

Der Mann ist noch am Leben, er hat alle möglichen Eigenschaften, die für seine Gattung typisch sind: Er achtet Gott, und er ist an Schönheit interessiert, so sehr, dass er sogar Wert auf Farben legt – womit ich erst anfing, als es für mein Überleben wichtig wurde. Wie alle in Gruppen lebenden Säugetiere hat er allerdings den Drang, andere zu beherrschen, also über Leben und Tod der anderen Mitglieder seines Rudels zu entscheiden – er will genauso sein wie Gott. Doch sein Rudel ist winzig, kleiner als ein durchschnittlicher Wurf Katzen, es besteht nur aus einer Schwester, die bei ihm wohnt, und einem Kreis von Bewunderern, die nicht bei ihm wohnen, sodass er seine Autorität nur durch Charme und Schmeicheleien und oft nur brieflich geltend machen kann. Nicht gerade befriedigend für ein Alpha-Männchen.

Er hatte mich und meine Schwester aus dem Tierheim geholt, um sein Rudel zu erweitern. Dass meine Schwester ein Weibchen ist, erwies sich als Vorteil – sie besaß den besseren Überlebensinstinkt. Als er sie an unserem zweiten Tag mit nach draußen nahm und sie hochhielt, gelang es ihr, den Kopf zu drehen und ihre Zähne in seine Hand zu schlagen, fluchend ließ er sie fallen, und sie legte die perfekte Flucht hin. Der Mann gab ihr die Schuld an der Bisswunde, die sich bald entzündete und im Krankenhaus behandelt werden musste. Seine Schwester wich zwei Tage lang nicht von seiner Seite, verbrachte auf seine Bitte sogar die Nächte im Krankenhaus, weil er so ungern allein war, und schob sich, seinem Vorschlag folgend, zwei Sessel zum Bett zusammen. Seine Schwester sieht ihm sehr ähnlich, sie ist fast genauso wohlgenährt und genauso dunkel wie er, obwohl das Haar auf ihrem Kopf grau ist, und sie riecht auch so wie er, nach Zigaretten. Aber ihre Hände und ihre vielen verschiedenen weichen Schuhe sind gütig.

Nur Menschen wollen Einfluss darauf nehmen, was der nächste Tag bringen wird, und dieser Anspruch verschafft ihnen völlig überflüssige Sorgen. Ich bin in einem leerstehenden Haus zur Welt gekommen, und das Glück war auf meiner Seite: Ein aufgerissener Beutel Hundefutter gab meiner Mutter Nahrung. Als ich meine eisige, heruntergekommene Umgebung schließlich zur Kenntnis nahm, gefiel sie mir. Ich hatte Talent zum Glücklichsein, und als der Mann mich gerade zu sich genommen hatte, verkündete er, ich sei ihm der Liebste von allen, weil ich so unbekümmert sei und ihn nach dem Verlust seiner Frau aufheitern könne, und weil ich ihm ähnlich sähe, so dunkel wie er, nur dass er eben blaue Augen habe. Auf diese Augen war er ungeheuer stolz und kümmerte sich mit großer Sorgfalt um sie, vor dem Spiegel landete das Blau direkt auf seinen Fingerspitzen, und dann waren seine Augen so braun wie meine, bis er das Blau wieder einsetzte. Außer mir erlaubte er aber niemandem, seine Augen so zu sehen, nicht einmal seiner Schwester, der er weismachte, seine Augen hätten die Farbe gewechselt, als er erwachsen war, so wie er ihr auch weismachte, seine Haare würden nicht grau wie ihre, weil sie eben eine alte Schachtel sei, während er ewig jung bleibe. Nur ich kannte die Wahrheit über seine Augen und seine Haare, denn er hatte es gern, wenn ich im Bad auf einem Schränkchen saß und ihm Gesellschaft leistete. Anfangs hatte ich noch die Hoffnung, seine Zuneigung könnte sich als

Vorteil erweisen. Aber weil er mich mochte, wollte er natürlich auch, dass ich ihm alles recht machte. Er wollte mir »Grenzen setzen«, mir zeigen, was ich im Haus durfte und was nicht. Seine Hand umfasste meinen Rumpf, drückte mich auf den Badezimmerschrank, und seine Stimme dröhnte: »Bleib!« Diese Stimme erschreckte mich so sehr, dass ich sitzen blieb. Später ließ mich die Hand über der Küchentheke baumeln, einer langen, roten Fläche, die angenehm nach Fleisch duftete, vier lange, harte Finger schlugen mir auf die Vorderpfoten, ganz vorn, wo sie besonders empfindlich sind, und er blaffte: »Nein!« So lernte ich Schmerzen kennen. Ich wand mich in seiner Hand, drehte mich, kratzte ihn an der Nase, kämpfte mich frei und schoss davon. Das war ihm gar nicht recht. Er rannte mir nach. Die Frau, die er *Sis* rief, versperrte ihm den Weg, sie hielt ihm ein Buch mit Katzenbildern unter die Nase und las ihm die Anweisung vor, dass man Katzen nicht schlägt, um sie zu erziehen. Stattdessen belohnt man sie, wenn sie etwas gut gemacht haben – »Verstärkung« nannte sie das, ein Wort, das im Nachhinein doch eher scheußlich klingt. Er tat so, als hielte er sich an das Buch, und wenn seine Schwester zusah, fütterte er mir Brekkies, um mich zu erziehen, und sie lobte ihn, weil er sich so viel Mühe gab. Die rote Theke prägte sich meinem schlichten Geist ein; ich hatte bereits gelernt, alles Rote zu meiden.

Aber ehrlich gesagt, eignete ich mich nicht gut zum Untergebenen. Meine Aufgabe war herumzupirschen, mich dann auszuruhen und zu fressen, um anschließend weiter zu pirschen. Ich mochte mein Futter, und ich mochte mein Katzenklo, weil es nach mir roch, so wie ich auch die Zimmerecken mochte, die nach mir rochen, ich mochte es, auf weichen Polstern zu schlafen. Ich ich ich, das war ich. Ich ließ mich nicht gern herumkommandieren, und ich konnte es nicht leiden, lange am selben Fleck zu bleiben. Die Frau streichelte mich und bewunderte mich, sie verlangte nichts von mir. Sie kümmerte sich um uns beide, brachte Futter, machte mein Katzenklo sauber. Der Mann arbeitete von zu Hause aus und brauchte nur wenig Schlaf, in dieser Hinsicht war er sehr stark. Im Grunde hatte er in seinem Leben alles unter Kontrolle. Und er hatte den Wunsch, mir beizubringen, dass ich auf seinem Schoß liegen blieb, während er am Computer saß und arbeitete. Wenn ich herunterspringen wollte, riss er mich wieder hoch. Versuchte ich es erneut, schlug er mir ins Gesicht. Dann sah er sich an, wie ich reagierte. Anfangs fauchte ich, um ihn zu verschrecken. Ein Fehler. Denn dann wurden seine Hände zum Galgenstrick um meinen Hals, der mich bis an sein Gesicht hinaufzog, seine blauen Augen weiteten sich wie das Himmelszelt, seine Lippen teilten sich, und eine Stimme donnerte: »DU FAUCHST MICH NICHT AN!« Ich fauchte ganz automatisch, wenn ich Angst hatte, aber ich lernte, es unter Kontrolle zu bringen. Still saß ich auf seinem Schoß, und als seine Schwester das sah, zwitscherte sie vor Freude: »Sieh nur, wie lieb Louis dich hat!« Sie machte Fotos von uns, eine ganze Serie. Ihr Lieblingsfoto ließ sie vergrößern und rahmen und hängte es an die Wand. Und unter diesem Foto saß ich stundenlang still auf dem Schoß des Mannes, während er arbeitete oder telefonierte. Hin und wieder spürte ich, wie er die Beine bewegte, weil er aufstehen und eine Zigarette rauchen wollte oder weil Sis ihm ein Steak zubereitet und ihn gerufen hatte, dann wusste ich, dass ich verschnaufen durfte. Er schubste mich herunter, ich konnte davonflitzen und mich verstecken. Meistens vergaß er mich dann eine Zeit lang. Aber ich fiel ihm unweigerlich wieder ein.

Einmal, als Sis beim Einkaufen war, machte er die Haustür auf, und ich rannte nach draußen. Ich wollte fliehen, meine Schwester in der Freiheit finden. Doch er entdeckte mich als Schatten unter dem Auto, seine Hände zerrten mich hervor, hart landete sein Schuh auf meinem Rücken, und seine Faust schloss sich um meinen Schwanz und zog ihn nach oben, während der Schuh den Abwärtsdruck noch steigerte, und das Disharmonische dieser beiden Kräfte ließ meiner Kehle grässliche Schreie entweichen, sodass er nur noch fester trat und zog. Da verwandelte sich mein Innenleben plötzlich in einen Vulkan, und rote und schwarze Lava strömte aus allen Öffnungen. Er schrie: »Igitt!«, sprang keuchend und zitternd beiseite und starrte voller Staunen auf sein Werk. »Herrgott, was für eine Sauerei«, sagte er und wandte sich ab, um Handtücher zu holen. Ich kroch davon, auf der Suche nach einem Platz zum Sterben. Unter einem Busch zog ich mich zu einer kleinen Kugel zusammen, verschmolz mit der Erde, damit er mich nicht finden konnte, und wartete darauf, dass ich erkaltete und zu Asche wurde.

So fand mich Sis. Sie steckte mich in den Katzenkorb und fuhr mit mir zum Tierarzt. Der stellte fest, dass ich einen Nierenschaden hatte. Er fragte Sis, ob sie die Ursache wissen wolle, dafür seien einige kostspielige »Tests« nötig, und sie lehnte ab. Also verabreichte mir der Arzt eine Infusion. Ich wurde wieder munter. Ich konnte zurück nach Hause. Ich hoffte, dass Sis sich jetzt gut um mich kümmern würde, wich ihr im Haus nicht von der Seite, und jedes Mal, wenn sie mich berührte, schnurrte ich laut, um ihren Beschützerinstinkt zu wecken.

Doch Sis brauchte ihren Schlaf. Und wenn sie müde wurde, bekam der Mann beste Laune. Nachts schlief sie, und der Mann ließ seinen Händen und Füßen die Freiheit, sich mit mir zu vergnügen. Seine Hände fanden mich überall. Wenn sie mich aus meinem Versteck hoben, traktierte ich sie mit meinen Krallen. Doch Schmerzen machten ihm überhaupt nichts aus. Am nächsten Morgen war er voller roter Kratzer. Nachts, wenn er sich über mich hermachte, maunzte ich so laut ich konnte, in der Hoffnung, dass Sis mich hörte. Einmal wachte sie auf, als er mich gerade am Schwanz herumgewirbelt hatte, immer schneller und schneller, bis er schließlich losließ und ich durch die Luft segelte. Genau in dem Moment, als mein Körper an die Wand knallte, öffnete Sis mit einem Knarzen ihre Zimmertür. Ihr Bruder stürzte zu mir, seine Hände packten mich, er hockte sich hin, legte mich neben sich auf den Boden und streichelte mich eifrig. Den Kopf hielt er gesenkt, und Sis merkte nicht, wie sein Oberkörper bebte, wie er von der Anstrengung keuchte, sich ihretwegen so schnell wieder zu beruhigen. Sie ging durch das Zimmer, sah Blut und Kot auf dem Boden vor der Wand, und er jammerte, ich sei schon wieder krank. Er sei viel zu beschäftigt, um mich zum Tierarzt zu bringen, vor allem mitten in der Nacht, »Ich muss doch arbeiten!« Sis zog sich an und fuhr mit mir in die Notaufnahme der Tierklinik.

Diesmal waren meine Leberwerte katastrophal, doch der Arzt

meinte, es müsse wohl ein Infekt sein, und bei einem so jungen Tier erholt sich die Leber ganz schnell. Als Sis mit einer Auswahl antibiotischer Tropfen zurückkehrte, die mir eingeflößt werden mussten, stritten sie darüber, wer sie mir verabreichen sollte, und Sis setzte sich durch. Schmerzen machten ihr Angst, und sie ging so sanft mit mir um, dass es fast schon kontraproduktiv war, also wehrte ich mich nie, wenn sie mir die Medizin gab. Der Mann schimpfte auf das Tierheim, das unschuldigen Tierfreunden schadhafte Tiere aufschwatzte, und sie pflichtete ihm bei, das sei wirklich absurd, sie habe bereits 400 Dollar für meine medizinische Betreuung ausgegeben. Doch der Tierarzt hatte ihr gesagt, ich würde wieder gesund, und es gab keinen Anlass, etwas anderes zu erwarten.

Ich wurde tatsächlich wieder gesund. Denn der Mann behielt seine Hände und Füße bei sich. Ich fing an, mich meines Lebens zu freuen. Natürlich gab es noch die nächtlichen Schoßsitzungen, aber ich hatte längst gelernt, brav zu sein, und so blieb das böse Ende aus. Doch eines Nachts war der Mann von seiner Arbeit gelangweilt, er gab mir ein Stück Hühnerfleisch, was mich immer sehr zutraulich machte, und während ich noch fraß, zog er die Klinge des Messers über meinen Schwanz. Es tat entsetzlich weh, ich wollte weglaufen, aber er hielt mich fest. Er sah sich meinen Schwanz eingehend an, dann legte er die Hand direkt auf die Wunde und drückte zu, und ich verlor die Kontrolle über mich und fauchte ihn an. Das war der Anfang einer äußerst trübseligen Nacht. Als Sis am nächsten Morgen aufstand, konnte sie mich nirgends finden; sie war nicht so gewieft wie ihr Bruder. Ich hustete laut, hustete so lange, bis sie mich im Bücherregal entdeckte, wo ich mich verkrochen hatte, als der Mann schließlich doch zu müde geworden war, um weiter mit mir zu »spielen«. Sie merkte gleich, dass ich Schmerzen hatte, und schrieb das ihrem außerordentlichen Einfühlungsvermögen zu, dabei machte ich es ganz deutlich, indem ich die Hinterbeine nachzog und alle paar Zentimeter ausruhen musste. Etwas von dem Beschützerinstinkt, den Sis für alle Lebewesen hegt, erstreckt sich auch auf ihren Bruder: Diesmal brachte sie mich zu einem Arzt in einer anderen Stadt, der mich noch nicht kannte. Und der erklärte ihr mit unverhohlenem Abscheu, dass ich klare Anzeichen von Misshandlung aufwiese, Einwirkungen von stumpfer Gewalt vorn und hinten, die entweder von Tritten oder einem schweren Aufprall stammen mussten. Außerdem fehlte mir ein Auge. Das hatte sie noch gar nicht gemerkt, weil mein Gesicht ganz schwarz und das Auge zugeschwollen war. Sofort erklärte sie ihm, ein Kleinkind sei mehrere Stunden mit der Katze allein gewesen. Der Arzt zuckte die Achseln. Er wusste, dass mein Schicksal besiegelt war.

Trotzdem flickte er mich wieder zusammen und schrieb seine Rechnung. Als wir zurück nach Hause kamen, marschierte Sis mit mir auf dem Arm direkt zu ihrem Bruder und stellte ihn zur Rede. Ihre Stimme klang wehleidig, dünn. »Hast du Louis wehgetan?« Es war beschämend schwach. Ich duckte mich in ihren Armen zusammen. Er wurde grimmig und knurrte, sie wolle ihn wohl beleidigen, und sie verteidigte sich weinerlich, sie habe doch nur gefragt, um sicher zu gehen. Er stolzierte aus dem Zimmer. Sie fragte ihn nicht noch einmal. Sie wollte auch gar nicht glauben, dass er mir wehgetan hatte. Es erfüllte sie mit Stolz, diesen Mann zum Bruder zu haben, denn er war ein bekannter Architekt, überall in den USA zahlten Menschen viel Geld dafür, dass er Häuser für sie entwarf, die Zeitungen berichteten über ihn, die Anwohner aus der Gegend bezeichneten ihn als Genie. Er hatte sich auf öffentliche Gebäude und Wohnanlagen spezialisiert und lobte sich oft selbst dafür, dass er die Macht besaß zu entscheiden, wie die Leute ihren Tag verbrachten. Ihnen schien gar nicht aufzufallen, dass sie seiner Kontrolle unterstanden, doch er vergaß es nie. Die Anwohner fühlten sich geehrt, ihn in ihrer Mitte zu haben, er war der einzige prominente Name im örtlichen Telefonbuch. Und niemand sonst hatte so strahlend blaue Augen zu so pechschwarzem Haar. Wenn die Leute aus dem Ort ihm sagten, wie brillant und attraktiv er doch sei, schenkte er ihnen ein warmes Lächeln – wenn er gekonnt hätte, er hätte geschnurrt. Er gab die Komplimente stets zurück, und das ermunterte wiederum die anderen zu weiteren Komplimenten, bis die Luft ringsum vor lauter geraspeltem Süßholz ganz pastellfarben wurde.

Der Stolz, den Sis empfand, machte ihren Verdacht zur Last. Sie lebte in ständiger Angst, dass der Mann mir wehtun würde, konnte ihn aber nicht danach fragen, weil sie die Wahrheit nicht sehen wollte, und schlafen konnte sie auch nicht mehr, weil sie die nächtlichen Geräusche fürchtete, das Poltern und meine Schreie. Sie hatte niemanden, dem sie sich anvertrauen, niemanden, den sie wegen ihrer eigenartigen Befürchtungen um Rat fragen konnte. Sie dachte an die Klagen seiner Ehefrau zurück, ihr Gejammer darüber, dass der Mann »immer so grob« mit ihrem Hündchen sei. Die Vorwürfe der jungen Frau hatten Sis erst entsetzt und dann verärgert. Wie konnte jemand solchen Argwohn gegen ihren außerordentlichen Bruder hegen? Der kleine Pudel wurde schließlich überfahren. Zum Trost schenkte der Mann seiner Frau ein Gespann von Wachhunden, die den Mond anheulten und jedem Eindringling mit Zähnefletschen begegneten. Nachts nahm die Frau immer einen von ihnen mit ins Haus und ließ ihn bei sich schlafen. Der Mann seinerseits hatte sich das Schlafen offenbar völlig abgewöhnt und hielt allenfalls einmal ein Nickerchen auf dem Wohnzimmersofa. Die Hunde waren draußen, als die Frau eines Nachmittags starb. Sie war von der obersten Sprosse einer Leiter gefallen, die sie in der Küche aufgestellt hatte, und hatte sich den Schädel an der Kante der roten Theke eingeschlagen. Und weil er nun so allein und so traurig war und so schrecklich viel zu tun hatte – er arbeitete Tag und Nacht an seinen Bauprojekten, darunter ein neues Tierheim –, zog Sis ohne Zögern bei ihm ein und freute sich über die Aufgabe, ihren berühmten Bruder zu unterstützen. Als dann meine ersten Blutflecken an den Wänden auftauchten, bekam sie es mit der Angst zu tun, doch er erklärte sie für verrückt, das sei kein Blut, das sei nur Dreck, und sie schrubbte die Flecken weg.

Dann verreiste Sis für ein paar Tage, um eine Schulfreundin zu besuchen. Der Mann brachte sie zum Flughafen, und als er wieder nach Hause kam, machte er sich auf die Suche nach mir. Er trat mich nur einmal gegen die Wand, dann machte er mich beerdigungsfertig. Eine Schere schnitt mir die Schnurrhaare ab. Er zog sich aus, ließ sich ein glühheißes Schaumbad ein und hievte mich mit sich in die Wanne.

Er säuberte mich sorgfältig und trocknete mich mit dem Handtuch ab. Zu seinen Streitkräften gesellte sich ein Feuerzeug, mit dem er mir das Gesicht verbrannte, bis alles Fell verschwunden war und das Fleisch nässte, um zu sehen, ob ich reagierte.

Das tat ich nicht. Aber er fühlte mein Herz noch schlagen. Er zog sich wieder an, nahm mich mit nach draußen und schleuderte mich gegen einen Baum. Dann begrub er mich unter der Buddha-Statue in seinem Garten.

Als Sis anrief und wissen wollte, wie es mir ginge, sagte er, es gehe mir gut. Sie hatte beschlossen, noch länger bei ihrer Freundin zu bleiben. Ihr Bruder zeterte, doch es fiel ihr leichter, sich gegen ihn zu behaupten, wenn sie weit weg war. Er war ganz allein im Haus und einsam, also suchte er ein Tierheim ein paar Bezirke weiter auf und holte sich eine neue Katze, und als diese Katze nicht mehr lebte, fuhr er in einen anderen Bezirk und holte sich eine weitere. Er hielt nach Leuten Ausschau, die in Einkaufszentren oder vor Tierhandlungen Kätzchen verschenkten. Er verfeinerte seine Erziehungsmethoden, da war er erfinderisch. Die Badewanne erwies sich als großartige Lehranstalt. Er band den Tieren die Beine mit einer Schnur zusammen und ließ gerade so viel Wasser in die Wanne, dass sie, wenn sie in Panik gerieten und sich bewegen wollten, über ihre gefesselten Pfoten fielen und im seichten Wasser untertauchten. Still zu stehen, wenn man von blinder Panik ergriffen wird, ist eine hohe Kunst, die sie aber bald erlernten. Er machte es ihnen schwerer. Er hielt sie unter den Wasserhahn und zwang ihnen dabei die Mäuler auf. Fingen sie an zu würgen, schlug er sie so heftig, dass das Blut aus ihrer Nase die Decke sprenkelte. Sie lernten zu schlucken, bis er den Wasserdruck erhöhte. Er ertränkte sie nie, das wäre ein zu schneller Tod gewesen. Es gefiel ihm, den letzten Augenblick in die Länge zu ziehen, ihn sich in seiner Gesamtheit anzusehen. Vor allem ein Tod zählte zu seinen Favoriten, er ließ ihn besonders häufig in der Erinnerung ablaufen. Nach ihrem letzten Bad hatte er die Katze abgetrocknet und sie in Erwartung des Endes auf sein weiches Bett gelegt, und das Geschöpf hatte eine solche Show abgezogen: Eine regelrechte Brücke hatte es hingelegt, indem es das Kinn hob, den Kopf zurückwarf, die Vorderpfoten reckte, bis die Ohren den Schwanz berührten und der ganze Körper ein perfektes U formte.

Dann beschloss Sis, nach Hause zurückzukehren. Vorher rief sie noch einmal an, um zu hören, wie es Louis ging, und er erzählte ihr, ich sei erneut krank geworden, und er habe mich ins Tierheim zurückgebracht und einfach dort gelassen, verklagen sollte man diese Leute dafür, dass sie einem ein so marodes Tier andrehten. Sis geriet leicht in Sorge. Sie rief sofort im Tierheim an, um sich nach mir zu erkundigen. Eine Ehrenamtliche erschrak über die Frage und sah ihren ruhmreichen Moment zum Greifen nahe. Es war keine Katze zurückgegeben worden! Das ging doch nicht mit rechten Dingen zu! Umgehend durchstöberte sie ihr Rolodex und rief den Mann an. Im Alphatier-Ton verlangte sie zu wissen, wo die Katze aus dem Tierheim stecke. Der Mann erwiderte: »Aber die Katze ist doch bei mir.« Er erklärte, er habe seine Schwester nur ärgern wollen, weil sie ihn so bald nach dem tragischen Tod seiner Frau ganz allein gelassen habe. Und dann sagte er noch: »Während wir hier reden, sitzt Louis auf meinem Schoß.« Nachdem die Ehrenamtliche ihm ihr Beileid zum Tod seiner Gattin ausgesprochen und plötzlich auch begriffen hatte, dass sie mit dem berühmtesten Architekten weit und breit sprach, der zudem das neue Tierheim entworfen hatte, war sie ganz erfreut und geschmeichelt und ließ allen Argwohn fahren.

Dann aber stellte ihn Sis in einem weiteren Telefonat zur Rede. Sie sagte ihm, sie werde nicht zurückkommen, weil er sie wegen der Katze angelogen habe. Er erwiderte, er habe ein »Geschenk« für sie, sie solle schnell nach Hause kommen, er vermisse sie und fühle sich sehr allein. Dieser Gefühlsausbruch schmeichelte ihr. Und sie konnte ja auch nirgendwo sonst hin. »Erst Abendessen, dann das Geschenk«, sagte er. Und so kochte sie ihm ein richtig gutes Abendessen, sie setzten sich zusammen im Esszimmer an den Tisch, und das »Geschenk« entpuppte sich als vollständige Beichte dessen, was mit mir geschehen war. Er wurde ganz aufgeregt, als er ihr die Einzelheiten schilderte, sie sich selbst wieder in Erinnerung rief. Er wusste, Sis würde niemandem davon erzählen, denn das würde seinen Namen beschädigen, und davor wollte sie ihn schützen, außerdem waren sein Name und ihrer ja ein und derselbe. Und er redete ihr ein, es handele sich um einen einmaligen Vorfall, der sich aus dem erkläre, was ihre Mutter ihnen angetan habe: Immer habe sie sie gezwungen, in die Kirche zu gehen, ihnen ständig das Gefühl gegeben, Sünder zu sein. Jetzt, da er sich vom Einfluss der Mutter befreit habe, werde er so etwas nie wieder tun. Das sei »Vergangenheit«. Er habe sich verändert. Sis hatte Angst vor ihm, vor allem aber hatte sie Angst *um* ihn.

Und dann, während er ihr beim Abräumen half – ein erstaunlicher Akt der Demut, der an sich schon bewies, dass er sich wirklich verändert hatte –, fügte er noch mit sanfter Stimme hinzu: »Ich frage mich, was mir wohl als Nächstes einfällt.« Als Nächstes fiel ihm der gewaltige Bau eines neuen naturhistorischen Museums ein. Der Entwurf fußte insgeheim auf der numerologischen Umsetzung seines Namens. Ein Sozialwohnungsprojekt, das er für eine Stadt im Ausland entworfen hatte, machte landesweit Furore, und alle Zeitungen druckten das Foto, das ihn mit mir auf dem Schoß zeigt. Auf diesem Bild erhellt das Licht des Computers unser beider Gesichter, ein farbloser Glanz.

Aus dem amerikanischen Englisch von Tanja Handels

Das Haus

Für Gabriel

Nachdem sich die Geologen durch die dummen Fragen gekämpft hatten, bedrängten die Reporter nun Dr. Gonzales, den zuständigen forensischen Pathologen, wegen der gefundenen Knochen. Er sagte, »große Kaniden«. »Hundeknochen«, setzte er noch hinzu, »von einem Bluthund«, und dann glaubten sie ihm. Er wollte taktvoll sein. Er kannte das Ehepaar Jones seit seiner Kindheit – einmal hatte er seinem Vater geholfen, ihr Haus von Fäkalien zu säubern. Das war lange her, zu einer Zeit, als man Mexikanern noch vier Dollar in der Stunde zahlte, und der Junge sollte nie vergessen, wie seine Hände noch tagelang danach gestunken hatten. Doch Mrs. Jones war ihm als die schönste, traurigste Frau erschienen, die er jemals gesehen hatte, und das intime Verhältnis zu ihrem schönen, traurigen Haus, dessen Eingeweide er in Händen hielt, hatte ihn nachhaltig beeindruckt.

*

Mrs. Jones hatte das Haus in einer Zeitschrift entdeckt. Dreistöckig, weiß gestrichen, elegant und wohlgeformt, aus weichem Holz, mit hohen Fenstern und von Terrassen gesäumt, hielt es sein schönes Gesicht dem Strand entgegen. Tagsüber spiegelten die Scheiben das unruhige Meer, und nachts, wenn alle Lichter brannten, spiegelte sich im Meer das schimmernde Haus. Mrs. Jones blätterte in der Zeitschrift, nachdem sie ihr Sandwich mit Schinken und Salat verspeist hatte. Es war ein warmer Dezembertag in Florida, Mittagspause im bescheidenen Bürogebäude des Familienbetriebs, einer Klempnerfirma. Ihr Mann »arbeitete« noch an seinem Sandwich. Mrs. Jones rief ihm zu: »Ich habe unser neues Heim gefunden.«

Die Zeitschrift bot Baupläne für Häuser zum Versand an, und dieses gehörte zu den kostspieligsten der ganzen Ausgabe. Vier Schlafzimmer, fünf Bäder. Mr. Jones sah es sich an. »Das Haus ist genauso hübsch wie du!«, pflichtete er ihr bei. Sein Schwiegervater hatte dem jungen Paar zwei Morgen Baugrund in der Stadt zur Hochzeit geschenkt, die »immer schon« im Besitz der Familie Smith gewesen waren. Das Grundstück grenzte an einen der vielen friedlichen Seen dieser Gegend, die allerdings nur oberflächlich friedlich waren, weil darunter Alligatoren und Wasserschlangen lauerten. Da steckte man nicht einmal den großen Zeh ins Wasser. Man ruderte mit Booten darauf herum und angelte fürs Abendessen. Das ungewöhnliche Haus würde ein Zeichen setzen, es war die Fahne auf dem erstürmten gesellschaftlichen Gipfel. Das Ehepaar Jones ließ sich die Baupläne schicken.

1962 waren die Jones' Anfang zwanzig und erwarteten ihr erstes Kind, bildeten aber bereits die starken, jungen, aufrechten Säulen ihrer Gemeinde, waren Abstinenzler und stramme Republikaner, die nur ein einziges Mal für den Demokraten George Wallace eine Ausnahme machen sollten, als er mit einem rassistischen Wahlprogramm für das Präsidentenamt kandidierte. Gemeinsam führten sie das florierende Familienunternehmen, das sich auf Klempnerarbeiten im Industriesektor spezialisiert hatte. Als gute Amerikaner leiteten sie die Sonntagsschule der Southern Baptist Church: Mr. Jones unterrichtete die Jungen, Mrs. Jones die Mädchen. Mr. Jones hatte sich beim Football die Knie ruiniert und träumte davon, dass sein Sohn Tex auch einmal Football spielen würde. Doch wenn man die Jones' zum ersten Mal sah, fiel einem vor allem Mrs. Jones auf.

Ist Schönheit eine Frage des universellen Geschmacks? Sie war der lebende Beweis dafür. Unmöglich, sich eine Epoche, eine Kultur vorzustellen, die sie nicht zu den Schönsten weit und breit gezählt hätte. Immerhin stammte sie ja auch von einer indianischen Prinzessin ab! Ein Hersteller von Barbie-Puppen hätte sich vielleicht ihre zarten Züge, das üppige dunkle Haar, die glatte Haut und das immerwährende Lächeln abgeschaut, während die alten Ägypter wohl die Entsprechung ihrer Königin Nofretete in ihr erkannt hätten: die großen dunklen Augen, die königliche Haltung, die Vorliebe für große Hüte. Daheim ebenso wie draußen kleidete sie sich für unsichtbare Kameras. Sie liebte auffälligen Schmuck und teure Kosmetik. Ihr Mann war schlicht und robust. Er redete nicht viel. Wenn er wütend wurde, runzelte er nicht die Stirn, sondern lachte leise. Dieses Lachen war ein Warnsignal, als würde man den Hahn einer Waffe spannen, doch zu seiner Frau war er immer reizend. Er freute sich an der Kleidung, die sie für ihn aussuchte. Selbst machte er sich keine Gedanken über sein Äußeres, er musste sich ja nicht anschauen. Er hatte nur Augen für seine Frau. Sie beteten einander an, im Privaten ebenso wie in der Öffentlichkeit; sie genossen ein reges Sexleben.

Das Haus stand schon nach einem halben Jahr, steinerne Stufen führten zu der schweren Eichentür hinauf. Die Jones' ließen eine Klimaanlage einbauen, damals in Privathäusern noch ein unfassbarer Luxus. Mrs. Jones besaß ein Badezimmer von der Größe eines türkischen Hamams, in der Mitte eine runde Badewanne mit Whirlpool-Funktion und Spiegel, Frisiertische und Schränkchen ringsherum. Das »Familienzimmer« war mit einer kirchenhohen Decke und einem gewaltigen, steinernen Kamin ausgestattet. Zum See hin reichten Flachglasfenster vom Boden bis zur Decke. Die kleineren Fenster zur Straße hin hatten keine Vorhänge; die Nachbarn sollten die Pracht drinnen ruhig sehen, die Teppichböden in allen Zimmern, flauschig-dunkelblau für das Arbeitszimmer von Mr. Jones, wo er auch seine Sammlung von Bürgerkriegs-Raritäten aufbewahrte, flauschig-rot im Gästezimmer, weiß im ehelichen Schlafzimmer – rot, weiß und blau. Das waren auch die Farben der Konföderiertenflagge, die vor dem Haus an einem Fahnenmast wehte. Beim Einzug bettete das Paar das aufgehobene Stück Hochzeitskuchen feierlich in den nagelneuen Gefrierschrank. Dieses weiße Stück Kuchen, Symbol immerwährenden Glücks, wurde zum ersten Erinnerungsstück in ihrem neuen Heim.

Als ihr kleiner Sohn zur Welt kam und der Arzt Mrs. Jones mitteilte, sie werde keine weiteren Kinder mehr haben können, war das Gottes Wille. Sie haderte nicht mit dem Herrn. Sie sagte, sie fühle sich gesegnet wie die Jungfrau Maria, da war es nur folgerichtig, dass sie eine dreiköpfige Familie bleiben würden. Sie machte das Kinderzimmer zur Krippe, die Tapete zeigte einen nächtlichen Sternenhimmel, und über der Wiege hing ein großes Kreuz. Sie hatte Spaß daran, den kleinen Tex mehrmals am Tag umzuziehen, und Mr. Jones musste eine zusätzliche Kommode anschaffen, um die Kleider des Säuglings unterzubringen. Spielsachen sammelten sich an; es sollte dem Jungen an nichts fehlen, bis auf einen Hundewelpen, denn Mrs. Jones hatte Angst vor Hunden.

Und auch Mrs. Jones fehlte es an nichts. Sie kaufte leidenschaftlich gern ein. Wenn sie etwas Ungewöhnliches entdeckte, ein antikes Spinnrad oder eine große Minnie-Maus-Figur, etwas, das man »einfach haben musste«, das im öffentlichen Raum ihres Heims platziert, zur Schau gestellt werden und Beifall erregen konnte, dann erfüllte sie das mit einem Rausch der Befriedigung. Ließ der Rausch nach, machte sie sich auf die Suche nach etwas Neuem. Ihr Sohn erfüllte sie mit ähnlicher Begeisterung. Vom ersten Tag an war Tex das hübscheste Kind in der ganzen Stadt. Bald schon sang er die Solopartien in der Kirche, und alle reckten die Hälse, um ihn zu sehen, denn seine durchdringende, glasklare Sopranstimme war gleich doppelt ergreifend, wenn man den kleinen dunkelhaarigen Engel dazu sah. »Er ist ein Engel, kein Junge«, verteidigte ihn Mrs. Jones, als Tex' schwache Leistungen auf dem Football-Feld einmal zum Gegenstand väterlicher Vorhaltungen wurden. In der Diele hängte sie das Foto ihres Sohnes auf, das sie am liebsten mochte: Tex im Mini-Smoking bei einem Gesangssolo in der Kirche. Mr. Jones hängte sein Lieblingsfoto darunter: Tex im Football-Trikot. Und dann, eines Tages, während einer Thanksgiving-Feier mit der weiteren Familie, als alle Smiths und alle Jones' bereits unten im Esszimmer versammelt waren, tötete das Haus das Kind. Tex hatte beschlossen, alle mit seinem Heldenmut zu beeindrucken, und wollte von seinem Zimmer im obersten Stock das ganze Treppengeländer hinunterrutschen, als er zum Essen gerufen wurde. Er war ja nicht besonders sportlich, und das Geländer warf ihn seitwärts ab. Er schlug mit dem Kopf auf.

Die Jones' fügten sich ihrem Schicksal und sprachen nur mit ihrem Pastor darüber. Der versicherte ihnen, Gott habe sie auserwählt, sie mit dieser Kinderlosigkeit ausgezeichnet, weil sie gesegnet seien. In relativ jungen Jahren bekam Tex ein öffentliches Begräbnis, eines von der Art, bei dem weißbehandschuhte Polizisten den Verkehr aufhalten, um den Trauerzug vorbeizulassen. Alle kamen, um den Schmerz zu teilen, den das Ehepaar Jones nicht zeigte. Lächelnd drückten sie den Trauergästen die Hand, und man interpretierte das ganz richtig als Beleg ihrer Frömmigkeit, die Entscheidung Jesus zu akzeptieren. Mr. Jones setzte seine Konföderiertenflagge auf Halbmast und beließ sie ein ganzes Jahr so, bis mit entsetzlichem Getöse und grellem Licht ein Blitz in den Mast einschlug und ihn seitwärts gegen das Haus schleuderte; die Flagge legte sich der Länge nach über das Zimmerfenster des Sohnes. Fahne und Fahnenmast wanderten auf den Müll.

Um diese Zeit begannen auch die Gerüchte, es spuke im Haus der Jones', weil es auf einem alten Indianer-Friedhof erbaut worden sei.

*

Als Erstes zeigten sich die Geister in Tex' Zimmer, das exakt so geblieben war, wie er es verlassen hatte, die Colaflasche neben seinen Hausaufgaben auf dem Schreibtisch, die Zahnbürste auf dem Waschbeckenrand im Bad, die Zahnpastatube aufgeschraubt. Mrs. Jones hatte nicht einmal das Bett neu bezogen oder im Zimmer gestaubsaugt. Als sie das Kopfkissen ihres Sohnes küsste und die Reste seines Geruchs einsog, hörte sie einen Hund bellen. Es war ein sehr tiefes, dröhnendes Bellen, und es klang sehr nah.

Hektisch sah sie sich um. Dann hörte sie ein Knurren. Es war spät, es wurde bereits dunkel. Ihre Hand hieb nach dem Lichtschalter. Als sie den Regler hochschob, winselte er. Als sie ihn hastig wieder nach unten schob, winselte er erneut.

Verängstigt rannte sie durch das Haus, auf der Suche nach einem großen Hund. Die Laute hielten inne. Vielleicht war ja draußen ein Hund gewesen, sagte sie sich. Zur Beruhigung wollte sie sich eine Tasse Instant-Kaffee machen, doch der Wasserkessel klang, als zappelte etwas darin herum. Sie schaltete ihn aus und floh nach draußen.

Hinter ihr setzte das Bellen wieder ein. Sie musste an das Gebell der Suchhunde denken, wenn jemand ein, zwei Tage lang nicht nach Hause kam. Manchmal lagen die Vermissten nur betrunken auf dem Feld, manchmal waren sie tot, und die Hunde führten die Polizei zu der Leiche. Stundenlang saß Mrs. Jones in der Einfahrt und wartete, bis Mr. Jones von der Arbeit kam. Er begleitete sie sanft die Stufen zum Haus hinauf. Er ging mit ihr durch alle Zimmer, öffnete alle Schränke, sah unter allen Betten nach. Kein Hund.

*

Mr. Jones war in einem vergleichsweise vornehmen Betonhaus mit vier Schlafzimmern und farbenfrohen Tapeten zur Welt gekommen, sein Vater, ein Schotte, arbeitete als Klempner, während Mrs. Jones, die damals noch Susie Smith hieß, in einem gewöhnlichen Holzhaus aufgewachsen war, unweit der Konservenfabrik, die die Familie ernährte. Doch in der Familiengeschichte der Smiths gab es ein dunkles Kapitel. Wenn sie damit prahlten, sie seien die direkten Nachfahren einer »indianischen Prinzessin«, gab ihnen das etwas Besonderes. Die Wenigsten wussten, dass es bei den Stämmen der amerikanischen Ureinwohner keine Königs- und Adelstitel gab und dass es sich um eine althergebrachte, beschönigende Bezeichnung für eine afroamerikanische Vorfahrin handelte.

Nur wenige mehr wussten, was wirklich geschehen war. Als Grandpa John Smith junior 15 Jahre alt war, hatte er sich in die Tochter eines verwitweten Schwarzen namens Elijah verguckt, der das Dach seines Elternhauses reparierte. Miss Lee brachte ihrem Vater immer das Mittagessen. Elijah und Lee waren ein ungleiches Paar. Sie war 13, arglos, verspielt und äußerlich vollkommen – so viel Liebreiz konnte das ganze Weltall erhellen. Ihr Vater wachte streng über ihre Tugend und schickte sie rasch wieder nach Hause. Doch der junge Mann, John Smith, stand in Flammen. Er folgte Miss Lee und raubte ihr, unter Einsatz von etwas leidenschaftlicher Schmeichelei und etwas mehr Gewalt, auf dem Heimweg die Unschuld. Dabei schwängerte er sie, und sie starb im Kindbett. Das haltlose Weinen Elijahs war kilometerweit zu hören. Er stieß ein Loch in die Bodendielen des Häuschens, das sie bewohnten, und begrub seine Tochter tief in der Erde darunter. Dann belud er seinen Lieferwagen und fuhr davon. Die Smiths fanden das Neugeborene auf ihrer Veranda, als es zu brüllen anfing. Als man Nachforschungen anstellte, fand man auch heraus, dass Elijah sein Haus auf öffentlichem Grund errichtet hatte, der ihm nicht einmal gehörte. So eine Dreistigkeit!

John juniors Vater erwarb das staatliche Grundstück zu einem Spottpreis. Er musste die Bruchbude, in der sein Enkel zur Welt gekommen war, nicht einmal abreißen lassen; er trat die Wände einfach ein. Der Zugang zum See war ihm wichtig, um dort angeln und jagen zu können.

Die Smiths tauften den Säugling auf den Namen Robert E. Smith und zogen ihn als einen der Ihren auf – er ging ohne weiteres als »weiß« durch. Und sein leiblicher Vater vergaß mit der Zeit die Wahrheit völlig.

Bobby E., wie er genannt wurde, wuchs zum Staatspolizisten heran, der ein aus echten Ziegelsteinen erbautes Haus mitten in der Stadt bewohnte und sich damit brüstete, junge Schwarze abzuknallen. Als er einmal »versehentlich« ein junges schwarzes Mädchen erschoss, musste er ins Gefängnis und verlor sein Haus. Wer sich noch an seine wahren Eltern erinnern konnte, behielt es weiter für sich. Bobby E. kam bald wieder frei, erwarb eine Holzhütte, und obwohl einer seiner Söhne so zurückgeblieben war, dass er es nicht einmal in die

Grundschule schaffte, heiratete Susie, seine Jüngste, schließlich den gut situierten Mr. Jones. Mr. Jones ahnte nichts von der Herkunft seiner Frau, und sie selbst hatte zwar ein paar Mal böse Gerüchte darüber gehört, schrieb das aber dem Neid zu, weil sie das hübscheste Mädchen an der Schule war.

*

Die Jones' waren keine Snobs. Jesus liebt all seine Kinder gleichermaßen. Eine weiße Haut war so etwas wie das höchste Stammesabzeichen. Zu den Reichsten des Stammes zu gehören war auch eine Verantwortung. Deshalb ließen Mr. und Mrs. Jones andere an ihrem Geld teilhaben. Sie unterstützten ihre Kirche und die Republikaner. Den Wohlfahrtsstaat lehnten sie ab – sie ließen nicht zu, dass der zurückgebliebene Smith-Bruder auf die Gesundheitsfürsorge angewiesen war. Stattdessen zahlte ihm Mr. Jones eine monatliche Rente aus eigener Tasche, ohne das an die große Glocke zu hängen. In einer Familie muss man füreinander sorgen. In dem Jahr, als sein Sohn starb, wurde Mr. Jones Bürgermeister der Stadt, sein persönlicher Verlust gewann ihm die Wahl. Seine Firma florierte, und er hielt die Gemeindeversammlungen oft bei sich zu Hause ab, wo Mrs. Jones selbstgemachten Eistee servierte. Sie hielt immer kleine, hübsch verpackte Geschenke bereit. Eine Bescherung, wie Fellpflege, hingebungsvoll und erwidert.

Mrs. Jones trug stets ein strahlendes Lächeln zur Schau und konnte mit fröhlicher Stimme über alles und jedes parlieren.

Allein daheim, kehrten die Schrecken zurück.

Eine Meute unsichtbarer Hunde hatte sich dort eingenistet. Sobald Mr. Jones das Haus verließ, fingen sie an zu kläffen. Mrs. Jones wusste, dass die Hunde nach einer Leiche suchten. Sie war nicht mehr in der Lage, ihre Hausfrauenpflichten zu erfüllen, sie putzte nicht mehr, das Essen war entweder nur halb gar oder verkocht. Einmal, als sie gerade die Treppe hinaufeilte, bellten die Hunde plötzlich direkt vor ihr los, und sie stolperte und brach sich den zierlichen Knöchel. Zusammengesackt lag sie am Fuß der Treppe und spürte den heißen Atem der Hunde im Gesicht. Mr. Jones' Schlüssel im Schlüsselloch trieb sie umgehend auseinander. Mr. Jones kannte sich auf psychologischen Gemeinplätzen nicht aus, er bohrte nicht in der Vergangenheit nach einer machtvollen Gestalt, der man die Schuld zuschieben konnte, sondern machte die übergroße Phantasie seiner Frau für deren »Hör-Halluzinationen« verantwortlich. Der Arzt im Krankenhaus war anderer Meinung; er verordnete Valium, nachdem er Mrs. Jones einen Gips angelegt hatte. Und das Valium hielt die Hunde tatsächlich in Schach. Es machte Mrs. Jones aber auch träge. Selbst nachdem ihr der Gips abgenommen worden war, schaffte sie es nicht zu kochen, servierte stattdessen Fertiggerichte und merkte auch nicht, dass der Gefrierschrank ausgefallen war und ihr Inhalt verrottete.

Mr. Jones musste ein paar Tage verreisen, weil er an einer landesweiten Bauleitertagung an der Westküste teilnehmen sollte. Als er seiner schläfrigen Frau am Frühstückstisch einen Abschiedskuss geben wollte, zog ihn seine Nase woanders hin. Er drehte sich um und entdeckte im überhitzten Gefrierschrank ihr kostbares Stück Hochzeitskuchen: Es war zu einer schwärzlichen Scheibe verschimmelt.

»Großer Gott!«, rief er. Den Koffer in der einen Hand, warf er mit der freien Hand den Kuchen in den Müll. Dann entdeckte er die Tabletten seiner Frau auf dem Küchenschrank. Er griff danach, öffnete die Packung und kippte die kleinen gelben Helferlein ebenfalls in den Mülleimer.

»Ich hasse dieses Haus!«, jammerte sie los. »Ich will woanders leben.«

»Geh zu deiner Schwester, bis ich wieder da bin«, fuhr er sie an und knallte die schwere Eichentür hinter sich zu.

Kurze Zeit später ertönte das laute Hecheln der Hunde. Sie verkroch sich im Bett. »Haben Sie früher schon einmal Hunde bellen hören?«, hatte der Arzt sie freundlich gefragt. Sie hatte ihm geantwortet, dass ständig irgendwo Hunde bellten. Jetzt fiel ihr wieder ein, was sie für ein Getöse veranstaltet hatten, als sie die »kleine Drecksau« aufstöberten, die ihr Vater, der Polizist, erschossen und auf seinem eigenen Land verscharrt hatte. Er war zu betrunken gewesen, um ein ordentliches Loch zu graben, und die Hunde hatten sie gleich gefunden.

Mrs. Jones geriet in Panik. Die Panik gab ihr Kraft. Umgeben vom Geheul der Hunde gelang es ihr, einen Koffer zu packen und ihn neben der Haustür abzustellen. Dann lenkte sie ihre Schritte ins Badezimmer im obersten Stock, wo sie aus dem Wäscheschrank ein kleines, flauschiges Handtuch auswählte. Dann warf sie es voller Trotz in die Toilette. Das kleine Handtuch entfaltete sich im Wasser, blieb dort liegen. Mrs. Jones zog ab und sah dabei zu, wie es ein paar Mal herumgewirbelt wurde, bis es schließlich ins Abflussrohr gesaugt wurde. Die Hunde verstummten augenblicklich. Süße Stille hielt Einzug, nur vom leisen Gurgeln der Toilette gestört, die sich an dem Stück Frottee verschluckte. Nicht mehr lange, und es würde die Klärgrube verstopfen, die daraufhin einen Rückstau bilden und im Todeskampf ihren Inhalt ins Haus entleeren würde. Mrs. Jones verließ das Haus und war sich sicher, dass sie es nie wiedersehen würde.

Ihre Schwester LeeAnne empfing sie mit großer Herzlichkeit. LeeAnne, die Arme, hatte sich nicht sehr klug entschieden und einen Kanalarbeiter geheiratet, der gerade wegen dreimaliger Trunkenheit am Steuer im Knast saß, doch ihr Wohnwagen mit seinen zwei Zimmern war ein gemütliches Nest voll tobender Kleinkinder. Mr. Jones rief jeden Abend aus Los Angeles an, um sich für seine Grobheit zu entschuldigen. Es war ein perfektes Arrangement. Doch Mr. Jones würde nicht ewig fortbleiben.

Als er drei Tage später abends nach Hause kam, stand das Abwasser knöcheltief im Erdgeschoss. Es war aus dem obersten Stockwerk durchgesickert, dessen Boden einem schlammigen Flussbett glich. Breite Abwasserströme hatten auf ihrem Weg hinunter die Tapete mitgerissen. Die gerahmten Fotos von Tex waren im Schmodder versunken. Mr. Jones empfand es als gerechte Strafe, weil er so grausam zu seiner Frau gewesen war. Die beiden verlebten einen romantischen Monat im Gästehaus eines Country-Clubs, während ein Tross Mexikaner das Haus säuberte.

Die Jones' kauften sich neue Möbel, ließen ihre Familienfotos neu abziehen und rahmen und zogen wieder ein. Mrs. Jones bekam ein neues Rezept über Valium-Tabletten – diesmal in Rosa –, dazu ein weiteres über babyblaue Dexamphetamine, und die Hunde kehrten nicht mehr zurück.

*

Jahre vergingen. Mr. Jones blieb drei Jahrzehnte lang Bürgermeister der Stadt, die längste Amtszeit seit Menschengedenken, und das Ehepaar Jones zählte zu den reichsten Leuten im ganzen Bezirk. Sie empfingen zahllose Gäste in ihrem ganz persönlichen weißen Haus, die angesichts seiner Annehmlichkeiten, der Proportionen und des Ausblicks in bewundernde Rufe ausbrachen. Alle zehn Jahre renovierten die Jones' und ließen dabei nur die Fotos und das Zimmer ihres Sohnes unberührt, die Flasche mit der vertrockneten Cola und die halbfertige Erdkunde-Hausaufgabe auf dem Schreibtisch, die Zahnbürste und die aufgeschraubte Zahnpastatube auf dem Waschbeckenrand. Ihre Gäste ahnten, dass sie diese Tür niemals öffnen durften.

Doch das Alter verschonte Mr. und Mrs. Jones nicht. Mr. Jones musste sich einer Knieoperation unterziehen, er humpelte, seine Finger wurden krumm, die Muskeln an den Armen verschwanden und tauchten als Beulen an Gesicht und Bauch wieder auf. Mrs. Jones litt unter rheumatischer Arthritis, die nach und nach ihren ganzen Körper verformte. Sie trug das lange, weiße Haar offen oder hochgesteckt unter einer extravaganten Baskenmütze. Wahre Schönheit vergeht nie. Das sagten alle. Solange sie noch laufen konnte, ging sie auch weiterhin einkaufen, machte sich zurecht und lud zu Grillpartys ein. Mr. Jones wirkte trotz seines Gehstocks immer noch königlich, vor allem, wenn er einen Scheck für die Bedürftigen seiner Gemeinde ausstellte. Seine Sammlung von Bürgerkriegs-Raritäten gewann einen Preis. Zum fünfzigsten Hochzeitstag schenkte Mr. Jones Mrs. Jones einen zwölfkarätigen Diamantring, der ihren knorrigen Ringfinger zierte.

*

Ein Jahr nachdem Mr. Jones seiner Kirche eine Million Dollar gespendet hatte, fiel er einem Anlagebetrüger zum Opfer. Er verlor alles Geld, das er nicht gespendet hatte. Inzwischen kam niemand mehr zu Besuch. Mrs. Jones war bettlägerig. Zum ersten Mal in seinem Leben belog Mr. Jones seine Frau, als sie ihn, von der Krankheit ans Bett gefesselt, fragte, ob er denn auch an die monatliche Zahlung an ihren betagten Bruder gedacht habe. Sie witterte Probleme. »Aber natürlich«, gab er zur Antwort. Er war zornig auf sich selbst, weil er log wie ein »gemeiner Tagedieb«. Und so belog er sie gleich wieder und erzählte ihr, er müsse den Cadillac in die Werkstatt geben, obwohl er ihn in Wahrheit verkaufte, um an Bargeld zu kommen. Die Hälfte des Erlöses überwies er dem Bruder seiner Frau. Das sollte ihm für die nächsten zwei Jahre reichen. Danach, ohne Auto, blieb Mr. Jones zu Hause. Er bestellte telefonisch Essen beim Lieferservice und fütterte seine Frau damit. Und dann belog er sie ein weiteres Mal, als er einen Antrag auf Sozialhilfe stellte. Er pflegte seine Frau, so gut er konnte. Als sie auch auf der Behindertentoilette nicht mehr sitzen konnte, lernte er, ihr Windeln anzulegen. Doch seine Hände waren so steif, dass es ihm oft leichter fiel, statt der Windel das Laken zu wechseln. Manchmal vergaß er es einen Tag oder auch drei Tage lang. Als Mrs. Jones hohes Fieber bekam und nicht mehr ansprechbar war, rief er schließlich doch den Arzt. Sie war mit eiternden Liegegeschwüren übersät. Einen Monat lang legte Mr. Jones die drei Kilometer bis zum Krankenhaus zu Fuß zurück, schlurfte die verkehrsreiche Autostraße entlang, weil es in dieser Gegend keine Gehwege gab, um den Tag auf einem Stuhl am Bett seiner Frau zu verbringen und sich das Krankenhausessen mit ihr zu teilen und schließlich wieder heimwärts zu schlurfen. In den wenigen Stunden, die sie des Nachts getrennt waren, spürten sie die grausame Gewalt der Ewigkeit. Als Mrs. Jones schließlich wieder nach Hause durfte, waren beide ekstatisch wie ein junges Ehepaar.

Nachdem der grausame Arzt, der Mrs. Jones wegen der Liegegeschwüre behandelt hatte, Mr. Jones für unfähig erklärte, seine Frau allein zu Hause zu pflegen, schickte das Sozialamt eine Tagesschwester. Die Schwester hieß ebenfalls Mrs. Jones, und so wurden sie, für ein paar Stunden am Tag, wieder zu einer dreiköpfigen Familie. Die junge Mrs. Jones war doppelt so breit wie die alte Mrs. Jones und gehörte einem anderen Stamm an: Sie war schwarz. Jeden Morgen kam sie und bezog umgehend ihren Posten an Mrs. Jones' Bett, wo sie diese zunächst wusch, ihr das Frühstück fütterte und ihr die Tabletten für den Tag zurechtmachte, damit Mr. Jones ihr die jeweils richtige Dosis verabreichen konnte, und dann ein Video einlegte, *Vom Winde verweht*. Das sah sich Mrs. Jones die Ältere jeden Tag an, während Mrs. Jones die Jüngere Kreuzworträtsel löste, bis es Zeit zum Aufbruch war. Den Rest des Hauses betrat sie nie, und Mr. Jones meinte, dass die Risse, die sich an Wänden und Decke bildeten, das schleimige Ungeziefer, das über den Boden kroch, und die nassen und sogar schlammigen Pfützen, die sich in seinem Arbeitszimmer sammelten, sie auch nichts angingen.

Eines Tages hatte die junge Mrs. Jones eine Erkältung und konnte nicht kommen.

Mr. und Mrs. Jones frohlockten. Sie hatten das Haus und den ganzen Tag für sich. Es gab keine Pillen zu schlucken, stattdessen wurden Frühstücksmuffins mit Bratensoße genossen, und Mr. Jones gelang es sogar, seiner Frau die Windel anzulegen. Der wertvolle, gestohlene Augenblick der Zweisamkeit hielt ein paar Stunden an. Dann kamen die Hunde zurück.

Mr. Jones schnitt gerade in der Küche die Pizza für das Mittagessen auf. Anfangs hörte Mrs. Jones ein Hecheln, das sie für ihr eigenes hielt. Dann hörte sie ein Winseln, das sie ebenfalls für ihr eigenes hielt. Sie presste die Lippen zu. Doch die Laute blieben. Bald spürte sie den heißen Atem der Hunde im Gesicht, und ehe sie auch nur schreien konnte, waren sie auch schon aufs Bett gesprungen und schubsten sie herum. Sie wurde auf den Bauch geschleudert, sah von dort aus die Unterseiten der Tiere zwischen den Säulen ihrer felligen, rotbraunen Beine, lang herabhängende Fleischlappen und Bäuche mit geschwollenen Zitzen oder felsbrockengroßen grauen Hoden. Sie sah ihre glänzenden Nasenspitzen, die sie beschnüffelten und dann energisch schnaubten, als fänden sie ihren Geruch widerlich. Schließlich kam Mr. Jones mit der Pizza aus der Küche, seine Schritte wurden lauter, und das Bett erzitterte ein letztes Mal, als die Meute heruntersprang und davonstob. Er fand sie in Tränen: »Die Hunde sind wieder da!«

Verzweifelt suchte Mr. Jones nach den kleinen rosa Pillen. Aber es waren inzwischen so furchtbar viele Pillen. Er konnte sie nicht mehr auseinanderhalten. Er musste seine Frau aus dem Bett bekommen. Es gelang ihm, sie wie einen nassen Sack in den Rollstuhl zu bugsieren, dann fuhr er sie ins Wohnzimmer. Dort würden sie bleiben, erklärte er, bis die junge Mrs. Jones wiederkam. Er bot ihr an, sie jederzeit auf die Toilette zu bringen, denn plötzlich war er überzeugt, dass sie das schaffen würde. »Das wäre schön«, erwiderte sie mit ihrem strahlenden Lächeln. Er würde ihr nicht von der Seite weichen. Die Hunde kamen nur, wenn er nicht da war, sie würden sie also auf diese Weise abhalten.

Doch die Zeiten hatten sich geändert, und die Hunde ließen sich von Mr. Jones nicht mehr stören. »Jetzt höre ich sie auch«, rief er plötzlich. Es bedeutete eine große Anstrengung für ihn, sich aus dem Sessel zu erheben, er würde sie also nicht verscheuchen können. Doch Mr. Jones war ein Ehrenmann. Als tapferer Ritter würde er keine Angst zeigen, und dann würde sich auch seine Frau nicht fürchten. Er tätschelte ihr den Arm. »Ich höre sie. Aber mach dir keine Sorgen deswegen. Sie suchen nur irgendwas. Wir beachten sie einfach gar nicht, ja?« Er blieb ihr gegenüber sitzen, und die beiden sahen einander stundenlang an, ihre Augen übernahmen das Reden, stemmten die schwere Last der Gedanken. Und während sie einander so ansahen, umgeben vom Bellen unsichtbarer Hunde, während die Menschen in anderen Häusern sich ihr Abendessen schmecken ließen, ihre Lieblingssendung im Fernsehen sahen oder von der Zukunft träumten, stürzte das schöne weiße Haus der Jones' einfach in die Tiefe und war nicht mehr zu sehen.

*

Der fünfzehn Meter tiefe Krater, der das Haus der Jones' verschluckt hatte, schaffte es in die Abendnachrichten und in alle überregionalen Zeitungen. Tagelang war man überall »geschockt«. Die Krankenschwester, eine gewisse Mrs. Athena Jones, sowie etliche Nachbarn bekamen ihren Moment im Rampenlicht und beschrieben das Ehepaar Jones als wirklich großartige Menschen. Selbst tausende Kilometer entfernt betrachtete man die Fotos von Bürgermeister Jones und seiner herausgeputzten Ehefrau. Man sprach aber nicht von Gottes Wille, sondern von einem grauenhaften Pech. Die Geologen steuerten die Warnzeichen im Vorfeld einer solchen Katastrophe bei: Wasser und Dreck im Haus, plötzlich auftauchende Schnecken, vor allem aber seltsame Laute und Sinneseindrücke. Als die Rettungskräfte den Krater schließlich ausgehoben hatten, bargen sie insgesamt drei Leichen. Die Hausherrin in ihrem Rollstuhl, den einstigen Bürgermeister in seinem Sessel. Und genau zwischen den beiden, im Schlamm, einen guten Meter tiefer, entdeckten sie ein älteres Skelett. Es musste all die Jahre unter dem Haus gelegen haben. Dr. Gonzales, der zuständige Pathologe, säuberte es und nahm eine erste Einschätzung der strahlend weißen Knochen vor: Sie stammten von einer sehr jungen Frau, womöglich noch im Teenageralter. Am Schädel konnte er ablesen, dass sie Afroamerikanerin gewesen sein musste. Gegenüber der Presse hielt er daran fest, dass es sich um Hundeknochen handelte.

Die Autorin

Irene Dische wurde in New York geboren. Heute lebt sie in Berlin und Rhinebeck. Bei Hoffmann und Campe erschienen unter anderem der Romanerfolg *Großmama packt aus* (2005), der Erzählungsband *Lieben* (2006), die Neuausgabe ihres gefeierten Debüts *Fromme Lügen* (2007) und zuletzt der Roman *Schwarz und Weiß* (2017).

Nachweis

Noch eine Romanze, aus: *Die intimen Geständnisse des Oliver Weinstock. Wahre und erfundene Geschichten,* Copyright © 1994 by Rowohlt Berlin Verlag, Berlin.

Ein ästhetischer Kompromiss von geringer Bedeutung, aus: *Die intimen Geständnisse des Oliver Weinstock. Wahre und erfundene Geschichten,* Copyright © 1994 by Rowohlt Berlin Verlag, Berlin.

Schulzes Welt, aus: *Die intimen Geständnisse des Oliver Weinstock. Wahre und erfundene Geschichten,* Copyright © 1994 by Rowohlt Berlin Verlag, Berlin.

Das Geschenk, aus: *Die intimen Geständnisse des Oliver Weinstock. Wahre und erfundene Geschichten,* Copyright © 1994 by Rowohlt Berlin Verlag, Berlin.

Belfaster Vermutung, aus: *Die intimen Geständnisse des Oliver Weinstock. Wahre und erfundene Geschichten,* Copyright © 1994 by Rowohlt Berlin Verlag, Berlin.

Brahms Intermezzo Op. 118, aus: *Die intimen Geständnisse des Oliver Weinstock. Wahre und erfundene Geschichten,* Copyright © 1994 by Rowohlt Berlin Verlag, Berlin.

Unschuld auf Urlaub, aus: *Die intimen Geständnisse des Oliver Weinstock. Wahre und erfundene Geschichten,* Copyright © 1994 by Rowohlt Berlin Verlag, Berlin.

Der Doktor braucht ein Heim, aus: *Der Doktor braucht ein Heim,* Copyright © 2007 by Hoffmann und Campe Verlag, Hamburg.

Das schönste Erlebnis, aus: *Kursbuch 72: Die neuen Kinder,* Copyright © 1983 by Kursbuch/Rotbuch Verlag, Berlin.

Die intimen Geständnisse des Oliver Weinstock, aus: *Die intimen Geständnisse des Oliver Weinstock. Wahre und erfundene Geschichten,* Copyright © 1994 by Rowohlt Berlin Verlag, Berlin.

Mein denkwürdigster Kopf des Jahrhunderts, aus: *Kursbuch 118: Exzentriker,* Copyright © 1994 by Rowohlt Berlin Verlag, Berlin.

Eine Jüdin für Charles, aus: *Fromme Lügen,* Copyright © 2007 by Hoffmann und Campe Verlag, Hamburg.

Mr. Lustgarten verliebt sich, aus: *Fromme Lügen,* Copyright © 2007 by Hoffmann und Campe Verlag, Hamburg.

Ein kleiner Selbstmordversuch, aus: *Fromme Lügen,* Copyright © 2007 by Hoffmann und Campe Verlag, Hamburg.

Der geschmuggelte Ehering, aus: *Fromme Lügen,* Copyright © 2007 by Hoffmann und Campe Verlag, Hamburg.

Hintergedanken eines Überläufers, aus: *Fromme Lügen,* Copyright © 2007 by Hoffmann und Campe Verlag, Hamburg.

Nanny Jackies Passion, aus: *Fromme Lügen,* Copyright © 2007 by Hoffmann und Campe Verlag, Hamburg.

Fromme Lügen, aus: *Fromme Lügen,* Copyright © 2007 by Hoffmann und Campe Verlag, Hamburg.

Romeo und Julia, aus: *Lieben,* Copyright © 2006 by Hoffmann und Campe Verlag, Hamburg.

Die Decke, aus: *Lieben,* Copyright © 2006 by Hoffmann und Campe Verlag, Hamburg.

Wie Huseyn gefasst wurde, aus: *Lieben,* Copyright © 2006 by Hoffmann und Campe Verlag, Hamburg.

Die Ballade vom schönen Frank, aus: *Lieben,* Copyright © 2006 by Hoffmann und Campe Verlag, Hamburg.

Anton wird erwachsen, aus: *Lieben,* Copyright © 2006 by Hoffmann und Campe Verlag, Hamburg.

Vaterlandsliebe: Eine Krankheit, vier Verläufe, aus: *Lieben*, Copyright © 2006 by Hoffmann und Campe Verlag, Hamburg.

Ahnenliebe, aus: *Lieben*, Copyright © 2006 by Hoffmann und Campe Verlag, Hamburg.

Eine Jungfrau in New York, aus: *Lieben*, Copyright © 2006 by Hoffmann und Campe Verlag, Hamburg.

Ballade vom unbekannten Jungen, aus: *Lieben*, Copyright © 2006 by Hoffmann und Campe Verlag, Hamburg.

Die Geschichte von Herrn Metzner, aus: *Lieben*, Copyright © 2006 by Hoffmann und Campe Verlag, Hamburg.

Scarlattis Reinkarnation in Reno, aus: *Lieben*, Copyright © 2006 by Hoffmann und Campe Verlag, Hamburg.

Betreff: Ihr Lieben, aus: *Lieben*, Copyright © 2006 by Hoffmann und Campe Verlag, Hamburg.

Zum Lügen ist es nie zu spät, aus: *Lieben*, Copyright © 2006 by Hoffmann und Campe Verlag, Hamburg.

Liebe Mom, lieber Dad, aus: *Lieben*, Copyright © 2006 by Hoffmann und Campe Verlag, Hamburg.

Fährnisse der Schönheit, aus: *Lieben*, Copyright © 2006 by Hoffmann und Campe Verlag, Hamburg.

Bei Jesus um die Ecke, aus: *Lieben*, Copyright © 2006 by Hoffmann und Campe Verlag, Hamburg.

Seozeres Bogart, aus: *Lieben*, Copyright © 2006 by Hoffmann und Campe Verlag, Hamburg.

Ein deutscher Abenteurer, aus: *Lieben*, Copyright © 2006 by Hoffmann und Campe Verlag, Hamburg.

Umfassend gebildet, aus: *Lieben*, Copyright © 2006 by Hoffmann und Campe Verlag, Hamburg.

Irene Dische
Schwarz und Weiß
Roman
Aus dem amerikanischen Englisch von Elisabeth Plessen
496 Seiten, gebunden
ISBN 978-3-455-40477-7
Hoffmann und Campe Verlag

Es beginnt als Liebesgeschichte. Im New York der frühen 70er Jahre werden Lili und Duke ein Paar: Sie, die Tochter einer weißen Intellektuellen-Familie, und er, der schwarze junge Mann aus dem Süden. Sie leben eine Liebe, die verheerende Zerstörung in Kauf nimmt und doch alles zu verzeihen scheint. Während Duke zu einem gefeierten Weinexperten avanciert, wird die verträumte Lili als Model entdeckt. Ihr gemeinsames Leben entwickelt sich schnell zu einem rasanten Auf und Ab, voller Möglichkeiten, Verführungen, Rückschläge.
Mit *Schwarz und Weiß* durchschreitet Irene Dische die letzten drei Jahrzehnte des letzten Jahrtausends, um nichts weniger als unsere Gegenwart auszuleuchten. Was als großartiger, scharfsinniger und scharfzüngiger New York-Roman beginnt, entwickelt sich nach und nach zu einer brillanten Auseinandersetzung mit Projektionen und Heilsversprechen, mit individuellen Träumen und sozialen Realitäten. Ein Roman, der große Fragen stellt, ohne sich der Illusion auf Antworten hinzugeben.

»Irene Dische ist ein Epos gelungen.«
Der Stern